J.C. CRAIGWOOD

ÉHSÉG – HAZATÉRÉS

novum pro

© 2021 novum publishing

ISBN 978-3-99107-432-8
Lektor: Sósné Karácsonyi Mária
Borítókép:
Konradbak | Dreamstime.com
Borító, tördelés & nyomda:
novum publishing

www.novumpublishing.hu

Az esőcseppek dárdaként ostromolták a tenger morajló felszínét.

Lily unottan félredobta az előtte heverő napilapot. Kortyolt egy utolsót teájából, amely már rég jéggé hűlve árválkodott a komód szélén. Elgondolkodva meredt a tenger távoli, habzó kékjére.

Tétován az ablakhoz sétált, elmélázva figyelve a tajtékzó vizet. A kikötőnél egy rozoga halászhajó, dacolva a viharral, elszántan igyekezett a part biztonságos közelébe érni.

Elképzelte, hogy milyen lenne egyszerűen csak fogni magát, meg a legszükségesebb holmiját és kisétálni a házból. Maga mögött hagyni ezt az életet, elhajózni innen jó messzire, és nem kötni ki soha többé…

Ekkor az ablak melletti asztalkán álló fényképre tévedt a pillantása. A rajta mosolygó házaspár tekintetéből felhőtlen boldogság sugárzott. A férfi haja itt még hosszú, dús hullámokban omlott le a derekáig. Aranybarnán csillogott a napfényben, csakúgy, mint dús szakálla és bozontos szemöldöke. Kedves mosolyával és élénken csillogó, kerek, kék gombszemeivel összességében véve mégis sármos volt. Hátulról karolta át az asszonyt, aki, bár bő fél fejjel alacsonyabb volt nála, mégis vonzotta mindenki tekintetét. A nő haja élénkvörös színben játszott; szeme a zöld és a halványsárga színek különös elegyének keveréke volt, mintha csak egy ritka ásványból csiszolták volna. Bőre szinte világított a napfényben, haja fénylő koronája pedig olyan puhán lebegte körül az arcát, mintha csak a naplemente vetítette volna vonásai köré. A férfi egyszerű farmeröltözéket viselt, s a felesége is egy hétköznapi, horgolt nyáriruhában állt előtte. Mégis volt benne valami különleges elegancia, melyet, néha úgy tűnt, hogy csak királynői alkatának és gyönyörű idomainak köszönhetett. Néha viszont olyan természetességgel áradt belőle, mintha csak veleszületett tulajdonsága lett volna.

Lilyből akaratlanul csüggedt sóhaj szakadt fel. Szülei hiánya mindenhová társául szegődött, de nehezebb időszakokban még inkább magányosnak érezte magát nélkülük. Igaz, az anyját, Lydiát sosem ismerte; ő a születésekor halt meg. Apja pedig nem sokkal a lány 18. születésnapja után szenvedett balesetet.

Most azonban anyja képét vette jobban szemügyre. Kislányként sokszor álmodott róla, hogy másnap épp olyan ragyogó külsővel ébred majd fel, mint amilyen az övé volt. Igaz, az apjára sem hasonlított. Pontosabban mindkettejükből örökölt valamennyit, de a szó szoros értelmében megállt valahol félúton, kettejük között. Utálta a szemeit; ha csak tehette, kerülte, hogy a tükörbe pillantson. Egyik szeme épp olyan volt, mint hajdan az anyjáé; akár egy ékkő. Másik szeme azonban halványkéken világított vörös pillái között. Örökölt valamicskét Lydia hajszínéből és bőre is olyan hófehér volt, akár az anyjáé. Szerencséjére nem volt nagydarab és vállas, mint Oliver, de olyan telt idomú, karcsú derekú szépség sem, mint Lydia. Arca figyelemfelkeltő volt ugyan, de ha az összképet nézte, úgy érezte, sosem tudna igazán elbűvölni külsejével egy férfit sem.

A falu lakói között nem mintha túl sok versenytársa akadt volna; a fiatal nők épp úgy menekültek innen, mint a korabeli férfiak. Azonban Lily sosem tudta megállni, hogy ne hasonlítsa össze magát szinte mindenkivel, aki szembejött az utcán. Az ő külsején sokan meghökkentek: bőre világított, mint egy neonlámpa, vörös haját pedig ki nem állhatta; az nem idézte édesanyja meggyszínű fürtjeit, inkább zsenge sárgarépára emlékeztette őt. Felemás színű szemeivel és apró termetével olyan hatást keltett, mint egy elárvult, fehér kismacska. Legalábbis neki mindig ez volt a benyomása, ha a tükörbe pillantott. Irigykedve szemlélte azokat a nőket, akiknek kreol bőrük és dús hullámokban aláomló, sötét hajuk volt, csábító alakjuk pedig vonzotta a férfiak éhes tekintetét.

Végül vállat vont. Mit tehetett volna? Lerázta magáról a keserűséget, mint már annyiszor, majd táskájáért és kamerájáért nyúlt. Ha másra nem is, arra legalább büszke lehetett, hogy sohasem szorult másokra. Ezért pedig keményen meg kellett dolgoznia. Sietős léptekkel a ház előtt parkoló dzsipjéhez indult.

Gabriel unottan toporgott a fagyos novemberi hidegben. Nem tudta, meddig kell még ezen a nyamvadt patkánytanyán rostokolnia.

Végre megcsörrent a telefonja. Reus volt az, hála az égnek.

– Megvan a csaj – vakkantott bele a készülékbe, meg sem várva, hogy a másik megszólaljon.

– Milyennek találod?

Gabriel legszívesebben a falba öklözött volna. Egész napját azzal töltötte, hogy valami nő után leselkedett a világ végén. Reus nem épp a legjobb alkalmat választotta ki a faggatózásra.

– Eddig csak egyszer keféltünk, de egész ígéretes tehetség.

– Micsoda?!

A férfi nem állta meg kaján vihogás nélkül. Társa a vonal másik végén cifrát káromkodott.

– Ne szórakozz. Be kell gyűjtenünk, minél hamarabb. Szedd fel, és vidd magaddal...

– Reus, átvettük már vagy ezerszer. Kívülről fújom.

– Jó, csak nem akarom, hogy elcseszd.

– Szerinted én igen? – Gabrielen ismét bosszúság vett erőt. – Az én farkamra szereltétek fel a céltáblát, bassza meg. Ha valaki elszúrná, nem lenne épp őszinte a mosolyom.

– Jó, jó tudom, nyugi – dörmögte a másik a vonalban. – Csak maradj annál, amit megbeszéltünk.

– Így lesz – azzal Gabriel kinyomta.

Zsebre vágta kezeit, s sebes léptekkel kocsija felé indult. Dühítette, hogy kételkednek benne. Még most is, még akkor is, amikor az ő bőrét viszik a vásárra. Nagyon is jól tudta; bármit tehetne, akkor is ő maradna a fekete bárány. Korcs, ahogy drága gyámja, Arwel szokta mondogatni.

Idegesen toporgott a kocsija mellett, egyik cigiről a másikra gyújtva. Nem elég, hogy a Bentley-t nem épp terepre tervezték, a csípős, tengeri szél sem volt ínyére. Ráadásként még az eső is szakadni kezdett. Már jó ideje figyelte a falu lakóinak életét, s látva lelassult, álmos hétköznapjaikat, csak azt csodálta, hogy azok még nem fojtották bele magukat a kikötőben sorakozó, halolajtól bűzlő konténerek valamelyikébe.

A mai nap, úgy tűnt, különleges eseménynek számít; valamiféle utcabál zajlott épp a falu főutcáján. Mindenütt színes lampionok, lufiárusok és édességes bódék sorakoztak. A levegő megtelt a vattacukor és különféle sütemények illatával. Az óriáskerék tömve volt gyerekekkel, csakúgy, mint a körhinták tarkabarka forgataga. Gabriel megpróbált észrevétlen maradni; feltételezte, hogy a lány is meg fog jelenni az eseményen, elvégre mindenki ott tobzódott. Neki pedig az volt a dolga, hogy amíg nem talál megfelelő alkalmat, hogy beszéljenek, addig is meg kellett győződnie a felől, hogy a lány egyben van-e még. Így már napkeltekor megérkezett a faluba, s közömbösen nézett a kilátástalannak tűnő várakozás elé.

Nagy mellénnyel vágott neki a rá váró feladatnak; csak fognia kell ezt a lányt, és lehetőleg egy darabban eljuttatnia északra. Tisztában volt vele, hogy a Klánok nem minden tagja van elragadtatva az ötlettől, hogy egy olyan valakit vigyen az Uralkodó Család székhelyére, aki emberek között nevelkedett, sőt, akinek szent meggyőződése, hogy ő maga is az. De ez nem riasztotta vissza; megszokta már, hogy őt magát is selejtesnek tekintik, s bár vérvonalának köszönhetően társai tartózkodtak a nyílt összecsapásoktól, pontosan tudta, Rosewill mely környékeit érdemes elkerülnie sötétedés után. Úgy gondolta, az ellenséges érzületű Családokat kicseleznie nem lesz akadály. Viszont ezen a ponton tanácstalanná vált; hogy győzze meg a lányt, hogy vele menjen? Sosem alkalmazott volna erőszakot egy emberi nővel szemben. De még ezzel kapcsolatosan is csak sejtései voltak… tulajdonképpen ki vagy mi ez a csaj? Fajtárs, vagy ember? Mindkettő? Egyik sem?

Jó kérdések voltak. Jók és megválaszolhatatlanok. Az Uralkodó Családtól is csak egy-egy elejtett félmondatot kapott válaszul, úgymint „megtudsz mindent, ha eljött az ideje". Ezzel mégis mi a francot kezdjen? Még azzal is többre ment, amit Reus, az Északi Család Testőrségének vezetője mondott neki, amikor megkereste őt. Gabriel megpróbálta felidézni a köztük lezajlott tárgyalások részleteit.

– Az Uralkodó, Ais, Ais fia kifejezetten kérte, hogy téged bízzunk meg egy teljesítendő feladattal. Megkért, hogy szó szerint adjam át neked az üzenetét; tudja, hogy személyesen még nem volt szerencsétek egymáshoz, de nyomon követte a sorsodat, amióta csak elhagytad a Családod. Téged talál a legalkalmasabbnak arra, hogy Lylianát, Lydesiana lányát biztonságosan eljuttasd hozzánk. A részletekről személyesen fog tájékoztatni, amint megérkeztetek. Cserébe te az Uralkodó Klán kitüntetett védelmét fogod élvezni. A későbbiekben felkeresünk, miután átgondoltad, vállalod-e a feladatot.

Magán a feladaton nem kellett sokat rágódnia. Még jó, hogy vállalja. Nem ismerte ugyan ezt az Aist, de be kellett látnia, hogy a faszi tudja, mit csinál; ha nyomon követte a sorsát, pontosan tudnia kellett, milyen kilátástalan helyzetben van. Nagyon is jól tudta, miért dobja be csaliként a lehetőséget, hogy az Uralkodó Klán védelmezettjévé válhat. Így Családja nem férhet hozzá, ha szerencsésen eljuttatja ezt a Lylnemtomkit az Uralkodónak. Talán még azt is kibulizhatja, hogy ne kelljen a Családja közelébe mennie soha többé. Ha hihetett Ais szavának, neki csak az volt a dolga, hogy lepasszolja nekik a csajt. Utána az boldogan él, míg meg nem hal, fullos királykisasszonyként, ő pedig végre végleg megszabadul a kötelékektől.

A későbbiekben annyit még azért sikerült megtudnia Reustól, hogy ez a Lyliana Lydesiana hercegnő lánya volt. Lydesianát várta a trón, mint elsőszülöttet, csakhogy a hercegkisasszonynak más tervei voltak; letiplizett szépen a királyi rezidenciából, és összebútorozott egy emberi férfival. Hozzáment, és nem sokkal később megszületett a lányuk, Lyliana. Lydesiana további sorsáról nem tudtak sokat; szépen éldegélt férjével, Oliver Craigwooddal. Persze a kis halászfaluban nem kezdett szórólapokat osztogatni a származásáról. Lydia Craigwoodként élt férje mellett, lányát pedig Lily Craigwoodként ismerték.

Ais, Lydesiana öccse minden percben visszavárta nővérét. Halogatta a trón elfoglalását a végsőkig. Kész volt megbocsátani neki, s bár mind a Klán, mind a Családja egyre sürgették, hogy lépjen közbe, ő makacsul kitartott meglátása mellett.

„Nincs jogom beleszólni a sorsába. Tiszteletben kell tarta-
nom a döntését."

De nem mindenki tapsikolt örömében, hogy a leendő uralko-
dó egy ember szukája lett. Lydesianát alig egy évvel az eltűnése
után holtan találták. Állítólag Ais a történtek után hónapokra
a szobájába zárkózott. Ha igazak voltak a pletykák, nem szólt
senkihez, az evésre és az ivásra pedig csak erőszakkal lehetett
rávenni. Csakhogy nem az Uralkodó teljes elidegenedése és ke-
serűsége volt a legfőbb probléma. A trónörökös megölése nyílt
hadüzenet volt az északiak felé. Gyors ellenlépésekre volt szük-
ségük, hogy erősen megingott pozíciójukat ismét megszilárdít-
sák. Aisnak azonban ezek szerint továbbra is ott lebegett soha
el nem feledett nővére képe a szeme előtt; viszont akarta látni
unokahúgát. Mi másért küldte volna el őt, Gabrielt a keresésére?

Neki végül is édesmindegy volt. Mindig is kerülte fajtársai
csatározásait. Nem tartotta magát közéjük valónak; éppúgy kí-
vülálló volt, mint az emberek világában. Már csak a jó lapokra
játszott, s igyekezett mindenből kimaradni, vagy ha már bele-
keveredett, épp bőrrel kimászni belőle.

Megcsörrent a mobilja. Épp hogy csak a kijelzőre pillantott,
s nyomban arrébb is dobta a készüléket. Val hívta. Semmi ked-
ve nem volt ma este a társasághoz.

Lily sóhajtva maga elé húzta a hamutálat, s beletörődéssel ve-
gyes eltökéltséggel megnyitotta a mappát. Itt sorakoztak eddi-
gi munkái; rengeteg félbehagyott grafika. Mintha csak az álma-
it látná, melyekbe újra meg újra mohóan belekapott, csakhogy
ugyanilyen erejű csalódottsággal dobja őket félre.

A helyi lapnak dolgozott. Eme álmos kis porfészek fotósá-
nak lenni nem éppen olyasmi volt, amiről bárki is álmodozna.
Főleg nem olyasvalaki, aki nem olyan rég még nagyszabású ter-
veket szövögetett fényes újságírói karrierjéről.

Átnézte a következő számba szánt anyagokat; egy rakás
unalmas kép a halászfaluban évente megrendezett emléknap-
ról. Ez a dátum csak a helyiek szemében számított fényes ese-
ménynek; valami ismeretlen pasasnak szánták ezt a napot, aki

állítólag halált megvető bátorsággal mentette meg egy csapat halász életét a hullámsírtól.

Lily vaktában pörgette végig a fotókat; egy rakás arctalan ember, rengeteg stand, perecárusok... Nem is értette, miért várnak tőle egész sorozatot ezekből a képekből. Számára mindegyik egyformának tűnt.

Ekkor azonban megakadt valamin, illetve valakin a szeme. Egy idegen férfin. Nem csak azért tűnt fel neki, mert egy új arc arrafelé ritkaságszámba ment. A különös alakon első pillantásra látszott, hogy nem odavalósi. Hosszú, fekete szövetkabátot viselt, melynek gallérját egészen a halántékáig felhúzta. Talán csak a rossz megvilágítás tehetett róla, Lilynek mégis olyan érzése támadt, hogy a férfit valami különös, szelíden derengő aura veszi körül. Mintha sápatag bőre világított volna, ezzel mintegy jelzőfényként kiemelkedve a sokszínű kavalkádból.

A lány pár percig elmélázott fölötte, de végül arra jutott, hogy ostoba, légből kapott gondolatok helyett a munkájával kéne foglalkoznia. Az órára pillantott; negyed öt. Úgy tűnik, soha nem lesz kész, gondolta.

Elszántsága mégsem tartott ki sokáig; újra meg újra azon kapta magát, hogy mindegyik fotón a férfi arcára kalandozik a tekintete. Az ugyanis minden egyes képen feltűnt. A háttérben állt az épületek árnyékába húzódva, mintha csak megpróbálna elrejtőzni a kíváncsi szemek elől. Mégis, a lánynak olyan érzése volt, hogy mindvégig őt figyelte, miközben dolgozott. A férfi, bár szinte elveszett a vásári forgatagban, mindegyik képen egyenesen a lencsébe tekintett.

Lily kinagyította a képeket, hogy jobban ki tudja venni az idegen vonásait. Fogalma sem volt, ki ez a rejtélyes figura, aki minden jel szerint utána leselkedett, de az arcát elragadónak találta. Aranyszőke hajával, s világos, már-már áttetsző íriszével éteri lénynek tűnt. Mint egy angyal – Lilynek ez volt az első, ami eszébe jutott róla. Ahogy gondosabban tanulmányozni kezdte az alakot, nyugtalan érzés kerítette hatalmába. Tudta, hogy ostobaság, mégsem tudta kiverni a fejéből a gondolatot, hogy van valami a férfiban, ami nem emberi. Most az arcára koncentrált.

Azon kapta magát, hogy édes, izgató bizsergés fut végig a tagjain, tenyere pedig különös módon izzadt és forró volt. Arcát elöntötte a pír; mélyen elszégyellte magát, hogy már egy puszta fénykép látványa is ilyen hatással van rá. Mégis, képtelen volt levenni a szemét róla. A duzzadt, vérbő ajkak, a széles állkapocs és a túlvilágian fénylő szemek hipnotikus hatással voltak rá.

Ekkor azonban valami egész máson akadt meg a tekintete. A valami egy kis fekete kereszt volt, mely a férfi nyakában függött. Négy végén színes kő foglalt helyett, közepét pedig egy meglehetősen nagy, vörös rubin-féleség uralta. Innen indultak ki az aranyszínű indák, melyek az egész keresztet kígyószerűen hálózták be, egészen az apróbb kövekig. Lily felvont szemöldökkel mustrálta a különös medált. Nem tudta, mit jelent a furcsa kereszt, ha jelentett valamit egyáltalán. Az ő ízlésének kissé giccses volt, a férfi külsejéhez pedig végképp nem illett. Mintha csak egy csapnivaló fényképész kezdetleges próbálkozása lett volna arra, hogy két teljesen különböző képet montírozzon össze.

Lily tudta, hogy nem merenghet sokáig. Vissza kellett térnie a fotósorozatához.

Aznap éjjel egy szőkét választott. A lány unottan lebiggyesztette a száját, s a bárpultnak támaszkodott. Hegyes körmei közé csippentette a szívószálát, s szórakozottan kavargatta vele az italát. Megvetéssel tekintgetett körbe a teremben. Gabriel rögtön látta rajta, hogy nem felel meg neki a felhozatal; ilyen lányt minden klubban találni. Ms. Végzet Asszonya tökéletesen meg van győződve róla, hogy első osztályú nő. *Nem vagyok akárki*, ez sugárzott a testtartásából.

Gabriel egy darabig csak az egyik félreeső sarokból figyelte őt, s nem tudta megállni, hogy ne fintorogjon. Lehet, hogy a lány különlegesnek hitte magát, a külseje azonban nem volt valami meggyőző; a fehér ruhácska, mely megfeszült minden porcikáján, látni engedett mindent, melyre a szemlélő vágyott. Mézszőkére festett haja s tökéletesre kikészített arca vonzóak voltak ugyan, de semmitmondóan révült tekintete s a nikotinsárga műkörmei alatt megülő mocsok a legkevésbé sem.

De ma este nem húzhatta sokáig az időt. Nagy levegőt véve odalépett a lány mellé. Ahogy a pultra támaszkodott, ügyelt rá, hogy öltönyének ujjából kivillanjon az órája. A drága ékszer többet ért a lányok felszedésében, mint bármilyen szó.

Mereven előretekintett, a pultos felé, a mellette álldogáló nőről tudomást sem véve. A szeme sarkából azonban nagyon is jól látta, hogy a lány tekintete megakad az aranyon, s tekintete feljebb vándorol, észrevétlen végigmérve öltönyös alakját, a drága ékszereket a ruháján, mígnem szemeivel kitartóan fixírozni nem kezdte a férfi vonásait, kacéran felé hajolva, állát a tenyerébe támasztva.

– Szia – szólította meg végül búgó hangon, mosolyt lövellve Gabriel felé.

– Szia – fordult felé a férfi, mintha csak most vette volna észre. Teljes testével a lány felé fordult, mintha más ember nem is létezne a világon. Lassan, csábítóan rámosolygott a lányra. – Hogy szólíthatlak?

– Amanda.

Ki hitte volna… Gabriel kezdte úgy vélni, hogy ezeket a lányokat szabásminta alapján készítik. Amanda, Jessica, Miranda… ugyanazok a nevek, ugyanazok az unalmas tekintetek, talán még a testük is tökéletesen egyforma, ki tudja…

– Amanda… nos, Amanda, mesélj, mit keres egy ilyen lány egy ilyen lepra helyen, de előtte áruld el, mit iszol.

Túl egyszerű volt. Mindig. Túl. Egyszerű. A lány előtte lépkedett, ujjaik összefonódtak, ahogy sietősen elhagyták a klubot.

Gabriel abban a pillanatban mindenre vágyott volna, csak szexre nem, de nagyon jól tudta, hogy nem fog menni másként.

Amanda kitartóan riszált előtte. A férfi végigmérte; ahogy ringó csípőjére pillantott, a teste azonnal keményedni kezdett. A könnyed pamutruha tökéletesen áttetsző volt; a lány nem viselt alatta mást. Mindenesetre bátor, gondolta magában a férfi. Kint fagyos hideg volt; ő szorosan összehúzta magán fekete szövetkabátját, Amanda azonban csak egy rövid prémdzsekit viselt.

– Nehogy megfázz nekem… – jegyezte meg incselkedve.

– Sose félts engem! – A lány hívogató mosollyal hátrafordult hozzá. Gabriel azonnal magához húzta, s ujjai máris könnyeden a nyakára siklottak.

Amanda értette a dolgát; mélyen megcsókolta, egész testével hozzáfeszülve. Kezeit a szövetkabát alá csúsztatta, s lassan végigsimított a hátán, miközben gyengéden beszívta az alsó ajkát; fogai lágyan harapdálták a bársonyos bőrt, majd nyelvével játékosan végigsimított a férfi száján. Körmeit egy pillanatra a vállaiba mélyesztette. Elhúzódott, s várakozóan Gabrielre pillantott. Nyilván kíváncsi volt, milyen hatást gyakorolt a férfira. Ez csak a kezdet, sugallta tekintetével.

Gabriel már jól ismerte ezt a pillantást. A lányok a drága öltönyök és ékszerek láttán azonnal bedobták magukat, s tudták, az első ölelkezéseken múlik minden; abban bíztak, hogy olyat tudnak mutatni a férfinak, amit senki azelőtt. S akkor talán nekik is csurran-cseppen valami abból, amit addig Gabriel a zakóira költött.

Szegények, milyen ostobák... Ez járt a fejében, ha ezekbe a várakozó szempárokba nézett.

A férfi már szinte sajnálta őket...

Szinte.

Részt vett a színjátékban; félig lehunyt szemei mögül parázsló tekintetet lövellt a lány felé, s halkan felsóhajtott. Látva Amanda önelégült arcát, újra magához húzta, ügyelve rá, hogy kemény vesszője mindvégig a lány hasához simuljon.

Az azonban eltolta magától egy kissé, s hízelegve a füléhez hajolt.

– Nincs kedved inkább... valami kényelmesebb helyen tölteni az éjszakát? Felmehetnénk hozzám.

Gabriel gúnyosan elmosolyodott, elpillantva a lány válla fölött. Ez a mondat is olyan ismerős volt, annyira ismerős... Hangsúlyából érezte, hogy csak az udvariasság kedvéért ajánlja a saját otthonát, s közben mindketten pontosan tudták, hogy valójában az ő, Gabriel lakásába kívánkozik.

– Menjünk inkább hozzám. Tetszeni fog neked, ígérem.

Amanda abban a hiszemben lépkedett a férfi oldalán, hogy minden a terve szerint alakul. Arca ragyogott, s biztos volt benne, hogy a legjobb úton halad afelé, hogy végre egy pénzes pasit kaparintson magának.

Gabriel egykedvűen szemlélte diadalittas arcát, miközben a kocsi felé terelgette. Azonnal a volán mögé pattant, s már száguldott is a lakása felé. Minél hamarabb túlesik rajta, annál jobb. Szíve szerint már az utcán elintézte volna a dolgot, de a lány valószínűleg nem díjazta volna az ötletet. Ezen az estén pedig nem akart bajt. Nem akarta azzal húzni az idejét, hogy egy újabb lányt keressen.

Ahogy becsukta az ajtót mögötte, látta, hogy Amanda ámulva tekint körbe a szobában. Na, igen... a nőket mindig lenyűgözte ez a hely. Esetlen szeppentséggel járták körbe a nappalit, volt, aki próbálta leplezni, mennyire odavan a drága bútorokért, s akadt olyan is, aki minden méltóságát sutba dobva, kikerekedett szemekkel forgatta ujjai között a dísztárgyakat.

A lány óvatos mozdulatokkal forgolódott a nappaliban; a sarokban álldogáló zongora, s a mellette helyet kapott plazmatévé épp úgy lekötötték a figyelmét, mint a mahagóniból készült italosszekrény, a kristályasztalka és a bőrgarnitúrák.

A szoba berendezése ennyiben ki is merült. A lakásba sikerült valahogy betuszkolni még egy konyhát, amely méreteiben akár egy szappantartóval is vetekedhetett volna. A fürdő azonban akár focimeccsek rendezésére is alkalmas volt, csakúgy, mint Gabriel hálószobája.

Amanda bekukkantott mindkét ajtón; az üvegfalakkal körülvett zuhany éppúgy lenyűgözte, mint a csempébe süllyesztett jakuzzi.

A hálóra azonban épp csak egy pillantást vetett. A férfit ez nem lepte meg különösebben; az ágyán kívül ebben a szobában csak kedvenc karosszéke, s néhány könyvespolc álldogált. Ahogy az sem hökkentette meg, hogy amint a lány szeme megakadt a falba süllyesztett gardróbszekrényen, rögtön afelé vette az irányt, s halknak szánt mozdulatokkal félretolta az ajtaját.

Nem egy nővel találkozott már, aki szintén ruhatárát vette szemügyre elsőként, míg ő a konyhában időzött. A legtöbben szerették felmérni a terepet, mielőtt ágyba bújtak vele; a szemük elé táruló választék végleg meggyőzte őket, hogy azon az estén jól választottak. Ruháin és az italkínálaton kívül más nem igazán kötötte le a figyelmüket.

Amanda abban a hitben lopakodott vissza a nappaliba, hogy Gabriel semmit nem vett észre a kutakodásából; kényelmesen elhelyezkedett az egyik kanapén, lábát kihívóan keresztbe vetve.

– Nem ülsz inkább ide, mellém?

Ahogy a férfi meghallotta a lány erotikusnak szánt hangját a nappaliból, visszatért a szobába s a bárszekrényhez lépett. Nem volt hajlandó fecsérelni az idejét udvarlással, s meggyőzőnek szánt mondatokkal ostromolni a kiválasztott lányokat. Tisztában volt vele, hogy bőven elég meglobogtatnia előttük a pénztárcáját, s a bankók ígérete úgy hat rájuk, mint bikára a vörös posztó. Ezért is hagyott nekik elég időt rá, hogy kedvükre kinézelődhessék magukat a lakásban. Ha könnyen is megkaphatja, amire vágyik, minek nehezítse meg a saját dolgát? Attól nem tartott, hogy eközben elemelnek valamit; már akkor észrevette volna első rezdülésüket, mielőtt azok megmoccanhattak volna.

– Mit iszol? – vetette oda épp csak foghegyről, miközben már fordult is a palackok felé.

– Hm… van itthon vodkád?

– Hogyne. – Kellemes mosolyt villantott felé, s az italokkal a kezében mellé lépett. Amanda kissé félrehúzódott, hogy Gabriel mellé férjen. Ez azonban felesleges volt; a kanapén akár hatan is kényelmesen elüldögéltek volna. Viszont a lány nem hagyta volna ki az alkalmat, hogy fenekét kissé megemelve ne mutasson meg még többet abból, amire minden férfi vágyott; fehér szoknyája feljebb csúszott, s szinte csak a derekát takarta. Poharát az ajkához emelve, lassan kortyolt az italból, s szemeit a férfi arcára függesztette. Szinte világítottak félig lehunyt szemhéjai alól, ahogy kihívó pillantással falta a vonásait.

Gabriel nem tudta megállni, hogy ne villantsa fel megszokott, önelégült mosolyát. A lány pontosan úgy viselkedett, ahogy azt várta tőle; Amandát elbűvölte a férfi pénze, s cserébe igyekezett elbűvölni őt a testével.

Gabriel arcáról akkor sem olvadt le a gunyoros félmosoly, mikor végigmérte a kanapéján ücsörgő lányt; magas volt és nagyon-nagyon vékony, s alkatához képest terjedelmes keblei arról árulkodtak, hogy Amanda nem sajnált sem időt, sem pénzt, sem plasztikai sebészt, ha a külsejéről volt szó. A két szilikoncsoda felett szinte pattanásig feszült az apró pamutruha.

A férfi legszívesebben faképnél hagyta volna. De élt, s a vére forrón dobolt az ereiben, most csak ez számított.

Lassan közelebb húzódott hozzá, s apró csókokkal borította el a vállát. Amanda sem váratta meg; azonnal félretette a poharát, s kézen fogva a hálóba vezette.

Nem teketóriázott sokáig; ahogy az ajtó becsukódott mögöttük, rögtön megszabadult ruháitól s a férfi elé lépett. Meztelen testével hozzásimult; Gabriel még ruháin keresztül is érezte bőre melegét, s azt, ahogy mellei az övéhez nyomódtak. Amanda lassan leereszkedett elé; szemei vágytól izzottak, s csábító mosolya végtelen gyönyört ígért. Végigsimított a férfi combjain, s kezei az ágyéka felé vándoroltak. Gyakorlott ujjakkal masszírozni kezdte a férfiasságát, s ajkaival a slicce körül játszadozott. Ahogy Gabriel vesszője megkeményedett, a lány a nadrágján keresztül, óvatosan körülfonta a szájával.

A földre dobta a zakóját, s nem sokkal később követte az ing és a nyakkendő is. Kioldotta a sliccét, s kibújtatta hímvesszőjét a nadrágjából, mely addig fájóan ráfeszült merev falloszára.

A lány csak az alkalomra várt; ujjaival könnyeden cirógatni kezdte, s futólag a férfi arcára tekintett. Gabriel vágytól ittasan lepillantott rá, s érzékien a mézszőke tincsek közé túrt. Amanda nem várt tovább; nyelvével hosszan végigsimított férfiasságán, majd lassan szopogatni kezdte a makkot.

A férfi lehunyta a szemét, s csak az érzésre koncentrált, melyet a lány adott neki; testét elöntötte a forró verejték, ahogy egyre mélyebbre hatolt az ajkai között. Csak arra a pontra figyelt, ahol a testük összekapcsolódott. Nem nézett a lányra; teljesen ki akarta zárni a tudatából egész lényét, mert félő volt, hogy ha nem teszi, nem lesz képes folytatni.

Finoman érintette az ujjai alá simuló tincseket, melyek meglepően selymesek voltak.

Ahogy a testét elragadta a szenvedély, rámarkolt a hajzuhatagra, s keményen előretolta vesszőjét a lány szájában. Amanda mindent beleadott; ahogy megérezte, hogy a férfi csípője vágytól telve előrelendül, még mélyebbre vezette magában, teljes hoszszában birtokba véve a férfiasságát.

Gabriel hátravetette a fejét, fogai közt beszívva a levegőt. Mozgása egyre gyorsult, s Amanda kitartóan követte. Egyre feljebb jutott a gyönyör hullámain; épp, mielőtt tetőfokára hágott volna a szenvedély a testében, lassan eltolta magától a lányt. Amanda utoljára, könnyeden végigcirógatta ajkaival a hatalmas hímtagot, s arcán diadalittas mosollyal a férfira pillantott. Gabriel vágytól összeszűkült szemekkel viszonozta a tekintetét; megragadta a lány könyökét, s egyetlen mozdulattal az ágyra lökte. Félredobta a nadrágját, s mellé térdelt, szétnyitva a barna combokat. Amanda egyre növekvő izgatottsággal figyelte, ahogy a férfi közéjük férkőzik, s arcát a nedvességben úszó redők közé temeti.

Amint megérezte forró, bársonyos nyelvét, halkan felsikkantott, s csípője máris előrelendült. Egész testében összerándult, ahogy a gyönyör szétáradt a testében.

Gabriel kezdte elunni a dolgot. Amanda fáradhatatlan volt; a férfi egyre inkább úgy érezte, hogy egy gondosan begyakorlott, előre megkomponált színjáték alanya.

– Ez az... csináld... Ízlik neked a puncim? Felizgat, Édes? Oh... kefélj meg...

Szívesen elhallgattatta volna. Amanda abban a hitben volt, hogy a férfinak tetszik, hogy minden egyes mondatával dicséri a teljesítményét. Kitartóan zihált, s sikkantgatott az ajkai alatt, teste vonaglott a vágytól, csípője vadul körözött. Megragadta a férfi haját, combjaival átkulcsolva a vállait.

Gabrielt végtelenül fárasztotta, hogy a lány ilyen elszántan színleli; egész teste extázisban fürdik, s kínzó vágyaira ő, csakis ő hozhat enyhülést. Megelégelte a dolgot.

Feljebb csúszott a lány testén, s mélyen megcsókolta. Amanda hevesen viszonozta ajkai hívogató ölelését; szinte beleharapott, ahogy szorosan magához húzta a tarkóját, s lábaival átfogta a derekát.

A férfi mélyen a testébe vezette kemény vesszőjét, arcát a lány nyakába temetve. Amanda szinte szolgaian engedte át magát neki; combjait szélesre tárta, körmeivel a hátába markolt, s fejét hátraszegve zihált.

– Igen... így... Nyomjad, bébi, keféld meg a puncimat...

A lány elragadtatottnak szánt hangjától a férfi legszívesebben kiugrott volna az ágyból. Amanda pocsék színésznő volt.

Óvatosan beszívta a sima bőrt az ajkai alatt; azonnal megérezte a nyakában futó, lüktető ereket. Gabriel éhsége ismét győzött undora felett; észrevétlen mozdulatokkal végigkarcolta a szemfogával, s finoman átmetszette a lány vénáját.

Míg Amanda minden figyelmét lekötötte a szex, semmit nem vett észre abból, hogy Gabriel bódultan a vérét szívja.

Gabriel komor elégedettséggel nyúlt végig a drága bőrkanapén, mely legkedveltebb bútordarabjai közé tartozott. Az ivástól mindig eltunyult kissé. Rágyújtott, hosszan beszívva a füstöt, majd a whiskysüvegért nyúlt. Elmerengve lötykölgette az italt, mikor váratlanul kialudt a komódon álló lámpa fénye. Nocsak. Nem várt vendéget az éjjel – ami azt illeti, az így érkezőket soha nem látta szívesen vendégül. A lámpa fénye ismét kigyúlt, s a félhomályban egy apró, vékony alak körvonalai rajzolódtak ki. Egy nőé, aki vastag, fekete csipkepalástba burkolt testével, feje tetejére tűzött, piszkosszőke hajával, s keskeny vágású szemeivel inkább hasonlított egy groteszk dögkeselyűre, mint emberi lényre.

– Mit keresel itt?! Még nem telt le...

– Szóval itt laksz – vágott a szavába az asszony. Hideg hangjából Gabriel arra következtetett, hogy nincs éppen elragadtatva a lakásától.

Kecses léptekkel járt körbe a szobában, tekintetét körbejártatva a bútorokon. Nem ért hozzá semmihez, csak rosszallóan csóválta a fejét.

– Képes voltál feladni a Családot ezért...

– Nézd, Arwel... nem hiszem, hogy azért állítottál be hozzám, hogy lakberendezési vitát folytassunk. Nyögd ki végre, mit akarsz, vagy kotródj.

Az asszony bosszúsan méregette. A kemény szavak feldühítették, de nem is számított másra. Belátta, hogy minél hamarabb közli a mondandóját, annál hamarabb túleshetnek a látogatáson, amiben egyikük sem lelte épp örömét.

– Valóban nem telt még le az idő... De ez kivételes eset. A Család hívat, s tudod, hogy ez mit jelent.

Most Gabrielen volt a sor, hogy dühödten meredjen a nagynénjére. Igen, nagyon is jól tudta, mit jelent a Család hívása. Ha az ember eleget tett a kérésüknek, az egyenlő volt egy oltári szívással, ha viszont valaki nem ment el, a Családnak jogában állt megölnie az illetőt.

– Megtudhatom, milyen okból hívattok?

– Nem. – Micsoda meglepetés. – Holnap este megtudod, ne félj.

Azzal Arwel távozott. Gabriel értetlenül meredt hűlt helyére. Nem tudta, mit terveznek vele, amiért muszáj megjelennie a Család összejövetelén, de az ilyesfajta meghívások soha nem jelentettek jót.

Na, nem, ehhez most semmi kedve. A nagynénje és udvartartása volt a legutolsó, amire most vágyott. De tudta, hogy a találkozás immár elkerülhetetlen. Meg kellett jelennie a Család tagjai közt, ha meg akarta őrizni a békességet.

Csak hogy kezdjen magával valamit, egyenként felhúzta a redőnyöket. Most, hogy nagynénje elment, ismét magára maradt... Az az őrült gondolata támadt, hogy még a megátalkodott perszóna is jobb társasága lenne, mint a néma falak.

Az ablakon kitekintve még látott egy-két arra járó embert az utcán. Irigykedve nézte őket. Mit meg nem adott volna érte, ha köztük járhatna, ha részt vehetne a város zajos életében!

Ahogy Gabriel végighajtott a kihalt folyóparton, szinte nem is nézte az utat, csak bosszúsan meredt maga elé. Gyűlölte ezeket az estéket, amiket rokonsága körében kellett eltöltenie.

Letörten pillantott végig a vizet övező kietlen tájon. A város ezen részére senki nem merészkedett önként. A folyót ócska drótkerítés vette körül, a kiszáradt, göcsörtös hársfákat már rég benőtték a gyomok, amelyek úgy fojtogatták a haldokló növényzetet, mint mérgeskígyó az áldozatát. A folyó zavaros vizén szemétkupacok úsztak, a levegőben oszladozó dögök súlyos bűze terjengett.

Kilométereken keresztül nem látott mást, csak a szennyszínű, iszapos habokat. Végül az út mellett felbukkantak az első ütött-kopott viskók. Megérkezett.

Ez a siralmas környék valaha a Rosewill-i temető része volt, de erről már csak az itt-ott fellelhető, enyészetnek indult csontkupacok árulkodtak, amelyeket az elvadult kóbor kutyák kikapartak a földből. A sírköveket lassan benőtte a növényzet, s nem maradt más a parcellák helyén, csak egy elhanyagolt, gazokkal teli bozótos, amit az emberek csak jobb híján neveztek erdőnek.

A környékbéli gyerekek gyakran riogatták egymást kísértethistóriákkal. Pár kissrác fogadott, hogy melyikük mer egy éjszakát eltölteni itt. Az egyikük, Peter végül kimászott a szobája ablakán, s egy zseblámpát magához véve kimerészkedett a régi temetőbe. Azonban az alatt az egyetlen éjszaka alatt nyomtalanul eltűnt. Ennek már tizenkét éve, s azóta sem érkezett hír róla. Természetesen a szülők azonnal futottak a rendőrségre, de mindhiába; a keresés nem hozott eredményt. Peter szülei azonban nem adták fel ilyen könnyen; miután a rendőrök lemondtak a kisfiú megtalálásáról, az édesanyja és az édesapja pár önkéntessel és hozzátartozóval még hetekig folytatták az erdő átkutatását. Végül fél évbe telt, mire az asszony is elfogadta; a kisfiú minden bizonnyal nem élte túl.

A tragédia nagy port kavart a környéken, s azóta senki nem merészkedett az erdő közelébe.

Gabriel nagyon is jól tudta, hogy mi történt azzal a gyerekkel, s mikor a hír a fülébe jutott, végképp elzárkózott a Családtól. Az évi egy látogatás azonban továbbra is azon szükséges rosszak közé tartozott a számára, amit szívesen elkerült volna, ha teheti. De ha nem akarta az egész Nyugati Klánt maga ellen fordítani, akkor kénytelen volt megjelenni náluk.

Behajtott az erdőbe, s leparkolt a fák között, hogy senki ne szúrja ki a kocsit. Erre nem csak azért volt szüksége, mert könnyűszerrel elköthették volna a Bentley-t. Nem, az sokkal jobban aggasztotta, hogy a Család mit szólna, ha megneszelnék, hogy gépjárművet használ.

Nehézkes léptekkel a fák között meghúzódó tisztás felé vette az irányt. Ez volt annak idején a nagy múltú, nemesi családok parcellája, s a földből kiemelkedő, hatalmas sírkövek és kripták eredeti állapotukban magasodtak az arra járó fölé. Bár a moha s a kúszónövények vastagon beszőtték őket, az idő nem fogott rajtuk.

Gabriel kelletlen léptekkel lecsoszogott az egyik kripta nyirkos lépcsőjén, amely egy kőből faragott előtérbe vezetett. Az előtér polcain sorakoztak örök nyughelyükön a „Nagy Múltúak", vagyis, a Család azon tagjai, akik megengedhették maguknak, hogy idő előtt fűbe harapjanak, hisz' mázlijukra valami hatalmas, hősies tett közepén múltak ki. Gabriel fanyarul elhúzta a száját, ahogy az urnákra pillantott. Hát persze… a Családban egyenesen főbenjáró szégyennek számított, ha valaki idő előtt ment el, s az ilyesfajta árulóknak nem is járt ki a tisztességes temetés. Azonban ha valaki egy jó kis tömegmészárlás közepén, tegyük fel, lelövette magát, akkor az a „Nagy Múltúak" közé emeltetett.

Ahogy egyre közeledett a kőfalba süllyesztett bejárat felé, úgy érezte, mintha súlyokat kötöttek volna a lábára. Legszívesebben sarkon fordult volna, de tudta, hogy nem teheti.

Mielőtt belökhette volna a kripta ajtaját, az hangtalanul feltárult előtte. Ahogy sejtette, Arwel állt előtte, s széles mosolylyal fogadta. Ajkai közül kivillantak fehéren izzó szemfogai. Mivel asszony volt, azok sokkal kisebbek voltak, mint férfitársaié. Ugyanakkor senki sem mert ujjat húzni vele; agresszivitása és vérszomja legendás volt.

Gabriel meg sem próbálta viszonozni a neki címzett mosolyt. Mindketten pontosan tudták, hogy nem önszántából van ott, ahogy azt is, hogy Arwel szívélyes viselkedése nem őszinte. Bár mosolygott, a szemei villámokat szórtak, ha csak meglátta unokaöccsét. *Most az egyszer ne cseszd el…* Gabriel mindig ezt olvasta ki a tekintetéből.

– Bent már igazán jó a hangulat – jegyezte meg most sokat sejtetően.

Gabriel pontosan tudta, hogy ez mit jelent; ha szexről volt szó, fajtársai általában nem válogattak. Arwelt követve áthaladtak a külső helyiségen, amely egy hosszú folyosóra vezette őket. A férfit minden nyomasztotta; az alacsony mennyezet, amely épp, hogy nem súrolta a fejüket; a plafonról alálógó, üvegburába erőltetett gyertyák, amelyek suta fényükkel épp csak annyira világították meg a falakat, hogy az ember ne bukjék orra a saját lábában.

Végül megérkeztek egy hatalmas, amfiteátrumra emlékeztető szobába; a mennyezet itt is ugyanolyan alacsony volt, azonban a padlóba süllyesztett medence, a kőből faragott kandalló, s a pazar, színes szőnyegek és párnák már-már barátságossá tették a hideg kőfalakat.

Pontosabban barátságossá tették volna, ha a Gabriel szeme elé táruló látvány és az orrát megcsapó szagok nem töltötték volna el tömény undorral. Akárhányszor is lépett be ebbe a szobába, úgy érezte: minden ép elmével rendelkező ember a padlóra okádna, ha ilyet tapasztalna.

A Család épp kedvenc időtöltésének hódolt; a káprázatos szőnyegeken henteregtek, s a kárpitokat beterítő vér arról árulkodott, hogy ma este hamar belecsaptak a szórakozásba. Gabriel a sarokba pillantott; az unokatestvére, Ryon épp három nőtársát kényeztette. Egyikük felette térdelt; a férfi kábultan a combjába harapott, miközben egy másik rajta lovagolt. A harmadik lány e mellett a nő mellett térdelt; a mellbimbóját cirógatta, s ajkuk heves csókban forrt össze.

Gabriel elfordította a fejét róluk, s pillantása most egy másik párocskán akadt meg; az egyik férfi hanyatt fekve, széttett lábakkal tűrte, hogy Arwel párja, Magory a torkába mélyessze két szemfogát, s kéjesen szívogatni kezdje, miközben ujjait egy percre sem vette le a férfi duzzadt vesszőjéről. Kortyolt egy párat a véréből, majd elé térdelve az ajkai közé vette lüktető férfiasságát. Az hátravetett fejjel, gyönyörrel telve figyelte a férfit, miközben dús, barna hajzuhatagába túrt.

Gabrielnek ennyi elég volt a műsorból; szokás szerint lekuporodott a fal mellé, minél messzebb maradva társaitól, s inkább az italkínálatot vette szemügyre; töltött magának egy pohár bort, s merően maga elé bámult. Arwel szerencsére nem vesztegetett több időt rá; nagynénje már rég lemondott róla, hogy megpróbálja „visszatéríteni a Család hagyományaihoz", s megelégedett annyival, hogy Gabriel jelen van a körükben.

Helyette inkább visszatért otthagyott partneréhez; a lány aranybarna haja már rég kicsúszott kontyából, s most kócos tincsekben terült szét az arca körül. Ahogy észrevette a felé közeledő nőt, arcán izgatott, várakozó mosoly terült szét. Azonnal szétnyitotta selyempalástját; meztelen teste feltárult, mellei szinte világítottak a gyertyák fényében, s lábait engedelmesen széttárva, kihívóan végignyúlt a földön. Na, igen... Gabriel jól tudta, hogy a nagynénje imádja a fiatal nőket. Ha csak tehette, azzal töltötte az idejét, hogy kettőt-hármat az ágyába csábítson, s a nappali órákban is velük volt.

A férfi nem ivott bele az italába, csupán az orrához emelte a poharat; a bor parafaillata elvett valamit abból a bűzből, ami a szobából áradt. A Család hagyományai között ugyanis nem szerepelt a tisztaság szeretete. Gabriel minduntalan csalódottsággal vegyes utálattal tekintett körbe, ha csak itt járt; a padlót beterítették az emberi belsőségek és csontvázak s a kővé száradt vér, csakúgy, mint a földre borult italok, a szőnyegekbe kenődött ennivaló, s a mulatozások egyéb nyomai. A többiek mit sem törődtek ezzel; akár a hiénák, kéjesen vihorászva fetrengtek saját mocskukban, az ópiumtól és a bortól megrészegülten. Gabriel lemondóan tekintett végig a gyönyörtől vonagló nőkön, akik minden este kiéhezett tigrisként vetették rá magukat a csapat férfitagjaira, s ölni is képesek lettek volna, ha valaki megtagadja a testüket tőlük. A Család számára mindegy volt, férfi vagy nő, nekik ugyanaz volt a lényeg; hogy valamelyest kielégítsék vérszomjukat, s csillapítsák vágyaikat.

Gabriel gyűlölte őket, s nem egyszer került vérre menő vitába velük, mert nem volt hajlandó hálni a Család tagjaival. Ezek a szajhák képesek voltak hivalkodó ékszereikkel körülvenni magukat, hajukat elegáns kontyba tűzni, s finom, drága selymeket és csipkéket magukra ölteni, de a testükből áradó bűztől, a fogukra száradt vértől, s a körmük alatt éktelenkedő maradványoktól a férfi minduntalan viszolyogni kezdett.

Ekkor izgatottság söpört végig társain, ami őt is kizökkentette merengéséből. Az asszonyok és férfiak mind-mind körbekuporodtak a szőnyegen, s Arwel jelent meg mellette. Gabriel értetlenül nézett a nőre. Aztán beugrott neki; igen, az áldozati szertartás. Legalábbis a Család így hívta azokat az alkalmakat, amikor mindenki összegyűlt, hogy végignézzék, ahogy a férfiak nyilvános megaláztatásoknak teszik ki az este elejtette emberi nőket. Gabriel számára ezek voltak a leggyűlöletesebb órák, amióta megszületett; a társai a meztelenre vetkőztetett szüzeket egy kampóra lógatták fejjel lefelé, kezeiket a lábaikhoz kötözték, s mialatt a Család elszavalta az Istenekhez szóló imákat, a férfiak egyesével megkorbácsolták az aznapi áldozatukat. De a móka csak ezután következett; a nőket egy asztalhoz kötözték, s azok úgy vergődtek tehetetlenül, hanyatt fekve, szétfeszített combokkal, mint a hátukra fordult bogarak az út szélén. Nem egy közülük megfulladt a szájába tömött rongyoktól, s ők voltak a szerencsésebbek; a többieknek először végig kellett szenvedniük a szertartás többi részét.

Gabrielnek hosszú éveken keresztül kellett néznie, mit tesznek társai ezekkel a fiatal lányokkal, de részt venni nem volt hajlandó benne. Minden, az első alkalmon átesett férfinak kötelessége volt, de ő kivételt jelentett.

Ekkor ismét megjelentek a szobában férfitársai, a vének pedig ütemesen verni kezdték a dobokat. Ahogy egyre közelebb értek a szertartás végéhez, azok az átkozott dobok egyre gyorsabb ritmusban szóltak. Gabriel figyelte, ahogy Magory fél kézzel felemeli és a kampóra akasztja az aznap esti lányt, mintha csak súlytalan lenne. A nő nem sírt; túlságosan meg volt rémülve, semmint hogy sírni tudott volna. Szemei tágra nyíltak a rémülettől, s elkeseredetten kapálódzott béklyóiban. Ez már csak az életösztön kilátástalan küzdelme volt; tudta, hogy nincs menekvés. Próbálta elfordítani a fejét, hogy lássa, mi fog vele történni, de azok ezúttal is jó munkát végeztek; a lány moccanni sem tudott.

Gabriel körbepillantott az asszonyokon; azok széles vigyorral, izgatottan mocorogtak a helyükön. A szertartás végéig nem kelhettek fel, de alig győzték kivárni a pillanatot.

Gabriel ismét a lányra pillantott. Rosszul tette; a nő könyörgő tekintete rávetült, s hirtelen félelem helyett döbbenettel vegyes reménykedést lehetett leolvasni róla; Gabriel volt az egyetlen, akinek az arcán éhes izgatottság helyett szánalmat és undort látott. A lány tágra nyitott szemekkel meredt a férfira, s betömött szája ellenére is beszélni próbált. Gabriel nem egyszer találkozott már ezzel a pillantással; a foglyok többsége észrevette rajta, hogy pokolba kívánja az egészet, s ösztönösen felé fordultak, a segítségében bízva. A férfi minden egyes alkalommal szembesült azzal a vidám kis felismeréssel, hogy bármit is próbálna tenn, hasztalan lenne. Annak esélye, hogy meggyőzze a Család tagjait a lány szabadon engedéséről, nemhogy esélytelen, hanem egyenesen röhejes ötlet volt. Egymaga pedig aligha tudta volna kiszabadítani az áldozatokat; még a kripta ajtajáig sem jutottak volna, a Család már ki is végezte volna őket.

Nem bírta tovább elviselni a lány kérlelő tekintetét. Szó nélkül felpattant a helyéről, s még mielőtt bárki visszatarthatta volna, szinte kimenekült az erdei tisztásra. Rágyújtott, idegesen szívva be a füstöt, ami úgy hatott rá ilyenkor, mint fuldoklóra a friss oxigén; kissé megnyugodott tőle, s feje is kitisztult. Ujjaival végigszántott a haján, egyhelyben toporogva a kripta előtt. Tudta, hogy nemsokára vissza kell mennie, de abban biztos volt, hogy a szertartás végignézésére nem kényszerítheti senki; inkább ő is ott pusztul abban a nyomorult kriptában, mintsem hogy részt vegyen a Család elfajzott, perverz játékaiban.

Csak pár perc enyhülést hozó magány jutott neki; mint ahogy azt jól sejtette, Arwel azonnal utánament, hogy visszaráncigálja. Az asszony nem nézett rá; megállt mellette, de csakúgy, mint ő, nagynénje is mereven maga elé tekintett. Végül rideg hangon megszólalt; a szavaiból áradó megvetés nem lepte meg különösebben a férfit.

– Nem tudom, mi a franc volt ez megint, de tőled nem is számítottam másra. Hidd el, nekem is örömre szolgálna azt mondani, hogy most már elkotródhatsz, de a mai este kivételes; a szertartásnak mindjárt vége, s akkor vissza kell jönnöd közénk... napkeltéig velünk kell maradnod – azzal sietős léptekkel faképnél hagyta.

Nocsak... – gondolta. Vajon milyen meglepetéseket tartogat még számára a hőn szeretett Család?

Nem kellett sokáig várnia, hogy megtudja. Amint belépett a kripta ajtaján, Arwel eléje sietett, s tőle szokatlan módon meghajolt előtte. Gabriel meghökkent az alázatos mozdulaton, s rosszat sejtett; a Család csak ünnepi alkalmakkor ragaszkodott az ilyesfajta formalitásokhoz. Főként, ha róla, Gabrielről volt szó.

Mégsem figyelt nagynénje szavaira. Ugyanis az asszony feje fölött elpillantva remek rálátása volt az áldozati szertartás nyomaira; a lány még mindig ott hevert az asztalhoz kötözve. Már halott volt; a Család hagyományosan élve szétmarcangolta az áldozatokat, mintegy hatásos záróakkordként. Gabrielbe most villámként csaptak az emlékek: gyermekkorában számtalanszor végignézte, ahogy az éles fogak a húsba vájnak, a nők pedig tehetetlenül üvöltöttek földöntúli kínjaik között.

– Itt az idő, hogy elmondjam, miért tartottam oly fontosnak, hogy eljöjj ma este – búgta az asszony ünnepinek szánt, méltóságteljes hangon. – Ezennel tudatom veled, hogy nem kisebb megtiszteltetésben van részed, minthogy nőül veheted a dicsőséges Magory Főherceg leányát, Raven hercegnőt.

Gabrielre úgy hatottak ezek a szavak, mintha súlyos kövekkel telt volna meg a gyomra... Végre magához tért merengéséből, de képtelen volt megszólalni, csak mély döbbenettel, elakadt lélegzettel bámulta nagynénjét. Ez nem lehet igaz... Ha házasságra lép az unokatestvérével, azzal neki befellegzett. Pontosan tudta, miért teszi ezt Arwel; ha elveszi a hercegnőt, azzal végképp a Család elkötelezettjévé válik, hisz' egy királyi sarj kezét csak az nyerhette el, aki a legméltóbbnak bizonyult. Ennek mércéje többnyire a kegyetlenség volt. Vagyis a Család olvasatában a hősiesség. Aki a legtöbb emberi lényt gyilkolta meg, s a legválogatottabb módszereket alkalmazta a kínzásukra, csak az nyerhette el egy nemesi származású nő kezét. Ezek a tettek még a rangot is háttérbe szorították, pedig a Család tagjai adtak a jó vérvonalra.

Gabriel, bár a „Nagy Múltú" Assino fia volt, vagyis a hajdani Főherceg közvetlen leszármazottja, soha nem gyilkolt, ezzel a ranglista legaljára került. A férfiak általában sportot űztek az emberek vadászatából.

Gabriel lázasan kutatott az elméjében, hogy milyen kiutat találhatna a helyzetből. A váratlan események teljesen megbénították, s engedelmesen tűrte, hogy nagynénje kézen fogja, akár egy nyűgös kisgyermeket.

– Kérlek, most jöjj velem – folytatta az asszony rezzenéstelen arccal –, hogy megfelelően tudd fogadni a társadat.

Ahogy elhaladtak a Család tagjai előtt, Gabriel érezte a belőlük áradó jeges megvetést; azok, bár Arwelhez hasonlóan mély meghajlással fogadták, lehajtott fejüket megemelve gyűlölködő pillantásokat vetettek rá, s a férfi pontosan tudta, hogy szívük szerint soha nem asszisztálnának a frigyéhez. A főhercegi párnak azonban senki nem mondhatott ellent.

Arwel bevezette az egyik hátsó folyosóra, ahonnan a Család tagjainak lakosztályai nyíltak. Ahogy kikerültek a kíváncsi szemek kereszttüzéből, Arwel sutba dobta a tiszteletteljes hangnemet; berángatta a férfit az egyik szobába, majd ahogy az ajtó becsukódott mögöttük, a nő megragadta a nyakát, s a levegőbe emelve a falnak nyomta. Hihetetlen ereje volt, ezt Gabriel nem egyszer tapasztalta már.

– Ide figyelj, te nyomorult – fröcsögte gyűlölettől összeszűkült szemekkel. – Ígéretet tettem apádnak, hogy az életem árán is megóvlak, s biztosítom számodra a herceghez méltó életet. Ha nem tettem volna, most megölnélek. A Család szégyene vagy, s csak apád emléke tart vissza minket attól, hogy ne végezzünk ki, mint egy utolsó korcsot. Remélem, ezzel tisztában vagy.

Gabriel nem felelt, csak szótlanul nézte dühöngő nagynénjét. Már rég tisztában volt mindezzel, bár Arwel nem mondott teljesen igazat. Az apja a halála előtt nem arra kérte őt, hogy óvja meg a fiát. Nem, Assino már régen nem hitt benne, s a nemesi sarj védelme egyvalamire szolgált; a makulátlan vérvonal megóvására. Amíg ő élt, a Család számára olyan volt, mint egy spermadonor, amely biztosította a számukra a megfelelő utódok nemzését.

De nagynénjétől nem várt mást, mint effajta szónoklatokat; előszeretettel vágta az arcába, ha csak tehette, hogy a Család mintegy föláldozza magát a kedvéért, minden szeszélyét kiszolgálva. Szembenéznek még azzal a végzetes szégyennel is, amelyet a Klán többi tagjától el kell szenvedniük, ha csak neve szóba kerül.

Arwel elengedte; ernyedten csúszott le a fal mentén, akár egy rongy. Nagynénje még vetett rá egy utolsó megvető pillantást. Zihálva igazgatta kontyából kiszabadult tincseit, s igyekezett úrrá lenni dühén. Végül anélkül, hogy rápillantott volna, az ágy felé intett.

– Szerencséd, hogy Raven jó nevelést kapott. Egy porcikája sem kívánja, hogy frigyre lépjen veled, de hercegi sarjhoz méltóan viseli a helyzetét. Ajánlom, hogy te sem tégy másként, s ne hozz újabb szégyent ránk azzal, hogy méltatlanul viseltetsz iránta. Most pedig öltözz át. Így – gúnyosan végigmérte a férfit, aki még mindig öltönyében feszített – nem állhatsz ki a Család elé.

Azzal elhagyta a szobát. Gabriel keserűen pillantott az ágy felé, amelyen már gondosan ki voltak készítve a megfelelő ruhadarabok. A fekete bőrnadrág, vörös selyempalást, s a súlyos aranyékszerek inkább illettek volna egy elfuserált rockzenekar videoklipjébe, mint eljegyzési szertartásra. Gabriel végigpillantott a lakosztályon, ami egykoron az övé volt; a drága bársonykárpitok, olajmécsesek, s az ósdi fabútorok látványa ismét elcsüggesztették.

Gyermekkorában még őszinte elszántsággal próbálta meggyőzni társait arról, hogy el kellene hagyniuk a kriptát; abszurd gondolat, hogy a föld alatt éljenek, barbárok módjára gyilkolva, s emberi maradványok között csússzanak-másszanak a földön.

Gabriel gyakran kiosont a kriptából, főleg a téli napokon, amikor hamar sötétedett; bemerészkedett a város emberlakta részeire. Eleinte hihetetlenül félt, hisz' ő is hallotta a Család vénjeitől azokat a mendemondákat, amelyek az emberek kegyetlenségéről szóltak. Ezekben a történetekben az emberek nem voltak mások, mint állatok, akik nem tiszteltek semmit és senkit. Ők, ahogy az idősebbek mondták neki, nem rendelkeznek oly fejlett kultúrával, oly fennkölt történelemmel, oly gazdag hagyományokkal, mint fajuk Klánjai. Ahogy a vének mondták, ezek a lények megtagadják saját fajukat, kitaszítják gyermekeiket, elűzik atyjukat, s saját életüket is sárba tiporják koszos kis fillérjeikért. Gabriel akkor hitetlenkedve hallgatta őket, s bármennyire is félt ezektől a lényektől, a kíváncsiságát nem tudta legyűrni; még kamasz volt, amikor először közelebb merészkedett hozzájuk.

Gyalogszerrel jutott be Rosewillbe, s bejárta minden szegletét. Ámulva figyelte a villódzó fényeket, az autókat, amelyek sebesen és zajosan szelték az utakat, az emberi nőkkel pedig nem tudott betelni. Nem mert odamenni hozzájuk, de egyre közelebb óvakodott, hogy minden porcikájukat láthassa. Annyira mások voltak, mint a Család tagjai. Élettel telik, bársonyos bőrűek, a nevetésük pedig a fiú szívéig hatolt. A legjobban mégis az illatukat szerette.

A testvére, Amathist észrevette, hogy nem tölti otthon az éjszakákat. Egyszer utánaosont, s amint meglátta, hogy a fivére a városba megy, azonnal beárulta őt a szüleiknél. Amathist gyűlölte őt, amiért atyjuk állandóan kivételezett vele, s abban reménykedett, hogy ha sikerül valami igazán alávaló dolgon kapnia őt, akkor apjuk előtt ő léphet a bátyja helyébe.

Assino furcsálkodva hallgatta Amathist beszámolóját, s amint Gabriel hazatért, magához hívatta. Öccse sötét elégedettséggel kísérte Gabrielt a színe elé, arra várva, hogy végre megbüntetik az engedetlenségéért. Assino azonban úgy határozott, hogy a fia már elég érett rá, hogy kimehessen vadászni a Család férfitagjaival. A vezető szíve szerint még várt volna ezzel; szerette volna, ha fia megerősödik, mielőtt portyára indul a csapattal. De látva kalandvágyát biztosra vette, hogy Gabriel azért járt ki éjszakánként a tudta nélkül, hogy egymaga elfogjon egy embert, melyet áldozatként mutathat be *a vezető szent színe előtt, ezzel biztosítva feltétlen hűségéről és rátermettségéről. Assino végtelenül büszke volt, s elnézően mosolygott gyermekére, édesanyjuk, Amalthea pedig némán könnyezett. Gabriel nem mert megszólalni, s úgy gondolta, az lesz a legjobb, ha nem árulja el az igazságot. Amathist ellenben fuldoklott a méregtől, amikor tudomására jutott a döntés. A Család férfitagjai elismerően veregették az ifjú vállát, hisz' rég nem ért már senkit ilyen megtiszteltetés, hogy az első alkalma előtt a vadászok tagjai közé emeljék, az asszonyok pedig már azon gondolkoztak, hogy vehetnék rá Assinót, hogy az ő leányaik közül kerüljön ki Gabriel jövőbeni párja.*

Persze az ígéretes kezdet után a folytatás már nem volt olyan fényes... Gabriel újra és újra kudarcot vallott, a vadászathoz végtelenül ügyetlen volt, undorodott a vértől, s gyakran futni hagyta az áldozatait. Képtelen volt gyilkolni, bár tudta, hogy ha nem táplálkozik rendszeresen az emberi faj nőstényeiből, vészes gyorsasággal ki fog száradni, míg végül a teste összeaszalódik, akár egy szilva. Fajtársait pedig már kezdetektől megtagadta. Irtózott tőlük.

Így hát ivott az emberi nőkből. Legyűrte félénkségét, s szóba elegyedett a lányokkal. Megcsókolta és megérintette őket, miközben nagyokat kortyolt a vérükből. Nem mert szenvedélyes lenni, s nyakukon is épp csak akkora vágást ejtett, hogy hozzájusson a vérükhöz. Miután végeztek, a lányok felrángatták magukra a bugyit, rendbe tették a ruhájukat, s már siettek is vissza a klubba, ahonnan Gabriel kicsalta őket egy futó menetre. Másnap ugyan kissé csodálkoztak, mikor a tükörbe pillantva apró, szúrásszerű sebeket fedeztek fel a nyakukon, de a dolognak ezzel vége volt.

Társai hamar ráuntak, hogy vele vadásszanak. Mint ahogy azt a vezetőnek is elmondták, fia lassú, ügyetlen, s akár pirkadatig is eltart, míg sikerül összeszednie egy nőt. Assino lemondóan csóválta a fejét, de engedélyezte, hogy Gabriel a többiek nélkül, egyedül vadásszon.

Egy előnye volt a dolognak: így társai soha nem tudták meg, hogy közösül az emberi nőkkel. Ugyanis ezt a faj összes tagja végtelenül visszataszítónak találta... Az embereket nem tekintették másnak, csupán állatoknak, áldozati kelléknek, s szórakozásnak, s ha a fülükbe jutott volna, hogy Gabriel inkább választja ezeket a lényeket a Család nőtagjai helyett, ott helyben felkoncolták volna.

Aztán eljött az éjszaka, amikor úgy tűnt, végleg búcsút mondhat a Családnak. A férfiak nem mentek ki vadászni, de Gabriel ismét kiosont.

Azokon az éjszakákon, amikor nem kellett a többiekkel az utcákat járnia, a város külső kerületeit rótta. Már évtizedek teltek el az első itt töltött órái óta. Rutinosan mozgott a falak között, s nem tudta megállni, hogy az emberi nőket ne próbálja meg közelebbről is megismerni.

Szóba elegyedett egy Sophie nevű lánnyal. Nem volt épp szépnek mondható, eszesnek meg végképp nem, de végtelenül kedves természete miatt a fiú mégis ragaszkodott hozzá. Napközben egy gyorsétteremben dolgozott, így nem vette zokon, hogy a fiú éjszaka látogatja. Első találkozásukkor a lány hajléktalannak nézte, mivel az étterem mögötti kukák körül őgyelgett. Igazság szerint csak a kíváncsisága hajtotta; megérezte a konyhából jövő illatokat s megpróbált belesni az ablakon, hogy kiderítse, mi az a hely. Akkor ütközött bele az egyik kukába.

Megpróbálta meggyőzni Sophie-t, a lány azonban hajthatatlan volt; megkérte, hogy maradjon ott zárásig. A fiú behúzódott az egyik kapualjba, s nem sokkal később a lány feje meg is jelent a résnyire nyitott hátsó ajtóban. Behívta a fiút. Tetszett neki az az elragadtatottság, ami Gabriel arcán ült, ahogy végignézett Sophie testén. Gabriel szemét különösen szerette; akaratlanul is elpirult, ha a fiú ráemelte a tekintetét. Naivan érdeklődő természetét pedig elbűvölőnek találta. Sophie az a fajta lány volt, akinek mindig megesett a szíve a gyámoltalan kóbor állatokon, s még a meglőtt galambokat is befogadta magához, míg azok újra szárnyra nem kaptak. Gabriel sem volt más a számára, mint egy elhagyatott kiskutya, akit befogadhat. Sophie volt az, aki megtanította olvasni. Az írás tudománya lenyűgözte.

A lány, ha csak tehette, könyveket ajándékozott neki, s ezeket a fiú a lakosztályában rejtegette. Bele sem mert gondolni, mit szólna a Család, ha rájönnének, hogy olvas. Ezt ugyanis az emberi képzelet ostoba szüleményének tartották, s kijelentették, hogy Isteneik ellen való. A fajnak megvolt a maga eredettörténete, s egyenesen istenkáromlásnak tartották az írott szót, s az emberek zagyva elméleteit a világ keletkezéséről.

Sophie egyre jobban a bizalmába fogadta, s beavatta őt terveibe; szerette volna otthagyni az éttermet, s New York-ban szerencsét próbálni. Gabriel erősen kételkedett a lány terveiben, de szótlanul hallgatta, s lelkesedéstől kipirult arcát ellenállhatatlannak találta. Megmutatta neki, hogy mennyi pénzt gyűjtött eddig össze a befőttesüvegében, amit a hűtő tetején tartott. Nem is volt kevés. Gabrielbe fájóan hasított ez az emlék… pontosabban az, ami ezután következett.

Ahogy Sophie a hűtő teteje felé nyújtózkodott, az étteremben viselt kis szoknya felcsúszott a combjáról. Kifejezetten alacsony lány volt, s inkább volt gömbölyded, mint karcsú, de fehér bőre olyan volt, mint a legdrágább porcelán. Barnás-vörös, sötét, göndör haja a vállára omlott, s szinte szikrázott a konyhai lámpa fényében. Ahogy végignézett a lány testén, férfiassága azonnal megkeményedett. Sophie az asztalra szórta a pénzt, keze között gyűrögetve a bankókat, Gabriel azonban nem vette le a szemét a lány ajkairól.

– Mit nézel? – kérdezte végül sután. A fiú imádta a lány zavart hangját. Szemei most a mellkasára vándoroltak, s látta, hogy az sebesen emelkedik minden egyes lélegzetvételénél. Nem tudott betelni a lány hatalmas, gömbölyű melleivel, amelyek szinte pattanásig feszítették a vékony kis pamutblúzt.

– Téged nézlek… Bolond is lennék, ha nem tenném – suttogta rekedt hangon a fülébe, miközben félresöpörte a göndör fürtöket, hogy a nyakához férkőzhessen.

Sophie halkan nevetgélt, ahogy Gabriel végigcsókolta a bőrét. A lány borzongásából rájött, hogy érintése csiklandozza, ezért az orrával is végigsimított a nyakán, mire a lány hangos nevetésben tört ki, s vállait igyekezett minél feljebb húzni, hogy elmenekülhessen a fiú ajkai elől. Gabriel mindezt széles vigyorral nyugtázta, s hirtelen mozdulattal magához fogta a lányt, mélyen megcsókolva, nyelvével finoman simogatva az övét.

Rövid időn belül az ágyban kötöttek ki. Sophie hihetetlenül szenvedélyes volt, s ahogy vad lovaglásba kezdett a csípőjén, melleinek ringatózása szinte megbabonázta.

Eljött a hajnal, s Gabrielnek vissza kellett térnie a Családhoz. A lány üde mosollyal egy utolsó csókot lehelt az ajkaira, s azzal váltak el, hogy a következő éjjelen Gabriel ismét eljön hozzá.

Csakhogy amikor Gabriel visszasurrant a kriptába, a Család már várta. Assino alig tudta visszafogni tomboló dühét, hogy ne ölje meg azonnal elsőszülöttjét; Amatisht ismét utánalopakodott, s amint rájött, hogy Gabriel egy emberi nővel szűrte össze a levet, nem volt rest azonnal jelenteni a dolgot Assinónak. A Család csúfondáros nevetésben tört ki, ahogy a fülükbe jutott, micsoda gyalázat érte a főhercegi családot. Gyűlölték Gabrielt, s csak arra vártak, hogy elbukjon.

Kárörömük nem tartott sokáig; a vezető úgy járkált fel-alá a falak közt, mint egy ketrecbe zárt vadállat, s a falhoz vágva összetört mindent, ami a keze ügyébe akadt.

– Uram... – Zaharia, Assino másik húga térden csúszva közelebb óvakodott. – Egyet se félj, kivégezzük a nyomorultat, amint a kezünk közé kerül...

Befejezni már nem tudta a mondandóját; bátyja egy hirtelen mozdulattal elkapta a torkát.

– Kussolj, ribanc! – sziszegte az asszony arcába, s a nyakánál fogva a falhoz vágta. A Család többi tagja ijedten szűkölt, s alázatosan hátráltak a közeléből. Assino fékevesztetten, artikulálatlanul üvölteni kezdett, karjaival tehetetlenül hadonászva az ég felé.

Gabriel ekkor lépett be a kripta ajtaján.

* * *

Zavartan a kikészített ruhákra pillantott. Nem akart emlékezni arra, ami ezután történt. Beletörődő sóhajjal átöltözött. Vetett még magára egy utolsó, fitymáló pillantást a kétszárnyú tükörben, s öltözékét továbbra is röhejesnek találta. Undorodva gyűrögette a selyempalástot, s már előre utálta az egészet. Ráadásul nagyon is jól tudta, hogy Raven inkább meghalna, semmint hogy az ő párja legyen.

Arwel már az ajtó előtt várta, mikor kilépett a szobából.

– Na, végre... helyes, helyes...

Az asszony tetőtől talpig végigmérte, s megnyugodva látta, hogy legalább ezzel nem lesznek gondok; Gabriel nyilván rájött, hogy mit kell tennie.

– Nem lesz más dolgod, mint kivárni, amíg bemutatjuk neked a párod. A megfelelő pillanatban felállsz, s illően fogadod. Utána pedig elismétled, amit Magory mond. Ha megpróbálod elrontani, s a Családhoz méltatlanul fogsz viselkedni, vagy megpróbálsz kihátrálni, esküszöm, hogy saját kezűleg öllek meg. Világos?

Gabriel felmordult. A parancsoló szavaktól ismét felforrt benne a düh, s képtelen volt igennel válaszolni. Arwel nyert. Karon ragadta, akár egy hisztiző gyereket, s magával vonszolta. Csak a terem előtt engedte el, ahol a Család összegyűlt, hogy fogadja a jegyespárt. Arwel lépett be elsőként, ő pedig engedelmesen haladt mögötte.

Gabriel, Assino fia immár készen áll, hogy fogadja leendő párját, Raven hercegnőt, Magory Főherceg lányát.

A Család tagjai engedelmesen tapsoltak, mikor belépett a terembe. Mélyen meghajolva köszöntötte őket, majd helyet foglalt a számára kijelölt helyen; a leendő pár férfitagja számára egy trónust emeltek, hogy innen szemlélhesse meg jövendőbelijét.

Amint leült, Arwel ismét megszólalt:

– Gabriel, Assino fia, kérlek, tekintsd meg választottadat, s bizonyosodj meg róla, hogy méltó párod lesz majd.

A férfi hallgatott. Nem is kellett mást tennie, hisz' az egész rohadt frigy el volt döntve. Az esküt tévő pároknak egyébként sem kellett sokat jártatni a szájukat; a szülők beszéltek, ők hallgattak, maximum annyit tehettek, hogy maguk alá csináltak a gyönyörűségtől, hogy ilyen hatalmas megtiszteltetésben lehet részük, bla-bla-bla... Gabriel okádni tudott volna az egésztől.

Ekkor Magory is felállt, s Arwellel együttesen az ajtó felé fordították a tekintetüket. A Család sem tett másként, s most Magoryn volt a sor, hogy folytassa a szertartást:

– Lépj hát be, Raven, Magory elsőszülöttje. Járulj leendő párod s a Család színe elé, hogy esküd örök jegyét büszkén viselhesd szívedben.

Gabriel vonakodva felpillantott, mikor az unokatestvére megérkezett a trónushoz; a lány dereka és combjai be voltak tekerve valamiféle lila palástszerűségbe, amely több méter hosszú volt, így azt a földön húzta maga után. Felsőtestén nem viselt egyebet, csak egy hatalmas, apró ékkövekből kirakott nyakéket, amely befedte a melleit is. Haja egy része fel volt tűzve, a többi szabadon lelógott a vállán, egészen a derekáig. Két tenyerén súlyos aranytálakat tartott, melyek szintén csordultig meg voltak pakolva ékkövekkel. Mezítelen lábain mégis oly kecsesen vonult végig a Család tagjai közt, mint egy macska. Egy pillanatra megállt a terem közepén, s kivárta, míg a társai között felzúgó taps elhal, s eközben le sem vette a szemét Gabrielről. Valóban kifogástalanul viselkedett, a férfinak ezt el kellett ismernie, ahogy azt is, hogy ha nem irtózott volna ennyire, a szertartást akár még szépnek is találta volna.

Raven előrelépett, s könnyed mozdulatokkal a lábai elé helyezte a tálakat.

– Fogadd tőlem eme zálogot, Gabriel, Assino fia, örökkön tartó frigyünk jelképéül. Büszkén fogadom meg eskümet Isteneink előtt; nincs, ki nálad méltóbb párom lehetne.

Raven hátrált pár lépést, továbbra is farkasszemet nézve vele, s megállt Arwel és Magory között. Kezeit összekulcsolta maga előtt, ajkain szende mosoly látszott. Tökéletesen játszotta a szerepét. Ha Gabriel nem ismerte volna annyira, s nem tudta volna, hogy a Klánok között igazi szajha hírében állt, elhitte volna, hogy ártatlan szűzlány.

Magory ismét megszólalt, s hívó kezét felé emelte:

– Szólj hát, Gabriel, Assino elsőszülöttje. Méltó párod lesz-e Raven, Arwel leánya?

– Méltó lesz – dörmögte csüggedten. Páran felkapták a fejüket, s szúrósan pillantottak rá. Ilyenkor általában a leendő pár férfitagjai majd' kiugrottak a bőrükből boldogságukban, s szinte ordítoztak a ceremóniát vezető Főherceggel. Gabrielt azonban nem érdekelte, mit gondol a Család, csak minél hamarabb túl akart lenni az egész szarságon.

Magory valószínűleg hasonlóan érzett, mert ügyet sem vetett a többiekre.

– Büszkén foglalod-e el helyed az oldalán?

– Igen...

És ez így ment tovább, hosszú órákon keresztül, bár Gabriel nem volt biztos benne, mennyi ideig tartott a szertartás; ő egy örökkévalóságig érezte. Közben lopva újra meg újra Raven felé pillantott, aki lassan egy áruházi próbababára kezdett hasonlítani. Az egész szertartás alatt ugyanolyan félmosolyba rendeződtek a vonásai, ami szende helyet már-már bárgyúnak tetszett. A ceremónia végére Magory tekintete szinte villámokat szórt, látva, hogy unokaöccse meg sem próbál az alkalomhoz illő örömöt tanúsítani; épp ellenkezőleg, ahogy telt az idő, Gabriel egyre elkeseredettebbé vált, s szinte már lefolyt a trónusról, mintha csontjai felszívódtak volna. Raven arcán ekkor sem látszott semmi érzelem; míg apja legszívesebben kettéhasította volna jövendőbelijét, addig ő üres tekintettel, bamba mosollyal meredt a semmibe.

Lehunyta a szemeit, bár biztosra vette, hogy az egész Család látja tiszteletlenségét. Elképzelte, hogy mennyasszonya hoszszú, fehér ruhában áll előtte, haja elegáns kontyba tűzve, arcát fátyol borítja, s a rengeteg hószín lepel úgy terül el körülötte, mint egy mennyei felhő. Ő pedig szívében édes izgatottsággal várja, hogy az ujjára húzhassa a gyűrűt, szerelmük zálogát. Bár az álomképbeli lánynak nem volt arca, s ő maga is tudta, hogy ez soha nem fog megtörténni vele. Mégis ebbe a látomásba kapaszkodott, s ez volt az, mely átsegítette az estén anélkül, hogy felpattant és kirohant volna a ceremónia vége előtt.

A szertartást hagyományosan nagy ünneplés követte, melyben a pár kitüntetett figyelmet kapott; a Család koccintott a frigyükre, s jókívánságokkal halmozta el őket. Ezúttal sem volt másképp, csakhogy Gabriel mindebből kimaradt. Miután megkötötték a jegyességet, félrevonta Arwelt s kerek perec megmondta neki: megtette, amit kértek tőle, most pedig hagyják elmenni, ez az egész mulatozás úgysem róla szól. Az asszony ünneplő társaira pillantott; valóban. Míg azok körüldongták Ravent, Gabrielre ügyet sem vetettek. A nyílt ellenségeskedésről most lemondtak, helyette egyszerűen levegőnek nézték.

Arwel végül egy lemondó sóhaj kíséretében legyintett, mintha csak egy pimasz legyet akarna elhessegetni.

Gabriel vetett még egy utolsó pillantást a lányra. Raven továbbra is csak mosolygott, de testbeszéde annál árulkodóbb volt; peckesen kihúzta magát, s hagyta, hogy a Család többi tagja kiszolgálja. Azok pedig kötelességtudóan hordták elé az ennivalót és a bort.

A férfi úgy érezte, ennyi bőven elég volt neki jegyeséből. Kifordult az ajtón, s meg sem állt az erdőben parkoló kocsiig.

Ahogy beült a volán mögé, pár percre sikerült megnyugodnia; görcsösen szorította a kormányt, mintha az lenne az utolsó kapaszkodó, amely még vissza tudja rántani a való életébe. Minden, a Családnál tett látogatás után úgy érezte magát, mintha egy bizarr rémálomból ébredne. Mindig is olybá tetszett a számára, mintha ez a kripta meg az egész tetves környék egyszerűen nem lenne része a valóságnak, s gyakran maga sem akarta elhinni, hogy bármi köze van azokhoz a lényekhez, amelyek ott élnek a föld alatt, állatias ösztöneiknek hódolnak, megrögzötten ragaszkodva primitív hagyományaikhoz.

Kipattant a kocsiból, cigarettára gyújtott. Szívott pár gyors slukkot, de most még ez sem használt; szétvetette a düh, ha arra gondolt, mibe ment bele az imént. Az éjszaka eseményeitől szinte eszét vesztette. Elhajította a cigit, s nagyokat rúgott a kocsi oldalába. Két kezével tépte a haját, s ordított tehetetlenségében. Nem bírta elviselni a tudatot, hogy a jegyesség örökre a Családhoz béklyózza; vissza kell térnie a kriptába, s társai között leélni az életét. Ha nem teszi meg, azzal végleg bizonyítékot ad róla, hogy megtagadta a gyökereit, s ezzel mintegy feljogosítja a Családot, hogy kivégezzék. Arwel biztosra ment; vagy végleg hozzájuk köti magát, s „jó útra tér”, vagy megölik. Akárhogyan nézte is, ők nyertek, s ezzel nagynénje is tisztában volt.

Semmi kedve nem volt hazamenni. Már maga előtt látta, ahogy végeláthatatlan köröket ró az üres lakás falai között, akár egy vágóhídra szánt állat, mely tehetetlenül vergődik ketrecében. A gondolatra felüvöltött.

Még mindig zihált, amikor egy utolsó pillantást vetett a kocsijára. Minden értéke benne volt; bankókkal gazdagon tömött tárcája, s pazar ékszerei, de nem érdekelte. Mit számít egy rohadt óra, amikor halálra van ítélve?

Elindult a fák között, mindent hátrahagyva. Egyre mélyebbre ásta magát a rengetegben, karjával utat törve magának a sűrű növényzetben. Maga sem tudta volna megmondani, hová megy.

* * *

Mélyeket lélegzett, s nyugodt tekintettel pásztázta a zöld lombokat. Az ösvény melletti fák végtelen sora mintha örökké tartott volna, s láncuk soha nem akart volna megszakadni. Idővel azonban a kép tisztulni kezdett; a növényzet egyre ritkásabb lett, s lassanként az ágak között előtűnt a tenger távoli, csillogó kékje. Az erdőben tökéletes csend honolt; nem hallatszott más, csak Hope erős lélegzetvételei s patáinak dobogása, ahogy elszántan baktatott a kanyargós kis úton.

Lily feje teljesen kitisztult; nem létezett más, csak a föld illata, melyet a kanyargós kis ösvény ontott magából és Hope hatalmas, erős teste, ahogy újra meg újra megfeszült gazdája alatt. S lágy, meleg fújtatása, ahogy békésen lépkedett a lombok sűrűjében.

Az ösvény végéhez érve egy tisztás tárult a szemük elé; Lily lenyűgözve pásztázta az előtte elterülő pusztát. A távolban föld és ég eggyé váltak, s a Nap lassan kúszott felfelé. Még utoljára piros sugaraival csókot lehelt a horizontra, mielőtt felemelkedett volna a felhők fátylai közé, csak azért, hogy este ismét nyugovóra térhessen.

Hope feszülten toporgott alatta. Lily minden porcikájában érezte, ahogy az állaton lassan valamiféle jóleső izgatottság lett úrrá; mintha tudta volna, mi következik. Csakhamar Lilyn is elhatalmasodott ez az érzés, mintha az energia Hope-on keresztül áramlott volna belé. Nem várt tovább; sarkait egy hirtelen mozdulattal az állat oldalához nyomta, s egyetlen hangos kiáltással előrelendült. Hope rögtön sebes vágtába kezdett, s szinte repült lovasával. A világ hirtelen végtelennek tetszett, s Lily ekkor érezte meg igazán, mily' apró is ő.

A szél újra meg újra a hajába kapott, teste hűen követte Hope mozgását. Még soha nem érzett ekkora erőt magában; biztosra vette, hogy bármire képes, hegyeket megmozgató energia lakozik tagjaiban. Ez az érzés több volt, mint amit valaha is átélt, s jobb, mint amit el tudott képzelni.

Jobb volt, mint bármi, amit halandó ember megtapasztalni képes. Biztos volt benne; akármilyen gazdag is valaki, bankóit akár ki is hajíthatja az ablakon, ilyet semmi pénzért nem kaphat meg. Jobb, mint a siker, mint a győzelem. Jobb, mint a szex, jobb, mint bármely ital vagy étel…

Ez az érzés… maga a szabadság volt.

Hope száguldott. Lily érezte maga alatt a feszülő izmokat, melyek mozgatták az állat testét. Érezte, milyen hihetetlen erő lüktet alatta. Eme varázslatos utazás azt az illúziót kelti a lovasban, hogy ő uralja ezt az energiát. Ő irányít.

S közben, mintegy észrevétlenül, rádöbben: bár látszólag ő a birtokló, valójában őt birtokolják. Testén lassan elhatalmasodik az az erő, melyet lova ad neki.

Lily úgy érezte, szinte eggyé válik Hope-pal, ahogy közösen átszelték a zölden tündöklő lankákat a Nap felkelő fényében. Hirtelen enyhe keserűség nyilallt belé, ha arra gondolt, csak ezekben a pillanatokban érzi magát igazán gondtalannak.

A falu lakóit messzire kerülte; azok édesanyja ideköltözése óta furcsállkodva nézték a családot, bár Lily sosem értette igazán, miért. Apja mindig elhessegette ezt a témát, ha a kislány faggatni próbálta. Nem mondhatni, hogy vidám gyerekkora volt; valahogy sosem tudott barátkozni. Azt hitte, később minden könnyebbé válik majd. *Hisz'* – gondolta utólag – *azon nincs semmi csodálkoznivaló, hogy a gyerekek csúfolták őt.* Furcsállták szokatlan külsejét, s azzal sem tudtak sokan mit kezdeni, hogy szülei miért éltek annak idején oly csendes visszavonultságban. Igaz, édesanyja nem sokkal az ő születése után meghalt, de a kicsi, zárt közösség nem felejtett egykönnyen.

A helyzet azonban később sem lett jobb; Lily úgy érezte, erején felül próbálkozik, hogy közelebb kerüljön a korabeliekhez, de mindez meddő kísérletnek bizonyult.

Végül mégis úgy tűnt, rendeződni látszanak a dolgai. Egy fiatal férfi randevúzni hívta. Alexander akkor végzett a New York-i egyetemen, és azonnal át is vette az épp nyugdíjba vonuló helyi orvos praxisát. A helyiek nem örültek ugyan semmiféle változásnak, de hamar bizalmukba fogadták a visszahúzódó, türelmes fiatalembert. Amint látták őket kézen fogva az utcán, Lilyre is egészen más szemmel kezdtek nézni. Elvégre ha egy ilyen rendes férfi lát valamit ebben a nőben, tűnődtek, akkor csak nem lehet olyan rémes némber.

Ahogy azonban telt az idő, Lilynek rá kellett jönnie, hogy egyáltalán nem illenek össze választottjával. Alexander csendes természete végtelen becsvágyat takart. Azért választotta a falusi háziorvos szerepét, mert ezt a pozíciót tisztelet övezte a helyiek körében, s ő nem is vágyott többre. Lily csakhamar ráébredt: nem vállalkozik nagyobb kihívásokra, mivel gyávasága még becsvágyát is legyűrte.

Bár nem volt túlzottan tehetséges, a belé vetett bizalom lassanként önhitté tette. A maga módján szerette a lányt, aki kezdetben végtelenül hálás volt azért, hogy a férfi törődik vele. Mégis elkerülhetetlenül belefáradt a férfi diagnózisaiba, melyek Lily különös kórját kutatták. Alexander vashiányt állapított meg nála, s diétát rendelt el a számára. Tulajdonképpen az orvosi rendelőjében ismerkedtek meg. Lily ugyanis már-már kényszeresen kereste a magyarázatot a tüneteire. De hiába tömte magába a brokkolit, zöldborsót, paradicsomot; hiába szedett vitaminokat, s ki tudja még hány különféle pirulát. Alexander mind bosszúsabbá vált; saját diagnózisát nem kérdőjelezte meg ugyan, ellenben arra gyanakodott, hogy Lily titkon nem követi az utasításait.

Pedig a férfinak már kész terve volt közös jövőjüket illetően; úgy képzelte, Lily, szakavatott segítségének hála, szép lassan rendbe jön. Az ő feleségeként megbékél végre a falusiakkal. Nem szorul majd arra, hogy munkáját otthonról végezze, levelek útján tartva a kapcsolatot a kiadójával. Hisz' a diétának és gyógyszereknek köszönhetően nem fog már élettelen zombiként, álmatlanul kóvályogni éjszakánként. Általános gyengesége is elmúlik idővel, nem is beszélve a többi furcsa tünetről.

Lily már kevésbé volt bizakodó. Bár mindent megtett, amit Alexander javasolt neki, kezdett kifogyni a béketűrésből, és ráunt a férfi megátalkodott konokságára is, mivel annak arcán eleinte elnéző mosoly terült szét, ha a lány megkérdőjelezte javaslatait, később pedig, ahogy egyre inkább elvesztette a türelmét, egyszerűen letorkollta, vagy beérte egy-egy dühös fintorral.

Végül, alig tíz hónap együttlét után, Lily szakított vele. Természetesen az esemény híre villámsebesen elterjedt. A lányt immár végképp elítélték, mondván, hogy összetörte annak a jóravaló, becsületes embernek a szívét.

Lily lemondóan felsóhajtott. Ha mást nem is, azt mindenképp be kellett ismernie, hogy nem stimmel vele valami. Azonban hiába vizsgálgatták a különféle szakemberek, hiába utazott Rosewill-be, a legközelebbi nagyvárosba. Hiába szeretett volna eljutni New York-ba, további segítség után kutatva, arról csak lebeszélték, mondván, ha itt nem találtak magyarázatot a tünetekre, pénzkidobás lenne a kilátástalan utazgatás. Lilynek be kellett ismernie, hogy igazuk van, s maga sem tudta, miért keres még mindig ilyen elszántan valamiféle magyarázatot. Csak annyit tudott, hogy válaszokat akar.

Most azonban nem akart mindezzel foglalkozni. Elhessegette a fájó emlékeket, kissé megsarkantyúzta Hope-ot, s élvezve a száguldást a ház irányába vágtattak.

Gabriel csak menetelt előre. Fogalma sem volt, mióta csatangol céltalanul az erdőben.

A fák egyre ritkásabb csoportokban emelkedtek előtte. Ahogy azonban közelebb ért volna az előtte elterülő tisztáshoz, megtorpant; furcsa zajra lett figyelmes.

Ahogy minden érzékével a hangra összpontosított, rájött, hogy paták dobogását hallja. Macskaléptekkel közelebb lopakodott ahhoz a helyhez, ahol az állatot sejtette, s óvatosan kilesett a fák ágai közt.

A látvány úgy hatott rá, akárha szíven döfték volna.

Egy lányt pillantott meg, aki játszi könnyedséggel lovagolta vadul vágtázó hátasát. Hosszú, vörös haja volt, mely úgy hullámzott mögötte, akár egy vízesés. Képtelen volt levenni a szemét karcsú derekáról s ringó alakjáról, mely olybá hatott, mintha a lány valami mágikus táncot járna. Mintha csak az erdő is azért burkolózott volna a titokzatos félhomály köntösébe, hogy elrejtse a kíváncsi szemek elől ezt a csodát.

Ahogy a fák előrehajló ágai közül csendesen figyelte lovagló alakját, az a hirtelen ötlete támadt, hogy odamegy hozzá és megszólítja. Pár lépés után azonban megállt. Dühös volt magára. Mégis, mi a fenét képzel?! „Hello, Bébi, csak épp a környéken jártam. A tök kihalt erdőben, épp a te házad körül lopakodva... ja, ne ijedj meg, ne, ne menekülj be a házba előlem. Nyugi, ne hívd a zsarukat, nem vagyok bolond."

Nem volt sok ideje az önszitokra, mert a lány hirtelen felkapta a fejét. Gabriel lába alatt megreccsent egy apró ág, amely puskalövés-szerűen hatott az öböl néma csendjében.

A férfi óvatosan hátrébb húzódott, s némán káromkodott. Lélegzetvisszafojtva várt. A lány pár másodpercig az erdő sűrűjét kémlelte, azután arra juthatott, talán csak egy mókus kutat ennivaló után az ágak között, mert végül hátat fordított a rengetegnek. Sarkait hátasa oldalába vájta, s az állat könnyed poroszkálásba kezdett.

Gabriel képtelen volt levenni a szemét róla. Törékeny alakja szinte megbabonázta, ahogy lágy mozdulatokkal ki-kiemelkedett a nyeregből. Nagyokat nyelt, s érezte, hogy szemei szinte kiugranak üregükből.

Nem tudta, miért van rá ilyen hatással a lány. Az érzés viszont megrémítette. Sebesen hátrálni kezdett; minél hamarabb menni akart, szabadulni ennek a nőnek a bűvköréből. Ekkor azonban észrevette, hogy bal lába beleakadt az egyik fa gyökerébe, mely meredeken kiboltosodott az aljnövényzetből. Már nem volt ideje kirángatni onnan; a növény elgáncsolta, ő pedig hangos puffanással hanyatt esett az avaron. Ezt már nem csak a lány, hanem alatta ügető lova is meghallotta. Az állat azonban nem állt meg, nem fürkészte szótlanul a körülötte elterülő tájat. A menekülés ösztöne minden zsigerét uralta; amint Gabriel váratlan csattanással a földre zuhant, az állat megugrott lovasa alatt. A lány nem volt felkészülve a sebes vágtára; csaknem azonnal elvesztette egyensúlyát, s kibillent a nyeregből. Ujjai épp csak érintették a kantár szélét, így az kisiklott közülük.

Gabriel, amint földet ért, rögtön talpra ugrott; el akart tűnni onnan, mielőtt még a lány a nyomára bukkan. Ekkor azonban meghallotta az éles sikoltást, s gondolkodás nélkül kirohant a fák közül. Amint megpillantotta alakját, amint a porba zuhan, s hátasa megvadulva, nagyokat bakolva körbe-körbe vágtázik, tudta, nincs vesztegetni való ideje. Tekintetét a hátasra emelte. Hope megérezte a reá szegeződő pillantást, s Gabriel jelenléte azonnal hatott rá.

A férfi megérezte az állat testében feszülő félelmet; érezte heves szívverését, feszülő inait, a remegést, mely a csontjáig hatolt. Szemeit összehúzta, homlokán elmélyültek a ráncok; minden figyelmével Hope-ra koncentrált. Mintha eggyé váltak volna: amint sikerült közel férkőznie az elméjéhez, a ló immár csak őrá figyelt. A férfi, bár minden idegszála pattanásig feszült, nyugalmat erőltetett magára. Mélyen, egyenletesen lélegzett, tagjait ellazította. Hope szinte szolgain vette fel levegővételei ritmusát, s a férfi érezte, ahogy dobogó szíve is egyre nyugodtabban kalapál hatalmas bordái alatt.

Tudta, hogy az állatra már nem lesz gondja; az immár komótosan lépkedett, s orrával a közeli karám oldalán elterülő fűben turkált.

A lány mellett termett; nem mert hinni a szemének. Anynyi falusi lány közül épp a kis hercegnőjelöltet kellett kifognia. Óvatosan mellé térdelt, s aggódva vizsgálgatta. Ujjaival megtapintotta a nyakát; fellélegzett kissé, amint megérezte a fehér bőr alatt futó erek élettel teli lüktetését. Ahogy tudata kissé kitisztult, már látta, hogy Lily mellkasa szelíden emelkedik felle. Szemeit azonban továbbra sem nyitotta ki. Gabriel erősen végignyomogatta mindkét lábát; bár a lány nem volt eszméleténél, térdei reflexszerűen megrándultak az idegen érintéstől. Végül az arca fölé hajolt, elsimítva az útból az elé hulló tincseket. Lily még így is gyönyörű volt, ahogy aléltan feküdt a karjaiban. A férfi csak nézte őt, porcelán bőrét, lágy vonásait, kecses testének vonalait.

Furcsa zaj térítette magához, de ahogy felkapta a fejét, rájött, hogy csak Hope prüszkölését hallja.

Egyik karját óvatosan, már-már félénken a lány tarkója alá csúsztatta, másikat a térdhajlatába. Lassan felemelkedett vele, miközben egy pillanatra sem vette le a szemét az arcáról.

Ahogy a házba lépett, ismét nyomasztó érzés kerítette hatalmába; itt kóvályog egy vadidegen házban, ráadásul egy olyan lánnyal a karjában, aki valószínűleg megsérült miatta. Miatta, mert nem volt jobb dolga, mint szatír módjára leskelődni utána a fák közül.

Megrázta a fejét, hogy elméje kissé kitisztuljon. Tudta, öszsze kell szednie magát, és a lányra koncentrálnia.

Az előtérből csak két helyiség nyílt, egy konyha és egy nappali. Utóbbiban azonnal megpillantotta a felfelé vezető, kopottas falépcsőt. Bár tudta, hogy a lánnyal a karjában nehezen fog feljutni, mégis arra gondolt, mindenki szívesebben ébred a saját hálószobájában. Ha magához tér, valószínűleg nem fog emlékezni semmire, s azt fogja hinni, csak egy mély álomból riadt fel.

A lányt az ágyra fektette; a ruhája csupa piszok volt, haja kócosan terült szét arca körül, csizmáját vastag sárréteg borította.

Nem hagyhatta csak így ott. Fölé hajolt, s a nadrágja kigombolásába fogott. A mozdulat közepén azonban megállt. Ajkait összeszorítva tekintetét a lány arcára függesztette. A gondolat, hogy kihasználva az állapotát levetkőzteti, s meztelen bőrét érinti, nem tűnt helyesnek. Elképzelte, milyen lenne megsimogatni a hófehér combokat... mikor a lány a karjában feküdt, forró teste hozzápréselődött. Az illata, mely oly üde s élettel teli volt, mint egy mezei virágé, szinte megszédítette. Vágyott rá, hogy újra hozzábújhasson alabástromszín bőréhez, hogy újra érinthesse ezt a törékeny, jázminillatú szobrot. De úgy érezte, ha ezt tenné, az olyan lenne, mintha megbecstelenítené a lányt. Bemocskolná. Elrontana valamit, ami ily' tökéletes.

Mégsem volt rá képes, hogy csak úgy otthagyja, koszos ruháiban, szétvetett tagokkal az ágy tetején. Nagy levegőt vett hát, s ismét fölé hajolt.

A nadrágot könnyűszerrel kigombolta, de a szoros anyagot képtelen volt lecsúsztatni a lány combjain. Megpróbálta felültetni, de még mindig nem nyerte vissza az eszméletét, s úgy zuhant vissza az ágyra, akár egy élettelen fabáb. Az az ötlete támadt, hogy fog egy ollót, és egyszerűen levágja róla a nadrágot, de gyorsan elvetette.

Végül a lány lábait a vállára vetette, térdhajlatát kulcscsontjának támasztva. Ahogy a feneke elemelkedett az ágytól, már könnyűszerrel lehúzta a nadrágot a bokájáig. Próbált tudomást sem venni erről az erotikus helyzetről, de egész teste bizsergett, füleiben pedig oly hangosan dobolt a vér, hogy szinte megsüketítette.

Csizmáitól egyetlen mozdulattal szabadult meg, vastag pulóverével azonban már bajban volt, s csak hosszas műveletek árán sikerült kibújtatnia belőle.

Végül minden ruhadarabjától megszabadította, s gyengéden visszafektette az ágyra. Azonnal a fürdő felé fordult; az esélyt sem akarta megadni magának, hogy bámulhassa.

Miután megnyitotta a vizet, visszatért a szobába. Lily úgy festett, mint aki alszik. Gabrielt ismét átjárta a rémület: miért nem ébred már fel? Nem mintha különösebben örvendetes fordulat lett volna a számára. Alapvetően megnyugtatta volna a helyzet; így megkímélhette magát a magyarázkodástól. De mégis...

Ügyelt rá, hogy a lehető legkisebb zajt csapja. Képtelen volt levenni a szemeit a lány meztelen testéről. Bőre szinte világított a sötét takarón. Mellei lágyan szétterültek, bimbói megkeményedtek a szoba hűvös levegőjétől. Feje hátrabukott, ajkai enyhén szétnyíltak, akárcsak... a combjai. Gabriel csak állt az ágy mellett, s gyönyörködött a lányban. Legszívesebben mellé feküdt volna, s addig csókolta s simogatta volna mindenütt a testét, míg fel nem ébreszti.

Ahogy ehhez a gondolathoz ért, elkáromkodta magát, s idegesen a hajába túrt. Vesszője egyre keményebb lett, s a nadrágjához feszült, de kisebb gondja is nagyobb volt annál, mintsem hogy a saját testével legyen elfoglalva. A kád megtelt vízzel, s a lánynak szüksége volt a fürdésre. Ahogy ruhátlanul hevert ott, Gabriel látta, hogy enyhén reszket, s ujjvégei lilás színben játszanak. Nem vesztegette hát tovább az időt, egyetlen elszánt sóhaj kíséretében odalépett hozzá, s karjaiba emelve a fürdőbe vitte.

Óvatosan a vízbe csúsztatta a lábait; egyik karjával a fejét tartotta, a másikkal pedig finoman átdörgölte minden tagját, akárha a lány egy kisbaba lett volna. Talált a kád peremén egy mosdószivacsot; nem akart csupasz kézzel a lányhoz érni. Amennyire csak lehetett, meg akarta őrizni kettejük közt a távolságot. Bár maga sem tudta, miért, úgy érezte, hogy máskülönben bűnt követne el Lily ellen.

Végigsimította vele a lány lábait, ahogy azonban egyre feljebb haladt a combján, egyre inkább elbizonytalanodott. Végül a combok találkozásánál megállt. Felpillantott; Lily arca nyugodt volt, szemeit lehunyta. Feje kissé félrebillenve, Gabriel könyökhajlatában pihent.

Végignézett a testén. A lány oly apró volt, hogy kényelemesen elfértek a kádban kinyújtott lábai. Bokái karcsúak voltak, lábszárai pedig – a lovaglásnak hála – tökéletes formájúak. Akárcsak a combjai. S a köztük megbúvó, apró háromszög... Csupasz dombja a legizgatóbb volt, amit Gabriel valaha látott. Ahogy elképzelte, milyen lenne a szorosan zárt combok közé férkőzni... Apró csókokkal kérlelve, hogy tárja szélesre lábait, engedje közelebb ahhoz az édes nyíláshoz, melynek megízlelésére már annyira vágyott... A gondolatra megborzongott. Tekintete felsiklott a tökéletes, lapos hasra, majd még föllebb. Keblei feszesen álltak, s a víz lágyan hullámzott teste körül, újra meg újra gyengéden megostromolva a feszes bimbókat. A lány teste mintha csak zavarba jött volna ettől a buja udvarlástól; bimbói s arca már-már kipirultnak tetszettek.

Gabriel tudt, ha még sokáig legelteti a lányon szemét, nem fogja tudni visszafogni magát. Egyszerűen kikapta könnyű testét a vízből, s meg sem állt vele az ágyig. Nagy kurafi volt, ez igaz, de soha nem tudott volna egy nőt bántani és csak olyanokkal volt együtt, akik őszintén vágytak rá. Bár azt meg kell hagyni, ha ez a lány kérte volna, hogy legyen vele... Nem ellenkezett volna. Egy percig sem. Ha kell, puszta kézzel tépi le magáról a ruhát, csak a lány legalább egyszer fogadja magába cserébe...

Döbbenten meredt maga elé. Azon gondolkozott, vajon mikor ment el az a maradék esze is. Olyan hatással volt rá ez a nő, amilyet még sosem érzett azelőtt, s ami halálra rémítette.

A lány mocskos ruháit félredobta. Minden fiókot kihúzogatott valami használható ruha után kutatva. Farmerok és pulóverek, gyapjúkardigánok, csupa vastag, ormótlan holmi. Gabriel elgondolkodott, vajon hány éves lehet ez a nő... Talán idősebb, mint amilyennek látszik. Azok a fiatal lányok, akikkel eddig találkozott, csupa szexis, habkönnyű csipke és selyem holmikba öltözve jártak. Még senki olyannal nem találkozott, aki ilyesmit hordott volna.

Hosszas keresgélés után találta meg, amit keresett; egy bő pamutpólót és rövidnadrágot. Valami pizsamafélét akart keríteni rá, de úgy döntött, ezzel is beéri. A maga részéről soha nem értette meg, hogy tudnak az emberek még éjjelre is kényelmetlen ruháikba burkolódzni. Ha csak tehette, meztelenül aludt, sőt a lakásában is előszeretettel járkált így. Bár imádta a drága holmikat, ilyen – ahogy ő mondta – visszataszító ruhadarabra soha nem lett volna hajlandó kiadni. Rengeteget élcelődött emiatt Vallal is; mivel az ipse ebben is, mint mindenben, első ránézésre szánni valóan kispolgári volt. Előszeretettel viselt éjszaka spenótzöld, hosszú szárú és ujjú, végig gombos hálóruhát, ráadásul gusztustalan, sárga mintákkal teleszórtat. Abból az anyagból valót, amellyel bárhogy küzd is az ember, szúr, viszket, kibolyhosodik. Gabriel egyszer hagyta rábeszélni magát, hogy egyik náluk töltött éjszakája során egy ilyenbe bújjon... Tizenkét órán át tartó gyötrelem után arra jutott, a legjobb döntés lenne az emberiség számára, ha egyszerűen tűzre vetnék Val egész ruhatárát a hátsó udvarban.

Apró, elhaló sikolyt hallott az ágy felől. Riadtan odakapta a fejét; azt hitte, a lány felébredt, vagy ami még rosszabb, mégis megsérült, s most fájdalmában nyög.

Amit viszont látott... nos, azt szavakkal le se tudta volna írni. Szemei tágra nyíltak, s még levegőt sem tudott venni.

Lily álmodott… a takarót időközben lelökte magáról, s most Gabriel képtelen volt máshová nézni, csak bámulta vonagló testét. Egyik kezével a párnájába markolt, s az ajkát harapdálta. Combjait összeszorította, s csípője vadul körözött a gyűrött lepedőn.

A férfi vesszője egy pillanat alatt kőkeménnyé vált, egész teste megfeszült. Lily gyönyörű volt; arca lázas izgatottság pírjától égett, haja ziláltan szétterült körülötte. Gabriel nem tudta, kiről vagy miről álmodik, de hirtelen az jutott eszébe, bárcsak ő lenne az, aki csillapítja vágyait, még ha csak így, álmában is.

A lány most magasan felhúzta egyik lábát, s ahogy a hátán feküdt, feltárult nedvességben úszó ágyéka a férfi ámuló szemei előtt.

Gabriel úgy érezte, nem bírja tovább; mintha egy csapásra kinőtte volna a nadrágját, vesszője szinte átszakította a finom anyagot. Nem tudta, mit tegyen. Most a lehető legjobb ötletnek az tűnt, ha egyszerűen kimenekül a szobából.

Határozottnak szánt léptekkel, lehorgasztott fővel elindult az ajtó felé. Már majdnem kiért a folyosóra, ekkor azonban szeme sarkából megpillantotta, ahogy Lily keze lassan elindul lefelé a testén… Az az apró, édes, törékeny kéz az alabástrom combok közé siklott, s csakhamar rálelt az immár izgalomtól duzzadt csiklóra. Kutató ujjai a nedves redők közé simultak, s sebesen fel-le jártak köztük. Gabrielnek földbe gyökerezett a lába. Lily immár gyönyörtől megfeszült tagokkal vetette fejét a párnába. Arca egyre jobban eltorzult a kéjtől; szemöldöke már-már fájdalmas redőkbe rándult, s egyre csak dörzsölte, izgatta teste legérzékenyebb pontját, egyre hevesebb gyönyörrel ajándékozva meg saját testét.

Gabriel azzal nyugtatta magát, hogy Lily úgysem fogja megtudni, hisz' úgysem lesz köztük semmi, a lány pedig semmire nem fog emlékezni az egészből.

Bár ezek nem voltak épp a legnemesebb érvek, legalábbis ahhoz elegek voltak, hogy ismét elmerüljön a látványban, amelyet Lily nyújtott neki. A lány újra meg újra felsikkantott, s most már csípője s keze is vad táncot járt. Gabriel látta, hogy tenyere is nedves, s hogy egész testét forró verejték lepte el. Mellbimbói keményen meredeztek előre; szinte hánykolódott az ágyon, hol erre, hol arra fordult. A vágy a csúcsig repítette, s egész lényét kitöltötte a kéj.

Gabriel szorosan behunyta a szemeit, s nagyokat lélegzett. Úgy-ahogy kitisztult a feje. Ahogy szenvedélye alábbhagyott, ködös tekintettel Lilyre pillantott.

A lány immár békésen pihent. Vonásai ellágyultak, s mély, sóhajtásszerű légvételeiből Gabriel tudta: az elmúlt percek édes enyhülést hoztak tomboló testének. Ajkain jóllakott, már-már pajkos félmosoly játszott, melynek láttán a férfi is akaratlanul elmosolyodott. Mintha csak ő költöztette volna ezt a békét a lány lelkébe.

Ahogy erre gondolt, hirtelen keserű csalódottság áradt szét a tagjaiban, melyhez hasonlót még soha nem tapasztalt. Nem, nem ő volt az. Nem hatolt a lány törékeny, gyönyörű testébe, nem ő halmozta el gyengéd érintéseivel. Nem ő adta meg számára az enyhülést, melyre – minden bizonnyal – a lány már régóta vágyott.

Undorral vegyes kiábrándultság kavargott benne, s legszívesebben a falhoz vágott volna valamit. Amíg a lány vonagló alakját nézte... az az érzés fantasztikus volt. De most, hogy tudatosodott benne, mit művelt az imént, szánalmasnak érezte magát. Eltelt immár több mint 120 év az életéből, s ez idő alatt sikerült eljutnia idáig. Idegen nők szobájába lopózik be, s lesi meg őket maszturbálás közben. Ennél közelebb még soha nem sikerült kerülnie egy olyan nőhöz, aki legalább távolról is értékesnek vagy érdekesnek tűnt.

Mivel hangosan nem tehette meg, magában, némán dühöngött hát tehetetlenségében.

Gondosan betakargatta a lányt. Egy darabig még elgyönyörködött alvó arcában, s aláomló tincseit simogatta. Tudta, meglehetősen bizarr, amit művel, de már nem törődött vele. Eddigi élete sem volt épp szokványosnak mondható. Kezdte elfogadni, hogy ez a sors jut neki.

Elgondolkodva Lily levetett ruháira pillantott. Azokat már csak nem fogja a mosógépbe gyűrni. Végül csak összehajtogatta és egy székre tette őket. Szerette volna, ha a lány mindent szép rendben talál, amikor felébred.

Képtelen volt elindulni. Minden pillanatban, amikor már elszánta volna magát, hogy kilépjen az ajtón, talált egy újabb ürügyet, hogy maradhasson, s így újabb másodpercekkel hosz-szabbítsa meg idejét, melyet a lánnyal tölt. Igazított egyet az így is tökéletesen sima takarón. Ellenőrizte, hogy nem hagy-e hátra semmit, amiből Lily rájöhetne, hogy járt valaki a szobá-jában. Újra és újra összehajtogatta a lovagláskor viselt ruháit.

Bolondnak érezte magát. Tudta, jobb, ha beismeri saját maga előtt; nem tud, és nem is akar elmozdulni a lány közeléből. Kör-bejárt a szobában, szemügyre véve minden tárgyat, mely nap mint nap körülveszi Lilyt.

Azzal nyugtatta magát, hogy ez a csendes nézelődés még min-dig fényévekkel jobb, mint amit az imént tett Lily tudta nélkül. Puha léptekkel óvakodott körbe a szobában. A lakkozatlan fabú-torok, melyeket láthatóan a lány maga festett le, valami különös, otthonos hangulatot árasztottak magukból. Bár a halványzöld, ósdi szekrények, hatalmas ablakok, s a régies mintájú, súlyos kárpitok egyáltalán nem nyerték el a tetszését. Ha valaki más házában látja őket, nem állta volna meg, hogy ne tegyen rájuk egy-egy csípős megjegyzést. Itt viszont... különös módon úgy érezte, még ezek is jól mutatnak.

Végignézett minden polcot, a szoba minden kis szegletét. Kezébe vette az apró dísztárgyakat, mintha minden kis rész-letüket az emlékezetébe akarná vésni. A szoba sarkában álló tükrös asztalkához lépett. Oly óvatosan vette tenyerébe a raj-ta gömbölyödő ékszeres dobozkát, mintha csak egy csecsemőt emelt volna a karjaiba. Csakúgy, mint az apró, finom ezüst-láncot s medált, melyek a doboz mellett pihentek. Egyéb nem állt az asztalon.

Csak most eszmélt rá igazán, milyen nagytermetű. Ez igen-csak ostoba gondolat volt tőle, mégis; ezek között az apró, finom holmik között, melyek oly távol álltak tőle, úgy érezte magát, mint elefánt a porcelánboltban. Vagy inkább... nos, mint egy fe-nevad a porcelánboltban.

Más bútor nem is volt a helyiségben. Egy darab ruhásszekrény, egy könyvespolc, ágy, fésülködőasztal, szék. Alapjaiban véve a szoba meglehetősen puritán hatást keltett volna nehéz, gyér fabútorzatával. Valószínűleg a lány örökölhette a ház berendezését, s nem lehetett valami sok pénze. Egy-egy vázával, festménnyel próbálta otthonosabbá tenni a lakhelyét, mellyel sikerült sajátos bájt kölcsönöznie neki.

Lilynek furcsa álma volt.

Hope-ot lovagolta éppen, amikor az állat valami váratlan zajtól megijedt, s nagyot ugrott. Ő, Lily nem tudta megállítani a vad vágtába lendülő kancát, s hanyatt esett a talajra.

Ekkor az álomnak hirtelen vége szakadt, mintha csak valamiféle ködös látomás foszlányai elevenedtek volna meg előtte. De nyomban folytatódott is. A különös az volt benne, hogy látni nem látott semmit, csak apró neszeket érzékelt. A kádban feküdt, legalábbis úgy érezte, hogy víz simogatja mindenütt a testét... de volt még ott valami vagy valaki más is; mintha egy kéz érintését érezte volna magán. Nem tudta, miért ilyen biztos benne, de meg volt róla győződve, hogy férfi az illető.

Két erős kar fonta körül a testét, s érezte, hogy emelkedik. A háta valami puha, vízszintes felülethez nyomódott, s az ismerős illat ráébresztette, hogy az alak saját ágyára fektette. Az álom ismét megszakadt, de visszatérve immár tisztán s élesen látott mindent maga körül.

Egy magas férfi állt az ágya mellett, akit még soha nem látott azelőtt. Szőke, hullámos haja, s sötét, már-már állatias tekintete hihetetlenül vonzó volt. Drága öltönyben feszített, mégsem tűnt piperkőcnek. Bár inkább volt vékony, mint izmos, határozott kisugárzása oly erőt sugallt, hogy Lily biztos volt benne; veszélyes, s nem is akármennyire.

Lily azonban nem erre figyelt. Az alak merev férfiassága ugyanis szinte kettészakította a nadrágját; a vékony anyagon keresztül is kirajzolódott minden részlete. A lány képtelen volt levenni a szemét a hatalmas vesszőről. Nagyokat nyelt, s némán imádkozott, hogy az ismeretlen lépjen közelebb hozzá. Szabaduljon meg a ruháitól s feküdjön mellé. Még soha nem vágyott ennyire egyetlen férfi testére sem. Ágyéka tűzben égett, combjai síkosak voltak a nedvességtől; akaratlanul is összeszorította lábait, s enyhén szétnyíltak az ajkai. Tudta, hogy tekintetében kétségbeesett kérlelés ül, ahogy a férfiasságát bámulja, de nem törődött vele. Csiklója fájóan lüktetett, s mintha ez az izzó sajgás minden zsigeréig eljutott volna; combjai nedvétől csillogtak. Nem tétovázott; közéjük csúsztatta remegő ujjait. Még soha nem érzett magában ilyen szenvedélyt, ez az új érzés mintha minden kételyt kiölt volna belőle. Nem gondolkozott, csak vágytól telve simogatni kezdte saját testét, s egy pillanatra sem vette le tekintetét a férfiról. Lily egész teste remegett, bőre verejtékben úszott. Az ismeretlen látványa s illata a legizgatóbb dolog volt, amiben valaha része volt. Egyre csak dörzsölte, izgatta vágyban fürdő testét, s izgatott ujjai csakhamar a csúcsra juttatták. Felkiáltott; az orgazmus szétáradt a tagjaiban, a kéj a csontjáig hatolt, miközben nedve beborította a kezét s combjait.

Az álom épp oly gyorsan s váratlanul foszlott semmivé, mint ahogy elkezdődött; Lily nem is emlékezett rá, mikor ért véget.

Amikor azonban felébredt, egyből kijózanodott a látványtól. Az álombéli férfi ott állt a szobájában, s mereven nézte őt. Lily először szóhoz sem jutott rémületében, utána velőtrázóan felsikoltott.

Miközben hazafelé tartott a faluból, Gabriel még mindig nem tudott napirendre térni saját viselkedése fölött.

Nem akart még visszamenni a lakásába, így céltalanul kószált, s egyetlen társasága az autópálya mellett álló, sormintaszerű utcalámpák voltak.

Tudta, hogy elcseszte. Lily meglátta, látta az arcát, csak veleszületett reflexeinek köszönhette a szerencséjét; ezt nevezték jobb híján láthatatlanná válásnak egymás között. Valójában pusztán arról volt szó, hogy faja génjeinek köszönhetően mozgása gyorsabb volt, mint ahogy azt az emberi szem követni tudta volna.

Mégsem tudta kiverni a fejéből... újra meg újra azon kapta magát, hogy maga elé idézi a lány alakját; ahogy megüli hátasát, ahogy a kádban fekszik... bosszúsan felmordult. Egy hirtelen mozdulattal félrekapta a kormányt, s lefékezett az egyik útmenti pihenőnél. Leállította a motort, s percekig csak dobolt a műszerfalon. Nem tudta visszafogni féktelen dühét; beleöklözött a szélvédőbe, fejét a kormánykerékhez csapkodta, akár egy elmebeteg. Az éjszaka zavartalan csendjében még a közelben bagózó benzinkutas is odapillantott az éktelen zajra. Amint meglátta, hogy mit művel a férfi, beóvakodott bódéjába, s aggodalmas tekintettel fürkészte tomboló alakját, immár tisztes távolságból.

Gabriel is rágyújtott, de legszívesebben cigarettatárcáját is kivágta volna az ablakon. Beletaposott a gázba, s dühödten kapkodta a kormányt. Úgy érezte, muszáj valahogy levezetnie a feszültséget, mely szinte szétvetette belsőjét. Vagy megőrül.

Lily képtelen volt visszaaludni.

Egyre csak a furcsa ismeretlenre gondolt. Betörő – ez volt az első gondolata. Mióta egyedül maradt, állandóan rettegett; gyűlölte, hogy egyedül él ebben a hatalmas házban, s az ódon épület minden kis neszére felriadt. Recsegett a padló, gurguláztak a csövek a falban, s Lilyt nem nyomta el az álom; újra meg újra körbejárt a házban, behatolók után kutatva.

Persze soha nem volt rajta kívül senki a lakásban, s egy idő után felhagyott az éjszakai őrjáratokkal.

Egészen addig, míg Gabriel meg nem látogatta.

Csak jobb híján nevezte ezt magában látogatásnak. Nem betörés volt; miután a férfi egyszerűen köddé vált, körbejárta a ház minden egyes szegletét. Nem tűnt el semmi, bár Lilynek ötlete sem volt, hogy ha valaki mégis arra adná a fejét, hogy betör hozzá, mit vinne magával. Semmi értéke nem volt, csak pár kötvény a bankban, de azok sem értek valami sokat.

Remegő ujjakkal kavargatta teáját, de keze végtelenül ügyetlennek bizonyult; végül csak félretette az egyik komód tetejére; félő volt, hogy tagjai cserbenhagyják, s a csésze ripityára törik a padlón.

Karjaival átölelte saját testét s kibámult az ablakon, bár a kivilágított nappaliból csak sötétséget látott.

Mikor a férfi eltűnt a szeme elől, első dolga volt minden lámpát felgyújtani a házban, s azóta mást sem tett egész nap, mint megrögzötten bámulta az utcát otthona rejtekéből.

Értetlenül tekintett körbe. Utolsó emléke az volt, hogy Hopepal átszelik a vidéket. De mikor tudata kitisztult, rájött, hogy a hálóban, az ágyon fekszik, lovagláskor használt ruhái, bár a sár s fűszálak vastag rétegben borították őket, gondosan összehajtogatva hevertek az ágya mellett. Bőre üde illatot árasztott; valaki megfürdethette... Vagy ő maga volt az? Nem emlékezett rá, hogy megfürdött volna.

Fejében lázasan kavarogtak a gondolatok. Kirohant az istállóhoz – Hope békésen szendergett a helyén. Valaki leszerszámozta, de szőre éppoly csatakos és sárfoltos volt, mint az ő ruhái.

Amióta visszatért a házba, csak le-föl körözött a nappaliban, s újra meg újra az ablak felé fordult, révülten a semmibe meredve. Mintha csak várna valakit; várná, hogy az idegen viszszatérjen hozzá.

Két kezébe fogta a fejét, s minduntalan a zilált tincsekbe markolt. Nem tudta, hogy mindez csak egy álom volt, vagy a valóság. Megrémült a gondolattól, hogy csak képzelete játszott vele; voltak pillanatok, mikor biztosra vette: megőrült. A rengeteg magányosan töltött nap során, melyekben csak Hope volt társa, megroppant az elméje, s már azt sem tudja biztosan, mikor mit cselekszik.

Gabriel kész idegroncs volt.

Fel-alá járkált a lakásban, s nem győzte kivárni az éjszakát. Nem tudta elfelejteni Lily képét. A hajnal eseményei még mindig hatásuk alá vonták, s úgy botladozott a nappali bútorai között, akár egy zombi.

S nem ez volt az egyetlen, ami nem hagyta nyugodni; a Család döntése súlyként nehezedett a lelkére, s elkeserítette a tudat, hogy nem tehet mást, mint kivárja az eskütétele napját. Még soha nem kívánta ennyire, hogy olyan lehessen, mint bármelyik emberi lény, akik között észrevétlenül járt-kelt. Ha megtehetné, gondolta, akkor legalább elmondhatná, hogy a Család-

tól távol töltött, utolsó egy évét tartalmasan élte. Így viszont…
az éjszakázásokon kívül más nem jutott neki.

Nos, ez azért nem volt teljesen igaz; nemrég hívta fel Valt.
Soha nem vágyott jobban Val és kedvese, Tyra társaságára. Ez
a két ember olyan volt számára… nos, mint a második családja. Az igazi családja. Néha mulattatta a gondolat, hogy bár sokkal, sokkal öregebb volt mindkettejüknél, azok mégis fiukként
kezelték. Emberi szemüket megtévesztette a férfi külseje, mely
még mindig egy alig 30 éves fiatalemberé volt.

A lépcsőházban felharsant Tyra ismerős, rikoltó nevetése.
Gabriel szívét elöntötte a melegség, s jóleső mosoly ült ki az arcára; ha vészhelyzetekről volt szó, a páros soha nem okozott csalódást: mintha csak hívására várnának, azonnal ott termettek.
Nem tettek fel felesleges kérdéseket, nem húzták az időt értetlenkedéssel; jöttek, mert hívta őket.

Tyra szokásos stílusában egyszerűen rátörte az ajtót, ami
hangos dörrenéssel a falnak csapódott, s visszapattant róla. Az
asszony határozott lépteivel egyenesen odasétált hozzá, magassarkú csizmába bújtatott lábai lyukat fúrtak a padlóba, s kopogásuk szinte rémisztő volt.

– Szia, drága.

Agresszív fellépése után hangja meglepően lágyan csengett,
s nyájas mosolya finom tónust adott kemény vonású arcának.
Gabriel hálával telve fogadta az asszony üdvözlését; szorosan
a karjaiba zárta, mélyen beszívva a bergamott illatot, melyet
mintha testének pórusai árasztottak volna magukból.

Feltekintve megpillantotta Valt. A férfi szokásához híven
a sarokban ácsorogva várta, hogy Tyra előresiessen, s csakúgy,
mint minden alkalommal, elbűvölje az őt körülvevőket. Val tipikusan az a fickó volt, aki inkább csendben meghúzódott a fal
mellett, s kivárta a megfelelő alkalmat a színrelépésre. Akár a
színdarabok mellékszereplői, kik csak a történet elején bukkannak fel, majd eltűnnek a nézők kíváncsi tekintete elől. De
csak azért, hogy hatásos belépővel térhessenek vissza a zárójelenetben, megmentve a főhőst, s elkápráztatva közönségüket.

Ahogy Tyra elhúzódott tőle, Val előrelépett, s barátságosan megszorította a kezét. Gabriel megilletődötten pillantott rájuk; senkije nem volt ezen a nyomorult világon rajtuk kívül.

Azok hasonlóképpen tekintettek vissza rá. Csak ácsorogtak egymással szemben a néma csöndben, s nézték egymást.

Természetesen Tyra volt az, aki elsőként megelégelte ezt a szeppent hallgatást, s megtörte a csendet.

– Kaphatnék végre valami piát?! Fel ne faljátok egymást a szemeitekkel, ez már nekem kínos.

– Tudom, hogy csak féltékeny vagy, mert Valnak jobban kell az én seggem, mint a tiéd. De ne félj, velem lehet egyezkedni.

Tyra undorodva lelökte lábáról a csizmákat, s elcsigázva masszírozni kezdte a talpát. Lustán elnyúlt a kanapén, s királynői mozdulattal intett kedvese felé. Val mintegy engedelmesen mellé telepedett.

– Nem egyezkedem. Ide az egyik flaskát, vagy vérengzésbe kezdek. Te leszel az első áldozat. – Tyra játékosan Gabriel felé bökött a fejével, s futó csókot lehelt párja ajkaira.

– Na mi van, Bébi, csak nem nehéz napod volt? – kérdezte megjátszott aggodalommal a hangjában. Soha nem merte volna bevallani előtte, hogy temperamentuma végtelenül mulattatja.

– Ó, azt te el sem tudod képzelni. – Az asszony bosszúsan felsóhajtott, s színpadiasan Val vállába temette az arcát.

A két férfi lopva egymásra pillantott, s nem tudták megállni, hogy ne vigyorodjanak el. Tyrának ugyanis mindig rossz napja volt. Az asszony végtelen törtetéssel gázolt át mindenen s mindenkin a cégénél, s a legapróbb ellentmondás is felbőszítette; feletteseitől – csakúgy, mint beosztottaitól s ügyfeleitől is – megkövetelte, hogy mindenben az ő szavának engedjenek, s csakis az ő ötleteit valósítsák meg. Szerencséjére mindig igaza volt, s ezt ő maga is tudta.

Gabriel hetek óta először önfeledten nevetett. Ha másért nem, ezért a két semmirekellőért sajnálta itt hagyni a várost, s viszszatérni a Családhoz.

Eszébe jutott közelgő esküje, s arca elkomorult. Ahogy az már lenni szokott, két társa azonnal megneszelte, hogy valami nem stimmel.

– Gáz van? – Val hanyagul vetette oda a kérdést, mintha semmi jelentősége nem lenne szavainak. Nem nézett Gabriel szemébe, helyette nagyot kortyolt az italából. A férfi végtelenül hálás volt neki, amiért ilyen jól tudta, mikor kell a kemény témákról úgy beszélni, mintha csupán jelentéktelen apróságok lennének.

– Nem... csak a családom. – Felállt, hogy még egy whiskyt töltsön magának, s ezzel jó ürügyet szolgáltasson rá, hogy hátat fordíthasson nekik. – El kell vennem egy lányt. Muszáj megtennem.

– Jó nő?

Gabriel abszurd módon elnevette magát. Tudta, micsoda képtelenség, hogy mulattatja a dolog, mégsem tudta megállni. Val, akármilyen éles eszű és lojális pasas is volt, azért mégiscsak egy perverz disznó. Naná, hogy számára az jelentette a sztori lényegét, hogy mennyire csinos a nő, akit el kell vennie.

– Hát... tudja a franc. Ízlés kérdése. Nem az én esetem.

– Értem. Az szívás.

Gabriel komoran kortyolgatta az italát. Tyra és Val is hallgatott.

– És mi van, ha nem veszed el? – vetette fel végül tétován az asszony.

– Akkor kinyírnak.

– Szó szerint?

– Szó szerint, igen.

Újabb csend telepedett közéjük. A pár már rég lemondott róla, hogy közelebbi részleteket húzzanak ki Gabrielből, ha a magánéletéről volt szó. Annyit tudtak róla, hogy gazdag és kiterjedt család sarja, s apja örökségéből tartja fent magát. Mivel pénzét a családtól szerezte, így még mindig függött tőlük. Eleinte faggatták a férfit, de hamar belátták, hogy egyenes válaszok helyett csak mellébeszélést fognak kapni, bármily kitartóak is lennének.

Azt hitték, a férfi családja talán a maffia tagja, sőt; azok, akiket családjaként emleget talán nem is rokonai – lehetségesnek tartották, hogy a fiú maga is egy bűnszövetkezetnek dolgozik. Zokszó nélkül elhitték neki azt is, hogy el kell vennie azt a nőt, vagy megölik.

Gabriel éjszakai kiruccanásai során nem tudta elkerülni, hogy ne csapódjon mellé egy-kettő a mulatságot keresők közül. Nem is kellett sokat járnia a klubokat; Val, és kedvese, Tyra szinte az első estéjén mellé szegődtek. Gabriel megtetszett a nőnek, s megpróbálta elcsábítani. A férfi meghökkent Tyra erőszakos nyomulásán, s azon még inkább, hogy Valt ez egy cseppet sem zavarta.

Érdekes módon a páros figyelmét pont Gabriel visszautasító viselkedése keltette fel. Kezdetben azt gondolták róla, hogy nehéz eset, s a kihívás izgalma hajtotta őket. Nem szálltak le róla, s Gabrielnek is meggyűlt a baja velük, mire le tudta rázni őket.

Úgy tűnt, Gabriel, Val és Tyra útjai minduntalan keresztezik egymást; a páros mindig ott bukkant fel, amerre épp a férfi járt. Mindenütt ott voltak; ha nem az utcán futottak össze, akkor éttermekben vagy klubokban.

Egy idő után a pár régi jó ismerősként kezelte őt; odaköszöntek neki, megszólították, s Gabriel sem tiltakozott. Már letettek róla, hogy megszerezzék maguknak, s csak egy érdekes fiatalembert láttak benne, aki társuk lehet a szórakozásban.

Ahogy telt az idő, Gabriel mindinkább rájött, hogy a pár a mindennapjait nem züllött élvhajhász módjára éli; „civilben" Val könyvelő volt, Tyra pedig menedzser. Igazi üzletasszony, rendkívül okos, s olyan szexuális kisugárzással bírt, mint senki, akivel addig Gabriel találkozott. „Szia. Van kedved inni velem valamit?" Ez volt az első mondat, amit a nő Gabrielhez intézett, s őszintén megvallva, a férfi elsőre prostinak nézte. Tyra tökéletesen begyakorolt léptekkel riszálta magát tűsarkain, fekete ruhába szorított idomait kacéran felkínálva az őt körbedongó férfiaknak. Ahogy leült Gabriel mellé, lábát lazán keresztbe vetette, s a kivillanó necc látványa nagy hatást gyakorolt rá. A nő rendkívül izgató jelenség volt, ezt kár lett volna tagadnia. Hosszú, kékesfekete hajkoronáját soha nem fogta össze, így az méltó keretet adott keleties vonásokkal ékített arcának.

Ahogy azonban Gabriel elpillantott a válla fölött, meglátta Valt; ahogy a férfi Tyrát nézte, egyből kitalálta, hogy csak a párja lehet. Amikor Val elkapta a férfi tekintetét, elmosolyodott, s poharát felé emelte, mintha csak köszöntőt mondana a tiszteletére. Gabriel a barátságos gesztust végképp nem tudta mire vélni.

Tyra is hátrapillantott, két ujjal hanyagul intett kedvese felé, s csibészesen rákacsintott.

– A párom nagyon… érdekesnek talál téged – búgta a nő a fülébe. Ebből Gabriel számára végre összeállt a kép, s rájött, hogy mindketten szívesen ágyba bújnának vele.

Ez viszont nem volt az ő műfaja. Ironikus, hogy pont őt sikerült kifogniuk, valószínűleg az egyetlen olyat a Klánból, aki nem lett volna hajlandó férfiakkal hálni.

Ugyanakkor nem tudta megállni, hogy ne mustrálja végig Valt. Első ránézésre ugyanis a legjellegtelenebb alak volt, akivel Gabrielt valaha összehozta a sors. Képtelen volt megérteni, hogy egy ilyen ragyogó nő mit keres mellette.

Nem tudta eldönteni, hogy mi a legelfuseráltabb rajta; az, hogy míg ő szokásos öltönyében feszített, addig Val képes volt kockás flanelinget húzni egy klubban; az a vastag keretes szemüveg, mely elmaradhatatlanul ott lifegett az orrán; vagy az, hogy egy ilyen első osztályú helyen is elszántan ragaszkodott ahhoz a kétdolláros sörhöz, amelyet szertartásszerűen fogyasztott minden este. A férfi hajlott rá, hogy az asszony számára egyetlen dolog lehet vonzó benne; a tárcája s a benne lapuló bankók.

Azonban Gabriel lassacskán rájött, hogy nem is tévedhetett volna nagyobbat a férfi kapcsán; Val a maga nemében zseniális fazon volt. A társaságában megállás nélkül rázta a nevetés, s bár Gabriel első látásra fitymálva méregette elhanyagolt külsejét, rá kellett jönnie: Val nagy ívben szart a világra, s ha épp arra szottyant volna kedve, a legelegánsabb fogadásokon is képes lett volna mackónadrágban részt venni. Imádta a szex minden formáját, akárcsak Tyra. Ha csak tehették, minden idejüket a hálószobában töltötték, s ha épp nem egymással voltak elfoglalva, minden lehetséges terepen újabb partnerek után kutattak. Mindenhez vonzódtak, amiben volt valami extrém, valami számukra rendkívüli. Nem véletlen, hogy Gabriel felcsigázta őket.

A férfi kimondottan kedvelte őket, s egyenesen irigykedett rájuk. Akárhogyan is, de a köztük vibráló elragadtatott szenvedély mindenkiben sóvárgást kellett, hogy keltsen. Mindamellett, hogy nem tudtak betelni a másik testével – vagy bárki testével, ami azt illeti – mélyen szerették egymást. Fizikai valójukat megosztották ugyan másokkal is, de sosem jártak külön utakon, s maguknak azt tartották meg, amit igazán fontosnak véltek. Lelkük s szellemük csak az övék volt, s érzelmeiket csak egymásnak engedték át, féltve őrizve a párjukat, együtt nézve szembe a mindennapokkal, vállt vállnak vetve. Össze sem tudta hasonlítani a párt azokkal a nyálas, „apuci-kedvencei" kölykökkel, akiket csak a jó balhé ígérete vonzott, amikor mellé csapódtak éjszakai kirándulásai során.

Ma este azonban még az ő jelenlétük sem segített; nem vágyott rá, hogy azok ketten minden figyelmükkel feszült vonásait pásztázzák. Tudta, hogy ezekből a helyzetekből csak egy úton menekülhet.

– Mi lenne, ha elmennénk inni valamit? – vetette fel, s igyekezett, hogy meggyőzően játssza a nemtörődömöt.

Bár tudta, hogy minden színjáték hasztalan; barátai számára viselkedése már rég nyitott könyv volt, s bármennyire is próbálta megjátszani magát, átláttak rajta.

Valt és Tyrát viszont nem abból a fából faragták, hogy kellemetlen kérdéseket szegezzenek neki; tisztában voltak vele, hogy Gabriel hazudni fog, amíg csak erejéből telik. Az ilyen vitákban nem győzhettek.

Egy percig sem mutatták, hogy meglepte volna őket a férfi kérdése.

– Bulizni megyünk? – rikkantott fel Tyra, s már vissza is bújt magassarkú csizmáiba. Sokkal jobb színész volt, mint Gabriel. Azonnal a kis csapat élére állt, s oly izgatott ruganyossággal lépdelt előttük, akár egy gyerek. Val csendesen követte őket. Gabriel megtorpant, hogy maga elé engedje. Ahogy Val elhaladt mellette, egy pillanatra találkozott a tekintetük; aggodalmasan összeszorította az ajkait, s jelentőségteljesen barátja szemeibe nézett. De nem szólalt meg, helyette csak megveregette Gabriel vállát, s mintegy megnyugtatóan megszorította egy pillanatra. A férfi lehajtotta fejét, s nem volt hajlandó Val szemébe nézni. Úgy érezte, azonnal elárulná magát, s egy pillanat alatt kitörne belőle az a keserűség, melyet oly elszántan rejtegetett előlük.

– Én vezetek!

Már a parkolóházban jártak, s Gabriel kiáltására Tyra sebesen futni kezdett. Ez régi játék volt közöttük; a férfival minden egyes alkalommal megküzdöttek a kormányért. Csak úgy, mint eddig is, Gabriel volt a gyorsabb. Egy mozdulattal a volán mögé pattant, s Tyra cifrát káromkodva behuppant mögé. Val szokásos méltóságteljességével követte őket, s csendesen párja mellé kuporodott.

Tyra kecsesen eligazgatta szoknyáját, s egész úton be nem állt a szája.

– Hová megyünk? Ugye nem megint a Toledóba? Már nagyon unom azt a helyet.

– Ahova csak parancsolod, hercegnő – válaszolta halkan a férfi. Komoran nézett az asszonyra a visszapillantó tükörben, de azonnal el is kapta a tekintetét, ismét az utat figyelve.

– Ó, én választok? Akkor legyen a… Ricky.

– A Ricky?! Ne már! Annál a szemétdombnál még a Toledo is jobb – fanyalgott Val, s hitetlenkedve rámeredt.

– Jaj, fogd már be! – harsogta Tyra. – Egész jó hely. Isteni koktéljaik vannak – erősködött.

– Koktélok… – Val úgy ejtette ki ezt a szót, mintha azt mondta volna: „csótányok”.

– Tudod, hogy soha nem iszom ilyesmit. Koktélt bárhol kaphatsz, viszont a Ricky egy igazi romhalmaz. Csodálom, hogy nem dőlt még össze.

Ezt már az asszony sem hagyhatta szó nélkül. Nyomban heves vita kezdődött köztük. Gabriel azonban néma maradt, s szinte nem is hallotta, miről beszélnek. Teljesen máshol járt, s erre a páros is felfigyelt; megszokták, hogy a férfi az estéik lelke, nincs olyan vita, olyan balhé, amiből ő kimaradt volna, s általában az utolsó szót is ő mondta ki. Még Tyrát is képes volt lehűteni, ami nem kis teljesítmény volt tőle.

– Te mit gondolsz? – szólalt meg Val némi hallgatás után.

– Nekem édesmindegy, mondtam már – vetette oda oly bosszús türelmetlenséggel, mintha csak egy pimasz legyet akarna elhessegetni.

A páros megütközött pillantást váltott. A férfi haragját azonban egyikük sem tudta komolyan venni.

– Hmm… nem tetszel te nekem – jegyezte meg az asszony, hangjában tettetett szigorral. – Beszélj. Mi a gond?

– Nincs semmi gond. – Gabriel tartózkodó hangja sokkal árulkodóbb volt, mintha ordibálni kezdett volna velük.

– Tényleg? Nem úgy nézel ki – replikázott az asszony. Amikor ilyen hűvös hangszínre váltott, az hatásosabb volt bármely vezényszónál; valószínűleg még egy éhes tigrist is meghunyászkodásra tudott volna kényszeríteni vele.

Ez most azonban más volt. Gabrielt nem érdekelte volna az sem, ha Tyra baseballütővel esik neki.

– Már elmondtam, hogy a családom megkavarta körülöttem a szart, nem? – Hangja épp oly kemény volt, mint az asszonyé az imént.

– Szerintem nem csak erről van szó. Van még itt más is… nagy gáz van, csak épp azt nem értem, miért nem lehet kihúzni belőled egy büdös szót sem.

A férfit hirtelen felbőszítette az asszony elszánt faggatózása. Elege lett belőlük. Ez a két pletykafészek csak szaftos sztorikra vágyott, semmi másra. Hirtelen úgy érezte, akár két dögkeselyűvel is utazhatna.

A páros megdöbbent, amikor a férfi egyetlen éles fékcsikorgással megállt az út mellett. Mielőtt azonban szólásra nyithatták volna a szájukat, Gabriel hátra sem pillantva felmordult:

– Kifelé!

Feszült csend telepedett közéjük. A szeme sarkából látta, hogy azok ketten elkerekedett szemekkel bámulnak rá, s csak hápogni tudnak a meglepetéstől.

– Jól hallottátok. Ennyi elég volt belőletek erre az estére. Takarodjatok!

Tyra ismét szólásra nyitotta a száját, s felháborodott arckifejezése alapján semmi jóra nem lehetett számítani. Ujjai ökölbe szorultak a dühtől.

Mielőtt bármit mondhatott volna, férje megragadta a könyökét s kirángatta az autóból. Gabriel még hallotta, amint azt mormogja az asszony fülébe: – Hagyd békén végre! Szar napja van. Lecseszheted később is.

Így hát mindhárman hallgattak, s Gabriel még látta a tükörből, ahogy a házaspár csendesen végiglépdel a sötét utcán. Követte őket a tekintetével, amíg be nem fordultak a sarkon, eltűnve a szeme elől.

Gázt adott. Ahogy kiejtette a sértő szavakat, már meg is bánta, amit mondott. De nem volt visszaút; átkozott büszkesége sosem hagyta, hogy szabadkozásba kezdjen. Soha nem kért bocsánatot.

Ő maga is tudta, hogy igazságtalan volt; barátait soha nem a gyarló kíváncsiság furdalta, ha kérdéseikkel bombázták. Ami azt illeti, közömbösek voltak a buta pletykák iránt, s mások magánélete a legőszintébben hidegen hagyta őket. Nem, ha róla, Gabrielről volt szó, a férfi őszinte aggodalmat vélt felfedezni a tekintetükben, s segítő kezekként rohantak volna, ha tudják, hogy védelemre szorul.

De hát mi értelme lett volna beszélnie? Nem voltak anyagi gondjai, nem gyászolt meg soha senkit... nem volt szerelmes sem soha. Nem volt semmi olyan az életében, amihez barátai vigaszt nyújthattak volna. Az ő gondjain még ő maga sem segíthetett.

Tépelődéséből egy ismerős hang zökkentette ki.

– Hé, Mester!

Gabriel odakapta a fejét; Jared volt az. Egy a sok élvhajhász ismerős közül, akiket éjszakai kóborlásai során megismert. A fiú alig lehetett több húsz vagy huszonkét évesnél. A drága selyeming úgy lengedezett vézna alakja körül, akár egy hálóruha, s szinte komikus hatást kölcsönzött viselőjének. Egyik fülében aranykarika éktelenkedett, s meglehetőst piperkőc megjelenésén gondosan ápolt, szőkére festett frizurája, s magas, már-már kényeskedőnek ható hangszíne sem segítettek sokat.

A férfi unottan szemlélte őt. Mielőtt azonban még kereket oldhatott volna a fiú elől, az már oda is intette cimboráit a kocsi ablakához.

– Gyerekek, ő az, akiről már annyit beszéltem. Gabriel, a Rickybe megyünk, velünk tartasz? Higgyetek nekem, ahol ez az ürge felbukkan, ott tuti nem fogunk unatkozni.

Egy csapat kiskölyök gyűlt az autója köré. A férfi csupán egy fitymáló tekintettel viszonozta izgatott vigyorukat s lelkes integetésüket. Szája keserű fintorba húzódott. Eleinte élvezte a főkolompos szerepkörét. Nem is volt különösebb csodálnivaló azon, hogy ezt kivívta magának; akárcsak fajának többi tagja, ő is hihetetlen vonzerővel bírt az embernők felett. Kölyökkorában még lenyűgözte az a hatás, melyet rájuk gyakorolt, s önhitt peckességgel járt-kelt közöttük. Azonban lassan ráébredt; ez csupán a természet játéka. Olyan volt akár egy dögvirág, mely bódítóan magához vonzotta a legyeket, csak hogy gyilkos szorításába zárja őket, melyből nincs menekvés.

De akármennyire is gyűlölte ezt, a vérükre szüksége volt. Cimborái csak ámultak rajta, hány nőt szed fel egy este. Csodálták, ahogy a pénzt szórta, csodálták vonzerejét, magabiztosságát, s azt a fajta rideg, királyi gőgöt, mely minden pórusából sugárzott, s amely még a férfiakat is borzongásra késztette.

Lily félénken lépdelt a sötét utcákon. Nem tudta, hova megy, azt sem, miért indult el. Egyszerűen csak úgy érezte, mennie kell, különben megbolondul. A reggel történtek még mindig hatásuk alatt tartották, s biztos volt benne, hogy most nem bírna a sötét, magányos házban maradni.

Próbált magabiztosnak tűnni az őt pásztázó pillantások kereszttüzében. Bármennyire is élvezte a mohó tekinteteket érezni mindenütt a testén, ugyanakkor végtelen zavarban volt, s legszívesebben sarkon fordult volna. Idegesen igazgatta szoknyája alját; az apró kis koktélruha épp hogy eltakarta a fenekét, s hirtelen úgy érezte, botladozik magassarkú cipőjében, akár egy ormótlan fabáb. A ruhán kívül nem viselt mást, csupán egy selyemzakót; didergett, s újra meg újra kirázta a hideg.

Mégsem fordult vissza. Megpillantott egy kis kocsmaszerűséget, melynek apró ablakai a folyó felé néztek. Az épület fölött ócska neonreklám hirdette, hogy a Ricky nevű kis lebuj előtt ácsorog éppen.

A lengőajtó ekkor hirtelen felcsapódott, s Lily ijedten félreugrott. Restelkedve lesütötte a szemét, az ajtón kiözönlő emberek azonban ügyet sem vetettek rá. Hangos nevetések és káromkodások közepette a folyó felé tartottak. Lily gyorsan besurrant a kicsapódó ajtószárnyak között.

Úgy osont végig a fal mellett, akár egy lopakodó macska, s becsúszott az egyik félreeső bokszba. Az odasiető pincértől nyomban rendelt egy Martinit, s a zajosan mulató tömeget pásztázta. Az asztalra tette elegáns, fekete retiküljét, elővette cigarettatárcáját és sietve rágyújtott, miközben körbehordozta tekintetét a pub közönségén.

Láthatóan nem ő volt az egyetlen dohányos a közelben; szinte vágni lehetett a füstöt, s a jellegzetes kátrányszag sem maradt el.

Összességében véve úgy érezte magát a kocsmában, mintha megállt volna az idő; a falakat lakozott lambéria fedte, a kerek, tányérra emlékeztető lámpák elszántan izzottak, dacolva a levegőben terjengő, vastag füstréteggel. A pult felett gondosan elrendezve, felakasztva sorakoztak az üvegpoharak. A bokszok ócska, piros bőrkanapéi egy lepukkadt buszváróra emlékeztették.

Ekkor az ajtó ismét felcsapódott, s a hang kizökkentette mélázásából. Felkapta a fejét, s érdeklődve a frissen érkezett társaság felé pillantott.

Rögtön ki lehetett szúrni, melyikük a csapat vezéregyénisége; egy nyúlánk, fiatal, szőke férfi, aki méregdrága öltönyben feszített a gárda közepén. Ő volt mindőjük közül a legharsányabb, s széles, színpadias gesztusaival vonzotta a tekinteteket. Lilynek azonban egész más miatt szúrt szemet… Valahogy ismerősnek találta. Kizárt dolog volt, hogy valaha is találkoztak volna. A lány szinte sosem hagyta el a falut, az a pasi meg mindennek kinézett, csak épp olyannak nem… olyannak nem, aki ilyen helyekre látogat a szabadidejében. Ekkor belenyilallt a felismerés, mely szinte letaglózta. Ez a férfi bukkant fel újra meg újra a fotókon, ez a férfi volt a kora reggeli álmának (vagy látomásának?) főszereplője! Megpróbálta higgadtan átgondolni a különös egybeesést. Nem lehet más magyarázat, mint hogy annyira megragadta a férfi rendhagyó külseje a figyelmét, hogy álmában is kísértette. Ez nagyon is logikusnak tűnt. Lily megkönnyebbült, hogy sikerült rendeznie zavaros gondolatait. Ennek ellenére nem tudta megállni, hogy ne sandítson újra meg újra felé.

A társaság férfitagjai a vállát veregették, hahotáztak ugratásain, míg a nők látványosan vihorásztak, s szemükben éhes kifejezés ült. Állandóan ürügyeket kerestek és találtak rá, hogy megérintsék a karját, észrevétlen az oldalához dörgölőzzenek, feszes ruháikba szorított keblükkel hozzásimuljanak. A férfi láthatóan élvezte a kitüntetett figyelmet, ugyanakkor Lily biztos volt benne, hogy nem először részesül benne. Szemlátomást a felsőbbrendűség érzésével telve tekintett társaira, s természetesnek vette csodálatukat. Lilynek felfordult a gyomra, s megvetéssel szemlélte őket. Mikor a társaság a pulthoz vonult, ő is elfordult. Továbbra sem tudta, miért vágott neki a városi éjszakának, s miért pont ebbe a nyomorúságos kocsmába lépett be. Nevetségesnek érezte magát, s az a bizarr érzés kerítette hatalmába, hogy a bárban jelen lévők is mind rajta mulatnak. Jobb ötlet híján elhatározta, hogy marad még pár órát a pubban, és megpróbálja kitalálni, mitévő legyen.

Időközben kiürült a pohara. Körbetekintett, azonban a pincérnek nyomát sem látta. Nem volt mit tenni, bizonytalan léptekkel odasétált a pulthoz, bár egyáltalán nem fűlött a foga hozzá, hogy a nemrég érkezett társaság közelébe menjen.

A pultra könyökölt, miközben magán érezte a férfiak tekintetét, akik elismerően gusztálták. Kivéve egyvalakit; a szőke, öltönyös ficsúr egy pillantásra sem méltatta. Helyette kitartóan fixírozta a sörét, pedig nem egy cimborája a vállát bökdöste, s jelentőségteljes pillantásokat vetettek hol rá, hol Lilyre.

A lány próbált nem törődni a jelenettel, s ismét rendelt egy Martinit. Amikor a csapos a kezébe nyomta az italt, a szőke végre ráemelte a tekintetét. Szemében olyan mély lenézés tükröződött, amely akarata ellenére is vérig sértette. Hamar úrrá lett felháborodásán, s sikerült a férfi pillantását jéghideg, dölyfös arckifejezéssel viszonoznia. Kissé kihúzta magát, épp csak annyira, hogy az elegáns, fekete ruha és a magassarkú cipő kiemeljék karcsú alakját. Miközben italába kortyolt, kissé hátravetette a fejét, amitől vörös tincsei a válla mögé hullottak. A többi férfi fátyolos tekintete erőt adott neki, a szőke pillantását azonban gondosan kerülte, mert biztosra vette, hogy abból árad a maró gúny.

Miközben visszafelé sétált az asztalához, lopva rápillantott s csalódottan látta, hogy igaza van; az öltönyös fanyarul félrehúzott szájjal, felvont szemöldökkel, kitartóan nézte őt hideg szemeivel.

Lily megpróbált kényelmesen elhelyezkedni a bokszban. A férfiak már rég nem törődtek vele, s ismét beszélgetésbe merültek, de a szőke le sem vette róla a szemét. A lány igyekezett másfelé nézni, de hiába; a tekintet, amelyet magán érzett, nem hagyta nyugodni. Arcát elöntötte a pír, s zavarában a haját kezdte babrálni. Végül megelégelte a dolgot; reszkető kezeivel igyekezett holmiját a táskájába süllyeszteni, felkapta könnyed kabátkáját, s sietve a hátsó ajtó felé indult. Elöntötte a jeges rémület, bár fogalma sem volt róla, hogy tulajdonképpen mitől is fél.

Csak akkor nyugodott meg valamelyest, mikor a kis csapóajtó bezárult mögötte. Nekidőlt az épület falának, s mélyeket lélegzett. Most eszmélt rá, hogy a szűkös, levegőtlen helyiségben mennyire felkavarodott a gyomra. Vállára terítette könnyed zakóját, s botladozó lépésekkel a sikátor kijárata felé vette az irányt.

– Ez lenyűgöző volt. Színitanodát végeztél, vagy a született tehetséged keresi magának a kiutat?

Lily megtorpant. Nem mert hátrafordulni, csupán döbbenten meredt maga elé. A szőke férfi állt mögötte. Nem vette észre, mikor jöhetett utána. A mély orgánum éles késként hasított a füleibe a dermesztő, hideg csendben. Sejtése sem volt, mit akarhat tőle, de a megjegyzése úgy hatott Lilyre, mint egy váratlan pofon. Már első ránézésre is kiolvasta a férfi tekintetéből, hogy mélységesen megveti őt, de nem számított rá, hogy valaki így az arcába vágja a véleményét.

– Hogy mondtad? – Igyekezett, hogy szavai éppoly határozottan csengjenek, mint a férfiéi az imént, de a hangja megremegett.

A szőke válaszra sem méltatta. Arcán csúfondáros mosoly terült szét, miközben lassan közelebb lépdelt hozzá. Mustrálóan végigmérte, s elismerően felvonta a szemöldökét, ahogy elidőzött a mellein és a csípőjén. Lily végtelenül megalázónak tartotta a férfi fellépését, és szíves-örömest behúzott volna neki egyet. Ugyanakkor... azt el kellett ismernie, hogy minden önteltsége és visszataszító modora ellenére is... eszméletlenül szexi volt. Kimért mozdulatokkal sétált felé, lépései alatt ropogott a frissen hullott hó. Hosszú, fekete szövetkabátjában és elegáns öltönyében magas, szikár alakja természetfelettinek tetszett, ahogy a félhomályból kilépve kirajzolódott az utcalámpák fényében.

Ahogy Lily arcát is szemügyre vette, mosolya még szélesebbre húzódott. A lány átkozottul dühös volt magára. Ugyanis teljesen tisztában volt vele, hogy a szemöldöke szinte a hajvonaláig szaladt, a szemei pedig épp ki akarnak ugrani a helyükből. Eme végtelen ostoba arckifejezésén kissé tátva maradt szája sem lendített sokat. Miután sikerült rájönnie, milyen szerencsétlen benyomást kelthet, úgy döntött, a legjobb, ha minél hamarabb távozik. Kissé megrázta a fejét, hogy valamelyest öszszeszedje magát.

– Nézd, nem értem, minek jöttél utánam... De ha nem haragszol, most megyek.

– Nem mész.

– Tessék?!

– Nem mész – ismételte meg a férfi. Arcán immár a gúnyos kifejezés helyett szinte derűs mosoly terült szét. Kijelentése nem hangzott parancsolóan, inkább úgy, mintha egy magától értetődő, megkérdőjelezhetetlen igazságot közölt volna, ami nem kíván további magyarázatot.

Lilynek ismét elakadt a szava, de most már az őszinte haragtól, amit ez iránt a visszataszító, nagyképű férfi iránt érzett. Csak az érdekelte, hogy hogyan tudna minél hamarabb megszabadulni ettől az alaktól.

– Nem te fogod megmondani nekem, hogy mit csináljak... Nem ismerlek, nem tudom, mit akarsz tőlem, de most elmegyek.

A szőke halk nevetést hallatott.

– Kérlek... Parancsolj! – s hanyag mozdulattal maga elé intett. Lily nem tudta mire vélni nevetős arcát, gúnyos hangszínét. Mindenesetre határozottnak szánt léptekkel előre iramodott. Feltett szándéka volt, hogy otthagyja a fickót.

Azzal a lendülettel fogta magát, és már az első lépésnél elvesztette az egyensúlyát, magassarkús lábai kicsúsztak alóla, és parádés mozdulatokkal elterült a földön.

Legszívesebben elsüllyedt volna szégyenében. Nyilván ez az önelégült szemétláda pont erre számított. Tudta, hogy ő, Lily nincs épp a hideg időhöz öltözve, és biztosra vette, hogy a tűsarkúi nem lesznek alkalmasak rá, hogy végigbotladozzon bennük a jeges utcán.

Ekkor megjelent két fekete, fényesre suvickolt férficipő a látóterében. A fickó odasétált hozzá, hogy közvetlen közelről vigyoroghasson le rá.

– Hm... kicsit hamarabb, mint számítottam rá, de ez valami káprázatos volt – kajánkodott az ismeretlen. Lily nem válaszolt, így a férfi folytatta: – Persze nem én fogom megmondani, hogy mit csinálj, de azért megjegyezném, hogy elviszlek, ha gondolod. Bár... ott fetrengeni is egész kellemes lehet.

– Ha tényleg úriember lennél, most felsegítenél a földről ahelyett, hogy pofátlanul vigyorogsz rajtam.

Lily tisztában volt vele, hogy dühtől fuldokló hangjával csak még inkább kínos helyzetbe hozza magát, de képtelen volt úgy tenni, mintha hidegen hagyná a férfi viselkedése. Szétvetette a méreg, de nem tudta eldönteni, hogy saját magára haragszik, vagy a férfira, aki továbbra is mozdulatlanul álldogált mellette. Láthatóan rendkívül jól szórakozott rajta, ahogy megpróbált újra meg újra felkecmeregni a földről, de minduntalan megcsúszott.

Ahogy a szőke elmélyedve élvezkedett a szerencsétlenkedésén, nem tudta megállni, hogy ne szúrjon közbe egy újbóli megjegyzést.

– Soha nem állítottam magamról, hogy úriember lennék. Az viszont biztos, hogy egy ilyen nőt soha nem hagynék ki.

Lilynek végre sikerült felkászálódnia a földről. Most már nem tudta visszafogni magát.

– Mégis mi a fenét képzelsz magadról?! Én most hazamegyek. Ha szórakozásra vágysz, menj csak vissza... biztos rengeteg csinos nőt találsz, akik minden további nélkül alád fekszenek. Lehet, hogy az olcsó nőkhöz vagy szokva, de akkor hadd lepjelek meg: én nem vagyok az.

A fickó hátravetett fejjel, zabolátlanul felnevetett.

– Hát persze... persze, hogy nem vagy az. Elvégre a legtöbb erkölcsös asszonyka hasonló helyeken szokta múlatni az időt egy ilyen göncben.

Lily nem akart több szót vesztegetni erre az alakra. Ismét előrelépett, s a lehető legrövidebb úton haza akart érni. Ekkor azonban a férfi elkapta a karját. Lily az őt fogó kézre meredt, majd a férfi arcára. Kihúzta magát, állát felszegte. Azonban ahogy a szőke önelégült, gunyoros arcára nézett, mintha belül kocsonyává vált volna.

– Mint mondtam, szívesen elviszlek. Igen... nagyon szívesen.

Csábítónak szánt hangra váltott. A rekedt, búgó szavak mégis úgy érték a lányt, mintha leforrázták volna. Pár percig megsemmisülten meredt maga elé. Ennek az alaknak teljesen igaza volt: Lily mindvégig azzal hitegette magát, hogy csak emberek közé vágyik, hogy még mindig jobb egy olcsó, de nyüzsgő kis bárban mulatni az idejét, mint otthon ücsörögnie, míg végleg be nem csavarodik. De az igazság az volt, hogy nagyon is szerette volna, ha egy férfi megszólítja. Ha észreveszik végre. Minél inkább próbálta meggyőzni az ismeretlent az ellenkezőjéről, szánalmas erőlködése csak még inkább átlátszóvá tette. Ismét ráemelte immár megtört tekintetét. Szótlanul bólogatni kezdett, majd hagyta, hogy átkarolja a vállát és kivezesse a sikátorból, a kocsija felé.

Egykedvűen tekintett ki a kocsiablakon. Mellette az ismeretlen alak az utat nézte, s leghalványabb jelét sem mutatta az iránta való érdeklődésnek. Rá sem pillantott, meg sem szólalt, a vezetésre koncentrált.

– Hol laksz?

– Mit érdekel az téged? – kapta fel a fejét a lány meglepetten.

– Nehezen tudlak hazavinni, ha nem mondod meg a címed. Persze, így sem lenne lehetetlen, de mindenesetre megkönnyítenéd vele a dolgomat, ha elárulnád.

Lily pár pillanatig elmélyülten tanulmányozta a férfi vonásait. Hangja szárazan, közönyösen csengett, arca nem árult el semmilyen érzelmet. Lily nem tudta mire vélni a dolgot; a férfi korábbi szavai alapján azt hitte, az ismeretlen lakásán fognak kikötni. Lediktálta neki a címét, majd próbált erőt gyűjteni, hogy a végére járjon a dolognak.

– Nem… nem azt mondtad, hogy egy ilyen nőt nem hagynál ki? – tette fel végül a kérdést.

– De, pontosan ezt mondtam. – A férfi kedves, már-már gyengéd mosolya elbűvölő volt. – Viszont egyelőre megelégszem a számoddal is.

Megint ez az önteltség! – mordult fel magában a lány. Egyszerűen csak kijelentette, mintha törvényszerű lenne, hogy megadom neki, gondolta.

– Nem vagyok öntelt. Csak nem szeretek felesleges kérdéseket feltenni.

Lily furcsállóan nézett a fickóra.

– Honnan veszed, hogy önteltnek tartalak?

A férfi egykedvűen megvonta a vállát.

– Tippeltem. Szóval?

– Legalább a nevedet mondd meg! – Lily leginkább azért hozta ezt szóba, hogy húzza az időt.

– Gabriel. Gabriel vagyok.

– Nos… örülök, hogy megismertelek, Gabriel.

A fickó harsány nevetésben tört ki.

– Hát hogyne – vigyorgott rá szélesen –, részemről a szerencse, kedves…

– Lily. Mi olyan vicces?

– Hm… Lily – ízlelgette a férfi, mint valami rágós falatot.

– Szóval, min nevettél az előbb?

– Csak tetszik, hogy ilyen udvarias vagy. Igazi úrhölgy.

Szavainak nyomatékot adva rákacsintott. Ezzel elfordult, és ismét minden figyelmét az útnak szentelte.

Megérkeztek a keskeny bekötőúthoz, amely a faluba vezetett. Amikor az első farmok felbukkantak mellettük, Lily megkérte a férfit, hogy álljon meg. Semmi kedve nem volt hozzá, hogy valaki ne adj' isten meglássa őket, és ezzel okot adjon bárkinek is a pletykálásra.

Ahogy a férfi lelassított, a lány már a kilincset markolta.

– Akkor… köszönöm, hogy elhoztál – s lesütött szemekkel várta a választ.

Az azonban nem érkezett. Lily rövid várakozás után kiszállt a kocsiból. Pár lépés után hátrafordult, s észrevette, hogy a férfi merően őt nézi.

Az éjszaka homályában szinte vészjóslónak tetszett, ahogy kifejezéstelen arccal meredt rá. Összehúzott szemei úgy sejlettek elő, mintha két tengeri ásvány csillogna rá a víz tükre alól.

Bőre megborzongott, s nem tudta levenni tekintetét róla. A férfi úgy nézett ki, mint egy ugrásra kész vadállat. Ez a tekintet egyszerre lenyűgözte, s halálra rémítette. Gabriel állkapcsa megfeszült, s nyakán kidagadtak az erek. Látta, hogy nagyokat nyel, miközben egy pillanatra sem vette le a tekintetét a testéről. Biztos volt benne, hogy képes lenne most azonnal földre kényszeríteni őt. Felfalni. Birtokba venni.

A feszült pillanatnak végül a férfi vetett véget; oly hirtelen kapta el a fejét róla, hogy szinte hallani vélte nyaka reccsenését. Egyszerűen csak elhajtott, mintha az elmúlt percek semmilyen hatással nem lettek volna rá.

Gabriel tövig nyomta a gázpedált.

Legszívesebben a világ végéig hajtott volna. Amikor meglátta Lilyt abban a bárban, döbbenet s mély csalódottság támadt benne.

Persze a lány kivételes szépség volt; apró, fekete ruhája megfeszült lágy, inkább karcsú, mint gömbölyded idomain. Teljes mértékig megértette, hogy jelenléte ilyen hatást gyakorolt a bár közönségére, de épp elég szép nőt látott már azelőtt is.

Eszébe jutott, milyen volt, amikor Lily szobájában töltötte a hajnalt. Mintha évek teltek volna el azóta. Számára a lány kinyúlt, kötött pulóverében s vastag nadrágjában vonzóbb volt, mint bármilyen kihívó koktélruha.

Talán mégsem olyan különleges, gondolta. Talán csak egy a sok, tudatlan falusi kislány közül, akik amint kiszabadulnak a vidék nyomasztó egyhangúságából, a legközelebbi pubban kötnek ki.

Eleinte Gabriel kifejezetten kedvelte az ilyen nőket; barátaival szinte sportot űztek belőle, hány ilyen lányt tudnak felszedni egy este alatt. Úgy ugrottak rájuk, mint a kiéhezett tigrisek, meg sem kellett erőltetniük magukat udvarlással, szép szavakkal, italmeghívásokkal. Ezek a nők már attól is elolvadtak, ha egy ilyen férfi a legkisebb érdeklődést is mutatta irántuk.

Sajnos hamar unalmassá váltak. Igen, Gabrielnek ez volt a legfőbb problémája velük. Hamar rájött: minél gyorsabban szabadul tőlük, annál jobb.

Lily azonban más volt. Kár érte – ez volt az első gondolata, amikor megpillantotta a pultnál.

Nem tudott napirendre térni a fölött, hogy ilyen naiv volt. Csak nézte, ahogy a lány illegeti magát az őt mustrálók tekintete előtt s azon törte a fejét, hogy hihetett annak a pár apró tárgynak, miért gondolta pár régi könyv meg kép alapján, hogy ezúttal mással van dolga.

Mégis utánament, amikor látta, hogy a lány feláll az asztalától. Cimborái persze azonnal észrevették, mire készül.

– Hé, haver, mehetünk mi is? – kérdezte az egyikük, arcán felvillanyozott vigyorral.

– Áh, ne álmodozz... ez a szemétláda soha nem osztozkodik. – Persze Jared sem tudta megállni, hogy ne szóljon bele, s lázas izgatottságtól elcsukló hangjától Gabriel akaratlanul is libabőrös lett. Undorodott ettől az alaktól.

– Aztán csak ügyesen…

– Azaz… ne hozz ránk szégyent, öreg!

A férfi ügyet sem vetett rájuk. Nem törődött a pajzán megjegyzésekkel, vállveregetésekkel, kacsintásokkal.

Pusztán azért indult utána, mert tartott tőle, hogy a lány esetleg valami bajba keveredik. Bár eddig is tartani kívánta magát az északiakkal kötött megállapodáshoz, a kényszerházassága után szentül megfogadta, hogy ha kell, éjjel-nappal követni fogja Lilyt. Egyetlen reménysugara az volt, hogyha sikerül egy még kedvezőbb alkut kicsikarnia az Uralkodótól. Egyszóval, ez a lány volt az ő jegye a szabadság felé.

Amikor azonban meglátta a nő félénk tekintetét, olyan volt, akár egy reszkető őz a vadász csapdájában. Viselkedése inkább hasonlított egy ártatlan szűzleányéra, mint kiéhezett, élvhajhász szajháéra. S amikor a szemébe nézett… az a csodálatos zafírszín tekintet sugárzott a lámpák fényében. Gabriel szinte megbénult, mintha áram rázta volna meg. A testén mély borzongás futott végig, szinte reszketett, s férfiassága azonnal megkeményedett. Így még egy nő sem hatott rá, még akkor sem, amikor a lakására érve megszabadultak a ruháiktól. Lilynek viszont elég volt a szemébe néznie, s Gabriel egyszerre érzett addig soha át nem élt izgalmat a testében és mély melegséget a szívében.

Nem akarta otthagyni az éjszaka közepén; szerette volna biztonságban tudni, s akkor az tűnt a legjobb megoldásnak, ha maga gondoskodik róla.

Rágyújtott egy újabb cigarettára. Úgy tervezte, még nem megy haza. A vezetés mindig megnyugtatta, minden gondolatot kiűzött a fejéből, csak az útra koncentrált.

Most azonban hatástalan volt. El akarta felejteni ezt a nőt, hiszen mindenkinek az a legjobb, ha nem bonyolódik bele az ügybe.

Amint hazaért, tudta, hogy egy újabb kellemetlen beszélgetésen kell átesnie. Úgy tűnt, elcseszett élete csak egyre elcseszettebb lesz. Reus kereste. Ebben nem volt ugyan semmi meglepő, hisz' mióta elvállalta a megbízatást, a Testőrség vezetője folyamatosan a nyakában lihegett, helyzetjelentést várva a hercegnővel kapcsolatban. Az Uralkodó Család egyre türelmetlenebbé vált, ahogy telt az idő megállapodásuk óta. Gabriel néha arra gondolt, hogy ha ez az Ais nevű fazon is ugyanolyan buzgómócsing, mint közvetlen alattvalói, akkor északon sem számíthat sok jóra. Mostani beszélgetésük sem volt épp élvezetesnek mondható; Gabriel igyekezett szűkszavúan válaszolgatni a faggatózásra, de mikor Reus azt kezdte firtatni, sikerült-e már kapcsolatba kerülnie Lilyvel, nem kellett sok neki, hogy megtörjön.

– Mit műveltél?! Mégis mi a francot képzelsz magadról? Szerinted van időnk kivárni, hogy kedvedre kefélgesd a csajt? Le kell szállítanod, méghozzá időben, mikor fogod már föl végre?!

– Reus, állítsd le magad. Eszemben sincs lefektetni, és pontosan tudom, mi forog kockán.

Gabriel igyekezett higgadtan viselkedni, de remegő hangja nem volt a legmeggyőzőbb. Nagyon is jól tudta, hogy nem halad épp a legjobban az üggyel, s Reus hisztérikus telefonhívásai csak rontottak a helyzeten. Egy pillanatra lehunyta a szemét. Úgy érezte, mentem szétcsattan a feje. Óvatosan masszírozni kezdte az orrnyergét. Mintha ez alatt a pár nap alatt száz évet öregedett volna. Szótlanul hallgatta a másik szitkait; végül miután levezette rajta az indulatait, a férfi lecsapta a telefont. Gabriel némán káromkodott, s úgy meredt a telefonra, mintha azt várná, mikor fog felrobbanni.

Bármennyire is nehezére esett elismernie, tudta, hogy a pasinak igaza van. Minden egyes becsmérlő szó jogos volt. Jobb lesz, ha távol tartja magát a lánytól, és meghúzza magát egészen addig, míg nem dönti el, hogyan tovább ezek után. Ha elveszik tőle ezt a megbízatást, gondolta, esélye sem lesz rá többé, hogy megszabaduljon a Családtól.

Már több mint két hónap telt el a kocsmában történtek óta, s Lily biztosra vette, hogy Gabriel – ha ugyan tényleg ez volt a neve – nem fog jelentkezni. Az azon az estén viselt ruháját azóta sem tisztíttatta ki, s titkon néha elővette. Mélyen beletemette az arcát, érezve rajta a cigi és alkohol keverékének penetráns szagát. Mégis, amikor elővette, nem tudta megállni, hogy ne szívja be az illatot, mintha ennél édesebbet még nem érzett volna életében.

Minden erejével igyekezett uralkodni magán, s megbékélni régi mindennapjaival. Reggelente rendbe tette a házat; kitakarított, megfőzött, s délutánonként nagyokat sétált a parton. Az asztalokra takaros virágcsokrok kerültek, melyeket még azelőtt lecserélt, hogy azok engedhettek volna üdeségükből. A könyvek és magazinok katonásan sorakoztak a polcokon, a padlóról enni lehetett volna, s nem volt olyan nap, hogy az előző napi maradék vagy étteremből hozatott ennivaló került volna az asztalra.

Nem tudott mihez kezdeni magával. Az elmúlt két hónapban már hozzászokott a tényhez, hogy vissza kell térnie a régi kerékvágáshoz. Ugyanakkor úgy érezte, hogy eddig egy gyönyörű, díszes terem küszöbe előtt ácsorgott, s mire épp öszszeszedte volna a bátorságát, hogy belépjen, az arcára csapták az ajtót.

Nem tudta megállni, hogy ne nézzen rá percenként a telefonjára, hátha jött egy üzenet Gabrieltől. Tisztában volt vele, hogy nem fogja többet keresni, mégsem tudott uralkodni magán, s folyamatosan reménykedett.

Mintha félálomban töltötte volna a napjait. Semmi nem tudta kizökkenteni közönyéből, amelyet a felszín alatt érzett. Aztán a beköszöntő tavasz váratlan fordulatot hozott. Lily éppen a konyha takarításával bíbelődött, amikor hirtelen megcsörrent a mobilja. A kijelzőre pillantva a szíve nagyot dobbant, gumikesztyűbe bújtatott kezei reszketni kezdtek, s egyszerre járta át félelem és végtelen öröm.

Na, hali... éppen a környéken járok. Összefutunk? :)

Gabriel az. Üzenetet küldött neki. Látni akarja... Lily megdermedt. Isten látja lelkét, hetek óta erre várt, s szíve szerint máris eszeveszetten rohant volna a férfihoz. Csüggedten lehorgasztotta a fejét. Akármennyire megalázó is volt ez Lilyre nézve, ő maga is tudta, hogy igent fog neki mondani. Nyilvánvaló volt, hogy ha lenne egy kis esze, válaszra sem méltatná a férfit, de ezzel már elkésett. Ha lenne egy kis esze, gondolta, akkor már a kocsijába sem szállt volna be. Egyáltalán, a közelébe sem ment volna annak a kocsmának.

Lily viszont nagyon is szerette volna újra látni. Maga sem értette, miért volt rá ekkora hatással a férfi. A fene egye meg...

Lázas készülődésbe fogott. Gabriel aznap este akart találkozni vele, s ahogy azt üzenetében írta, fél tizenkettő körül várni fogja azon az úton, ahol első találkozásukkor elváltak.

Szíve csordultig telt izgatott örömmel, s úgy szökellt fel a lépcsőn, akár egy gyerek. Feltépte a szekrénye ajtaját, s egy mozdulattal kisöpörte a mélyére tuszkolt, elfeledni kívánt ruhadarabokat.

Ruháit válogatás nélkül szétszórta a padlón, s tüzetesen megvizsgálta valamennyit. A fehérneműtől kezdve a cipőig mindent gondosan ki akart választani, de fogalma sem volt, mi nyerné el a férfi tetszését. Eddig csak egyszer találkoztak, s a fickó akkor sem rejtette véka alá, hogy olcsónak találja a nő külsejét. Első pillantásra olyannak tűnt, aki szívesen múlatja az idejét könnyű nőcskék társaságában, s bizonyára értékeli a kihívó darabokat.

Lily elbizonytalanodott. Igen, Gabriel vonzódott az ilyen nőkhöz, ugyanakkor nem tarthatta többre őket könnyen feledhető, alkalmi szexpartnereknél. Igen, ezek a nők az olcsón kapható kefélés eszközei voltak. Lily pedig... nem akart ilyen lenni. De mi mást akarhatott volna a férfitól?

Amint elküldte az üzenetet, szíve szerint visszaforgatta az időt, hogy semmissé tehesse a meghívást. Lily olyan hatással volt rá, amilyet még sosem érzett azelőtt. Minden vágya volt közelebb kerülni a nőhöz, s első találkozásuk óta milliószor elképzelte már, ahogy azok a hatalmas, zöld és kék szemek fátyolos tekintettel pillantanak rá, miközben együtt fekszenek az ágyában, s ajkai bejárják a lány bársonyos bőrű, hószín testét.

A lány felidézett képe olyan volt a számára, mint egy kincs, melyet szíve legtitkosabb zugaiban rejthetett el, s nem tudta elvenni tőle senki.

Hitetlenkedve megrázta a fejét. Töltött magának egy újabb pohár gint, s próbálta elterelni a gondolatait Lilyről. Felhajtotta az italt, majd új elhatározással felkapta a slusszkulcsát. Akárhogy is lesz, ez a nő kétségkívül nem mindennapi teremtés, és ő ki fog élvezni mindent, amit csak meg tud szerezni magának belőle.

Lily már ezerszer elátkozta magát, miközben a sötét utat kémlelte. A falu határában várakozott, épp úgy, ahogy azt a férfival megbeszélte. A gyomra összeszorult, s idegesen toporgott a fagyos út mellett. Ismét a mobilja kijelzőjére pillantott; 23:36. Gabriel bármelyik percben megérkezhetett, Lily pedig türelmetlen izgatottsággal várta. Ahogy telt az idő, egyre inkább rettegett a gondolattól, hogy átverték.

Nem tudta, mire számítson ezen az estén. Idegesen igazgatta a kabátját, miközben nyakát nyújtogatva kémlelte az utat. Még egyszer végignézett öltözékén, s továbbra sem volt biztos benne, hogy megfelelő erre az alkalomra; egy egyszerű, szűk farmert, bő pulóvert és magas sarkú csizmát viselt. A sminket sem vitte túlzásba, s haja frissen mosottan terült szét a vállain. Szeretett volna tetszeni a férfinak, ugyanakkor nem akarta, hogy az könnyű prédának tartsa. Most mégis bizonytalanná vált, s ugyanakkor ez egyre inkább bosszantotta. Mégis mit számít, hogy mit gondol róla ez az ismeretlen pasi?

Csak akkor eszmélt fel, amikor meghallotta a fékcsikorgást. Gabriel megérkezett. Leparkolt az út mellett, s a kocsiból kiszállva rágyújtott. Lily egy pillanatig azt hitte, oda fog sétálni hozzá, de úgy tűnt, rá vár. Hanyagul intett felé cigit tartó kezével, s továbbra is az ajtónak dőlve pöfékelt.

Lily tétova léptekkel elindult felé, s úgy érezte, mintha a gyomra lassan megtelne kövekkel. Ez a hűvös fogadtatás még inkább bizonyossá tette a számára: a férfi nem kíváncsi rá, nem érdekli igazán, nem tartja többre egyszerű szórakozásnál.

Vett egy nagy levegőt, s Gabriel elé lépett.

– Öhm... szia.

A férfi nem válaszolt. Kissé végigmérte, majd szótlanul felé nyújtotta a dobozt. Lily elfogadta a cigarettát s próbált úrrá lenni remegésén, hogy meg tudja gyújtani. Miközben ezzel bíbelődött, a férfi végre megszólalt.

– Miért így öltöztél fel?

– Mire gondolsz?

Zseniális kérdés. Pontosan tudta, hogy mi lesz a férfi válasza. Legutóbb épphogy csak a feneke nem látszódott ki a ruhájából... Istenem, micsoda ócska helyzet! Mi a francot képzelt?! Arra vágyott, hogy a férfi értékes nőként tekintsen rá, hogy másnak lássa, mint az addigiakat. Romantikus álmokba ringatta magát, s mégis, ahogy a férfi csettintett neki, egy pillanatig sem habozott.

– Jobban tetszel így.

Lily szíve nagyot dobbant.

– Köszönöm.

– Indulhatunk? – intett a férfi a kocsi felé.

– Igen, persze.

Miközben a belváros felé tartottak, Lily idegesen dobolt a combján. Gabriel láthatóan sokkal rutinosabban kezelte a helyzetet, mint ő. Rideg modora semmivé lett, kedélyesen cseverészett a városi közlekedésről, apróbb bókokat szórt a lány felé, érdeklődött a napjáról.

Lily ezzel szemben végtelenül feszült volt. Gyűlölte ezt a helyzetet. Miért nem magyarázza meg a férfi, hogy miért kereste meg két hónap hallgatás után? Gabrielen látszott, hogy ez a derű nem vall rá. A megjátszott kedvességtől lúdbőrzött a háta. Már nem is figyelt a férfi szavaira, s hirtelen ötlettől vezérelve a szavába vágott.

– Miért kerestél meg mégis?

A férfi mesterien mímelte a meglepődést, amikor Lily nekiszegezte a kérdést.

– Miért ne kerestelek volna? Mondtam neked, hogy szívesen találkoznék még.

A lánynak ehhez már nem volt türelme. Elege volt belőle, hogy a bolondját járatják vele.

– Mikor is beszélgettünk utoljára erről? Két hónapja? Ne haragudj, de nem igazán értem, mi változott azóta.

– Az idő lényegtelen, de nem volt kötelező eljönnöd.

– Látom, nem szándékozol komolyan válaszolni.

– Nem erről van szó. Mégis mit vársz, mit mondjak? Eszembe jutottál, és szerettelek volna látni.

Lily elhallgatott. Ő maga sem tudta, milyen válaszra vár. Talán jobb is, ha nem feszegetik a dolgot.

Kínos csend telepedett közéjük. Lily nem akarta elrontani az estét. Úgy döntött, akárhogy is alakulnak a dolgok, ki fogja élvezni, ha az együttlétük csak pár órát jelent is.

– És… hová megyünk? – érdeklődött könnyednek szánt hangon. Úgy gondolta, még vissza tudja terelni a beszélgetést egy nyugodtabb mederbe. Láthatóan működött: a férfi arcán feltűnt egy halvány mosoly, s mesélni kezdett Lilynek az egyik kedvenc helyéről. A lány azon gondolkozott, vajon hány nőt vitt már el abba az étterembe, amiről éppen neki beszélt. Biztos nem kevesen fordultak már meg ott vele. Lily elképzelte, ahogy a derekukat átkarolva betessékeli őket az ajtón, alájuk segíti a széket, bort és előételt rendel, s ugyanolyan kenetteljes hangon beszélget el velük, mint ahogy azt most vele teszi. És pár pohár borral később egy kényelmes kanapé párnái között kötnek ki. Felfordult a gyomra, ha arra gondolt, hány nővel lehetett előtte. Megrázta magát. A férfi nem tartozik neki elszámolnivalóval. Akár egy egész stadionnyi nővel is szeretkezhetne egyszerre, ha ahhoz lenne kedve. Egyedülálló, független, neki, Lilynek pedig nincs joga felróni minden egyes kalandját. Próbált minden zavaró gondolatot kiűzni a fejéből. Ne törődj vele, ne törődj vele, ne törődj vele…

– Hát, megjöttünk.

Felpillantott. Egy mexikói stílusú, diszkréten megvilágított épület előtt álltak. Az étterem körül hatalmas kerthelyiség terült el. Egyszerű, de végtelenül barátságos benyomást keltett faragott oszlopaival s a kertben lévő parányi tavacskával, melyet virágok vettek körül. Vizén szendén tükröződött a holdfény, mintha ezer meg ezer apró kis ékkövet szórtak volna szét rajta.

Gabriel kiszállva a kocsiból megkerülte azt, s kisegítette őt az ülésből. Modora továbbra is kifogástalan volt, mint ahogy azt Lily várta.

Ez nem változott akkor sem, amikor a rendelésre került a sor; a férfi mindenben alkalmazkodott az igényeihez, olyan bort rendelt, amilyet a lány szeretett volna, ügyelt rá, hogy soha ne legyen üres a pohara, érdeklődött, hogy megfelelőnek találja-e a helyet, ízlik-e neki az étel.

Lily csakhamar rájött, hogy ez a bájolgás nemcsak hogy bosszantja; mi több, végtelenül untatja. Rá kellett ébrednie, hogy a férfi vonzereje rideg, öntelt modorában rejlik, s hogy ez a megjátszott udvariasság a lehető legtaszítóbb, amit valaha tapasztalt. Ismét rágyújtott. A férfi adott neki tüzet, miközben ahelyett, hogy áthatóan a szemébe nézett volna, vagy ennek az intim mozdulatnak ürügyén szemügyre vette volna a dekoltázsát, szemlesütve várta, hogy a cigaretta meggyulladjon.

Lily összehúzott szemmel, bosszúsan méregette a férfit. Mélyen beszívta a füstöt, miközben továbbra is kitartóan fixírozta a férfi vonásait. Gabriel láthatóan semmit nem vett észre a dühéből.

– Te most éppen mit csinálsz? – szegezte neki a kérdést hirtelen jött keménységgel. A férfi felvonta a szemöldökét, s kissé megütközve pillantott rá.

De legalább már rám néz – gondolta Lily.

Gabriel hamar úrrá lett meglepettségén, s kellemes mosolyt villantott felé.

– Úgy tudtam, éppen vacsorázunk. Bár ez talán nem is pontos így. Én jelenleg fajitast eszem, te pedig, mivel az előétel után nem kértél semmit, jobb híján a borodat kortyolgatod, miközben engem vizslatsz.

– Miért lettél hirtelen ilyen kedves hozzám?

A férfi nem adta fel egykönnyen, vonásai továbbra is diszkrét mosolyba rendeződtek, s tétován tenyerébe fogta a lány kezét.

– Ha egy ilyen csinos nő hajlandó rá, hogy együtt töltsön velem egy kis időt, akkor nem is fogok másként viselkedni. Nem szokásom gorombaságokat vagdosni a partnerem fejéhez. Vagy mégis ezt tettem? Megbántottalak valamivel, hogy így elment tőlem a kedved?

– Nem. – Lily elpirult. Gyűlölte, hogy a férfi ennyire ostobának nézi. Hogy el kell magyaráznia neki, mi bosszantotta fel. Pedig olyan egyértelmű!

– Nem bántottál meg semmivel. De… ez nem te vagy. Ha pedig erre vágynék, akkor nem veled jöttem volna el ma este. Ne haragudj, de őszintén szólva felfordul a gyomrom ettől a játszadozástól. – A lány felállt. – Azt hiszem, talán az a legjobb, ha most elmegyek.

– Ülj vissza! – A férfi suttogott, de ezzel a hangja mit sem vesztett parancsoló éléből. Keményen megragadta a csuklóját, s szinte visszarántotta a székre. – Nyilván arra a kis sikátori összezördülésünkre gondolsz. Én meg azt mondom, hogy felejtsük el. Tudok kedves és előzékeny is lenni, igen, de nem hiszem, hogy tudni akarod, milyen, ha magamat adom.

– De, igenis tudni akarom… – morogta, fogai közt préselve a szavakat. Nincs szüksége egy újabb férfira, aki meg akarja mondani, hogy mi jó neki, és mi nem.

– Nem, nem akarod. Nem tudod, hogy mit akarsz, hogy mire vállalkoznál, ha valóban meg akarnál ismerni. Jobb lesz így neked, hidd el.

– Ha így állsz hozzá… akkor nincs mit mondanom. – Lily ismét felpattant, azonban most nem várta meg, hogy a férfi győzködje. Kiviharzott az étteremből, s szinte futott lefelé a járdán. Alig tett meg pár lépést, mikor riadtan megtorpant. Gabriel ott állt előtte, pedig pár perccel azelőtt még az étteremben ült. Ez nem lehet…

– Én próbáltam kedves lenni – kezdte a férfi halkan, miközben ugyanazzal a lassú, de kimért mozgással közeledett felé, ahogy pár hónappal azelőtt a sikátorban is tette. – Szerettem volna mindent úgy csinálni, hogy neked jó legyen. De te nem kértél belőle – folytatta, s az arca már csak pár centire volt Lilyétől. Szavait az ajkaiba suttogta. – Ha annyira akarod tudni, hogy milyen vagyok… akkor megkapod – s ezzel egy hirtelen mozdulattal megragadta Lily karját és a Bentley felé vonszolta.

– Mi a fenét művelsz?! – Lilyben a düh és a félelem furcsa elegye kavargott. Megpróbálta kitépni a karját a férfi szorításából, de az szinte magához bilincselte. Esetlenül botladozott mögötte, hisz' Gabriel szinte futólépésben vonszolta a kocsi felé. Még sosem látott ennyire feldúltnak senkit. Lily zihált az erőlködéstől, ahogy hasztalan próbálkozásokat tett arra, hogy kiszabadítsa magát. A férfit szemlátomást azonban mindez hidegen hagyta; mintha meg sem hallotta volna a lány sikoltozását, egyszerűen feltépte az ajtót, keményen az ülésre lökve őt. Lilynek ideje sem volt, hogy lélegzethez jusson, Gabriel máris a kormány mögött termett és belelépett a gázba. A Bentley szinte repült, a motor felbőszült vadállatként bőgött fel, a kerekek panaszosan felsírtak az éles kanyarokban, a férfi viszont mintha egy másik univerzumban járt volna.

Lily képtelen volt megszólalni. Egyre csak a saját mellkasát szorította, görcsösen átölelve magát, miközben úgy érezte, elméje végképp felmondja a szolgálatot. Hátán patakokban folyt végig a hideg veríték, s észre sem vette, hogy hangosan zihál. Nem tudott gondolkozni, képtelen volt visszatérni józan eszéhez, a pánik eluralkodott érzékein.

Eleinte fogalma sem volt, hová viszi a férfi. Mikor észrevette, hogy Gabriel egyszerűen a halászfalu felé vette az irányt, végképp összezavarodott.

Gabriel esztelenül száguldott Lily otthona felé. Ő maga is tudta, hogy azzal, amit most tesz, csak eddigi ámokfutását koronázza meg. Tudta, hogy őrültség, mégis úgy érezte, eddigi, több hetes tökéletlenkedésénél csak jobb lehet.

A cérna akkor szakadt el nála végképp, amikor Lily – kisebbfajta jelenetet rendezve – faképnél akarta hagyni az étteremben. Gabrielt kétségbe ejtette, hogy a lány visszautasítja, de úgy érezte, az teszi végképp kilátástalanná helyzetét, hogy Lily teljes mértékig átlát rajta. Nem hazudott, mikor azt mondta, szeretné, ha jól érezné magát, mikor vele van, de ha őszinte akart lenni magához, be kellett ismernie: fogalma sincs, hogy ezt hogy érhetné el. Nem esett nehezére udvariasan és előzékenyen viselkednie, de azt is tudta, ő nem az a kicseszett gentleman, aki fehér lovon (manapság fehér sportkocsin) érkezik. Tudta, hogy énjének egyik fele mindig is az a vadállat lesz, aki a kripta falai között nőtt fel. Mindennél jobban szerette volna, hogyha igazán közel kerülhetne a lányhoz. De hogy lenne képes ilyesmire, ha ő maga sem tudja, hogy kellene bánnia vele? Gyűlölte a negédeskedést, de azt a fajta halálfélelmet, melyet hirtelen jött dühe váltott ki Lilyből, még inkább. Nem mert felé pillantani vezetés közben. Képtelen volt napirendre térni saját viselkedése fölött, s most szíve szerint csak megállt volna előtte, hogy a lány élő bokszzsáknak használhassa. Az sem érdekelte volna, ha kiveri belőle a szuszt. Vastagon megérdemelte volna. Igaz, hogy fogalma sem volt, hogyan kellene... udvarolnia, vagy mit szoktak manapság mondani az ilyesmire, de sosem volt erőszakos. Nem, gondolta magában, nőket lecsapni és a lakására vonszolni végképp nem az ő stílusa volt.

Persze jó oka is volt rá, hogy váratlanul felkereste a lányt. Mikor az a szemétláda a nyakába varrta ezt az egészet, vagy lövése sem volt afelől, mit ró rá, vagy nagy ívben szart rá. Nem kapott semmi támpontot: még maga az Uralkodó sem tudott Lilyről semmit. Az is piszok mázli volt, hogy a lány nem költözött el szülei házából, másképp az egész kurva bolygót átkutathatta volna utána.

Hál' istennek a lányt megtalálni nem jelentett kihívást. Innentől kezdve azonban meg volt lőve. Nem alkalmazhatott erőszakot; Reus kikötötte, hogy a leendő hercegnőn egy karcolás sem eshet. Nem mintha csomagtartóba tuszkolni nagyobb élmény lett volna, de ahogy telt az idő, Gabriel úgy érezte, még azzal is többre menne.

Tudta, mikor a ma esti találkát megbeszélték, hogy mindenképp fel kell vennie újra a kapcsolatot Lilyvel, csak épp ötlete sem volt, hogy adja be neki az egész sztorit, ráadásul úgy, hogy a lány önszántából vele menjen északra.

Vezetés közben sem tudott megnyugodni; egyre pörgött az agya, átkozta magát ostobaságáért, gyengeségéért, miközben tudta, hogy nem kerülgetheti tovább, hogy feltárja a lány előtt az igazságot.

Ahogy beléptek a házba, Gabriel az aprócska konyhába vezette a lányt és letessékelte az étkezőasztal mellé egy székre. Lily hagyta, hogy vendégként kezeljék a saját házában. Még mindig a férfi haragjának hatása alatt állt. Végül a szőke alak megállt előtte. A lány ráemelte tekintetét; Gabriel csak nézte őt összeszorított ajkakkal és komor arccal. Eszeveszett dühét keserűség váltotta fel. Zsebre vágott kézzel toporgott az asztal mellett. Újra meg újra nagy levegőt vett, szólásra nyitotta a száját, de végül csak egy megfáradt, lemondó sóhajra futotta tőle. Megállás nélkül a tarkóját dörzsölgette, mintha megpróbálná visszaerőltetni göndör, rövid tincseit a fejbőrébe.

– Kérsz egy teát?

Gabriel meghökkenve kapta fel a fejét.

– Tessék? – kérdezte, mint aki rosszul hall.

– Csináljak egy teát? – ismételte meg a kérdést emelt hangon a lány. Már nem félt a férfitól. Ahogy elnézte néma küzdelmét mondandójával, jobbnak látta, hogyha addig is átveszi a házigazda szerepét. Megtörte hát inkább a feszült csöndet, s abban bízott, hogy előbb-utóbb csak kinyögi, mi ez az egész.

Választ sem várva felpattant ültéből, hogy a konyhapult mögötti bíbelődéssel legalább elfoglalja magát. Most Gabriel volt az, aki lehuppant a megürült székre. Ujjaival idegesen dobolt az asztalon, szétvetett tagokkal, hátravetett fejjel, s úgy festett, mint akin végigsöpört egy szökőár. Szótlanul hevert így, míg Lily elkészítette és felszolgálta a teát. Mikor a lány elé tette a bögrét, olybá tűnt, hogy a férfi fel sem fogja a jelenlétét. De amint helyet foglalt vele szemben, két kezében dédelgetve a kerekded szilkét, Gabriel végre kiegyenesedett ültében, tekintetét a lányra emelve.

– Köszönöm – lehelte felé.

– Szívesen – motyogta a lány, miközben nagyokat kortyolt a forró italból. – Szeretnél beszélgetni valamiről?

Nem vette le a szemét a férfiról, aki látszólag kedvetlenül piszkálta az előtte álló bögrét. Lily csöndesen szürcsölgetett, várva, hogy a másiknak megeredjen végre a nyelve.

A férfi újonnan jött eltökéltséggel fogott bele mondandójába.

– Édesanyádat... Lydiaként ismerted, ugye? Lydia Craigwood, ez volt a neve.

Lily szemöldöke magasra szaladt, s döbbenten meredt a férfira, de csak bólintott egyet. Az elmúlt hetek zűrzavara után mindenre számított, csak arra nem, hogy Gabriel a családfájáról akar majd csevegni vele. Mindenesetre meg akarta várni, mire akar kilyukadni mindezzel.

– Az apád pedig Oliver Craigwood volt. – Mivel Lily továbbra sem szólalt meg, Gabriel elszántan folytatta.

– Lydia nem sokkal a születésed után sajnos elhunyt. Az édesapád legalábbis így mondta neked. De az igazság az, hogy sosem tudhatta meg biztosan, mi történt vele. Egyszerűen eltűnt, és a testét sem találták meg. Oliver pedig... ha jól számoltam, nagyjából kilenc évvel ezelőtt távozott el, látszólag balesetben. Amit viszont nem tudsz, az az, hogy... Lydia szülei már régen eltávoztak ugyan, de volt egy öccse. Illetve van is. Ő ugyanúgy összeroppant, mint apád, amikor a nővére meghalt. Meg akart keresni titeket, de úgy vélte, nagyobb biztonságban vagytok, hogyha távol marad tőletek. Most, hogy úgy érzi, eljött az ideje, szeretne megismerni, és szeretné, ha meglátogatnád. Mármint őt és a családod többi tagját.

Gabriel, aki eddig kitartóan a térdét fixírozta, most a lányra emelte a tekintetét. Lily azonban továbbra sem szólalt meg. Úgy érezte, képtelen hirtelen egyszerre ennyi mindent befogadni. Lázasan jártak elméje fogaskerekei, miközben újra meg újra átismételte magában, amiket az imént hallott.

– Te is ismered anya testvérét? Barátok vagytok?

– Öhm... olyasmi. Futólag ismerem. Igazság szerint engem kért meg, hogy kísérjelek el hozzá.

– Akkor mégis csak jól kell ismernetek egymást – jegyezte meg, kutató pillantásokkal fürkészve a férfi arcát.

– Nem... nem mondhatnám. Ez kicsit bonyolultabb ennél.

– Hogy értetted azt, hogy apa sosem tudhatta biztosan, mi lett anyával, meg hogy csak úgy eltűnt? – vágott a szavába váratlanul.

Gabriel tanácstalanul meredt maga elé. Hogy mondhatná el a lánynak az igazságot anélkül, hogy Lily ne nézze komplett idiótának? Amennyire sejteni lehetett, Lydiát az ellenlábas Családok valamelyike ölte meg, Gabriel azon sem csodálkozott volna, ha Magory vagy Arwel intézte volna el. A teste sosem került elő. A férje nem lehetett biztos benne, hogy a felesége baleset vagy gyilkosság áldozata lett-e, vagy szimplán lelépett, hátrahagyva őt és a lányát.

– Az utóbbi időben furcsán érzed magad, igaz? – terelte inkább más témára a szót. Elvégre volt még egy elég komoly dolog, amiről tájékoztatnia kellett a lányt. Csak most, mielőtt ezt a kérdést megfogalmazta, jött rá, miért válhatott olyan égetővé Ais számára, hogy megtalálják a lányt. Nagyjából két éve tölthette be 25. életévét.

– Ezt hogy érted? – Lily láthatóan most már tökéletesen megzavarodott.

– Állandóan fáradt vagy. Sokat alszol. Máskor látszólag ok nélkül fékezhetetlen düh önt el. Étvágytalan vagy. Sokszor reszketni kezd a kezed, majd remeg az egész tested. Csillapíthatatlan szomjúság gyötör, álmatlanul hánykolódsz éjszakánként, vagy lidérces álmok kínoznak. Izzad a tenyered, és olyan görcsös fájdalmat érzel minden tagodban, mintha valaki késekkel szurkálna. Egyik pillanatról a másikra verejték lep el, és annyira meleged van, hogy szíved szerint még a bőrödet is lekaparnád a helyéből. Pár másodperccel később már vacogsz, mielőtt ismét leverne a víz. A poklok poklát állod ki, de senkinek nem mertél beszélni róla. Illetve persze lehet, hogy volt, akinek beszéltél róla. Ha így is volt, nem tudtak segíteni neked.

Mégis honnan tudhatja mindezt? Lily, miközben képtelen volt túljutni megrendültségén, bizarr módon úgy érezte, valamiféle reménykedés férkőzik mélységes döbbenete mellé. Lehet, hogy ez a férfi valóban ismeri a családját? Talán tényleg tud segíteni rajta?

Mielőtt azonban megszólalhatott volna, Gabriel szavakba öntötte azt, amiben a lány titkon reménykedett.

– Tudom, hogy mi bajod van, és azt is, hogy ki vagy. Nem vagy beteg. Csak… mondjuk úgy, hogy vitaminhiányod van. Olyan vitaminról beszélek, amihez nem lehet csak úgy hozzájutni, de neked piszok nagy szükséged lenne rá – tette hozzá sietve, látva, hogy a lány közbe akar vágni. Intően felemelte a kezét, jelezve, hogy még nem fejezte be. – A családodban és bennem sok közös vonás van. Mindünknek szüksége van erre a… szóval, erre a vitaminfélére. Ahogy neked is. Különben nemsokára… nem maradnál életben nélküle.

– Mégis, mi a francról beszélsz? – Lily kezdett kifogyni a béketűrésből. – Mondd el, miről van szó, ha kitettél ennek az egésznek, akkor mondd el!

Gabriel azonban hallgatott. Hogy tudná könnyebben tálalni?

– A vér az – bökte ki végül, magát is meglepve a nyers közléssel.

– Mi van? – Lily felpattant ültéből.

– Kérlek, hallgass végig! – A férfi békítően kitárta felé a karját, miközben ő is felemelkedett az asztal mellől. – Tudom, hogy ez nagyon betegen hangzik… figyelj, talán egyszerűbb lenne, ha megmutatnám.

– Mégis mit akarsz megmutatni? Ez az egyik perverz játékod, amit a lotyóiddal rendszeresen művelsz, de én, szegény buta falusi kislány túl egyszerű vagyok hozzá, hogy ismerjem?!

Gabriel csüggedten nézett a lányra, akinek immár minden tagja remegett az indulattól. Magában ismét elátkozta az Uralkodót és Családját, amiért ilyen helyzetbe hozták. Most nekik kellene itt állniuk és gyorstalpalót tartani a faj vitaminokban dús táplálkozásáról!

Lily földbegyökerezetten állt és némán meredt a férfira. Az semmi látható szándékot nem mutatott rá, hogy ismét megszólaljon, csak kitartóan figyelte a lányt, mintha minden apró rezdüléséből olvasni tudna.

Lily képtelen volt felfogni, milyen lehetetlen helyzetbe keveredett. Két kézzel a hajába markolt, idegesen toporgott egyik lábáról a másikra állva.

Percekig álltak így, némán nézve egymást. Gabrielnek fogalma sem volt róla, hogyan tovább. Átfutott az agyán, hogy megmutatja a lánynak éles szemfogát, de biztos volt benne, hogy azzal csak még jobban felzaklatná. Ha már az eddigiek is eny-

nyire felkavarták, nem akarta tudni, mit szólna egy gyakorlati
bemutatóhoz. A rohadt életbe! Ez kicseszettül nem az ő asztala
volt. Valaki olyat kellett volna ideküldeniük, aki jó a lelkizés-
ben. Sajnálta Lilyt árván tengetett élete miatt, de ennél többb-
re nem futotta tőle. Ja persze, szólalt meg egy gúnyos kis hang
hirtelen a fejében, mert téged mire tudnának használni, bun-
kókám? Hogy ledumáld róla a bugyit?

– Menj el – szólalt meg Lily, de olyan halkan, hogy Gabriel
alig hallotta. – Kérlek, most menj el.

– Nem. – Gabriel hangjában nem volt semmi dacos vagy
kihívó; csaknem éppúgy suttogott, mint a törékeny alak vele
szemben.

– Takarodj! – sziszegte emeltebb hangon a lány.

Döbbenten látta, hogy a férfi ismét keserűen megrázza a
fejét, miközben kitartóan meredt az asztallapra; látszott raj-
ta, hogy legalább annyira feszélyezi a helyzet, mint őt. De nem
mozdult. Olybá tűnt, a megfelelő szavakat keresi, s mikor meg-
szólalt, lassan és megfontoltan fogalmazta meg mondandóját.

– Megértem, hogy most látni sem akarsz. Sőt, elképzelhető,
hogy az életben soha többé sem. Nem foglak terhelni a további
mondókámmal, de sajnos nem mehetek el. Vigyáznom kell rád.
Mint mondtam, a nagybátyád barátja vagyok. Ő maga kért meg
erre, és állnom kell a szavam.

Kitartóan beszélt, megpróbálva nem törődni vele, hogy Lily
arca, ha lehet, egyre felháborodottabb kifejezést öltött minden
egyes szava hallatán.

A lánynak azonban hirtelen eszébe jutott valami.

– Ha valóban a családom barátja vagy, miért nem kerestél?
Miután hazahoztál a bárból, egyszerűen eltűntél és akkor is
úgy beszéltél velem, mint egy rakás szarral. Miért nem mond-
tad meg már az elején? Miért kerülgettél hónapokig?

– Azért, mert... – Gabriel nem tudta, hogy hogy felelhetne
az özönlő kérdésekre anélkül, hogy tovább bonyolítaná a dolgo-
kat. – Figyelj, a közeledben próbáltam maradni, hogy biztosra
vehessem, hogy jól vagy. Nem tudtam, hogy adagoljam be mind-
azt, amit most elmondtam. Te hogy látnál neki? – Nem várta

meg, hogy a lány bármit is feleljen. – Tervezgettem, el sem tudod képzelni, mennyi ideig, hogy hogyan fogom majd elmondani neked. Belátom, hogy baromira elrontottam.

– Arra gondolsz, hogy randira hívtál meg végigráncigáltál az utcán? Hát, az tényleg nem volt a legjobb stratégia.

Gabriel nem tudta, mit mondhatna erre. Inkább leharapta volna a saját nyelvét, minthogy beismerje; a lány olyan hatással volt rá, amitől teljesen kifordul önmagából és hülyeséget hülyeségre halmoz.

Lily továbbra is fagyos tekintettel méregette a férfit, amikor észrevette, hogy annak fásult arckifejezését valami egész más váltja fel; szemében mintha ismét tűz lobbant volna.

– Legalább elüthetnénk valamivel az időt… tudod, addig is, míg kidobsz. – Azzal ajkához emelte a poharat, valószínűtlenül kék szemét Lilyre szegezve. Hangja már-már közönyös volt, de attól, ahogy ránézett, megint úgy érezte, hogy csontjai gumicukorból vannak.

A lány figyelte, ahogy ajkai óvatosan körülfonják az üvegperemet. Igyekezett elterelni a gondolatait, s nem tudomást venni a felé lövellő pillantásról. Hogy kezdjen magával valamit, a kandallóhoz fordult, hogy begyújtson. Az igazság az volt, hogy szeretett volna kiszakadni a férfi bűvköréből, de továbbra is magán érezte a tekintetét. Szinte lyukat égetett a tarkójába.

– Mégis mire gondoltál? – fordult végül felé, mikor már végképp nem akadt ügyködnivaló a tűz körül. Karba font kézzel ácsorgott a téglafal előtt, s ismét dühét hívta segítségül, mikor a gúnyos kérdést feltette. Hűvös pillantással méricskélte Gabrielt, aki láthatóan mindebből semmit nem vett magára. Arca szinte kifejezéstelen volt, azt leszámítva, hogy továbbra is szinte lángoltak a szemei.

Játszhatnánk valamit – felelte. Szinte már nem is pislogott.

– Aham. Monopoly, dominó, sakk?

– Nem. – Gabrielről teljesen lepergett mindenfajta gúnyolódás. – Most az én játékomat fogjuk játszani.

Lilyt hirtelen ismét félelem kezdte hatalmába keríteni. A férfi elmélyülő hangja egy csapásra vált hideggé és kimértté. Ahogy közelebb sétált hozzá, a lány csak most fogta fel igazán, mit tett. Egy vadidegen férfit engedett a házába, aki valószínűleg nem teljesen épeszű. Lassú mozgása, s az, ahogy lesütött szemhéjai mögül elővillant sötét tekintete, végtelenül izgató volt. Ugyanakkor félelmetes is. Tudta, hogy Gabriellel szemben semmi esélye nem lenne.

A férfi csak akkor szólalt meg ismét, amikor már csak centiméterek választották el őket egymástól.

– Kérlek, hadd mutassam meg.

Lily szinte megrendült, olyan alázatosságról árulkodott a férfi kérlelő hangja.

– Nem tudom, mit mondjak – motyogta, szemét egy pillanatra sem levéve a férfi szájáról. Gyönyörű volt.

– Nem kell mondanod vagy tenned semmi. – Gabriel most már suttogott, s hangja dorombolásszerű morgássá torzult. – Csak engedd meg...

Lilyben a félelem és a vágy olyan ötvözete kavargott, melytől minden tagja megdermedt. Lábai földbe gyökereztek, miközben azt kívánta, bárcsak most azonnal a magáévá tenné. Meg sem próbálna védekezni, egyszerűen csak hagyná, hogy Gabriel azt csináljon vele, amit csak akar. Arra vágyott, hogy birtokba vegye a testét, vegye el mindenét... sajátítsa ki.

Csak állt sötét pillantásától bűvölten, s képtelen volt levenni a tekintetét az arcáról. Hirtelen eszébe jutott egy emlék.

Pár évvel azelőtt kilátogatott egy farmra. A tulaj azonnal a karámhoz vezette, hogy megmutassa neki az egyik fő büszkeségét; a rácsok mögött egy andalúz telivér ügetett.

Lily akkor úgy érezte, ehhez fogható szépségben soha többé nem lesz része. Az állat izmai egyenként feszültek meg, tökéletesen kirajzolódtak vékony bőre alatt. Patái lágy dobogása puskalövésekként hatottak a táj békés csöndjében. Hatalmas volt, s kemény teste oly erőt rejtett, mellyel bármikor kettéroppanthatta volna lovasát, ha akarja.

Kissé elszégyellte magát, amikor rájött; Gabriel a telivérre emlékezteti. A férfi lénye tele volt gyengédséggel, de ereje éppoly pusztító volt, mint egy csodálatos vadlóé. Míg az ember birtokba veszi, irányítja, azt hiszi, az övé. De ez a hatalom csalóka.

Ha a telivér ledobja lovasát, könnyűszerrel tipor végig rajta, öszszetörve mindenét. Épp ezért volt olyan izgalmas.

Gabriel ledobta könnyed zakóját, s az ing kigombolásába fogott. Meztelen teste lassanként feltárult Lily ámuló szeme előtt.

Ismét szemérmetlenül odalépett hozzá, s két kezébe fogta az arcát. Ettől az intim helyzettől Lily halálra rémült; gyomra éles görcsbe rándult, szíve kalapált, s képtelen volt uralkodni arcizmain. Szemei szinte kiugrottak üregükből, ahogy a férfi szemeibe nézett. Jézusisten! Pupillái úgy kitágultak az izgalomtól, hogy kék írisze már keskeny gyűrű volt csupán; mintha egy ragadozó állat vadászattól felhevült szemeibe tekintett volna.

A férfi kemény vesszője a hasához nyomódott. Édes bizsergés futott végig testén, s ágyéka felforrósodott. Szerette volna még közelebb húzni magához, hogy még intenzívebben érezhesse Gabriel testét, ahogy az övéhez préselődik. Ugyanakkor a férfi növekvő szenvedélye megrémítette, s legszívesebben meghátrált volna.

Mégsem mozdult. Gabriel megbabonázta sötét tekintetével, melyet az övébe fúrt. Szája kissé szétnyílt, s halkan zihált, miközben nyirkos ujjai továbbra is a lány arcát simogatták. Ekkor széles tenyere lassan lejjebb vándorolt, s karjaival szorosan körülfonta a csípőjét. Heves mozdulattal közel vonta magához, testük már–már összeolvadt.

Lilyt zavarba ejtette ez a közelség; át akarta ölelni a férfit, érezni akarta tenyere alatt széles vállait, s ujjaival bejárni minden porcikáját. Mégsem tette. Képtelen volt rá, hogy megérintse. A férfi azonban pontosan tudta, mit akar. Szinte foglyul ejtette, s amilyen keményen tartotta a karjai közt, oly gyengéd volt az az érintés, mellyel éhes ajkai rátaláltak a lány sima bőrére. Nem sietett el semmit, hagyta, hogy Lily minden apró mozdulatát érezze.

A lány tétován a férfi mellkasára csúsztatta a kezét. Nem merte igazán megérinteni, ujjai épphogy csak súrolták a bőrét. Amikor azonban megérezte az ajkait a nyakán... Olyan borzongás töltötte el, melytől minden tagján remegés futott végig. Még Gabriel is megérezte, hogy reszket.

Ráemelte a tekintetét. Bizonytalanság töltötte el; azt hitte, Lily fél tőle, s nem akarta olyasmibe kényszeríteni, amire a lány nem vágyik igazán.

Ahogy a zafírszín szemekbe nézett, kételye csak fokozódott. Nem tudott kiolvasni belőlük semmit; rémület és izgalom folyamatosan váltakozott bennük. Amikor a testéhez simult, érezte az ágyékából áradó forróságot, s szíve heves kalapálását. Látta, milyen éhes pillantásokkal pásztázta az imént mezítelen testét, s biztos volt benne, hogy Lily ugyanúgy kívánja, mint ő. De most...

Lily gyűlölte, ahogy a férfi néz rá. A tekintete hirtelen a falubeliekre emlékeztette, akik ugyanilyen bizonytalanul, furcsállkodva fürkészték őt, ha csak végighaladt az utcán. Nem akarta, hogy vége legyen ennyivel. Olyan régóta vágyott rá, hogy egy férfi megérintse... igazán megérintse. Legyűrte félénkségét, s mosolyogva viszonozta Gabriel pillantását. Hozzásimult, s karjait a derekára csúsztatta. Szívdobogva várta, hogy a férfi ismét fölé hajoljon. Ahogy a bársonyos ajkak újra a nyakához férkőztek, Lily félrehúzta az útban lévő tincseit, s ösztönösen oldalra biccentette a fejét.

Amint megpillantotta a lány mosolyát, nem habozott tovább. Mindennél jobban vágyott rá, hogy levetkőztethesse, alig bírta kivárni, hogy ismét láthassa hófehér bőrét, ezúttal semmi nem állíthatta meg, hogy érintéseivel és ajkaival is bejárja ezt a gyönyörű szobornak tetsző testet. Mégsem akarta elsietni. Most nem. Gondosan végigcsókolta Lily nyakának minden apró pontját, élvezve, hogy a lány újra és újra megreszket minden érintése nyomán. Gyengéden megnyalta a finom bőrt, érezve az alatta húzódó, élettől pulzáló vénákat. Szomja egyre nőtt; tudta, innia kell. Ha a lány talán eléggé felhevül, megengedné neki... Istenem! Ahogy elképzelte, milyen érzés lenne Lilyből inni, csak nagy erőfeszítések árán tudta visszafogni magát, hogy ne teperje le azonnal. Ajkai ráérősen feljebb vándoroltak, míg el nem érték a lány száját. Mielőtt megcsókolta volna, még egyszer látni akarta a szemeit; váratlanul érte az a zabolátlan vadság, ami Lily tekintetéből áradt, s mielőtt ajkai elérhették volna az övéit, a lány durván megragadta a vállait.

Olyan hévvel rántotta magához, hogy a férfi kis híján elvesztette az egyensúlyát, s száját az övére tapasztotta. Érezte, ahogy a lány körmei végigszántják a hátát, fogaik összekoccantak, majd Lily az ajkába harapott; oly hevesen csókolta, hogy Gabriel percekig csak dermedten állt szoros ölelésében. Először megdöbbentette a szenvedélye, s főként az, hogy milyen erőt rejt a lány teste, mely Gabriel vastag izmai és széles, magas alakja mellett szinte eltörpült. Utána ellazultan hagyta, hogy Lily birtokba vegye a testét, éhesen marcangolja a száját, karjaival magához béklyózza. Átadta magát az érzésnek, amit a lány adott neki. Lily használta őt vágyának csillapítására, mely ki tudja, mióta szunnyadt benne, s most úgy kelt életre benne, mint egy hosszú álmából felébresztett oroszlán. Keményen megragadta a lány tarkóját, másik kezével combját a csípőjére vonva. Lily lábujjai elemelkedtek a hajópadló deszkáiról, ahogy a férfi hatalmas tenyere magához bilincselte. Gabriel szinte meg sem érezte a súlyát; minden más kitörlődött az elméjéből, képtelen volt gondolkodni. Nem akart és nem is tudott mást érezni a lányon kívül. Bőrének illatát, lángszínű hajának érintését, ajkaik vad táncát, s testét, ahogy az övéhez simul.

Lily nem tudta tovább türtőztetni magát, ahogy a férfi forró, puha ajkai birtokba vették a száját; az édes borzongás újra meg újra végigfutott a testén. Gerincárka felforrósodott, érezte a bőrét ellepő verítékcseppeket, melyek nyakától csípőjéig csiklandozták. Vágytól gyötörten összeszorította a combjait; ágyéka nedvességben fürdött. Bimbói fájóan megfeszültek, ahogy mellkasa a férfi tökéletes, meztelen felsőtestéhez simult. Érezte, ahogy a hasának préselődő vesszője újra meg újra keményen megfeszül. Megdöbbent, amikor Gabriel, megszabadulva ruhájitól, felfedte ezt a testrészét; hatalmas volt, szinte a férfi köldökéig ért, s csakúgy, mint minden porcikája, ágyéka is szőrtelen és selymesen sima volt. Bőre éppolyan világítóan fehér volt, mint Lilyé; az erek finoman átütöttek rajta, s bár a lány maga sem értette, miért, furcsa mód ez a látvány volt a legizgatóbb a férfi testén. S amikor meglátta, hogy lüktet vértől duzzadó, kemény fallosza, melyet vastag erek szőttek át! Miután Gabriel magához vonta, immár érezhette végre bőrének illatát, selymességét, gyengéd érintéseit. Ez azonban csak még jobban tetőzte vágyát. Minél többet kapott a férfiból, annál többet akart, mintha sosem tudna betelni vele. Élvezte a dédelgető kényeztetést, de tudta; ennél többre vágyik. Megragadta a férfit, meglepődve saját hevességén; torkából addig sosem tapasztalt morgás szakadt fel. Szinte rávetette magát a testére, a bódító közelség mindent kitörölt elméjéből, mely olybá tűnt, felmondta a szolgálatot; immár csakis ösztönei irányították.

Azonban amint végül elhúzódott tőle s az arcára tekintett, elszörnyedt a látványtól. A férfi alsó ajkából leszakadt egy darab, s most egy seb tátongott a helyén. A vér kiserkent belőle, s lustán szivárogni kezdett, vörös csíkokat hagyva Gabriel állán.

– Istenem... vérzel. Mit csináltam? – suttogta elhaló hangon. Egyik ujjával óvatosan megtapogatta a férfi ajkát. A kezén maradt, bordó cseppektől szinte rosszul lett.

Gabriel is végighúzta kézfejét a seben. Nyugodt tárgyilagossággal szemlélte, s Lily csak bámult, ahogy vállvonogatva megszólalt:

– Ugyan... ez semmi.

A lány hitetlenkedve pillantott rá. Őt kirázta a hideg, s borzadva lesütötte a szemét, hogy ne kelljen látnia a férfi vérző ajkát. Nem volt képes felfogni, hogy ezt ő tette vele. Egy egyszerű csókkal...

Gabriel azonban ekkor ismét megszólalt. Halk hangja, mely elfúlt a szenvedélytől, áramütésszerűen hatott Lilyre.

– Szeretem, ha valaki szenvedélyes – azzal, mielőtt Lily megmozdulhatott volna, Gabriel a falhoz szögezte. Arcát szorosan az övéhez nyomta, s a lányon az a gondolat futott át, hogy képes lenne ruháin keresztül is magáévá tenni. Mikor Gabriel ismét megszólalt, hangja reszketett, s ahogy elfátyolosodott, kába szemeibe nézett, nem akarta elhinni, hogy egy ilyen férfi ennyire kívánhatja őt. Ugyanakkor ahogy újra meglátta vérben úszó ajkait, kirázta a hideg. A rosszullét kerülgette, amikor ráeszmélt: jelenleg semmi másra nem tud gondolni, mint a lámpafényben megcsillanó, bíborszínben játszó húsra, s arra, hogy milyen érzés lenne körülfonni az ajkaival, s nyalogatni, szívogatni... Gabriel vére most olyan volt számára, mint éhezőnek egy mennyei lakoma. Éhséghez hasonló érzés kerítette hatalmában, de tudta, hogy nincs az az étel, amitől kielégülhetne. Végigpásztázta a férfi testét, s szeme megakadt a nyakán. Rábukkant a finoman húzódó erekre, melyek hevesen pulzáltak, hűen követve a szív ritmusát, mely a jelek szerint majd' kiugrott a helyéből. Azon kapta magát, hogy kezével bejárja a széles mellkast, s körmeit a boltosodó izmokba mélyeszti ott, ahol a férfi szíve vert.

Bármennyire is kívánta őt – csiklója már sajgott a vágytól –, mégsem volt képes megtenni azt, amire most a leginkább vágyott. A félelem és vágy bizarr keveréke kavargott benne, s nem tudott mihez kezdeni az émelygéssel, melyet rettenettől öszszeszorult gyomrában érzett.

Mikor a falhoz préselte a lány testét, Gabriel felkészült rá, hogy immár egyetlen másodpercet se vesztegessen el; le akarta tépni a ruháját, s felkínálni neki a nyakát, majd megízlelni az övét. Talán beleegyezne a lány, hogy belekóstoljon a vérébe, miközben az ölében tartja és beléhatol? Ó, igen, az csodálatos lenne. Száját a nyakába temetné, miközben újra meg újra megostromolja azt az édes, titkos helyet a testén, amíg mindketten a csúcsra nem érnek.

Ekkor azonban meglátott valamit Lily tekintetében, ami megállította. Egy darabig élvezettel figyelte a lány mohóságát, ahogy kiéhezett tigrisként pásztázza a testét, hagyta, hogy feltérképezze minden porcikáját. Önelégült mosolyt csalt az arcára, amikor a zöld és kék szemek megállapodtak a nyakán, hűen tükrözve a sóvárgást, amit a lány ezekben a percekben érezhetett. Lily arca ekkor változott meg; már nem a fékezhetetlen vágy tombolását olvasta le róla, hanem a tömény iszonyatot, mely nőttön-nőtt benne. Láthatóan teljesen elbizonytalanodott; Gabriel érezte, ahogy ujjai, melyek eddig a mellkasába fúródtak, megremegnek, s egész teste elgyengül. A férfi kezdett attól tartani, hogy el fog ájulni, de nem akarta tovább húzni az időt; a lánynak innia kellett, s hogyha másra nem is, erre mindenképp rá kellett vennie valahogy. Továbbra is a feje két oldalán tartotta a karját, mikor kissé hátrébb húzódott tőle, hogy jól láthassa az arcát. Párszor megköszörülte a torkát, s próbálta kissé összeszedni magát. Nem akarta, hogy vágyai irányítsák, mikor Lilynek a segítségére van szüksége.

– Tudom, hogy rémült vagy és zavarodott. Kérlek, hadd segítsek. Tudom, hogy nagyon félelmetes – folytatta gyorsan, látva, hogy a lány félbe akarja szakítani –, de szeretném, ha megpróbálnál megbízni bennem. Engedd meg, hogy segítsek.

Lily egy hosszú pillanatig csak nézte az arcát. A férfi gyengéd hangja és aggodalmasnak tűnő arca valahogy meggyőzték, bármily abszurdnak is tűnt a helyzetük. Úgy érezte, most egy hang sem jönne ki a torkán, de nem tudott semmilyen ésszerű magyarázatot adni különös vágyaira. Bármennyire is taszították saját érzései, képtelen lett volna nemet mondani a férfinak. Végül csak bólintott.

Gabriel viszonozta a biccentést, mintha csak valamiféle néma egyezséget kötöttek volna. Mintegy tapintatosan hátralépett, s sietős mozdulatokkal visszarángatta magára szétdobált ruhadarabjait.

Lily némán figyelte hajladozó alakját, az izmok játékának látványa megrészegítette. Még mindig nem tudott szabadulni vágyától, hogy a férfi magáévá tegye, mégsem törődött most ezzel; csak a folytatás járt a fejében. Úgy érezte, olyan kihívással kell szembenéznie, mely elől nincs menekvés. Szótlanul hagyta, hogy Gabriel kézen fogja és a nappaliba vezesse, ahol maga mellé ültette a kanapén. Lily csak most vette észre, hogy ingét nem gombolta be; zakóját és nyakkendőjét is a konyha padlóján hagyta heverni.

– Amikor kész vagy – szólalt meg halkan, kitartóan simogatva a lány karját. – Nem kell sietned. Addig várunk, amíg nem érzed úgy, hogy menne.

– Még mindig nem hiszem el – suttogta a lány.

– Honnan tudok rólad ennyi mindent? Honnan tudom, min mész keresztül, amiért nem jutsz vérhez? Miért élvezted annyira, ami az előbb történt?

Lily lázasan kutatott az elméjében valamilyen, bármilyen ésszerű magyarázat után.

– Ez nem lehet igaz... – suttogta végül, a szája elé kapva a kezét. Lehetetlen...

– Ja persze! – csattant fel, s a váratlan gúnyolódásra Gabriel felkapta a fejét. – És mi a helyzet a vérfarkasokkal, Frankenstein szörnyével, a zombikkal, meg a többi szarsággal?! Őket is felvonultatod ma este?!

Gabriel bosszúsan felhorkant:

– Ugyan, ne légy nevetséges!

Ne legyek nevetséges... – a lány hisztérikus nevetésben tört ki. – Még te beszélsz nekem arról, hogy ne legyek nevetséges... Ez az éjszaka veled, az egész egy kibaszott vicc – fröcsögte dühösen.

A szavak hallatán a férfi fájdalmasan elkapta a fejét, mintha a lány keményen pofon ütötte volna. Aztán újra felé fordult, s elszánt tekintetét az övébe fúrta.

– Akkor... nézd meg. Ha nem hiszel nekem, akkor nézd meg – azzal kissé széthúzta a száját, hogy szemfogai fedetlenné váljanak, s közelebb húzódott hozzá.

Lily tétován a szájához hajolt. Semmi kedve nem volt a férfi társává válni ebben a beteg fantáziában, ami nyilván csak az ő fejében létezett. De mégis... ez az egész olyan abszurd volt, hogy meg kellett tudnia. Két ujja közé fogta az egyik fogat, s próbált jobbra-balra mozgatni... aztán kihúzni a helyéből. De a fog nem mozdult. Végül egyik ujját bedugta a férfi szájába, s aprólékosan végigtapintotta a fog hátulját, hátha megérzi az igazi fog körvonalait, amit elrejtett ezzel az akármivel, de nem érzett semmit.

Nem adta fel egykönnyen. Feljebb húzta a férfi felső ajkát, s tüzetesen szemügyre vette a fog és az íny találkozását. Másik kezének ujjaival finoman végigsimította, oda-vissza. Igazinak tűnt. Hogy a fenébe nem vette eddig észre ezt a két agyart, amikor a férfi beszélt hozzá?!

Gabriel mit sem vett észre a lány döbbent hitetlenkedéséből. Minden érzékét kitöltötte, ahogy Lily ujjai a szája körül jártak. Bármennyire is kényelmetlennek tűnt, ahogy műfogak után kutatott, amikor finom mozdulatokkal felhúzta a felső ajkát, a férfi testén végigfutott a borzongás. Az a két kis ujjacska, ahogy a tőle megszokott, félénk érintéseivel bejárta az ajkait... Gabriel örökké képes lett volna így ülni, nyitott szájjal. Csak Lily ne engedje el többet őt. Nem tudott mihez kezdeni újonnan jött elmezavarával. Gabriel ugyanis biztos volt benne, hogy megőrült. Semmi más nem érdekelte, csak ez a törékeny alak, ez a csodálatos, hószínű test, mely olyan illatot árasztott magából, mint egy üde, tavaszi virág.

Éjszakai kiruccanásai során nem egy nővel volt dolga, s nem egy olyan nő akadt, aki nem volt hajlandó leszállni róla. De ezek a lányok egyvalamit akartak: szexet. Meg is kapták, s ha még ezek után sem akaródzott távozni nekik, egyszerűen kidobta őket. Ahogy az évek során egyre több éjszakai klubban fordult meg, lassanként már-már elhitte, hogy a Családnak igaza volt; az embereknek semmi sem szent, s a drága öltönyén kívül nem látnak mást. Vagy nem akarnak látni. Hamar megundorodott ezektől a helyektől, ahogy az emberi nőktől is. Míg gyermekkorában csodálatosnak találta őket, rá kellett jönnie, hogy amit ő fényes drágakőnek hitt, az csupán egy ócska karneváli jelmez; pár színesen szikrázó üveg, mely meg-megcsillan a lámpák fényében.

Lily azonban egészen más volt. Még egyetlen nő sem váltott ki belőle ehhez fogható érzéseket. Hirtelen eszébe jutott, milyen volt az ő első ivása; az ellenségének sem kívánta volna. Az ilyesmi a fajtársai között általában mérföldkőszerű rituálé volt, s a Társakat a felmenők választották ki. Ügyeltek rá, hogy a kezdő ifjúnak egy tapasztaltabb Társ jusson, de más előnyei is voltak a dolognak; jó kezdőlépés volt afelé, hogy ezek a párok később házasságot kössenek. Gabriel számára Isra volt a kiszemelt. Élesen élt még benne a kép a fölé hajoló nőről; jóval idősebb volt nála, fogai szokatlanul hegyesek voltak, s folyamatosan valamilyen megfoghatatlan, ádáz gonoszság ült az arcán. Kegyetlenségben még a férfiakon is túltett, s nem kerülte el Gabriel figyelmét, hogy azok kissé tartanak is tőle. Mindezek ellenére Assino jó üzletnek vélte a dolgot; Isra előkelő vérvonalú volt; minden addigi felmenője a Nagy Múltúak közt pihent. Emellett atyja azon kevesek közé tartozott, akik kedvelték a nőt. Nyílt viszonyt folytattak hosszú évtizedekig, s bár ez a Család köreiben megszokott dolognak számított, Gabriel mindig is úgy érezte, nem helyes, amit atyja tesz. Megmagyarázhatatlan undor fogta el a gondolatra, hogy Assino mással is hál édesanyjukon kívül. Végül nem Isra maradt a kijelölt Társa; hál' Istennek (vagy az Ördögnek) szintén távozott a Nagy Múltúak közé. Gabriel akkorra már rég túl volt azon, hogy bármilyen másvilágban higgyen. Azt mégis könnyen el tudta képzelni, hogy az a nő a Sátán leghívebb kurvájaként keringőzik a pokolban.

Annyira szerette volna, ha Lily első alkalma nem így alakul! Ehhez képest úgy festett, hogy az este nem is lehetne pocsékabb. Lopva a mellette ülő lányra sandított. Lily olyan kicsire húzta össze magát a párnák között, amennyire csak tudta, s szinte dermedten bámult kifelé a nappali ablakán.

Az éjszaka eseményei most teljes súlyukkal rázúdultak. Gabriel, és az a sok hazugság... a vér látványa... az, hogy ez mégis ennyire izgalomba hozta... Elborzadt, s azon gondolkozott, vajon mi hozott a lelkében ekkora változást. Itt ül egy vadidegen mellett, akiről képes volt elhinni... hogy vámpír. Magában ízlelgette a szót, s akárhányszor gondolta mindezt végig, a legszörnyűbb mégis az volt, hogy nem érezte azt a fajta rökönyt vagy iszonyatot, ami elvárható lett volna. Elsőre megdöbbent, persze, de mostanra már... mintha így kellett volna történnie. Olyannyira természetes, oly magától értetődő volt.

Türelmetlenül megrázta a fejét, s akkorát sóhajtott, mintha lelke legmélyéről szakadt volna fel, s minden benne kavargó érzelem egyszerre tört volna ki ezzel a sóhajjal együtt.

Gabriel átkarolta a vállát, s lassan közelebb simult hozzá. Ahogy Lily az átható szemekbe nézett, minden tagja ellazult, s maga is meglepődött, mennyire meg tudja nyugtatni a férfi egyetlen, gyengéd pillantással.

Gabriel nem tudott betelni a lényével. Szinte falta lágy arcvonásait, melyek egy porcelánbabára emlékeztették. Zafírszín szemei viszont... Ellenállhatatlanná tették. Azokban ott ült a félénkség és az erő, egyszerre látta bennük az érett asszonyt, s a félénk gyermeket. Képek villantak be a szeme előtt Lilyről, mindarról, amit eddig megismert belőle; a kimázolt cicababát, aki a bárpultnál vonaglott a férfiak pillantásának lángoló kereszttüzében; az elesett, reszkető lányt, aki űzött vadként, félszegen próbált tőle szabadulni a sikátorban. Azt a csinos, visszafogott nőt, aki végtelen, szende bájjal várta őt az éjszaka. Minél többször cikáztak át a fején ezek a képsorok, annál inkább tetszettek neki, s annál inkább kapaszkodott beléjük; minél többet látott ebből a lányból, minél többet ízlelhetett meg lényéből, annál inkább érdekelte. Mintha csak egy hatalmas, illatozó gyümölcsös kehelyből szemezgetett volna.

Elragadtatottan nézte Lilyt. Igen, talán ez a legjobb kifejezés rá. Szemeivel újra meg újra bejárta arcának minden egyes szegletét. Látta már ezeket a vonásokat összekuszálódni a dühtől, zavart félmosolyba rendeződni, gúnyos redőkbe gyűlni, s megnyúlni a rémülettől. Ez a gyönyörű arc, mely képes volt a legtombolóbb haragra, egészen ellágyult, s ez a pillanatnyi boldogság, mely akkor átsuhant rajta, szebb volt bárminél, amit addig tapasztalt.

Ez a gondolat ismét azt a végzetes éjjelt idézte fel benne.

Repült a boldogságtól, ahogy kikanyarodott a szűk mellékutcából. Sophie-ra gondolt, bársonyos bőrű testére, ahogy az övé fölé hajolt. Kedves lényére, ahogy gondoskodásával körbeölelte őt, s naiv természetére, mely minden fenntartás nélkül megbízott benne.

Ruganyos léptekkel tért vissza a kriptába, s legszívesebben táncolt és énekelt volna örömében. Titkon abban reménykedett, hogyha a lány elutazik New York-ba, talán ő is hozzátehetne valamennyit ahhoz a pénzhez, amit a befőttesüvegében rejteget, s akkor talán a lány hajlandó lenne őt is magával vinni.

Ahogy betoppant a kőbe süllyesztett ajtón, lefagyott a derűs félmosoly az arcáról; atyjával találta magát szembe, aki magából kikelve ordított. Udvartartása a sarokban kuporgott, a vezető állt egyedül, a terem közepén tombolva eszeveszett dühében. Amikor azonban észrevette a fiát, mintha megnémult volna; már hang sem jött ki a torkán, csak Gabrielnek ugrott – a fiú biztosra vette, hogy meg fogja ölni.

Assino megragadta a ruháját, s a magasba emelte. Amikor eltaszította magától, az ing kettészakadt, Gabriel pedig a falnak csapódott, s összecsuklott, akár egy kártyavár. Alig ért földet, az újra megragadta; Gabriel már nem is számolta, hányszor vágta a falhoz. Biztos volt benne, hogy atyja haragja nem csillapodik, míg betört fejjel nem látja.

– Te… te… te – Assino tajtékzott, s láthatóan nem talált megfelelő jelzőt fia tettére. – Mit képzeltél, te idióta?! Hogy nem jövök rá? Szégyent hoztál a Családra… szebbnél szebb lányaink vártak a szavadat lesve, s neked egyikük sem kellett. Nem, te nem kértél belőlük. Helyette elszöktél, hogy egy kurvát kefélhess…

Assino újra földöntúli üvöltést hallatott. A haját tépte haragjában, s kidülledő szemmel, őrült módjára hadonászott maga körül. Gabriel szótlanul nézte. Még mindig a fal tövében hevert; a feje zúgott, s úgy érezte, mentem szétreped. Minden csontja fájt, s attól tartott, elhányja magát. Zsigerig hatoló félelem lett úrrá rajta, mely még a fizikai fájdalomnál is erősebb volt. Sophie… ha megtalálták…

– Egy percet se aggódj, megkapja a kis lotyód, ami jár neki. – Assino mintha csak olvasott volna a gondolataiban. Élveteg vigyor terült szét az arcán, látva, ahogy fián elhatalmasodik a pánik.

Ekkor felcsapódott a kripta ajtaja, s három társuk loholt be a terembe: Amathist, Ryon és egy fiatal vadász, Anakyon voltak azok. Nem üres kézzel jöttek; egy holttestet hurcoltak befelé.

Ahogy Amatisht a hajánál fogva a magasba emelte, Gabriel felismerte Sophie-t…

Nem. Ez nem történhet meg. Képtelen volt felfogni, amit látott, képtelen volt elhinni.

A fájdalma elviselhetetlen volt, s úgy érezte, elemészti.

Csak nézte az ernyedt testet, Sophie fönnakadt szemeit, az apró alakot, ahogy lágyan ringatózott Amathist kezei között, akár egy groteszk inga. Ő pedig csak bénultan bámulta, ahogy a hármas izgatott vigyorral Assinóhoz fordul.

– Meghoztuk, uram, itt van az a ribanc, aki beszennyezte a Családot.

– Ez lenne az? – Fitymáló hangjára Amatisht felnevetett. A jókedv végigmorajlott a Család többi tagján is; összeszedték a bátorságukat, s közelebb léptek hozzájuk.

– Hát, fiam, mit ne mondjak, ezért aztán kár volt. Ha már dugni vágyod őket, legalább valami szemrevalóbbat választottál volna. – S mintegy végszóként, lódított egyet a testen, amely így körbe-kör-

*be kezdett forogni Amatisht ujjai között. A Család zabolátlan haho-
tázásban tört ki, s Gabriel testvére ádáz élvezettel ide-oda lóbálta
a himbálódzó tetemet.*

*A fiú a kezébe temette az arcát. Képtelen volt nézni, ahogy a Csa-
lád meggyalázza Sophie-t. Az ujjai elfehéredtek, olyan erősen szorí-
totta a halántékát. Még soha nem gyűlölte őket ennyire.*

*Távolról érzékelte, ahogy atyja lehajol hozzá. Érezte lehelete
bűzét, ahogy az arcába suttogott.*

*— A kis védencednek jó helye lesz nálunk, megígérem neked — az-
zal elfordult tőle, s további szavait a Családhoz intézte: — A fiam ma
éjjel végleg elárult minket. Ez a nyomorult nem a fiam többé. Ha-
lált érdemel.*

*A Család egyetértően bólogatott, s Gabriel hallotta Amatisht ri-
koltását:*

— Végezzük ki most azonnal a rohadt árulót!

Assino azonban intően felemelte a kezét. A Család azonnal elnémult.

*— Nem fogjuk megölni. A halál nem elég erős büntetés a számára.
Arra kötelezem, hogy élete végéig maradjon e kripta falai között. Ha
csak kiteszi a lábát innen, saját kezűleg ölöm meg. Nem mehet soha
az emberek közé. Nem mehet ki vadászni sem.*

*A társai a vezető első szavainál rosszallóan felmorajlottak, s
Amathist már épp közbe akart szólni, hogy ellenkezzen. Most vi-
szont mindegyikük arcán ravasz vigyor terül szét, mely egyre széle-
sebb lett, ahogy a király folytatta mondandóját.*

*— Igen — válaszolt a ki nem mondott kérdésre, látva udvartartá-
sa derülő jókedvét. — Nem szerezhet magának táplálékot. Tőlünk fog
függni az élete. Napjai minden percét, minden pillanatát figyelni fo-
gom. Csak annyi élelmet kap, hogy ne haljon éhen.*

*Gabriel magához tért atyja szavaitól. Assino mesterien értett
a kínzáshoz. Hát persze. Ezzel a döntéssel elszakította mindat-
tól, ami a leghalványabb örömet is jelentette a számára; Sophie
nincs többé, s ő haláláig ezeknek az átkozott falaknak a foglya.
Ha a Családon múlik, épp csak annyi ételt és vért fognak juttat-
ni neki, hogy életben maradjon. Viszont teljesen le fog gyengülni,
s bele sem mert gondolni, mikre fogja a Család kényszeríteni az
ennivalóért cserébe.*

S valóban… az elkövetkező években megjárt a poklok poklát. Minden áldozati szertartáson részt kellett vennie, neki kellett megkötöznie a nőket, s a korbácsolásokban is neki jutott a legnagyobb szerep.

Kapott enni; a Család által hagyott maradékokból kedvére lakmározhatott. Nem egyszer a csupaszra rágott csontokat a ruhája alá rejtette, s azokkal osont a lakosztályába. Félve vigyázott, nehogy valaki rajtakapja, s méltósága maradékát is porrá zúzzák. Bármennyit is kínozták társai, nem tört meg; némán tűrte az ütéseket, bár amikor atyja rájött, hogy a verésekre már-már érzéketlenné kezd válni, mindig kitalált valami újabb módszert, amellyel nagyobb fájdalmat okozhatott.

Nem tudhatta, hogy fiának már rég nem tud gyötrelmet adni; Gabriel lelke halott volt, elveszett belőle minden, mintha Sophie halálakor ő is semmivé vált volna. Nem érdekelték még könyvei sem; azok ugyanúgy rejtekhelyükön pihentek, de nem nyúlt hozzájuk többé. Megtett mindent, amire a Család kötelezte, s egykedvűen fogadott minden új büntetést.

Üres óráiban gyakran gondolt a lányra. Mardosta a bűntudat; ha ő nem lett volna oly ostoba, hogy azt hiszi, meg tud szökni anélkül, hogy a Család rájöjjön… Ha nem lett volna egy átkozott bolond, aki vakon engedett reményeinek s vágyainak, Sophie még élne. Ha legalább a testét megtalálhatta volna… De a Család gondoskodott róla, hogy véletlenül sem sejthesse meg, mit tettek vele.

Aztán eljött a nap; atyja meghalt. Mikor megérezte, hogy istenei elszólítják, fiát, Amatisht, és párját, Amaltheát hívta. Gabrielt nem lepte meg különösebben, hogy ő nem vehetett részt a haldokló utolsó óráiban. Ezt is, mint mindent évszázadok óta, közönyösen fogadta. Nem szerette az apját; a lelkében rég nem volt már helye a gyűlöletnek, s nem érzett elégtételt vagy megkönnyebbülést sem. Tudomásul vette, s várt. Sokkal jobban érdekelte, hogyan dönt ezek után a Család. Vagy tovább kínozzák, vagy megölik. Ahogy erre gondolt, valami halvány örömféle lett úrrá rajta.

Magányosan kuporgott szobájának hideg kőpadlóján, s elképzelte, hogy meghal. Nem kell többet látnia ezeket a falakat… Nem tudta, mi jön a halál után, de a gondolatra, hogy mindez elmúlhat egyszer, könny szökött a szemébe. Derűs nyugalom áradt szét a testében, s már-már mosoly ült ki az arcára. Az első mosoly évtizedek óta. Letörölte a könnycseppeket az arcáról, s örömittasan várta, hogy vége legyen a temetési ceremóniának. Csak várt, míg a Család gyászolt, várt a halálos ítéletére.

Hetekkel később nyílt a szoba ajtaja. Arwel jelent meg benne. Gabriel már tudta, hogy atyja helyére Arwel került, mint új vezető. Bár édesanyja élt, a Család nem találta alkalmasnak az uralkodásra.

A gyász immár lejárt, tehát Arwel nem sértett törvényt, amikor döntést hozott az ő, Gabriel ügyében.

Szokás szerint levegőnek nézte unokaöccsét; helyette az ágy lábára meredt, úgy intézte hozzá szavait.

– Döntés született, igen igazságos, s figyelembe veszi atyád, a „Nagy Múltú" Assino kérését, amely szerint nem ölhetünk meg. – Nagynénje felszegte a fejét, s keményen a szemébe nézett. – De mindannyian úgy látjuk, hogy nem maradhatsz közöttünk.

Gabriel felkapta a fejét. Halvány remény támadt benne, s feszülten figyelte Arwelt.

– Ne hidd, hogy érted tesszük. Célunk, hogy a Család érdekeit szolgáljuk a döntésünkkel. Egyre kevesebben vagyunk, s nincs szükségünk rád, hogy koloncként hátráltass minket. A vadászatban hasznavehetetlen vagy, s a Klán előtt is csak szégyenkezünk miattad. Úgy határoztunk, hogy elhagyhatod a Családot.

Gabrielnek minden erejére szüksége volt, hogy megfékezze magában azt a túláradó boldogságot, amely kitörni készült belőle. Gyanakvóan méregette nagynénjét, s biztos volt benne, hogy nem szabadul ilyen könnyen tőlük. Várta a folytatást, miközben minden idegszála pattanásig feszült, s magában imádkozott, hogy ezzel legyen vége.

– Viszont... – Arwel állkapcsa megkeményedett, s halkan felsziszszent. Úgy ejtette ki a szavakat, mintha minden egyes hang erőfeszítést jelentene a számára. – A Családnak szüksége van rád. Mint mondtam, egyre kevesebben vagyunk. A te vérvonalad pedig erős, a legerősebb a Klán Családjai között. Egy feltétele van annak, hogy elmehess; minden esztendőben, atyád halálának évfordulóján meg kell jelenned a Család körében. S ha eljő az idő, a Család által kiválasztottat kell párodul fogadnod, kinek a vére méltó lesz a tiédhez – azzal választ sem várva sarkon fordult, s kiviharzott a szobából.

Így hát közel negyven év szenvedés után elhagyta a kriptát. A kezdeti öröm hamar tovaszállt, s nem maradt más a helyén, csak keserűség. Sophie arca örökkön kísértette, s bármit tett, nem lelt enyhülésre.

Nem engedhette, hogy ez még egyszer megtörténjen; Lily életét meg akarta óvni, bármibe kerüljön is. Ha pedig a Család megneszeli, hogy ismét közel került egy emberi nőhöz, kétség sem fért hozzá, hogy még kegyetlenebbek lesznek, mint első alkalommal. Hisz' itt már nem csak a Család becsületéről, s az iránta való gyűlöletről volt szó, elvégre ott van Raven...

Raven. Gabriel még mindig nem tudta elviselni a gondolatot, hogy párjául fogadta a pokolfajzatot, de bele kellett törődnie, mivel nem tehetett ellene semmit. Ismét józan eszéhez fordult, s elhessegette az emlékeit. Rájött, hogy már hosszú percek óta ülnek egymással szemben, ő azonban már rég nem a lányt nézi; szemei üvegesen meredtek a semmibe Lily vállai fölött, aki kérdően és aggódva fürkészte őt.

– Valami baj van? – szólalt meg végül tétován.

– Semmi... a világon semmi baj – kacsintott rá könnyednek szánt mosollyal. – Gyönyörű vagy. Mondtam már? Igazi szépség.

A lány szemlesütve mosolygott. Gabriel imádta, hogy ennyire zavarba hozta, s szótlanul gyönyörködött az arcát elöntő pírban. Le nem vette volna róla a szemeit, s tekintetével az övét kereste; tudta, hogy Lily próbál kitérni, hogy ne kelljen ráéznie, s hogy kutató pillantásai csak fokozzák a zavarát.

Egész közel hajolt az arcához, olyannyira, hogy orruk már összeért; éhes ajkai rátaláltak Lilyére. Először lágyan érintette, ajkai épphogy találkoztak az övéivel. Apró, gyengéd csókokat lehelt rájuk, majd nyelvének hegyét kutatóan az ajkai közé csúsztatta. Mélyre hatolt Lily szájában, aki azonnal viszonozta a férfi érintéseit; ajkaik összeforrtak, nyelvük forró, heves ölelésben találkozott.

Lily szorosan behunyta a szemeit, s csak az érzékeire hagyatkozott; elmerült Gabriel apró mozdulataiban, érezte ujjai alatt a férfi öltönyének finom anyagát, arcszeszének illatát, az apró borostákat, melyek az arcát cirógatták. Ahogy Gabriel csókja egyre szenvedélyesebbé vált, Lily egyre inkább sóvárgott utána. S ismét a hatalmába kerítette az a furcsa érzés... megéhezett.

Egy pillanatra elhúzódott tőle, s lovagló ülésben az ölébe telepedett, miközben kezeivel két oldalról simogatta a finom vénákat a nyakán. A férfi imádta rajongó tekintetét; magában némán imádkozott, hogy a lány tegye meg végre, amire oly régóta készülnek. Most már nem kért engedélyt, szerette volna megkönnyíteni a számára a dolgot. Könnyeden végighúzta mutatóujja körmét a nyakán. Lily csak most vette észre, hogy körmei rövidek ugyan, de meglepően élesek, akár a borotvapengék. Egyetlen gyors mozdulattal mély vágást ejtett magán, s a nyakából eredő vér máris bíborszín patakként csörgedezett le, végig hófehér bőrén. Ezután csak hátradőlt, szétvetett tagokkal a lányra emelte pillantását és várt. Izgatott mosoly terült szét az arcán, ahogy figyelte őt.

A lány sosem hitte volna, hogy valaha érezhet ehhez hasonlót. Amikor megpillantotta a lustán folydogáló cseppeket, különös éhsége szinte mardosni kezdte a gyomrát, s ugyanakkor olyan izgalom söpört végig rajta, mintha csiklójába villám csapott volna. Gondolkodás nélkül átkarolta a férfi nyakát, s ahogy hevesen magához rántotta, szájával már birtokba is vette. Ösztönei úgy látszik, tudták a dolgukat; felsőajka meghökkentően visszahúzódott, akár egy vadmacskáé, s felső fogai mintha előreugrottak volna a helyükből. Éppúgy lüktettek, ahogy felkészültek rá, hogy megízleljék Gabriel vérét, mint amilyen hevesnek érezte most szíve dobbanásait és csiklója pulzálását. Mintha egész testét rabul ejtette volna ez az éhség, minden érzékére kihatva.

Lily rávetette magát a patakzó sebre; még mindig magához bilincselve tartotta a férfit, akár fuldokló az utolsó, reményt adó faágat. Nagyokat kortyolt a véréből, s olyan erővel szorította magához, hogy félő volt, eltöri valamelyik tagját. Ahogy lassan csillapodott a szomja, izgalma úgy nőtt; érezte, ahogy nedves ágyéka a férfi ágaskodó vesszőjéhez préselődik. Csípője akaratlanul is előrelendült; hevesen körözött a kemény hímtagon, s tudta, hogy ezzel Gabriel vágya is csak fokozódik. Határtalan élvezettel töltötte el a tudat, hogy ezúttal ő uralhatja a férfi testét; a hatalmas izomkötegek, a telt ajkak, az a természetfelettien világító szempár, mind-mind csak őt kívánták. Érezte heves szívverését, ziháló légvételeit, s azt ahogy időről időre fogai közt szívja be a levegőt. Gabriel olyan szorosan ölelte, ahogy csak bírta, s vágytól duzzadó férfiasságát keményen nedvességben úszó ágyékához nyomta.

Gabriel egyre jobban elvesztette az eszét. Ennyire még életében nem kívánta a szexet. A vesszője máris lüktetett, s fájón a nadrágjához feszült. A vér dobolt a füleiben, a szíve hevesen vert, s a vágy újabb hullámai kínzó sajgásként áradtak szét a testében. Ha csak arra gondolt, mi lesz, amikor majd meztelenül fekszenek egymás mellett, erős borzongás futott végig rajta. Hihetetlen érzés volt, ahogy Lily fölé hajolt, hogy csillapítsa kínzó éhségét; fogai a bőrébe vájtak, finom nyelve izgatóan simogatta nyaka érzékeny bőrét, majd mélyen a sebbe hatolt. Cseppet sem csodálkozott a lány hevességén; örömmel töltötte el a tudat, hogy ő lehet párja az első ivásában, mintha olyasmivel ajándékozhatta volna meg, amivel senki más.

Érezte, ahogy a lány éhsége fokozatosan alábbhagy; légzése egyre nyugodtabbá vált, tagjai lassanként ellazultak. Végül a hirtelen támadt, vad falánkságtól s az ivástól kimerülten feje a férfi vállára bukott.

Fogalmuk sem volt, meddig ültek így, szorosan összefonódott tagokkal. Gabriel a lány haját simogatta, lágyan dajkálta, megvárva, hogy annak remegő tagjaiba visszatérjen az erő.

Ahogy Lily végül felemelte a fejét s a szemeibe nézett, talán még szebb volt, mint valaha; sápadt bőre addig sosem látott módon kipirult, új élet költözött belé. Gabriel szótlanul tovább simogatta, s így, némán gyönyörködött a rózsás arcban s a lány szemeiben, melyek ahelyett, hogy tompa, közönyös fénnyel néztek volna vissza rá, most szikrázóan csillogtak. A férfi pontosan tudta, hogy ez nem a világításnak köszönhető; most, hogy Lily sóvárgó teste megkapta, amire már oly régóta szüksége volt, szinte újjászületett.

Ahogy sugárzó tekintetébe fúrta az övét, érezte, a lány sem akarja, hogy ennyivel vége legyen. Gyöngéden végigfuttatta hát nyelve hegyét a nyakán, majd finoman fogai közé vette a fülcimpáját, s szopogatni kezdte. Apró csókokkal halmozta el, s gyengéden végigharapdálta a finom bőrt, érezve az alatta lüktető ereket a testében. Minden egyes apró érintéssel egyre csak izgatta a lányt; a végletekig fokozni akarta a vágyát. Ugyanazzal a mozdulattal ugrott fel a kanapéról, s vette ölbe. Két lépéssel az emeleten termett, s kedvese testét is magával húzva leborult az ágyra.

Alighogy Lily végignyúlt a párnákon, Gabriel fölé térdelt, s türelmetlen mozdulatokkal kioldotta a nadrágját. Végigcsúsztatta a combjain, s hasonló gyorsasággal szabadult meg a Lily testét fedő többi ruhadarabtól is, míg meztelenül nem feküdt előtte. Pár pillanatig csak zihálva magasodott fölé, s gyönyörködött a látványban. Vágytól vonagló testében, mely szinte hullámzott a fekete lepedőn. Telt kebleiben, vágytól megkeményedett, apró bimbóiban, s abban az édes helyben hívogatóan szétnyitott combjai között; nedve beterítette a hamvas, rózsaszín bőrt, s telt dombja és ajkai, melyek csillogtak a nedvességtől, a legszebb és legizgatóbb volt, amit a férfi valaha látott.

Lily azonban alig győzte kivárni, hogy Gabrielt magában érezhesse; hívogatóan kinyújtotta felé a karjait, s fejét félrebiccentve mosolygott fel a férfira.

Gabriel sem akart tovább várni; szinte rávetette magát a lányra, s tarkójánál fogva magához húzta. Beletúrt a vöröslő tincsekbe, miközben vadul csókolta. Lily egyszerre érzett fájdalmat és gyönyört, ahogy ajkaik összepréselődtek. Körmeit a férfi tarkójába mélyesztette, combjaival átkulcsolta a derekát; egész testével hozzáfeszült, s arra vágyott, hogy a férfi lénye minden porcikáját kitöltse.

Gabriel ekkor elhúzódott tőle, s sietve megszabadult a ruháitól, szerteszét rúgva őket a szobában. Nem törődött mással, csak azzal, hogy minél hamarabb érezhesse a bőrén Lily édes testét.

A lány nem tudta levenni a szemét róla; gyönyörű volt, s férfiassága teljesen készen állt a szexre. Lily akaratlanul is megnyalta az ajkát, ahogy az ágyékára pillantott. Elképzelte, milyen lesz,

ahogy a férfi bevezeti a testébe, mígnem teljesen ki nem tölti
vele; elképzelte azt az édes feszítést, ahogy beléhatol, s minden érzékét birtokba veszi vele, amíg a kéj a csontjáig nem ér.

– Gyere, csak gyere, kérlek!

Gabrielt magával ragadta ez a rekedt hang, amely mintha
a lány lelkének legmélyéből jött volna. Ő maga már percek óta
csak állt, s nézte őt. Csupasz bőre látni engedett mindent, amire a férfi csak vágyott; az ajkak finom találkozását, vágytól duzzadt csiklóját, s azt a kis rést a redők között. Szinte rázuhant a
lányra, testével az ágyhoz szögezve. Két kézzel megtámaszkodott a feje felett, s egyetlen nagy lökéssel beléhatolt.

Hangosan felszisszentek, ahogy testük eggyé vált. Lily elképzelni sem tudott volna tökéletesebbet. A hatalmasra nőtt hímtag
szétfeszítette. Enyhe sajgást érzett az ágyékában; a teste még
nem volt felkészülve a hirtelen támadásra. Combjait még szélesebbre tárta, s ahogy a férfi mozogni kezdett, a testén a vágy
újabb hulláma futott végig, s ismét nedvesség öntötte el. Gabriel minden egyes apró mozdulata gyönyörködtette, s azt kívánta, ez a pillanat örökké tartson.

A férfi még egyszer előrelökte a csípőjét, majd két kezére támaszkodva hagyta, hogy ösztönei átvegyék az irányítást. Veszszője ki-be mozgott a lány testében, fürdött a nedvességében,
miközben hüvelye szorosan körbefonta férfiasságát. Gabriel
felnyögött, s arcát Lily nyakába temette. Milyen puha, szűk és
forró! Csípőjük vad tánca szinte megőrjítette, miközben testét
hullámokban árasztotta el a gyönyör.

Mozgásuk egyre gyorsult. Lily belekapaszkodott a férfi hátába, s körmeit minduntalan a bőrébe vájta. Hozzáfeszült, s ahogy
a gyönyör szétáradt a testében, úgy érezte, nem bírja tovább. Erősen a férfi vállába harapott; az édes sajgás zsigerig hatolt benne, teste minden egyes sejtjét átjárta, s úgy érezte, szétszakad.

Fejét hátravetette, s a szemét szorosan behunyva az ajkába
harapott. Arra gondolt, vajon létezhet-e, hogy valaki belehaljon
a szexbe. Ez az eksztázis olyan hatalmas volt, amit képtelen volt
szavakba önteni; olyan hatalmas, hogy félt, ez a földöntúli érzés
egyszerűen átgázol rajta. Kimeríti minden erejét.

– Ó, istenem... ez nem igaz... ez nem lehet igaz! – Csak erre a pár, elhaló szóra futotta tőle.

Gabriel lenyűgözve figyelte őt. Gyönyörű volt, ahogy ott feküdt alatta, haja az arcába hullott, testét ellepte a veríték, vonásai eltorzultak. Nem tudott betelni ezzel a pillanattal, ahogy a nő feszült testtel, vágytól izzva feküdt alatta kiszolgáltatottan. Meg akarta adni neki, amit akar. Egyre gyorsabban mozgott hüvelye szorításában, egy percre sem véve le a szemét kedveséről. Lily körmei a mellkasába vájtak, s hangosan felnyögött minden pillanatban, ahogy a férfi vesszője újra meg úja mélyre hatolt benne.

Gabriel halványan érzékelte az apró, szúró fájdalmat, ahogy Lily a bőrébe mélyesztette a körmét. Édes bizsergést érzett minden egyes kis döfés nyomán, s új ötlete támadt; egy pillanatra megfogta a lány csuklóit, s kezét a nyakához emelte. Így Lily körmei az ütőerébe vájtak, épp oda, ahonnan a nőtársai ittak – illetve csak ittak volna, ha valaha is megengedett volna ilyesmit. De ez most Lily volt.

Ugyanakkor nem volt biztos benne, hogy a lány díjazná a tervét, de szerencsére túl kábult volt ahhoz, hogy felfogja, mit csinál. Szemeit szorosan lehunyta, s ajkai kissé szétnyíltak; valószínűleg észre sem vette, hogy körmei immár a férfi nyakának bőrét szántják fel, s a friss, mély sebekből szinte spriccelt az élénkpiros vér. Gabrielt lenyűgözte ez az érzés; a fájdalom éles volt, s mégis, ha lehetséges, vesszője még inkább megkeményedett minden karmolás nyomán, heréi öszszehúzódtak, s férfiassága oly nagyra nőtt, hogy csoda, hogy a lány teste kibírta.

Együtt értek el a csúcsra. Gabriel fejét hátravetve, szemeit szorosan behunyva felnyögött, ahogy a gyönyör minden tagjában szétáradt. Minden érzéke cserbenhagyta, csak egyvalamit érzett: Lily testét az övé körül, ahogy egyetlen, túláradó ölelésként eggyé vált vele.

Ahogy a férfi egyetlen mozdulattal utoljára kitöltötte testével, Lily úgy érezte, mintha az a pont, ahol egymásba fonódtak, az egész lényét elárasztaná. Nem létezett más, csak a férfi csodálatos, kemény teste, ahogy szétfeszítette merev vesszőjével. Hangosan felkiáltott, s szinte szétmarcangolta Gabriel bőrét, aki újra meg újra hevesen összerándult, ahogy az orgazmus hullámai végigsöpörtek rajta.

Lily azonban nem állt meg; semmit nem érzékelt maga körül. Számára most csak az létezett, mit teste kapott, s aminek minden cseppjét magának akarta. Lábait még följebb csúsztatta, s szorosan átkulcsolta velük a férfi bordáit. Gabriel megdöbbent; Lily, amilyen apró volt, oly erősen tartotta őt fogva, s félő volt, hogy megfullad. A lány ügyet sem vetett megütközött arcára. Bár mintegy kiszolgáltatottan feküdt kedvese alatt, átvette az irányítást. Ő diktálta a ritmust, miközben keményen megragadta a férfi tarkóját, s a hajába markolt. Gabrielnek nem volt ideje tiltakoznia a szorítás ellen. Annyira elbűvölte Lily szenvedélye, hogy csak finoman, megadóan átfogta a lány hátát, aki szinte elemelkedett az ágyról, ahogy keményen csapkodta csípőjét az övéhez. A férfi megpróbált a szemeibe nézni, de amint megmozdult, a lány visszarántotta a fejét a vállára, s hevesen hozzábújt. Moccanni sem tudott. Egyvalamire volt lehetősége; keményen előrelökni vesszőjét, egészen addig, míg Lily másodszorra is elélvez.

A férfit lenyűgözte a helyzet. A lány szinte fogva tartotta, s szolgai módon bánt vele; bár nem szólt egy szót sem, ahogy rabul ejtette a testét, az egyértelmű üzenet volt.

S Gabriel nem okozott csalódást.

Vesszőjét mélyen Lily testébe vezette. Egy pillanatra sem húzódott kijjebb; vágytól izzó férfiassága sebesen járt előre-hátra a lány testében, minden mozdulattal szorosan a lányéhoz préselődve, hűen követve annak minden egyes rezdülését. A mármár állatias erő, mely a lányban ébredt, hihetetlen volt. Hirtelen arra gondolt, ha most meg kellene halnia, élete legnagyobb boldogsága lenne, hogy ezt a gyönyört ő adhatta neki.

Elpilledve visszahanyatlott a párnára, s pihegve a férfira pillantott; az fátyolos tekintettel nézett vissza rá, s ellágyult arca a legszebb volt, amit Lily csak kívánni tudott volna egy ilyen szeretkezés után.

Ahogy azonban végigsimított a karján, szeme megakadt saját kezén; azon halványpiros foltok éktelenkedtek, s körmei alatt is valami mélyvörös dolog látszott. Értetlenkedve emelte ujjait az arca elé, de nem tudott rájönni, mi lehet az. Felpillantott a férfira, s csak ekkor vette észre, hogy Gabriel nyakán mély sebek húzódnak, melyekből még most is szivárog a vér. Felsikkantott, s megpróbált kimászni a teste alól, de Gabriel lefogta, s gyorsan átölelte.

– Emiatt nem kell aggódnod. Nem tettél semmi rosszat. Én akartam, hogy ezt csináld, mert... szóval, nagyon jó volt. Nincs semmi baj.

– De... vérzel. Több sebed is van, és olyan mély mindegyik. – Hangja tompán hallatszott a férfi mellkasa alól, de Gabriel érezte, nem sok kell hozzá, hogy sírva fakadjon.

Gyűlölte ezt a riadt hangot. Nem akarta, hogy Lily kétségbe essen.

– Nézd... más vagyok, mint te. Az, hogy szeretkezés közben kicsit hevesebb vagy, számomra természetes. Sőt, nagyon jó. Imádtam, ahogy a hátamat karmoltad, és szerettem volna még jobban érezni. Ezért tettem a kezedet a nyakamra. Fantasztikus volt, hidd el.

– Nem hittem volna, hogy képes vagyok ilyesmire.

– Nem hittem volna, hogy a szex ilyen is lehet.

Lily reszketősen felnevetett.

– Hát... azt én sem. – Türelmetlen mozdulattal letörölte a könnyeit, s újonnan jött derűvel rámosolygott.

Gabriel viszonozta a mosolyt, s maga is meglepődött, hogy most igazán szívből jött. Évek óta nem érzett hasonlót, semmi nem töltötte el igazi örömmel. De most... ez a szeretkezés újra életre keltette. S tudta, hogy nem pusztán a fizikai kielégülés volt az oka. Lilyvel egészen más volt. Lily volt egészen más, mint bárki, akivel eddigi élete során találkozott.

– Téged mikor haraptak meg? Hogy történt?

Gabriel értetlenkedve összeráncolta a szemöldökét. A lány nyomban mentegetőzni kezdett.

– Ne haragudj, hogy felhoztam. Nem kell beszélned róla, ha nem szeretnél.

– Nem erről van szó. Nem harapott meg senki. Mi csupán csak nem embernek születtünk, ennyi az egész.

– Ó.

– Igen.

Lily ijedségét most kíváncsiság vette át. Rengeteg kérdést szeretett volna feltenni, de nem tudta, hogyan fogjon hozzá.

– És... akkor az sem igaz, hogy koporsókban alszotok és kriptákban éltek?

Ekkor vette észre, hogy a férfi mulat rajta. Erősen elpirult, ahogy ráeszmélt, milyen ostobaságot mondhatott. Gabriel arca azonban hirtelen elkomorult. Lassan mellé feküdt, s felkönyökölve az arcát simogatta. Lily belesimult a tenyerébe, akár egy macska.

– Nem alszunk koporsóban, de a Családom kriptában él. Bár nem igazán nevezhető annak. Igazság szerint leginkább egy hatalmas pincerendszerre hasonlít. Ők ragaszkodnak a hagyományaikhoz, ahogy a legtöbb Család a Klánban.

– Klánban?

– Igen. Egy Klán több Családot foglal magában. Ezek között a Családok között is rokoni kötelékek feszülnek, de sokkal távolabbiak, mint egy-egy Családon belül.

– A vámp... szóval, ti szoktatok emberekkel is... együtt lenni?

A férfi hallgatott, s ebből Lily már kitalálta a választ. Egy pillanatra szorosan behunyta a szemét, mintha erőt gyűjtene, majd lassan megszólalt.

– Nem. El sem tudom képzelni, mit tenne a Családom, ha megtudnák, hogy itt vagyok veled.

– Miért? Nem szeretik az embereket? Azért, mert régen vadásztak rájuk, vagy ilyesmi?

Gabriel keserűen felnevetett. Szegényke, ha tudná... Még hogy az emberek vadásztak rá és a társaira. Esélyük sem lett volna.

– Nem, nem ez az oka. – Hirtelen megjelentek előtte az áldozatok képei, s nem akarta befejezni ezt a mondatot. A lánynak is jobb, ha nem tudja. – Figyelj, halasszuk inkább máskorra ezt a témát. Nem szeretném elrontani a hangulatot.

Lily pár másodpercig csak némán nézte az arcát. Nem tudta, miért takargatja előle a férfi a választ, s hogy vajon mi lehet olyan borzalmas vagy kellemetlen, hogy ne mondja el neki. De nem akarta erőltetni.

– Persze, oké. Azt hiszem, le kellene zuhanyoznom. – Futólag rámosolygott, s már kászálódott is kifelé.

A lány álmosan nyújtózkodott az ágyon. Olyasfajta lustaságot érzett, mely jóleső megelégedéssel szokta eltölteni az embert. Oldalra nézve észrevette, hogy Gabriel még mellette van; hasra fordulva, kezét-lábát szétvetve, mélyen és egyenletesen lélegzett. Lily nem tudta megállni mosoly nélkül a látványt; a férfi valószínűleg teljesen kimerült az éjszaka történtek után. Ismét meglepődött, milyen bizsergető érzéssel tölti el a mély sebek látványa a nyakán.

Lily óvatosan kibújt az ágyból, s öltözni kezdett. Nem akarta felébreszteni Gabrielt, de azért odalopakodott az ágyhoz, s a férfi fölé hajolva finom csókot lehelt a homlokára. Ahogy elhúzódott, Gabriel hirtelen kinyúlt, s a tőle megszökött gyors mozdulattal, a karjánál fogva az ágyba rántotta. Lily felsikoltott, s nevetve próbálta lerázni magáról. Azonban az sem adta magát könnyen; összegabalyodva legurultak az ágyról, s hangos nyekkenéssel a padlón kötöttek ki. Tehetetlenül, zihálva feküdtek egymás mellett, fuldokolva a fel-feltörő nevetéstől.

– Szóval… csak… azt… akartam – Gabriel levegő után kapkodott –, azt, hogy… megvagy!

Lily hangosan felkacagott. Életében talán először. Még pár percig elnézte a férfi arcát s megfogadta, hogy örökre az emlékezetébe vési ezt a pillanatot.

Gabriel viszonozta a tekintetét, s csak remélni tudta, hogy az arcán nem látszik az a keserűség, amely szinte szétfeszítette a bensőjét. Ha el tudná valahogy érni, hogy ne kelljen elvennie Ravent… ha ki tudna valahogy kerülni a Család szorításából. A kurva életbe!

Lily örömtől ittasan készülődött. Megbeszélték Gabriellel, hogy minél hamarabb elindulnak, annál jobb. Maga is tudta, hogy őrültség, amit művel, elvégre a férfi lehetett volna akár sorozatgyilkos is. De a halvány remény, amit szavai adtak neki, minden mást kisöpört az elméjéből. Másfelől, gondolta, élete eddig is inkább csak tengődés volt. Úgy érezte, ha nem tenné meg most ezt a vakmerő lépést, egész életében azon rágódna, mi lett volna, ha...

Ahogy a tükörbe nézett ébredés után, ámulva látta, hogy milyen változáson ment át egyetlen éjszaka alatt. Bőre még mindig szinte világítóan sápadt volt, de immár ugyanazt a földöntúli ragyogást árasztotta, mint a férfié. Szemei ragyogtak, haja selymes és dús volt, s szinte izzott a lámpa fényében. Ami azonban a leginkább lenyűgözte, az a hangulatában bekövetkezett változás volt. Egész nap mosolygott, hangja élettel teli és vidám volt, s legszívesebben vég nélkül szökdécselt volna.

Sietősen pakolta össze poggyászát. A férfi a lelkére kötötte, hogy csak a legszükségesebbeket kell magával vinnie. Ezt nem volt nehéz betartania; kevés dologhoz kötődött igazán ebben a házban. Csomagja nagy része csak pár váltás ruhából állt. Magához vette szülei fényképét s a kis ezüstláncot, mely még apja ajándéka volt. Ezt gondosan a nyakára függesztette.

Kissé meglepődött, mikor a férfi közölte: kényelmes, praktikus, és a lehető legkevésbé feltűnő ruhákat rakja a sporttáskába. Ahogy Gabriel mondta, olyan darabokat, amik akkor is jól jönnek, hogyha futnia kellene.

– De hát... mindkettőnknek van autója – jegyezte meg értetlenkedve.

– Az igaz. – Gabriel csak ekkor döbbent rá, hogy a legfontosabb részletekről nem tájékoztatta a lányt. – De nem használhatjuk őket. Legalábbis nem lenne tanácsos. A pályaudvarig a Bentley-vel megyünk, de utána vonatra kell szállnunk, majd repülővel megyünk tovább. Ott, ahová utazunk, elvileg már számítani fognak az érkezésünkre.

– Mégis, milyen messze lakik a családom? – meredt rá a lány hitetlenkedve.

– Izlandon.

– Micsoda?!

– Tudod, este elmondtam, hogy a mi... khm... fajunk Klánokból áll. Egy Klán több családot foglal magában. Ezek a családok nem feltétlenül élnek mind egy fedél alatt, de ügyelnek rá, hogy szoros kapcsolatban maradjanak. Az Északi Klán Izlandon él. Mi az Uralkodó Családhoz megyünk. – Miközben beszélt, a nyakában függő különös keresztet babrálta. Lilynek csak ekkor tűnt fel, hogy ez az egyetlen dolog, amitől sosem válik meg. Végül a lány elé tartotta a medált.

– Nézd! – A kereszt közepét uraló, hatalmas rubinra mutatott. – Ez jelképezi őket. Az, hogy kik lesznek az Uralkodók, általában a vérvonaltól függ. De hagyjuk a töriórát. A lényeg, hogy kivételes státuszt élvezel. Én még sosem jártam az északiaknál. Ami azt illeti, keveseket fogadnak maguk közzé.

Lily figyelmét nem kerülte, hogy a férfi ajka körül gunyoros fintor játszik.

– Szerintem ez nem a ti hibátok. Nem kellene kinézniük maguk közül azokat, akik... mások – tette hozzá gyengéden. A férfi mosolyogva hallgatta a lányt. Nagy meglepetések fogják érni, ha ilyen forradalminak számító eszméket vall, gondolta. Lily azonban folytatta okfejtését: – Különben hogy tudnátok öszszetartani? Biztos így is épp elég nehéz lehet...

– Nem, nem mondanám – jegyezte meg a férfi. Hangjában türelmetlen él csengett, mint aki egy csontig lerágott pletykáról szóló beszélgetést próbál rövidre zárni. – Figyelj, sok mindenről nem tudsz még, de most nincs időnk arra, hogy elmagyarázzam.

– Miért kell ennyire sietnünk?

– Mert jobb, ha minél nagyobb távot megteszünk napnyugta előtt. Valószínűleg a vonaton már nem lesz mitől tartanunk, de... szóval már csak akkor leszek nyugodt, hogyha a repülőn ülünk. – Látva, hogy a lány ismét közbe akar szólni, elővette szokásos csipkelődő stílusát. – Természetesen első osztályon. Nem fogsz csalódni, Hercegnő – azzal egy kacsintással távozott, hogy mindent gondosan bepakoljon a kocsijába.

Némán üldögéltek egymás mellett. A férfi a vezetésre koncentrált, Lily jobb híján a tájat szemlélte.

Mielőtt elindultak volna, kért pár percet, hogy elbúcsúzhasson addigi otthonától. Várta, hogy megrohamozzák az emlékek.

Érdekes, egy cseppet sem fájtak. Édesapja még mindig kimond-
hatatlanul hiányzott neki, de úgy érezte, a férfi emlékét nem
a házban kell keresnie. Az a pár apró tárgy, amit magával vitt,
sokkal többet jelentett neki.

Hope-pal már más volt a helyzet. Könnyeivel küzdött, ami-
kor értesítette a tenyésztőt, akitől annak idején megvásárolta
az állatot, ami azóta egyetlen társává vált. Valamelyest vigaszul
szolgált, hogy a fickó, aki érte jött, nem csak üzletet látott lo-
vaiban; mindegyiküket úgy ismerte, akár gondos gyám nevelt
gyermekeit. Amint meglátta Hope-ot, őszinte boldogság sugár-
zott az arcán. A pej jámboran odaügetett hozzá, s gyengéden a
régen látott férfi vállához simította hatalmas fejét. Két régi jó-
barát üdvözölte újra egymást, évek távlatából.

Gabriel megígérte neki, hogy amint megérkeztek, elintézik,
hogy a kancát utánaszállítsák. Bármit inkább, semmint bevall-
ja; valószínűleg nem fogja látni soha többé.

Lily úgy érezte, szinte tapintható a feszültség kettejük között.
Jobban mondva, Gabriel volt az, aki vastag falakat húzott fel
maga köré.

Fogalma sem volt róla, hogy a férfi a kínok kínját állja ki. Leg-
szívesebben a falba verte volna a saját fejét. Tudta, mit kockáztat
előző éjjel, mégis hibázott. Nem törődött vele, mi lesz a következ-
ménye, ha együtt tölti a lánnyal az éjszakát, s főként ha ráveszi,
hogy igyon belőle. Napközben, ha csak rápillantott a nyakára va-
lamelyik tükörben, elborzadt a látványtól. Nem mintha nem te-
lítődött volna fel újra meg újra az együttlétük emlékével, ahány-
szor csak a nyakát átszelő sebhelyekre nézett. Újraélt minden
pillanatot, a lány testének bársonyos melegét, bőrének illatát, a
gyönyört, amit kölcsönösen adtak egymásnak. Nem, iszonyatát
az okozta, hogy pontosan tudta: az ilyen sebek nem múlnak el
csak úgy pikk-pakk. Bár az emberekhez képest teste gyorsabban
gyógyult, sebei varázsütésre forrtak össze, a véraláfutások sötét
foltjai úgy halványodtak el egyik pillanatról a másikra, mintha
valaki egyszerűen leradírozta volna őket. Az evolúció azonban ér-
tette a dolgát; a nyaki harapásoknak kettős szerepük volt – egyfe-

lől egyértelműen jelzésül adták, hogy az ilyen nyomokat viselőknek már kijelölt párjuk van. Másfelől, ha valakit a faj tagjai közül
úgy végeztek ki, hogy bármifelé sebet ejtettek ezen a testrészén,
az a lehető legnagyobb megaláztatásnak számított.

Gabriel az előbbi miatt aggódott. Ismét eszébe jutott Raven.
Végül is azt még beadhatja az Uralkodónak, hogy jegyese művelte vele mindezt. Jól tudta, hogy Családja egyáltalán semmiféle kapcsolatot nem ápol az Északi Klánnal. De hogy magyarázza el Lilynek, hogy miért teszi mindezt?

Elhatározta, hogy mostantól távol tartja magát a lánytól.
A saját érdekében. Bármennyire is fájt ezt belátnia; ha nyíltan
felvállalnák a történteket, mindenképp rohadt nagy bajba kerülnének. Nem csak Családja jelentett immár fenyegetést. Áldotta az eszét, hogy az este folyamán csak Lilyre koncentrált,
félretéve vágyát, hogy lakmározhasson a lány édes húsából.
Lily még nem fogta fel igazán, mit is jelent újdonsült pozíciója.
Az Uralkodó legközelebbi vérrokonaként nem csak a hercegnői
cím várta; Gabriel jóval rangon alulinak számított hozzá képest.
Bár saját Klánjában a legelőkelőbb pozíciót tudhatta magáénak,
tudta, hogy ő és Családja nem örvendenek túl nagy megbecsülésnek. El sem merte képzelni, mit tennének velük az északiak,
ha a fülükbe jutna, hogy a Hercegnő első partnere épp ő volt!

Lily nem tudta mire vélni a férfi váratlan hangulatváltozását. Szerette volna megtörni a nyomasztó csöndet, s mivel biztos volt benne, hogy Gabriel nem fogja elárulni, mi lelte, helyette egy másik témát hozott szóba, ami legalább ugyanennyire
foglalkoztatta.

– Te melyik Klánból származol? – bökött a férfi nyakában
függő keresztre.

Gabriel összerezzent a hangja hallatán, de ez legalább kizökkentette tépelődéséből. Végre, egy biztonságosabbnak tűnő
téma. Teljesen természetes, hogy minden apró részlet érdekelni fogja, miután szembesülnie kellett vele, hogy múltja hazugságokra épült.

– A Nyugatiból – felelte. – A Családom… Rosewill közelében
él. A Nyugati Klán tagjai igen szoros kapcsolatban állnak egy-

120

mással – magyarázta, újfent megmutatva a keresztet Lilynek, megkocogtatva a sárga követ a bal csücskén. – New York és Washington vonalában, szétszóródva élnek. Általában kihaltabb, elszigeteltebb helyeken.

– És a többi Klán? Velük is szoktatok találkozni?

Gabriel a fejét rázta, majd hozzátette:

– Nem tudom, a többi Klán között mi a divat, de a miénk eléggé… hogy úgy mondjam, zárkózott. Annyi biztos, hogy a keletiek valahol Oroszországban, a déliek pedig Argentína csücskében telepedtek le. A legnagyobb kő az Uralkodó Klánt jelképezi.

– És hogy döntitek el, ki lesz az Uralkodó? Szavazással?

A férfi vállat vont.

– Régen biztos így volt, de annak már több száz éve, szóval…

– Több száz éve?!

A kérdezett felnevetett.

– Nos, igen… egy picit idősebb vagyok, mint te. Sőt, te vagy a legfiatalabb, akivel dolgom volt. De, biztosíthatlak: a fajon belül még így is zsenge husinak számítok.

A lány elmosolyodott a férfi incselkedő hangszíne hallatán. Mégsem tudott napirendre térni a dolog felett.

Az utazás nagy része azzal telt, hogy Gabriel igyekezte Lily minden kérdését megválaszolni. Közben rá kellett jönnie, hogy ő maga is mily' keveset tud saját fajáról. Olyannyira eltávolodott tőlük az utóbbi években, amennyire csak tehette, így teljesen elszigetelte magát tőlük. Bár abban is biztos volt, hogy akár több ezer évet is eltölthetne a kriptában, akkor sem tanulhatna az öldöklésen és a gruppenszexen kívül semmit tőlük. Ahogy ehhez a gondolathoz ért, újra nyugtalanság töltötte el; mihez fog kezdeni, hogyha északra érve rá kell ébredniük, hogy az ottani Klán sem különbözik semmiben az övétől? Mikor belement az alkuba, csak a saját jövője érdekelte. Azonban minél közelebb került Lilyhez, annál többet őrlődött ezen a kérdésen. Egyvalamit megfogadott: nem tudott egyetlenegy lányt sem megmenteni a kriptában zajló szertartások alkalmával. Nem tudta megmenteni Sophie-t. De azt nem fogja hagyni, hogy Lily is hasonló sorsra jusson. Igaz, távol akarta tartani magát a lánytól, de szentül megfogadta, hogy mindig rajta fogja tartani a szemét, s ha kell, egymaga száll szembe az egész nyomorult bandával, de megvédi. Abba a hitbe ringatta magát, hogy terve kivitelezhető.

Lily nem értette a férfi viselkedését. Nyomorultul érezte magát. Gabriel minden kérdésére készségesen válaszolt, ugyanakkor rideg és szófukar lett. Végül nem bírta tovább a kínlódást, s úgy döntött, egyenesen rákérdez, mi okozta ezt a változást. Bár ne tette volna!

– Figyelj... – kezdte a férfi, s hangjába átmenetileg visszatért a gyengédség. – Sajnálom, ha megbántottalak. Az az éjszaka veled... nagyon jó volt. Tényleg. De jobban tennéd, ha elfelejtenéd.

– És azzal mi van, hogy ittam belőled? Hogy felkínálkoztál nekem? – Bármennyire is igyekezett, hangja halk volt és reszketeg. Megfogadta, hogy nem fog sírni a férfi előtt.

Egy olcsó motelszobában voltak. A repülőjáratuk csak másnap reggel indult. Nem volt valami nagy a forgalom Izland felé. Gabriel azt találta a legjobb megoldásnak, ha a reptér közelében lévő szobák egyikében szállnak meg. Azért esett erre a helyre a választásra, mert az emeleten csak pár kiadó háló volt. A földszinten lepukkadt bár és gyorsbüfé működött. Ahogy beköszöntött az este, a helyiség megtelt a szokásos, régi bútordarabokkal; az emberek biliárdoztak, dartsoztak, vagy épp meccset néztek a hajdan jobb időket látott, ócska tévén. Az egész épületben penész, nikotin és olcsó alkohol szaga terjengett.

Gabriel olyan szobákat választott, melyekhez közös fürdőszoba tartozott, ezen keresztül szabadon tudtak közlekedni a két helyiség között. Nem akart Lilyvel egy ágyban, de még csak egy szobában sem aludni. Meghagyta neki, hogy gondosan zárja magára a szoba ajtaját és lámpafénynél aludjon, de továbbra is kerülte, hogy Lily közvetlen közelében kelljen maradnia.

A lány most az ágyon ült, könnybe lábadt szemekkel és értetlen tekintettel vizslatva az arcát. Gabriel csípőre tett kézzel állt előtte. Az utóbbi napokban azon volt, hogy a lehető leghűvösebben viselkedjen vele. Jobb, ha végleg meggyűlöli, gondolta.

– Nézd... nekem az a feladatom, hogy megvédjelek. Neked vérre volt szükséged. Viszont ha már itt tartunk, lenne valami, amire szeretnélek megkérni. – Próbált nem törődni Lily megrendültségével, amikor folytatta: – Ne említsd meg ezt a dolgot, hogyha a Klánhoz értünk. Ha szóba kerül, azt kell mondanod, hogy még nem ittál sohasem.

– Mi van?! – Lily egyre nehezebben tudott uralkodni növekedő dühén, s ezt a két szót szinte ordítva vágta a férfi képébe. – Talán ennyire kínos vagyok neked? Akkor nem pironkodtál ennyire, mikor széttettem a lábam. – Utolsó szavai zokogásba fulladtak, s arcát a tenyereibe temette, hogy elrejtse feltörő könnyeit.

Gabriel legszívesebben átölelte volna, s bevallotta volna az igazat. De úgy érezte, akkor végképp búcsút mondhatna maradék gerincének is, és akár a Világ Legnagyobb Seggfeje címért is indulhatna. Hisz' a lány olyan boldognak tűnt, mikor rájött, hogy megismerheti a családját, új életet kezdhet... Tegye tönkre mindezt már azelőtt, hogy Lily egyáltalán megismerhetné édesanyja igazi múltját?

– Nem erről van szó – fogott hát bele a válaszba. – Most nem tudom megmagyarázni... a lényeg, hogy ennek megvan a maga módja a Családoknál, és az, hogy mi mások jóváhagyása vagy tudta nélkül csináltuk, az kiakasztana pár arcot valószínűleg északon is.

– De hát...

– Ha odaértünk, ők majd elmagyaráznak mindent, ne aggódj – vágott közbe a férfi. Úgy érezte, képtelen lenne tovább nézni a lány könnyáztatta arcát. Minél hamarabb le akarta zárni ezt a beszélgetést. – Csak arra kérlek, fogadd meg, amit mondtam.

Azzal átsétált a saját szobájába, magára hagyva Lilyt kavargó gondolataival.

Bénult léptekkel kórtált kóválygott az ágya körül. Épp, hogy csak fél füllel hallotta a fürdőszoba felől érkező zajokat, s azt, hogy Lily még azt az ajtót is gondosan bekulcsolta és bereteszelte maga mögött. Gabriel leroskadt a szedett-vetett dohányzóasztal mellett terpeszkedő, elkoszolódott karosszékre. Ekkor a kis italos polcra tévedt a tekintete. Pont erre volt szüksége. Ki akarta ütni magát, hogy ne kelljen éreznie semmit; a kínzó reménytelenséget, a fájdalmat, amit Lily elvesztése okozott, s az elmúlt hónapok aggodalmait, melyek úgy nehezedtek rá, akár egy ólomköpeny. Úgy lépett az üvegek elé, akár egy zombi. Színültig töltötte a mellettük álló poharat ginnel, s egy hajtásra lehúzta az egészet. Undorodva elfintorodott. Pocsék íze volt. De most nem is a zamatára volt szüksége. Míg nagy kortyokban nyelte az italt, gondosan fülelt; Lily szobája felől semmilyen zajt nem érzékelt. A lány biztonságban volt. Magához vett pár üveget meg a kiürült poharat, és az ágy tetejére feküdt szerzeményeivel.

Gabriel felpillantott, de nem tudta kivenni a szoba részleteit; szeme teljesen felmondta a szolgálatot, csak homályos foltokat látott maga körül. Hunyorított, s próbálta kényszeríteni elméjét, ekkor azonban éles fájdalom nyilallt a homlokába. Elcsigázottan felnyögött, s nagy nehezen feltápászkodott. Nagyon rossz ötlet volt. Minden forgott körülötte, s az istennek sem akart lassulni a pörgés.

Felült, s két kézzel végigsimított az arcán. A kép végre tisztulni kezdett, s lassan kezdtek visszajönni az emlékek, melyeket csak ködös álomként érzékelt. Egyelőre ennyi tellett tőle, s még mindig félig lehunyt szemekkel körülnézett a szobában. Végre rájött, hogy addig a padlón feküdt, s mellette üres üvegek egész kupaca hever szanaszét. Ja, igen. Lassan felsejlettek előtte a hajnali események, mintha apránként minden visszacsordogálna a fejébe. Nyilván sikerült annyira kiütnie magát, hogy elájult vagy elaludt. Amilyen pocsékul érezte magát, inkább az elsőre tippelt.

A pia csak rontott a helyzeten; szörnyen érezte magát, s Lily hiánya csak erősebbé vált.

Hideg vizet locsolt az arcára, majd visszabotladozott a hálóba. Az ablakpárkányra támaszkodva a szórakozásból hazafelé igyekvőket szemlélte, s arra gondolt, ez talán használna; egy másik nő elterelné a figyelmét, s pár könnyed órára kikapcsolhatna. Összeszedte magát, még egyszer ellenőrizte Lily szobáját, aztán gondosan rázárta az ajtót, majd a földszinti bár felé vette az irányt.

A vöröseket messzire elkerülte. Nem, nem vágyott olyan típusú nőre, mint Lily; a törékeny alak s a lángoló fürtök csak a lány képét idézték fel benne.

Csendben a pult mellé telepedett, s miközben rendelt egy újabb whiskyt, körbejártatta tekintetét a bár közönségén. Megakadt a szeme egy gömbölyded idomú, gesztenyebarna lányon; extravagáns öltözéke és telt idomai gyönyörködtették a szemlélőjét, de Gabriel azonnal elkapta a fejét. Nem, ilyen lánnyal soha nem kezdett Sophie óta. Ekkor azonban megpillantott egy feketét, aki az egyik félreeső asztalnál egyedül kortyolgatta a borát. Hosszú, sötét haja lágyan szétterült a vállain, nagy barna szemei ridegen pásztázták a bár közönségét. Tökéletes.

Azonnal otthagyta a bár pultot, s magabiztosan a lányhoz lépett.

Gabriel arcán jólismert, önelégült mosolya terült szét, ahogy finoman átkarolta a lány – Delila – derekát, s csendben terelte maga előtt.

A szobája felé tartottak; a férfi terve bevált. Mindent kizárt a tudatából, s csak arra a bársonyos bőrű testre koncentrált, mely most is ott vonaglott előtte leheletnyi, sötétkék csipkeruhába burkolózva.

Az elméje tökéletesen üres volt, mintha csak a puszta akaratával képes lett volna minden gondolatot száműzni a fejéből. Nem érdekelte más, csak azok a lélegzetelállítóan hosszú combok.

Nem tétovázott; ahogy becsukta maguk mögött a szoba ajtaját, Delilához lépett, kéjesen körülfonta a derekát, s csábító mosollyal a szemeibe nézett. A lány várakozó tekintetét látva az ajkaihoz hajolt, s azonnal birtokba vette a száját. Ahogy nyelvük lassan összeért, édes bizsergés futott végig a testén. Kezeit a fenekére csúsztatta, s finoman masszírozni kezdte. Egyre csak simogatta, ujjai finoman siklottak a lágy csipkén. A lány láthatóan élvezte a kényeztetést; halkan felnyögött, s egész testével szorosan hozzásimult, fenekét finoman a simogató kezekhez nyomva.

Gabriel felcsúsztatta az apró ruhát a derekáig, hogy meztelen bőréhez férhessen, s elégedetten felmordult, mikor megérezte, hogy a lány a ruhája alatt nem viselt semmilyen fehérneműt. Hagyta, hogy Delila kigombolja az ingjét, s megszabadítsa minden ruhadarabjától. Mikor már teljesen meztelenül állt a lány előtt, fél kézzel ismét átkarolta, s egy heves mozdulattal magához rántotta, ágaskodó férfiasságát a derekához simítva. A lány izgatottsággal vegyes elégedettséggel pillantott végig rajta, ujjait finoman végigfuttatva a férfi izmain. Ekkor azonban hátralépett, s lassan, kihívó mozdulatokkal a földre csúsztatta a kis csipkeruhát. Magassarkúba bújtatott lábain kecsesen a közelben álló komódhoz lépdelt, előrekönyökölve megtámaszkodott, s fenekét csábítóan kidomborítva, szégyentelenül felkínálva magát a férfinak. Az mögé lépett, s nem vesztegette tovább az időt; egyetlen mozdulattal beléhatolt, miközben két kezével megragadta a csípőjét, s magához húzta, hogy még mélyebbre meríthesse vesszőjét a testében.

Delila elégedetten felnyögött. Gabrielt meglepte, hogy a lány ágyéka máris nedvességben úszik, s testük könnyeden simul össze. Ahogy megérezte, hogy Delila felkészült a szexre, keményen előrelökte a csípőjét, s kezével megtámaszkodott a lány háta mellett. Hagyta, hogy teste tegye a dolgát, s ösztönei átvegyék az irányítást; újra meg újra előrelendült, vesszője határozottan mozgott a lány testében.

Szenvedélye egyre nőtt. Megragadta Delila vállait. A lány karcsú alakja végtelenül törékenynek tetszett, ahogy engedelmesen hagyta, hogy a férfi teste maga alá hajtsa. Szinte elolvadt, ahogy Gabriel birtokba vette minden porcikáját. Térdei reszkettek, s olyan erőtlennek tetszettek, mintha nem lennének képesek megtartani a lány súlyát. A férfi is megérezte, ahogy megremeg; egyik kezével átfogta a csípőjét, mintegy megtámasztva nyúlánk, vékony testét. Delila lábai szinte már elemelkedtek a földről; ujjai épp csak súrolták a padlót, s mozgását immár a férfi irányította; ahogy csípője előrelendült, keményen magához vonta a testét, majd kissé eltolta magától, csak hogy ismét szorosan összeforrhassanak.

Gabriel felkapta a fejét a váratlan zajra. Lily a döbbenettől földbe gyökerezve állt a fürdőszoba ajtajában, és láthatóan szinte sokkolta a látvány. Mielőtt Gabriel bármit tehetett volna, a lány sarkon fordult és kirohant a szobából.

A férfi ügyet sem vetett Delila méltatlankodó pillantására, miközben egy mozdulattal kirántotta vesszőjét a testéből. Nagy nehezen felrángatta ruháit. Delila azonban nem akarta feladni egykönnyen; már mindketten közel jártak a csúcshoz, s a lányt majd' szétvetette a feszültség.

– Hé, hová sietsz ennyire? Velem mi lesz? – S azzal, kacérnak szánt léptekkel odasétált hozzá, szorosan hozzásimulva.

– Most menned kell. – A férfi szavai túlságosan keményre sikeredtek, de nem törődött vele.

– Mi van? Mit jelentsen ez?

A felháborodott hangra Gabriel végre a lány felé fordult.

– Sajnos vége a bulinak – vetette oda, s minden további magyarázat nélkül faképnél hagyta a lányt, a fürdő felé sietve.

Lily, amint megpillantotta a férfi és a nő kettősét, legszívesebben elsüllyedt volna. Tisztában volt vele, hogy ez a találkozás kínos lesz, s felkészült rá, hogy a férfi talán be sem engedi. Most viszont… hirtelen mintha minden tagjára súlyokat aggattak volna. Gyomra diónyira szűkült, s a rosszullét környékezte.

Mégis, képtelen volt nem őket nézni. Mintha csak azt akarta volna, hogy még jobban fájjon. Miért nem tudja csalódott tekintetét elkapni a látvány elől, mely egy pillanat alatt rombolja szét minden álmát, minden édes, ostoba képzelgését? Talán maga sem hiszi, hogy mindez valóság lehet. Nem hisz a látványnak, s talán abban reménykedik, ha elég soká nézi, szertefoszlik ez a csúf látomás, s lelke enyhülést kap: minden rendben van.

Lily egyre csak az ismeretlen nőt bámulta, s dühvel vegyes ellenszenv kavargott benne. Ostoba tyúk, nyilván annyi ész sem lötyög a fejében, hogy egyedül hazataláljon. Szépnek szép ugyan, de semmi különös. Inkább átlagosnak mondta volna. A lány addig pásztázta a másik arcát és testét, míg már-már meggyőzte magát; a nő voltaképp rusnya egy teremtés, s Gabriel nyilván bolond, ha vele fecsérli az idejét. Miért őt választotta? Miért?

Mindeközben Lily próbált minél kevesebb tudomást venni az ismeretlen hosszú, fekete hajáról, mely ébenszín vízesésként zúdult alá vállain. Hatalmas, barna szemeiről, melyek szinte világítottak a sötétben. Karcsú derekáról, mely oly kecsesen hullámzott, akár a folyó mellettük.

Felfordult a gyomra. Maga sem értette, miért lett hirtelen egyszerre rémült, dühös, és... csalódott. Igen, ha teljesen őszinte akart lenni magához, be kellett ismernie, hogy elkeserítette a gondolat, hogy a férfi más nőkkel is le fog feküdni. Bár Gabriel szabad ember volt, s nem tartozott neki semmivel, mégis olyan érzés kerítette hatalmába, mintha a férfi megcsalta volna.

Nem számított más, csak hogy Lilyt utolérje. Csak rohant, mint egy bolond, lélekszakadva. Bizarr módon úgy érezte, mintha elárulta volna kedvesét, s most bűntudattal telve, engesztelést remélve loholna utána.

Lily arcán peregtek a könnyek. Hogy lehetett ennyire ostoba?! Fogalma sem volt, hová menjen, de úgy érezte, hogy képtelen ottmaradni.

Tudta, hogyha a férfi utána jött, esélye sem lesz elmenekülnie előle. Mégis szinte futott az utcán, abban reménykedve, hogy sikerül eltűnnie még Gabriel érkezése előtt.

Vesztett.

Gabriel – szokásához híven – hirtelen felbukkant előtte a semmiből. Esélyt sem adott rá, hogy Lily elfuthasson előle; közvetlenül előtte bukkant fel, s szorosan megragadta őt karjaival. A lány felsikoltott rémületében, s az erős ujjak szorításától könnyek szöktek a szemébe.

– Engedj el...

– Nem. Nem hagyhatom, hogy elmenj.

A Lily fülébe suttogott szavak nem voltak indulatosak. A férfi halkan búgó hangja, ahogy a füléhez hajolt, szinte hipnotikus erőt gyakorolt a lányra, s olyan volt, akár egy erdei patak megnyugtató hullámzásának moraja.

Lily mégis szabadulni próbált, s elkeseredetten rángatta karjait, hátha sikerül kitépnie magát Gabriel vasmarkai közül. A szorítás azonban nem engedett, s a férfi elszántan követte a lány tekintetét az övével, hogy a szemébe tudjon nézni. Lily azonban nem akarta őt látni. Mélyen lehajtotta fejét, hogy kikerülhessen Gabriel pillantásának kereszttüzéből.

– Kérlek, engedj el... ez nagyon fáj...

A férfi kővé dermedt; a lány arcán csorogtak a könnyek, s reszketeg hangja szánalomra méltóvá tette. Mélyen elszégyellte magát, amikor rájött: ujjai szinte Lily húsába vájnak. Azonnal elengedte, s hátralépett előle, hogy annak legyen ideje megnyugodni.

Lily azonban csak az alkalomra várt; ahogy megérezte, hogy a férfi kezei engednek a fogáson, ismét futásnak eredt, s minden erejét összeszedte, hogy képes legyen elmenekülni Gabriel elől.

Nem jutott messzire; ahogy befordult a sarkon s a főút felé vette az irányt, megpillantotta a férfit, aki az egyik köztéri padon üldögélt, mintegy egykedvűen szemlélve a közeledő lány alakját.

Lily feladta; tudta, hogy nem nyerhet a vele szemben. Megadóan lassított, s csüggedten Gabrielhez lépdelt. Még mindig nem volt hajlandó ránézni, csupán megállt előtte, s fejét lehorgasztva, megadó csöndben várta, hogy a másik megszólaljon.

De Gabriel nem mozdult; igaz, kezeit a lány csuklói köré fonta, de azok épp csak megpihentek rajtuk. Lily arcát figyelte. Csillogó ajkai csak úgy szikráztak az utcalámpák fényében... ahogy az arcát nézte, ezen milliónyi fényfoltok mintha megbabonázták volna. Tudta, milyen finomak az ajkai, milyen bársonyosak, ahogy az övét érik, hisz' tapasztalta már. Elképzelte, ahogy most is megtörténik, ahogy finoman birtokba veszik ajkai az övéit...

De tudta, hogy soha többé nem fog megtörténni. Nem szabad. Lehetetlen.

Némán sétáltak vissza a motelhoz. Szó nélkül vonultak be szobáikba, s gondosan bezártak minden ajtót és ablakot.

Másnapra Lily úgy döntött, minden erejével azon lesz, hogy elfelejtse az előző estét. Csak arra akart koncentrálni, hogy eljusson a családjához. Ahogy kitekintett a repülő ablakán, mely nemrégen emelkedett a magasba velük, más gondolatok kezdték aggasztani. Nem tudta, mire számíthat, amikor megérkeznek. Annyit sikerült csak megtudnia, hogy Ais, Lydia öccse már évek óta hazavárja. Viszont, mint kiderült, a Család igen kiterjedt, és nem csak a közvetlen vérrokonokat jelenti egy-egy ilyen közösség. Mivel úgy döntött, igyekszik úgy viselkedni Gabriellel a jövőben, mintha a férfi valóban nem jelentene számára mást, mint egy amolyan testőrféleséget, aki segít neki útja során, s szerette volna idegességét elhessegetni, inkább megpróbált valamiféle könnyed, baráti csevegést kezdeményezni a férfival, mintsem kínzó gondolatain tipródni.

Gabriel egyébként közös útjuk során – bár minden kérdését figyelmesen hallgatta – egyébiránt nem volt túl közlékeny, ha fajtársaikról és azok szokásairól volt szó. Lily nem tudta eldönteni, hogy vajon – valami rejtélyes okból – ez a téma szimplán kellemetlen a számára, vagy ő maga sem ismeri a válaszokat.

A férfi magánéletéről sem sikerült többet megtudnia, mint eddig. Gabriel Rosewill egyik elit negyedében lakott, mindig is egyedül élt. Családjához nem fűzte szoros kapcsolat, s alkalmi partnerein kívül nem nagyon volt más társasága. Lilynek egyetlen dolgot sikerült kiszúrnia; a nyakában függő, fekete ónix kereszten kívül két dolog volt, amitől a férfi sohasem vált meg: egy gameboy és egy régi könyv. Lily sokszor kapta azon a férfit, hogy elmélyült, ádáz csatákat vív a játékon; ilyenkor se nem látott, se nem hallott, gyerekes öröm terült szét az arcán, s még nyelvét is kidugta a nagy koncentrálásban. Csak annyit volt hajlandó mondani, hogy azt egy régi barátjától kapta ajándékba, bár arra láthatóan nagyon büszke volt, hogy a gameboyt még 1989-ben vásárolták, az első eladott darabok között.

Miközben várták, hogy a gép megérkezzen velük, Gabriel ismét a kopottas könyvet forgatta. Lily a borítóra sandított. Bram Stoker: Drakula.

– Miért olvasod állandóan ezt? – kérdezte hitetlenkedve. – Neked mi újat mondhatnak még ezek a sztorik?

– Pontosan ezért – felelte a férfi, megkocogtatva a borítót. – Stoker egy kibaszott zseni volt.

A lány kérdő tekintetét látva, folytatta: – Persze a nagy része csak mese, de bizonyos dolgokba éppenséggel jól beletrafált.

– Például? – Lily éledező kíváncsisággal fordult felé.

– Például amit a láthatatlanná válásról írt.

Lily megértően bólogatott. Erről már beszéltek korábban. Ezért tudott Gabriel csak úgy, váratlanul egyik helyről a másikra teleportálgatni. A lány csak jobb szó híján nevezte így, mivel nem igazán sikerült megértenie a dolog lényegét.

– Aztán ott van az is, hogy nappal is aktívak tudunk lenni, csak az érzékeink kevésbé működnek jól.

– De hát… neked vagy nekem semmi bajunk sincs napközben – jegyezte meg.

– Az igaz. Mondjuk úgy, hogy ez az egyik szuperképességem a sok közül – vigyorgott a férfi. – Nálad talán azért van így, mert az apád ember volt.

– És mi a helyzet a keresztekkel meg azzal, hogy állattá tudok változni…?

– Ja, igeeen… – Gabriel zabolátlanul felnevetett. – Hát tudod, mint mondtam, a nagy része mese… De szükség van egy kis humorra is – azzal, még mindig széles mosollyal az arcán, ismét elmerült olvasnivalójában.

Érkezésükkor Lilyn megint úrrá lett a bizonytalanság, mely lassan rettegésbe ment át. A szorongás úgy kígyózott végig a tagjain, akár egy alattomos szörnyeteg. Izland leghidegebb csücskén jártak; a lány fázósan összehúzta magán műszőrmével bélelt velúrkabátkáját. Áldotta az eszét, hogy induláskor nyakát és fejét sálba burkolta, s vastag csizmát húzott. Gabriel ezúttal is hozta a rá jellemző formáját. Szokásos pompás öltönykölteményei egyikében feszített, de ezúttal ő sem vetette meg prémmel bélelt, vastag gallérú fekete szövetkabátját, mely szinte bokájáig ért. Lily kissé irigykedve nézett rá; ő a kabátját a falusi ruhaüzletben vásárolta, 100 % műanyag volt. Azt azonban biztosra vette, hogy Gabriel testét igazi szőrme borítja, s a drága, vastag ruhadarabban még csak nem is didergett.

Némán álltak a havas táj közepén. A férfi csak annyit mondott neki, hogy itt kell megvárniuk a fogadóbizottságot.

Alig pár perc múlva meg is jelent a végtelennek tűnő horizont távolában egy mozgó kis pont, mely szélsebesen közeledett feléjük. Hatalmas, ormótlan alakját eleinte egyikük sem tudta hova tenni. Lily nyugtalanul szemlélte az eléje táruló látványt. Nem autókkal érkeztek eléjük.

A fogadóbizottság tagjai két, hatalmas ló vontatta fiákeren közeledtek. Gabriel arca egy percig sem tükrözött meglepetést, Lily azonban nem tudott napirendre térni a különös látomás fölött. Hál' istennek, a fiákerek legalább fedettek, gondolta.

A két kocsi kecses ívben bekanyarodott eléjük. Négy-négy ló húzta őket, melyek mintha varázsütésre végezték volna dolgukat. A fedett bakokon egy-egy jól megtermett férfi ült, akik fürgén a földre szökkentek, amint a lovak megálltak.

Lily gyorsan végigmérte a feléjük közeledőket; az első kocsit egy magas, nagydarab férfi vezette. Nagyjából olyan magas lehetett, mint Gabriel, viszont előreugró homloka, dús szemöldöke, mélyen ülő, szigorú szemei, széles állkapcsa és rövidre nyírt kefefrizurája lévén kimondottan veszélyes figura benyomását keltette. Az ismeretlen fekete garbót, sötét színű öltönyt viselt, és egy aranykarikát a bal fülében. Társa egy fokkal bizalomgerjesztőbb külsejű volt; ő inkább nyurgának tűnt, s bivaly méretű társa mellett szinte karcsúnak tetszett. Kreolszín bőre és meleg, barna szemei voltak. Félhosszú haja lófarokba kötve pihent a tarkóján.

A fülbevalós két határozott lépéssel közelítette meg őket. Mikor megszólalt, hangja éppoly fenyegető és rideg volt, mint külseje, annak ellenére, hogy udvariasan fejet hajtott mindkettejük előtt.

– Hercegnő, fogadja legmélyebb üdvözletünket. Uralkodónk, Ais nevében is szólok most. Hatalmas örömünkre szolgál, hogy visszatér közénk. Én Reus vagyok, a Királyi Testőrség vezetője – azzal kinyújtotta a lány felé jobb kezét.

Lily reflexszerűen kezet nyújtott. A férfi azonban nem rázta meg; helyette megfogta, fél térdre ereszkedett, homlokát futólag, mintegy jelképesen a lány kézfejéhez érintve. Ekkor a hoszszú hajú fickó is melléjük lépett.

– Engedje meg, fenséged – szólt kecses főhajtás kíséretében –, Demetrius vagyok.

– Örvendek – biccentett a lány, arcán zavart, erőltetett mosollyal. Nem volt hozzászokva a szertartásos bemutatkozáshoz, arra meg végképp nem számított, hogy a két, semmiből felbukkanó férfi úgy fogja kezelni, mint holmi királyi méltóságot. Ráadásul az a szöveg arról, hogy végre visszatér közéjük! Elvégre ő semmit nem tudott róluk.

– És természetesen a herceg is itt van. – Reus most Gabrielhez fordult. Bár előtte is meghajolt, egyértelműen érezhető volt a megvetés, miközben a férfihoz beszélt.

Lily döbbenten fordult Gabriel felé. Herceg?! Még csak nem is említette, hogy ilyen magas rangú szerepet tölt be a Nyugati Klánban.

– Igen, itt vagyok – vetette oda ridegen a megszólított. – És biztosíthatlak; könnyekig meghat ez a fogadtatás, de Katalin és Vilmos most már szeretne végre beszállni az istenverte kocsiba, ha meg nem sértik vele az elbűvölő udvari etikettet, ugyanis, hogy őszinte legyek, mentem befagy a fenséges seggünk, cimbora.

Demetrius, aki eddig szerényen álldogált a háttérbe húzódva, e szavak hallatán megrökönyödve bámult Gabrielre, mint aki azt hiszi, rosszul hall. Reus arca elsötétült, de más jelét nem adta valódi érzelmeinek. Lily ellenben legszívesebben elsüllyedt volna szégyenében. Már a testőr gúnyos hangszínét sem tudta mire vélni, mégsem érezte helyénvalónak ezt a durva riposztot. Annyira már ismerte kísérőjét, hogy tudja, a visszafogottság nem erős oldala. De mégis…

Nem volt sok ideje a pironkodásra. A kemény szavak megtették hatásukat; Reus és Demetrius az első kocsihoz pattantak és előzékenyen kinyitották az ajtókat. A lány a csomagjaiért nyúlt, de Demetrius már oda is ugrott a két, ormótlan bőrönd mellé. – Engedje meg, fenséged – azzal már szaladt is a poggyásszal a második kocsi felé. Lily hálás mosollyal szemlélte a férfi kedves arcát. Úgy érezte, Reus mesterkélt modorával ellentétben Demetrius öröme valóban őszinte. Be kellett ismernie, hogy meghatja ez a barátságos fogadtatás.

A lovak meglepően ügyesen és gyorsan vették a hófödte táj akadályait; a két kocsi szinte repült velük. Az első bakján Reus ült, Gabriellel és Lilyvel az utastérben. A másodikban a csomagok kaptak helyet, Demetrius irányításával.

A lány nem tudott betelni a táj látványával. Attól tartott, hogy ahogy egyre csak közelednek észak felé, a végén valóban halálra fagynak. Ehhez képest minél inkább közeledtek céljukhoz, a környezet annál zöldebb, az idő egyre enyhébb volt. Mindenütt örökzöldek, hársak és platánok nyújtózkodtak az ég felé, ahol döbbenetes módon szikrázóan sütött a Nap a tiszta, felhőtlen kékségben. Az aljnövényzet is egyre sűrűbbé vált, a kezdetben itt-ott megjelenő, sárgásbarna fűcsomókat egyenletes, üde, zöld mező váltotta fel, majd ahogy haladtak előre, a kocsi kerekei egyre nehezebben küzdöttek meg a buján elterpeszkedő, sűrű erdei cserjéssel. Keskeny ösvényeken kaptattak keresztül, lovaik kitartóan meneteltek előre a meredek lejtőkön. Ezután ismét tiszta, zöld mezők fogadták őket, melynek egyhangúságát csak az itt-ott felbukkanó facsoportok törték meg. Hirtelen szinte a semmiből egy domb bukkant fel előttük, mely úgy tűnt, az egyik legmagasabb pontja az erdőnek. Lily kihajolt az ablakon, hogy jobban láthassa az ormot, mely minden jel szerint végső úti céljuk volt. És tátva maradt a szája.

A dombtetőn egy hatalmas, hófehér épület magasodott tekintélyt parancsolóan szemlélője fölé. Minden mívesen megmunkált részlete ragyogott a napfényben. Az épület hatalmas volt, bejáratához márványból készült lépcsősor vezetett fel. Az előreugró, fekete tető gondosan kifaragott, súlyos oszlopokon pihent. Az épület mögött elterülő zöld lankák szinte hullámzottak az enyhe, kellemes szélben.

Lily annyira belefeledkezett a fantasy történetbe illő táj feltérképezésébe, hogy észre sem vette, amikor a két kocsi egy utolsó, nagy zökkenéssel megállt a bejárathoz vezető lépcsősor előtt.

Amint a testőrök bekísérték őket a grandiózus, fehér márvánnyal borított előtérbe, újabb fogadóbizottsággal találták szembe magukat. Gabriel cigarettára gyújtott, miközben a háttérbe húzódva némán szemlélte, ahogy mindenki bemutatja Lily előtt ugyanazt a hivatalos örömnyilvánítást, mint Reus az érkezésükkor. Hála az égnek, nincsenek túl sokan, gondolta. Mindössze három nő állt előtte. Mint kiderült, a legidősebb köztük Ghela volt, Ais párja, egyben az Északi Klán királynéja. Ő és két lánya, Natilana és Ambroshya várták az érkezőket.

Gabriel Lilyvel ellentétben igyekezett elkerülni a nyilvános bemutatást. A maga részéről már attól besokallt, ahogy a testőrök fogadták őket. Kaján mosoly ült ki az arcára a gondolatra, hogy telefonbeszélgetéseik alkalmával Reus közel sem volt ennyire áhítatos. Kíváncsi volt, mit szólna az Északi Család többi tagja ahhoz, hogy milyen hangnemben beszélt hőn várt hercegnőjükről. Igaz, azon sem csodálkozott volna, hogyha mindenki más is épp így beszélné ki őket a hátuk mögött.

Bár azt el kellett ismernie, hogy nem tudja kárhoztatni Lilyt el nem múló döbbenetéért. Ő maga sem számított ilyen pompás környezetre, arról nem is beszélve, milyen meghökkentő volt a különbség az Uralkodó Család és a sajátja között. Úgy tűnt, itt minden asszony egyfajta egyenruhaszerűséget viselt. A könnyű pamutból készült, bokáig érő ruhák hófehérek voltak, rövid, puffos ujjakkal. Összességében véve csinos, de visszafogott öltözékek voltak, melyeket vékony aranypántok ékítettek. A viseletük többi darabjáról szemlátomást már mindenki maga döntött. Ghela és Ambroshya elegáns kontyba tornyozták göndör, gesztenyebarna hajukat, s további dísz gyanánt meghökkentően nagy fülbevalókat viseltek. Natilana ezzel szemben semmilyen ékszert nem hordott, s hosszú, hollófekete haja is szabadon repdesett arca körül.

– Elnézését kell kérnem – hajolt meg Ambroshya Gabriel előtt –, de sajnos azt kell mondjam, hogy ez tiltott dolognak minősül minálunk – mutatott Gabriel cigarettája felé. – Így arra kell kérnem, oltsa ki a tüzét.

– Hát ez kellemetlen – felelte flegmán. Mélyet szívott a cigiből, s ügyelt rá, hogy a füstöt maradéktalanul a lány mellett álló Reus arcába fújja. – Ha „tinálatok" ez dívik, akkor sajnos azt kell mondjam, hogy moccanjatok arrébb – folytatta gúnyolódó éllel. A lány hajlongását utánozva úgy pukedlizett, mint egy balerina, s fájóan valósághű volt az is, ahogy a lány lágyan búgó hangját és finom modorát parodizálta.

Az ismeretlen fiatal nő arca lángvörösre gyúlt. Tanácstalan rémülettel nézett Reusra, mintha segítségre várna. A férfi azonban csak állt, szúrós pillantással méregetve Gabrielt. Karjait szigorúan összefonta, s Lily észrevette, ahogy állkapcsán megfeszülnek az izmok, s orrcimpái kitágulnak. Kényszer szülte testőre eddig sem keltett valami jó benyomást, de Lily most már élt a gyanúperrel, hogy kifejezetten valami jó kis összetűzést próbál kiprovokálni.

Gabriel arcán csúfondáros félmosoly terült szét, ahogy az őt vizslató Reust figyelte. Lilynek fogalma sem lehetett róla, hogy bár hercegi címe a mégoly lenézett nyugatiaktól származó rang is volt, akkor is hercegi cím. Ha akarja, akár szembe is köphetné az összes jelenlévőt, azok akkor sem tehettek volna semmit. Tipikus udvari seggnyalók, gondolta.

Ekkor azonban egy új jövevény érkezése törte meg a mind kínosabbá váló csöndet. A nő ránézésre nagyjából annyi idősnek tűnt, mint a szende, fekete hajú teremtés. Mégis volt benne valami, amitől egyből észrevehetővé vált az ordító különbség kettejük között. Ez a nő hosszú, göndör, halványbarna hajzuhatagát szintén a feje tetejére tornyozva viselte. Hosszú tincsek lógtak alá itt-ott az arca körül, melyeknek sikerült megszökniük az arany hajpántok szorításából. Az összhatás mégis tökéletes volt; arcán a felsőbbrendűség tudatának gőgje ült, szemöldökét mintha ceruzával rajzolták volna hosszú, kecses ívben. Szemei halványkékek és áthatóak voltak, mégis minden melegség hiányzott belőlük. Tekintete sosem pihent; folyamatosan pásztázott mindent és mindenkit maga körül, s Lilynek az volt az érzése, ezt is csak azért teszi, hogy lesújtó kritikával büntethesse őket hiányosságaikért. Magas volt, nyúlánk, kecses alakja arisztokratikus külsővel ruházta fel ugyan, s kerekded, telt keblei vonzották a tekintetet, mégis volt benne valami félelemkeltő. Lily rájött, hogy valami megmagyarázhatatlan viszolygás fogja el, ahogy nézi őt.

– Örömmel látom, hogy épségben és egészségben megérkeztetek – szólította meg Gabrielt és Lilyt. Bár kezeit illedelmesen összekulcsolta maga előtt, ő nem mutatott be olyan látványos meghajlást, mint a többiek. Helyette rövid, kimért biccentéssel köszöntötte a frissen érkezetteket, majd folytatta is. – Az Uralkodó készen áll a fogadásotokra. Ne várakoztassuk hát meg őt. – Azzal választ sem várva sarkon fordult, és az előcsarnokból nyíló hosszú folyosó felé vette az irányt. A többieket körülbelül annyi figyelemre méltatta, mint a fehér falakat, s Lilynek szinte loholnia kellett, hogy ne maradjon le mögötte. Gabriel ezzel szemben mogorván zsebre dugott kézzel, látszólag ráérős léptekkel követte őket.

– Sirma vagyok – szólalt meg hirtelen, hátra sem pillantva, miközben széles, vastag falakkal keretezett lépcsőkön haladtak –, Tyron lánya. Tyron az Északi Klán főpapja, szellemi és lelki vezetőnk. Édesanyám Amel, az Északi Klán egyik papnője – sorolta. Hangja továbbra is hideg maradt, és nem lehetett nem észrevenni a fennhéjázó élt, mikor családfáját taglalta.

Lilyn egyre nagyobb feszültség lett úrrá. Részben amiatt is, hogy végre találkozhat a híres-neves Aissal, ugyanakkor szeretett volna minél hamarabb eltűnni a nő közeléből.

Gabriel sem volt éppen elragadtatva az eddig tapasztaltaktól. Reusban már az első perctől kezdve sem bízott, s bár a nőrokonok fogadtatása kedvesnek és őszintének tűnt, az elmúlt évek hozzászoktatták ahhoz, hogy ne bízzon senkiben. Erre – mintegy csodás záróakkordként – előpenderült Miss Tökély, aki olybá tűnt, már-már elvárja, hogy lemenjenek hídba minden szótól, amit csak kiejt a száján.

Végül egy egyszerű, kétszárnyú faajtó elé értek. Itt Sirma megállt egy pillanatra, párszor megkocogtatva a régimódi, nehéz kopogtatók egyikét, azzal sarkon fordult, sebes léptekkel faképnél hagyva a párost.

Kisvártatva az ajtó feltárult előttük, mintha láthatatlan kezek mozgatnák őket. A nehéz fa súlyos nyikorgással megmozdult, majd mély, hangos puffanással a fehér kőnek ütközött. Ahogy beléptek a terembe, Gabrielnek leesett az álla a látványtól. A pazar bútorok hidegen hagyták, bár nem számított ilyen berendezésre. Ami igazán lenyűgözte, azok a könyvespolcok voltak, melyek a falak minden egyes négyzetcentiméterét beborították. A hatalmas, kézi faragású és festésű földgömb, mely a terem közepén állt. A mikroszkóp, mely egy külön kis asztalon kapott helyet az íróasztal mellett.

A helyiség jobb oldalát egy hosszúkás asztal uralta. Az is roskadozott a könyvek alatt; láthatóan valami nagy munkában zavarhatták meg az Uralkodót, mivel az iratok szanaszét hevertek mindenütt. Gabriel észrevett egy hatalmas nagyítót is, amely az egyik vaskos köteten pihent.

Csak ekkor tűnt fel neki az íróasztal mögött húzódó hatalmas francia ablaksor, mely előtt egy lila selyembe burkolózott alak állt. Háta mögött keresztbe tett kézzel kémlelte a kilátást, s látszólag tudomást sem vett az érkezőkről.

Lily kíváncsian fürkészte a különös alakot. A férfi éppoly magas volt, mint társai, csak sokkal törékenyebb. Bár lehetséges, hogy csak furcsa öltözéke keltette ezt a benyomást. Hosszú, sötétbarna haja majdnem a derekáig ért, s minden egyes ujját gondosan kidolgozott, súlyos gyűrű ékítette. A meglehetősen nőies öltözék inkább elegánsan hatott, semmint nevetségesen. Lilyben egy gazdag földbirtokos benyomását keltette, aki elégedetten szemléli örökségét pazar palotája rejtekéből. Egy darabig egyikük sem szólalt meg. A kaftános alak lassan morzsolgatta háta mögött összekulcsolt ujjait, mintha csak azon tűnődne, mivel is kezdje.

Lily egyre feszültebbé vált. Ösztönösen Gabriel felé húzódott. Bármennyire is ellenszenvessé vált immár a számára, a lány biztos volt benne, hogy veszély esetén segítséget nyújtana neki. Maga sem tudta, miért hisz ebben, de mégis, meg volt róla győződve, hogy a férfi bármi áron megvédené őt. Ez a gondolat nyomban erőt adott neki.

Gabriel azonnal megérezte, hogy Lily a közelségét keresi; a lány apró, észrevétlen lépésekkel egyre közelebb óvakodott a testéhez, míg végül alig egy-két centi távolság választotta el őket egymástól. Biztosra vette, hogy legszívesebben szorosan hozzábújna, arcát a mellkasába fúrva. Szinte érezte, ahogy a lány apró kezeivel megragadja a ruháját, s éles kis körmei a húsába vájnak, ahogy szorosan az övé köré fonódik a teste. Lesandított a lányra. Az nem nézett rá, annál feszültebben figyelte viszont a különös férfit, aki még mindig nem szólt hozzájuk. Ebből a szögből Gabriel csak vörösen fénylő hajkoronáját látta, mely ékesen csillogott a plafonról alálógó olajlámpák fényében. Észrevétlen, mély lélegzeteket vett, hogy minél jobban beszívhassa az illatát, mely bódító balzsamként járta át lelkét. Ha már mást nem vehet birtokba, gondolta csalódottan, legalább az illata lehessen egy kicsit az övé is.

A férfi, mintha csak megérezte volna Gabriel keserűségét, váratlanul megszólalt, ezzel elterelve kissé a gondolatait Lilyről.

– Régóta várom az érkezéseteket – susogta szelíden. Hangja megnyugtatóan csengett. Elfordult az ablak elől, s nyugodt, szinte hangtalan léptekkel a látogatói elé sietett.

Először Lilyt köszöntötte. A lány egy apró kis sikolyt hallatott, ugyanis a különös idegen hirtelen mozdulattal megragadta a kezét. Ebben a pillanatban Gabriel előreugrott, s ujjai olyan szorosan fonódtak a férfi karjára, hogy a lány attól tartott, ezzel az egyetlen puszta érintéssel el fogja törni a csontját.

Maga sem tudta, miért bőszítette fel ennyire ez az egyszerű gesztus az Uralkodó részéről; eddigre idegei már pattanásig feszültek. Indulásuk óta mást sem tett, csak fél szemmel az arctalan tömegben járókat és az uralkodói küldöttség tagjait figyelte, ugrásra készen.

– Ne! Kérlek, ne csináld! Engedd el, csak a kezemet fogta meg!

A lány rimánkodása mit sem használt. Gabriel, mintha nem is hallotta volna meg a kérlelő szavakat, továbbra is szorosan tartotta a férfit. Lily elborzadt, ahogy az arcára tekintett; orrnyílásai kitágultak, arca elfehéredett, teste remegett a dühtől. Még akkor is fújtatott az indulattól, amikor a lila kaftános férfi abszurd módon kuncogni kezdett. Meg sem próbált kitörni Gabriel szorításából; mintegy érdeklődve szemlélte a hercegnő testőrének tomboló dühét.

– Nagyra értékelem eme hősies fellépést – szólt, azzal udvariasan fejet hajtott Gabriel felé. Szelíd hangszíne mit sem változott, annak ellenére sem, hogy a férfi kis híján a padlóra lökte. – De úgy vélem, korai még egymás torkának esnünk. Később is szükséged lesz még az erődre, fiam, s nem venném a lelkemre, ha már az első este a Pagoda falának tövében találnád magad, egy gödör fenekén.

Hangja játékosnak, már-már szemtelennek tetszett, mint aki kimondottan élvezi a küzdelem lehetőségét. Mégis, ez a pajkosság inkább tűnt baráti ugratásnak, mintsem fenyegetésnek. Gabriel még egy-két másodpercig némán szemlélte, végül elengedte a férfit. Mielőtt leengedte volna a karját, még egy utolsót lökött a vállán, s hozzátette:

– Többet nem ér a lányhoz. Hacsak nem akarja maga is egy csinos gödör alján végezni.

A férfi nyájasan, sőt elnézően mosolygott e szavak hallatán. Láthatóan nem jött ki egykönnyen a sodrából.

– Megértettem a kérésed – újabb kis főhajtás következett. – Mégis, megengeded, hogy illően köszönthessem a hölgyvendégemet?

Gabriel némán bólintott. A férfi megőrizte barátságos mosolyát. Ahogy Lily kezeiért nyúlt, a lány meglepődött rajta, milyen apróak és vékonyak az ujjai, milyen puha és meleg az érintése. Úgy fonta körül a felé nyújtott kezeket, akár az anya alvó gyermekét. Homlokát a lány kézfejére hajtotta. Lily lassan már hozzászokott az ilyesfajta üdvözléshez. Ahhoz viszont nem, amit Ais arcán látott. Az Uralkodó vonásai túláradó boldogságról árulkodtak; szemei ragyogtak, s Lilynek az volt a benyomása, hogy már régen nem volt ennyire nyugodt, ennyire kisimult az arca. A lány végtelen zavarba jött, s megint eszébe jutott, hogy itt mindenki úgy kezeli, mint egy rég nem látott rokont. Számára viszont mind idegenek voltak, s nem tudta viszonozni nagybátyja rendkívüli szeretetét sem. Pedig ahogy a meleg, barna szemekbe nézett, azt kívánta, bárcsak ugyanígy érezne ő is.

– Visszatértél – szólalt meg ismét a férfi, homlokát még mindig az elé nyújtott kezeken tartva. – Légy üdvözölve ismét otthonodban, Lyliana Lydesianae, az Északi Családok Nemzettségének tagja, az Északi Klán jogos feje, fajunk jogos Uralkodója, királynőnk most és mindörökké. – A férfi hirtelen feltekintett, s elengedve a felé nyújtott kezet, hátrált pár lépést. – Párom s Családom örvend az érkezésednek. Nevem Ais, s boldogsággal tölt el, hogy királynőhöz méltóan köszönthetlek eme falak között. Rendelkezz velem. – Azzal jobb kezét a mellkasára téve, nagyjából oda, ahol a szíve lehetett, szertartásosan fejet hajtott Lily előtt.

– Köszönettel tartozom neked, fiam – folytatta a szónoklatát, ezúttal Gabrielhez intézve szavait. – Épségben elhoztad Őt, a mi Királynőnket ide, eme falak közé. Megóvtad minden veszélytől, testeddel védelmezted, s nem hátráltál meg a hosszú út során. Hálám és tiszteletem örökkön ragyogni fog csillagzatod felett.

– Nem téma – felelte végül sután a megszólított a vállát vonogatva. Egy hanyag legyintéssel próbálta nyomatékosítani szavait, csak épp a mozdulat olyan hevesre sikerült, hogy majdnem nyakon vágta Lilyt. – Hoppsz... bocsesz.

A lány bosszúsan hátrafordult, s a szemét forgatta. Megállapította magában, hogy a fickó legalább annyira méltóságteljes és kecses, mint egy elefánt a porcelánboltban. Vagy mint egy dinoszaurusz a porcelánboltban. Gabriel hanyag modora csak fokozta a zavarát, melyet Ais különös szavai váltottak ki belőle.

Ekkor azonban arra ocsúdtak, hogy a kaftános férfi még mindig mereven őket nézni. S nem csak nézte őket; szája sarkában ravasz mosoly bujkált.

Zavartan toporogtak a különös férfi pillantásának fókuszában. Hatalmas barna szemeivel olyan kitartóan meredt rájuk, mintha örökre az emlékezetébe akarná vésni pirongó kettősük látványát. Mintha lelkük legmélyééig látott volna, s pontosan tudta volna...

Ais azonban kisvártatva elfordult, mintha csak az előbbi pár perc meg sem történt volna. Egyetlen elegáns kézmozdulattal íróasztalához invitálta őket. Lily és Gabriel arca még mindig vöröslött kissé, de követték őt, s feszülten várakoztak a folytatásra a kényelmes, mívesen faragott karosszékekben.

Az Uralkodó pár másodpercig még boldog mosollyal legeltette az arcukon a tekintetét, mielőtt belefogott mondandójába.

– Lyliana, először is a bocsánatod kell kérnem. Bizonyára nehezedre esett elfogadni mindazt, amit az utóbbi időben megtudtál valódi múltadról. Magyarázattal tartozom neked. Miután tudomást szereztem arról, hogy nővérem gyermeknek adott életet, okvetlenül fel akartam keresni. Felróhatod nekem, hogy születésed előtt nem kerestem a társaságát, s nem leszel teljesen igazságtalan. De mentségemre szóljon, hogy Lydesiana, mikor megismerte édesapádat, világosan tudtunkra adta: nem óhajt ekkora terhet róni rátok. Úgy vélte, így sem lesz könnyű Oliver számára, hogy egy másik fajból választott párt, s ennek következményeit sem lesz egyszerű viselnie. Elhatároztam hát, hogy az ő boldogságát fogom szem előtt tartani. Amikor azonban tudomást szereztem a születésedről, feltett szándékom volt megkeresni titeket. Ugyanis úgy véltem, nővéremnek elkel majd fajtársai segítsége, azt pedig végképp nem engedhettem, hogy azok a Klánok, akik ellenezték frigyüket, esetleg az életetekre törjenek. Mint azt te is tudod, gyermekem, sajnos elkéstem. Édesanyád életét vesztette. Nem tehettem mást, mint vártam, kivártam, hogy megneszelik-e, Lydesiana nem távozott nyomtalanul ebből a világból. Azt tartottam a legjobb döntésnek, hogyha hagyom, hogy édesapád mellett boldog életed lehessen. Oliver gondoskodó és büszke apa volt. Messziről figyeltelek és követtem sorsodat. Nem tudhattuk, mivé válik a gyermek, ki két faj szülötte. Amikor azonban hírét vettem, hogy bár életed nyugodt mederben zajlik, fajodhoz való tartozásod szenvedést szült a számodra, tudtam, hogy nem hibázhatok még egyszer. De nem volt könnyű olyan embert találnunk, aki éppúgy kiismeri magát a mi fajunk és az emberek között is, s akinek esélye van rá, hogy a bizalmadba fogadd – itt barátságosan Gabriel felé biccentett.

Lily és Gabriel szótlanul hallgatta Ais közlendőjét. Lilyben a szavak hallatán ismét kavarogni kezdtek az érzelmek. Ais, bár láthatóan feltett szándéka volt tisztázni a múlt apró részleteit, akaratán kívül feltépte a régi sebeket is. A lány nem bírta szó nélkül hallgatni tovább, s egyszer csak kibukott belőle a kérdés: – Mit tudnak az apámról? Oliver Craigwood hogyan halt meg?

Ais tekintete részvéttel és megértéssel teli volt, ahogy a lányra nézett.

– Bárcsak biztos magyarázattal szolgálhatnék, Lyliana. – Ais minden egyes szót olyan nehezen ejtett ki a száján, mintha ő is újraélné a fájó emlékeket, Lilyvel együtt. – Tudom, hogy téged úgy tájékoztattak, hogy édesapád autóbalesetben vesztette életét. Nem állt lehetőségünkben megvizsgálni a testét. Okunk természetesen bőven akad, hogy kételkedjünk ebben. De mivel téged épségben sikerült idehoznunk, bizakodóak vagyunk.

– Mi lesz Lilyvel, ha itt marad? – Most Gabrielen volt a sor, hogy közbevágjon. Hangja élesen csengett, s merev testtartásán is látszott, milyen feszült.

– Mint ahogy azt már tudod, kedves fiam, Lily az Uralkodó Klán trónjának jogos várományosa.

– Igen, azt vágom… De mi van akkor, ha nem akar az lenni? Ha mégis úgy dönt, hogy nem jön be neki ez az egész Neveletlen hercegnő-sztori?

Lily neheztelő pillantást vetett a mellette ülő férfira. Ő maga sem volt épp a megtestesült nyugalom, de Gabriel undok modorát mégsem tudta hova tenni. Abban viszont biztos volt, hogy nagybátyja egy szót sem ért ebből a dumából. Ais ennek ellenére türelmesen szemlélte a heveskedő férfit. – Természetesen a döntés csakis Lylianáé. Nem áll szándékomban erőszakkal marasztalni, csakúgy, ahogy annak idejét Lydesianát sem. Viszont remélem belátod, fiam, hogy mivel édesanyja génjei ott élnek benne, most nagyobb szüksége van fajtársaira. Úgy határoztunk, hogy megtanítjuk számára mindazt, amit kell, hogy boldogulhasson. Bevezetjük a hagyományainkba, s miután megismerte mindezt, minden bizonnyal már maga is tud majd határozni a jövője felől.

Gabriel úgy-ahogy megnyugodott a szavak hallatán. Lily szabadon dönthet. Elmehet, amikor csak akar. Ez elég kecsegtetően hangzott. Ugyanakkor… fogalma sem volt, miféle hagyományokról beszélt Ais. Arra már volt ideje rájönni, hogy fajtársai hagyományai általában véve köszönőviszonyban sincsenek azzal, amit az ő drágalátos Családja így nevezett. De azért még maradtak benne kétségek. Csak aztán az a fasza kis hagyomány ne egy kiadós korbácsolás legyen a pincében, gondolta.

Miután az Uralkodó meggyőződött afelől, hogy egyikük sem óhajt további kérdéseket feltenni, folytatta:

– Természetesen mondanom sem kell, az szolgálna legnagyobb örömünkre, hogyha Lyliana elfogadná a számára felajánlott trónt. Jelenleg jómagam töltöm be az uralkodói tisztséget, mióta édesanyja és szüleink is eltávoztak. Mégis azt tartanám a legkedvezőbbnek, ha ő foglalhatná el ezt a pozíciót. De ismétlem: ez csakis rajta múlik. Lyliana, ha megkérhetlek, kérlek fáradj le a földszintre. A leányaim már bizonyára várnak rád. Megmutatják, hol találod a szobádat és mindent, amire szükséged lehet. Ha valamivel kapcsolatban útmutatásra szorulnál, bátran kérdezz a Család bármely tagjától. Gabriel, téged is arra kérnélek, hogy maradj velünk még egy ideig – azzal felemelkedett asztala mögül. Amikor azonban azok ketten is felálltak, udvariasan Gabriel felé emelte a kezét. – A te idődet hadd vegyem még egy kicsit igénybe, fiam.

A férfi növekedő kíváncsisággal nézett Aisra, miközben Lily szótlanul felállt és az ajtó felé sietett. Az Uralkodó udvariasan fejet hajtott előtte, majd ismét helyett foglalt íróasztala mögött.

A lány kissé szorongva lépdelt lefelé. A lépcső tövében valóban ott várta már az erőteljes és sudár Ambroshya, mellette alacsonyabb, törékeny húgával. A gesztenyebarna hajú lány ugyanolyan kecses tartásban állt előtte, mint érkezésükkor. Natilana ellenben képtelen volt palástolni izgatottságát; arcán széles, már-már gyermekded mosoly ült, s láthatóan nehezen fogta vissza magát, hogy ne szökdécseljen örömében. Lily akaratlanul elmosolyodott, amikor tekintete rávetült. Ha még nem tanulta volna meg, hogy az emberi szem csalóka, azt hitte volna, hogy egy pajkos tinédzserlány áll előtte. De hát honnan tudhatná, hogy Natilana pontosan mennyi idős, gondolta hirtelen. Könnyen előfordulhatott, hogy valóban egy kamaszlány állt előtte.

Ambroshya szívélyes, de visszafogott mosollyal és arisztokratikus fejhajtással köszöntötte. Natilana ellenben valószínűleg alig várta, hogy sutba dobhassa udvari modorát. Kihasználta, hogy csak hármasban vannak; amint Lily eléjük ért, nővéréről tudomást sem véve sebesen elé penderült és elkapta a karját.

– Úúúgy örülök, hogy végre megjöttél! – sipította fájóan éles hangon, s nem törődve Ambroshya rosszalló arckifejezésével, szinte maga után húzta a lányt, így az idősebbik testvér jobb híján némán lépdelt mögöttük. – Azt hallottam, hogy te a fényről való vagy! Ez igaz?

– Öhm... a fényről való? – kérdezett vissza bizonytalanul.

– Hát az emberek közül való – vágta rá a lány. Arca csak úgy sugárzott az örömtől, ahogy ezeket a szavakat kiejtette. Mintha Lily egy hosszú, egzotikus utazásról tért volna vissza.

– Igen. – Ismét megmosolyogta Natilana felvillanyozottságát. – De nem hiszem, hogy valóban olyan izgalmas lenne, mint amilyennek gondolod.

– Ugyan már – legyintett rá, miközben úgy sétált mellette, mint aki rugókon jár. – Biztos egészen más volt, mint itt – azzal Lily ruháira mutatott. Valóban ordító volt a különbség az itteni nők szűzies viselete és a lány szűk farmerból és fekete garbóból álló szerelése között.

– Ez igaz – hagyta rá végül.

– Itt tudod, elég unalmasak a mindennapok.

– Natilana! – A hátuk mögül csattanó, szemrehányó hang ostorcsapásként visszhangzott a néma folyosók végtelen sorain.

– Ne is törődj vele – bökött a lány a fejével nővére felé. Arcán enyhe harag gyúlt, miközben hátrafordult nővéréhez: – Azt ne mondd, hogy te majd' belehalsz az izgalomba.

– Nem is kell mindig valami őrültségbe keveredni, hogy boldog lehess – torkollta le a megszólított. – Nekünk az a feladatunk, hogy tanuljunk s fejlődjünk, hogy kövessük a lelki vezetőink útmutatásait...

– Bla-bla-bla – mordult fel Natilana, ennyivel belé is fojtva a szót. Lilynek az volt a benyomása, hogy ez a vita nem először játszódik le a két testvér között. Ambroshya sértődött hallgatásba merült, csupán ajkai feszültek pengevékonyságúra.

Natilana innentől kezdve zavartalanul faggathatta Lilyt. Minden érdekelte az emberek hétköznapi életéről, a ruháktól elkezdve a bevásárláson át a kórházakig. A lány kezdett kissé kimerülni, de elszántan felelgetett. Natilana, bár szinte levegőt sem vett beszéd közben, annyira kedves jelenség volt olthatatlan gyermeki érdeklődésével, hogy Lily megállás nélkül mosolygott, ahogy csivitelő hangját hallgatta.

– És mivel töltötted a napjaidat az emberek között? Úgy tudom, ti jutalmat kaptok az elvégzett munka után.

– A fizetésre gondolsz, mármint a pénzre?

– Igen, igen, azokra a kerek érmékre meg zöld papírokra – bólogatott lelkesen a kérdezett. – Láttam rajzokat róluk a könyveinkben.

– Nos… igen, igen, volt keresetem.

– És miért kaptad az érméket?

– Egy újságnál dolgoztam. – A lány értetlen arcát látva gyorsan hozzátette: – Írásért kaptam a pénzt. Beszámoltam a hírekről és fényképeket készítettem hozzájuk.

– Ó, szóval krónikás vagy? – Natilana szemei elkerekedtek. Ez valami komoly feladat lehet az ő köreikben, gondolta Lily. Ha szegény kislány tudná, milyen a valóságban! – Úgy irigyellek, hogy történetmeséléssel foglalkozhattál. Én is valami fontos feladatot szeretnék ellátni később.

– Ahhoz tanulnod is kellene – jegyezte meg Ambroshya.

Natilana erre csak egy fintorral reagált, mielőtt ismét Lilyhez fordult volna: – Nekünk rengeteget kell tanulnunk, mielőtt pozíciót tölthetnénk be. A papok tanítanak minket, napnyugta után. Éjszaka is akad egy csomó feladatunk: a földeken kell dolgoznunk, ruhákat varrni, meg ilyesmik.

Natilana hangszínéből egyértelművé vált, mennyire hidegen hagyja, amiről épp beszél. Mintha csak egy kellemetlen kötelezettségének tett volna eleget, amikor ledarálta, hogyan töltik a napjaikat a Pagoda lakói. Lily érdeklődését ellenben egyből felkeltette, hogy bepillantást nyerhet a faj életébe.

– Miről tanultok a papoktól?

– Hát… leginkább a szent írásokat tanulmányozzuk. Tanulunk történelmet, költészetet. Rengeteget kell olvasnunk. Az emberi fajról is vannak könyveink – tette hozzá, mintha csak be akarná bizonyítani Lilynek, ő sem teljesen tudatlan, ha az emberek világáról van szó.

– Azt hittem, a vámpírok vadásznak az emberekre – szaladt
ki Lily száján. Csak most tudatosult benne, hogy bár Gabriel lelkiismeretesen válaszolt minden kérdésére, az emberek és vámpírok közötti kapcsolatról egy szót sem árult el. Előbbi mondata inkább csak saját elképzelésén alapult; a könyvekben meg a
filmekben a vámpírok két dolgot csináltak; szeretkeztek és vért
szívtak, többnyire emberi nőkből.

Ambroshya és Natilana gyors pillantást váltottak. Míg Natilana már-már segélykérően nézett nővérére, addig az idősebbik lány arcára zavarodottsággal vegyes felháborodás ült ki. Lily
azonnal megérezte feszültségüket. Meg akarta magyarázni szavait, de csak szánalmas hebegésre futotta tőle. – Bocsánat, én
csak… az emberek sok könyvet írtak ilyesfélékről. Nem sokat
tudok rólatok és azt hittem…

– Nincs miért bocsánatot kérned – hajolt meg ismét Ambroshya. Bár hangja udvarias maradt, továbbra is neheztelés ült
finom vonásain. – Az ember sokszor fél attól, amit nem ismer,
ezt mi is tudjuk. Nem véletlenül élünk elvonultan. S tudunk arról is, hogy akadnak még Családok, ahol sajnos máig él ez a barbár hagyomány. Atyáink viszont régóta azért küzdenek, hogy
ez az őseinktől ránk ragadt borzasztó szokás végképp megszűnjön létezni. – Halk sóhajt hallatott, s aggodalmas kifejezés jelent meg az arcán. Mikor sikerült kissé rendeznie gondolatait,
ismét Lilyhez fordult. – Az emberi vér számunkra szükségtelen.
Kérlek, ne vedd sértésnek – tette hozzá gyorsan. – A vér szent,
ahogy minden élet is. De számunkra fajtársaink vére jelenti az
igazán hasznos táplálékot. Nem tűrjük a mészárlást. – Finom
metszésű orrlyukai megremegtek, arcvonásai megfeszültek, s
többé nem szólalt meg.

Némán folytatják útjukat, a Pagoda megnyugtató, puha csendjét csak lépteik visszhangjai zavarták meg. Lily kissé kellemetlenül érezte magát. Nem akarta felzaklatni a testvéreket kíváncsiskodásával, s fogalma sem volt, hogy ez a téma ilyen hatással
lesz rájuk. Végül is érthető, gondolta. Őt sem villanyozná fel a
lehetőség, hogyha mondjuk, egy sorozatgyilkos leszármazottja lenne és most megemlékezhetne felmenőjéről.

– Itt volnánk – szólalt meg hirtelen Ambroshya, kizökkentve mindnyájukat merengésükből. Azok ketten összerezzentek a hangjára, annyira lefoglalták őket gondolataik.

A lány felnézett, s egy gondosan megmunkált faajtót pillantott meg. Ais irodaajtaja egyszerű, sima felület volt, míg ezt cikornyás, aprólékos faragványok ékítették.

– Atyánk úgy találta, hogy a legmegfelelőbb módja annak, hogy többet megtudj a szeretett Lydesiánáról – folytatta Ambroshya, finom kis főhajtás kíséretében –, ha az ő szobájába szállásolunk el téged. A szavak nem tudnak olyan éles képet festeni, mint a kézzelfogható valóság.

– Köszönöm – motyogta. Meghatottan nézett a lányra. Az idősebbik testvér arcán őszinte jóindulatról árulkodó mosoly terült szét, miközben hozzá beszélt. Szíve szerint a nyakába ugrott volna, hogy kifejezhesse, amit akkor érzett. De biztosra vette, hogy ezek a lányok nem szoktak hozzá az ilyen heves érzelemnyilvánításhoz.

Ambroshya mosolyogva biccentett, majd hozzátette: – Épp napnyugtakor érkeztetek meg, bizonyára kimerült vagy. Bár így lemaradsz az első napodról, mindenki megérti, hogy most pihenésre van szükséged. A poggyászodat már elhelyeztük a hálótermedben. Nem is zavarunk tovább – azzal jelentőségteljesen Natilanára pillantott, aki kelletlenül bár, de tudomásul vette, hogy távozniuk kell.

Mikor a testvérek már a végeláthatatlan folyosó közepe táján jártak, Lily félénken benyitott a szobába. Az ajtó fülsértő nyikorgással kitárult. A lány szemei elkerekedtek a döbbenettől, amikor körbetekintett. Gyorsan magára zárta az ajtót, hogy zavartalanul szemlélődhessen.

Úgy érezte, a hálóterem kifejezés is túl enyhe arra, hogy leírja azt a hatalmas helyiséget, ahova belépett. A bútorok épp olyan művészi kivitelezésűek voltak, akárcsak az ajtó, amit kinyitott az imént. A baldachinos ágyra esett a pillantása, melyről pazar, vörös selyemfüggönyök lógtak alá. Ez a szín uralta a háló minden berendezését; élénkpiros volt a finom ágynemű, a középen álló szófa, a szőnyegek, és az ablakot takaró függönyök is. Ezek között kapott helyet az íróasztal, mellette csinos irattartó szekrénykével. Az ággyal szemben, a szemközti falnál fésülködőasztalka állt, a sarokban spanyolfal. Ezek között egy ajtót pillantott meg – mint kiderült, a gardróbszobába vezetett.

Ahogy ebbe a helyiségbe lépett, szíve nagyot dobbant. A Család láthatóan Lydia egyetlen személyes tárgyától sem vált meg, vagy talán Ais ragaszkodott ennyire hozzájuk, ki tudja. Mindenesetre a ruhák gondosan felakasztva és összehajtogatva sorakoztak a polcokon, a cipők katonás rendben pihentek a szekrényekben. Lily cseppet sem csodálkozott, hogy anyja ezeket nem vitte magával, mikor úgy döntött, Oliverrel tart. Ott voltak még Lydia hófehér uniformisai, de akadt pár színesebb darab is. A lány úgy képzelte, ezeket alkalmi viselet gyanánt használhatta. Finoman végigsimított egy bordó, pántos szaténruhán. Mély kivágása volt, szabadon hagyva a dekoltázst és a hátat, ellenben alja hosszú uszályban végződött. Körbenézett a gardróbban, elképzelve édesanyját, amint ezekben a ruhákban jár-kel üdén, fiatalon. Gondtalanul.

Érezte, hogy szemei megtelnek könnyel. Türelmetlen mozdulatokkal megtörölte az arcát s visszament a hálószobába, gondosan becsukva maga mögött az ajtót.

A fésülködőasztalhoz lépett. Azon egy aprócska zenedoboz állt, mely különös, ismeretlen dallamot játszott, ami a körülöttük elterülő, zöldellő mezőket és hófödte hegyeket juttatta Lily eszébe. Mellette egy megsárgult levélke állt. A régimódi, fekete tintával írt zsinórírás Aistól származott.

„Kedves Lydsie! Ezzel a csekélységgel kívánok számodra boldog születésnapot! Szeretettel ölel bátyád, Ais.”

Az asztalkán nem talált sok mindent ezen kívül; azon csak egy ezüstözött hajkefe és a már jól ismert, fekete ónix kereszt hevert, melyet minden fajtársa nyakában látott.

A komódon talált pár fényképet. Azok kezdetleges, fekete-fehér nyomtatásban készültek. Mégis jól kivehetőek voltak a rajtuk szereplő alakok; az egyik képen Lydia a bal szélen állt. Egy ismeretlen nőt karolt át, kinek jobb oldalán... ennek az aszszonynak az arca valahogy ismerősnek tűnt. Hát persze! Ghela volt az. Arca, hála a géneknek, semmit sem változott azóta, pedig ez a fotó legalább 30 évvel azelőtt készülhetett. Mindhárom nő fehér ruháját viselte, kezükben kapát tartva. Natilana említette neki, hogy a kertművelés is az ő feladatuk. Ghela, Lydia és az ismeretlen nyilván a veteményezéssel voltak elfoglalva, amikor valaki úgy döntött, megörökíti a pillanatot. Arcukon derűs mosoly játszott. Lydia épp olyan szép volt, ahogy Lily minden róla őrzött fotóján. Hosszú haja most csinos copfba volt fonva, s szélesen mosolygott a kamerába, szemei vidáman csillogtak. Lily úgy hitte, a képen még mindhárman nagyon fiatalok lehettek. Csupán abból gondolta ezt, hogy az a fajta szertelen, már-már pimasz vidámság sugárzott a lényükből, ami a fiatal emberek sajátja. A második fényképen édesanyja és Ais szerepelt. A lány szinte elfeledkezett édesanyja arcáról, mely most zabolátlan nevetésről árulkodott. Ais ragadta meg a figyelmét. A férfi haja éppoly hosszú volt, mint most, s nem hiányzott a gondosan ápolt, dús kecskeszakáll és bajusz sem. Azonban ez a fiatalember alig hasonlított arra a nyurga, törékeny alakra, akivel az imént találkozott. Ais itt még életerős és izmos volt. Nyaka vastag, akár egy bikáé, állkapcsa széles, arca telt volt. Anyja sudár alakja szinte eltörpült széles válla és hatalmas mellkasa mellett. Lily fején átfutott a gondolat, hogy annak idején Ais sok nő figyelmét vonzhatta. Akaratlanul is somolygás suhant át az arcán. Pár másodperc múlva azonban már mélységesen szégyellte magát. Mi van akkor, ha a férfi testén mutatkozó döbbenetes változás nem az évek csúf tréfája volt, hanem a gyászé?

Visszatette hát inkább a két képet az ágy mellé. Csak most vette észre, hogy a vörös takaró tetejére valaki egy hálóinget készített elő a számára, gondosan kiterítve az ágy tetejére. Lily elgondolkozva gyűrögette ujjai között a finom, fehér csipkét. Amikor belebújt, megállapította, hogy tökéletesen passzol rá. A ruha elfedte a bokáját, felsőtestén azonban ruhaujjak helyett pántokban végződött, akár édesanyja estélyi ruhái. Miközben bebújt a takaró alá, megállapította, hogy – bár a gyönyörű csipke meglepően kényelmes, s jobb ágyat nem is kívánhatott volna –, valószínűleg egy percet sem fog aludni kavargó gondolatai súlya alatt. Ahogy ehhez a megállapításhoz ért, teste felmondta a szolgálatot; egy utolsó, nagy sóhaj kíséretében azonnal mély álomba merült.

Gabriel érdeklődve várta Ais közlendőjét. Miután Lily távozott, az Uralkodó pár másodpercig csak némán szemlélte az arcát, mintha olvasni próbálna a gondolataiban. Látszott, hogy alaposan megfontolja szavait, mielőtt megszólalna.

– Fiam, mint mondtam, szeretném, ha vendégünk lennél még egy ideig. Nem kaptál részletes tájékoztatást, amikor megbíztalak vele, hogy elkísérd ide az unokahúgomat. Ezért őszinte elnézésedet kérem. S ne hidd, hogy alábecsülöm a nehézségeket, melyekkel szembe kellett nézned. – Itt szünetet tartott. Szemében furcsa kifejezés ült, melyet elsőre Gabriel nem is tudott hova tenni. Hirtelen rádöbbent, hogy az Uralkodó tisztelettel tekint rá, s őszinte megbecsüléssel. Olyan szokatlan volt látnia ezt a fajta meghatottságot, hogy nem is tudott mit kezdeni vele. Inkább lesütötte a szemét. Hála az égnek, Ais nem is várt semmifajta reakciót, szenvtelenül folytatta:

– De mindent egybevetve úgy gondoltam, hogy vannak dolgok, melyekről méltóbb lenne szemtől szemben beszélnem veled. Ahogy azt már tudod, azért tartottalak téged a legalkalmasabbnak a feladatra, mert éppoly otthonosan mozogsz az emberek, mint fajtársaid között. Ugyanakkor keveset... – Ujjai az asztal mellett álló, bonyolult szerkezetű örökmozgóra tévedtek. Szórakozottan pöckölgette a hatalmas fémkarikákat, rá sem nézve Gabrielre, s hangja is távolinak tetszett, mintha gondolatai teljesen másutt járnának. – Szánalmasan keveset tudsz saját fajtádról. – Ismét a férfi felé fordult, s onnantól kezdve szavaiba a szerkezet fémes kattogásai vegyültek. Látva Gabriel hitetlenkedő-gúnyos fintorát, elmosolyodott. Az asztalra könyökölt, közel hajolva a vele szemben ülőhöz. – Bizony, fiam... Nem kárhoztatlak érte – tette hozzá a helyzet tisztázása véget, mint aki attól tart, megsérti vendégét. – Ismerem a sorsodat. Az élet igazságtalan volt hozzád, s te is ismered a veszteség érzését. Nincs arra bocsánat, ahogy az elmúlt éveket kellett töltened. De ezzel új lehetőséget kaphatsz – azzal egy nagy sóhaj kíséretében felemelkedett székéből. Ismét a franciaablakokhoz sétált, hátat fordítva a férfinak, ujjait összekulcsolva a háta mögött. – Újabb alkut ajánlok. Természetesen nem kötelező elfogadnod.

Gabriel hallgatott. Bosszantotta, hogy Ais ennyire képben van az életével. Honnan a jó büdös francból szerzi ez a fickó az infóit?! Idegesen csikorgatta a fogait, s érezte, hogy akaratlanul is lüktetni kezd egy ér a homlokán.

– Miről lenne szó? – Igyekezett higgadt maradni, de így is elárulta az, ahogy beszéd közben a torkát köszörülgette. Képtelen volt beismerni magának, hogy azért nem kérdez rá Ais jól informáltságára, mert fél a válaszoktól.

– Nos, mint ahogy azt magad is tapasztalhattad, trónra lépésem után igyekeztem bevezetni pár változást. Reformokat, ha úgy tetszik. – Ismét vendége felé fordult, arcán immáron megszokott, derűs mosolyával. – Nyilván tudod, hogy rejtőzködve élünk, s ezen nem is kívánok változtatni. Az emberek féltik, amijük van, s mivel a mi fajtánk több szempontból is előnyben van hozzájuk képest, helyesnek tartom érzéseiket tiszteletben tartani. Az erősebbnek feladata védenie a gyengébbet, nem pedig aljas módon visszaélni a fölényével, nem gondolod?

Gabriel némán bólintott.

– Ugyanakkor be kellett látnom, hogy hagyományaink követése mellett figyelnünk kell az új lehetőségekre is. Sőt, élnünk kell azzal, ami gazdagít minket.

A férfi kérdő tekintete láttán Ais folytatta:

– Nem ismerjük a modern világot. Atyám, Ais, megelégedéssel élt régi hagyományaink szerint, s népét is erre buzdította. Kétségtelen, hogy nem szenvedünk hiányt semmiben, elő tudjuk teremteni, amire szükségünk van. Ugyanakkor magam is megtapasztaltam a saját bőrömön, milyen árat fizetünk azért, amiért a világtól elzárkózva élünk. Jómagam az utóbbi években folyamatosan azon dolgoztam, hogy megtegyem a megfelelő lépéseket, hogy az Északi Klán Családjai között visszaálljon a régi, szoros kötelék. Gyenge voltam, megrendített a gyász, s nem láttam további értelmét a földi létnek. Idővel erőre kaptam, s bízom benne, hogy nem késtem el végképp. Az északiaktól kedvező jelek érkeztek, s a következő célom az összes Klán egyesítése lenne. Együtt erősebbek vagyunk, s kölcsönösen segíthetjük egymást.

Gabriel közönyös arcot vágott. Azt megnézi, amint Ais odalibben cuki pongyolájában és búgó hangján arra kéri az ő, Gabriel Családját, hogy fogjanak össze. Bár magában nevetségesnek találta az ötletet, egyre türelmetlenebbül várta, hogy az Uralkodó a lényegre térjen.

– A másik elhatározásom pedig – s itt válik igazán fontossá a te szereped, fiam –, hogy átvegyük mindama újításokat, melyeket az emberi faj az utóbbi évtizedekben véghez vitt. Mint mondtam, nem ismerjük a modern világot. Fajunk tagjai több száz évig élnek, s mi sikeresen alkalmazkodtunk is ehhez a körülményhez. Azonban úgy érzem, jó ideje, túl hosszú ideje egyhelyben toporgunk. Mint ahogy azt láthattad, alig páran ismerik közülünk a telefonkészülék használatát. Jómagam határoztam úgy, hogy bevezetem ezt az eszközt a Testőrség tagjai között. De ezen a területen sajnos ismereteim még hiányosabbak, mint a tieid, ha fajtársaid közé lépsz.

Gabriel kezdte egyre kényelmetlenebbül érezni magát attól, hogy Ais folyamatosan hiányosságaira emlékezteti. Főleg, hogy az Uralkodó tervei kusza lázálomnak tűntek csupán. A férfi úgy érezte, most már nem tudja megállni, hogy ne szóljon közbe.

– Tanítsam meg nektek a mai kütyük használatát? – Mikor Ais némán bólintott, Gabriel horkantva felnevetett. Az Uralkodó azonban továbbra is elszánt várakozással függesztette tekintetét a férfira, aki még mindig csúfondárosan kacagott. Amikor ismét megszólalt, hangjába visszatért a gúnyos él.

– Komolyan azt hiszed, hogy működhet? Számítógépes tanfolyam amishföldön? Amíg a Családod ragaszkodik a kisfalusi idillhez, tuti, hogy ez nem fog menni. Különben is, ha mindent látó szemedet eddig elkerülte volna, a legtöbben rühellnek engem.

Ez persze erős túlzás volt. Igaz, arra, hogy Reus egy seggfej, már az első percben rájött, ahogy arra is, hogy az a Sirma nevű nőszemély sem lesz épp a kedvence. A többiek viszont rendben voltak, bármennyire is zavarta az udvariaskodásuk.

– Én adok neked egy esélyt. Cserébe tisztelj meg minket azzal, hogy te is adsz egyet nekünk. Csupán ennyit kérek. – Ais szemhéjai finoman megrebbentek, miközben mélyen Gabriel tekintetébe fúrta az övét. Ezeket a szavakat szokásos szerénységével intézte hozzá, hangjában nem volt sem fenyegetés, sem kihívás. Gabriel gyomra mégis megmagyarázhatatlanul összerándult, ahogy a nagy, barna szemekbe nézett. De a végére akart járni a dolognak, mielőtt bármit felelt volna rá.

– Elképzelésed szerint mégis honnan kellene beszereznem ezt a sok cuccot? – Továbbra is fölényeskedően, gúnyos éllel beszélt. – Nem tudom, hogy tettettek szert a mobilokra, de nem semmi darabok, az ilyesmiben pedig rám inkább ne számíts.

– Elismerésem a becsületedért, fiam – hajolt meg előtte finoman az Uralkodó. Gabriel furcsállkodva nézett rá. Na, ezzel sem vádolták meg még soha, hogy becsületes volna, gondolta. – De ami az eszközök beszerzését illeti… való igaz, szeretném, ha segítségemre lennél ebben. Megvannak a magam forrásai. De nem kell tartanod tőlem; nem kenyerem erővel elvenni azt, ami nem az enyém. Csupán egyfajta útmutatást várok tőled, fiam, ha szabad így mondanom.

– Én mit kapok? Vérszívás-tanfolyamot? Csak mert ha te leszel az oktató, inkább passzolnék.

Ais szélesen elvigyorodott, kivillantva éles szemfogait. Bár ez a gesztus alapvetően nem volt épp a legmegnyugtatóbb, Gabriel mégis biztosra vette, hogy a király már-már nevet.

– Az oktató én leszek, De szó sincs vérszívásról. A testőrök rendszeres edzéseken vesznek részt. Elképzelésem szerint mi először kettesben fogunk gyakorolni, mielőtt csatlakoznál hozzájuk. Azokat a képességeidet fogjuk fejleszteni, melyeket felmenőidtől örököltél, de életed során elhanyagoltad őket.

Gabriel újfent hallgatásba burkolózott. Gondolatai sebesen cikáztak, egyre csak az elhangzottakon járva. Ais azonban ismét megszólalt.

– Lenne még egy kérésem feléd.

– Nocsak... még valakit ide kellene cipelnem?

– Nem lesz több megbízatás – felelte a kérdezett. – Arra kérlek, hogy tanítsd Lilyt.

– Lilyt...? – Gabriel szinte kiáltva ejtette ki a nevet, annyira meglepte a kérés.

– Pontosan. Ő is birtokolja fajunk képességeit, bár mivel soha nem alkalmazta még őket, nem tudhatjuk, milyen mértékben. Arra kérlek, hogy tanítsd meg, hogyan tudja mindezt a felszínre hozni.

– Épp az előbb mondtad, hogy gyengék a képességeim – jegyezte meg hűvösen.

– Azt mondtam, hogy nem használtad őket – pontosított Ais. – De hiszek a tehetségedben, fiam.

– Akkor sem értem, miért nem oktatja valaki más... például te.

– Mert benned bízik meg a legjobban a világon – felelte nemes egyszerűséggel az Uralkodó.

Gabriel felkapta a fejét a szavak hallatán. Megint az a furcsa érzés kerítette hatalmába, hogy Ais valami megmagyarázhatatlan módon sokkal többet tud róla, mint az lehetséges lenne.

– Bízz bennem, fiam – folytatta, nyomatékot adva minden szavának. – Egyelőre csak annyit kérek, hogy gondolkozz a dolgon.

– Rendben – mormogta végül a férfi, mivel semmi értelmes nem jutott az eszébe. Még mindig Ais szavainak hatása alatt állt, s szinte beleszédült a hallottakba.

Az Uralkodó azonban ekkor felemelkedett az asztala mögött. Gabriel megkönnyebbülten vette tudomásul, hogy a beszélgetésük véget ért. Kapkodva felállt, Ais szívélyes főhajtását csak egy kimért biccentéssel viszonozta, s már indult volna az ajtó felé, amikor rájött: fogalma sincs, hová indul éppen.

– Bizonyára már elkészült a szobád, s kíséről is vár rád, hogy útba igazítson – tájékoztatta a király, látva a férfi zavart toporgását. Kecses mozdulattal az ajtó felé intett, azzal mintha Gabriel ott sem lenne, visszatelepedett iratai közé, minden figyelmét félbeszakított munkájának szentelve.

A férfi némán lépkedett végig a folyosón Demetrius mellett. Mélyen gondolataiba merült. Ais tervei kivitelezhetetlennek tűntek. Ha viszont visszautasítja őket, akár már indulhat is csomagolni. Ráadásul neki kellene tanítania Lilyt! Ez a rész taglózta le a leginkább. Csak remélni tudta, hogy az Uralkodó nem vette észre nyugtalanságát. Annyira kecsegtetően hangzott az a duma arról, hogy az Uralkodó Család támogatását élvezheti, hogy nem is gondolta végig, mekkora szarba keverheti magát mindezzel. Arra számított, mikor elvállalta ezt az egészet, hogy lepasszolja a lányt a Családnak, és azzal annyi. Ugyanakkor emlékeztetnie kellett magát arra, hogy rajta akarja tartani a szemét Lilyn, hogy biztosra vehesse, a lány jól veszi az akadályokat és jó helyen lesz itt.

Szorongó gondolataiból Demetrius zökkentette ki. Gabrielnek csak ekkor tűnt fel, hogy egy ajtó előtt ácsorognak. Ahogy azt a testőr a maga megszokott, szelíd módján elmagyarázta neki, a hajadon nők a keleti oldalon, míg a férfiak itt, a nyugati szárnyban kaptak elszállásolást. Demetrius udvariasan tájékoztatta a napirendről, egyéb tudnivalókról, s érdeklődött, van-e szüksége valamire. Bármire. Gabriel némán rázta a fejét, miközben titkon örült, hogy Demetriust küldték érte. A férfi figyelmesen nézte a testőr keskeny arcát. Be kellett ismernie, hogy kedveli a pasast.

A szobába lépve annak smaragdzöld színeitől káprázni kezdett a szeme. Elismerően füttyentett. Végre van valami jó is ebben az elcseszett napban, gondolta. Felugrott az ágy tetejére, majd úgy, ahogy volt, ruhástól, feje alá tett kézzel elaludt.

Lily félénken lépett az étkezőhöz. A nyitott ajtóban azonban megtorpant. Hirtelen bánni kezdte, hogy nem a testvérektől kapott, hagyományos öltözéket vette fel. Az elmúlt két napot szinte megszakítás nélkül anyja régi szobájában töltötte. A többiek zömében elnézően azt suttogták, a hercegnő bizonyára fáradt, s szeretne elmerülni az emlékekben. Ez csak részben volt igaz. Lily biztonságban érezte magát a szoba falai közt, s védelmező talizmánként vette körbe magát Lydia személyes tárgyaival.

De tudta, hogy nem bujkálhat a végtelenségig. Különben is, ideje hozzászoknia, hogy itt nem fogja megróni senki, amiért álmatlan éjszakái vannak.

Az asztal körül ülő nők mind könnyű, fehér lepleikbe burkolóztak. Ahogy a lány végignézett rajtuk, még rosszabbul érezte magát. A faj tagjainak hófehér bőrük volt, mely már-már éteri fénnyel sugárzott. Mindegyikük magas volt, s nyúlánk, kecses alakjuk, hosszú nyakuk egy hattyúhoz illett. Az ő bőre is fehér volt ugyan – felmenőitől örökölt génjei itt is megmutatkoztak. Ugyanakkor közel sem volt olyan elegáns, olyan nem e világi, mint a Család tagjai. Azok szinte toronyként magasodtak apró alakja fölé. Irigykedve szemlélte a nők hosszú, hatalmas hajkoronáit, melyek a fekete és a mahagóni árnyalataiban pompáztak, s még így, összefogva is szinte a combjukat súrolták. Tudta, mindegyikük erősebb, rátermettebb, kívánatosabb nála. Ahogy ehhez a gondolathoz ért, gyomra újra meg újra fájdalmas görcsbe rándult; nem tudta, mit keres közöttük. Abban pedig egyáltalán nem hitt, hogy pont ő lenne alkalmas vezetőjüknek.

Tekintete hirtelen Sirmára siklott. A fiatal nő, mint mindig, most is megvető pillantással viszonozta az övét. Szép ívű, dús szemöldöke szinte a homloka közepéig szaladt, s úgy méregette őt, mint aki azt várja, mikor fog sarkon fordulni, s megrettenve elmenekülni. Szemei látványosan elidőztek Lily meztelen lábán, s a bordóra lakkozott körmök láttán csúfondárosan elhúzta a száját.

Lily dacosan kihúzta magát, s állta az őt mustráló tekintetet. Sirma tüntetőleg elfordult, mintha csak a lány puszta jelenléte is untatná.

Tudta, most már nem totojázhat tovább. Akármennyire is kínosnak érezte, hogy mezítláb s apjától megörökölt, túlméretezett hacukáiban lépjen a tanácskozók közé, nem álldogálhatott örökké az ajtóban.

– Lyliana! – hallatszott egy boldog hang az asztal túlsó végéből. Ghela volt az.

Erre már az egész asztaltársaság felé fordította a fejét. Lily védelmezően körülfonta magát a karjaival, s zavartan toporgott az őt vizslató pillantások kereszttüzében. Amióta megérkeztek, nem találkozott senki újjal a Család tagjai közül, így most mindenki kíváncsi volt rá. A férfiak udvariasan megemelkedtek kissé ültükből, s a nők többsége is szívélyesen biccentett felé. Natilana lelkesen integetett neki édesanyja mellől.

– Örülök, hogy csatlakozol hozzánk – folytatta Ghela. – Szeretnélek bemutatni a Család azon tagjainak, akiknek még nem volt szerencséje találkozni veled. – Azzal kecsesen végigmutatott az asztaltársaságon. – Engedd meg... Tyron, a lelki és szellemi vezetőnk – egy kopasz férfi, akinek hideg, szürke szemei voltak, elegánsan meghajolt. – Amel, Tyron párja, a segítőnk és egyben papnőnk – az asszony kecsesen pukedlizett. – Lányukkal, Sirmával pedig már megismerkedtél – folytatta az asszony.

Feszült pillanat következett. Sirma épp csak, hogy Lily felé bólintott. A lány viszonozta ezt, csakúgy, mint minden addigi családtag bemutatásánál, de közben érezte, hogy arca ismét vörösre gyúl.

Ghela szemlátomást semmit nem vett észre mindebből, s zavartalanul folytatta a bemutatást.

Demetriussal és Reussal már találkozott, de ült még mellettük két ismeretlen férfi is. Chryon és Larion szintén a Testőrség tagjai voltak. A lány magában megállapította, hogy Demetrius szinte légies jelenségnek tűnik mellettük. Mindketten durva vonású, harcedzett férfiak voltak. Rajtuk kívül csak Gabriel foglalt helyet az asztalnál. Hanyagul a lány felé intett, mikor közeledni látta, s onnantól kezdve csakis reggelijével foglalkozott. Ghela hellyel kínálta, s ő jobb híján kénytelen volt leülni a férfi mellé. Az étkezés zavartalanul folytatódott, s míg Lily étvágytalanul turkált a tányérjában, Gabriel jóízűen lapátolta magába a sült szalonnát és tükörtojást. Velük szemben Ambroshya és Natilana foglaltak helyett. Utóbbi lelkes beszélgetésbe elegyedett Gabriellel. Pontosabban a lány megállás nélkül csivitelt szokásos, trillázó hangján, a férfi pedig akkor beszélt, amikor sikerült szóhoz jutnia. Ambroshya felöltötte rosszalló arckifejezését, de nem szólt közbe, csak szuszakolta a falatokat szigorúan összeszorított ajkai közé. Natilana nagyokat nevetett, amit Gabriel olyan széles vigyorral nyugtázott, amitől Lilynek fájón összerándult a gyomra. Végképp elment az étvágya, letette hát a villát, s inkább csöndben várta a további fejleményeket.

Ekkor felcsapódott az ajtó, s Ais sietett be rajta. Az új ember érkezésére mindenki felkapta a fejét. Lily nem hitte volna, hogy a férfi képes ilyen zaklatott sietségre. Úgy ült le, hogy nem nézett senkire, s pár percig nem szólalt meg, csak némán meredt az asztalon összekulcsolt kezeire. Merengéséből felesége térítette magához; Ghela lágyan megszorította a karját. Ahogy tekintetük találkozott, Ais megpróbálkozott egy fáradt mosollyal. Felesége bátorító arca láttán a többiek felé fordult. Végigjártatta tekintetét a jelenlévőkön. Lily láttán egy pillanatra elmosolyodott. Majd mintegy erőt merítve szerettei látványából, belefogott mondandójába:

– Mint ahogy arról már tájékoztattalak titeket, elsődleges célom a diplomáciai kapcsolat kiépítése a Klánok között, s a legtöbbjüktől biztató visszajelzéseket kaptunk. Kezdem a jó hírrel. A hercegnő érkezése jó alkalmat szolgáltat arra, hogy közelebb kerülhessünk egymáshoz, így úgy döntöttem, összehívom a Klánokat, hogy bemutassuk nekik Lylianát. – Sirma csúfondárosan felkacagott, de hangját elnyomta a többiek izgatott moraja. Lily ebből kitalálta, hogy egy ilyen összejövetel rendkívüli eseménynek számít. Ais intően felemelte a kezét, mire egy csapásra csönd lett, majd folytatta:

– Sokan jelezték, hogy eljönnek. Mondanom sem kell, hogy ez mekkora előrelépést jelent. Most jön a kevésbé jó hír: bizonyos Családok már nem fogadták ilyen kitörő örömmel a fejleményeket. Nem hajlandóak az együttműködésre, nem ismerik el Lilyt a Klán tagjaként, s világosan kimutatták, hogy ha kell, a harctól sem riadnak vissza.

Szavait döbbent csend fogadta. Mindenki a folytatásra várt.

– Ez, bár személy szerint nem ért egészen váratlanul, új helyzetet teremt. Meggyőződésem, hogy az a legbölcsebb, ha minél hamarabb lépünk. Meg kell erősítenünk a Klánok közötti kapcsolatokat, s minél többüket a magunk oldalára állítani. Sajnos magam már számtalanszor meggyőződtem afelől, hogy békés úton nem tudjuk rendezni ellentéteinket. Így nekünk kell a gyorsabbaknak lennünk, mivel úgy vélem, hogy azon tagok,

akik ellenzik Lily ittlétét, szintén megpróbálnak majd szövet-
ségeseket gyűjteni maguk köré.

– Kik az ellenfeleink? Melyik Klán? – kérdezte Chryon. Lily
összerezzent a férfi váratlanul mély basszusa hallatán.

– Ezzel kapcsolatban később foglak tájékoztatni titeket.

A lány figyelmét nem kerülte el, hogy az asztalnál ülők közül
többen furcsállkodva összenéznek. Ekkor azonban Gabrielen akadt
meg a tekintete. A férfi tőle szokatlan módon fülig vörösödött, s
lesütött szemhéjai alól nézett fel Aisra, mint aki fél a folytatástól.

– Tehát – folytatta az Uralkodó, látszólag ügyet sem vet-
ve hallgatósága döbbenetére – minél hamarabb meg kell szer-
veznünk az estélyt, s gondoskodnunk kell arról, hogy vendége-
ink a lehető legjobb fogadtatásban részesülhessenek. Sürget az
idő, hogy megtegyük a szükséges lépéseket annak érdekében,
hogy a találkozók eredményesen folyjanak le. – Itt Gabriel és
Lily felé fordult.

– Mint arról Gabrielt már tájékoztattam, elképzeléseim sze-
rint ő lesz a felelős a kiképzésedért, Lyliana. Ami pedig a tanu-
lást illeti, a növendékek közül már kinőttél, de biztosra veszem,
hogy leányaim a szabadidejükben szívesen a segítségedre lesznek.

Ambroshya láthatóan dagadt a büszkeségtől, Natilana lelke-
sedése láttán pedig Ais arcán is végre őszinte mosoly jelent meg.

Lily tekintete értetlenkedve ugrált az Uralkodó és Gabriel
között. El sem tudta képzelni, mit értenek kiképzés alatt, az a
körülmény viszont egy cseppet sem derítette jobb kedvre, hogy
épp őt jelölte ki Ais tanárának.

– Leányaimmal már ma is tudsz egy kis időt tölteni, Gabri-
el azonban még nem áll készen a tanításra – folytatta, s immár
a férfihoz intézte szavait. – A te képzésedbe viszont még a mai
nappal belefogunk, fiam.

Miután végzett a bejelentenivalókkal, feleségéhez fordult,
s halk, bizalmas beszélgetésbe merült vele. Mindenki izgatott
sutyorgásba fogott, kivéve Lilyt, aki alig várta, hogy végre vé-
get érjen a közös étkezés.

* * *

Órákat töltött a fürdőben. A forró víztől mintha újjászületett volna. Izmai kifáradtak a folyamatos gyakorlásban, elméje pedig... Nos, azt legszívesebben kikapcsolta volna. Úgy pár év elegendőnek is tűnt, hogy kellőképp regenerálódjon. Úgy érezte, mentem szétdurran a koponyája. Mintha minden idegsejtje egyszerre tébolyult cigánykerekezésbe fogott volna.

De nem ez volt az egyetlen oka annak, hogy végre rászánta magát a pihenésre. Lilyt megérkezésük óta nem látta, s csak most gondolta végig, hogy a lány élete mekkora fordulatot vett alig pár hét leforgása alatt. Eddig mindez eszébe sem jutott, mivel számára ez a kaland egy új életet jelentett, mely telis-tele volt fantasztikus lehetőségekkel. Az elmúlt heteket megszállott gyakorlással töltötte, s lenyűgözte az a világ, melyet ezalatt megismert. Míg Aist első találkozásukkor leírta, mint beszari piperkőcöt, mostanra már mentoraként tekintett rá. A férfi maga volt a nyugodt erő, a bölcsesség és a béke.

Emellett be kellett ismernie, hogy a királynak igaza volt, amikor hiányosságairól beszélt. Mindig is úgy érezte, hogy ő egyik világhoz sem tartozik igazán. Egy vékony határvonalon élte életét, mely az emberek és saját faja között húzódott, s meg volt róla győződve, hogy nincs is szüksége többre.

Ais szép lassan ráébresztette, hogy képességeinek csak töredékét használta ki. Egészen odáig meg volt győződve róla, hogy teste erős, és elméje segítségével elérhet mindent, amit meg akar szerezni magának. Képes volt láthatatlanná válni, manipulálni az állati elmét, s fizikuma védelmet biztosított számára, egyúttal kiváló csali volt, amikor be akart cserkészni egy emberi nőt.

Az Uralkodónak azonban a nyomába sem ért; Ais elképesztő reflexekkel rendelkezett, ütései gyorsabbak és pontosabbak voltak, mint bárkié, akit valaha látott. Olyan gyorsan tűnt el s bukkant fel újra, hogy Gabriel, bár éles érzékekkel rendelkezett, képtelen volt nyomon követni.

Emlékezett még legelső közös órájukra. Mogorván, kelletlenül csoszogott be a tornaterembe, amit az alagsorban alakítottak ki. Baromi hülyén érezte magát egy szál, fekete pamutnadrágjában, amit a gyakorlásokhoz kapott. Amikor meglátta Ais cingár alakját ugyanebben a szerelésben, ahogy bordái átütöttek a bőrén, majdnem elröhögte magát. A királyról azonban lepergett az ilyesmi, egyáltalán nem izgatta a külseje, az meg pláne nem, hogy Gabriel mellette olyan volt, mint egy görög szobor. Nyugodt léptekkel elé sétált s felszólította, hogy támadjon. Gabriel eleinte nem vette komolyan a dolgot; épp, csak hogy meglegyintette vagy játékosan belebokszolt az oldalába. Ais viszont kikötötte, hogy mindaddig nem mutat neki semmit, amíg a férfi nem kezdeményez.

– Komolyan azt várod, hogy csak úgy rád támadjak, miközben ott állsz, mint a tejbetök? – Gabriel egyre inkább kezdett kifogyni a béketűrésből.

Meglepetésére Ais elismerően nézett rá. – Igazán dicséretreméltó, hogy nem támadsz ártatlanokra, de sose becsüld le az ellenfelet.

– Jó, majd igyekszem – morogta a férfi a szemét forgatva. Ekkor azonban egy váratlan ütés olyan erővel vágta arcon, hogy oldalra csuklott a feje, s nyakába pokoli fájdalom nyilallt.

Dühödten ugrott neki Aisnak, mint egy forrófejű kölyök, egész testsúlyával a férfira vetődve. Azonban – maga sem tudta, hogy történt – az Uralkodó könnyűszerrel kicselezte, s végül ő volt az, aki a padlón kötött ki.

A király nyugodt léptekkel sétált körülötte, arca derűs volt, mintha csak egy könnyed tóparti andalgáson venne részt. Gabriel ellenben zihált a megerőltetéstől és az indulattól. Arca lángolt a szégyentől, s abban a pillanatban nagyon könnyű volt utálnia Aist.

– Uralkodj az indulataidon. Azok csak gyengébbé tesznek. Koncentrálj...

Jó pár olyan órán részt kellett vennie, amin Ais csak ugyanezt hajtogatta. Gabriel minden tagja megfeszült az erőlködéstől, s eleinte úgy érezte, kivitelezhetetlen feladat elé állították. Hogy a francba maradjon higgadt, miközben azt várják tőle, hogy minden testi erejét bevetve üssön?! Furcsamód mégis élvezte a közös gyakorlást; az apró sikerek fellelkesítették, s lenyűgözték saját képességei.

Lily sorsa azonban aggasztani kezdte. Hiába csörgedezett ereiben a Nagy Elődök vére, mégis csak ember volt. Törékeny, sebezhető. Nem volt benne biztos, hogy otthonosan érzi magát fajtársai között.

Rápillantott régi ruháira, melyek azóta is az apró, fém öltözőszekrény vállfáin pihentek. Mintha egy egész élet választotta volna el ezektől a ruhadaraboktól... régi énjétől.

Cseppet sem hiányzott. Amikor gyémánt berakású nyakkendőtűjéért, mandzsettagombjáért s Rolexéért nyúlt, hirtelen visszahúzta a kezét. A kripta falai között szenvtelenül járt-kelt volna ezekben a feltűnő holmikban, nem törődve a Család roszszalló, gunyoros vagy épp meghökkent pillantásaival. Ez a hely azonban más volt. A Pagoda hófehér falai fegyelmet, bölcsességet és tisztaságot sugalltak. Olyasfajta tisztaságot, melyhez ő is méltó szeretett volna lenni. Eleinte röhejesnek találta az itt lakók szelídségét, furcsa hacukáikat és azt a fajta kiegyensúlyozott nyugalmat, melyet mintha álló nap pórusaikból sugároztak volna. Mostanra azonban megértette, hogy csak azért nevetett mindezen, mert nem értette. Nem tudott semmit.

Végül minden ingóságát a szekrényben hagyta, majd az Aistól kapott ósdi, nehéz zsebóráért nyúlt. Fekete nadrágja fölé csak egy pólót húzott fel, s mezítláb indult útnak. Az órát gondosan a zsebébe süllyesztette, majd sietős léptekkel az amfiteátrum felé iramodott.

Furcsamód szorongás kerítette hatalmába, mely egyre csak nőtt, ahogy a templomkertként is szolgáló tér felé közeledett. Tudta ugyan, hogy a hajadon lányok szabadidejük nagy részét itt töltik a főpapnő felügyelete alatt, s így Lily sem maradhatott magára. De ha arra gondolt, hogy fogadhatták fajtársai az új jövevényt, összeszorult a gyomra.

Lelkiekben már felkészítette magát, hogy a lányt egy félreeső sarokban fogja találni, ahogy elbújik hosszú haja mögé. Sokszor látta már így őt, s megtanulta, hogy Lily így próbál elrejtőzni a világ elől, ha elveszettnek érzi magát.

Szinte átugrott a kertbe vezető hatalmas boltívek egyikén, készen arra, hogy a lány segítségére siessen. A látványtól azonban olyannyira megdöbbent, hogy pár percig képtelen volt megmozdulni.

Lily nem volt egyedül. Nem vonult félre, félénk, azúrszín szemei nem pásztázták kétségbeesetten a távolt, láthatatlan segítség után kutatva.

A lány a hajadonok egyik hagyományos öltözetét viselte: a hófehér lepelszerűség szinte úszott a levegőben, ahogy lágyan körülölelte törékeny testét. Mezítláb volt, haja azonban elegáns copfban kígyózott le, egészen a csípőjéig. Arca ragyogott a Hold finom fényében. Pár tincse kiszabadult a fonatból, s ettől úgy festett, akárha egy aranyszín glória övezte volna vonásait. Natilana és Ambroshya között sétált. Valami nagyon mulattató dologról beszélhettek, mert Lily váratlanul nevetésben tört ki. Gabriel érezte, hogy teste megremeg. Ahogy hallotta ezt a boldog hangot feltörni a lányból, most is akaratlanul elmosolyodott a hallatán. Arra gondolt, vajon miről beszélgethet a három lány... hirtelen az a bolond gondolata támadt, hogy talán épp őróla. Ahogy ez eszébe jutott, mély pír öntötte el az arcát. Majd azzal a lendülettel el is küldte magát a francba. Hűtsd le magad, seggfej!

Lily már régen észrevette Gabriel tétova alakját a kapu félhomályába veszve. Nagyon igyekezett, hogy ne pillantson rá. Erősen koncentrált, hogy végig Nataliánát nézze, aki épp hosszas beszámolót tartott neki az egyik félresikerült szüreti ünnepségről, ahonnan is a Kegyelmes Főpap Úr kénytelen volt idő előtt távozni, mivel egy kosár túlérett paradicsom landolt Őfelsége feje búbján.

Ambroshya valószínűleg ezredjére idézte fel húgával ezt a történetet, mégis teljes szívből kacagott testvére előadásán, aki épp a főpap riadt menekülését utánozta. Így hát Lily is igyekezett velük nevetni, miközben szeme sarkából Gabriel toporgását figyelte.

Feltűnt neki, hogy a férfi már régóta bámulja őket, s az is, hogy valami miatt zavarban van. Arca lassan téglavörös színt öltött, amit Lily valami különös módon aranyosnak talált. Mégis kétség gyötörte; titkon arra vágyott, hogy Gabriel őt nézze.

Hogy ez az éhes tekintet, ez a tipródó zavar, s ez az aggodalom-mal vegyes csodálat a szemeiben csak neki, Lilynek szóljon. De könnyen lehet, hogy téved, gondolta. Azon kapta magát, hogy újdonsült barátnőit mustrálja. Vajon csinosabbak, mint ő? Vég-telenül gyerekesnek tartotta saját gondolatait. Sok mindenre ké-pes lett volna érte, ha a férfi fejébe láthatott volna.

Nem tudta megállni, hogy ne nézze meg magának jó ala-posan a két lányt. Bár testvérek voltak, mégsem volt köztük még a leghalványabb hasonlóság sem. Ambroshya magas volt és inkább izmos, mint vékony. Göndör, gesztenyebarna haját elegánsan feltűzve viselte, hatalmas, éjkék szemei bájos pil-lantással követték az őket vizslatókat. Kecses lépteivel s dús, hosszú ívekben futó szemöldökével úgy festett, akár egy ógö-rög nemes hölgy.

Ezzel szemben Natilana szurokfekete haja mindig szabadon terült szét vállain. Lily sokszor hallotta, hogy Ambroshya korhol-ta is ezért. Ilyen hajviselet nem illett egy hajadonhoz. Nataliánát azonban ez egy cseppet sem érdekelte. Lily első találkozásuk-kor megrémült a láttán; Nataliánának apró, vörös gombszemei voltak, melyek vészjóslóan felvillantak, ha a lány dühbe gurult. Lily hamar rájött, hogy ez csupán látszat. A királyné legifjabb gyermeke zabolátlan természet volt ugyan, de senki nem tud-ta megállni elnéző mosoly nélkül, ahogy apró, fekete orkánként végigszáguldott a Pagoda szent folyosóin, rikoltó hangjával fel-rázva a palota nyugodt csendjét, s örömet csempészve vele a leg-aggodalmasabb, legbölcsebb szívekbe is.

Lily mindkettőjüket kedvelte, s arra jutott, bár bájosak ugyan, a végzett asszonya címre mégis igen csekély eséllyel pályázhat-nának. Natilana a többiekhez képest aprócskának tűnt, s bár összességében véve csinos teremtés volt, telt, gömbölyű keble-in kívül semmi figyelemreméltót nem talált rajta. Ambroshya magas volt, s bár faja génjeinek köszönhetően őt is kellemes vo-nalak s telt formák jellemezték, erős, masszív testalkata mel-lett nőies idomai elkerülték az ember figyelmét. Lily nem egy-szer csodálkozott is, hogy miképpen rendelkezhet egy ilyen nő ilyen szálkás felkarral és izmoktól dudorodó lábakkal. Volt egész testtartásában valami merev, valami szögletes. Talán a belsőjét jellemző szigorúság mutatkozott meg ekképpen?

Lily ezen a ponton ocsúdott csak fel elkalandozott gondolataiból. Úgy tekintett körbe, mint aki azt sem tudja, hol van. Rá kellett jönnie, hogy amint a két lány észrevette Gabriel jelenlétét, megálltak, hogy az etiketthez hűen köszöntsék a férfit. Lily ellenben bambán meredt maga elé, s azt is csak nagy sokára vette észre, hogy Gabriel egy kellemes mosoly kíséretében közeledik feléjük.

Mikor végre sikerült összeszednie magát, Ambroshya már javában beszélt.

– ...remélem, kellemesen telik az estéd – mosolygott a férfira. Lily már réges-rég rájött, hogy Ambroshyát az udvarias csevegés terén nem lehet zavarba hozni.

– Eddig kimondottan az volt, köszönöm – felelte a kérdezett.

Lily meglepetten nézett rá. Csak most, hogy jobban odafigyelt, szúrt szemet neki a Gabrielben lezajlott változás. A pasi, ha lehet, még jobban néz ki, mint eddig, gondolta. A fene egye meg! Le sem tudta venni a szemét hatalmas testéről. Gabriel lénye pedig valamifajta megmagyarázhatatlan nyugalomról árulkodott. Nyájas mosollyal az arcán válaszolgatott az idősebbik testvér udvarias érdeklődésére, miszerint hogy érzi magát a Pagodában; kielégítőnek találja-e a szállását; mennyire érzi magát otthonosan a körükben. A férfi pökhendi stílusát mintha elfújták volna. Lily, ha nem ismeri, maga sem hitte volna el, hogy pár hónapja még Gabriel egy flegma, újgazdag ficsúr volt, aki mindentudónak képzelte magát.

– Biztos nagyon izgalmas lehet Atyánkkal tartanod a kiképzésekre! – sipított fel mellette Natilana jól ismert hangja. – Nekünk sosem engedi meg! A lányok nem vehetnek részt edzéseken. Tényleg félmeztelenül kell gyakorolnotok?

– Natilana! – jajdult fel azonnal Ambroshya. Azzal Gabrielhez fordult: – Kérlek, bocsáss meg neki az illetlenségéért. Húgom túlságosan kíváncsi természet – azzal lesújtó pillantást vetett a lány felé.

– Ugyan, nem érdekes – mosolygott a férfi. – A kíváncsiság nem bűn.

Amint Lily meglátta, hogy néz Gabriel Natilánára, kissé megnyugodott. E miatt a lány miatt aztán végképp nem kell rosszul éreznie magát, gondolta. Gabriel arca elnézően atyáskodó volt, s bár látszott rajta, hogy mulattatja Natilana, inkább olybá festett, mint valaki, aki egy kedves kislány éretlen csetlés-botlásait figyeli.

Kínos pillanat következett: Natilana pironkodott ugyan nővére korholása miatt, de lesütött szemhéjai alól olyan dühödten villogtak piros szemei Ambroshya felé, ami felért egy könnyebb testi sértéssel. Végül váratlanul sarkon fordult, és sietős, mogorva léptekkel a Pagodába vezető boltívek egyike felé vette az irányt.

Ambroshya döbbenten meredt utána, majd sietősen fejet hajtott Lily és Gabriel felé, Natilana után iramodva. Lily némán követte őket a tekintetével. Már épp elhatározta, hogy utánuk indul, amikor Gabriel elkapta a kezét.

– Ne haragudj, de most nem mehetsz velük. Ais és Ghela várnak minket.

– Miről van szó? – csodálkozott a lány. Hónapok óta nem beszélt velük szűkebb társaságban.

– Nemsokára megtudjuk – vonogatta a vállát.

Talán azokról a rejtélyes kiképzésekről lesz szó, gondolta. Ais ragaszkodott hozzá, hogy Gabriellel gyakoroljon ugyan, de ennek bejelentése óta már több, mint két hónap telt el, s azóta mindenki hallgatott róla.

Miközben a folyosókat és lépcsőket rótták, mindketten zavarban voltak kissé. Lily úgy meredt a fehér márványra, mintha pillantásával lyukat akarna égetni a hideg kőbe. Ráébredt, hogy utoljára akkor volt a férfi közvetlen közelében, amikor irigykedve figyelte, hogy az milyen jól kijön Natilánával. Azóta már rájött, hogy milyen ostoba is volt. Azonban rá kellett döbbennie, hogy bárhogy próbálja elfelejteni az együtt töltött éjszakát, képtelen közömbösen nézni rá. Lopva a férfira pillantott. Fognyomai még mindig billogként világítottak hófehér bőrén. Önkéntelenül is elégtétellel töltötte el a felismerés, hogy Gabriel, ha akarna sem tudna megszabadulni együttlétük nyomától. Erre a pontra érve azonban már viszolygott saját érzéseitől. Miért önti el ilyen édes megnyugvással a tudat, hogy az egész világ láthatja: Gabriel az ő nyomát viseli a testén? Akárhogy is, ha csak ránézett a sebhelyre, felidéződött benne a titkos órák bódító emléke, s tudta, hogy ez már kitörölhetetlen közös múltjukból.

Azért ennyire ne szaladjunk előre, szólalt meg egy gonosz kis hang a fejében. Hisz' a férfi maga kérte, hogy hallgasson a dologról! Igaz, akkor még nem értette, miért olyan nagy ügy ez, Gabriel szűkszavú magyarázata ellenére sem. Azóta azonban épp elég időt töltött a Családnál ahhoz, hogy megértse, milyen jelentőségű dolog történt kettejük között. Olyasmi lehet ez, gondolta, mint az emberek között a szüzesség elvesztése. Bár az emberi szülők manapság már nem nagyon szóltak bele abba, hogy gyerekük kivel bújik ágyba, de attól még őszintébb volt a mosolyuk, ha kislányuk az osztályelső számtech-zsenivel állított haza és nem azzal, akit minden gimiből kirúgtak, morfondírozott a lány. Főleg Natilánától szerezte az információit; vele minden olyasmiről is lehetett beszélgetni, amit „nem volt illendő kimondani".

Mint megtudta, a Klánok szétszakadása viszonylag újkeletű dolog volt; nagyjából akkor távolodtak el ennyire egymástól, amikor Ais mélyen összetört szeretett húga elvesztése miatt. Addig is az Északiak egyfajta villámhárítóként működtek a rendre összefeszülő testvéreik között. Az Uralkodó azonban most már más stratégiához akart folyamodni: bár vállalta a közvetítő szerepét, úgy érezte, nem tud és nem is akar többé dajkabácsiként minden kisebb-nagyobb összetűzést elsimítani. A Klánoknak maguknak kellett tárgyalniuk, de Ais volt az, aki leültette őket a közös asztalhoz. Lily csodálta a férfit, s egyre inkább szorongott a gondolatra, hogy mindezt neki kell majd átvállalnia tőle.

Azt is megtudta Natilánától, hogy a Klánok között a Nyugatiak számkivetettek voltak, s azt is, hogy ennek ellenére atyjuk velük is megpróbált tárgyalásokat folytatni. Miután hallotta a történeteket a Klánról, még inkább elképedt Ais vakmerőségén. Rebesgették ugyan, hogy Gabriel is ebből a szövetségből származik, ahogy azonban a férfira gondolt, képtelen volt elhinni, hogy őt is ilyen vademberek nevelték fel. Ez csak valami rosz-szindulatú pletyka lehet, gondolta. Ekkor azonban ismét emlékeztette a gonosz kis hang, hogy Gabriel hangsúlyozta; nem örülnének neki, ha kiderülne, hogy Lily pont vele szűrte össze a levet. Ezen a ponton megsajnálta a férfit, de legalább ennyire dühítette annak konok szűklátókörűsége is. Nem értette, miért van ekkora jelentősége a származásnak. Lilyt ez a legkevésbé sem érdekelte. Na de kérlek, szidta ismét saját magát, mikor megismerted ezt a pasit, percenként más nővel bújt ágyba. Könnyen lehet, hogy csak le akart rázni, emészd meg!

A férfi, rá egyáltalán nem jellemző módon, kifogyott a szavakból. Ahogy Lily mellett lépkedett, nem tudott mit kezdeni a helyzettel. Az utóbbi időben remek ürügye akadt rá, hogy ne kelljen a közelébe mennie. Immár szinte megszállott vonzalmat érzett a lány iránt, s most, hogy ismét láthatta, hogy a zöldes-kék szempárba nézhetett, érezhette az illatát, vesszője azonnal megkeményedett. Némán átkozta magát, amiért nem tud uralkodni ösztönein Lily közelében, s csak remélni merte, hogy a lány nem veszi észre kínzó vágyait. Hirtelen eszébe ötlött az első közös szeretkezésük – amely, úgy nézett ki, az utolsó is marad –, s szórakozottan a nyakához emelte a kezét. Aztán gyorsan le is engedte. Bár a Pagodában elhintette azt a mesét, hogy a harapásnyom Raventől származik, de egyáltalán nem volt biztos benne, hogy hittek neki. Ahogy abban sem, hogy Lily átérezte a súlyát kérésének, és hallgatni fog az együttlétükről.

Rémesen érezte magát. Akárhányszor megpillantotta a finom fognyomokat a testén, egyszerre valamiféle furcsa boldogság öntötte el: szíve nagyot dobbant, és önkéntelenül elmosolyodott. Ugyanakkor a keserűség végigszántott rajta, akár egy alattomos szörnyeteg karmai. Dagadt volna a melle a büszkeségtől, ha nyíltan viselheti Lily édes jegyét a nyakán, de így, hogy mindenki előtt hazudoznia kellett, s kitalált történetével csak azt érte el, hogy minden lehetséges módon a gyűlöletes Nyugati Klánhoz láncolta magát, a gondolatra émelygés fogta el.

Mindketten elmerültek saját, mérgező tépelődésükben, mígnem Ais irodája elé értek. Benyitva csodálkozva látták, hogy az Uralkodó nincs egyedül; ezúttal Ghela is helyet foglalt mellette. Az asszony arcán invitáló mosoly ült, amint megpillantotta őket. Ais felemelkedett székéből.

– Gyertek csak, gyermekeim, bátran – intett feléjük.

Azok ketten engedelmesen helyet foglaltak a már jól ismert karosszékekben, s értetlenkedve ugrált tekintetük egyikükről a másikra. Fogalmuk sem volt, miről lehet szó, amihez mindketten kellenek, ráadásul amit maga az Uralkodó és a Királyné együttesen közöl.

– Lyliana – fogott bele a közlendőjébe Ais. – Úgy hallom leányaimtól, hogy napjaid közöttünk kellemesen telnek. Úgy látják, hogy tehetséges és udvarias növendékünk vagy.

Lily zavartan mosolygott. Valóban élvezte a lányok társaságát, s bár Sirmát továbbra is elkerülte, ha csak tehette, panaszkodni nem akart. Jobb híján csak helyeslően bólintott hát Ais szavaira.

– Épp ezért – folytatta a király – úgy határoztunk kedvesemmel, Ghelával – bólintott melegen felesége felé –, hogy a számodra tervezetett bált a jövő hónapban tartjuk meg.

A lány szemei elkerekedtek. Gyomra lámpalázasan összerándult a gondolatra, hogy alig pár hét múlva több tucat szempár fogja vizslatni őt. De nem ellenkezett: minél többet tudott meg a férfiról, annál jobban bízott benne. El kellett ismernie, hogy Aist valamiféle megnyugtató aura veszi körül, melytől egy csapásra megszűnik minden kételye.

– Ez az esemény több szempontból is kulcsfontosságú. – Itt Ais hosszabb szünetet tartott. Lily meghökkenve látta, hogy az Uralkodó ismét feleségére pillant, de ezúttal úgy, mint egy kisgyerek, aki bátorításra vár. Ghela halkan felkuncogott, látva párja zavarát. Támogatóan átkulcsolta a kezét és átvette a szót:

– Aissal arra gondoltunk, időszerű lenne kijelölni a Társadat, Lyliana.

– A... öhm... mimet? – kérdezett vissza zavartan. Észrevette, hogy Gabriel kezei ökölbe szorulnak, s vészjóslóan megkeményednek állkapcsán az izmok. Csak nem valamiféle házassági szerződésre gondolnak?

– A Társ nem jelent igazi párt nálunk – magyarázta a Királyné, mintha csak megsejtette volna, milyen gondolatok járnak Lily fejében. – Egy olyan partnert jelent, aki átsegít az első ivásodon – a későbbiek kettőtök közös döntésén múlnak.

Lily ölében fekvő kezeit fixírozta. Lázasan gondolkodott az elhangzottakon. Felpillantott a királyi párra. Ais nem őt nézte – szemei Gabrielre szegeződtek, s arcán már-már kihívó kifejezés ült. Gabriel azonban konokul a padlót bámulta, s Lilynek az ötlött az eszébe, inkább ülne ott egész este, semmint hogy viszonozza az őt vizslató tekintetet. A lány nem tudta mire vélni, hogy miért olyan fontos mindehhez Gabriel jelenléte, s az Uralkodót elnézve bárki azt hihette volna, hogy az a férfi beleegyezését akarja kérni társválasztási tervéhez.

Lilyt hirtelen jeges rémület öntötte el. Nem tudta, milyen következményekkel járna, hogyha elárulja, már régen túl van az első alkalmán. Mindig is az a kellemetlen benyomása támadt, amikor Ais közelében volt, hogy a férfi átlát rajta. Legalábbis látni vélte a jellegzetes, huncut mosolyt az arcán, hogyha rá és Gabrielre nézett. Elképzelte, milyen lenne egy másik férfiból innia. A gondolat valahogy taszító, valahogy helytelen volt. Ekkor óhatatlanul belé villant, milyen volt az első alkalom... érezte, hogy fülig pirul.

– Nem kell most azonnal döntened – sietett megnyugtatni Ghela. Az asszony szemlátomást abban a hitben volt, hogy Lily azért van ilyen végtelen zavarban, mert nyilvánosan kell kitárgyalnia egy ilyen intim témát. – Az ilyesmit mi általában az édesanyára és lányára bízzuk. – Hangjába együttérzés vegyült. – Ez azonban némiképp rendhagyó helyzet. Megtisztelnél, ha engem keresnél fel, amikor készen állsz beszélni róla. Persze, csak ha te is akarod.

A lány határtalanul megkönnyebbült a királyné nyájas szavai hallatán. Ghela kicsit olyan volt, mint Ais női kiadása. Bár nem fűzte hozzá olyan szoros kapcsolat, mint Natilánához vagy

Ambroshyához, de komoly kérdésekkel mindenképpen hozzá fordult volna.

– Köszönöm. – Ahogy ezt kimondta, olyan sutának, olyan semmitmondónak találta ezt a szót. Nem tudta kifejezni mindazt a hálát, amit most az asszony és párja iránt érzett. Ghela mégis olyan meghatottsággal nézett rá, mintha Lily dicshimnuszokat zengett volna róla.

Ezután könnyedebb témákra terelődött a szó. A bál előkészületei a Család nőtagjainak feladata volt, de Lily ez alól kivételt jelentett, hisz' neki saját megjelenésével kellett foglalkoznia. Ghela lelkesen ecsetelte a dekorációtól elkezdve az ültetési renden keresztül az étkészletekig minden apró részletét. Ais néha közbeszólt, csak hogy a lényeges dolgokról is ejtsen pár szót, mintegy visszarángatva a földre kipirult arccal csevegő kedvesét. Az Uralkodó beszámolt az etikettről, s hogy melyik érkezőről mit érdemes tudni. Lily figyelmesen hallgatta őket, s igyekezett mindent megjegyezni, bár abban biztos volt, hogy a döntő pillanatban minden kiröppen majd a fejéből.

– Nem kell félned, mi végig veled tartunk – jegyezte meg Ghela. – Segítségedre leszünk mindebben. Elvégre erre valóak az udvarhölgyek – tette hozzá szélesen mosolyogva.

Mikor nagy sokára a királyi pár elbocsájtotta őket, Lilynek csak ekkor tűnt fel, hogy Gabriel egész idő alatt nem szólalt meg. Most mogorva hallgatásba burkolózva rótta a folyosókat, olyan dühödten, akár egy bulldózer, Lilynek szinte szaladnia kellett, hogy ne maradjon le. Gabriel kezei újra meg újra ökölbe szorultak, mint aki legszívesebben szétverte volna a puszta falat mellettük, hogy azon vezesse le tomboló indulatait. Arcán minden egyes izom megfeszült, s tekintete szinte lángolt a haragtól.

Lilynek fogalma sem volt, mi lelte a férfit. Tényleg az új Társ gondolata bosszantotta volna fel ennyire? Erről már lekéstél, öcsi, gondolta keserű-gúnyosan.

A lánynak azonban el kellett ismernie, hogy ő maga sincs épp feldobva a lehetőségtől. De mint azt Ghela is elmagyarázta, ez nem kötelezi semmire. Neki is innia kellett, mint mindenki másnak, aki elérte a megfelelő kort az ilyesmihez, s ha Gabriel megtagadja őt, akkor talál majd más jelentkezőt.

Míg ő elmélyedt dacos eszmefuttatásában, a férfi őrlődött. Tudta, hogy nem tehet semmit a Lilynek szánt férfi ellen. Mostanra már olyan mélyre ásta magát a hazudozásban, s sikerült kitartó munka árán ellöknie magától a lányt, hogy ha akarná, sem tudná visszacsinálni. Különben is, gondolta, Lily bizonyára hallott a származásáról. Igaz, Ais diszkréten hallgatott; bármennyire is megalázónak érezte ezt a tapintatos közbenjárást a részéről, be kellett ismernie, hogy hálával tartozik a férfinak. De azt is le merte volna fogadni, hogy a többiek, mint Reus, nem voltak restek az első adandó alkalommal tájékoztatni minden kéznél lévő embert a szörnyűséges hírekről.

Annyira elmerült az önmarcangolásban, hogy észre sem vette, Lily megállt egy ajtó előtt, ezért ő, Gabriel túl is szaladt rajta pár lépéssel. A lány várakozóan nézett utána, míg a férfi – megpróbálva megőrizni a higgadtság mázát – nyugodtnak szánt léptekkel visszasétált hozzá, s szótlanul várta, hogy Lily belépjen a szobába.

De legalább most már rám néz, gondolta a lány, miközben a szomorú arcra tekintett. A férfi egy csapásra mintha több évtizedet öregedett volna. Feldúltságáról immár nem árulkodott más, csak vadul meg-megemelkedő mellkasa ziháló légvételei alatt.

– Hát akkor… a vacsoránál találkozunk – s Lily már nyúlt is a kilincs után.

– Igen – dörmögte a férfi. Hangja üres volt, semmilyen érzelmet nem árult el.

Lily benyitott az ajtón, ám amikor visszafordult, hogy becsukhassa azt, a látványtól megdermedt; Gabriel még mindig az ajtó előtt állt. Külseje pár másodperc leforgása alatt leírhatatlan változáson ment keresztül. Egyik pillanatról a másikra leverte a víz; úgy festett, mint aki most mászott ki egy úszómedencéből. Hangosan zihált, s Lily hallani vélte, ahogy minden egyes lélegzetvételnél morgás tör fel a torkán. Pupillája kitágult, s felső ajkai hátrahúzódtak; a lány szeme elé tárult meglepően nagy szemfoga.

Lilyt ismét az a különös érzés kerítette hatalmába, amit csak a férfi látványa tudott kiváltani belőle: ez az állatias külső édes bizsergést keltett a testében, ugyanakkor halálra rémítette. Csak állt, s néma szoborként bámulta őt. Szíve a torkában dobogott, fájóan pulzált a vér az ereiben, tüdeje s gyomra összeszűkült a félelemtől, megküzdött minden lélegzetvételért. Ugyanakkor borzongató sajgás öntötte el az ágyékát; combjai nedvességben úsztak az izgalomtól, ahogy a férfi ugrásra kész alakját figyelte. Maga sem tudta, mi lenne a legbölcsebb; egyszerűen az arcára csapni az ajtót, gondosan bereteszelni és elbarikádozni magát, vagy a férfi nyakába ugrani és az ágyra dönteni.

Gabrielen páni félelem lett úrrá; minden sejtjét átjárta az a fajta birtoklási vágy, amelyet faja tagjaiból csak a féltékenység váltott ki. Igaz, ő nem sokat tudott az ilyesmiről: ha a párjukról volt szó, Családja tagjai meglehetősen nagyvonalúan osztozkodtak egymás között. Ő sem érzett még hasonlót; a nők jöttek-mentek az életében. S bár Sophie volt az egyetlen, aki iránt valódi szeretetet táplált valaha, az elmúlt évek alatt bőven volt ideje, hogy hozzá való ragaszkodását elemezgesse. Rá kellett döbbennie: Sophie nem járt messze az igazságtól, amikor úgy óvta őt, ahogy sebesült kiskedvenceit gyámolította. Örült, hogy van valakije, aki törődik vele, s akivel ő is törődhet. Egy kedves lény, aki megvetés helyett melegséggel fogadja. Kapcsolatuk ennyiben ki is merült.

Most azonban... ahogy Aist hallgatta, az felért egy lassú, alapos kínzással. A szarházi, hogy bámulta őt végig, míg Lily jövendőbelijéről beszélgettek! Tudja, mit érez, ebben most már biztos volt. Hirtelen harag és gyűlölet támadt benne. Az Uralkodó mégis csak egy sunyi mocsok, gondolta. Eljátssza a kedves, nyájas pótapucit, hogy utána ott rúghasson belé, ahol a legjobban fáj. Mindannyian tudták, hogy Lily sosem lehet az övé, s ráadásként végignézetik vele, ahogy egy másik férfi – valami nyálas pöcs – nőül veszi. Na, nem. Inkább a halál.

Épp ennél a gondolatnál járt, amikor Lily belépett hálóterme ajtaján. A férfi vetett egy kósza pillantást a mögötte lévő helyiségre. Arról, bár nem sokban tért el a többi lakosztálytól, mégis lerítt a királyi pompa; a padló telis-tele volt szórva kövér díszpárnákkal, minden vízszintes felületen fehér liliomok bontották szirmaikat, s drága, arannyal átszőtt brokátok ékítették a falakat.

Gabriel figyelmét azonban nem ez kötötte le; tekintete a lány ágyára siklott. A vörös selyem eszébe juttatta, milyen volt látni a lány vértől pirosló ajkait, amikor az ő, Gabriel nyakát ízlelte. Szemei Lilyre ugrottak, s újra felizzott benne a mindent elsöprő vágy, hogy levetkőztethesse. Csak a magáénak akarta. Szerette volna harapásával a nyakán egyértelművé tenni, hogy összetartoznak.

Még Rosewillben (mintha ezer év telt el volna azóta!) felszedett egy lányt. A csaj igazán fárasztó volt; miközben a lakása felé igyekeztek, vég nélkül azt ecsetelte, miért is tartja olyan jónak, praktikusnak, kielégítőnek az alkalmi szexet. Elvégre ő, emancipált nő lévén, nem engedheti meg csak úgy mindenféle jöttment lúzernek, hogy kisajátítsa a testét, a szexualitását satöbbi. Ami a lány elképzelése szerint olyan volt, mint Mata Hari, Kleopátra és Madame de Pompadour erotikus kisugárzása együttvéve. Mire a bula szünetet tartott, hogy levegőt vegyen, Gabriel már haza is küldte. Inkább éhezett tovább, de a verbális bokszolást nem bírta tovább elviselni.

Sosem értette, egyesek miért tartják mindezt olyan fontosnak. Nem tudta, mit várna el végül is egy nőtől, de mindig is úgy képzelte, az ilyesfajta „birtoklásnál" semmi sem lehet jobb. Elvégre ha az embernek olyasmije van, amit senki mással nem akar megosztani, mert annyira különleges a számára, az minden boldogságnál többet ér. Akkor kérdés vagy kétely nélkül adja oda cserébe mindenét, amije csak van.

Eddig nem ismerte ezt az érzést. Most viszont, ahogy Lilyt nézte... A lány egyszerű, hófehér ruhája ragyogott a lámpák fényében. Idomai finoman ütöttek át a könnyű anyagon. Vörös haja rézszínű fonatként kígyózott le a vállán, gyengéden ringva a csípőjén. Pár kósza tincs finoman körbevette az arcát. Gyönyörű volt, s Gabriel nem tudta eldönteni, mire vágyik jobban abban a pillanatban; hogy oltalmazóan karjaiba zárhassa, hogy gondoskodjon róla és óvja minden rossztól, vagy arra, hogy testét birtokba vegye. A francba! Vesszője fájóan lüktetett, s ha Lily úgy akarta volna, négykézlábra áll és ugatni kezd, mint egy kiskutya.

Fel-alá kezdett járkálni az ajtó mentén; teste immár végképp nem tudott mit kezdeni a felindultsággal és a vággyal, mely szinte szétfeszítette.

Lily csak állt remegő tagokkal; még mindig hadakozott saját magával, ahogy a zaklatottan toporgó férfit nézte. Ekkor Gabriel hirtelen előrelendült, mint egy tigris, ami most ugrik elő addigi rejtekéből, hogy a zsákmányra vesse magát. Lilynek nem maradt ideje felfogni sem, hogy mi történik, Gabriel magával sodorta, s ugyanazzal a mozdulattal berúgta maguk mögött az ajtót. A lány arra eszmélt, hogy teste a párnák közé préselődik, s hirtelen elakad a lélegzete a férfi hatalmas súlya alatt.

Gabriel azt sem tudta, mit csinál. Teljesen kikapcsolt az elméje, képtelen volt gondolkozni, csak arra koncentrált, hogy megkaphassa őt.

Lilybe félelem hasított, amikor a férfi maga alá gyűrte. Mégis mire készül? Bár az utóbbi időben minden erejével azon volt, hogy közömbös legyen iránta, afelől valahogy mégis meg volt győződve, hogy ha más jót nem is, azt mindenképp elmondhatja róla, hogy mellette biztonságban lehet.

Ekkor azonban Gabriel felkönyökölt az arca mellett. Még mindig állatias kifejezés ült szép vonásain, ám amikor a szemeibe nézett, hirtelen mintha kicserélték volna. Arca immár gyengéd kifejezést öltött; olyan elragadtatott vágyakozást, amilyet Lily még sosem látott rajta. A lány félelme semmivé foszlott, s testét helyette a teljes izgalom töltötte ki. Kezeibe fogta Gabriel finom metszésű állát, s ő olyan jámboran tűrte minden érintését, mint egy oroszlán, ami Lily hatására azonnal megszelídül. Érezte, ahogy a férfi teste megfeszül az izgatott várakozástól, szemei éhesen falták az elé táruló látványt, kemény férfiassága a combjának préselődött, bőre szinte izzott, s minden tagja reszketett. Mégsem mozdult; mint egy kezes fenevad, ami csak a parancsszóra vár.

Lily nézte Gabriel hatalmas, elsötétült szemeit, szép formájú, telt száját, s nem bírta tovább fékezni magát. Magához húzta a fejét, és már csókolta is. Mélyen és vadul, fogaival harapdálva, kiélvezve a férfi puha szájának barackízű zamatát.

– Nem akarom, hogy másé legyél – suttogta Gabriel az ajkaiba. – Ó, istenem – a férfi úgy zihált, hogy Lily alig értette, mit mond –, bocsáss meg. – Úgy tűnt, ennél a két szónál többre nem is futja az erejéből.

– De miért?

– Én… nem…

Lilyn úrrá lett az aggodalom. Alig értett valamit Gabriel zavart sóhajaiból. A férfi kissé megrázta a fejét, s vágytól lesütött szemeivel pillantott rá. Minden erejével koncentrálnia kellett, hogy beszélni tudjon.

– Tudom, hogy nincs jogom ilyet mondani. Nekem… nincs jogom. De nem tudom elviselni a gondolatot, hogy mással vagy. Én… sajnálom. Nagyon sajnálom. Ha azt akarod, elmegyek. Ha megállítasz… akkor… én… azt teszem, amit mondasz – hadarta, mint aki fél, hogy kifut az időből, mielőtt elmondhatná a legfontosabbat.

– Azt akarom, hogy maradj – morogta a lány, miközben a férfi arcát és ajkait simogatta.

Lily hónapokig gyötörte magát, míg azon rágódott, miért nem kellett a férfinak. Most, hogy Gabriel beszélni is alig tudott a vágytól, ugyan kit érdekelt, mi hozta ezt a hirtelen változást? A lány megértette, hogy a férfit a társválasztás gondolata juttatta ilyen önkívületi állapotba. De hogy mi lesz velük ezután, hogy Gabriel ismét elutasítja-e, vagy ezúttal mellette marad – mindez most nem érdekelte. S úgy tűnt, a férfit sem; amint ezt a pár szót a fülébe súgta, Gabriel tekintete egy pillanatra feltisztult. Szemei kikerekedtek a csodálkozástól, mint aki nem meri elhinni, amit hallott. Utána egy csapásra ismét elfátyolosodott a tekintete, s feltérdelve kezeibe fogta a lány csuklóját. Amikor azonban Lily kérdő pillantásába fúrta az övét, arca féktelen izgalomról árulkodott. Szeme szinte parázslott, amikor váratlanul megragadta a lány kezét, s ellentmondást nem tűrően körülfonta vele saját testét, maga elé húzva Lilyt. Szájuk már-már összeért.

– Azt akarom, hogy fúrd a körmeidet a bőrömbe… olyan mélyen, amennyire csak bírod – hadarta összeszorított szájjal.

– Miért?

– Hogy ne csak neked fájjon.

Lily kissé hátrébb húzódott, bár kezei továbbra is a férfi nyakán pihentek. Egy pillanatig csak megrendülten meredt a fekete szempárba, mely most eltökéltséget tükrözött.

– Nem – szólalt meg végül, hevesen megrázva a fejét. – Nem tennék ilyet veled. Nem akarok fájdalmat okozni neked.

– Én sem – vágta rá Gabriel, miközben ismét szorosan magához fogta a lányt, úgy, hogy minden porcikáját érezhesse –, de mégis meg fogom tenni. Fájdalmat fogok okozni neked. De azt akarom… azt szeretném, hogy ez a fájdalom is közös legyen. A miénk. Ugyanazt akarom érezni, amit te.

Lily végre megértette. Gabriel inni akart belőle, nyomot hagyni a bőrén, jelezve, hogy egymáshoz tartoznak. Eszébe jutott, milyen érzés volt, mikor ő kóstolt bele a férfi húsába. Most már ő is levegőért kapkodott; arca s mellkasa kipirult, bőrét verejték lepte el, mellbimbói önkéntelenül megkeményedtek. Megízlelni a férfi testét mámorító volt. Vajon milyen érzés lesz, hogy ezúttal ő érzi majd Gabriel fogait a bőrén, nyelvét a testében, mohó ajkait a nyakán?

Nem szólalt meg újra, csak keményen magához rántotta a férfit, nyelvével az ajkai közé hatolva, hosszú körmeit a bőrébe fúrva.

Natilana céltalanul menetelt az ösvényen. Ezeken az utakon még sosem járt; a hajadonok gyermekkoruktól kezdve csak a kijelölt területeken sétálhattak, ha testmozgásra vágytak. Az erdő többi részét túl veszélyesnek találták a Család nőtagjai számára.

Most azonban nem akart ezzel foglalkozni. Elege volt a rengeteg szabályból, a bezártságból, a fojtogató falakból. Tudta, hogy azzal, hogy szótlanul elrohant hazulról, csak Ambroshya igazát erősíti majd; újabb gyerekes lépés, mely nem volt helyénvaló. Maga sem tudta, miért ez az apró kis szidalmazás, ez a pár szó jelentette számára az utolsó cseppet. De úgy érezte, muszáj magában lennie kicsit, ahol nem hallja a folyamatos kioktatást.

Miközben fejét leszegve, karba font kézzel rótta a kanyargós utat, mely az erdei hegyek vékony szerpentinjében folytatódott, egyre csak Lily járt a fejében. Bármilyen kedves, félénk és szerény lány benyomását keltette, Natilana titkon irigykedve figyelte őt, mióta csak betette a lábát a Pagoda ajtaján. Különös öltözékéről nem tudta levenni a szemét; a nadrág rásimult a formáira, akárcsak a bő, meleg pulóvere alatt viselt trikó. A Család asszonytagjai sosem viselhettek volna ilyesmit. Lily mesélt neki az emberek közötti életről. Natilana ámulattal hallgatta történeteit.

Ahogy az éjjel történteken rágódott, észre sem vette, hogy egyre távolabbra kószál otthonától, s léptei is egyre sebesebbé válnak. Csordultig telt keserűséggel. Mindig is érezte, hogy valahogy más, mint a Család többi tagja. Ambroshya jó testvére volt, mégsem mesélt neki soha a benne kavargó érzéseiről. Pontosabban egyszer megpróbálta ugyan, de nővére megszokott, elnéző mosolyával hallgatta végig mondókáját. Nem tehetett róla: bármennyire is szerette őt, mindig tudatlan kislánynak érezte magát a közelében. Ambroshya teljes mértékig elégedettnek látszott megszokott életükkel, s bár szeretete és türelme végtelen volt, Natilana tudta, hogy képtelen megérteni húga gyötrődését. Jobb híján kamaszos hisztinek fogta fel, ami úgyis elmúlik idővel.

Kifejezéstelen arccal szemlélte a hegyek közt csordogáló folyó hideg, szürkéskék hullámait, mikor ismeretlen zaj ütötte meg a fülét. Azonnal megtorpant, s ösztönösen a szerpentin sáros falához simult. Előtte az út enyhe emelkedőben folytatódott, ahol az erdő sűrű növényzetének hirtelen vége szakadt, sziklás talajnak adva át a helyét. Csak egy-egy kósza faág állt ki a hegy oldalából itt-ott, groteszk, torz karokként nyújtózkodva a folyó éltető közelsége felé. Natilana hiába forgatta a fejét; az út itt újabb éles kanyart vett, eltűnve a szemek elől. A zaj valahonnan a hegy túlsó oldaláról jött. A lány azonban moccanni sem mert; sem visszafordulni, sem továbbhaladni nem volt bátorsága.

A sáros hegyfalhoz simulva próbált úrrá lenni ziháló légvételein s heves szívdobogásán. Megint fájóan nyilallt belé a felismerés: bár fajának nőtagjai is kifinomult érzékekkel rendelkeztek, ezekkel nem mentek sokra. Speciális kiképzés csak a Testőrség tagjainak járt, testőr azonban csak férfi lehetett. Kivéve persze Lilyt! Ais addig példátlanul széles lehetőségeket biztosított leendő Uralkodójuk számára.

Natilana türelmetlenül megrázta a fejét. Jóval nagyobb problémái is voltak, minthogy irigységével legyen elfoglalva.

Fegyelmet erőltetett remegő tagjaira, s immár lehunyt szemmel az őt körülvevő környezetre koncentrált. Hagyta, hogy hallása és szaglása átvegye az irányítást. Sosem értette, az emberek miért szemük világát tartják a legfontosabbnak. Többi érzékszervének segítségével jóval több információhoz jutott.

A zaj, ami annyira megrémítette az imént, hatalmas szárnyak suhogására emlékeztette. Az a valami nemrégen ereszkedett alá a hegy túloldalán. Hallotta még a tompa zörejeket; a lény hatalmas lehetett, s a hangokból ítélve tollaival bíbelődött. Nem madár volt. Natilana értetlenül vonta össze a szemöldökét. A szárnyas akármi felől számára ismeretlen szagot vitt felé a szél. Igaz, emberrel még sosem találkozott. Lily volt az egyetlen, akinek közelében a fajtársai jellegzetes, jól ismert illata mellett valami más, addig nem tapasztalt szagot is érzett. Úgy sejtette, az embereknek lehet ilyen szaguk.

De ez a lény más volt. Az erdő jellegzetes, párás aromájú levegőjében a szellő olyan fuvallatot sodort felé az ösvény végéből, amelyről akaratlanul is a tavaszi napsütés jutott az eszébe. Érezte benne a virágpor jellegzetes, édes illatát, az érett barackok lágy, finom ízét. Csak állt lehunyt szemmel, mélyen belélegezve mindazt, amely az ismeretlen lény felől áradt hozzá. Ekkor azonban a hatalmas szárnyak nyugtalan csattogásba kezdtek, mely úgy hatott az idegesen kuporgó lányra az erdő csöndjében, mintha ágyút sütöttek volna el a füle mellett. Ösztönösen arrébb ugrott búvóhelyéről, s érezte, hogy szemei kerekre tágulnak a rémülettől. Csak másodpercei voltak rá, hogy felfogja, mi történik; ahogy felkapta a fejét, egy hatalmas, fehér alakot pillantott meg, ami az ösvény végén, tőle alig pár méterre magasodott, akár egy kísértet. Pánikszerű félelmében azonban túl sebesen ugrott odébb; gyönge, finom bőrből készült mokaszinja megcsúszott a sáros talajon, s még mielőtt ebből bármit érzékelhetett volna, már csúszott is lefelé. Teste hirtelen nekiütközött egy, a hegyoldalból kiálló sziklának, ahonnan úgy pattant vissza, akár egy gumilabda. Már nem csúszott, csak tehetetlenül kapálózva zuhant a völgy felé, ahol nem volt menekvés, csak a mind viharosabban hullámzó folyó.

Úgy csapódott a vízbe, akár a puskagolyó. Reménytelenül elnyelte a testét, ő pedig kétségbeesetten kapálódzott, hogy a felszínre verekedje magát. Teste azonban súlytalan volt a haragos folyó erejéhez képest, rajta pedig mindjobban úrrá lett a kétségbeesés. Izmai fáradni kezdtek; lábai görcsös rángatózáson kívül másra már nem voltak képesek. Ahogy egyre reményvesztettebben próbált a felszínre tempózni, érezte, hogy tüdeje megtelik vízzel.

A segítség a legváratlanabb pillanatban érkezett. Látta, ahogy egy sötét árnyék szédítő sebességgel ereszkedik alá, a víz felszíne felé, hallotta a súlyos test becsapódását közvetlenül az övé mellett. Utolsó gondolata az volt, hogy hallucinál, hisz' mindez nem lehet a valóság. Ezután elsötétült körülötte minden.

Natilana tüdeje oly váratlanul telt meg az éltető oxigénnel, hogy tartott tőle, ha nem a víz, akkor ez fogja megölni. Hisztérikusan csapkodott maga körül tehetetlenségében. Érezte, ahogy valaki kisimítja csuromvizes tincseit az arcából és megnyugtató, lágy hangja végre eljutott hozzá. Nem értette ugyan, mit mondhat, de különös módon mégis úgy hatott rá, mint egy elixír, ami lassan, melengetően járja át a tagjait. Az a valaki egész közel hajolt hozzá; érezte finom leheletét az arcán, lélegzetvételei borzongatóan csiklandozták az arcát, s érezte, hogy teste libabőrös lesz, ahogy megérezte a mellette kuporgó alak testének melegét. Szemét még mindig lehunyva tartotta, csak a légzésre koncentrált, s arra, hogy mi is történt vele. Hideg, nyirkos sziklán feküdt... igen. Beleesett a vízbe... utána az a látomásszerű valami beugrott utána.

Ezen a ponton felpattant a szeme. Egyenes az őt addig aggodalmasan vizsgálgató szempárba meredt. A szempárba, ami olyan épp olyan acélkék volt, mint az alattuk háborgó víz, csak épp nem fenyegető-fakóan meredt rá. Tekintete élettel teli volt, hatalmas írisszel, s aranybarna bőr keretezte. Egy férfi arca volt, aki alig pár centire térdelt tőle.

Ahogy eljutott eddig a felismerésig, Natilana ismét megrémült. Már az is ostobaság volt, hogy kíséret nélkül nekivágott az erdőnek, mérhetetlen ostobaság. Ezek után a vízbe esett, majdnem megfulladt, s ha mindez kitudódik, sosem mossa le magáról, hogy az Uralkodó lánya férfiak után leselkedik a szabadidejében.

Érezte, hogy túl gyenge még ahhoz, hogy felüljön. A szikla kiálló göröngyeibe kapaszkodva megpróbált hát hasra fordulni, s jobb híján csúszva-mászva, szánalmas menekülésbe kezdett. Ekkor azonban rámarkolt valami nagy, fehér csomóra. Azonnal elrántotta a kezét, s megdöbbenve látta, hogy az nem más, mint egy hatalmas hófehér szárny, amely a különös, ismeretlen férfi hátában végződik. Eszeveszetten felsikoltott.

Ekkor két hatalmas, az övénél jóval nagyobb és melegebb kéz szorítását érezte a csuklóján. A szárnyas lény megpróbálta lefogni, miközben túlharsogta Natilana sírásba fúló sikoltozását.

– Nyugalom, kis hercegnő – csitította, miközben könnyűszerrel a sziklához szögezte Natilánát. – Már nem eshet bántódásod. Nem hagyom, hogy bajod essen. Csak meg akartam bizonyosodni arról, hogy jól vagy. Úgy látom, minden rendben van. Most pedig elengedlek, hogy felülhess.

Várakozóan nézett Natilánára. A lány mukkanni sem tudott, de a férfi nyilván beleegyezésnek vette a hallgatását. Amilyen erősen szorította addig, éppoly gyengéd volt a mozdulat, ahogy végigsimított a karján, majd lassan mellé ereszkedett. Natilana megpróbálkozott felkecmeregni a földről, remegő tagjai azonban alig-alig akartak engedelmeskedni. A szárnyas lény egy darabig figyelte küszködését, majd olyan tétován szólalt meg, mint aki előre fél szavai következményeitől. – Kérlek, bocsásd meg a tolakodásomat – kezdte –, de úgy látom, segítség nélkül ez nem fog menni. Nem szívesen hagynálak így egyedül. Ha megengeded, felajánlom a szolgálatomat. Míg szükséged van rá – sietett hozzátenni, mintha már ezzel is valaMiféle arcpirító tiszteletlenséget követne el.

– Rendben van – bólintott végül a lány, miután gyorsan átgondolta helyzetét.

– Akkor – szólt a férfi ismét, miközben kecsesen talpra szökkent – most, ha megengeded, elviszlek egy helyre, ahol átmelegedhetsz, mielőtt hazatérnél.

Natilana nem tudott mit mondani erre. Nem tudta, ki ez a férfi. Mégis hová viszi? De nem fecsérelt több időt még arra sem, hogy válaszoljon. Csak feküdt ott bénultan, s hagyta, hogy az könnyeden a karjaiba emelje, mint egy tollpihét. Ahogy szorosan magához fogta, Natilana csak akkor érzékelte, hogy a férfi félmeztelen és cipőt sem visel, bőre mégis mindenütt száraz és meleg, mintha folyamatosan hőt és fényt árasztana a testéből. Könnyedén szárnyra kapott apró terhével.

Natilana szorosan behunyva tartotta a szemét. Nem mintha a magasságtól tartott volna, habár meg kellett hagyni, még sosem utazott ilyen különös módon. Egyszerűen nem akart tudomást venni a külvilágról, nem akarta tudni, hová viszi a férfi. Ahogy azt a helyet sem akarta látni, ahonnan megmentették. Mélységesen szégyellte magát. Teste még mindig a fizikai sokk hatása alatt állt, ezzel azonban nem igazán törődött. Teljesen lefoglalta és kitöltötte tudatát az, ahogy aznap viselkedett. Ambroshyának van igaza, gondolta. Az Uralkodó Család nemesi tagja, az átmeneti Uralkodó lánya, s mégis, ha valamiféle kihívás elé állítja a sors, elviharzik, mint egy félénk kislány, aki titkos rejteket keres a rossz álmok elől. Tudta, hogyha nem tér haza hamarosan, a Család tagjai előbb-utóbb észreveszik, hogy eltűnt. Egyelőre mégsem mert volna visszaindulni. Valahogy nyugalmat kellett erőltetnie magára. Bárcsak olyan elegáns és arisztokratikus higgadtsággal tudott volna viselkedni, mint anyja és nővére!

Akármennyire is restellte magát, nem kerülte el a figyelmét, hogy a férfi ölelése valami különös, hipnózisszerű erővel hat rá.

Teste melege mintha őt is átjárta volna, s nyugtalanul dübörgő mellkasa észrevétlen szelídült meg a másik egyenletes szívdobbanásai nyomán. Érezte kemény izmait, melyek enyhén megfeszültek a súlya alatt. Az a tavaszi virágillat, amit korábban érzett, s ami kétségkívül a férfiből áradt, bódítóan erős volt. Épp, mikor már kezdett zavarba jönni ettől az intim közelségtől, meg is érkeztek; lassan ereszkedtek alá egy másik hegytetőre, ahol egy barlangot pillantotta meg. A hatalmas, sötéten ásító bejárat előtt kicsiny, kavicsos fennsík terült el. A férfi ide szállt le, óvatosan talpra állítva őt. A lány immár a kavicsos, hideg talajon toporgott, ürügyként a kilátást szemlélve, hogy ne kelljen megmentőjére pillantania. A férfi azonban mélyen meghajolt előtte, szárnyait kecsesen megbillentve. Natilana most már igazán udvariatlannak tartotta volna, hogyha semmi jelét nem adja a viszonzásnak. Minden erejét összeszedve rápillantott az előtte állóra, aki várakozóan fürkészte őt acélkék szemeivel. S ismét elakadt a lélegzete.

Eddig nem volt rá módja, hogy jobban szemügyre vegye a különös lényt. Most azonban nem tudta megállni, hogy ne bámulja. A férfi bőre valóban aranybarna volt, akárcsak rövid, dús haja, kék szeme szinte világított mellette. Hatalmas, hófehér szárnyai most békésen pihentek válla két oldalán. Magas volt, legalább akkora, mint a Testőrség tagjai odahaza. Arca kemény vonású, állkapcsa és nyaka szélesek és izmosak voltak ugyan, de a belőle áradó erő inkább biztonságnyújtónak tűnt, nem fenyegetőnek. A legfigyelemreméltóbb azonban az őt körüllengő derűs ragyogás volt; mintha egy szelíden fénylő aura vette volna körül.

Natilana megint arra ocsúdott, hogy arca lángvörösre gyúl. Maga sem tudta, mennyi ideig bámulta így az ismeretlent. Csak akkor kapott észbe, amikor ismét a férfi arcára tekintett: azon finom, udvarias csodálkozás ült, mint aki nem érti, mi bámulnivaló van a külsején, de a világért sem akar olyan gorombaságra vetemedni, hogy ezt szóvá is tegye. Natilana gondolatban szitkozódott. Visszanyúlt királyi neveléséhez, mint egyetlen támaszához. Könnyedén pukedlizett megmentője előtt, habár nevetségesen hathatott, ahogy ronggyá ázott szoknyáját elegánsnak szánt mozdulattal ujjai közé csippentette.

– Hálásan köszönöm a segítségedet – suttogta, ismét elővéve fátyolos hangját, az udvarban megszokott modorra váltva. – Nagy szolgálatot tettél a Családomnak ezzel. Nem késlekedem Apám tudomására hozni a tettedet. Bizonyára hálával fogja eltölteni a híre...

– Bocsáss meg – vágott közbe a férfi finoman, de figyelmeztetően felemelve egyik kezét –, de attól tartok, nem lenne a legszerencsésebb, ha mindez Atyád fülébe jutna. Magam gondoskodom arról, hogy épségben hazatérhess, de szavadat kell adnod, hogy nem említed neki a találkozásunkat.

– Jó... jó, hát persze – felelte sután a lány. Kissé megütközött az ellenkezésen. – De miért...

– Fáradj beljebb – szólt közbe az ismeretlen újfent, invitálóan a barlang felé intve. – Amint magunk leszünk, készséggel felelek a kérdéseidre.

Natilana nem igazán értette, mire ez a nagy titkolózás. Az elhagyatott, kopár sziklaormon egy-két arra tévedt mókuson kívül nem igazán akadt más, aki kihallgathatta volna őket. Mindenesetre engedelmesen követte a férfit.

A barlangba lépve tátva maradt a szája. Egy barátságtalan, hideg, sziklás üreg helyett egy aranyfényben úszó, meleg helyiségben találta magát. Az aranyszín fény olybá tetszett, mintha magából a férfiból áradt volna. Mintha kedves lénye töltötte volna meg ezt a helyet melegséggel. A durva sziklafalak és az egyszerű, fából készült bútorok inkább meghitté, semmint barátságtalanná tették ezt a furcsa lakhelyet. Végtelenül puritán berendezésű volt; az egyik fal mellett egy asztalka és egy szék állt, a bejárat mellett egy pad foglalt helyet, amellett egy vízzel teli, régimódi dézsa állt és egy ugyanolyan durva faragású, kényelmetlennek tűnő ágy. A bejárattal szemben azonban Natilana egy színpompás oltárt pillantott meg, rajta míves, aranyból készült motívumokkal. Ezeket jól ismerte: az ő kápolnájukban és könyveikben is ugyanezek tűntek fel.

– Szóval akkor te... egy Bukott vagy? – szaladt ki a száján a kérdés.

Amikor e szavak hallatán a férfi lehorgasztotta a fejét, Natilana a szája elé kapta a kezét.

– Kérlek, bocsáss meg… nem akartam tiszteletlen lenni.

– Nem voltál az – felelte a másik közönyösen, miközben az asztalhoz lépett, s egy kis bádogkancsóból italt töltött egy egyszerű pohárkába. – Kérlek, foglalj helyet – tette hozzá, fel sem nézve a pad felé intve.

A lány engedelmesen leült. Borzasztó zavarban volt. Személyesen még sosem találkozott a Bukottakkal, de a Pagodában rengeteget tanult róluk, ahogy a többiek is. Bukottnak azokat nevezték, akik az Istenek megítélése szerint nagyobb kegyre voltak hivatottak, így átléphettek a másik oldalra. Akik azonban megszegték a tanítások valamelyikét, kitaszítottá váltak. Nem tűrték meg őket a túloldalon, de a Klánok közt sem volt többé maradásuk. A legtöbben elrejtőztek hát a világ elől. Natilánának azt tanították, hogy nekik kerülniük kell mindenfajta érintkezést velük, mert vadak, lemondtak civilizált mivoltukról, s mivel örök kárhozatra vannak ítélve, semmilyen törvényt nem tisztelnek.

A lány most elgondolkozott ezen a tanításon. Elnézte a férfit, aki az asztalnál serénykedett, és aki nem régen megmentette őt. Nem tűnt félelmetesnek.

Bár tartott tőle, hogy utolsó szavaival végképp elvágott minden lehetőséget a további beszélgetésre, kitartóan várta, hogy a férfi ismét ránézzen. Amint végzett az italok kitöltésével, odalépett hozzá, arcán a már megismert szelíd mosollyal, egyik poharát felé nyújtva.

– Mi ez? – érdeklődött a lány, miközben elfogadta az italt.

– Gyógytea. Jót fog tenni – válaszolt a férfi, miközben jó pár lépést hátrált, majd ismét meghajolt, jobb kezét a szíve fölött nyugtatva. – Kérlek, nézd el az udvariatlanságomat! Solis vagyok. Te pedig… – elgondolkozva végigjártatta a tekintetét Natilana hollófekete haján és rubinszín szemein – Natilana hercegnő vagy, ha jól sejtem.

A lány csak némán bólintott, miközben figyelte, hogy Solis a padlóra térdel, majd szárnyait finoman megrezzentve kényelembe helyezi magát.

Ahogy a férfit szemlélte, Natilana szinte kővé dermedt. Megbabonázva nézte, hogy feszül meg minden egyes kis izma mozgás közben. Szíve mind hevesebben vert, ahogy megérezte a férfi testéből áradó forróságot, mely megtöltötte ezt a furcsa lakhelyet élettel. Maga is tudta, milyen illetlenül viselkedik, mégis képtelen volt levenni róla a szemét; szinte falta a tekintetével erős testét, finoman ívelt izmait. Hatalmas mellkasát, tökéletes, lapos hasát, a gyönyörűen ívelt barázdákat, amik levezettek csípőjétől egészen a… Jesszus! Nem tudott betelni a látvánnyal, szíve szerint mégis elkapta volna a tekintetét. Érezte, ahogy tagjait finom veríték lepi el, és valamiféle bizsergető érzés ébred fel benne. Különös, gondolta. Nem sokat tudott a szexről, azt a keveset is csak azért, mert titkon a szobájába csempészett pár tiltott írást. Bár az azokban olvasottak és látottak elborzasztották, most, hogy ott volt előtte egy hús-vér férfi, testének látványa beindította a fantáziáját. Hiába vették körül a Pagodában is férfiak, amikor a rejtegetett könyveket lapozgatta, s jobb híján a Testőrség tagjait képzelte az ábrák helyére, folyamatosan cserélgetve őket képzeletében, valahogy mindig undorodva dugta vissza szerzeményeit az ágya alá. Nem találkozott még olyan emberrel, aki így hatott volna rá. Nem tudta, mi ez az új érzés, s bár valamiféle furcsa, kellemes izgatottsággal járt, mégis megijedt tőle. Ettől még inkább összezavarodott; hogy lehet valami ennyire jó érzés, ha közben mégis helytelen? Legalábbis őt bűntudattal töltötte el.

Solis higgadtan üldögélt sarkain, várva, hogy a lány ajkaihoz emelje a poharat. Egy idő után megtörte a csöndet.

– Tényleg igen hasznos ital. Átmelegszel tőle – jegyezte meg halkan.

Natilana felkapta a fejét. Úgy meredt a teára, mint aki az életben nem látott még ilyesmit.

– Biztos, hogy jól vagy? – faggatta aggodalmasan Solis.

– Igen… khm… igen, elnézést. Elkalandoztam – azzal gyorsan a szájához emelte a kis szilkét. Csodálkozva tapasztalta, hogy valóban egyből melegség árad szét a tagjaiban. A tea olyan sűrű és testes volt, akár egy zamatos bor, csak épp jázmin és levendula elegyét érezte ki belőle.

– Szóval… megkérdezhetem, miért vágtál neki egy ilyen veszélyes útnak egyedül, ilyen késői órán? – mosolygott rá a férfi.

– Öhm, nos, igazán restellem… – Egy pillanatra elhallgatott. Nevetségesnek érezte volna előadni a testvéri viták történetét. – Restellem, hogy kellemetlenséget okoztam neked. Én csak… csak egy kis magányra vágytam, ennyi az egész.

– Értem – bólintott lassan a férfi, elgondolkozva ráncolva aranyszín szemöldökét. – De nem szeretném, ha azt hinnéd, hogy kellemetlen helyzetbe hoztál. Örömmel tettem. Különben is – vont egyet a vállán –, én meg épp társaságra vágytam. Talán így volt megírva. – Derűsen a lányra pillantott, majd egy hajtásra kiitta a poharát.

Natilana még gyönyörködött pár percig Solis mosolygós arcában. Milyen más, mint bárki, akit addig ismert! A Pagoda lakói is mindig higgadt udvariassággal szóltak egymáshoz, bár így is sikerült egyértelműen a másik tudtára hozniuk közlendőjük valódi értelmét. Solisból viszont őszinte harmónia sugárzott, s ez a fajta nyugalom Natilanát is áthatotta.

A férfi kérdően ráemelte a tekintetét, látva, hogy a lány mélyen töpreng valamin.

– Meglátogathatlak? Néha – kérdezte végül félszegen. Amint kiejtette ezeket a szavakat, már meg is bánta. Óvatosan pillantott fel az öléből, előre tartva Solis reakciójától. Amint észlelte, hogy a férfi meglepetten, de hálásan tekint vissza rá, hihetetlenül megkönnyebbült.

– Szívesen venném, hercegnő – felelte mély főhajtás kíséretében.

– Igazság szerint nem vagyok hercegnő. Illetve már nem sokáig maradok az, mivel…

– Mivel Lyliana hercegnő visszatért – bólogatott a férfi. – A hírek a kőlakókat sem kerülik el. Örömmel hallottam, hogy Ais lelkébe ismét remény költözött.

– Akkor te… illetve ti, ismeritek az apámat? – Natilana szemei elkerekedtek. Annyira óvták őket a Bukottaktól, hogy el sem tudta képzelni, hogy Családja bármiféle kapcsolatot fenntartson velük. De nem akarta szókimondásával újfent megbántani a férfit.

– Ais jó ember – felelte Solis. Tekintete elrévedt, gondolatai messze jártak, mikor ismét megszólal. – Az Uralkodó hozzánk is eljött. Számára nem csak saját faja érdekei a fontosak.

– És ti… elfogadtátok az ajánlatát?

Solis szomorúan megrázta a fejét. Pár percig némán nézte a poros sziklapadlót, majd lassan, rekedtes hangon folytatta: – Nagyon hasznosnak tartom Ais ajánlatát, de a többieket nem tudom meggyőzni. Engem is nehezen tűrnek meg a közelükben. Nem mintha vágynék a társaságukra – tette hozzá, csak úgy mellesleg, azzal mellkasára bökött. Natilana felszisszent; csak most tűnt fel neki, hogy Solis szíve fölött mély, hosszú heg húzódik. – Ezt ők tették veled?

A férfi bólintott ugyan, de úgy tűnt, nem akar részletesebben beszélni a dologról.

– Ais feltétlen tiszteletemet élvezi – folytatta Solis. – Felajánlottam neki szolgálataimat. Olybá tűnt, egyelőre nem tudja eldönteni, bízhat-e bennem, amin nincs is jogom csodálkozni.

Látva Solis szomorkás mosolyát, Nataliánában részvét ébredt iránta. Egy ilyen kedves lényről el sem tudta képzelni, mi szörnyűséget művelhetett, amiért bukásra ítéltetett.

– Akkor viszont mindenképp beszámolok neki a ma történtekről – jelentette ki elszántan. – Biztos vagyok benne, hogyha értesül a tettedről, eloszlik a kételye.

– Ez igazán kedves tőled – Natilana rendkívül zavarónak találta, hogy a férfi arcán éppoly elnéző mosoly játszik, mint mindenkién, aki csak szóba állt vele –, de úgy vélem, amíg nem ismered a múltamat, nem lenne bölcs döntés mindezt nyilvánosságra hoznod.

A lány nem tudta, mit mondjon erre. Így csendben üldögéltek, hallgatva az erdő zajait. Natilana meghittnek találta ezt a csöndet, nem kínosnak. Solis kellemes társaság volt.

Miután elfogyasztották a teát az utolsó cseppig, s Natilana ruhája megszáradt, a férfi visszavitte arra a helyre, ahol találkoztak.

– Kérlek, ne gyalog menj – fordult a lányhoz, amint földet értek. – Remek képességetek van a láthatatlanná váláshoz.

Natilana bólintott, mire a férfi meghajolva búcsút vett tőle és könnyedén szárnyra kapott. A lány követte a tekintetével, míg el nem nyelte a messzeség. Egy darabig csak állt, s nézte a folyó viharos morajlását. Úgy érezte, a lelke is oly sebesen kavarog, akár a kősziklákat csapkodó víz alatta. Még mindig a történtek hatása alatt állt, s biztos volt benne, hogy a folyóval ellentétben az ő érzései nem fognak egyik pillanatról a másikra elcsitulni. Nehéz sóhaj kíséretében eltűnt szem elől, hogy legközelebb már a Pagoda udvarán bukkanjon fel. Feltett szándéka volt vacsora után felkeresni Lilyt; szüksége volt valakire, aki megérti és nem ítélkezik fölötte.

Solist szinte sokkolta Natilana lénye. Látva gyermekien érdeklődő, naiv természetét, biztos volt benne, hogy a lány semmit nem tud a férfiakról, bár minden erejével azon volt, hogy elhessegesse ezeket a gondolatokat. Mélyen elszégyellte magát, hogy ilyesmi kerítette hatalmába, főleg egy ilyen ártatlan teremtés láttán. Igaz, egyszer már elbukott ugyan, s busásan megfizetett érte, de attól még nem tervezte, hogy a kárhozottak útjára lépjen. Igyekezett úgy élni, ahogy azt mesterei fiatal korában meghagyták neki, és továbbra is az Istenek szolgájaként szeretett tekinteni magára.

Amikor azonban meglátta a lányt a barlang fényében, bőrig ázva... hollószín haja vizesen tapadt a vállára és úgy fénylett a fényben, mint a fekete gyémánt. Gyönyörű arca és a hófehér ruha, amely csuromvizesen rátapadt a testére, felfedve annak minden vonalát, bőrének élettel teliségét... Igyekezett uralkodni magán, s közben megrendítette a felismerés: ismét csalódott magában. Ilyen könnyen elgyengülne? Ez a fiatal, törékeny lány oly elveszett volt, segítségre szorult. Ő pedig, aki nem is olyan rég még az Istenek legfőbb bizalmasa volt, most visszaél a helyzettel, mint egy bűnöző?

Amint visszatért otthonába, melyet csak jobb szó híján nevezett annak, az oltár elé borult. Térdre ereszkedett a durva kőpadlón, mely kíméletlenül törte minden tagját. Néma, heves imádságba fogott. Elhatározta, hogy addig folytatja a fohászkodást, míg a kimerültségtől össze nem esik.

Ambroshya zaklatottan lépdelt végig a folyosókon. Nem tudott mit kezdeni őrjítő aggodalmával. Hiába kereste Natilanát mindenhol, tűvé tette érte az egész Pagodát, a kápolnát, a kertet, még anyjuk pillangókkal és színpompás madarakkal teli üvegházát is. A lány egész egyszerűen eltűnt. Végül megvitte a hírt szüleiknek is, ám ők közel sem osztották félelmét. Mint mondták, a napfelkelte még órákra van, Natilana pedig bizonyára sétára indult a közelben. Ais a maga rendíthetetlen modorában kifejtette, hogy lányuk nyughatatlan lélek, nem olyan összeszedett, mint ő, Ambroshya, s legyen türelemmel iránta.

Na igen, gondolta a lány, de amikor Natilana ilyenekre ragadtatta magát, úgy érezte, ha tengernyi türelme lenne, sem bírna húgával.

Ugyanakkor kétség is gyötörte; testvére már annyiszor a fejéhez vágta, hogy nem lehet vele beszélgetni, s oly besavanyodott, akár egy vénkisasszony. Ambroshya mindent Sirmától tanult; Sirma szüleik jobbkeze volt, s Amel és Tyron számára is segítséget jelentett a tanításban. Ambroshyát is ő okította, mikor még kislány volt. Bár végtelenül tisztelte Sirmát, hisz' tudása és fegyelme lenyűgöző volt, volt benne valami sötét, valami vészjósló, így Ambroshya kissé tartott is tőle. Ő vitás helyzetekben mindig tétovázott, míg Sirma kategorikusan kijelentette: a bűnösnek bűnhődnie kell.

Talán húgának volt igaza: olyan sok időt töltött tanítója mellett, hogy észrevétlenül ő maga is ilyen keménnyé vált.

Gondolataiból Sirma közeledő léptei zökkentették ki. A fiatal nő odalépett hozzá, s rá is tért a lényegre.

– Atyád megkért, hogy keresselek meg téged, az ifjú Natilanát és Lylianát. – Lily nevénél ajka fitymáló grimaszba húzódott. Ambroshya figyelmét nem kerülte el, hogy mindig ilyen arcot vágott, hogyha Lily neve szóba került, bár sosem hallotta Sirmát róla beszélni. – A vacsora félórája elkezdődött. Mint látom, nem esett bajod – hajolt meg könnyedén a lány előtt, aki viszonozta a gesztust. – Örvendek. Javasolhatom, hogy induljunk a többiek keresésére?

– Hogyne… persze. – Ambroshya még mindig zaklatott volt, de igyekezett összeszedettnek látszani Sirma kutakodó pillantása előtt. – Natilana sétálni indult valamikor a kora éjszakai órákban, így hamarosan meg kellene érkeznie.

– Természetesen – bólintott újfent a lány, ahogy határozott léptekkel elindultak. Ambroshya nem tartotta helyénvalónak a gúnyos élt a hangjában, de nem merte szóvá tenni.

Ekkor, mintegy vezényszóra, Natilana alakja jelent meg előttük. Ambroshya döbbenten meredt húgára. A lány ruhája gyűrötten terült szét körülötte, haja nedves csimbókokban lógott alá a vállain. Sirma szúrós pillantással mérte végig, elidőzve sáros cipőjén és szakadt szoknyáján. Ambroshya ellenben nem törődött mással, csak azzal, hogy húga ott áll előtte, épen és látszólag egészségesen. Sutba dobva udvari modorát Natilánához rohant, és szorosan a karjaiba zárta.

Húga meglepett hálával fogadta a gesztust, de túl kimerült volt ahhoz, hogy viszonozza. Ambroshya olyan hévvel szorította magához, hogy majd' megfulladt tőle. Ő ellenben épp csak hogy átfogta nővére hátát. – Sajnálom – motyogta végül a fáradtságtól rekedten. Nem tudta, mi egyebet mondhatna még, s arra végképp nem érzett magában elég erőt, hogy beszámoljon kalandjairól.

– Semmi baj, semmi baj. – Ambroshya úgy simogatta az arcát, mintha ellenőrizni akarná, hiánytalanul megvan-e minden csontja. A szemében tükröződő végtelen megkönnyebbülés láttán Natilanát kegyetlenül mardosó bűntudat fogta el. – Nem haragszom, Natie... csak kérlek, ne tegyél ilyet többet. Ne menj el szó nélkül, kérlek szépen.

– Megígérem – bólogatott a lány. Úgy érezte magát, mint egy zombi.

– Gyere... mosakodj meg és öltözz át – tért vissza jól megszokott, anyáskodó stílusához Ambroshya.

– Khm... – Sirma szigorú köhintésére mindketten felkapták a fejüket. Amint hátrafordultak, a nő éles hangja pengeként hasított a csöndben. – Talán mielőtt elkezdünk Natilana kisasszony megjelenésével foglalkozni, megkereshetnénk Lylianát.

Szavai akár udvarias felvetésnek is tűnhettek volna, ha nem a tőle megszokott, parancsoló éllel a hangjában ejtette volna ki őket a száján. Ambroshyának beletelt néhány másodpercébe, hogy feleljen; be kellett ismernie, hogy Nataliana megkerülése minden mást elfeledtetett vele, s eszébe sem jutott, hogy Lilyt is meg kell keresniük. Húga szeme azonban vibrált a dühtől; most először őszinte gyűlölettel tekintett Sirmára. Mindig is boszszantotta, hogy úgy bánik velük, mint holmi főnökasszony, ezt Ambroshya is jól tudta. Ellenszenve csak nőtt, amióta Lily megérkezett hozzájuk. Húga odavolt a lányért, s neheztelt Sirmára. De most, hogy életük talán első őszinte pillanatát is sikerült pár szavával tönkretennie, Nataliana alig tudta türtőztetni magát.

– Persze… igazad van, Sirma – szólt sietve Ambroshya, azzal elengedte húgát, aki viszont szó nélkül hátat fordított az utálatos teremtésnek és szinte rohant a folyosón, nyomában nővérével, Lily hálószobája felé.

Gabriel immár anyaszült meztelenül állt előtte. A lány csak pár másodpercet hagyott magának, hogy szemeit testén legeltesse. Ez a pillanat is túl hosszúnak tűnt; ágyékát izgatott sajgás járta át, combjai édes nedvességben úsztak, a vér zsibbasztóan dobolt a füleiben. Térdre vetette magát a férfi előtt. Keményen megragadta lüktető vesszőjét, ujjai szoros gyűrűként fogták körül a tövét, ahogy türelmetlenül, egyetlen forró öleléssel mélyre vezette ajkai között.

A férfi elragadtatottan nézte az előtte térdelő lányt, nem tudott betelni a látvánnyal. Haja már rég kibomlott, s most vöröslő felhőként borította be a hátát. Teljes hosszában magába fogadta kemény vesszőjét, s arcán lehunyt szemei ellenére is jól látszott az izgalom, ahogy odaadóan szívogatta a gömbölyded, bársonyos bőrű makkot, mely már most síkos volt a nedvességtől. Gabriel minden erejével azon volt, hogy fékezni tudja vágyait, de hiába; Lily ajkai egyre gyorsabban jártak le és föl duzzadt férfiasságán.

– Nem… nem kell ezt tenned – zihálta, miközben megpróbálta elkapni a lány tekintetét.

A lány mosolya csábítóbb volt, mintha meztelenül állt volna előtte.

– Szívesen teszem – suttogta. Ahogy vággyal telt tekintetét a férfira emelte, Gabriel képtelen volt ellenállni neki. Miközben beszélt, sem engedte el őt; ujjai szorosan fonták körül, s egy pillanatra sem álltak meg. Széles mosolya látni engedte kicsiny, de éles szemfogait. A látványtól Gabriel vesszője összerándult; attól tartott, ha Lily tovább folytatja, azonnal elélvez.

– Nem... nem akarom, hogy megalázkodj előttem. – Gabriel immár abban sem volt biztos, hogy érthetően beszél-e.

– Nem megalázó. Élvezem. – Még sosem hallotta ilyen incselkedő hangon beszélni a lányt. Mégsem akarta elhinni, amit mond. Nem mintha oka lett volna hazudni, de mégis; sok nő tett már ilyet a kedvéért. Ő sosem kérte meg őket, de ha valamelyikük saját ötlettől vezérelve kényeztetni kezdte, nem állt ellen. Úgy érezte, helytelen ilyet tennie egy olyan nővel, mint Lily. Megpróbálta hát gyengéden lefogni az őt simogató kezet, ekkor azonban a lány olyan váratlanul csattant fel, amitől elakadt a szava.

– Ne állíts meg! Most ne! – Hangja kemény és határozott volt, ahogy ismét férfiassága fölé hajolt. Gabriel rá akart szólni, de... Ó, istenem! Olyan földöntúli érzés volt... még sosem élt át ilyet.

Kezei lehanyatlottak, s épp csak annyira volt ereje, hogy finoman megfogja a lány vállait.

Lily saját magát is meglepte, hogy ennyire felizgatta a meztelen férfi látványa. Bőre sápadt volt, mellbimbói sötétrózsaszínűek, s széles mellkasán apró pontocskáknak tűntek. Mély lélegzetvételei nyomán a lány csak nézte az izmok játékát; a férfi bőre fénylett a verejtékről. De a legszebb látványt mégis merev férfiassága nyújtotta. Ahogy Lily tekintete végigsiklott a sima bőrön, alig várta, hogy meg is ízlelhesse. Mikor óvatosan simogatni kezdte a nyelvével, épp olyan volt, amilyennek elképzelte. Lágyan ajkai közé vette; egyszerre volt kőkemény, ugyanakkor bársonyos és finom. Ahogy gyengéden érintette a merev vesszőt, csiklója egyre jobban megduzzadt, s apró, tűszúrásszerű hullámokban öntötte el a vágy. Egyre csak nyalogatta, szívogatta a férfi testének eme érzékeny pontját, kiélvezve minden pillanatát, érezve az izgalomtól lüktető finom ereket az ajkai alatt. Könnyed ujjakkal simogatni kezdte a férfi heréit, melyek keményen összerándultak a vágytól. Gabriel kéjjel telve felnyögött, s belemarkolva a lány hajába, egyetlen lökéssel még mélyebbre vezetve falloszát a testébe.

Tudta, hogy már nem bírja sokáig, ezért finoman felhúzta magához a lányt. Széles, nagy tenyerével végigsimogatta Lily testét. Elégedett mosoly terült szét az arcán, mikor Lily a földre dobta fehér ruháját. Gabriel csak erre a pillanatra várt. Magához ölelte törékeny alakját, tenyerébe fogta az arcát, ujjai az ajkát cirógatták. Lehajolva sietős csókokat lehelt Lily hasára, majd éhesen a mellére vetette magát. Felnyögött az élvezettől, miközben ágyékát a combjaihoz dörzsölte. Megragadta Lily csípőjét, majd ölében a lánnyal az ágyhoz sétált, szélesre tárva a lábait. Végigsimította combja belső oldalának bársonyos, feszes bőrét, apró csókokat lehelve rá. Ahogy forró ajkai egyre közeledtek az ágyéka felé, Lily a férfi szőke tincsei közé csúsztatta a kezét, sürgető, vad mozdulatokkal simogatva őket. Gabriel az ágyékába temette az arcát, gyengéden érintve a forró bőrt. Rámarkolt a fenekére, miközben nyelvével egyre mélyebbre hatolt Lily testében. Mohón merítette ajkait a lány nedvébe, miközben testének illata minden józanságot kisöpört a fejéből. Felnézett, látni engedve nedvességtől fénylő ajkait és arcát, tudva; kedvesét mindez éppúgy felizgatja, mint őt magát. Imádta, ahogy arcvonásai fájdalmas fintorba húzódnak a kéjtől. Most a csiklóját vette kezelésbe; ajkai közé fogta, s gyengéden szívogatni kezdte, egy pillanatra sem véve le szemét Lilyről, tekintetét az övébe fúrva. Érezte, ahogy a lány csípője egyre vadabbul jár gyakorlott érintései alatt. Két tenyerével gyengéden az ágyhoz nyomta a combjait; nem engedte, hogy megmozduljon, azt akarta, hogy Lily ne tudjon mással foglalkozni, ne tudjon másra figyelni, teljes tudatát az ő ajka töltse ki és az a pont, ahol testük találkozott. A lány hangosan felszisszent. Összeszorította az ajkait, fogai közt véve a levegőt. Teste megfeszült, s úgy érezte, nem bírja tovább. Megragadta a férfi fejét, megemelte a csípőjét, kiszabadítva Gabriel kemény kezeinek édes fogságából. Egyre gyorsabb mozdulatokkal dörzsölte teste legérzékenyebb pontját a férfi ajkaihoz és sebes táncot lejtő nyelvéhez. Lélegzetvételei elmélyültek, hangosan zihált. Gabriel hűen követte

Lily testének minden mozdulatát, s nemsokára a lány hangosan felkiáltott.

A férfi a szenvedélyes hang hallatán nem akart és nem is tudott tovább várni. Egyetlen gyors mozdulattal teste fölé magasodott, s máris a lány gyönyörtől kipirult, felforrósodott testébe hatolt. Lily olyan hevesen rándult össze, ahogy az újabb orgazmus végigsöpört rajta, hogy Gabriel majdnem lecsúszott róla. A lány mámoros arccal nézett fel rá, s elégedett mosoly terült szét az arcán, mikor megpillantotta a férfi nedves ajkait, s előreugró szemfogát. Tudta, hogy Gabriel most már annyira kívánja, hogy legszívesebben leigázná a testét.

Arcát Lily nyakába temette, mélyen beszívva az alabástromszín bőr selymes illatát, amely mindig a nyári mezők aranyszín fényeit idézte fel benne. A lány teljesen megadta magát neki, hisz' pontosan tudta, hogy a férfi teste megfeszül vágyának béklyói alatt.

Megragadta Lily csípőjét, s egy mozdulattal hasra fordította. A lány felhúzta a térdeit, arcát a párnák közé fúrva, Gabriel pedig mélyen beléhatolt. A férfi testét azonnal elöntötte a forró verejték. Mélyeket lélegzett, miközben újra és újra behatolt nedvességben fürdő testébe. Belemarkolt Lily hajába, ugyanazzal a mozdulattal lenyomva felsőtestét a matracra. Nem tudott betelni forró, nedves bőrével, s azzal, ahogy teste szorosan körbefonta merev férfiasságát. Elfúló hangon felnyögött, fejét hátravetette, továbbra is szorosan az ágyhoz szegezve a lány testét. Másik kezével keményen a fenekébe markolt, ujjai elfehéredtek a szorítástól, s kellemes izgatottság futott rajta végig, amikor látta érintései piros nyomát a hófehér, feszes bőrön.

Lily szorosan lehunyta a szemeit, miközben Gabriel hatalmas teste fölé tornyosult. A férfi csípője vad táncot járt, ahogy vesszője mélyre hatolva, sebesen mozgott hüvelyének szorításában. Férfiassága teljesen kitöltötte a testét, érezte magában minden egyes apró rezdülését, azt, ahogy a vágytól lüktető vessző meg-megremeg benne. Kíváncsian fedezte fel, lépésről lépésre testének titkos, rejtett pontjait, minden mozdulatával a gyönyör új szintjére repítve a lányt.

Gabriel már közel volt a csúcshoz. Nyögései egyre jobban elmélyültek, miközben ujjai Lily nyakára kulcsolódtak. Ahogy megpillantotta élvezetben fürdő arcát, ahogy szinte elolvadt alatta, olyan boldogságot érzett, amilyet még sosem tapasztalt azelőtt. Ekkor hirtelen más vonta el a figyelmét; észrevette, hogy Lily nyaka megfeszül a mámortól, mely immár egész testét elborította. Ahogy megpillantotta a sebesen pulzáló, élettel teli vénát, újfent hatalmába kerítette az éhség. Kissé tartott tőle, hogy túlságosan heves lesz. Óvatosan eltávolodott a lány testétől.

– Ne... ne állj meg...

Gabriel vesszője újfent összerándult, ahogy meghallotta kétségbeesett hangját; tudta, hogy Lily olyan gyönyört él át, amit csak ő adhat neki. Szótlanul visszafordította a hátára, s mielőtt újra beléhatolt volna, gyengéden ereszkedett a teste fölé, csípőjével a combjai közé férkőzve, gyönyörködve az arcában, lágyan simogatva a haját. Lily tudta, hogy mi következik; készségesen oldalra biccentette a fejét.

– Várj – szólt a férfi remegő hangon. – Emlékszel, mit kértem tőled... még az elején? – azzal megfogta a kezét, elgondolkozva végigfuttatva tekintetét Lily törékeny ujjain, melyek meglepően hosszú és erős körmökben végződtek. Gyengéden végigharapdálta az aprócska ujjakat, tekintetével szinte megbabonázva a lányt.

– Igen... igen, emlékszem. – Lily a nyakára csúsztatta a kezét.

– Felkészültél?

– Már réges-régen.

Gabriel elégedetten felnevetett a lány válasza hallatán. Ismét beléhatolt, s amint a nyakához fordult, felsőajka hátrahúzódott. Lilyt újabb nedvességhullám öntötte el a látványtól.

Arra számított, amikor eszébe jutott a férfi eszeveszett dühtől tajtékzó alakja, hogy – bár már régóta vágyott erre a pillanatra – első ilyen alkalma pokoli fájdalommal fog járni. A férfi azonban olyan óvatosan karcolta végig szemfogával a finom bőrt, mintha valóban attól tartana, hogy ha keményebben ér hozzá, összetörik. Lily aprócska, szúró fájdalmat érzett. Ekkor azonban olyan izgató bizsergés futott végig a nyakán, ott, ahol Gabriel a sebet ejtette rajta, hogy biztos volt benne; a férfi anynyiszor fogja a csúcsig juttatni, míg el nem vesztik az eszméletüket. Érezte, ahogy a vér meleg cseppekben folyik végig a bőrén. Felpillantott kedvesére; Gabriel arca ismét vadállatéra emlékeztette, s olyan éhesen figyelte kiserkenő vérét, mintha egy ritka, ínyenc lakoma kelléke lenne.

A mozdulat, amivel nyakához hajolt, megdöbbentette Lilyt. A férfi finoman, lágyan nyalogatta a bíborszín cseppeket, míg a lány mozdulatlanul feküdt alatta, s ezt az új, addig ismeretlen érzést fedezte fel. Kellemesen izgató volt, s Lily felbátorodott az élménytől. Átölelte a férfi nyakát, körmei könnyeden cirógatták. Bokáival a hátát fogta körül, s kissé elemelkedett az ágytól, hogy Gabriel tövig vezethesse vesszőjét a testébe. Lágyan ringatta csípőjével a férfit, épp úgy, amilyen gyengéden ő bánt vele.

Hirtelen csiklójába mintha villám csapott volna; az újabb orgazmus áramütésszerűen hatott rá, beleremegett mindene, nedve összekente a combjait, s végigcsordult rajta. Gabriel megérezte, ahogy a lány hüvelye újra meg újra erősen megremeg az élvezettől; az ő testén is reszketés futott végig, s immár cseppekben folyt róla a veríték. Fejét egy pillanatra hátraszegte, gerince pattanásig feszült, izmai sajogtak, de csak a gyönyört érzékelte. Lily teste, ahogy erősen összerándult, egyszer, kétszer... számtalanszor, Gabrielt is megrészegítette. Keményen előredöfte a csípőjét, pupillája teljesen elnyelte íriszét, vadul vette birtokba a lány testét, élvezve a szorítást, azt, ahogy férfiassága bejárja minden centiméterét. Marokra fogta a vörös hajzuhatagot, félrehúzva a lány fejét, majd ismét a szivárgó sebre vetette magát. Fogait az édes húsba vájta, s sebesen, zihálva, veritéktől síkos tagokkal nagyokat kortyolt az éltető vérből, beborítva mindkettejüket nedvükkel.

Lily félig eszméletlen volt; már maga sem tudta, hányadik orgazmusát éli át. Combjai erőtlenül remegtek, míg végül le nem hanyatlottak Gabriel hátáról. Igyekezett betartani, amit a férfinak ígért, de hiába; kezei cserbenhagyták. Ösztönei ellenben kitartottak; csípője még mindig sebesen járt le és fel a férfi vesszőjén, mint aki tudja, hogy az élvezetnek még koránt sincs vége, s minden alkalmat, minden percet ki akar használni, nem törődve vele, hogy teste teljesen legyengült.

Ahogy félig lehunyt szemhéja alól figyelte a férfit, gyönyörködött izmos hátában, testének hullámzásában, hallgatva, ahogy újra meg újra felmordul, majd felnyög az élvezettől, furcsa érzése támadt. Azon kapta magát, hogy tekintete minduntalan Gabriel nyakára téved. Hát persze, gondolta. Éhséget érzett. Tudta, hogy nem lenne elég ereje az iváshoz, így ismét ösztöneit hívta segítségül. Átfogta a férfi tarkóját, nyakába fúrva az arcát, nyelvével könnyeden végigsimítva rajta.

Gabriel érezte, mire készül Lily. Ó, basszus… már kezdetektől fogva erőnek erejével fékezte meg magát, de amikor a lány szinte elvesztette az eszét a sorozatos orgazmusok hatása alatt, látta, érezte gyönyörben fürdő testét, biztos volt benne, hogy nem fogja már sokáig bírni. De a gondolat, hogy egyszerre ízlelik meg egymás testét…

Vesszője egyetlen, hatalmas rándulással kilövellt, betöltve Lily testét, s Gabriel hirtelen egyszerre érzett éles fájdalmat és földöntúli gyönyört. Nem volt ura a testének; csípője keményen hullámzott, forró magjával elárasztva a lányt. Lily, ahogy megérezte, hogy Gabriel éppoly hihetetlen szenvedélyben úszik, mint ő maga, nem várt tovább. Izgalma legyűrte fáradtságát, egy könnyed mozdulattal megsebezte a férfit és szinte habzsolni kezdte a finom bőrt, úgy majszolva a kiserkenő vért, mint kiscica a tejet. Gabrielen újabb orgazmus futott végig, s Lily, ahogy megérezte, hogy nyaka meg-megreszket, nyomban megbizonyosodott, hogy ugyanolyan élvezettel jár mindkettőjük számára a rendkívüli eggyé válás.

Lily teljesen kimerült. Nagyokat lélegzett, érezte, ahogy tüdeje ismét megtelik levegővel. Végignyúlt az ágyon, s Gabriel felé fordult. Erőtlenül elmosolyodott, amikor tekintetük találkozott. A férfi fátyolos pillantása ugyanolyan elégedett kimerültségről árulkodott, amilyet ő is érzett. Végigsimogatta a mellkasát, körme hegyével gyengéden cirógatva a férfi bőrét, amely még mindig nyirkos volt a verejtéktől. Gabriel végigfuttatta ujjait pár hajtincsén, s tekintetével végigsimogatta a lány testét.

Csak nézte Lilyt elfogódott, gyengéd mosollyal, s már épp szólásra nyitotta a száját. Ekkor azonban robajszerű zaj szakította meg meghitt békéjüket. Mindketten odakapták a fejüket; az, amit ők robajként érzékeltek, csupán az ajtó csapódása volt. A szoba bejáratánál ott állt Natilana, Ambroshya és Sirma. Gabriel és Lily kővé dermedtek; moccanni sem bírtak a döbbenettől és a bénító rémülettől.

Natilana amint megpillantotta a két meztelen alakot, felsikkantott, s a falhoz fordulva szája elé kapta a kezét. Ambroshya a döbbenettől csak tátogni tudott, Sirma arca ellenben tökéletesen higgadt volt, s csupán szemöldökét vonta fel kissé az elé táruló jelenet láttán.

– Elnézést, nem tudtuk, hogy zavarunk. – Sirma hangja halk és kimért volt, mint mindig. – Ghela megkért, hogy induljunk a keresésedre, Lyliana. Aggódott, amiért késel a vacsoráról. Úgy látom, félelme alaptalan volt – azzal be is csukta az ajtót, egyetlen mozdulattal elterelve az útból a két testvért, akik még mindig földbe gyökerezve meredtek rájuk.

Lilyék még hallották sietős lépteiket, ahogy továbbindultak a folyosón. Ahogy ismét egymásra néztek, mindketten azt a félelmet látták a másik arcán tükröződni, amit ők maguk is éreztek. Mikor végre magukhoz tértek a közjáték hatása alól, Gabriel talpra szökkent. Bár szíve még mindig hevesen kalapált, kapkodó mozdulatokkal öltözni kezdett, s ahogy magára rángatta a nadrágot, Lily látta, hogy reszket. Ő is követte példáját; a gardróbba rohant, mikor rájött, hogy ruhája immár használhatatlan, s igyekezett rendbe tenni kócos haját.

Gabriel agya lázasan pörgött, miközben a hatalmas fürdőszobatükörben végigpillantott külsején. Nyakán az újabb támadás brutális nyomait még a vak is látta. Pár perccel azelőtt még a világ legboldogabb emberének érezte magát, amiért ilyen emléket viselhet a bőrén. Most viszont... ha kell, tíz körmével kaparta volna le. Gyűlölte a rettegést, amit lebukásuk lehetősége keltett benne. Végiggondolta, milyen kilátásaik lehetnek ezután. Natilana, bár rémült és zavarodott volt, volt annyira lojális, hogy beszélhessen a fejével. Igen, a kislányban megbízhat, gondolta. Nővére már nehezebb eset volt; Gabriel alapvetően szimpatikusnak találta, de Ambroshya túlságosan ragaszkodott a szabályokhoz, s valahogy mintha feltett szándéka lett volna mindenfajta emberi kapcsolatot kerülni, az udvari nevelés mögé rejtőzve. De kedveli Lilyt, emlékeztette magát a férfi. Kedveli, és őt, Gabrielt sem vetette meg származása miatt. Úgy vélte, talán rá is hatással lehet a rábeszélés. Amikor azonban idáig jutott gondolataiban, hirtelen megállt. Épp a szoba közepén rohant át, hogy megnézze, Lily elkészült-e már. Semmi értelme, nyilallt belé a fájó felismerés. Elvégre ott volt Sirma is… A fiatal nő az első pillanattól kezdve többé-kevésbé nyíltan kimutatta irántuk érzett ellenszenvét. Gabriel biztos volt benne, hogy csak alkalomra vár, amikor végignézheti Lily bukását. A férfi saját magát nem féltette. Ugyan, mit tehetnének még vele? Megkínozzák? Abban épp elég része volt már. Megölik? Ha megakadályozzák, hogy a lánnyal maradjon, élni vagy meghalni; egyre megy. De ha az aljas ribanc miatt Lyliana élete is derékba törik, puszta kézzel fojtja meg.

Lehunyta a szemét a borzalomtól. Nem. Nem Sirma volt az egyedüli felelős. Mégis mire számított, amikor ágyba vitte Lilyt? Hogy mindenki tapsikolni fog örömében? Tudta, mit kockáztat, mégis hibázott. Magával rántotta a lányt, aki kitartóan őrizte a titkukat, s akinek fogalma sem volt róla, mit hoz a fejére, ha egy olyan férfival van együtt, mint ő.

Bár még mindig nehezen uralkodott az idegein, új elhatározás ébredt benne; minden felelősséget magára fog vállalni. Ha kell, azt mondja, erővel tette magáévá a lányt, s mindenre kényszerítette. A gondolattól, hogy ilyesmit mondjon, felfordult ugyan a gyomra, de ha nincs más választása, ezt is megteszi.

Lily ekkor lépett ki a gardróbból. Külseje úgy-ahogy rendezett volt ugyan, de mikor Gabriel megpillantotta a sebhelyet a nyakán, felszisszent a látványtól. A lány ellenben nyugodt volt, arca elszántságot tükrözött, amikor a férfihoz lépett.

– Most mit teszünk?

– Ne aggódj! – Gabriel nagyon igyekezett, hogy ne remegjen meg a hangja, miközben átkarolta a lányt, csókot nyomva a feje búbjára. – Nem eshet bántódásod, megígérem.

– Nem félek. – A férfi szíve megtelt melegséggel, ahogy Lily megemelte a fejét, s ránézett. Rémülete továszállt, s a zafírszín szemek immár csak eltökéltséget sugalltak. – Csak azt sajnálom, hogy így kellett kiderülnie. Ez olyan… méltatlan.

Gabriel nem tudott mit felelni erre, csak némán bólintott. Lily szavai és bátorsága új erőt adtak neki, de nem volt biztos benne, hogy a lány tudja-e, mire vállalkozik. Ha a Család elé akar állni, annak a következményei beláthatatlanok lesznek. Igaz, Gabrielt kellemes csalódásként érte az a civilizáltság, ami északon fogadta, de fogalma sem volt, mi vár rájuk, hogyha az Uralkodó tudomást szerez a szentségtörésről. Nem hiába tartott testőröket, s a kemény edzések sem holmi kedvtelés gyanánt szolgáltak. A férfi nem tudott szabadulni a képtől, ahogy Ais a kiképzései során belevetette magát a küzdelembe. Biztos volt benne; ha kell, tudnak erőszakot alkalmazni a Pagoda lakói is.

– Megkeressük Aist – jelentette ki. – Vagy az étkezőben lesz, vagy az irodájában. Azon sem csodálkoznék, hogyha már mindenkit riadóztattak volna.

Lily szemei elkerekedtek. Addig rendben van, hogy Ais és Ghela feladatuknak tekintették, hogy Társat találjanak a számára. De miért olyan nagy dolog, hogy ezt megtette ő maga? Szégyen és düh elegye kavargott benne a gondolatra, hogy a Család minden tagjának beszámoltak a lányok a látottakról. Miért kellene magánéletének minden intim részletéről tudniuk?

– Ez, tudod… nálunk máshogy megy. Mondtam már – válaszolta meg a férfi kimondatlan kérdéseit. Láthatóan többet nem akart mondani erről a témáról és Lily úgy érezte, abban a percben képtelen is lenne rá.

Így hát ő is annyiban hagyta a dolgot. A férfi nyomába iramodott. Mikor egymás mellé értek, Gabriel elkapta a kezét, s úgy szorította, mintha valóban közösen menekülnének egy láthatatlan ellenség elől. A lány tökéletesen összezavarodott, de nem faggatózott. Csak remélni merte, hogy Gabriel szimplán túlreagálja a történteket. De ha mégsem, akkor inkább önként hagyja el a Pagodát, minthogy mindkettőjüket bajba sodorja.

Az étkező már üres volt. Az étel érintetlenül hevert az asztalon. Ez semmiképp nem volt jó jel, így futásnak eredtek, Ais irodája felé véve az irányt. Az ajtóhoz érve kissé kifújták magukat. Lily vett pár mély levegőt, s mikor összeszedte magát, remegő ujjakkal a kopogtató felé nyúlt. A fémgyűrű ágyúdörrenésszerűen érintette a kemény fát, ők pedig torkukban dobogó szívvel vártak.

– Szabad – hallatszott Ais megszokott, selymes hangja.

Szótlanul beléptek a szobába. Ahogy azt Gabriel megjósolta, Ais nem volt egyedül; mellette ült Ghela, összekulcsolt kezein állát nyugtatva. Mikor felpillantott az érkezőkre, Lily megkönnyebbülten látta, hogy arcán nyájas mosoly terül szét. Natilana és Ambroshya a sarokban álltak. Láthatóan rettenetes kínban voltak; Natilana a padlót bámulta egyik lábáról a másikra állva, nővére a kezét tördelte. A testőrség tagjai kifürkészhetetlen arccal sorakoztak fel a könyvespolc előtt. Amel, Tyron és Sirma külön kis csoportba tömörültek. Ahogy a lány tekintete rájuk siklott, újfent rettegés járta át: a két főpap megkeményedett vonásokkal, dühtől villogó szemekkel meredtek rá. Sirma ellenben szertelenül vidám volt. Lilyn az az abszurd gondolat futott át, hogy soha nem látta még ezt a nőt mosolyogni azelőtt.

Gabriel nyugtalanul állt a Család figyelmének középpontjában, Lily látta, ahogy minden izma megfeszül, mint aki felkészült a legrosszabbra. Látszólag nem nézett senkire, tekintetét mereven Aisra szegezve, de a lány biztosra vette, hogy folyamatosan szemmel tartja a jelenlévőket.

Pár percig egyikük sem szólt. Az Uralkodó felállt asztala mögül, kezeit hátán összekulcsolva az ablakhoz sétált, hűen emlékeztetve Lilyt első találkozásukra. Olybá tűnt, hogyha Aisnak komoly közlendője volt, ez segített neki, hogy megfontoltan öszszeszedhesse gondolatait.

Ekkor szembefordult velük, a váratlan mozdulattól Lily öszszerezzent. Gabriel, megérezve a lány pillanatnyi ijedtségét, mellé lépett és védelmezően átfogta a vállait.

Ais azonban nem szólalt meg azonnal, csak tűnődve szemlélte őket, két mutatóujjával szakállát babrálva.

- Lyliana... - fogott bele végül. Hangja éppoly szelíd és megnyugtató volt, mint mindig. - Nem vagyok biztos benne, hogy érted, mi történik most veled. De úgy találtam a legmegfelelőbbnek, hogyha tájékoztatom a Családot a fejleményekről. Persze csakis az engedélyeddel - tette hozzá, udvariasan meghajolva a lány előtt.

Lily kissé megkönnyebbült az előzékeny szavak hallatán. Rábólintott hát, bár meggyőződése volt, hogy a tájékoztatás felesleges. Teljesen egyértelmű volt, hogy a Család mindent tud. Ahogy elnézte a testvérek szorongó kettősét, s Sirma kaján, ravasz mosolyát, biztos volt benne, hogy nem Natilana vagy Ambroshya keze van a dologban.

- Nos... - fordult az Uralkodó a jelenlévőkhöz - bizonyára sokatoknak fülébe jutott már egy s más az éjszaka eseményeiről. Azonban szeretnék gátat szabni a pletykáknak és találgatásoknak. Mint ahogy azt tudjátok, Gabriel és Lyliana nem jelentek meg az esti étkezésen. Így bölcsebbnek találtam, ha értük küldetek. Reus elindult, hogy megkeresse Gabriel herceget, míg Sirma a hercegnő szobájához sietett, ahova leányaim is vele tartottak. Lyliana hálószobájában találtak rájuk, amint épp kettesben töltötték az időt, s Lily átesett az első alkalmon.

A lány fülig pirult a kendőzetlen beszámolót hallgatva. Gabriel ellenben tajtékzott a dühtől. Mi a francért kell még meg is aláznia Lilyt ezzel a nyilvános szónoklattal?!

Az arcok egyike sem tükrözött meglepetést. Ais nyilván nem tudott semmi újat mondani nekik.

- Mondanom sem kell, hogy ez egy rendkívül kellemetlen helyzet mindannyiunk számára. - Itt lányaihoz fordult. - Sajnálom, hogy ilyen kínos közjátékot kellett átélnetek, gyermekeim. Bizonyára kényelmetlenül érzitek magatokat. Ugyanakkor egyikőtök sem gyerek már, így bízom megértésetekben és bölcsességetekben. - Arcán elnéző mosoly terült szét, ahogy lányait figyelte. Ambroshya feszülten összeszorította ajkait, s aggódó pillantást vetett Natilanára. Lily szeme is a fiatalabbik testvéren akadt meg. Natilana testtartása ugyanis megváltozott apja szavai hallatán. Kihúzta magát, s arcán különös módon tétova remény jelent meg.

Lily hasonlót érzett, ahogy a férfit hallgatták. Megértés? Kínos közjáték? Talán mégsem olyan szigorú, mint amilyennek Gabriel képzelte, gondolta.

Amikor Ais átható, sötét tekintete Lilyre ugrott, mégis újra összeszorult a gyomra, s remegő tagokkal várta a folytatást.

– Lyliana, mint mondtam, ez egy rendkívül kellemetlen helyzet. – Amikor a lány szemeibe nézett, szomorúság vette át a helyét meleg mosolyának. – Ha nem tévedek, párom és jómagam közvetlenül azelőtt beszéltünk neked a társválasztásról, mielőtt ez megtörtént volna. Feltételezem, hogy nem hirtelen ötlet szülte, hogy Gabrielt a hálótermedbe fogadd.

Azok ketten a fejüket rázták. Igaz ugyan, hogy ez a mostani nagyon is spontán volt, de nem tehettek úgy, mintha nem lett volna előzménye.

– Kérlek, mondjátok el, miért nem tájékoztattatok minderről. – Hangjában olyan csalódottság csengett, melytől egyből bűntudat járta át Lilyt.

– Én... – szólalt meg Lily félelemtől rekedt hangon – én azt hittem, az ilyesmi magánügy.

Szavai hallatán a jelenlévők felhördültek. A lány értetlenül nézett végig rajtuk. Rájött, hogy valami hatalmas tiszteletlenség szaladt ki a száján, de még mindig nem értette, miért olyan nagy ügy ez az egész.

Ais figyelmeztetően felemelte a kezét, csakúgy, mint a tanácskozásokon, s a gesztus ismét megtette hatását. Bár a többség arcáról sütött a mélységes felháborodás, jobbnak látták, ha csöndben maradnak.

– Ebben természetesen egyetértünk – szögezte le. – De meg kell értened, az első alkalom senkinek sem könnyű. Ezért ajánlottuk fel a segítségünket. Tisztában vagyok vele, hogy érett nő vagy, így igazán nagy illetlenség lenne a részemről, hogyha megpróbálnék beleavatkozni a magánéletedbe. Azért reméltem, hogy megtisztelsz bizalmaddal, mert a pozíciód miatt mindennek diplomáciai jelentősége is van. Felkutattuk az alkalmas jelölteket, s most mindenképp be kell számolnunk nekik a helyzetről. Nem kell félned, elsimítjuk a dolgot. Mindenesetre könnyebb lett volna a dolgunk, hogyha tisztán látjuk a helyzetet.

Lily határtalanul megkönnyebbült. Ugyanakkor most már megértette, miért volt Ais olyan szomorú és csalódott; megtiszteltetésnek vette volna, hogyha a lány beavatja a titkába. Milyen ostoba is volt! Ahogy az Uralkodó kiábrándult vonásait nézte, azt kívánta, bár visszatekerhetné az időt, hogy őszintén beszélhessen.

Gabriel tökéletesen megzavarodott. Álmában sem hitte volna, hogy ilyen simán megússzák. Ahogy viszont Aist hallgatta… biztos volt benne, hogy Ghela és ő sokkal körültekintőbben válogattak a férfiak között, mint ahogy anno azt vele, Gabriellel tették szülei.

Egy pillanat – szólalt meg, s közben úgy érezte, mintha valaki más beszélne helyette. Önkéntelenül ejtette ki a szavakat, melyek megállíthatatlanul törtek elő belőle. – Elnézést, Ais, de nyilván te is tudod, hogy a Nyugati Klán egyik Családjának tagja vagyok.

A szobában lévők némán figyelték őt, s úgy járt pillantásuk közte és az Uralkodó között, mintha teniszmeccset néznének.

– Így van – bólintott a király, s olyan várakozóan nézte a férfit, mint aki nem érti, mire akar kilyukadni.

– Öhm… de hát… – Gabriel csak hebegni tudott. Ez nem áll össze – gondolta. – Nem tudod, melyik Családból?

– Természetesen tudom, fiam – s Gabriel megdöbbenve látta, hogy Ais elmosolyodik. – Attól tartasz, hogy nem vagy elég jó Lilynek? – kérdezte lényeglátóan, majd meg sem várva a választ, folytatta: – Ezért nehezítetted meg annyira a dolgomat? Bárhogy is próbáltalak szóra bírni, kitartóan bezárkóztál előttünk – azzal feleségéhez fordult, aki kitartóan mosolygott rá. – Ajaj, kedvesem – sóhajtott fel az Uralkodó. Száján huncut mosoly játszott. – Mennyi baj van ezekkel a gyerekekkel, látod.

Ghela felnevetett, miközben végigsimított párja karján. Azok ketten most már egyszerre fordultak feléjük, örömtől ragyogó arccal.

Lily boldogan viszonozta mosolyukat. Gabriel ellenben különös módon nem nyugodott meg. Mi több, a lánynak az volt a benyomása, hogy a férfit dühítik Ais szavai. Kapkodva, felületesen lélegzett, ökölbe szorult kezekkel, s arca kivörösödött a haragtól. A lány ekkor kénytelen volt riadtan félreugrani; a férfi váratlanul üvölteni kezdett, s bömbölése olyan volt, mintha hirtelen orkán csapott volna le rájuk. Nem törődött semmivel, csak indulattól fröcsögve a király arcába kiabált.

– A Családom ölte meg Lydiát! – Felsőteste előredőlt, mintha csak másodpercek választanák el attól, hogy az Uralkodó torkának ugorjon. – Tudom, biztos vagyok benne, s ne mondd, hogy te nem sejted ezt már régóta! Mégis nekem adnád Lilyt? Miért hiszed, hogy különb vagyok, honnan veszed, hogy...

– Elég! – Ahogy Ais felbődült, hangjától megremegtek a falak, s könnyűszerrel túlharsogta Gabriel tombolását is. – Ne merészelj így beszélni olyasmiről, amiről nem tudsz semmit! Tudom, hogy melyik Család a vétkes, ahogy azt is, hogy te már régen elhagytad őket, pontosan azért, mert különb vagy, mint ők!

– De tőlük származom, az ő átkozott vérüket hordozom magamban, én...

Ekkor azonban Ais az asztal elé ugrott, s két öklével akkorát csapott a kemény falapba, hogy az behorpadt kezei nyomán, akár az olcsó műanyag. Gabriel megszeppenve pislogott a férfira. Nem mintha a kiabálás vagy a törés-zúzás rémítette volna meg. Azzal nem tudott mit kezdeni, hogy Ais különbnek tartja a többieknél, hogy ennyire megbízik benne, hogy teketóriázás nélkül rábólint arra, hogy unokahúga őt választotta...

Látva, ahogy Gabriel arca hűen tükrözi a lassú rádöbbenést, Ais hangja ismét higgadtan csengett. Mintha csak kapcsolóval tudta volna szabályozni érzelmeit.

– Nem tanultad még meg, fiam; nem az számít, honnan jöttél, hanem, hogy mivé válsz. Én pedig egy ígéretes fiatalembert látok, aki átélte már a poklot, de minden tapasztalatából tanult.

– Úgy tudom, a vér szent a számotokra – jegyezte meg makacsul a férfi, kitartóan bámulva meztelen lábfejét.

– Így van – bólintott a király. – De a tanításokat sokféleképpen lehet értelmezni. Tartok tőle, hogy a te Családod rossz útra tévedt, mikor vérük tisztaságával foglalatoskodtak. *A vér szent* – annyit tesz az én olvasatomban, hogy az élet szent. Minden élet szent.

A férfi végképp nem tudott megszólalni. Érezte, ahogy szemei megtelnek könnyek. A picsába, nem bőghetsz itt mindenki előtt! Gyors mozdulattal megtörölte szemeit, meghatott tekintetével Lilyt keresve. A lány ismét közel lépett hozzá. Boldog mosolya láttán Gabriel még jobban elérzékenyült. Sosem hitte volna, hogy sorsa ilyen váratlan fordulatot vesz. Csak gyönyörködött kedvese arcában, aki kitartott mellette, aki megbocsátott neki, akit nem taszít a förtelmes vérvonal, s aki most is büszkén áll az oldalán...

– Még egy szóra, ha megengeditek – szólalt fel ismét Ais. – Előre is bocsánatotokat kell kérjem, de jelen helyzetünkben meg kell kérdeznem: amit az imént első alkalomként említettem... nos... valójában nem most történt meg először, jól sejtem?

Lily kezdte úgy érezni magát a vége-hossza nincs bólogatástól, mint egy idétlen gyerekjáték.

– Ezek szerint a bálon büszkén jelenthetem be a visszatért Lyliana hercegnőt és párját, Gabriel herceget?

– Igen – vágta rá Lily. Gabriel pillantását csak szeme sarkából érzékelte, mindenesetre bátorítóan megszorította a kezét.

Ais elégedetten rájuk mosolygott, csakúgy, mint Ghela. Ahogy körülnéztek, jobbára csakis kedves arcokkal találkoztak. Natilana végtelenül megkönnyebbültnek látszott, s szokásos szertelen mosolyával nézte őket. Ambroshya legalább annyira meg volt hatva apja szavaitól, mint Gabriel. Ajkai megremegtek, ahogy feltörő sírását próbálta meg visszafojtani. Reust kivéve a Testőrség tagjai is egyetértően bólogattak, a férfi ellenben úgy festett, mintha fuldokolna saját, ki nem mondott gondolataitól. Szokásos sötét tekintetével méregette Gabrielt.

– Nem!

Mindenki a rikoltó hang felé fordult, mely széttörte az érzelmekkel túlfűtött, meghitt csendet, felrázva mindenkit, visszarántva a rideg valóságba.

Sirma volt az. Lily hitetlenkedve meredt rá. Nem mintha ellenkezése lepte volna meg. A fiatal nő mindig összeszedett és kimért volt. Míg azt egyetlen szóra sem méltatta, amikor rajtakapta kettejüket meztelenül, most arca tomboló haragot tükrözött. Könnyek folytak végig az arcán, mely izzott a haragtól. Dühödt sírása azonban egyáltalán nem keltett sajnálatot a szemlélőjében. Félelmetes volt, ahogy ez a visszafogott nő egyszer csak szabadjára engedte minden, addig gondosan rejtegetett indulatát.

Ais ellenben maga volt a megtestesült nyugalom, amikor ránézett. Arca udvarias érdeklődést tükrözött, s kérdően felvont szemöldökei alól várta a folytatást. Lily nagyon bizarrnak találta, hogy a király szinte közönyösen vizslatja Sirma dühtől és keserűségtől kétrét görnyedt, zokogó alakját. Őt magát a rosszullét kerülgette.

– Parancsolsz? – szólalt meg végül a férfi, látva, hogy a nő nem hajlandó folytatni.

– Sirma, hallgass! Ne rendezz jelenetet! – Amel hangja éppoly halk, üres és színtelen volt, mint minden alkalommal, ha Lily nagy ritkán beszélni hallotta.

A lány akaratlanul is megsajnálta Sirmát. Amel kifejezéstelen arccal meredt a gyermekére hideg, szürke szemeivel. Nem lépett közelebb hozzá, csak állt, szertartásosan összekulcsolt kezekkel. Lily most nézte meg először jobban az asszonyt. Haja halványszőke volt, szemei pedig a szürkének abban az árnyalatában játszottak, amely komor sziklák képét idézte fel a lányban. Általában némán járt-kelt a Pagoda falai között, s a közös étkezések alkalmával sem szólalt meg. Natilana azt mesélte, Amelből csak a tanítások alkalmával folyik a szó, de éppoly színtelenül és unalmasan, mint amilyen az asszony maga. A kislány a maga cserfes stílusában akkor azt fejtegette, hogy lénye ilyenkor olyan hipnotikus erővel bír, hogy komoly önfegyelem kell ahhoz, hogy az ember ne aludjon el az óra közepén, vagy ne meneküljön el sikítva a közeléből.

– Szégyent hozol ránk a viselkedéseddel – szólt rá most Tyron is leányára. Olyan volt, mint Amel férfi mása.

– Elég volt! – rikácsolta Sirma, akár egy elmebeteg, görcsösen remegő kezével Aisra mutatva. Többen a szájuk elé kapták a kezüket, az Uralkodó azonban az asztalon pihentette hosszú ujjait, s rezzenéstelen tekintettel figyelte őt. – Nővéred szégyent hozott a vérünkre! Van fogalmad róla, hányan nevettek rajtunk a Klánok tagjai közül, miközben nézték, ahogy elhagy mindent és mindenkit, nem tisztelve semmit, ami szent? Összeállt azzal az emberrel, azt hittem, biztos voltam benne, hogy miután megszabadultunk tőle, minden gondunk megoldódik! Akkor pedig a fülünkbe jutott, hogy megszülte a fattyát, s nem volt elég, hogy te szótlanul tűrted mindezt, idehozattad a korcsot! Hercegnői címmel ajándékozod meg, lemondasz a trónról a javára! Vakon rohansz a vesztedbe, halálra ítéled fajod nem egy tagját, aki van olyan bolond, hogy melléd álljon, Ais! Meggyengültél, s ugyanolyan tiszteletlen vagy, mint az ostoba nővéred volt! – azzal az Uralkodó lába elé köpött.

Larion és Chryan odapattantak Sirmához, megragadva kétfelől a karját. A nő feljajdult fájdalmában, de a testőrök nem törődtek vele. Szemük vibrált a haragtól, arcuk remegett, de nyugalmat erőltetve magukra, kitartóan figyelték Aist, az utasítására várva.

A többiek nem mozdultak. A szavak hallatán Ambroshya és Natilana felsikkantottak, Ghela pedig olyan arccal meredt Sirmára, mintha egy egészen új embert látott volna meg benne. Demetrius legalább olyan kétségbeesetten figyelte a jelenetet, mint a testvérek. Reus ellenben olyan aggodalmas arccal nézte Sirmát, ami tökéletesen idegen volt természetétől. A fiatal nő szüleit viszont, olybá tűnt, semmi nem tudja kimozdítani közönyéből.

Lily képtelen volt levenni a szemét Sirmáról, s szemei szinte kiugrottak az üregükből a döbbenettől és az elborzasztó felismerésről. A fiatal nő arcán most olyan élveteg, mindentudó kifejezés ült, hogy a lány biztosra vette: egyedül ő ismeri Lydia halálának részleteit.

Gabriel szíve szerint ellökte volna a testőröket a nő mellől, hogy puszta kézzel téphesse szét az ócska ribancot. Zúgott a füle, s homályosan látott a dühtől. Érezte, hogy arcizmai a szokásos bestiális vonásokba torzulnak, de most semmi más nem érdekelte, csak az, hogy Sirma bűnhődjön.

– Mit tudsz Lydesiana haláláról? – kérdezte csendesen a király. A kérdés hallatán a nő hisztérikus nevetésben tört ki. A jelenlévőket kirázta a hideg az élettelen, kegyetlen hangtól. – Jobban teszed, ha beszélsz – folytatta Ais, tudomást sem véve Sirma kárörvendéséről. Megfontolt léptekkel az egyik hatalmas gyertyatartóhoz sétált, mely három vörös viaszú mécsesnek adott helyet. Egyetlen kézmozdulatával lángra lobbantotta őket. Két kezében a bal oldalit dajkálva lassan a nőhöz lépett. – Gyenge vénember vagyok, de elég jól értek a meggyőzéshez.

Lily kavargó érzelmei ellenére elismeréssel figyelte Sirma arcát, mely meg sem rezdült a szavak hallatán. Kifejezéstelen maradt akkor is, mikor a férfi az égő gyertyával a kezében olyan közel hajolt hozzá, hogy arcuk szinte összeért. Ais hangja most nem olyan volt, mintha valaki folyamatosan lágy balzsammal masszírozta volna a hangszálait. Könyörtelen, hideg acélként metszette a levegőt. Bár a férfi továbbra is nyugodt volt, teste mintha élő fáklyává változott volna, olyan hőt árasztott pusztító haragja. Arca épp olyan állatias kifejezést öltött, mint azt Gabrieltől már oly sokszor látta. Csak épp az a fajta izzás hiányzott róla, ami Gabrielt ilyenkor mindig oly vonzóvá tette. Barna szemeiből most mindenfajta melegség hiányzott, ahogy megvetően vizslatta Sirma arcát, akinek végül megeredt a nyelve:

– Miután Lydesiana elhagyott minket, bezárkóztál, s nem vettél részt a politikában. A Klánok közti kapcsolat meggyengült, s meg is szűnt létezni. Sokan nehezményezték, hogy elfordultál tőlünk, s nem fogadták el Lydesiana távozását sem. Mindkettőtöket elítélték, s elítélték a Családot is. Tudtam, hogy tennem kell valamit, mert a Család többi tagja túl gyenge volt hozzá, hogy lépjen. Felkerestem hát azt a Klánt, amely a legszélsőségesebb nézeteket vallotta. – Itt szünetet tartott, s olyan pillantást lövellt Gabriel felé, mintha az csak valami mocsok lenne a cipőjén. – A Rosewill melletti Család tűnt a legalkalmasabbnak.

Vérszomjasak, gátlástalanok voltak, és végtelenül ostobák. – Ismét megvetően végigmérte a fiatal férfit, majd folytatta: – Elláttam őket minden szükséges információval, kiderítettem, hol él a szégyenletes nő, akit nővérednek hívsz. Mindent nekem kellett csinálnom, s jól is tettem, mert már azon is csodálkoztam, hogy azok ott az ajtót megtalálják a koszos lyukon, amit otthonuknak neveztek. – Mindezt olyan gőgös hangon adta elő, hogy ez ember azt hihette volna, valamiféle különösen nagy hőstettel dicsekszik el éppen. Mikor a mondat végére ért, ezúttal Gabriel és Lily lába elé köpött. Larion és Chryan rántottak egyet rajta, de Sirma már ezzel sem törődött. Már-már nosztalgiázó kifejezés jelent meg az arcán, aminek láttán Lily émelyegve a mellkasához kapott. Szíve szerint sarkon fordult volna, hogy ne kelljen a visszataszító nőt néznie. – Miután meghalt, a megegyezés szerint értesítettek a hírről.

– Mi lett a testével? – Ais szavaiból immár alig lehetett érteni valamit.

Sirma egykedvűen vállat vont.

– A továbbiakat rájuk bíztam.

– Mi lett az apámmal? Oliver Craigwood hogyan halt meg? – vágott közbe Lily. Előre rettegett a választól, de indulattól remegő tagjai minden erejükkel az igazságot követelték.

A jelenlévők dermedten várták a választ.

– Fogalmam sincs – felelte hűvösen a nő. Lilyre még ránézni sem volt hajlandó. – A fajtája nem éri meg a fáradságot.

Ais felegyenesedett. Arca vészjósló kifejezést öltött, szemei szinte lángoltak a gyűlölettől. Őt nézve mindenkit félelem járt át. Nem tudták, mi fog következni, mi lesz Sirma sorsa.

Ekkor azonban a fenyegető légkört valami egészen váratlan törte meg; Amel vetődött közéjük, térdre esve a király előtt. Nem mert a szemébe nézni, összekulcsolta kezeit lesütött tekintete alatt, s előre-hátra ringatózott fájdalmában.

– Kérlek, Ais, könyörgök, légy nagylelkű, kíméld meg a leányom életét – s torkából keserves zokogás tört fel.

Mielőtt az Uralkodó felelhetett volna, Sirma közbevágott. – Kelj fel! Kelj fel, ne merészelj elé térdelni, csúszni-mászni előtte, mint egy korcs kutya! Mindig is olyan gyenge voltál, nem voltál képes rá, hogy megtedd, amit kell, csak szónokolni tudsz állandóan! Az ég áldjon meg, kelj fel, és fogd be végre a pofád! – préselte a szavakat fogai közt, ajkai közül hatalmas cseppekben fröcsögött a nyál, arca tűzpiros volt a dühtől és a szégyentől, ahogy összeszűkült szemekkel figyelte az anyját. Úgy vicsorgott az asszonyra, mintha puszta fogaival akarná apró cafatokra tépni. A két testőrnek most már minden erejét össze kellett szednie, hogy féken tudják tartani.

Ais az előtte kuporgó nőre emelte a tekintetét, aki immár két kézzel a lábába kapaszkodott, könnyekkel áztatva szürke vászonnadrágját. Se nem látott, se nem hallott, csak megállíthatatlanul zokogott. Mikor ismét megszólalt, sírástól eltorzult hangjától alig lehetett érteni, mit beszél.

– Felajánlom a Cserét. Kiváltam lányom bűneit. Kész vagyok bármire, ha megkíméled őt.

Ais jól látható szánalommal nézte az asszonyt. Megsimogatta a fejét, mivel a szőke fürtök voltak az egyetlenek, amelyeket elért. Lilynek feltűnt, hogy remeg a keze, ahogy támaszt adóan próbál kinyúlni az asszony felé. Amel azonban elszántan kapaszkodott a férfiba, akinek immár komoly fájdalmat okoztak a lábába mélyesztett körmök és Amel súlya, ahogy egész testével belé csimpaszkodott.

– Te, teee… szánalmas, szerencsétlen, mihaszna… – Sirma ádáz becsmérlése féktelen ordításba torzult. Odakint hirtelen elsötétült az ég, s villám cikázott át rajta. A szobában minden világítás kialudt, s ugyanebben a pillanatban Larion felüvöltött: – El ne engedd!

Azonban már késő volt. Sirma láthatatlanná vált, s eltűnt az éjszakában. Amel eszeveszett sikolyt hallatott, s mikor ismét kigyúltak a fények, kétségbeesetten forgatta a fejét lánya után. Ais az ablakra tekintett; összehúzott szemekkel fürkészte az éjszakai eget, mintha csak követni tudta volna Sirma útját. Ismét Amelhez fordult, miközben szótlanul hagyta, hogy a testőrök és Gabriel tehetetlenül az ablakhoz rohanjanak. – Kérlek, most állj fel! – azzal megfogta Amel karját és talpra segítette az asz-

szonyt, s közben Tyronra emelte tekintetét, aki addig a döbbe-
nettől és iszonyattól némán tátogva állt az események sűrűjé-
ben. Szemeiben könnyek csillogtak.

– Vedd oltalmadba a párod.

Tyron csak némán bólintott, magához vonva Amelt, két kezé-
vel a hóna alá nyúlva. Az asszonynak láthatóan még annyi ere-
je sem volt, hogy megtartsa saját súlyát. Ghela villámsebesen
odaszökkent, s egy széket segített alájuk. Tyron leült rá, ölébe
vonva párja testét, gyengéden simogatva a fejét, ajkát a hajához
szorítva. Arcán könnyek csordultak végig.

Ais ezután hosszú percekig csak fel-alá járkált; a jelenlévők
alig tudták tekintetükkel követni sebes lépteit. A csöndet csak
Amel csuklásai törték meg. A király, miután kissé lehiggadt, leg-
alábbis annyira, hogy újfent beszélni tudjon, párjához fordult: –
Ghela, kérlek, kísérd le a lányokat az étkezőbe. Bizonyára meg-
viselték őket a látottak.

A királyné bólintott, s az Uralkodó még be sem fejezte a mon-
dandóját, amikor Ambroshya Natilanát támogatva elindult az
ajtó felé.

Miután távoztak, Ais Amel és Tyron felé fordult. Az asszony
némán, rettegéstől megnyúlt arccal figyelte őt. Arca tömény
iszonyatot tükrözött, ajka remegett. – Nem áll szándékomban
kárt tenni a lányotokban. Figyelembe veszem nekünk tett, több
éves szolgálatotokat. De muszáj lesz megkeresnünk – egyszer
már elárult minket, így minden bizonnyal újra megteszi majd,
amint alkalma lesz rá. Nem hagyhatom, hogy veszélybe sodor-
ja a Családomat – ez az ügy immár túlmutat rajtam.

– Engedd meg, hogy mi keressük meg. Hadd induljak lányom
keresésére! – sírt fel az asszony újra.

Ais keserűen megcsóválta a fejét. – Őszintén sajnállak, Amel,
mert olyasmi után sóvárogsz, ami sosem lehetett a tiéd. Sirma
nem fogja viszonozni a szeretetet, amit tőled kap.

– Nem számít. Csak épségben tudhassam.

– Tisztelem az önfeláldozásod – hajolt meg előtte az Uralko-
dó. – Épp ezért tartok tőle, hogyha mégis megtalálnád őt, segít-
ségére lennél a szökésben. Ugyanakkor méltatlan lenne részem-

ről, hogyha elítélném az anyát, aki óvja gyermekét. A keresésére indulhattok, ha így óhajtjátok – felelte végül, ismét hátat fordítva nekik, visszasétálva az asztalához. – Adok nektek némi előnyt, mielőtt magunk indulnánk utána.

– Fenséged megtisztel – szólalt meg Tyron. Amel buzgón bólogatott, miközben felemelkedtek ültjükből. Tyron mélyen meghajolt Ais előtt. A régi bajtársak nézték egymást, mély, őszinte fájdalommal a szemükben. Mindenki tudta, mi dőlt el ebben a pillanatban; ha Amel és Tyron túl is élik ezt az utazást, sosem térnek vissza többé a Családhoz.

Ais végül kezét nyújtotta felé az asztal fölött, melyet Tyron melegen megszorított. Az Uralkodó kereste a szavakat, de végül csak annyit mondott: – Ég veled, barátom. Óvjanak az Istenek.

Tyron biccentett, miközben még mindig csorogtak a könnyei. Ezután a pár Lily és Gabriel felé fordult, s mélyen meghajoltak előttük is, megadva azt a tiszteletet, ami kijárt a hercegi párnak. Azok megrendülten viszonozták a gesztust. Gabriel úgy érezte, életében először hajt fejet őszintén valaki előtt, úgy, hogy az tényleg szívből jövő nagyrabecsülését tükrözi.

Ezúttal Amel és Tyron váltak köddé. Mindenki révetegen nézte hűlt helyüket. Az éjjel történtek hatásuk alatt tartották a Pagodát. A jelenlévőkben kavarogtak az érzelmek, kósza, zavaros gondolatok kergették egymást a fejükben. Néha valaki szólásra nyitotta a száját, csak azért, hogy újra becsukja. Nem kárhoztatták egymást; mindegyikük úgy érezte, jót tenne, ha beszélnének, de képtelenek voltak megfogalmazni érzelmeiket.

Egy idő után feladtak minden meddő kísérletet, hogy megtárgyalják a történteket. Larion, Chryon és Demetrius az alagsorba vonultak, edzéssel készültek levezetni a bennük felgyülemlett feszültséget. Ais követte párját; Ghela és gyermekeik közelsége mindig megnyugvást jelentettek a számára.

Gabriel Lily szobájában tért nyugovóra, habár egyikük sem aludt egy percet sem. Az öröm és a gyász, a bosszúvágy és a fájdalom állandóan váltakoztak bennük, mintha csak egy kegyetlen óra mutatója kattogott volna az elméjükben, mely idő helyett érzelmekre lett volna állítva.

Gabriel szenvedett a bűntudattól. Ahogy Amel földön vergődő alakját nézte, azt kívánta, bár ő feküdhetne ott, Cserét ajánlva. Hát beigazolódott legszörnyűbb gyanúja. Mikor a merényletet elkövették, ő már messze járt, elhagyva Családját, többé-kevésbé beilleszkedve az emberek közé. Nem tudott semmit Lydiáról, s csak azért gyanította, hogy a Nyugatiaknak közük lehet a halálához, mert nem tudott elképzelni gyűlölködőbb, bosszúszomjasabb gyülekezetet. Tartott tőle, hogy Lily végképp hátat fordít neki, ha mindezt elmondja, de úgy érezte, muszáj megtennie. Lilynek talán eszébe jut, ami az ő lelkét is mardosta; hogyha a Családdal marad, legalább némi esélye lett volna rá, hogy megmentse Lydiát. Úgy érezte, ehelyett gyáván megfutamodott.

Felkönyökölt Lily mellett. Olybá tetszett, élete legnehezebb feladata előtt áll. A lány azonban türelmesen várta, hogy megszólaljon.

Gabriel elmondta, amit Lydiával kapcsolatban érzett s tudott, de most, hogy belefogott, úgy tűnt, abbahagyni sokkal nehezebb feladat. Vízözönként törtek elő belőle a szavak, melyeket eddig elnyomott magában. Így hát beszámolt neki mindenről; Családja életmódjáról, Assinóról, Isráról és Ravenről, sőt még Sophie-ról, és az érte kapott büntetésről is.

Ahogy ehhez a ponthoz ért a történetben, arca valahogy megváltozott. Lily aggódva figyelte vonásait. Gabriel tekintete a semmibe révedt, s zaklatottan felült fektéből. Nem is pislogott, írisze mintha üvegből lett volna, hangja monotonná és üressé vált. Lily feszülten vizsgálgatta a férfi fáradt, szomorú arcát. A lány összeszorította az ajkait. Szerette volna megölelni a férfit, de tudta, hogy Gabriel nem tudná elviselni, ha megérezné szánakozását. Sutén megsimogatta hát az arcát. A borosták lágyan sercegtek óvó keze alatt, s megkönnyebbülten látta, hogy Gabriel finoman az őt érintő kézhez simul.

Szeretett volna mondani vagy tenni valamit. Bármit, amivel könnyebbé teheti számára az elmúlt éveket. Amivel egy csapásra könnyíthet a férfi fájdalmán. De nem jött ki egy hang sem a torkán, s pontosan tudta, hogy nem tehet semmit. El sem tudta képzelni, mit kellett átélnie a hosszú évek alatt. Lily szeretett

volna közbevágni, elmondani neki, hogy cseppet sem hibáztatja
a történtekért. De a férfi csak folytatta – olybá tűnt, élete minden addigi percét szavakba öntve. A lány jobbnak látta hát, ha
hagyja beszélni; meg volt győződve róla, hogy a férfi még sosem
vallotta meg mindezt senkinek. Beszámolója itt-ott megakadt;
hosszú percekig csak hallgatott, keresve a megfelelő szavakat,
vagy talán egyszerűen csak időre volt szüksége, hogy erőt gyűjtsön. Hirtelen hadarni kezdett, majd monológjában újabb szünetek álltak be; egyesével préselt ki magából minden egyes szót
mély, remegő hangon, felületesen lélegezve, akár egy fuldokló, aki, fel-felbukkanva a felszínre segítségért próbál kiáltani.

Gabriel motyogása egyszerre szinte mániákussá vált. A lány
már abban sem volt biztos, hogy érzékeli az ő jelenlétét. Kezei
lejjebb siklottak az arcáról, s immár a mellkasát dörzsölték. Fel
akarta hívni valahogy magára a férfi figyelmét, hogy visszarántsa a jelenbe.

Működött; Gabriel felé fordította a tekintetét, s szemei lassan feltisztultak. Próbált rámosolyogni Lilyre, de ajkai keserű
fintorba húzódtak, s szemei zavarossá váltak a bennük felgyülemlett könnyektől. A lány komoly maradt. Szerette volna, ha
a férfi tudja; bánkódhat, dühönghet, ha úgy tartja kedve. Nem
kell megjátszania magát előtte.

Gabriel vonásai ellágyultak, s arcán finom mosoly terült
szét, ahogy belefeledkezett Lily zafírszín tekintetébe. Fölé hajolt, s óvatos ajkai lágyan birtokba vették a száját. Amilyen megtört volt az imént, oly finoman csókolta most a kedvesét. Lily
elolvadt a férfi ölelésében, s egész teste megborzongott, ahogy
nyelvük lassan összeforrt. Olyan könnyeden fonta körül karjaival a derekát, amennyire csak tudta; ujjai a hátát cirógatták, s
minden figyelmét neki szentelte. Csak arra koncentrált, hogy
minden gyengédségével körülölelje a férfit, akár óvón ringató
bölcső a gyámoltalan gyermeket. Érezte, ahogy Gabriel testén
enyhe reszketés fut végig. Lily csak elképzelni tudta, mennyire
megkönnyebbült, most, hogy születésétől kezdve magával hordozott titkait végre megoszthatta. Mintha minden egyes kiejtett szava nyomán újabb csepp fájdalomtól szabadult volna meg,

mintha a véget nem érőnek tűnő beszéd közben lassan távoztak volna belőle az alattomos démonok, melyek egyedüli társai voltak addigi élete során. A lány úgy érezte, kedvese teljesen kimerült; minderről beszámolnia olyan volt, mintha egy gyermeket hozott volna a világra. Csak épp ez a gyermek a pokolban fogant.

A férfi beleomlott Lily ölelésébe, arcát a hajába temette, mélyen beszívta az illatát, s ujjai elragadtatottan járták be az asszony bársonyos bőrét. Az elméje teljesen kiürült, nem létezett számára más, csak ez a törékeny test.

Még soha nem érzett ilyet; bár nem szeretkezett a lánnyal, mégis oly szoros egységben olvadtak össze, amit el sem tudott képzelni azelőtt. Rengeteg nővel lefeküdt már, s bár teste minden alkalommal földöntúli gyönyörben fürdőzött, minduntalan csalódottság töltötte el a szívét... amilyen szép volt a külsejük, oly üresek voltak. De Gabriel elszántan keresett... valamit. Kutatott valamiféle csodát, melyet mohón meg akart tapasztalni, bár maga sem tudta volna megfogalmazni, mire vágyakozik.

S most, ahogy Lilyt tartotta a karjaiban, könnybe lábadtak a szemei. Megtalálta. Számára ez a lány maga az élet volt.

Testük összepréselődött, minden tagjukkal szorosan körülfonták egymást. Lily hallgatta a férfi lélegzetvételeit, szíve dobogását, beszívta az illatát. Maga sem tudta, mennyi ideig feküdtek így, néma támaszként egymás számára a végtelen fájdalomban. A lány szemébe könnyek szöktek; végre társra talált.

Natilana gondolataiba merülve tanulmányozta az atlaszlepkét, mely előrenyújtott kézfején pihent.

Sokszor bújt el édesanyjuk üvegházában, hogyha szomorú vagy dühös volt. Amikor gyermekkorukban összeveszett valamin Ambroshyával, akkor is ide menekült, s duzzogva bebújt az egyik fonott karosszék mögé.

Még mindig nem tudott napirendre térni az elmúlt időszak eseményei fölött. Sosem kedvelte Sirmát, de álmában sem képzelte volna, hogy a nő képes ilyen aljas árulásra.

Újfent eszébe ötlött a kép, ahogy Gabriel és Lily meztelenül feküdtek egymás mellett a hercegnő szobájában, a véres ágyneműn. Minden apró részlet együttlétükről árulkodott. Natilana fülig pirult a jelenettől. Ugyanakkor nem hitte volna, hogy ennyire megrázza majd az ilyesmi. Élesen emlékezett rá, hogy fordult el az ajtótól, s milyen sikkantás tört ki belőle. Szégyenkezve megrázta magát; a pillangó méltatlankodva arrébb rebbent, nyugodtabb pihenőhely után nézve.

Lassú, csoszogó léptekkel járta körbe a kis, téglalap alakú helyiséget, mélázva tekintve ki üvegből készült falain, messzire, a birtok határai felé. Kedvetlenül piszkálta a ruháját, mintha képes lett volna apró gombóccá gyűrni a fehér pamutot.

Natilana, miután úgy-ahogy túljutott a sokkszerű élményen, némán imádkozni kezdett, hogy atyjuk legyen megértő Gabriellel és Lilyvel szemben. Határtalanul megkönnyebbült, hallva Ais vidám szavait. Ugyanakkor be kellett ismernie, hogy irigykedik a párra. Olyan mások voltak, mint bárki, akit ismert... különlegesek – gondolta. Gabriel kicsit olyan volt, mintha lenne egy bátyja, Lily pedig majdnem olyan közel állt hozzá, mint Ambroshya. Talán még közelebb... nagyon szerette nővérét, de az sosem volt olyan megértő vele, mint Lily. Vele tudott beszélgetni kétségeiről, s titkon bevallotta neki: bár mélyen szereti Családját, néha elábrándozik rajta, hogy elutazik jó messzire. Csak hogy végre mást is megismerhessen rokonain és a birtokon kívül. Őszinte örömmel töltötte el, hogy a lány nem ítéli el, sőt, mi több, mélyen megérti őt.

Ahogy hagyta, hogy gondolatai szabadon kalandozzanak, azon kapta magát, hogy újra meg újra visszatér fejébe a kép a két meztelen test látványáról. Bár tudta, hogy ez helytelen dolog, mégsem tudott szabadulni tőle. Nem mintha Gabriel vagy épp Lily látványa vonzotta volna ennyire, csak éppen az erotikus jelenetről akaratlanul is Solis jutott az eszébe. Bosszantotta ugyan, hogy nem tudta olyan higgadtan viselni a helyzetet, mint nővére vagy Sirma. Amint benyitottak Lily ajtaján, ő azonnal halálra rémült... egyszerre valóban esetlen kislánynak érezte magát. És mégis, nem tudta kiverni a fejéből.

Eszébe jutott, milyen volt Solis ott, a barlang fényében... Natilana könnyen el tudta képzelni meztelen testét. Azt, ahogy ők ketten fekszenek ott a vérvörös ágyneműn, s gyönyörködik az aranybarna bőrben. Maga előtt látta izmoktól feszülő testét, s nyájas mosolyát. A szemeit, melyeket ezúttal olyasfajta különös csillogás borít el az ő, Natilana láttára, mint ahogyan Gabriel nézett Lilyre...

Natilanának már ez is bőven elég volt ahhoz, hogy ismét forróság öntse el az arcát, habár nem volt ott senki, aki előtt szégyenkeznie kellett volna. Az egészben az volt a furcsa, hogy a titkon elemelt könyvekben látottak végtelenül taszították. De ahogy Solis testét vetítette lelki szemei elé, az a legkevésbé sem keltett undort benne. Mi több, ismét érezte, ahogy eltölti az a jóleső bizsergés, mint akkor és ott, amikor a férfival beszélgetett. Megpróbálta maga elé képzelni, ahogy a férfi hozzá hajol, gyengéden simogatva az arcát és a vállait, majd finom, kutató ajkai az övére lelnek. Érezte, hogy combjain síkossá válik a bőr. Fogalma sem volt, mi ez, de az édes sajgás jobb érzés volt, mint bármi, amit addig tapasztalt.

Zavartan toporgott az egzotikus növények között. Végül, hogy kezdjen magával valamit, a kis fonott asztalka mellé telepedett, s találomra kivett egyet a mellette álló könyvek közül. Azonban hiába próbált koncentrálni, gondolatai minduntalan visszatértek Solishoz.

Képzeletben immár egészen másutt járt; az ágyán feküdt, melyet a levendulaszín uralt. Mellette ott ragyogott a férfi teste. Natilana apró kezeivel végigsimogatta hatalmas tagjait, majd átfogta a hátát és szorosan hozzátapadt.

Solis gyengéden cirógatta az állát és a haját, arcán sóvárgó mosoly terült szét, ahogy éhesen figyelte a vöröslő ajkakat. Natilana megborzongott; ahogy maga elé képzelte a férfi csábító, játékos mosolyát és elragadtatott tekintetét, felforrósodott a teste.

Lelki szemei előtt Solis hozzáhajolt. A lány hagyta, hogy elragadják a furcsa érzelmek...

Először csak nézte őt. Égszínkék, hatalmas szemeit, szögletes, karakteres vonások jellemezte arcát, melynek két oldalára finom barázdát vetett erőteljes járomcsontja és állkapcsa. Hangsúlyos orrát, mely kissé meghajlott a közepén. Vastag ajkait, melyek szépen formáltak és húsosak voltak. Aztán Solis odahajolt hozzá, s birtokba vette a száját. Natilana egyre hevesebben csókolta, ajkaik összepréselődtek. Vadul a hajába túrt, érezve a vastag tincseket, finoman végighúzva körmeit újra meg újra a nyakán, óvatosan karcolgatva a selymes bőrt. Élvezte, ahogy Solis testének melege őt is átjárja. A férfi gyengéden ölelte, ő pedig hevesen simogatta végig mindenütt, élvezve a megfeszülő izmok mozgását a tenyere alatt. Mintha csak pár másodperce lett volna rá, hogy minél többet a magáévá tegyen belőle.

Nyelvük és ajkaik egymásba simultak. Natilana elveszett a férfi érintésében; nem hallott és nem látott mást, teljesen kitöltötte minden érzékét. Mindketten az oldalukon feküdtek, a lány körülfonta egyik lábával a csípőjét, Solis pedig keményen megragadta azt, felajzottan masszírozva a combját és a fenekét. Natilana ágyéka immár síkos volt a nedvességtől; meztelen bőrét a férfiéhoz dörzsölte csípője ütemes körzésével, összekenve Solis combjait. A férfi egy váratlan mozdulattal hanyatt döntötte a levendulaszín takarón. Kíváncsi ajkai bejárták mindenütt a testét, felfedezve minden porcikáját. Őt pedig újra és újra átjárta az édes, izgató borzongás, s csiklója megbizsergett a vágytól. Solis lassú, gyengéd mozdulatokkal haladt egyre lejjebb, mígnem elért a combok találkozásáig. Natilana fülig pirult a szemérmetlen ostromtól, ahogy a férfi birtokba vette csupasz dombját, gyengéden ajkai közé szívva a bőrét. Solis óvatos mozdulattal széttárta a lány lábait, s máris apró csókokkal borította be a rózsaszín ajkakat, élvezve, hogy a lány megborzong érintéseitől, s nedve úgy csurog végig az arcán, mint a legédesebb méz. Nyelvével lassan végigsimított az ajkai találkozásán, finoman, egyre beljebb férkőzve a redők között. Megérezte duzzadt csiklóját, s vágytól izzó testének közelsége tovább fokozta izgalmát. Nyelve fáradhatatlanul járt ki-be a testében, fürge játékával a csúcs közelébe juttatva a lányt. Egy pillanatra elengedte, de csak azért, hogy most csiklóját vehesse birtokba. Ahogy ajkai közé fogadva szívogatni kezdte, mintha minden mozdulatát előre megtervezte volna; pontosan tudta, mikor és hogyan érintse a testét, hogy a végletekig kényeztesse. Széles tenyereivel finoman simogatta a sápadt combokat, miközben hagyta, hogy Natilana vágytól telve hullámozzon kényeztetése édes tortúrája alatt. A lány ívben megfeszítette a hátát, combjai megremegtek, s halk, elhaló nyögések törtek fel belőle. Solis egyik kezét fölcsúsztatta, végigsimogatva a csípőjét, a hasát, majd végre elérte azt a pontot, amelyért Natilana titkon fohászkodott már oly régóta; átfogta a bal keblét, határozott ujjai megállás nélkül masszírozták a lágy, hófehér halmot, miközben mutatóujja már a bimbóján járt. Csakhamar mindkét kezével a melleit simogatta; gyengéden meghúzta a keményen megfeszülő, apró, rózsaszín kis pontokat, majd ujjai közé fogva őket lágyan körözött rajtuk, miközben nyelve kitartóan ostromolta a bejáratot. Solis arca Natilana nedvében fürdött, elragadtatottan becézgette a bimbóit, vesszője megkeményedett testének illatától és a lány zabolátlan vágyától. Hirtelen megállt s feljebb csúszott, hogy láthassa Natilana arcát. Tekintete kába volt az izgalomtól, vonásai megkeményedtek, ahogy a rubinszín szemekbe nézett. Éhes tekintettel pásztázta a látványt, s mindkét kezével a hollószín hajzuhatagba markolva újra meg újra mohón birtokba vette a száját, mintha ez lenne az egyetlen, ami most csillapíthatja éhségét. Natilana vágytól telve fogadta a férfi testét; karjait összekulcsolta a feje fölött, minden tagját hozzápréselte, s legalább annyira féktelenül csókolta, mint ahogyan az őt. Combjai lazán széttárva pihentek a hatalmas test két oldalán, s csípőjét immár ütemesen dörzsölte forró bőréhez. Amint Solis megérezte, ahogy minden porcikájával nekifeszül, ajkait az övén, melyek már-már kétségbeesetten ölelték őt, s a lány finom nedvét a hasán, nem várt tovább. Egyetlen könnyed mozdulattal hatolt a húsos redők közé, férfiasságával teljes hosszában kitöltve forró kelyhét. Natilana édes szorítása megrészegítette, borzongás futott rajta végig, halk, dorombolásszerű nyögést hallatott arcát a lány nyakába temetve, miközben szorosan körülfonta a csuklóit, testét az ágyhoz szögezve. Az moccanni sem tudott, felsőteste az ágyhoz nyomódott, csak csípőjét és combjait tudta mozgatni. Épp erre vágytak mindketten...

Ambroshya ajkait összeszorítva, kezeit tördelve rótta a köröket a templomkertben. Tekintete sebesen járt ide-oda, mintha valamiféle testetlen segítség után kutatna. Holott a tökéletesen kietlen tájon nem akadt semmi kutatnivaló.

Mikor megpillantotta Gabriel és Lily párosát, belerögzült fegyelmezettsége nem engedte meg, hogy jelenetet rendezzen, s igyekezett a neveltetéséhez méltó higgadtsággal kezelni a helyzetet. Arról viszont nem tehetett, hogy felháborítja az eset, s valahol szíve mélyén elítélte kissé a történteket. Igaz ugyan, gondolta, hogy mélyen egyetértett apja szavaival. Gabrielt első benyomása alapján nem tartotta sokra eleinte, később azonban rá kellett jönnie, hogy Aisnak ismét igaza volt. A férfinak szemlátomást valóban csak egy jó lehetőségre volt szüksége ahhoz, hogy kiaknázza mindaddig – látszólag rejtett – előnyös tulajdonságait. Lilyvel kapcsolatban is akadtak kételyei; a lány szerény volt és szomjazta a tudást. Azonban Ambroshya egyáltalán nem értett egyet azzal a szabadossággal, melyet Ais lehetővé tett a számára. Őt Sirma visszafogottságra, szorgalomra és alázatra nevelte. De vajon meg akart-e fogadni bármit is a nő tanításaiból ezek után? Nem, Ambroshya biztos volt benne, hogy – bár mélyen megrendítette Gabriel és Lily önfejű viselkedése és a tett, amire ragadtatták magukat – képtelen lett volna elárulni a titkukat. Mikor az egész Család az Uralkodó színe elé járult a hívásra, Ambroshya vegyes érzelmekkel küzdött. De úgy érezte, Ais mégis végzetes hibát követett volna el, hogyha, tegyük fel, elküldi őket a Pagodából.

Ambroshya eszes lány volt, s azon kevesek, akiket közel engedett magához, nyomban rájöttek, hogy örökölt is valamicskét Ais ösztönös emberismeretéből. A lány pedig, bár talán saját maga nem is sejtette, éppúgy rá tudott tapintani egy ember lényegére, mint atyjuk. Lilyben pedig ígéretes lehetőséget látott. Képes volt saját, személyes érzelmeit félretenni – ilyenkor csak a másik képességeire figyelt, már-már ridegnek tűnő, tárgyilagos fegyelemmel feltérképezve az illetőt. Majd benyomásait összegyűjtögette lelke kis zugában, s kialakított egy képet.

Ghela többször óva intette tőle, hogy Ambroshya minden idejét a tanítások ingatag tornyainak erdeiben töltse a kápolnába zárkózva. „A szorgalom nagy erény, Roshy, s te nem szűkölködsz benne. De ha fiatalságodat csakis az ősi tanításoknak szenteled, később bánni fogod, hogy nem élted át a szép időket, nem élted meg minden pillanatát." A lány most tűnődve idézte fel anyja szavait magában. Az asszony többször célzott rá, hogy érzékeli lányában Ais intuitív képességeit, s arra is, hogy fájdalmas látnia, amiért Ambroshya nem meri kibontakoztatni azokat. Tulajdonképpen az asszony a felől próbálta meggyőzni, hogy ne csak azon járjon esze, miképpen tudna maximálisan megfelelni őseik elvárásának. „Ha lelked szabaddá teszed, az szárnyalni fog, s páratlan tudással ajándékozza meg elméd." Ambroshya mégis makacsul ragaszkodott megszokott mindennapjaihoz, s olybá tűnt, nem is érti igazán, hogy tudna lemondani erről.

Ekkor ismét Gabriel jutott eszébe. „Lazulj le, anyukám, a karó a seggedben úgysem áll jól neked." Ambroshya egyszer hallotta, hogy a férfi ezekkel a szavakkal vágott vissza Sirma kioktató szónoklatára. Ahogy ehhez a gondolathoz ért, saját maga is meglepődött azon, hogy mosolyog. Rádöbbent, hogy Gabriel olykor faragatlan és szükségtelenül durvának tűnő modora voltaképp mulattatja. Elkerekedett a szeme a felismeréstől; szinte észrevétlen formálódott a hozzáállása a férfi iránt, s még ő sem vette észre mindaddig a magában lezajlott változást.

Ahogy Gabriel felé kalandoztak gondolatai, ismét eszébe jutott az a mindenkit felkavaró este, Sirma eltűnésének napja, amint – jobb híján – néma szemlélőként kellett végignézniük az egész jelenetet, Ambroshya nem állta meg, hogy ne pillantson időről időre húgára. Nataliana gesztusai hűen tükrözték a benne lezajló érzelmeket. Ambroshya szíve szerint azonnal kimenekítette volna apjuk dolgozószobájából a lányt, ahogy az őszinte riadalmat megpillantotta az arcán. Amikor azonban észrevette, húga milyen végtelenül megkönnyebbült, milyen határtalan öröm árad szét rajta apjuk szavai hallatán, rájött, hogy talán nincs is olyan komoly oka aggódni.

Miután Ghela kiterelte őket az irodából, nemigen lehetett szavukat venni. Még húga is hallgatott. Édesanyjuk ugyan igyekezett megmagyarázni nekik a történteket, de látva, hogy azok konokul magukba fordulnak, feladta a meddő küzdelmet. Féltő aggodalom és mély szomorúság ült a szemében, ahogy egy fáradt sóhaj kíséretében lakosztályukba küldte őket, mondván, hogy egy kiadós pihenés talán segíteni fog, s hogy most talán jót is tesz egy kis egyedüllét. Ambroshyán bűntudat lett úrrá, amiért magára hagyja édesanyját, akit még sosem látott ilyen reményvesztettnek azelőtt. Csak az a tudat vigasztalta, hogy apjuk nemsokára visszatér hozzá.

Másnap furcsállkodva figyelte Natilanát. A lány ismét szertelenül vidám volt; semmi másról nem tudott beszélni, csak arról, hogy milyen boldog a Gabriel és Lily kapcsolatában bekövetkezett örvendetes fordulat miatt. S hogy még meg is könnyebbült, amiért végre sikerült megszabadulniuk Sirmától, habár a jövőbeli, rájuk váró fenyegetést ő sem vette félvállról. Ambroshya nem igazán érezte helyénvalónak húga leplezetlen érzelmeit; kissé ízléstelennek találta, hogy Natilanát boldogság tölti el Sirma eltűnése miatt. S bár összességében véve arra jutott, hogy képes lesz szemet hunyni Gabriel és Lily botlása fölött, valahogy nem tudta olyan könnyedén fogadni a dolgot, mint testvére.

– Jaj, Roshy, az ég szerelmére! – fakadt ki a lány, mikor nővére megosztotta vele tépelődését. – Gabriel szereti Lilyt. Ez egyértelmű. Lily pedig elég érett ahhoz, hogy férfival legyen. Te is hallottad; szenvedett az éhségtől és segítségre volt szüksége. Mit tehettek volna? Inkább Gabriel nézte volna végig, ahogy elsorvad, csak mert nem kaptak jóváhagyást a dologra? – Bár a pár mélyen hallgatott első alkalmuk részleteiről, az eset körülményei mégis futótűzként terjedtek a Család tagjai között, így Ambroshyát egyáltalán nem lepte meg, hogy húga ilyen jól tájékozott. – Egyébként, szerintem Lilynek igaza van. Ez magánügy. Nem is értem ezt a nagy hűhót körülötte.

Ambroshya képtelen volt titkolni felháborodását Nataliana szavai hallatán. Mielőtt végig tudta volna gondolni, mit mond, már rá is förmedt húgára: – Talán te is ilyesmiken törőd a fejed? Szüleink tudta nélkül fogsz bele a társkeresésbe? – A lány érezte, hogy arcát a tömény borzalom kifejezése uralja, miközben beszél.

– Ugyan már, ne melodrámázz – legyintett bosszúsan Natilana. Tekintete ismét oly jellegzetes dühvel villant fel, mely olyan benyomást keltett, mintha a lány rubinvörös szemeiben tűz lobbant volna. – Csak annyit mondtam, hogyha olyat találsz, akit szeretsz, felesleges húzni az időt. Ők pedig úgy néznek egymásra, ahogy azt csak anyától és apától láttam eddig.

Ambroshya kicsit megenyhült húga utolsó mondatát hallva. Halványan elmosolyodott; pontosan tudta, mire gondol a lány. Ő maga is elfogódottan pillantott szüleikre, amikor egy-egy gyengéd pillanatukban észrevette, hogy tekintenek egymásra. Végül megenyhült hangon csak annyit felelt: – Csak arra kérlek, ne csinálj ilyen butaságot, Natie.

– Tudom, tudom – sóhajtott beletörődőn a lány.

Beszélgetésüknek itt vége is szakadt. Húga elsétált, Ambroshya pedig keserűen nézett utána. Szeretett volna igazán közel kerülni Natilanához, de úgy érezte, hatalmas űr tátong köztük. S amikor ilyen feszült beszélgetések játszódtak le köztük, Ambroshya, bármennyire is igyekezett megtalálni a közös hangot vele s nem mondani semmi rosszat, mégis minduntalan úgy érezte, csak még távolabb taszítja őt magától.

Az idősebbik testvér azon kapta magát, hogy miközben megadta magát őrlő gondolatainak, immár hosszú percek óta csak áll, némán meredve maga elé a templomkert bokrai között. Megrázta magát. Új elhatározás ébredt benne. *Mostanában Natie oly furcsán viselkedik*, gondolta. Általánosságban véve kerülni kezdett mindent és mindenkit, még Lilyvel sem beszélgetett. Pedig Ambroshya titkon irigykedett az új jövevényre; annak pár nap leforgása alatt sikerült olyan szoros kapcsolatot kiépítenie húgával, amiről ő gyerekkoruk óta csak álmodott. Nem értette ugyan, húgát miért vonzzák az emberek különös szokásai, de kétségtelen, hogy Lilynek sikerült lenyűgöznie történeteivel. Így, még aggasztóbb volt, hogy Natie még a hercegnő közelsé-

gét is kerüli. Ambroshyában ismét megállíthatatlan cselekvés-
vágy ébredt arra, hogy oltalmazza húgát. Talán mégsem vette
olyan könnyen a történteket, mint ahogyan azt mutatta – nyi-
lallt belé a gondolat. Sarkon fordult és sebes léptekkel a Pago-
dába indult, hogy megkeresse. Bármilyen szerencsétlennek is
érezte magát, ahányszor csak húga közelébe próbált férkőzni,
mégis képtelen volt rá, hogy feladja a dolgot.

Natilana elmerült édesen sóvárgó ábrándképei között, ahogy
Solis beléhatol kemény vesszőjével, hogy érezhesse magában
aranyszínben játszó testét. Ahogy azonban ehhez a gondolat-
hoz ért, rémülten felkapta a fejét; az üvegház ajtaja felcsapódott.
Ambroshya jelent meg benne, végtelenül feszült arccal. Natila-
na a rajtakapottak érzésével küzdve, zavartan pillantott körbe
nővére érkezésekor. Rájött, hogy kezében még mindig egy köny-
vet szorongat. Ő viszont megdermedve, mint egy kecses, fehér
szobor, mozdulatlanul réved a semmibe.

Ambroshyán még nagyobb aggodalom vett erőt, amint meg-
pillantotta a lányt. Húga anyjuk madárházában üldögélt. Nővére
rendszeresen ott kereste, hogyha úgy tűnt, a lány titkon küsz-
ködik valamivel. Gyermekkoruk óta ide menekült a gondok elől.

Ambroshyát húga furcsa tekintete rémítette meg. Natila-
na egy könyvet tartott a kezében, viszont nem is nézett az iro-
mányra. Helyette üveges szemekkel meredt a szemközti fran-
ciaablakra, ahol a vaksötét éjszakán kívül nem látszott más.
Arcán mégis ellágyult kifejezés honolt. Ambroshya még soha-
sem látta ilyennek testvérét. Bénultan, kissé szétnyitott szájjal,
arcán szende félmosollyal kuporgott a fotelok egyikében. Bőre
kipirult, s verítéktől fénylett.

Nővére odasietett hozzá. Natilana, amint felocsúdott kü-
lönös merengéséből, láthatóan igyekezett leplezni az előbbie-
ket. Bár még mindig zavart volt, gyorsan az asztalkára dobta a
könyvet, s szinte kényszeresen rendezgetni kezdte a haját és a
ruháját. Ambroshya elnézte, ahogy húga pironkodva simítja le
szoknyáját, melyen semmi rendezgetnivaló nem akadt; az, mint
mindig, most is elegánsan szétterült tagjai körül, s a földet sú-
rolta felhúzott lábai alatt.

– Natie? – szólította meg bizonytalanul. Nem mert tolakodóan közel lépni hozzá; pár méterre az asztaltól megállt, s most, még mindig görcsösen összekulcsolt kezekkel, aggodalmas arccal fürkészte húga vonásait.

– Hm? Öhm… – A lány láthatóan még mindig nem tért vissza a földre. Úgy viselkedett, mint aki azt sem tudja, hol van. – Szia! – Hangja egércincogássá vékonyodott. – Öhm… én csak… csak félrevonultam kicsit olvasgatni – azzal felemelte a könyvet az asztalról, s halvány mosolyt erőltetett magára, de arcát még mindig bíborszín pír öntötte el.

– Jól vagy? – Ambroshya nem akarta annyiban hagyni a dolgot. Húgát szemmel láthatóan bántotta valami.

– Persze… persze, semmi bajom.

– Nekem nem úgy tűnik – erősködött nővére. Natilana hallgatott s elfordította a tekintetét, hogy ne kelljen a szemébe néznie. Ambroshya egy pillanatig habozott, majd ismét nagy levegőt vett s folytatta. – Nézd, kedvesem, megértem, hogy felkavartak az utóbbi napok. Mindannyiunknak nehéz… ha szeretnél beszélgetni…

– Nem akarok beszélgetni! – csattant húga válasza. A lány indulatosan felpattant a fotelból, s zaklatottan járkálni kezdett, nővérének hátat fordítva.

Ambroshya tétován közelebb lépett hozzá: – Tudom, hogy nem könnyű…

Hangja reszketeg és elhaló volt, szemeibe könnyek gyűltek. Sosem tudott mit kezdeni vele, amikor húga ilyen dühös volt. Natilana ismét beléfojtotta a szót: – Nem tudsz te semmit, Ambroshya! – A lány már szinte rikácsolt.

Nővére lélegzete jól hallhatóan elakadt. Natilana végre szembefordult vele; mikor meglátta Ambroshya arcát, amin immár könnyek csorogtak, s azt a rémülettel vegyes rökönyt, melyet húga tombolása láttán érzett, a lány mélyen elszégyellte magát. Gyűlölte, amikor nővére miatta sírt. Bűntudat gyötörte; mindennél jobban szerette Ambroshyát, de úgy érezte, immár képtelen türelmesen hallgatni a lány okoskodását, s azt, hogy minden kételyére a szent írásokból vett idézetekkel felelt. Régebben csak „Kicsi Amel"-nek csúfolta emiatt. Neki végképp nem akart beszélni Solisról és a benne kavargó érzésekről, melyek felemésztették, miközben végtelen örömmel töltötték el. Még sosem volt ilyen becses titka.

Maga sem tudta, mit kellene most mondania vagy tennie, amivel megbékítheti nővérét anélkül, hogy be kelljen számolnia a barlangban töltött órákról. Azonban mielőtt bármit is mondhatott volna, Ambroshya sarkon fordult és kirohant a teremből.

– Roshy! – De tudta, hiába kiált utána; kétségbeesése sem volt most elég nagy hatással a nővérére ahhoz, hogy visszaforduljon. Natilana is könnyekben tört ki; lerogyott a padlóra, arcát kezeibe temetve.

Ambroshya szinte vakon sietett végig a folyosókon. Fejét lehajtva, türelmetlen mozdulatokkal törölgette nedves arcát. Ekkor váratlanul beleütközött egy kemény valamibe. Ahogy megtorpanva felkapta a fejét, Lilyvel találta magát szemben. A lány eddig háttal állt neki; Ghelára várt, mivel a bál vészesen közeledett, s a Család nőtagjai a ruhapróbákra készültek. Ambroshyát annyira lekötötték saját problémái, hogy teljesen elfeledkezett arról, hogy neki is édesanyjuk lakosztályában lenne a helye.

Lily éppolyan zavarban volt, mikor az ütközés után megfordult, s szembe találta magát Ambroshyával. A kínos események után gondosan elkerült mindenkit. Bár azok, látszólag, támogatóan, egy emberként álltak mellé Sirmával szemben, mégsem volt benne biztos, hogy mindenki egyetért Ais döntésével, s mardosó bűntudat kerítette hatalmába, ha arra gondolt, Amel és Tyron még mindig köztük lenne, hogyha nem buknak le oly szégyenletes módon. Sirma véleménye cseppet sem érdekelte. Az viszont annál inkább, ahogy Natilana és Ambroshya nézték őket, mikor rájuk nyitották a háló ajtaját. Nem tudott szabadulni a képtől; attól, ahogy a fekete hajú testvér riadtan takargatja a szemét, s nővére arca eközben mélységes döbbenetről árulkodik. Lily minduntalan azon tépelődött, hogy azok elítélik, ócska lotyónak hiszik, s ettől a gondolattól összeszorult a mellkasa. Ugyanakkor azt is nagyon jól tudta, hogy bármit is tartsanak róluk, Gabrielt sosem tudná megtagadni. Csak remélni merte, hogy a Család jóindulata – mely azóta is kitartott, mintha mi sem történt volna – nem színjáték csupán.

Ám amint az idősebbik testvér könnyáztatta arcára pillantott, az egy csapásra elfeledtette vele mindezt. Aggódva vizslatta őt, mielőtt megszólalt:

– Mi történt, Ambroshya? Ghelával már mindenütt kerestünk titeket… Csak nem megint Natie-val van valami? – tette hozzá gyorsan. Ha a két testvérnek egyszerre veszett nyoma, a helyzet általában mindig ugyanaz volt; a kislány csinált valami esztelenséget, Ambroshya pedig aggodalmaskodó tyúkanyóként szaladt a nyomában.

A lány nagyokat szipogott, mielőtt felelt volna. Egy ideig csak a padlót bámulta, majd váratlanul felkapta a fejét, s arca olyan keménységet tükrözött, melytől Lily akaratlanul összerezzent.

– Menj utána, Lily! – Határozott hangja idegen volt természetétől. – A madárházban van.

– De mi történt…?

– Nem tudom… én… – Szavait elnyomta a feltörő zokogás. Lily tétován a vállára tette a kezét, figyelmesen nézve őt. Suta, semmitmondó gesztus volt, a lány azonban tanácstalanul toporgott a síró alakot nézve. Sosem tudta, ilyen helyzetben mivel tudna megnyugvást hozni neki. – Én… nem vagyok olyan, mint te… – bökte ki végül. Lily elképedt a kijelentést hallva. Nem értette, mire akar célozni mindezzel.

– Csak próbálkozom – folytatta a sírástól eltorzult hangon, úgy, mintha a másik ott sem volna –, de nem tudok segíteni neki. Keresd meg – tette hozzá szárazon, majd váratlanul továbbindult anyja lakosztálya felé. Továbbra sem nézett Lilyre.

– Várj…

– Te szót tudsz érteni vele – vágott a szavába a lány, egyszersmind lezárva a beszélgetést.

Lily szótlanul nézte, ahogy Ambroshya Ghela szobájába lép, nem hagyva lehetőséget a további győzködésre. Pár percig nyugtalanul meredt utána, bár a csukott ajtón kívül nem láthatott egyebet. Ambroshya imént hozzá intézett szavai igen határozottan csengtek ugyan, Lily mégsem tudta, mi lenne most a célravezetőbb. Menjen és keresse meg Natilanát, ahogy azt nővére kérte, vagy inkább menjen Ambroshya után? Nagyon megszerette ugyan a fiatalabbik lányt, aki láthatóan feldobódott a lehetőségtől, hogy ők ketten amolyan titkos szövetséget alkotnak, azonban mindig rossz érzés töltötte el, amikor Ambroshya keserű fintorba torzuló arcára siklott a tekintete. Olybá tűnt, Natilana szándékosan rekeszti ki őt kettejük beszélgetéseiből, s bár kezdetben Ambroshya elkeseredett kísérleteket tett rá, hogy maguk közé fogadják, húga kitartó visszautasítása lassan csüggedté tette. Amint meglátta, hogy Lily és húga félrevonultan beszélgettek, egyszerűen sarkon fordult, vagy tapintatosan továbbsietett, közöny mögé rejtve szomorúságát.

Lily halkan szitkozódott. Időről időre késztetést érzett rá, hogy karon ragadja a két ostobát, s beszélgetésre kényszerítse őket. Azonban gondolatban is csak eddig jutott. Mégis, hogy játszhatná a közvetítő szerepét, amikor saját zavaros életével sem tud mit kezdeni? De ha mást nem is, gondolta hirtelen támadt elhatározással, legalább annyit megtesz, hogy megkeresi Natilanát. Az eddig látottak alapján felkészült rá, hogy a lányt ismét feldúlt állapotban találja.

Gyanúja beigazolódott; az fejét leszegve kuporgott a madárház padlóján. Duzzadt, piros arca sírásról árulkodott.

Lily tapintatosan becsukta maga mögött az ajtót, s halkan odasétált hozzá. Leült vele szemben, s türelmesen várt, hogy Natilana végre ránézzen.

A lány megkönnyebbült, mikor Lily vöröslő haját pillantotta meg a szeme sarkából.

– Találkoztál Roshyval? – kérdezte végül, kitartóan piszkálgatva a fehérre festett, lakkozatlan hajópadlót.

– Igen. – Lily úgy okoskodott, türelmes válaszolgatással többre megy, mint azzal, hogyha egyszerűen neki szegezné kérdéseit.

– Nem akartam bántani – pillantott fel rá. – Csak... – Rosszkedvűen a vállát vonogatta, miközben megpróbálta megfogalmazni gondolatait. – Tudod, annyira mások vagyunk.

- Tudom - bólintott a másik -, de Ambroshya feltétel nélkül szeret téged. Nagyon boldog lenne, hogyha őt is beavatnád a gondjaidba.

Hosszú hallgatás következett.

- Ambroshya mindig segíteni akar - folytatta tétován a fiatalabbik lány, révedő tekintetével a padlót bámulva. - Azt hiszi, tudja, mire van szükségem... de téved - nézett dacosan Lily szemébe.

- Csak akkor tud megérteni, ha nyíltan beszélsz előtte - jegyezte meg erre.

Natilana némán bólogatott, mint aki fel sem fogja a hozzá intézett szavakat. Tudta, hogy Lilynek igaza van. Fájt neki, hogy nővérét ismét ő taszította ilyen kétségbeesésbe, rendszeresen keserűséget és bánatot okozva neki.

Elgondolkozott a történteken. Szerette volna kibékíteni Roshyt, de ha az jutott eszébe, hogy őszintén kellene beszélnie a benne dúló viharról... Képtelen lett volna rá. Ambroshya az életénél is jobban szerette, ezt ő is jól tudta. De vajon a döntő pillanatban őt választaná, vagy hőn szeretett szabályait? Natilana nem volt biztos a válaszban. Igaz ugyan, tűnődött, hogy nővére nem árulta volna el Gabrielt és Lilyt sem. De azért az mégis más helyzet volt, elvégre ők csak titkos viszonyt folytattak, de egyenrangúak voltak a fajuk szemében. Ő viszont... egy Bukott iránt táplált olyan érzelmeket, melyeket ő maga sem volt képes szavakba önteni.

Türelmetlenül megrázta magát. Mégis mi a fenét képzel?! Már-már rávette magát, hogy megvallja Lilynek, min gyötrődik hetek óta. Azonban ahogy megpróbálta megfogalmazni mindezt, hirtelen olyan ostobának érezte magát, mint egy tudatlan gyermek. A férfival mindössze egyszer találkozott, Solis viszont egyáltalán nem úgy tűnt, hogy viszonozná azt a fajta szenvedélyt, melyet titkon ő érzett. Különben is... felötlött benne a barlang képe. Az oltár. A Bukott láthatóan igyekezett minél civilizáltabban élni mindennapjait, s a szent jelképekből ítélve továbbra sem mondott le elköteleződéséről. Hirtelen ráébredt, azzal csak elárulná a férfit, hogyha szétkürtölné találkozásukat. Solis önzetlenül mentette meg őt, meg sem próbálva visszaélni a helyzetével. Natilana könnyen el tudta képzelni, hogy csakis a kötelességtudat vezérelte. Ő nem olyan volt, mint a többi számkivetett (nem mintha túl sokat tudott volna róluk). Csak még inkább beszennyezné hírét és nevét azzal, hogyha beszélne róla. Elhatározta, hogy amíg nem rendeződnek vele kapcsolatos zavaros gondolatai, addig semmiképp sem említi meg azt a Pagoda egyetlen lakója előtt sem. A jövőben minden erejével azon lesz, hogy többé-kevésbé épeszűen viselkedjen. Nem akart újabb bajt hozni szeretteire.

Lily meghökkent a hirtelen változás láttán, ami pár perc alatt ment végbe a vele szemben gubbasztó lányban. Az egyszer csak felkapta addig mélázó tekintetét. Arcán a nyomasztó keserűség oly hirtelen változott szertelen mosollyá, hogy azt már-már riasztónak találta.

– Menjünk, mert lekésünk a próbáról. – Natilana visszatért megszokott csiviteléséhez, miközben gyorsan letörölte a könnyeket az arcáról. Azzal könnyeden felpattant, s már iramodott is az ajtó felé. Lily biztos volt benne, hogy Natilana ezúttal nem szimplán olthatatlan kalandvágyával küzd; annál komolyabb harc dúlt benne, mely szemmel láthatóan próbára tette minden lelkierejét. Mindazonáltal a lány feleslegesnek vélte a további faggatózást; úgy sejtette, Natilanából erőnek erejével sem tudna kihúzni egy árva szót sem. Feladta hát a dolgot, s megadóan követte őt Ghela lakosztálya felé.

A bál előestéjéhez végül oly gyorsan érkeztek meg, hogy egyikük sem tudta volna megmondani, hogy szaladt el ilyen gyorsan az a számos hét, melyeket készülődéssel s szorongó gondolataikkal töltöttek. Ais a történtek ellenére ragaszkodott hozzá, hogy megtartsák a fontos eseményt. Bár a rendezvény lebonyolítása nem volt egyszerű feladat, Ghela boldogan vállalta magára, s leányai is izgatottan vetették bele magukat a szervezésbe. Tőle szokatlan módon néha még Ambroshyát is önfeledt nevetésen lehetett kapni ezekben a napokban.

Miközben ők kidolgozták az apró részleteket s igyekeztek mindenben segíteni Lilyt, addig a férfiakra kevésbé kellemes program várt. Az Uralkodó tartotta a szavát: nem indultak Sirma keresésére. Bár a Család minden tagját kötelezte ez az alku, Ais mégsem maradt tétlen. A királyi dolgozószobában megállás nélkül égtek az olajlámpák, napnyugtától napkeltéig. Gabriel és a Testőrség tagjai hosszú órákra bezárkóztak, s vége-hoszsza nincs tárgyalásokat folytattak a további teendőkről. Ais azt remélte, Lily egyelőre biztonságban lesz közöttük. A protokollt – a Pagoda nőtagjainak köszönhetően – immár jól ismerte. Az Uralkodó, bár szíve szerint maga is a tettek mezejére lépett volna, a körülményeket tekintve mégis a diplomáciai lépéseket tartotta kulcsfontosságúnak, így előbb ezeket kellett lebonyolítaniuk.

A Testőrség tagjai a vasfegyelem álarca mögé rejtőztek, annak dacára, hogy a térképek és családfák böngészése közel sem elégítette ki tettvágyukat. Ais minden lehetőséget számba akart venni; kik állhatnak melléjük, s kik fognak Sirma, vagy adott esetben a nyugatiak mellé állni.

Az Uralkodó azonban pontosan tudta, milyen feszült a légkör a Pagoda falai között, bár a közös étkezéseknél a lányok oly lelkesen vitatták meg a közelgő bál részleteit, mintha csak Ghela szép madarai szabadultak volna be a szobába. Az asztal zsongott csivitelő hangjuktól. A férfiak ilyenkor jobbára hallgattak, s mosolyogva figyelték őket. Ilyen időkben ezek a múlékony, vidám pillanatok gyógyírként hatottak kimerült elméjükre.

Ennek ellenére Gabriel újabban egyre többször merült mogorva hallgatásokba vagy járkált fel-alá, céltalanul körözve a folyosókon. Lily sokszor hiába tapogatózott utána a hatalmas ágyban; teste jelenlétéről csak hűlt helye árulkodott az összegyűrt ágyneműn. Larion és Chryon még önmagukhoz képest is hallgataggá váltak, s Aist is csak akkor lehetett mosolygáson érni, amikor apai büszkeséggel figyelte leányait.

A király új módszerhez folyamodott; éjszakai járőrszolgálatokat rendelt el a Pagoda birtokhatárai mentén. Kijelentette, hogy ezentúl a nappalokat nem csak pihenéssel és alvással fogják tölteni; a napkelte utáni első pár órát elszánt testedzésnek szentelték. Gabriel eleinte nem értette, miért segítség a számukra a jelenléte. De be kellett látnia, hogy Ais taktikája ismét bevált; a férfi épp olyan aktív volt nappal, mint éjszaka; Lilyhez hasonlóan nem gyengítették el a Nap sugarai. A testőrök, akik gyermekkoruk óta arra készültek, hogy a királyi Családot védelmezzék, nem hagyhatták, hogy Gabriel túltegyen rajtuk. Könnyítésként az alagsori edzőterem ablaktalan csarnokában gyakoroltak, de így is minden csepp elszántságukra szükségük volt, hogy tartsák vele a tempót. Kezdeti versenyszellemük észrevétlenül alakult át hiú erőfitogtatásból barátságos játékká. Ais elégedetten figyelte összecsiszolódásukat.

Gabrielt újra meglepetés érte, amikor rá kellett ébrednie: alapvetően kedveli a Testőrség tagjait. Chryon olyan volt, akár egy hatalmasra nőtt, jámbor medvebocs; óriási termetű, fekete, kék szemű férfi, aki haját mindig szinte kopaszra nyírva viselte. Bár elsőre nem sok bizalomgerjesztőt talált benne az ember, meleg, mély hangja hallatán az volt a szemlélő benyomása, hogy a fickóra az életét is rábízhatná. Kicsit olyan volt, mint Ais fiatalabb kiadása, csak épp ő nem ragaszkodott oly erősen az udvari etiketthez, mint mentoruk. Demetriusról alkotott első benyomása helyesnek bizonyult; a nyurga alak végtelenül szelíd és érzékeny volt, jelleme inkább hasonlított egy ártatlan gyermekére. Gabriel már-már megsajnálta, amiért a viráglelkű pasi egy ilyen kegyetlen világba csöppent bele. Egészen addig, amíg nem került szemtől szembe vele az egyik edzésen. Demetrius könnyeden, játékosan mozgott, körbetáncolva ellenfelét. Úgy szökkent el ütései elől, mint egy macska, míg ő maga precíz, gyors találatokat vitt be. Gabriel eleinte somolygott rendkívüli hajlékonyságán, míg rá nem jött, mekkora előny ez a férfi számára. Kecses mozdulatai akár egy balett-táncosé is lehettek volna, de elég volt egyetlenegyszer, egy jól irányzott rúgással fejen találnia ahhoz, hogy Gabriel hanyatt vágódjon, több métert csúszva a padlón.

Larion a két testőr szöges ellentéte volt. Gabriel teljesen megrökönyödött, mikor szembesült vele, hogy a nyugatiak az egyetlenek, akik olyannyira megvetik az emberek társadalmát, hogy nőiknek a közelébe sem mennének.

A testőrök ezzel szemben messze nem éltek olyan szigorú szabályok szerint, mint ahogy azt a papok s az írások megkövetelték volna. Gabriel biztosra vette, hogy Ais mindent tud a férfiak titkos kiruccanásairól a távoli, emberek lakta környékeken megbúvó éjszakai klubokba. Ha így is volt, az Uralkodó diszkréten szemet hunyt az egyedülálló férfiak magánélete fölött. Gabriel egyébként sem tudta elképzelni, hogy ha valakit, akkor épp Aist zavarta volna, hogy fajtársai emberi nőkkel ismerkednek.

A Pagodában töltött hónapok során néha Gabriel is velük tartott. Larion általában Demetriust ugratta, amiért az sosem ment a lányok közelébe. Amilyen bravúros volt az önvédelemben, éppoly gátlásossá vált, hogyha meg kellett volna szólítania egy nőt. Jobbára csak üldögélt egy félreeső sarokban, arcán jóindulatú mosollyal szemlélve portyára induló társait. Chryon volt az, aki mindig lehűtötte Larion csipkelődését. Úgy óvta Demetriust, mintha csak a kisöccse lett volna, s mesterien értett hozzá, hogy egy-egy, a megfelelő pillanatban közbeszúrt, barátságos megjegyzésével lenyugtassa a kedélyeket.

Gabriel cseppet sem csodálkozott rajta, hogy a két férfinak nagy sikere van a nők körében; mindketten feltűnő, egzotikus jelenségek voltak. Chryont már akkor éhes tekintetek pásztázták, ha belépett az ajtón. Bár nem ragyogott fel oly sápatagon, mint társai, fajának köszönhetően sötét bőre ébenszínben fénylett. Olyan benyomást keltett, mintha a fickó teste egy remekbe szabott szobor lenne, melyet valamilyen ritka ékkőből faragtak ki. Még társai is eltörpültek mellette, s azúrszín szemei kitűntek a tömegből. Larion nem volt ennyire szembeszökő jelenség, de elbűvölő arcával, melyet szőkésbarna, dús, rövidre nyírt haja keretezett, mindig sikert aratott. A legérdekesebbek azonban a szemei voltak; a szürkésbarna íriszek mandulavágású, kissé ferde ívű szemhéjak mögül parázslottak fel, olyan hatást keltve, mintha tulajdonosuk ázsiai felmenőkkel rendelkezne.

Gabriel még jól emlékezett arra az estére, amikor először csatlakozott hozzájuk. Kissé meglepte a kedves invitálás, miszerint tartson velük meginni pár sört. Főként, hogy a meghívás még csak nem is a szuper toleráns Demetriustól, hanem a morózusnak tűnő Lariontól érkezett. Látva kétkedését, az csak ravaszul mosolygott, ellenben Chryon igyekezett biztosítani afelől, hogy nincs miért aggódnia.

Gabriel nem minden szorongás nélkül távozott velük egyik első, közös edzésük után, de ezt a váratlan meghívást pár nappal Sirma eltűnése után kapta, s a Pagoda a légköre immár olyan nyomasztóvá vált, hogy Gabriel bárhol szívesebben lett volna. Csak egyet sajnált; az összejövetel határozottan kanbulinak ígérkezett, s így Lilyt nem vihette magával. Szíve szerint a lányt is kiragadta volna a mérgezett hangulatból. A férfi azonban nem csak emiatt tartott az estétől. Családjánál megtanulta, mi számít náluk kiruccanásnak az emberlakta településekre, s lelkiekben felkészült rá, hogy ha az éjjel véres fordulatokat vesz, zokszó nélkül lelép.

Nem is tévedhetett volna nagyobbat; a négyes szerényen üldögélt egy félreeső bokszban, sört kortyolgattak, s történetekkel szórakoztatták egymást. Ha Chryon vagy Larion tekintete megakadt egy-egy ígéretesnek tűnő lányon, sietősen megkörnyékezték a kiszemelteket. Míg Chryon kedvességével s testi erejével nyűgözte le őket, addig Larion régi önmagára emlékeztette Gabrielt. A férfi rámenős volt, lepattant róla a visszautasítás, s lehengerlő volt a dumája.

Ha azonban a célba vettek mégsem álltak kötélnek... Nos, akkor azok ketten vontak egyet a vállukon, s továbbálltak. Nem használták fajuk erejét arra, hogy megbabonázzák a nőket.

Ahogy Gabriel ott üldögélt velük, hirtelen az a furcsa gondolat futott át rajta, hogy az egész milyen normális így. Kicsit olyan volt, mintha lennének barátai.

Míg hármasuk egyre szorosabb egységgé kovácsolódott, Reus távolléte csak annál szembeszökőbbé vált. A testőrt talán még a királynál is jobban megrázta Sirma és szülei távozása. Addig sem volt épp bőbeszédű figura, de azóta szinte már soha nem vett részt a közös étkezéseken, s a kápolnai imádságokon sem jelent meg. Az edzéseken továbbra is lelkiismeretesen részt vett, s Gabriel egyetlen jó dolgot tudott elmondani róla; gyakorlásaikon összeszedett és precíz volt, követte az utasításokat és sosem hiányzott az őrségből. Egyikük sem faggatta őt; Gabrielnek egyáltalán nem hiányzott a jelenléte. Mindig is taszította a fickó. Később rá kellett jönnie, hogy nem ő az egyetlen, aki rohadéknak tartja az ürgét.

A bál előestéjén az egyedülálló férfiak Gabriel lakosztályát használták. Chryon rutinosan készülődött; elegáns, sötétbíbor öltönyt viselt fekete inggel. Gondosan igazgatta gallérját, a hatalmas tükör előtt szemlélve az összhatást. Demetrius ezzel szemben szemérmesen üldögélt az egyik karosszékben; ő nem fordított ennyi időt a külsejére. Haját ezúttal kibontva hagyta, s ha az ember megszokta különös frizuráját, az összhatás egész kellemes volt: a sötét tincsek kecses hullámokban omlottak a vállára. Szakálla, mely nagyon hasonlított Aiséhoz, gondozott és frissen nyírt volt. Egyéb cicomára azonban nem futotta a fantáziájából; a többiek hiába próbálták rávenni, ő csak belebújt sötétkék öltönyébe és ugyanilyen színű selyemingébe, s szendén rázta a fejét a szék szélén kuporogva.

– Pfuj... cseszd meg, Larion – morgolódott Chryon, amikor a sötétszőke férfi felől áradó illatfelhő megcsapta az orrát.

– Bocs, haver – vetette oda foghegyről a megszólított, miközben úgy tett, mint aki teljesen el van merülve mandzsettagombja igazgatásában. – Tudod, van, aki ad is magára.

– A húszcentes pacsuli nem pótolja a mosdást – vágott vissza vigyorogva a fekete férfi. – Ezek után ne csodálkozz, hogyha egy nő sem áll szóba veled.

– Savanyú a szőlő, husi? – Most már Larion is kezdett belejönni a piszkálódásba. – Elalélnak tőlem, te meg megint Demetriussal mehetsz majd haza.

– Naná, hogy elájulnak – szólt közbe Gabriel, aki ekkor lépett ki a gardróbszobából. – Ha ilyen tömegoszlató vegyi fegyvert alkalmazol, szánom azt, akinek a közelébe mész.

Gabriel talpig feketében volt, s hosszú, térde fölött végződő zakót viselt. Mikor meglátta ezen ünnepi ruhadarabokat, határtalanul megkönnyebbült. Itt legalább nem kell idétlen bőrcuccokban meztelenkednie, gondolta. Kritikusan nézegette magát a tükörben, de előbb harapta volna le a nyelvét, minthogy beismerje a többiek előtt lámpalázát.

– Reus merre van? – kérdezte inkább. Nem mintha hiányzott volna neki a férfi, de kíváncsisága lassan legyőzte közönyét, ahogy a testőr egyre hosszabb ideje volt távol.

Larion és Chryon a vállukat vonogatták.

– Ő a saját lakosztályában készülődik – hangzottak fel aztán Demetrius halk szavai a karosszék felől.

– Micsoda meglepetés – jegyezte meg Gabriel. Rájött, hogy nem sikerült lepleznie sértettségét a gúnyolódással. Chryon és Larion furcsállkodva összenéztek. – Mindig is tudtam, hogy nem bírja a pofámat, de leállhatna a hisztizéssel.

– Ja, hogy az – bólogatott megértően a fekete férfi.

– Nem arról van szó – legyintett Larion. Chryon még buzgóbban bólogatott egyetértése jeléül. Mindketten bizalmasan Gabriel felé fordultak, s Demetrius is közelebb lépett hozzájuk, nehogy kimaradjon a folytatásból. – Egyébként kár vele foglalkoznod – tette hozzá a sötétszőke, csak úgy mellesleg.

– Aki pöcsnek születik, pöcsként is hal meg – tódította Chryon, még mindig ruhájával foglalatoskodva.

– Ha engem kérdezel, szimpla puncilázban szenved – jegyezte meg Larion csípősen.

– Azt hittem, abban csak te szenvedsz, haver – azzal Gabriel keményen a vállába bokszolt.

Mindhárman felnevettek, azonban amint a vidám hangok elcsitultak, Chryon folytatta: – Reus nagyon odavolt Sirmáért.

– Sirmáért? – fintorgott Gabriel. – Még ízlése sincsen.

– Bizony – bólogatott Chryon. Gabriel észrevette, hogy három társának elkomorult az arca. Kérdően jártatta végig rajtuk a tekintetét.

– Sirma mindig visszautasította – vetette ellen Demetrius.

– Az lehet – hagyta helyben a fekete testőr –, de Reus nem mondott le róla.

– Ais tud erről? – kérdezte gyorsan Gabriel. Rosszat sejtett.

– Persze, hogy tud – vágta rá türelmetlenül Larion. – Nehezen tudok elképzelni olyasmit, amit el lehetne titkolni előle.

– Érdekes, ti mégis megpróbálkoztatok vele, mikor eldöntöttétek, hogy kisurrantok néha egy kis kettyintésre – csattant Gabriel rosszmájú riposztja.

Larion és Chryon felkuncogtak.

– A vérnek nem lehet parancsolni, öreg – jegyezte meg Chryon vigyorogva.

– A vér márpedig szent, gyermekeim – toldotta meg Larion, hűen utánozva Ais selymes hangját, s kecses, nagyívű meghajlását.

Gabriel arcán mosoly suhant át, de gyorsan visszaterelte a beszélgetést az őt érdeklő részletekhez;

– Ha Ais tud erről, nem tartja lehetségesnek, hogy Reus segíti a szökését?

– Bizonyára számolt ezzel a lehetőséggel – felelte Demetrius –, de bíznunk kell a döntésében.

– Ais mindenkinek ad egy második esélyt – jegyezte meg Chryon. Láthatóan ő is elgondolkozott Gabriel felvetésén. Szavaiból némi bizonytalanság volt kihallható. Talán ő sem biztos az Uralkodó ítéletében Reussal kapcsolatban, találgatott magában Gabriel.

– Így van. – Larion szemmel láthatóan sokkal jobban meg volt győződve Ais igazáról. – Mindig azt mondja, hogy mindenkinek jár egy második esély, harmadszorra viszont nincs bocsánat.

A társaságon ismét komorság vett erőt. Némán várakoztak a továbbiakban, míg Ghela vagy valamelyik udvarhölgy nem szólítja őket a bálteremhez.

Gabriel az elhangzottakon merengett. Ő semmiképp sem bízott volna Reusban, főleg az után, amit most megtudott. Ugyanakkor Ais eddig szinte tévedhetetlennek tetszett; jó volt megérzése vele és Lilyvel kapcsolatosan, s Gabriel mélyen tisztelte erőfeszítéseit a béke helyreállítása érdekében. A férfi túlságosan is sok brutalitással találkozott már ahhoz, hogy lenézze az Uralkodó diplomatikus hozzáállását. S az is igaz, hogyha Ais nem adott volna mindenkinek egy új esélyt a bizonyításra, most ő sem lehetne itt, emlékeztette magát. Ez a felismerés kissé megnyugtatta, de elhatározta, hogy figyelni fogja Reust. Csak a biztonság kedvéért.

Ahogy közeledett a bál kezdetének időpontja, még a kemény testőrök sem tudták titkolni idegességüket; Chryon fel-alá járkált a szobában, Larion kényszeredetten igazgatta a ruháját. Demetrius még mindig a székben üldögélt, némán összedörzsölgetve két tenyerét. Számukra sem volt közömbös a társasági esemény kimenetele. Bár nagyon jól játszották a nőfaló szerepét, Gabriel sem volt kezdő; átlátott a színjátékukon. Mint azt megtudta tőlük, az egyedülálló férfiak számára is biztosították a vérforrást, így azok nem szorultak arra, hogy emberi nőktől nyerjék azt, cselekhez folyamodva, mint ahogy arra ő kényszerült annak idején. De Gabrielhez hasonlóan ők sem voltak szerencsések, mikor társválasztásra került sor. Nőikkel csupán havonta egyszer találkoztak, az arra kijelölt házban. A férfi kissé undorodott, mikor ez szóba került; bordélyház képe sejlett fel benne a hallottak alapján, s cseppet sem volt kíváncsi arra, mi történhet a falai között. Bár úgy tűnt a számára, hogy a testőrök Társnői sem vágynak többre, mint a vérükre. Az egész csupán egy szerződés volt, mely egymás kölcsönös éhségének kielégítéséből állt. A kijelölt helyekre azért volt szükség, hogy ne zavarják meg őket. Nem kerülte el a figyelmét, hogy az egyedülállók sosem beszéltek Társukról. Sejtette, hogy ez nem pusztán egy szemérmes gesztus a részükről; az volt a benyomása, hogy azok épp annyira nem vágynak Társaik társaságára, mint ahogy annak idején ő is viszolygott Isrától. Ugyanakkor amikor a klubokban megakadt a figyelme Chryon és Larion félreérthetetlenül éhes tekintetén, biztos volt benne, hogy azok szívük szerint inkább az emberi nőket választanák kijelöltjeik helyett. Gabriel ezt látva nem titkolta többé előttük, miként oldotta meg ezt annak idején, s egyik közösen töltött estéjük alkalmával pár mondatban színt vallott. Rosszalló arckifejezésüket látva, azt hitte, azok az emberi vértől viszolyognak.

– Figyelj, haver – kezdte óvatosan Chryon, miután azok hárman néma pillantásokat váltva megegyeztek, hogy a kényes feladat rá vár –, elhiheted, nekünk is megfordult már a fejünkben ilyesmi. De... – láthatóan kereste a szavakat, s segélykérően pillantott a többiek felé.

– Nem szeretnénk megsérteni – segítette ki Demetrius a férfit, megszokott szelídségével Gabrielhez fordulva –, de mindannyian úgy érezzük, becsapnánk őket, hogyha titkon a vérükön élnénk. Nem veszünk el olyasmit, amit nem önként adnak nekünk.

– Mintha meglopnál valakit – toldotta meg Larion.

Gabriel elgondolkozott a hallottakon. Egy darabig mindanynyian némán emelgették a korsóikat.

A férfi még jól emlékezett erre a beszélgetésre. Mardosó szégyen öntötte el, ha csak eszébe jutott. A testőrök nem kárhoztatták érte, amiért az emberek vérét kóstolta. Nem, ők azt ítélték el, hogy orvul veszi el azt tőlük. Csak akkor, az után az este után gondolta végig múltjának ezen szeletét, s be kellett ismernie, hogy a többieknek igazuk van. Azzal hitegette magát annak idején, hogy az emberi nőknek nem esik nagy baja; csakis olyan lányt választott, aki önként bújt ágyba vele. Szex közben sosem vették észre, hogy apró harapást ejtett rajtuk. (Hála az égnek, Lilyvel már nem kellett titokban tennie mindezt – olyan mohón habzsolták egymás testét, hogy mostanra mindkettejük nyakára hatalmas, vörös gyűrűket festettek fogaik nyomai.) S finoman, óvatos mozdulatokkal vette el, amire szüksége volt. Akadt olyan nő, aki ezt letudta annyival, hogy nyilván a nyakszívogatás valamiféle fétis nála, s látva, hogy a férfit mennyire felizgatja ez a kedvtelése, csak vontak egyet a vállukon és hagyták, hogy azt tegye, ami jólesik neki. Mások kimondottan kellemesnek érezték a helyzetet. De többségében olyan részegek voltak vagy annyira lefoglalta őket a szex, hogy nem is törődtek vele.

Ahogy azonban a három férfi komor arcára tekintett s végre tárgyilagosan nézte múltját, úgy érezte, bűnt követett el. Igaz, azok a nők sem voltak épp angyalkák, akikkel a testőrök kavartak, gondolta. De mégis joguk volt tudni, mi történik velük, amikor átadják a testüket nekik. Szíve szerint visszament volna az időben, hogy meg nem történtté tegye régi bűneit.

Végigpillantott a hármason, akik még mindig idegesen várták, hogy a bálteremhez szólítsák őket. Ahogy rájuk nézett, biztos volt benne, hogy titkon abban reménykedtek, amikor nagy ritkán ilyesfajta eseményre került sor a Pagoda falai között, hogy az új alkalmat teremt majd a szabadulásra béklyóiktól, melyet Társaik jelentettek.

Gabriel nagyon igyekezett, hogy palástolni tudja a szánalmát, mely akaratlanul is a pillantásába vegyült.

Natilana türelmetlen mozdulatokkal rendezkedte az üvegzöld selyemszoknyát az abroncs körül.

Lily gardróbszobájában állt, egy kis dobogón a hatalmas, szárnyas tükör előtt. Ambroshya körülötte serénykedett; lehajolva igazgatta a finom anyagot. Natilana arcán, ahogy a tükörbe pillantott, bárhogy is próbálta titkolni, büszke mosoly játszott.

– Jól van, Ambroshya, most már jó lesz így! – csattant Natilana bosszankodása.

Ambroshya végre elengedte szoknyáját, s hátralépett. Húga lámpalázasan pillantott végig magán. A zöld ruha vékony pántokkal illeszkedett a vállára. Nővére egy szolid ruhát szánt neki, ám Natilana titkon átszabta azt. Merész dekoltázsa kihangsúlyozta a melleit, háta pedig teljesen szabadon volt, egészen a csípőjéig. Ambroshya az eredmény láttán elszörnyedt, ám amint pillantása találkozott édesanyjukéval, beérte egy fáradt fejcsóválással.

Natilana tovább gyönyörködött a ruhában. Rövid uszályban végződött, eltakarva a lábait. Tökéletes, gondolta. Kritikusan megszemlélte arcát a tükörben. Hirtelen azt kívánta, bár olyan feltűnő jelenség lehetne, mint Lily. Igaz, haja most nem ziláltan repkedett válla körül, helyette meghökkentő, bonyolult csavarokban kígyózott a feje búbján. A hosszú aranyláncok a fülében szinte a válláig értek, ajkait vörös rúzzsal hangsúlyozta ki. Úgy érezte, közel sem olyan szép, mint amire vágyik, de összességében véve elégedett volt a végeredménnyel. Könynyeden leszökkent a dobogóról, s örömtől sugárzó arccal a fal mellé húzódott.

Ekkor kinyílt a gardrób ajtaja, s Ghela óvatosan bekukkantott rajta.

– Készen vagytok, lányok? Lilynek is fel kell öltöznie – jegyezte meg intően. Ő, akár egy rutinos háziasszony, pillanatok alatt elkészült, s mikor még a többiek javában fürödtek, Ghela már ünnepi öltözékében sietett fel-alá a házban, mindent és mindenkit ellenőrizve. Egyszerű, ezüstszínű szaténruhában volt, melyet diszkrét csipke ékített. Ékszer gyanánt nem viselt mást, csak egy csillogó diadémot.

– Ambroshya még nincs – vágta rá Natilana duzzogó hangon. – Egész idő alatt engem próbál pátyolgatni.

Ghela értetlen-szigorú pillantást lövellt idősebbik lánya felé, aki még mindig hétköznapi öltözékét viselte.

– Igyekezz, Roshy – pirított rá.

– De Natilanának segítségre volt szüksége és én…

– Nem volt! – fojtotta belé a szót a lány. – Te nyaggatsz állandóan, mintha egyedül felöltözni sem tudnék!

Ambroshya már épp nyitotta a száját, hogy visszavágjon, amikor Ghela közbeszólt: – Natie, megtennéd, hogy a hálóteremben várakozol Lilyvel, amíg segítek a nővérednek?

Natilana szótlanul elhagyta a gardróbot, egy utolsó, mogorva pillantást vetve testvérére. Míg a kislány váltott pár szót odakint Lilyvel, a királyné tapintatosan becsukta az ajtót maga mögött és Ambroshyához fordult.

– Bocsáss meg, anyám, én… – kezdte volna a szertartásos magyarázkodást a lány, de Ghela ismét közbevágott.

– Csodálatos ez az este, nem gondolod? – kérdezte ábrándos hangon az asszony, nyájasan mosolyogva a lányra. Ambroshya meghökkenten nézett rá, de Ghela szenvtelenül folytatta:

– Én igazán örülök, hogy Lily sorsa ilyen szerencsésen alakul. Gabriellel csodaszép párt alkotnak.

A lány továbbra sem értette, mire akar édesanyja kilyukadni. A szavak hallatán azonban nem állta meg mosolygás nélkül. Gabriel olyan hihetetlen változáson ment keresztül az elmúlt időben, amiért Ambroshya csak csodálni tudta. Lily ugyanilyen ütemben fejlődött, s nyílt, segítőkész természete volt. Mindkettőjüket kedvelte.

– És a húgod is igazán izgatott most, hogy ismét megtelik az otthonunk élettel – folytatta Ghela, vizsgálódó szemekkel figyelve Ambroshyát, mintha csak a tekintetéből próbálna olvasni.

– Igen – felelte lánya a rá jellemző, könnyed, elnéző kis nevetéssel, ami mindig feltört belőle, ha kishúga szertelensége szóba került. – Igyekszem mindenben a segítségére lenni. Sajnos még nincs igazán tisztában azzal, mire kellene ügyelnie a viselkedését illetően.

Az asszony elgondolkozva nézte Ambroshya megbocsátó arcát. Az egyik székhez lépdelt, s csak akkor szólalt meg újra, mikor leült. – Natilana nem gyermek már. Tudtad, hogy két év múlva már érett lesz az első ivásához?

– Már csak két éve van?! – Ambroshya elképedt rajta, hogy húga ilyen gyorsan felnőtt. Valahogy sosem gondolkozott el a korán. Számára még mindig kislány volt.

– Neked már csak egy éved van – jegyezte meg az asszony csak úgy mellesleg, mintha szavainak semmi jelentősége nem lenne. Állát a tenyerébe támasztva, kutató pillantással fürkészte őt.

– Az nem érdekes – legyintett lánya, mint aki egy szemtelen kis rovart próbál elhessegetni. Lesütötte tekintetét, s Ghela figyelmét az sem kerülte el, hogy arcát enyhe pír borítja el.

– Szerintem pedig az – erősködött az asszony. Pár percig hallgatott, majd mikor ismét megszólalt, hangja gyengéden csengett. – Hagyd felnőni őt, Ambroshya. Jó testvére vagy, tudja, hogy mindig számíthat rád, ahogy ránk is. A saját jövőddel is foglalkoznod kell. Ha kissé hátralépsz, ő lesz az, aki közeledni fog majd hozzád.

A lány elgondolkozott a hallottakon. Tudta, hogy anyjának igaza van. Mégis, olyan nehéz volt megállnia, hogy ne gondoskodjon a húgáról! Mi lesz vele, ha magára marad, és egyedül kell döntéseket hoznia? Ekkor azonban más ötlött az eszébe; az, hogy Natie hányszor a szemére vetette, hogy kezd olyanná válni, mint Sirma. A történtek után semmiképp nem akart arra a nőre hasonlítani.

– Azt hiszem, ideje, hogy elkészítsük a te toalettedet is, Roshy.

Ez végre kizökkentette tépelődéséből a lányt. Engedelmesen a tükör elé lépett, hogy Ghela megigazítsa a haját.

Lily idegesen toporgott a dívány mellett. Szíve szerint egész éjjel a szobájában maradt volna. Újra a tükörhöz lépett, nem is számolva, hányszor teszi ezt azon az estén. A fekete estélyi ruha tökéletesen passzolt az alakjára. A szoknya olyan hosszú volt, hogy attól tartott, felakad valamiben és orra esik. Az ő haját ezúttal nem tűzték fel; Ghela hátrafogta az arcát körülölelő tin-

cseket, egyet-egyet kiengedve hagyva a füle előtt. A maradék
szabadon omlott alá a hátán.

Most, hogy eljött a döntő pillanat, idegtépő feszültség lett
úrrá rajta. Egyetlen dolog adott erőt neki, hogy nem egyedül kell
végigcsinálnia mindezt. Alig várta, hogy az elmúlt hetek távol-
léte után végre újra láthassa Gabrielt.

– Lily, kedvesem – nyitott be Ghela a szobába. – Itt az idő.

A lány engedelmesen elindult a nyomában. Egy hang sem
jött ki a torkán.

A Pagoda terei megteltek emberekkel. A legtöbben vastag
prémbundába burkolóztak, s türelmesen várakoztak az évek óta
lezárva tartott bálteremben, melyet csak pár hete nyitottak meg
újra. Lily jól emlékezett rá, mennyi munkájukba tellett, hogy
megszabadítsák a falakat és a padlót a rárakódott koszrétegtől.
A lányok meg akarták kímélni Lilyt, mondván, mégis csak ő le-
endő hercegnőjük, de az hallani sem akart róla.

Végül lassan, kínkeservesen, de kitakarították a hatalmas
csarnokot, s egy darabig csak némán gyönyörködtek munkájuk
eredményében. A falakat halványbarna és arany tapéta borítot-
ta, a szoba közepe táján hatalmas kandalló terpeszkedett. Min-
denütt a Nagy Múltú felmenők olajfestményei sorakoztak. Lily
szíve nagyot dobbant, amikor a munkálatok során leleplezték
az utolsót, melyet addig sötét dracéria takart. A kép a terem vé-
gében álló galéria felett függött, melyhez faragott falépcső ve-
zetett fel. Innen nyílt egy kisebb helyiség, ahol, többek között,
neki is fel kell majd sorakoznia, várva, hogy illően bemutassák.

Chryon és Larion óvatosan leakasztották a súlyos leplet, s
feltárult Lydia portréja. Lily a mellkasához kapott meglepeté-
sében, s érezte, hogy könnyek szöknek a szemébe. A Családja
nem felejtette el Lydesiánát. A lány addig is érzékelte ezt, de ez
a kézzelfogható bizonyíték arra, hogy az északiak szerették és
tisztelték őt… szinte megrázta. Lydiát ölében összekulcsolt ke-
zekkel, sötétlila ünnepi öltözékében ábrázolták. A festett arcon
szerény félmosoly ült, féloldalasan fordult a kép szemlélője felé,
a festmény középpontja tekintetére vetült. Édesanyja valóban
csodaszép volt.

Ebben a teremben várakoztak most az összehívott vendégek. A légkör túlfűtött volt az általánosan jellemző, kellemes izgatottságtól. A jelenlévők arca ragyogott a csillárok fényében, melyek frissen suvickolva lógtak alá a magas mennyezetről, telis-tele kicsiny mécsesekkel. Időről időre nevetés hangjai harsantak fel, a Klánok tagjainak vidám csevegése betöltötte a termet. Bár a vendégek szemlátomást jól érezték magukat, egyre türelmetlenebbül pillantgattak a galéria felé.

A terem fala mentén karcsú, hosszú pultok sorakoztak, gazdag italválasztékkal kínálva az egybegyűlteket. A falépcsővel szemben kisebb, kör alakú asztalok álltak, amelyek mellett egy-két jelenlévő már helyet is foglalt, hogy kipihenje az utazás fáradalmait.

Sirma szökése után Aisnak egyik első dolga volt értesítenie a Klánok Zsoldosait. Mivel a Pagodában immár csak öt harcképzett férfi tartózkodott, s ezek közül kettőnek mindenképp meg kellett jelennie a hercegnő bemutatásán, Ais inkább fizetett segítség után nézett. A Zsoldosok jobbára olyan testőrök voltak, akik nem a Klánok királyi Családjainak biztonságára vigyáztak, hanem bárkire a Klánok tagjai közül, aki megfizette szolgálataikat.

Így aznap este durva külsejű férfiak őrködtek a Pagoda birtokának határain, s a falakon belül is. Az ő feladatuk volt a vendégek fogadása, eközben ugyanis tudtak ügyelni az ő biztonságukra is, elkerülve, hogy illetéktelenek jussanak be köztük. Bár a Zsoldosok hírhedt figurák voltak, s nem egy közülük ijesztő külsővel rendelkezett, minden utasításhoz hajlandóak voltak alkalmazkodni. Így most mindegyikük egyszerű, jól szabott, fekete öltönyt viselt. Aisnak ugyanis az volt a határozott kérése feléjük, hogy ne ríjanak ki az ünneplők közül.

Lilyt Ghela a galériáról nyíló, kicsiny helyiségbe vezette egy mellékajtón keresztül. A lány gyomra ökölnyire szűkült, s attól tartott, hogy vagy elhányja magát, vagy pedig elájul. Tenyerei nyirkos verejtékben úsztak.

A szobában már jelen voltak az Uralkodó családjának tagjai és a testőrök is. Mindenki mély meghajlással köszöntötte. Lily azonban csak Gabrielt figyelte; a férfi felállt az érkezésekor, s a lány úgy érezte, évek teltek el utolsó együttlétük óta. Lilyre még mindig ugyanazt a hipnotikus hatást gyakorolta, ahogy ráemelte valószínűtlenül kék szemeit, s a szobába beszűrődő gyér fény hajára és vonásaira esett, mint holmi különös glória. Alakja egyszerre még robusztusabbnak tűnt, talán a ruha, talán a megvilágítás miatt, vagy mert Lily oly régen nézhette meg alaposan. Mindenesetre elképesztően vonzó volt, ahogy fehér bőre szinte világított fekete öltözéke mellett.

Gabriel némán gyönyörködött a lányban. Ő maga is ideges volt, de úgy érezte, hogyha a legmegbecsültebbnek számító északiak elfogadták őket, nagy baj már nem történhet. Lily ellenben reszketett a feszültségtől, s aggodalmas arccal fordult felé. Gabriel nem tudta megállni, hogy ne mosolyogjon önelégülten, mikor észrevette, hogy pásztázza Lily tekintete mindenütt a testét, s vonásai hogyan lágyulnak el a látvány hatására. Most rajta volt a sor, hogy szemérmetlenül végigjártassa mohó szemeit Lilyn, nem törődve vele, hogy mindenki őket nézi. A ruha rafinált varrása elegáns hatású volt, ugyanakkor viselője minden vonalát megmutatta. Ahogy Gabriel végignézett alakján, felsejlettek benne azok a percek, amikor meztelenül állt előtte, s innentől kezdve mindegy volt, mit visel a lány, milyen lenyűgöző az összhatás kibontott, vörös hajával és sápadt bőrével. A férfi immár csakis testére tudott koncentrálni.

Lily érezte, hogy fülig pirul Gabriel tekintetétől, s ajka akaratlanul is incselkedő félmosolyra húzódott. Tudta, mi jár a férfi fejében, miközben szinte levetkőztette őt a szemével.

A feszültté vált csöndet végül Ghela diszkrét torokköszörülése törte meg. Mindketten úgy kapták a fejüket a hang felé, mintha mély álomból rázták volna fel őket.

– Még egy apróság, mielőtt kimegyünk – azzal Lilyhez fordult, miközben egy kicsiny, ezüstszín zsákocskában kutakodott. – Erre szükséged lesz, Lily. – Ghela elővett egy példányt abból a fekete keresztből, amit a lány már jól ismert. Az asszony mögé lépett, s a nyakába akasztotta a medált.

– Köszönöm – motyogta, miközben elmerengve simogatta a finoman megmunkált ékszert, mely minden jelenlévő nyakában ott lógott ez alkalommal is. Úgy érezte, valamiféle különös beavatási rituálén vesz részt éppen.

Az asszony a többiek felé biccentett, mire a négy testőr lassú, méltóságteljes léptekkel kivonult az ajtón, egymástól tökéletesen egyforma távolságra állva meg a korlát mentén.

A bent maradók tisztán hallották, ahol a kinti zsibongás egycsapásra elhalkul. Ez a néma, feszülten várakozó csend rájuk is átragadt. Ais és Ghela ugyan tökéletes nyugalommal mosolyogtak a hercegi párra, de Ambroshya és Natilana ezzel szemben a kezüket tördelték. Ők is igyekeztek mosolyogni, de megkeményedett arcizmaiktól csak valamiféle torz szájhúzásra futotta. Lily közelebb húzódott Gabrielhez, aki bátorítóan rámosolygott és megszorította a kezét.

– Hallani fogjátok, mikor szólítunk titeket – suttogta feléjük Ghela, miközben elsiettek mellettük, hogy kilépjenek a tömeg elé. Pár perc hatásszünet után lányaik is követték őket, tökéletes testtartással, összekulcsolt kézzel.

Az ajtót nyitva hagyták, így Lilyék valóban minden szavukat hallották.

– Barátaim – kezdte Ais. – Kimondhatatlan öröm számomra, hogy annyi év után ismét összegyűlhettünk e falak között. A múltban sok hibát követtünk el, melyekért, bízom benne, egyszer megbocsátotok majd. De a ma este nem a búslakodásról szól. Legyen ez az alkalom az újrakezdés, az új, közös jövőnk kezdete. Igyunk ma este a haladásra, a továbblépésre, melyet, szívből remélem, szoros egységben együttműködve építhetünk majd fel. Ennek mintegy jelképeként, kérem, köszöntsétek újra körünkben Lyliana Lydesianaét – itt szünetet tartott, mivel a teremben kitörő taps elnyomta szavait –, aki, hála az isteneknek, nemrégen épségben és jó egészségben tért vissza hozzánk. Bízom benne, hogy legalább annyira szívetekbe fogjátok zárni őt, mint ahogyan Családom és jómagam is. Lyliana hercegnő az Északi Klán uralkodói trónjának jogos tulajdonosa és váromá-

nyosa egyben. Kedves barátaim; Lyliana Lydesianae hercegnő
és választottja, Gabriel herceg, Assino fia.

Lily és Gabriel a már jól begyakorolt módon előléptek a taka-
rásból. A férfi kézen fogva, előzékenyen vezette ki kedvesét a
lépcső tetejére. Amint meghallotta Ais bemutatását, Gabriel
szíve is a torkában kezdett dobogni. Remélte, hogy nem emlí-
tik származását, bár mivel azóta már jól ismerte a király erről
alkotott nézeteit, biztos volt benne, hogy az nem fog akkora
hűhót csapni a rossz hírű vérvonal körül, hogy eltitkolja azt. A
férfinak csak az adott erőt, hogy kilépjen az Északi, Keleti és
Déli Klánok tagjai elé, hogy mantraként ismételgette az Ural-
kodó mondatait a fejében; „...nem az számít, honnan jöttél,
hanem, hogy mivé válsz...”, s görcsösen szorította Lily kezét.

A lány ezzel szemben már közel sem volt annyira ideges, mint
akkor, amikor egyhelyben kellett várakoznia. A felzúgó tapsból
bátorságot merített, s megkönnyebbült a tudattól, hogy neki nem
kell beszédet mondania. Kellemetlenebb is lehetne ez az egész,
gondolta, miközben némán, arcára erőltetett ünnepélyes mosoly-
lyal várta, hogy a tömeg elnémuljon és Ais ismét szóhoz jusson.

Gabriel hitetlenkedve pillantott végig a tömegen. Olybá tűnt,
rajta kívül senkit nem foglalkoztat, hogy itt ki kinek a leszár-
mazottja. A taps Lilynek szólt, persze, ugyanakkor nem hallott
egyetlen felháborodott hangot, egyetlen szörnyülködő hördü-
lést sem, amikor Ais őt is bemutatta. Tekintete most végigsiklott
a körülöttük állókon. Ais és Ghela egyforma színű ruhát visel-
tek, az asszony férjébe karolt, s mindkettőjük arcán határtalan
megnyugvás és öröm játszott. Ambroshya és Natilana mellet-
tük álltak, az idősebbik testvér visszafogott mosollyal, köny-
nybe lábadt szemekkel és örömtől kipirult arccal. Húgának el-
lenben fülig ért a szája. Bár ez azon ritka alkalmak egyike volt,
amikor erején felül próbált olyan arisztokratikusan viselkedni,
mint Családja többi tagja, olyan izgatottan hintázott a sarkain,
mint aki legszívesebben páros lábon szökdécselne.

Az Uralkodó mondott még pár szót. Mikor végül jó szóra-
kozást kívánt mindenkinek az estéhez, s még egyszer felzú-

gott a taps, az Uralkodó Család kettesével lesétált a lépcsősoron. Tagjai kötelességükhöz híven udvariasan körbesétáltak a teremben, mindenkihez szóltak egy-két méltató szót, itallal kínálva őket.

Lily is igyekezett ehhez méltóan viselkedni. Vadidegen emberek özönlöttek a közelébe, hajlongtak előtte, örvendeztek érkezése fölött, elhalmozva őt jókívánságaikkal.

A lány zavartan mosolygott, előzékenyen biccentett s pukedlizett, igyekezett minden nevet és arcot megjegyezni. Mindenki pezsgővel kínálta, ő pedig azon volt, hogy udvariasan utasítsa vissza a sokadik poharat.

Gabrielt szintén megrohamozták az érdeklődők, bár ő közel sem viselte olyan jól, mint Lily. Számítania kellett volna erre, gondolta. Azok udvarias érdeklődéssel szemlélték a fiatalembert, akivel még sosem találkoztak, sőt nem is hallottak róla soha. Tapintatosan kérdezgették Családja felől, s bár Gabriel szörnyű kínban volt, amikor felelni próbált, az arcok semlegesek maradtak. A férfi nem tudta kiolvasni a tekintetekből, mi járhat a fejükben, amikor meghallják a Nyugati Klán, vagy épp Assino nevét. Lehetséges, hogy róla sem hallottak? Sajnos nem sok fogalma volt faja többi Klánjáról, így ötlete sem volt, mennyi juthatott el hozzájuk a Rosewillben történtekről.

Amint tehette, kislisszolt a rivaldafényből. Egy félreeső asztalnál csatlakozott a Testőrség tagjaihoz és igyekezett beolvadni a tömegbe, miközben próbálta nem szem elől téveszteni a vörös hajzuhatagot; Lily ragyogott, udvarias és elbűvölő volt, ő pedig örömmel és büszkeséggel telve figyelte őt.

– Végre nyugtunk van – szólalt meg Larion, lustán nyújtózkodva székében, fejével a Zsoldosok felé bólintva.

– Jaja – helyeselt Chryon, megpróbálva elnyomni ásítását.

Szótlanul üldögéltek tovább a tömeget szemlélve, de Gabriel figyelmét nem kerülte el, hogy amint az egyikük tekintete hosszabban megakadt valakin, az illető testőr egyből le is sütötte a szemét, mélyen tanulmányozva borospoharát. Lassan, kajánul elmosolyodott.

– Összecsináltátok már magatokat, srácok?

Azok dühödten meredtek rá. A fickó önelégülten vigyorgott, fejét tarkóján összekulcsolt kezein pihentetve.

– Most ne gyere ilyenekkel, haver – csóválta a fejét komoran Chryon.

– Neked könnyű dolgod van – kontrázott Larion. – Tiéd a hercegnőnk.

– Ez igaz – mosolygott Gabriel Lily felé –, de azért nektek is leeshet valami.

– Áh… – legyintett a fekete testőr, s Larion is vigyorogva rázta a fejét, mint aki nem tudja elhinni, hogy egy ilyen értetlen alakkal hozta össze a balsors. – Te herceg úrfi vagy, Gabriel – s Chryon ültében mély meghajlást mutatott be, mintegy hangsúlyt adva vele szavainak.

– De én sem…

– Tudjuk, tudjuk… – fojtotta belé a szót türelmetlenül a fekete férfi. – Te egy pocsék környékről jössz, pocsék vérvonal, pocsék Család pocsék fia, Pocsékfalváról, bla-bla-bla. – Larion leplezetlenül felnevetett Chryon élcelődését hallgatva. – Tökmindegy. Akkor is herceg vagy. De tőlem lehetsz a Gettómilliomos is, vagy mi, attól még megvan a rangod.

Látva, hogy Gabriel közbe akar vágni, folytatta: – Figyelj – s komolyabb hangszínre váltott, –, tegyük fel, hogy nem vagy az. Mikor Lilyt megismerted, felteszem, nem tudta, hogy ki vagy és amennyire levettem, arról sem volt fogalma, ő maga kicsoda, ugye? Na, mármost… Lily magasról tesz rá, hogy ki fia vagy. És elég jól ismerem Aist, elhiheted nekem, hogyha egy útszéli csöves lennél, az sem érdekelné, ha a Családja egyik tagja egyszer téged akar. De nem mindenki ilyen – azzal körbemutatott a tömegen. – A többségnek még mindig számít a rang. Mi nem kapjuk meg csak úgy a hercegnőt.

– A nagy farkadat hiába lóbálod meg a Család előtt. – Larion ezúttal sem hazudtolta meg önmagát. – Lehet, hogy szíved hölgye elalél tőle, de anyuci már nem fog lelkesedni érte annyira.

– Ez biztos? – vigyorgott Gabriel. Nevetésben törtek ki, de amint elhallgattak, a férfi is komolyabbra fordította a szót. –

Talán igazatok van. Nem mindenki Ais. De arra sem számítottam, hogy akár egy olyan ember is akad a világban, mint ő. Ha már egy ilyen fickó létezik, valószínűleg sokan gondolkoznak hasonlóan. Pláne ha azt nézem, hányan jöttek el ma este.

Pár percig mindannyian gondolataikba merültek. Végül Larion törte meg a csendet, s hangjában ravasz incselkedés bujkált.

– Ha viszont így áll a dolog, akkor először a mi kis Demetriusunkat kell elsőként kiházasítanunk. – Beszéd közben megjátszott atyáskodással lapogatta meg a mellette ülő, hosszú hajú férfi vállát.

Demetrius fülig pirult, s lehorgasztotta a fejét. Halkan motyogott valamit válaszként, amit senki nem értett a hangzavarban.

– Miről van szó? – kíváncsiskodott Gabriel, ügyet sem vetve társuk zavarára.

– Demetrius odavan Ambroshyáért – tájékoztatta bizalmasan Chryon.

– Nocsak! – Gabriel meglepetten fordult a szóban forgó férfi felé, de az konok hallgatásba burkolózott. Mindhárman megkeresték tekintetükkel a lányt, miközben Demetrius kitartóan bámulta az asztalt.

Ambroshyáról ragyogó üdeség sugárzott. Könnyű, rózsaszín szaténruháját viselte. Egyszerű, elegáns darab volt, kecsesen illeszkedve alakjára, lágyítva körvonalait. Göndör haja lenyűgöző volt; ezúttal nem a megszokott, szertartásos kontyba fogta öszsze, helyette hagyta, hogy szabadon szétterüljön. Egyetlen ékszerként finom aranyszálakkal átszőtt, vékony koszorút viselt a fején. Remek diplomata volt, s láthatóan most is brillírozott. Folyamatosan kisebb csoport emberrel társalgott, udvariasan nevetett, amikor kellett, s minden őt körülvevő vendég arcán kellemes mosoly ült. Láthatóan élvezték a társaságát. Gabriel egyáltalán nem csodálta, hogy a visszafogott udvarhölgyön megakadt a dalnoklelkű Demetrius szeme.

– Csinos lány – jegyezte meg Chryon barátságosan zengő hangon. Larion arcáról is eltűnt a szemtelen vigyor, s némán figyelte Demetriust.

– Miért nem mész oda hozzá? Beszélgetni tudtommal még szabad – noszogatta Gabriel.

Demetrius azonban csak a fejét rázta. Ellenben nem tudta leplezni sóvárgó tekintetét, ahogy ő is Ambroshya felé pillantott.

– Na, jó – vette át a szót Larion, s hangja ismét könnyed és csipkelődő volt. – Értem én, hogy jófiúk akarunk lenni és hát, lássuk be, hogy szegény, gyanútlan teremtés jobbat érdemel nálad – de nemsokára kezdődik a tánc. Alkut ajánlok, Demetrius. Vagy odamész hozzá és felkéred, vagy lehúzok még párat ebből – azzal a magasba emelte a borospoharat –, és a terem közepén kürtölök világgá mindent.

Demetrius rémült-felháborodott pillantást vetett rá, de azok hárman némán megegyeztek abban, hogy nem hagyják annyiban a dolgot. Végül addig noszogatták a férfit, míg az megelégelte a dolgot s felállt az asztaltól.

Követték a tekintetükkel. A férfi idegességéről csak az árulkodott, ahogy egyik kezével görcsösen szorongatta zakója hajtókáját. Nem hallhatták, mit mond a lánynak – mindenesetre mélyen meghajolt Ambroshya előtt. Abból a szögből, ahol ültek, Demetriusnak csak a hátát láthatták, ám kitűnő kilátás nyílt a lány arcára, amin most örömteli mosoly terült szét, szoknyáját kecsesen kezei közé csippentve pukedlizett a férfi előtt – és kezét nyújtotta neki.

– Így kell ezt csinálni – állapította meg elégedetten Gabriel, miután a páros elveszett a táncoló tömegben. – Na, fiúk? – kihívó pillantást vetett a mellette ülőkre. – Állandóan Demetriust piszkáljátok, és így kell megtudnom, hogy neki sikerült egyedül tököt növesztenie közületek?

– Na, én már nagyon unom a kékvérű dumáját – nézett Larion Chryonra, kivágva magukat a folytatás alól. – Húzzunk, Chryon, keressünk valami szomjoltót – azzal felállt, s unszolóan megbökdöste a másik testőr vállát.

– Jó mulatást, kékvérű – mosolygott a megszólított Gabrielre. – Még úgyis összefutunk – azzal elindult Larion után.

Reus, aki eddig mogorván üldögélt mellettük olyan csöndben, mint aki nem is érzékeli jelenlétüket, megvárta, míg a másik kettő eltávolodik a közelükből. Ekkor ő is felállt, egy pillantásra sem méltatva Gabrielt, s pár asztallal arrébb sétált. A férfi elgondolkozva figyelte őt. Reus leült, s ugyanolyan mogorva arccal, magányosan bámulta a poharát, mint végig az egész estély alatt.

Ekkor Lily bukkant fel Gabriel mellett. A lány arca kipirult volt, s szélesen mosolygott rá. Szemei boldogan csillogtak, s a férfi egy csapásra elfeledkezett Reusról.

– Jól mulatsz, hercegnő?

– Nagyon jól. És te?

Gabriel válasz helyett Ambroshya és Demetrius felé pillantott. Láthatóan elmélyülten beszélgettek valamiről, s mindketten szélesen mosolyogtak tánc közben.

– Jaj, de édesek! – lelkesedett Lily. – Kedvelem őket. Szerinted lesz valami a dologból?

– Fogalmam sincs – vonogatta a vállát. – Drukkolj érte – azzal nagyot kortyolt a borból.

– Jössz táncolni?

– Mi? – Gabriel elhűlten meredt Lilyre. – Nem, nem – rázta nevetgélve a fejét. – Ez... nem az én asztalon.

Lily szemöldöke magasra szaladt.

– Nem tudsz táncolni?

– Nem mondhatnám. Mifelénk nem dívik a keringő, hercegnő.

A lány felkuncogott. Gabriel furcsállkodva nézett rá pohara fölött. – Ne haragudj – szabadkozott kedvese, s megpróbálta rendezni rakoncátlan arcvonásait. – Sebaj, akkor megtanítalak – s már nyújtotta is felé a kezét.

A férfi kelletlenül felállt. – Oké, de ne felejtsd el; csak azért megyek bele, mert ez a te napod.

Lilynek ismét nevethetnékje támadt Gabriel mogorva, duzzogó hangja hallatán.

Miután megmutatta neki a helyes testtartást, felszólította, hogy Gabriel csak lépkedjen, ő majd vezet.

– Enyhén hülyének érzem magam – jegyezte meg a férfi, miközben lassan körbe-körbe keringtek. – Ezt tényleg így kell csinálni?

– Igen – kacagott a lány.

– Te átversz engem – jegyezte meg Gabriel tettetett felháborodással. – Fogadni merek, hogy nem is tudsz táncolni.

– Kikérem magam és az apám nevében – felelte a lány, miközben minden figyelmét lefoglalta, hogy kitérjen Gabriel lábai elől. – Oliver Craigwood kitűnő táncos volt – a nappaliban rendezett hétvégi táncbajnokságokat pedig mindig én nyertem, négyéves korom óta.

– Elismerésem – vigyorgott a férfi. – Ugyanakkor bocsánatáért esedezem, hercegnő.

Gabriel végtelenül esetlennek érezte magát kecsesen mozgó kedvese mellett. De nem sokat törődött vele – helyette inkább hagyta, hogy tekintete ismét elvesszen Lily látványában.

Natilana egész éjjel táncolt. Élvezte, hogy végre az események sűrűjében lehet, s csodálkozva tapasztalta, hogy rengeteg férfi kéri fel. Szinte fürdőzött az őt mustráló, lenyűgözött tekintetekben. Amikor azonban táncra került a sor, s az őt körüldongó férfiak beszélgetést próbáltak kezdeményezni vele, gondolatai egész másutt jártak. Hogyan lehetséges, hogy a sok vonzó fiatalember közül egyik sem tudja felkelteni a figyelmét, tűnődött. Udvariasan válaszolgatott a kérdéseikre, de miután észrevették, hogy tökéletesen hidegen hagyják a lányt, csakhamar letörten távoztak, újabb próbálkozónak átadva a helyüket.

Natilana gondolatai azonban messze szálltak – egyre csak azon a távoli barlangon járt az esze, ahol Solis most is bizonyára magányosan gubbasztott. A fiatal lány izgatottan várta, hogy végre ismerkedhessen, szórakozhasson, de most, hogy ott volt a pillanat, szíve szerint a férfi búvóhelyéig szaladt volna, hogy meghitt csendben iszogassa vele a gyógyteát. Hálátlan csitrinek érezte magát, akinek csak az kell, amit nem kaphat meg. De első találkozásuk óta rendszeresen azon kapta magát, hogy az angyali lény körül jár az esze, oda sem figyelve arra, mit csinál éppen, vagy ahol van. Feltett szándéka volt betartani a neki tett ígéretet – de eddig még nem volt alkalma az újabb kiosonásra.

Ambroshya aggódva pislogott húga felé. Natilana egész este kiválóan viselkedett, s minden percben más férfival táncolt – ám amint valaki óvatosan a karjai közé fogta, arca különös kifejezést öltött. Mereven elnézett partnerei válla felett, s olyan réveteg volt a tekintete, hogy kisminkelt arcával s hófehér bőrével úgy festett, mint egy merev játékbaba.

– Valami baj van? – hallotta meg hirtelen Demetrius jellegzetes, szelíd hangját.

A férfira emelte a tekintetét; először nem is jutott el a tudatáig, hogy az éppen kérdezett tőle valamit. Némán szidta magát. Eszébe jutottak édesanyjuk szavai, amiket az este folyamán intézett hozzá. Tudta, hogy Ghelának igaza van; élnie kell. Édesanyjuk bölcs asszony volt, csakúgy, mint tanácsai. Betartani már annál nehezebb volt őket.

– A világon semmi – felelte hát gyorsan, s szélesen elmosolyodott. Érezte, hogy arcába szökik a vér, ahogy a férfi meleg szemeibe néz. – Remekül érzem magam veled, Demetrius.

Most partnerén volt a sor, hogy elpiruljon.

– Örvendek. Én is hasonlóképpen érzek.

Ambroshya meglepődött, amikor a férfi táncolni hívta. Meglepődött, de határtalanul boldog volt. Nagyon kedvelte Demetriust; elragadó természete volt, s a lány nem győzött azon csodálkozni, hogy egy ilyen emberből hogyan lett Testőr. Igaz, a nemesi családokban nem sok szó esett a Testőrség vagy a Zsoldosok tagjainak múltjáról, s a könyvekben sem említették őket. De az bizonyos volt, hogy azon Családok fiútagjaiból kerültek ki általában a fegyveresek, akik nem rendelkeztek nemesi felmenőkkel, ugyanis ez a munka néha veszélyes volt ugyan, de ennek hála, rangban közvetlenül a királyi Családok alá emelkedtek fel. A Zsoldosok jóval alacsonyabb fokon álltak a ranglétrán – alattuk már csak a Törvényen Kívüliek s a Bukottak sorakoztak fel. S Ambroshya megbízott ugyan Chryonban és Larionban is, de nem sokat érintkezett velük. Egyszerűen azért, mert hajadon lányhoz nem illett az ilyesmi, s ő makacsul ragaszkodott a hagyományokhoz. Demetrius viszont… mint az kiderült a számára, kiváló táncos volt, s még jobb beszélgetőpartner – művelt volt és szórakoztató. Ambroshya nem tudta, akadt-e még kérője az este folyamán, mivel csakis a férfival foglalkozott. Ez ugyan tiszteletlenség volt az esetleges többi próbálkozóval szemben, de elhatározta, hogy ezen az estén jól fogja érezni magát, s nem engedi semminek és senkinek, hogy jókedvét megzavarják.

Lassanként kiürült a terem, a távozókat a királyi Család egyesével kísérte ki. Szorosan a nyomukban ott lépdeltek a Zsoldosok is. Mikor végül mindenki eltűnt a napkelte első, gyenge sugarainál, visszavonultak a bálterembe. Mindenki fáradtan, de elégedetten mosolygott, Natilana és Ambroshya a tánctól tikkadtan, kipirult arccal álltak közöttük. Végül Ais megkért mindenkit, hogy térjenek nyugovóra – úgy vélte, a vidám esemény utáni reggel egyáltalán nem alkalmas a történtek megvitatására.

Lily és Gabriel is lakosztályukba vonultak. Mindenki az estély hatása alatt állt; ők ketten nem tudtak napirendre térni a fogadtatás felett. A lány esze egyre csak azon járt, hogy élete micsoda őrült fordulatot vett pár hónap alatt, s álmélkodva bár, de tudomásul kellett vennie, hogy az a sok ember mind támogatja és szereti őt.

Gabriel hasonlóképpen érzett. A Klánok elfogadták őt, mint herceget, s azt is megelégedve vették tudomásul, hogy – miután Lily választottjaként mutatták be – párja trónra kerülésével az Uralkodói Főherceg címe várja majd.

Ennél a gondolatnál Lilyre nézett. A lány aprólékos műgonddal bontotta ki hátrafogott tincseit, s ahogy finoman előredőlt, hogy megrázza s kissé meglazítsa a hátraerőltetett tincseket, teste olyan megvilágításba került, mintha halvány aurát vetett volna köré a lámpák fénye. A rávetülő világosság minden vonalát kihangsúlyozta. Haja vörösen izzott, s ahogy hófehér, karcsú kezével a rézszínű tincsek közé túrt, Gabriel arra gondolt, hogy ez a legerotikusabb látvány, amit valaha tapasztalt. A lány másik kezével felfogta hosszú szoknyáját, látni engedve a combjait. Mezítláb volt, s ahogy finoman hajladozott, izmai lágyan meg-megfeszültek.

Gabriel odasétált hozzá. Mire Lily megint megemelte a fejét, a férfi kezei már a derekán pihentek. Ahogy kedvese lentről tekintett fel rá kócos, dús hajával a vállán, érezte, hogy az ajzó bizsergés elönti a testét, s vesszője megkeményedik. Szótlanul magához vonta a lányt, s mélyen megcsókolta.

Nem kellett sokáig várnia. Lily hűen követte őt, kíváncsi ujjai végigcirógatták a testét, majd kezeit a zakója alá csúsztatta. Egyetlen könnyed mozdulattal lesöpörte a válláról, miközben hagyta, hogy kedvese pár gyors, türelmetlen mozdulattal meztelenre vetkőztesse. Gabriel szája mohón a nyakára vándorolt. Lily türelmetlenül babrált az inge gombjaival. Végül feladta a meddő próbálkozásokat, s egyszerűen végigszakította a könnyű selymet.

– Várj – suttogta a férfi, lefogva a kutakodó kezeket.

Lily kérdő tekintettel nézett fel rá. Nem akart megállni. Ahogy feltárult előtte Gabriel gyönyörű felsőteste, nem tudott betelni a látvánnyal. Alig várta, hogy bejárhassa testének tájait, hogy végigsimogassa, kóstolja a férfi minden porcikáját. Láthatóan párja is felhevült az érintéseitől; mellbimbói megkeményedtek, s bőrét finom veríték lepte el a gondosan kimunkált izmok fölött.

A férfi kézen fogta és az íróasztalhoz vezette.

– Feküdj fel rá. – Hangja rekedt volt ugyan a vágytól, mégis jól érezhető volt a szavaiból, hogy ez nem kérés volt.

– Micsoda? – nevetgélt zavartan Lily. Amikor azonban Gabriel szemébe nézett, leolvadt a mosoly az arcáról. A férfi pupillái ismét kitágultak az izgalomtól, s ez a fajta hév most szinte agresszívnek és kegyetlennek tűnt. Arcvonásai megkeményedtek, állkapcsán kidagadtak az izmok, s úgy nézte Lilyt, akár egy veszélyes ragadozó a prédát. Nem felelt a lány hitetlenkedő kérdésére, csak nézte őt ezzel a különös pillantással, mely egyszerre volt rémisztő és végtelenül izgató. A lány nem tiltakozott tovább. Felült az asztallapra és végignyúlt a hideg, kemény fán, karjait a feje mögött nyugtatva.

Gabriel hátat fordított neki, és lassan az italos szekrénykéhez sétált. Mozgása ismét olyanná vált, mint egy portyázó oroszláné; vállai előreestek, léptei kimértté váltak, fejét előreszegte, tekintete sötéten izzott.

Amikor visszatért Lilyhez, kezében egy üveg bort és egy poharat tartott. Gondosan elhelyezte őket az iratszekrényen. Ismét elfordult, és a díványhoz sétált. A lány mohón követte a tekintetével. El sem tudta képzelni, miért húzza az időt. Szíve szerint azonnal magába fogadta volna.

Csodálkozva látta, hogy a férfi a bálon viselt, könnyű estélyi ruháját tartja a kezében. Mielőtt megkérdezhette volna, mit művel, Gabriel gondosan kettétépte a fekete leplet, miközben tekintetét az övébe fúrta. Lily légzése egyre gyorsult, szíve hevesen kalapált. Kit érdekelt az a vacak szoknya! A férfi arca, ami már-már állatiassá torzult a vágytól, minden mást kitörölt a lány fejéből.

Gabriel azonban nem siette el. Lily ráébredt, hogy mindezt szándékosan csinálja; megfontoltan körözött az asztal körül, a finom anyagot milliméterről milliméterre szaggatta ketté. Először a fejéhez lépett, ő azonban hiába emelkedett el az asztaltól, a férfi nem hajolt hozzá, hogy megcsókolja. Helyette megragadta két csuklóját és szorosan összekötözte a szoknya egyik darabjával.

– Húzd fel a lábaidat – érkezett az újabb utasítás. Lily engedelmeskedett, Gabriel pedig ezúttal a bokáit kötözte meg.

– Nyisd szét a térdeidet – folytatta. A lány nem tétovázott. Alázatosan feküdt az asztalon, a férfi minden egyes mozdulatát követte éhes tekintetével.

Gabriel pár percig elmerült az édes látványban, amit Lily lazán széttárt combjai adtak neki, majd az irattartóhoz lépett. Komótosan telitöltötte poharát, majd megállt a lány teste fölött. Szemei összeszűkültek az izgalomtól, de továbbra sem vesztette el higgadtságát. Újra meg újra végiglegeltette szemét a lány testén, miközben ráérősen kortyolgatta az italát. Lily ágyékát azonnal nedvesség öntötte el, ahogy Gabrielt nézte. Sosem hitte volna, hogy ilyen érzés lesz, amikor teljesen kiszolgáltatva fekszik egy férfi előtt, aki sokkal erősebb és nagyobb nála. Amikor megadja neki a lehetőséget, hogy azt tehessen vele, amit csak akar.

– Eddig a te kezedbe adtam az irányítást – kezdte, miközben szinte szórakozottan körbe- körbe lötykölte a poharát, mintha csak egy borkóstolón lennének. – Most viszont... egy ilyen este után azt hiszem, hogy mindenképpen megérdemled a királyi bánásmódot, hercegnő.

– Mire gondolsz? – A lány hangja elcsuklott az izgatottságtól, de nem tudta megállni, hogy ne tegye fel a kérdést.

– Inkább megmutatom – azzal végre a lány fölé hajolt.

Óvatosan végigcsorgatta testén a bort, a nyakától egészen a vénuszdombjáig. Továbbra sem sietett; ismét telitöltötte a poharát, s gyönyörködött a látványban. Lily bőrén úgy folyt végig az ital, mint egy bíborszín, csörgedező patak a hófehér sziklákon.

Lily számára mindez olyan érzés volt, mintha Gabriel ujjai simogatnák mindenütt a testét; lágyan csiklandozta végig a tagjait, birtokba véve a melleit, s mielőtt legördült volna az oldalán, finom csókot lehelt megkeményedett bimbóira. Testén újra meg újra édes remegés futott végig. A hasán végigcsorduló ital bebarangolta a bordáit, hasfalát, majd megpihent a köldökében, de csak azért, hogy onnan tovább folytassa felfedezőútját telt dombja felé. Csiklójában egyre csak fokozódott a sajgó izgalom, mely már szinte fájdalmat okozott. Alatta a húsos, rózsaszín ajkak nedvességben úsztak. Csípője önkéntelenül is előrelendült. De nem tudott mást tenni, mint várt, miközben hasztalan kísérleteket tett arra, hogy kiszabadítsa magát édes béklyóiból.

– Azzal ugyan hiába próbálkozol – jegyezte meg a férfi. Szavai önkéntelenül is kis nevetésbe fúltak, de most, ebben a helyzetben ez a pimasz, fölényes kis hang is csak fokozta Lily vágyát.

Gabriel végre a lányhoz hajolt, aki izgatottan figyelte, mi a következő lépés. A férfi lassan előrenyújtotta a nyelvét, s Lily már a látványtól is alig bírt magával. Végigsimogatta vele a hasát, lentről felfelé haladva ízlelve meg a bort a lány hószín, izgalomtól reszkető testével együtt. Egy pillanatra elidőzött a köldökénél, egyre csak nyalogatva, szívogatva az édes nedűt, mint aki minden cseppjét magának akarja, nyelve hegyével óvatosan csiklandozva ezt az érzékeny pontot. Lily akaratlanul is megrázkódott; nevetnie kellett, ahogy Gabriel szorgos nyelve végigjárta ezt az apró mélyedést. A férfi azonban nem hagyta annyiban; poharát letéve két kezével lefogta a lányt, széles tenyerével oldalát az asztalra szögezte, s folytatta az édes kínzást. Lily még sosem érzett ilyet; az érintés egyszerre csiklandozta, miközben a vágy szinte már eszét vette, s ugyanígy érezte az enyhe fájdalmat, ahogy a fölé tornyosuló erős karok ellentmondást nem tűrően a fához préselik a hátát és keményen szorítják az oldalát.

Ezen különös érzések elegye végtelenül izgató volt. A férfi kissé enyhített a tortúrán; elengedte a lányt, csak hogy folytathassa felfedező körútját mindenütt a felsőtestén, apró, érzékeny érintésekkel ingerelve a nyakát. Majd visszatért a lágyan szétterülő mellekhez, mintha csak a legfinomabb falatot hagyta volna legutoljára. Óvatosan ajkai közé fogta bal bimbóját, birtokba vette, s fokozatosan szívogatta, míg a hegyéhez nem ért. Nyelvével sebesen körözött rajta, majd gyengéden játszadozni kezdett vele, míg az aprócska kis ponttá húzódott össze. Lily feje hátrahanyatlott, ajkai kissé szétnyíltak, de amikor a férfi szája elhagyta a mellét, várakozóan felpillantott. Kétségbeesett a gondolattól, hogy ennyivel véget is ér a kényeztetés, ugyanakkor kezdetektől arra várt, hogy Gabriel végre a testébe hatoljon.

A férfi azonban nem kegyelmezett ilyen könnyen. Ismét fölé hajolt, nyelve nem tudott betelni a lány testével, miközben két ujja közé fogva morzsolgatni kezdte a bimbóit. Ahogy a vágya egyre nőtt, a játék is egyre vadabbá vált. Először gyengéden harapdálta végig a hasát és az oldalát, majd ahogy közeledett dombjához, harapásai is erősebbé váltak, s ajkai is keményen szívták be az alattuk reszkető, bársonyos bőrt.

Lily elmerült abban az érzésben, melyet a bizsergető, lágy érintések és a fájdalom kettőse adott neki. Szemét szorosan lehunyta, miközben csak a férfi kezeire és szájára koncentrált. Azt kívánta, bár sose érne véget ez a pillanat. A könnyed, gyakorlott ujjak finoman játszadoztak a bimbóival, miközben Gabriel újra és újra végigharapdálta erős, éles szemfogaival mindenütt a testét, finoman végighúzva őket az oldalán, enyhén megkarcolva itt-ott. Ekkor Lily arcára emelte tekintetét, ajkait továbbra is szorosan hozzápréselve.

Ahogy a lány a hatalmas, elsötétült szemekbe nézett, zihálni kezdett az izgalomtól; újfent úgy érezte, ez a sötétség, mely egyszerre volt baljóslatú és kihívó, őt is képes lenne elnyelni. Egy cseppet sem bánta.

Gabriel kábult volt a vágytól. Végigkóstolta Lily testét, egyetlen centiméterét sem akarta elszalasztani. Nadrágja kényel-

metlenül szűk lett, ahogy kemény fallosza egyre nagyobbra
duzzadt. A vér dobolt a füleiben, ahogy ajkai a forró, bárso-
nyos bőrt érintették. Nem tudott betelni Lilyvel; hasa sima és
lapos volt, érezte finom bordáit, s hosszasan időzött a fölötte
gömbölyödő, kerekded melleken, melyek közepén az az édes,
apró, rózsaszín kis pont egyre keményebbé vált minden rezdü-
lése nyomán. A lány bimbói egyszerre voltak feszesek és bár-
sonyosan puhák. Imádta, hogy ilyen hatást gyakorol rá. Tud-
ta, hogy ágyéka mostanra már édes nedvében fürdik. Ahogy
találkozott a tekintetük s a lány kábult, fátyolos szemeibe né-
zett, alig győzte kivárni, hogy megízlelhesse ajkait, csiklóját
lassan, hosszan becézgethesse, majd nyelvét megmeríthesse
a lány nedvességben úszó hüvelyében. De nem akarta elsiet-
ni. Lily máris megadóan vonaglott alatta, s Gabriel azt akar-
ta, hogy a vágy teljesen eszét vegye, míg végül megkegyelmez
neki és vesszőjével beléhatol.

Felemelkedett mellőle, majd a pompásan faragott karosszé-
ket az asztal végéhez húzta. Kezeit a lány térdére tette, s egy
ideig megpihent rajtuk. Csak gyönyörködött az elé táruló lát-
ványban. Lily immár közel volt az orgazmushoz. Elragadó volt,
ahogy arca kipirult, teste verejtékben úszott, csípője vadul kö-
rözött, azok a telt, rózsaszín ajkak pedig, melyek teste titkos
pontját ölelték körül... csillogtak a lámpák fényében.

Kisvártatva elindult a combok mentén, épp csak ujjhegye-
ivel érintve a bőrét. Hosszan cirógatta, masszírozta a feszes
húst, miközben a lány tehetetlenül, megkötözve várta, hogy az
őt kényeztető ujjak végre elérjék azt a helyet, amelyre mindket-
ten annyira vágytak.

A férfi finoman végighúzta mutatóujját az ajkain. Lily lassan,
fokról fokra, érintésről érintésre került egyre közelebb az orgaz-
mushoz. Gabriel, miután végigmasszírozta azt az apró, titkos
bejáratot a lány testén, óvatosan végigsimított duzzadt csikló-
ján is. Arcán szinte elragadtatott kifejezés ült, miközben a göm-
bölyű, vérrel teli kis pontot kényeztette. Látta, hogy a lány má-
sodperceken belül elélvez, így elengedte őt, de csak azért, hogy
ismét a kerekded ajkakat dörzsölhesse végig.

Lily testét immár szétfeszítette a vágy, s úgy érezte, mentem szétrobban. A sírás kerülgette; addig el sem tudta képzelni, hogy egy szeretkezés így hathat rá. Ott feküdt az asztalhoz szögezve, izzó testtel, verítékében és nedvében vonaglott, érezte a bor illatát a bőrén és a nedves cseppeket a háta alatt. Bármit megadott volna a férfinak ebben a pillanatban. Nem tudott volna olyat kérni, amire nemet mondott volna, hogyha cserébe az édes kielégülés a jutalom.

Gabriel azonban nem állt meg. Amint az orgazmus közelébe került, a férfi lecsúsztatta ujját a bejárathoz, futólag játszadozva rajta. Keze immár siklott a nedves bőrön. Felváltva izgatta teste legérzékenyebb pontjait, miközben nem tudta levenni a szemét róluk. Amikor felnézett, elégedetten látta, hogy Lily immár olyan erősen harapdálja alsó ajkát, hogy abból kiserkent a vér, s a lány apró sikolyai és elhaló nyögései dallamként hatottak rá.

Lily teljesen elvesztette az időérzékét. Fogalma sem volt, hogy mióta fekszik az asztalon. Tíz perce? Egy órája? Egy napja? A legjobb az örökkévalóság lett volna. Amint ez a sóvárgó gondolat átfutott rajta, Gabriel hirtelen elhúzódott tőle. Amikor Lily felnézett, szívverése már-már az elviselhetetlenségig felgyorsult a látottaktól; a férfi lehúzta sliccét, mereven ágaskodó vesszője szinte előugrott. Félredobta a nadrágot, miközben Lily szemérmetlenül gyönyörködött a látványban. A kemény, vastag rudat finom erek szőtték át, vége gömbölyű volt, bőre pedig puha és finom. Heréi összehúzódtak a vágytól, s Lily tudta, hogy azok is éppoly kemények, mint merev férfiassága, melynek hegye immár fénylett a síkosságtól.

Gabriel eloldozta a lábait, de továbbra is ő diktált. Kezeit a térdhajlatokba csúsztatta, s közelebb húzta magához a lányt, vesszőjét finoman a bejárathoz nyomva.

– Emeld meg a feneked – majd amikor Lily engedelmeskedett, folytatta –, ez az. Imádom ezt a látványt. Tudod, miért?

Lily megrázta a fejét.

– Válaszolj. Tudod, miért imádom annyira ezt a látványt?

– Nem – felelte immár hangosan és érthetően.

– Azért, mert nem tudok betelni a punciddal. – Miközben beszélt, a férfi tekintete ismét Lily ágyékára vándorolt. Továbbra is ritmusosan nyomkodta pénisze hegyét a lány bejáratához, újabb nyögéseket kicsalogatva Lilyből. Végül megállt, férfiasságát a nedves nyíláshoz préselve, s lágyan körözni kezdett vele. Lily torkából mély sóhajok szakadtak fel, de Gabriel még mindig visszafogta magát. Helyette tovább beszélt: – Imádom a látványát, az illatát, a selymes bőrödet, a csiklódat, a nedvedet. – Ahogy ehhez a szóhoz ért, mély, állatias morgást hallatott. Lily ismét megborzongott. Tudta, hogy másodpercek választják el a csúcstól. – Tudom, hogy tetszik, amit csinálok. Nemsokára mélyen beléd fogok hatolni, teljesen ki akarom tölteni a puncidat a farkammal. De csak akkor, hogyha azt teszed, amit mondok. Így lesz?

– Igen.

– Azt teszed, amit mondok?

– Azt teszem, amit mondasz – suttogta Lily, miközben fülig pirult. Sosem hitte volna, hogy a trágár szavak ilyen hatással lesznek rá.

– Akkor told előre a csípődet. – Lily kissé közelebb húzódott, de Gabriel rászólt: – Még közelebb. Azt akarom, hogy most te fond körül a testeddel az enyémet. Érezni akarom, ahogy lassan magadba fogadsz. Érezni akarom a szorításodat.

Lily megtette, amit kért tőle. A férfi könnyedén a magasban tartotta a térdeinél fogva, miközben vádlija a karjain pihent. A lány megemelte a csípőjét, és becsúsztatta a férfi vesszőjét a testébe.

Mindketten felkiáltottak. Lily azonnal elélvezett, amint megérezte a kemény hímtagot, míg Gabrielt immár teljesen magával ragadta a hév. Nem fogta vissza magát tovább; vesszője mélyen hatolt a lány hüvelyébe. Édes forróság öntötte el, Lily szűk teste körülölelte, ő pedig teljes extázisban mozgott édes szorításában. Csípője vadul járt előre-hátra, ahogy férfiassága keményen ostromolta a lány testét. Fejét hátravetette, s mély nyögések törtek fel belőle, miközben olyan erősen markolta Lily combjait, hogy ujjai elfehéredtek.

Attól tartott, el fog ájulni. Amint megérezte magában a férfit, édes orgazmus nyilallt a csiklójába, s érezte, ahogy teste összerándul az élvezettől. Amikor azonban Gabriel előrelökte csípőjét, vasmarokkal szorítva őt magához, s kemény vesszője vad táncot járt a testében, minduntalan elöntötte a nedvesség és érezte, hogy csiklója szinte azonnal ismét megkeményedik. Újra meg újra elélvezett, ahogy hagyta, hogy a férfi magához húzza, majd kissé távolabb tolja magától, saját ritmusához igazítva az övét. Ebben is átengedte neki az irányítást, hagyta, hogy Gabriel használja őt, miközben mindkettőjüknek olyan gyönyört adott ezzel, amelyet még sosem tapasztaltak azelőtt.

A férfi közel járt a csúcshoz. Mielőtt utoljára mélyre nyomta volna a vesszőjét Lily testében, még egyszer látni akarta a lány önkívületben úszó alakját. Amikor azonban lepillantott, szíve kihagyott egy dobbanást. Lily fejét oldalra biccentette s körülötte szétterülő haja látni engedte a nyakát. Ütőere megfeszült, s – nyilván a hevességétől s a sorozatos orgazmusoktól – még meg is duzzadt. Teljes egésze láthatóvá vált Lily halvány bőrén keresztül. Gabriel ekkor érezte meg… felső ajka önkéntelenül hátrahúzódott, szemfogai szinte kiugrottak a helyükből.

Tudta, hogy régen ivott utoljára. Épp ezért tartott tőle, hogy ha enged éhségének, olyan vadul fog nekiesni a lánynak, hogy nem tudja majd visszafogni magát – az pedig szörnyű következményekkel is járhat. Halálra rémült a gondolatra, hogy Lilynek bántódása eshet. Talán az lenne a legbölcsebb, ha eltávolodna tőle, míg meg nem nyugszik kissé, gondolta.

Lily észrevette, hogy Gabriel immár egészen másutt jár. A férfi észre sem vette, hogy még mindig a lány testében van, ellenben alig mozdul. Ahogy azonban a lány rápillantott, azonnal átlátta a helyzetet. A férfinak vérre volt szüksége, ez tisztán látszott rajta. Élt a gyanúperrel, hogy még mindig ugyanaz tartja vissza, ami megismerkedésük óta; fél. Pár napja ő maga is érezni kezdte, hogy lassan ismét közeledik az idő. Eszébe jutott, amikor megismerkedésükkor a vérhiány okozta rosszullétről beszélt neki a férfi. Abból, hogy ilyen pontosan le tudta írni, milyen érzés, Lily már akkor meg volt róla győződve, hogy Gabriel maga is tapasztalta már. Amikor pedig embertelen körülmények között töltött fiatalságáról vallott neki, a lányt émelygés fogta el a sokkoló részletektől. Nem akarta, hogy Gabrielnek ezt még egyszer át kelljen élnie.

– Tudom, mire van szükséged – szólalt meg hirtelen, immár a férfi szemébe nézve. Gabriel összerezzent. Megpróbálta elrejteni előreugró szemfogait, de ő maga is tudta, hogy meddő próbálkozás. Vesszőjével kihúzódott a lány testéből. Nem válaszolt, csak nézte alatta fekvő kedvesét, arcán a végtelen szomorúság kifejezésével. – Gyere – azzal az egyik kezével összefogta a haját, feltárva meztelen nyakát. – Vedd el tőlem. Boldogan adom neked.

– Nem – nyögte a férfi. Ennél több szó nem is jött ki a torkán.

Lily keményen a szemébe nézett. Most az ő hangja vált hideggé és parancsolóvá, mikor ismét megszólalt. – Ha nem tudnád, én vagyok a trón jogos örököse. Egy kicseszett hercegnő vagyok, akinek feltétlen engedelmességgel tartozik mindenki. Még te is – azzal el is fordult a férfitól, s még mindig haját markolva, lehunyt szemekkel hozzátette: – Fejezd be, amit elkezdtél, testőr.

Gabriel meglepetten felnevetett, de még mindig tétovázott. Átfutotta a lehetőségeit... Lilyből nem akar inni, ellenben csakis vele osztaná meg a vérét. Miközben tépelődött, fel sem fogta, mit csinál eközben kedvese; most ő folyamodott egy kis trükkhöz, hogy megkönnyítse Gabriel döntését. Megsebezte a nyakát, amiből addigra már patakokban folyt a friss, életet adó, bordó vér, mely szinte feketének tetszett. Mintha egy ritka drágakövet viselne a bőrén.

Amint megpillantotta, ösztönei azonnal eluralkodtak felette. Általában véve igen jól tudott uralkodni éhségén, de ez most más volt. Ez Lily volt. Ahogy a lány feltárta előtte mindenét, hogy neki adhassa, Gabriel olyan kiéhezetten vetette rá magát, mintha még életében nem ivott volna. Lily úgy hatott rá, mint a heroin.

Ugyanazzal a mozdulattal lökte előre vesszőjét a lány testébe és mélyesztette fogait a bőrébe. Mindenük eggyé vált. Gabriel még sosem érzett ilyet; Lily íze senkiéhez nem volt fogható, akiből korábban ivott. Úgy megrészegítette, mint a drága, testes bor. Zsongott a feje, mohón kortyolta a vérét, miközben olyan hevesen szeretkezett vele, akár egy vadállat. Testük olyan erővel préselődött össze, hogy az már a fájdalmat súrolta. Lily elragadtatottan felsikoltott, mikor a férfi még mélyebbre hatolt a testébe és még szenvedélyesebben szívta magába az életet a nyakából. Éles roppanással fúrta fogait a bőrébe, a harapás nyomán újra és újra kiserkent a friss, élénkpiros vér az apró sebekből, a férfi pedig belefeledkezett a kéjt adó pillanatba. Habzsolta Lily nyakát, elmerülve édes testében, s nem létezett más rajta kívül. Mélyen beszívta verítékfilmes bőrének illatát, nagy kortyokban, türelmetlenül nyelte nedűjét, ujjai keményen markolták selymes haját. Beborította minden érzékét lágy melege, az ajzó szorítás, ahogy a lány szűk kelyhe körülölelte férfiasságát, s szinte fogva tartotta, miközben zabolátlanul birtokba vették egymást. Gabriel teste váratlanul megfeszült; a férfi tehetetlenül hagyta, hogy az elsöprő orgazmus újra meg újra végighullámozzon rajta, s magjával kitöltse Lily testét.

Gabriel kifulladva borult a lány nyakába; immár nem csak ajkai, hanem arca is összekenődött, de nem zavartatta magát. Az imént átéltek olyannyira kimerítették, hogy nem tudott mást tenni, mint levegő után kapkodva, remegő testtel a lányra omlani. Mikor észrevette, hogy Lily jobb híján fejével búik hozzá, egy laza mozdulattal kioldotta a szoros csomót, ami fogva tartotta a lányt. Amint karjai szabaddá váltak, gyengéden átfogta a hátát, így simogatta, kedvesen, gyengéden... szeretetteljesen.

Jóllakottan, egymás testével betelve feküdtek a kellemes meleget adó lakosztályban. Az elfüggönyözött szoba sötétje inkább még meghittebbé tette az együtt töltött órákat, semmint nyomasztóvá. A csöndet csak a kintről behallatszó, váratlanul feltámadó szél zajai törték meg; az ablaktáblák meg-megremegtek ereje alatt, a park ősfáinak ágai minduntalan az üvegnek ütköztek.

Ahogy tomboló vágyaik elcsitultak, gyengéden cirógatták egymás fedetlen bőrét, mely felviláglott még a félhomályba burkolózó szobában is. Élvezték, hogy kölcsönösen részesíthetik egymást a kellemes borzongásban, melytől libabőr futott végig a testükön. Némán szemlélték egymás arcát, mintha örökre emlékezni akarnának erre a pillanatra.

Ekkor azonban a barátságtalan, szürkésfehér felhőkkel teli ég elsötétült, oly hirtelen és gyorsan, hogy az még a függönyön keresztül is érzékelhető volt. Mintha valaki megnyomott volna egy óriási villanykapcsolót az égbolton. A szoba falai megremegtek, a mennyezetről alálógó olajlámpák lágyan ringatóztak.

Gabriel felkapta a fejét, rémülten körbeforgatva tekintetét a szobában. Lily látni vélte, ahogy a levegőbe szagol, akár egy vadászkutya.

– Mi baj? – könyökölt fel mellette, értetlenül ráncolva a homlokát, majd mikor a férfi nem felelt, hozzátette: – Biztos csak a szél... kissé huzatos itt.

– Nem – motyogta a férfi, továbbra is elszántan forgatva a fejét. – Biztos, hogy nem...

Hangja távoli volt, s Lilynek az volt a gyanúja, hogy valójában nem is hozzá beszél. Mielőtt azonban Lily faggatózhatott volna, Gabriel kiugrott az ágyból, s kapkodva öltözni kezdett. Mikor rájött, hogy ünnepi öltözéke használhatatlanná vált a napkeltekor történtek után, türelmetlenül félrehajította, s a gardróbhoz rohant. A lány döbbenten nézte végig, ahogy a férfi magára rángatja a famert, pulóvert, kabátot...

– Gabriel, mondd már el, mi a fene van! – csattant fel végül, s ő maga is kiszökkent az ágyból.

– Ez nem csak a szél volt – felelte a felindultságtól kifulladva. – Ilyen jelei vannak annak, amikor valaki a fajból felbukkan... és nem jelent jót.

– Úgy érted, egy idegen jött?

– Igen. – Gabrielt teljesen összezavarta a váratlan fejlemény. Rémület kúszott végig a gyomrán, ahogy a szóba jöhető nevek egymást kergették a fejében... Arwel? Magory? Raven? Megtalálták őket, Sirma árulása máris elérte a célját? Képtelen volt nyugodtan végiggondolni a helyzetet.

– Akkor szóljunk a többieknek – javasolta Lily, s eközben ő
is öltözni kezdett. Hagyományos öltözéke helyett praktikusabb
ruhába bújt; ő is farmert, csizmát és pulóvert húzott.

– Nem. – Maga sem tudta, miért jobb, ha egymaga megy,
de valami megmagyarázhatatlan módon ösztönei ezt súgták.
Lily, mintha csak megérezte volna mindezt, nem erőltette to-
vább a dolgot.

– Honnan tudjuk, hogy hol van?

– Te itt maradsz – rázta a fejét a férfi.

– Micsoda?! Nem hagyom, hogy egyedül menj.

– Nem jöhetsz velem, és kész – jelentette ki.

– Nem maradok itt nélküled! – csattant a lány válasza, mi-
közben arca lassan bordó színt öltött a haragtól.

Egy hosszú pillanatig csak nézték egymást. Gabriel, látva,
hogy Lily hajthatatlan, végül lemondóan sóhajtott. A lány ezt
beleegyezésnek vette, s már iramodott is a férfi után.

– Nem lesz nehéz megtalálni – felelte menet közben a lány
kérdésére. – Csak a szél fúvását kell követnünk.

– Ezt hogy érted? – kérdezte bizonytalanul.

– Felőle jön. Minél közelebb érünk hozzá, annál erősebbé
válik majd.

Végigrohantak a folyosókon, egy ugrással érték el a bejárat
előtti lépcsősor alját. Mikor kiértek a szabadba, Gabriel meg-
állt, s újra a levegőbe szagolt. Jobbra fordult, s eszeveszetten
futni kezdett a park keleti széle felé. Lily némi lemaradással kö-
vette. A férfi néha újra megállt, s szemét behunyva, szaglására
hagyatkozva kereste a behatolót. Már maguk sem tudták, mi-
óta loholnak keresztül-kasul a mezőkön s a fák között, míg el
nem érték a Pagoda birtokának határát, mely sziklákkal, és ki-
sebb-nagyobb hegyekkel keretezett tájon feküdt. Gabriel meg-
állt, s feszülten figyelte az őket körülvevő fákat, igyekezve fel-
térképezni a terep minden egyes pontját.

Ekkor egy törékeny alak bontakozott ki a súlyos ködfelhők
között. Összehúzott szemekkel próbálták kivenni arcának kör-
vonalait. Gabriel ugrásra készen, széttárt karjaival takarta el az

idegen elől Lilyt, s felkészült rá, hogy meg kell küzdenie mindkettőjükért.

Amikor azonban az apró alak közelebb ért hozzájuk, Gabriel a döbbenettől eltátotta a száját. Karjait leengedte maga mellett, de ösztönösen közelebb húzódott a lányhoz.

Lily a férfi felé fordította a tekintetét. Látva, hogy az letett a harcról, a félelem enyhült benne, ugyanakkor végképp összezavarodott Gabriel tanácstalan tekintetétől.

Pillantása ismét az idegenre siklott; mozgásából rájött, hogy nő. Lily sem volt épp termetes, ez az asszony azonban még az ő vállát sem érte volna fel.

Végül a közelgő ismeretlen megállt pár lépésnyire tőlük. Hosszú, sötét lepelbe burkolózó alakja a legelesettebb látvány volt, amivel Lily valaha találkozott. Hatalmas csuklyája árnyékot vetett az arcára, Lily mégis a tekintete után kutatott, de mindhiába. A nő szemlesütve állt, apró, kerek arcából alig látszott valami.

Gabriel még mindig földbe gyökerezetten állt és csak nézte, mintha képtelen lenne felfogni jelenlétét. Végül ahogy megszólalt, Lily szinte megrémült elhaló, döbbenettől fuldokló hangja hallatán.

– Any... Anyám?

Lilynek még a lélegzete is elakadt. Ez a nő lenne...? Most, hogy közelről is látta őt, még kisebbnek és törékenyebbnek tetszett. Épp, hogy Gabriel hasáig ért, s ahogy kezeit tördelve, arcán tartózkodó, már-már rémült kifejezéssel a földre meredt, Lily egyenesen megszánta. Inkább hasonlított egy riadt kis állatra, mint egy hajdani Főhercegnére. Ahogy igyekezett észrevétlen végigmérni nem mindennapi külsejét, szemei megakadtak öszszekulcsolt kezein – körmei valószínűtlenül hosszú, fekete karmokban végződtek, ujjain pedig, kivétel nélkül, míves gyűrűk csillogtak. Azok közül egyet-kettőt ékkövek díszítettek, a többibe viszont nonfiguratívnak tűnő, finom szimbólumok voltak vésve, s egyszerű ezüstnek tűntek. A drága ékszerek annyira elütöttek viharvert külsejétől, hogy Lilynek az volt a benyomása, azok nem közönséges kiegészítők.

Végre rájuk emelte tekintetét, s ahogy az asszony hatalmas zöld szemeibe nézett, melyek szinte világítottak a félhomályban, Lilyn volt a sor, hogy halálra rémüljön. A nő szemei szó szerint uralták az arcát; aránytalanul nagyok voltak parányi fejéhez képest, s kicsiny orra és szája eltörpültek mellettük. Ahogy leemelte csuklyáját a fejéről, Lily pillantása a hajára esett; a koromfekete, göndör fürtök kiszabadulva a ruhából aláomlottak a vállain, s a földet érték. Összességében véve egy kóbor macskára emlékeztetett tépázott hajával s furcsa, természetellenes arcával.

– Gyermekem…

Hangja külseje mellett meghökkentő volt; mélysége alapján egy férfié is lehetett volna, s olyan karcos él volt felfedezhető benne, mint az erős dohányosoknál. Ahogy a fiára nézett, semmilyen érzelem nem volt leolvasható róla; sem a viszontlátás öröme, sem fájdalom, netalán harag. Úgy állt előttük, akár egy szobor, arca sem volt más, csupán kifejezéstelen maszk.

– Miért… miért jöttél ide? – Gabriel láthatóan nem tudott magához térni meglepetéséből; ujjaival Lily kezét kereste, s ahogy rálelt, a lány bátorítóan megszorította. Viszonzásul a férfi is megpróbálkozott vele, de mintha teste is megbénult volna a váratlan találkozás hatásától.

Az asszony most Lily felé fordult. Ahogy végigmérte, tekintete továbbra is kifejezéstelen maradt, mintegy révetegen bámulta őt nagy szemeivel. Lily kellemetlenül érezte magát a nő kutató pillantásától; fogalma sem volt, mire számítson tőle.

Végül Gabriel édesanyja a legváratlanabb dolgot tette; üdvözlésképp meghajtotta Lily előtt a fejét, majd közelebb lépve hozzá kezébe vett pár tincset a hajából. A lány zavartan hagyta, hogy Amalthea lágyan végigsimítson rajtuk; kissé le kellett hajolnia, hogy az asszony kezei elérhessék a fejét. Halványan érzékelte a jelenet abszurdságát; ahogy ez az apró nő áll előttük, ők pedig megrendülten s félelemmel telve tekintenek rá, pedig oly törékeny teremtésnek tűnt, akit az első szellő elfújna.

– Hallottam felőled… Hallottam, hogy boldogságot hoztál fiam életébe. Hálával s örömmel adózom neked. Kívánom, hogy életetek örökkön békében teljen, s utatok összefonódhasson halálotok napjáig.

Lily nem tudta, mit feleljen erre. Tétován Amalthea szemébe nézett, s látta, hogy az asszony könnyezik. Végletekig meghatotta, hogy ez a nő ilyen hálás neki, s eljött hozzájuk csak azért, hogy a maga furcsa, zárkózott módján köszönetet mondjon.

Elengedte Lilyt, s most Gabriel felé fordult.

– Tudom, hogy bár boldog vagy ennek a leánynak az oldalán, szíved mégis félelemmel teli. Ez a nő méltó párod; életedet a kezeibe adhatod, hisz' nincs senki, ki méltóbban járna melletted utadon, s kit büszkébben viselhetnél szívedben. S most jöjjetek velem... – azzal csendes léptekkel előreindult, mintha csak járása súlytalan lenne; szinte siklott előttük a göröngyös ösvényen, s egyszer sem ingott meg a nehéz talajon.

Szótlanul lépdeltek az oldalán. Lily értetlenkedve nézett rájuk; hol Amaltheára, hol Gabrielre pillantott, valamiféle választ remélve erre az egészre. De egyikük sem szólalt meg; az asszony tekintetéből ugyanaz a közöny volt kiolvasható, mint érkezésekor, Gabriel pedig szemöldökét ráncolva, komoran meredt maga elé. Így hát Lilynek is várnia kellett, bár fogalma sem volt róla, hogy hova mennek, s mi fog történni.

Az aljnövényzet ritkulni kezdett, jelezve, hogy a folyópart felé tartanak; itt már csak egy-egy fenyőfa került az útjukba, s azok is egyre szétszórtabban bukkantak fel előttük. Ahogy a szemük elé tárult a víz végtelennek tetsző habjaival, Amalthea megállt, s szembefordult velük; arcán hirtelen eltökéltség látszott. Lily egyszerre megértette, hogy azért érezte szükségét a sétának, hogy addig is össze tudja szedni a bátorságát, s elmondja nekik jövetele valódi célját.

Ujjait összekulcsolta maga előtt, s Gabrielhez intézte szavait.

– Mint mondtam, tudom, hogy félsz... Életed oly fordulatot vett, melyre, őszintén megvallva, magam sem számítottam. De most, hogy utad végéhez közeledik, s sorsod immár bevégeztetett, jogodban áll megtudni, hogy miért alakult úgy az életed, ahogy.

A férfi feszülten felkapta a fejét. Lily semmit nem értett az asszony szavaiból s ebből a bizarr jelenetből, melynek ő is részese volt. De hallgatott, mert Gabrielre láthatóan nagy hatással voltak édesanyja szavai. Merően figyelte Amalthea arcát, s várta a folytatást.

– Félsz, hogy elveszíted a párodat. Félsz, hisz' a te utad nem az övé. A te osztályrészedül a sötétség jutott. Ez a nő azonban a fény gyermeke. Te az árnyékba rejtőzöl, s nem léphetsz ki belőle, hisz' sorsod béklyói visszarántanak. De tudd meg, fiam, hogy tévúton jársz. A te apád... nem az volt, akinek hitted.

Gabriel elképedve meredt az anyjára. Miről beszél? Az apja volt az egyik Főherceg, halála napjáig. „Nagy Múltú" vadász, a Család vezetője. Kegyetlen, tiszteletet parancsoló... Ádáz gyilkos.

Amalthea most elszántan felszegte a fejét, de teste minden porcikáját elfogta a remegés, s hangja is megreszketett. Láthatóan nehezére esett kiejteni minden egyes szót, de eltökélte, hogy véghezviszi, amibe belekezdett.

– Atyád a Család tudomása szerint Assino volt. Ostoba voltam, de nem voltam oly bátor, mint te... – tekintete ismét Lilyre siklott egy pillanatra –, s nem ébredt oly elszántság a szívemben, mint a tiédben. Akárcsak te, én is a fénybe vágytam, s gyűlöltem a föld alatt rejtezni, bezárva a sötétség falai közé. De az én lelkemben tomboló szenvedély helyett csak apró lángocska gyulladt, mely kialudt, mielőtt lángra lobbanthatta volna lényemet. A te igazi atyád... – szaggatottan szívta be a levegőt, s Lily attól tartott, mentem elájul az orruk előtt – a fény gyermeke volt, akárcsak asszonyod. Így te is az vagy. Bátran tekints hát közös jövőtök felé, hisz' sorsotok összeforr.

Lily bosszússá vált. Miért kell állandóan rébuszokban beszélnie?! Az egész fény–sötétség katyvaszból csak annyit értett, hogy Gabriel igazi apja nem az, akit annak hitt. A férfit azonban egyenesen sokkolták anyja szavai; szinte megszédült tőlük, s meg kellett kapaszkodnia az egyik kopár fában. Lily aggódva figyelte, ahogy kábán markolja a kiszáradt törzset, de mielőtt megszólalhatott volna, Gabriel ismét anyjához fordult.

– Ki volt az? – Csak ennyit kérdezett tőle. Szinte kiszakadtak belőle a szavak, s lázas kifejezés lett úrrá vonásain. Amalthea zavara azonban egyre nőtt; görcsösen összefonta az ujjait, mély aggodalom s bűntudat keveréke tükröződött rajta. Feszült csend telepedett közéjük, s az asszony csak tipródott titkának súlya alatt. Gabriel majd' beleőrült a várakozásba; türelmetlen indulat munkált benne, s szemlátomást alig tudta megállni, hogy ne ragadja s rázza meg édesanyját, hogy válaszra bírja.

– Nem tudom... Nem mondta meg a nevét. Csupán egy este jutott számunkra, hisz' a mi útjaink nem keresztezhették egymást. Visszatértem a falak közé, s próbáltam elfeledni azt az éjjelt, bár az örök boldogság szikrájaként rejtegettem szívem zugaiban. Aztán... megfogantam veled, s biztosra vettem már akkor is, hogy az ő gyermekét hordozom magamban. De nem szóltam róla. Rettegtem a Család s párom haragjától. Hallgattam, s reméltem, hogy életed így is boldog lesz. Most viszont... Elérkezett az idő, hogy megtudd az igazságot.

Gabriel a kezébe temette az arcát. Egyszerre kavargott benne a düh és a remény keveréke. Soha nem szerette a vezetőt, így nem érzett magában fájdalmat most, hogy megtudta, nem tőle származik. Azonban ez a fordulat olyan súllyal nehezedett az elméjére, mintha fejbe vágták volna.

De nem akarta vesztegetni az időt; édesanyja mindig csendes visszavonultságban élt, gátat szabva vágyainak. Rettegett párjától, s hűen követte a Család hagyományait. A mulatozásokban soha nem vett részt, de mindig fejet hajtott a döntések előtt. Mindig. Gabriel nem érezte azt, amit az embernek egy édesanya iránt éreznie kellett volna. Legalábbis amennyire el tudta képzelni, hogy milyen lehet egy anya–gyermek kapcsolat. Akárhogy is legyen; nem érzett szeretetet ez iránt az elnyomott, megtört asszony iránt, csupán végtelen szánalmat. Amalthea szerette. Szerette, mert ez volt a kötelessége. Gabriel már gyermekkora óta tisztában volt vele, hogy édesanyja csak akkor cselekszik, csak akkor szólal meg, s csak akkor érez, ha arra törvény kötelezi. Nem lepte meg különösebben az sem, hogy Amalthea rettegett a gondolattól, hogy ellentmondjon a Családnak, s a szabályokat felrúgva hátrahagyja őket az emberi lét kedvéért.

Így most sem várt tőle semmit. Nem számított „legyünk újra egy család" típusú, hatalmas záróakkordra, ahol mindenki egyetlen, nagy ölelésben borul össze, s boldogan élnek, míg meg nem halnak. Nem. Válaszokat akart kapni, meg akart tudni, hogy mire számíthat ezek után... minél hamarabb.

– Meddig fogok élni? – Ez volt az első kérdés, ami eszébe jutott.

– Nem tudom, fiam... Kezdetben attól tartottam, hogy az emberi vér, mely ereidben csörgedezik, nem fog hosszú életet biztosítani számodra. De ahogy teltek az évek, lelkem egyre nyugodtabbá vált. Immár lepergett 128 év az életedből, s nem öregedtél. Testedet nem vette birtokába az enyészet, hisz' most is ifjúként állsz előttem. Tartok tőle, hogy életed fonala rövidebb, mint tiszta vérű társaidé, de erre a kérdésre csak az idő tud majd válasszal szolgálni.

– Azt mondtad, a sorsunk... Lilyé és az enyém... összeforr.

– Igen. Bátran lépj ki a fényre, fiam, s ne félj. Nincs mitől tartanod. – Az asszony most Gabrielhez lépett, s olyan mereven figyelte őt hatalmas szemeivel, mintha most látná életében először fia arcát. Óvatos, tétova mozdulattal kinyúlt felé, s Lilynek az volt a benyomása, fél megérinteni őt. A férfinak kétrét kellett görnyednie, hogy a valószerűtlenül apró kéz elérhesse. Amalthea végigsimogatta gyermeke arcát, s tekintete elfátyolosodott. Lily megrendülten látta, hogy Gabriel szemébe is könnyek szöknek. Mindkettejük arca olyan tartózkodó, megszeppent kifejezést öltött, hogy a lány hirtelen arra gondolt, ez a két ember, anya és fia, sosem éltek még át egyetlen ilyen közös pillanatot sem.

Ezután Amalthea visszatette fejére a csuklyát, s egy utolsó fejhajtás kíséretében eltűnt. Ugyanúgy, ahogy Lily azt már számtalanszor látta társaitól; elindult, s mozgása egy idő után követhetetlenné vált az emberi szem számára. Csupán halvány foltokként tudta kivenni mozdulatait, s a foltok egy idő elhalványultak, míg alakjának hűlt helye sem volt.

Lily csak állt, s teljes tanácstalansággal nézte Gabriel arcát. Nem mert megszólalni – főként azért nem, mert nem volt benne biztos, hogy teljes mértékig megértette az asszony szavait. A férfi is hallgatott; csak meredten bámult maga elé, s nem mozdult, mintha jéggé fagyott volna.

Nem tudta, meddig állhattak ott néma csendben. Lily a vizet pásztázta, mint mindig, ha bajban volt; a sötét habok tétova játéka végtelen megnyugvást hozott neki. Nem akarta megzavarni a férfit, aki szemlátomást mélyen gondolataiba merült.

Ekkor azonban Gabriel közel lépett hozzá. Lily felrezzent, ahogy megérezte magán tekintetét. Felpillantva a férfi arcával találta magát szembe közvetlen közelről; Gabriel nem szólt, csak kissé összevont szemöldökkel, arcán mélységes meghatottsággal szemlélte kedvesét. Lily döbbenten látta, hogy arcán könnyek csorognak végig. De nem tűnt szomorúnak. Nem. Végtelen béke honolt a vonásain, s ahogy kedvesére nézett, abban a pillantásban ott volt minden; boldogság, hála, megindultság, s olyan elragadtatottság, melytől Lily teste akaratlanul is megremegett. A férfi tétován reszketve körülölelte karjaival, s lassan magához vonta; most neki volt támaszra szüksége. Lily azonnal megérezte a lényéből áradó megrendültséget, s azt, hogy mit kellett átélnie az imént. Csak sejtése volt arról, hogy pontosan mit is jelentettek Amalthea szavai, abban azonban biztos volt, hogy Gabriel élete örökre megváltozott pár perc leforgása alatt. A lány készségesen karjai közé fogadta s lágyan simogatta a tagjait, miközben a férfi mélyeket lélegezve a hajába temette az arcát. Lily tudta, hogy az illata megnyugtatja, csakúgy, mint testének melege, szívdobbanásai, tincsei, ahogy a bőrét érik. Teljes testével hozzásimult, hogy Gabriel még intenzívebben érezhesse őt maga körül.

Nem tudta, meddig álltak így, összefonódva a vízparton. Mire nagy nehezén rávették magukat, hogy visszainduljanak a ház felé, a szél elcsitult, s a felhők közül előbukkantak a Nap gyenge, tompa fényű sugarai.

Szótlanul ültek egymás mellett Lily ágya szélén. Megkönnyebbültek a tudattól, hogy még mindenki mélyen alszik rajtuk kívül.

Lily tehetetlenül, feszült várakozással meredt a szőnyegre a lábuk alatt. Az előbbi találkozás ezzel a különös asszonnyal őt is felkavarta, de hogy mit érezhet most kedvese, arról még elképzelése sem volt. Megmukkanni sem mert, s be kellett ismernie; fogalma sincs, mit kellene mondania. Szégyen fogta el, amiért képtelen segíteni a mellette ülő férfinak, akit, úgy tűnt, teljesen letaglózott anyja felbukkanása s mindaz, amit megtudott tőle. A lány ezt egy cseppet sem csodálta, s nem kárhoztatta őt, amiért órák óta némán, gondolataiba merülve ücsörög mellette. Ugyanakkor Lilyt ismét az a nyomasztó érzés kerítette hatalmába, mintha kilométerek választanák el őket.

Ahogy megrendültségébe lassan feszültség keveredett a hoszszú hallgatástól, végül mégis Gabriel felé fordult. Nem tudta, jót tesz-e, ha megpróbál beszélni vele, de aggodalma legyőzte bizonytalanságát.

– Most, hogy mindez kiderült… amiket édesanyád mondott… nem fogok hazudni, nem tudok mondani semmi megnyugtatót. El sem tudom képzelni, milyen nehéz lehet neked most. Pedig mindennél jobban szeretném, ha könnyebbé tehetném a számodra.

Ahogy Gabriel kábultan felé fordította az arcát, Lily feszült vonásai láttán színtelenül elmosolyodott. A komor gesztus árulkodóbb volt mindennél, amit csak a férfi mondhatott volna, s mikor végül megszólalt, hangja zavartan csengett.

– Amióta visszajöttük, próbálok rájönni, hogy mit érzek. Az a legijesztőbb, hogy nem érzek semmit.

– Ezt hogy érted? – Lily valóban nem tudta elképzelni, mit élhet át most Gabriel. Abban viszont biztos volt, hogy ha kiderülne, nem Oliver Craigwood az igazi apja, ő eszét vesztené.

– Sosem szerettem Assinót.

– Azt aztán nem is csodálom – jegyezte meg szárazon a lány, immár kissé őszintébb mosolyt csalva vele a férfi arcára.

– Na igen… szóval, most, hogy kiderült, nem ő az apám, igazság szerint még meg is könnyebbültem. Tudod, mi a helyzet a Családommal – vonogatta a vállát szinte egykedvűen.

– És édesanyád?

– Róla is elmondtam mindent – jegyezte meg. Ez valóban így volt; mikor Gabriel végre hajlandó volt beszélni neki múltjáról, Amalthea is szóba került. Az igazat megvallva, Lily azóta is neheztelt az asszonyra, bár úgy tűnt, Gabrielnek gyakorlatilag semmilyen kapcsolata nem volt vele, s nem is beszélt róla túl sokat. A lány mégis hihetetlennek tartotta, hogy Amalthea sosem védte meg őt. Mint ahogy azt szenvedélyesen fejtegette kedvesének is, ő inkább meghalt volna, semmint hogy magára hagyja a fiát, s szótlanul elbujdokolva tűrje, hogy így bánnak vele. Akkor Gabriel éppoly elnézően pillantott rá, mint türelmes oktató nehézfejű diákjára, s csak annyit mondott: „A mi törvényeink mások, mint a tieitek." Lily mégis képtelen volt megérteni.

– Van valami sejtésed, hogy miért most látogatott meg minket? A férfi a fejét rázta.

– De miért nem maradt tovább? Miért volt ez olyan fontos, és épp most? – Tudta, hogy Gabriel éppoly tanácstalan ez ügyben, mint ő maga, mégsem tudta megállni, hogy ne öntse szavakba töprengését. Mint ahogy az várható volt, a férfi nem felelt, s Lily nem is várt mást, ennek ellenére újabb kérdést tett fel. – És mit jelentett az a sok célzás? Mármint azt értem, hogy egy emberi férfi volt az apád, és nem Assino, meg a többi... De mi volt az a szöveg a fényről meg a végzetedről?

Lily kérdően nézett Gabrielre. A férfi arcán ezúttal őszinte öröm sugárzott. Gyengéden nézett rá, miközben szája széles mosolyra húzódott, s a lánynak az volt a benyomása, hogy a férfinak végre-valahára minden kételye szertefoszlott. Megismerkedésük óta még sosem látta ilyen nyugodtnak őt. Arca könnyed volt, testtartása ellazult, s finoman simogatta Lily hátát.

Látva értetlenségét, Gabriel belefogott a magyarázatba:

– Anyám azért beszélt így, mert Látó. – Lily szemei még inkább elkerekedtek, így hát, mintha csak olvasott volna a gondolataiban, a férfi gyorsan folytatta: – Ez nem annyit tesz, mintha jós vagy kártyavető lenne. Állítólag régen a Látókat nagy tisztelet övezte a faj részéről. De ahogy telt az idő, ez megváltozott. A Családok félni kezdtek tőlük, s egyre inkább megvetették őket. Ezen mondjuk nincs mit csodálni; bizonyos dolgokat előre láttak, bizonyos dolgokat nem. Eleinte az Uralkodók bizalmasai voltak, de sokszor érezték úgy, mikor a Látó jóslatai nem jöttek be vagy nem tudták mindenre a választ, hogy átverik őket. Olyan erő birtokában voltak, amilyen keveseknek adatik meg, s a többiek óhatatlanul irigykedni kezdtek rájuk, majd lassan bizalmatlanná váltak irántuk. Assino állítólag csak azért vette nőül anyánkat, mert azon kevesek közé tartozott, akik úgy vélték, hasznukra válhat az ilyen képesség. Amikor viszont a vezető rádöbbent, hogy nem tudja úgy hangolni anyám látomásait, mint egy tévéantennát, igencsak kiábrándult belőle. – Gabriel hangjába keserű gúny vegyült. – Talán ezért volt... – Most a férfin volt a sor, hogy szórakozott találgatásba kezdjen. – Ezért viselkedett mindig így... Anyám szégyellte a képességeit. Épp azért, mert csak megvetést kapott miatta a többiektől. Azt hallottam, mikor Assino nőül kérte, még határtalanul boldog volt az ajánlat miatt. Hogy ebben mennyi igazság van, nem tudom. Elképzelhető. Valószínűleg már az feldobta, hogy van olyan férfi, aki szóba áll vele. Meggondolatlan volt, és szinte még gyerek. Nagyszüleink pedig örömmel adták neki a lányukat; egyfelől ők sem különböztek sokban Assino Családjától, s persze meg is könnyebbültek, hogy Amalthea nem marad a nyakukon. Ráadásul egy főhercegné szülőjének lenni nem épp rossz biznisz.

Lily elgondolkozott a hallottakon. Hirtelen részvét gyúlt benne az asszony iránt. Pontosan tudta, milyen érzés kirekesztettnek lenni, milyen fájdalom látni, ahogy mások furcsállkodva vizslatják s ellenszenvesen sutyorognak a háta mögött. Milyen, amikor azt kell éreznie, bárhogy erőlködik, sosem lesz olyan, mint a többiek.

– Egyszóval... – folytatta hosszú hallgatás után a férfi – amikor azt mondta, mindketten a fény gyermekei vagyunk, arra célzott, hogy emberek is vannak a felmenőink között. A sötétség-dolog több mindent is jelenthet... utalhat a fajunkra, vagy a régi életmódomra, vagy a Családomra, de mindegyik találó. Ami viszont biztos, hogy Amalthea úgy látja, beteljesült a sorsom. És csak ez számít – Gabriel ismét szélesen mosolygott, s két kezébe fogva dédelgette Lily tenyerét, apró csókot lehelve rá.

Lily viszonozta a mosolyát, s látva boldogságát, nem szívesen rombolta volna szét a pillanatot. Mégis zavartan nézett rá, s azt kívánta, bárcsak számára is ily' egyértelműek lennének a hozzájuk intézett jóslatok.

– De mégis mit jelent mindez? – bukott ki belőle a bizonytalan kérdés.

– Azt, hogy most vagyok jó helyen – felelte egyszerűen, s most a homlokát csókolta meg. – Nagyon jó helyen vagyok – tette hozzá, mikor ismét a szemébe nézett.

Egyetértettek abban, hogy, amennyiben Amalthea nem bukkan fel újra, ők sem számolnak be senkinek rövid látogatásáról. Bár nem tudták, miért most határozta el magát az asszony arra, hogy ilyen váratlanul betoppanjon, s megossza velük élete titkát, Gabriel nem látta értelmét, hogy a keresésére induljanak. Látva tartózkodását s ódzkodását, hogy közelítsen gyermekéhez, Lily sem erőltette a dolgot.

Nem mintha a Pagodában nem lett volna elég dolguk; a bál után felgyorsultak az események, Ais legnagyobb örömére.

– Dimitrij és Natanya jelezték, hogy mindenképp részt vesznek a koronázási ceremónián – jelentette be egyik alkalommal, a tárgyalóteremben összegyűlt Családnak.

Dimitrij volt a Keleti Klán Főhercege. Ő és párja, Natanya szintén ott voltak az estélyen. A Családon örömteli zsibongás futott végig. Lily kissé elpirult ugyan, de azért mosolygott. A bál után rendszeresen özönlöttek hozzá a dicséretek a Család tagjaitól. Ők otthonosabban mozogtak az ilyen eseményeken, s végig hegyezték a fülüket az estély alatt. Szorgos méhecskékként gyűjtötték az információkat, bele-belehallgatva a meghívottak beszélgetéseibe, s elégedetten állapították meg, hogy a társaság összességében véve odavolt az új királynőjelölttől.

– Továbbá – folytatta a király – jelezték, hogy gyermekeiket, Latrixot és Theót is szeretnék magukkal hozni. Ezen felül... – Az előtte halomban álló jegyzetek között kezdett kutatni, s fáradt sóhaj tört fel belőle. Bár maga is jó kedélyű volt, határozottan mutatkozni kezdtek rajta a kimerültség nyomai. – A Déli Klán szintúgy üdvözli Lily érkezését. Tadeus levele nemrég érkezett. A párja, Elena különösen szimpatikusnak találta a hercegi párt –

barátságosan Gabriel és Lily felé biccentett –, s alig várja az újbóli találkozást. Így vélhetőleg ők is ragaszkodni fognak hozzá, hogy gyermekeik, Livius, Xyon és Leporena is velük tartsanak, ahogy Családjuk többi tagja is. – Ais gondterhelten végigsimított az arcán, iratait böngészve. – Mondanom sem kell, hogy ennyi érkező elszállásolása nem kis feladat lesz. Bár helyünk van bőven, a legtöbb szoba évtizedek óta le van zárva. Az biztos, hogy a továbbiakban sem fogunk unatkozni – állapította meg, s tekintete egy pillanatra a semmibe révedt, mintha csak megpróbálna fejében listát készíteni a még előttük álló bokros teendőkről, melyeknek sora végtelennek tetszett. – Viszont feltétlen könnyebbséget jelent számunkra egy másik, örvendetes fejlemény – vágott bele ismét, új erőt merítve hátralévő közlendőjéből, mely, úgy látszott, a legszerencsésebb fordulatot jelentette mind közül. – Többen jelezték az Északi Klánból, köztük Anya és Családja, illetve Gregorius és Leona is, hogy már most készek mindenben támogatni minket, s segítségünkre lenni. Jelen pillanatban is folynak a tárgyalások a koronázási ceremóniáról, melynek lebonyolításában szíves segítségükről biztosítottak minket. Anya gyermekei, Romina, Aliona és Nastya pedig kimondottan lelkesek, hogy segédkezhetnek. Legalábbis Anya erről számolt be nekem.

– A lányok már csak ilyenek – jegyezte meg Ghela halkan somolyogva, pillantásával végigsimogatva saját gyermekeit.

Lily megmosolyogta Ghela kedveskedő szavait, s ő is a testvérek felé sandított. Az utóbbi időben nem sok időt töltött velük, mivel mindenkit lefoglaltak a Pagoda körüli teendők, és a rendkívüli események viharában végképp nem tudtak időt szakítani holmi lányos csevejre. Amióta Amel és Tyron elhagyták otthonukat, a tanórákat felfüggesztették, bár a mindennapos imát így is megtartották a kápolnában. A Zsoldosok immár teljes szolgálatban őrködtek a birtok határain, mivel Sirma továbbra sem bukkant fel. Bár a királyi Család tagjainak Zsoldos nem parancsolhatott, Ais határozottan kikötötte, hogy az asszonyok nem hagyhatják el külön engedély nélkül a birtokot, az Uralkodó szava pedig felülírta a társadalmi különbségeket.

Ahogy Lily a lányokat nézte, az a megmagyarázhatatlan érzés támadt benne, hogy mindkettőjüket mintha kicserélték volna. Talán csak azért vélte így, mert oly régen nem tudott több időt tölteni velük, de mégis... Most, ahogy figyelmesebben nézte őket, Natilana korábbi, szertelen viselkedése mintha semmivé foszlott volna. Bár láthatóan örült a kedvező fejleményeknek, már nem kezdett izgatott mocorgásba, amint a küszöbön álló újabb összejövetel szóba került. Helyette nyugodt tartásban, megfontoltan hallgatta apja szavait. S bár az ő arcán is – akár a többiekén – újra meg újra megkönnyebbült mosoly terült szét, Lilynek az volt a benyomása, mintha Natilana pár hét leforgása alatt évekkel bölcsebbé vált volna.

Ambroshyára épp ellenkezőleg hatott az elmúlt időszak. Bár szerénysége és tisztelettudása mit sem változott, Lily még sosem látta ennyire mosolygósnak, ennyire vidámnak ezt a viszszafogott teremtést. Egyre többször lehetett nevetésen érni, és bőbeszédűbb volt, mint bármikor. Arca általában véve valamiféle rejtélyes derűről árulkodott, s addig nem éppen figyelemreméltó külseje mintha egy csapásra kivirágzott volna. Ambroshya húga mellett foglalt helyet, s úgy ragyogott, mintha a két testvér személyiséget cserélt volna. Lily csak ekkor döbbent rá, hogy a bál óta szemlátomást búcsút mondott szertartásos frizurájának is. Haja éppoly zabolátlanul terült szét arca körül, mint húgáé.

Ahogy a lány követte Ghela huncut, mindentudó tekintetét, biztosra vette, hogy édesanyjuk is érzékelte a változást, sőt talán még annak okát is ismeri.

A tanácskozás már épp véget ért, mikor Gabriel szólásra emelkedett.

– Parancsolj, fiam – nézett rá gyengéden az Uralkodó, s udvariasan visszaült a helyére, olyan arcot vágva, mint aki egyetlen egy szaváról sem akar lemaradni.

– Csak egy pillanat az egész – sietett belefogni a férfi. – Mielőtt a koronázásra sor kerülne, szeretnék engedélyt kérni, hogy elmehessünk Lily holmijáért, ami Rosewillben maradt.

A tekintetek elkomorultak. Lily meglepetten nézett fel az addig mellette helyet foglaló kedvesére. Gabriel nem avatta be terveibe, de most, hogy a lehetőség szóba került, reménykedve fordult ő maga is az Uralkodó felé. Bár a Pagodában végre úgy érezte, hazatért, mégis elfogta néha a vágyódás régi életének aprócska részletei iránt. Munkáját, szülőhelyét nem hiányolta. Egyvalami azonban volt, amiért még mindenképp vissza akart menni. Nem minden félelem nélkül nézte a két férfit, várva, milyen fordulatot vesz a beszélgetés.

Láthatóan senki sem volt feldobva az ötlettől, hogy Lily épp ilyen veszélyes időkben vállalkozzon erre az útra, Ais mégis elgondolkozva jártatta tekintetét Gabriel és közte.

– Gyermekem, boldogan igent mondanék, hisz' Lyliana azt hoz ide magával, ha az számára kedves, amit csak akar – fogott bele kisvártatva a válaszába. – De nem tudhatjuk, mire számíthatunk, ha a nyugatiak közelébe merészkedtek.

– Csak emberek használta útvonalakon haladnánk – erősködött Gabriel. – A lehető legrövidebb távot tennénk meg, és amint végeztünk, azonnal vissza is jönnénk ide.

Ais láthatóan önmagával viaskodott. Szeretett volna kedvükre tenni, látva kérlelő tekintetüket, ugyanakkor szemében aggodalom ült.

– Nem tudok mellétek Zsoldosokat adni – jegyezte meg elgondolkozva.

– Nem is kell – vágta rá a férfi. – Úgy vélem, velük csak feltűnést keltenénk, s ha Sirmának sikerült szövetségeseket találnia, könnyebben felismernének minket. Mi viszont otthonosan mozgunk az emberek között is, ahol a többiek nem ismerik ki olyan jól magukat.

Ais hosszan töprengett Gabriel érvein. Végül rábólintott a dologra, de azzal a feltétellel, hogy mihamarabb el kell indulniuk, s amennyiben másnapra sem érkeznének meg, keresésükre indulnak.

Az út során, szerencséjükre, minden simán ment. Mindketten abból a poggyászból válogattak, amelyet még érkezésük napján hoztak magukkal. Ezúttal nem akartak kitűnni a tömegből. Lily leengedte haját; bár élénkvörös tincsei is épp elég feltűnőek voltak, úgy érezte, felemás színű szemei sokkal inkább jellegzetessé teszik. Ha Sirma már eljutott nyugatra, akkor pedig bizonyára minden használható részletről tájékoztatta az ottaniakat. Lily nem becsülte le ravaszságát.

Gabriel pont az előre megbeszélt indulás időpontjában futott be. Ahogy felpillantva meglátta kedvesét, Lily nem tudta megállni, hogy el ne mosolyodjon. Gabriel egyik régi öltönyét viselte, gyémánt nyakkendőtűvel és mandzsettagombokkal. Elegáns, de feltűnő darab volt, s nem hiányzott a tükörfényesre suvickolt férfifélcipő és a szövetkabát sem. Bár azóta rengeteg változott, most ismét arra a Rosewill-i kölyökre emlékeztette, akivel annak idején a Rickyben találkozott.

A reptérről vonattal, majd bérelt autóval mentek tovább. Nem sok szó esett köztük, míg meg nem érkeztek Lily régi házához. Amikor az épület mellé érve Gabriel lassítani kezdett, Lily egy régi, jól ismert, kedves zajra lett figyelmes, s azonnal előrenyújtotta a nyakát, hogy a keszekusza előkert takarásából szeme elé táruljon a régi táj.

Ekkor egy elragadtatott sóhaj kíséretében kipattant a kocsiból és futásnak eredt.

– Várj! Ne szaladj el! – Gabriel azonban hiába kiabált utána kétségbeesetten; Lily se nem látott se nem hallott. A férfi halkan szitkozódva a nyomába eredt; egy percre sem akarta szem elől téveszteni.

Kisvártatva meg is pillantotta a lányt, aki a karámban állva már javában dédelgette Hope-ot, udvarias csevejbe merülve a kanca régi tulajdonosával és a többi férfival, akiket pár gyors telefonnak köszönhetően sikerült megbízniuk a hátas elszállításával.

Gabriel, amikor arra kérte az Uralkodót, hadd hozhassák el Lily lovát a birtokra, nem volt meggyőződve róla, hogy Ais belemegy a dologba. De úgy vélte, hogyha a fiákereket húzó lovakról szívesen gondoskodnak a Család tagjai, akkor Hope ellen sem lesz kifogásuk. A királynak semmi ellenvetése nem volt az állat ellen, Lilyn pedig kislányos izgatottság lett úrrá, mikor az jóváhagyta kérésüket.

A férfi kissé a háttérbe húzódott, s úgy döntött, inkább innen figyeli őket. Hagyta, hogy a lány kicsit elmerüljön Hope viszontlátásának örömében, s ajkai önkéntelenül is mosolyra húzódtak, ahogy Lily boldog arcát s repdeső tincseit nézte.

A lány azonban ragaszkodott hozzá, hogy még egyszer átnézhesse, megvan-e minden szükséges felszerelés, átbeszéljék az útvonalat, s ellenőrizhesse a szállítási információkat. A körülötte állóknak olybá tűnt, végül sikerült megnyugtatniuk a felől, hogy Hope épségben fog megérkezni az izlandi reptérre, mert nem sokkal később az állatot felterelték a lószállítóra, s nagy integetve elhajtottak a főút irányába.

Mikor már csak maguk maradtak, Gabriel odasétált hozzá. Lágyan megsimogatta örömtől kipirult arcát.

– Köszönöm – suttogta a lány a fülébe hálás mosollyal.

– Örülök, hogy boldog vagy – felelte a férfi a vörös fürtökben gyönyörködve. – Van kedved utoljára körülnézni kicsit, mielőtt elindulnánk?

Ahogy körbejártak a házban, Lily arra számított, hogy megrohanják az emlékek. De rá kellett jönnie, hogy régi otthona semmilyen hatással nincs rá. Édesapja emléke mindig vele volt, s nem érezte intenzívebben a jelenlétét pusztán azért, mert visszatért szülőfalujába. Olybá tűnt, Oliver Craigwood sosem hagyta el a lányát; halála után is mindig vele volt, emlékét nem zárták be a ház falai.

Még mindig ott sorakozott a rengeteg dísztárgy, melyeket Lily nem vitt magával. Rá kellett jönnie, hogy ebben is hasonlít szüleire; kevés dologhoz ragaszkodtak. A fotóalbumokat és egy-két személyes holmiját becsomagolta poggyászába, mikor úgy döntött, hajlandó Gabriellel tartani északra. A többi itt hagyott holmit mind ajándékba kapta még évekkel azelőtt, s nem érezte, hogy szüksége lenne a személytelen udvariasságot jelképező tárgyakra. Bár már rég nem táplált haragot a falubeliek iránt, emlékük sem hiányzott neki.

Felmentek az emeletre, egy utolsó pillantást vetve a háló-
szobára. Amikor azonban ebbe a helyiségbe léptek, Lilybe még-
is belehasított egy gondolat, amit nem tudott hova tenni. A kü-
lönös álom, melyet nem sokkal azelőtt élt át, hogy Gabriellel
találkozott volna. Ennek hatására mégiscsak özönleni kezd-
tek elméjébe a régmúlt történései, csak épp ezek mind a férfi-
hoz kötődtek; ebben a házban szeretkeztek először, itt esett át
az első alkalmán...

Elpirult, ahogy régi ágyáról Gabrielre esett a pillantása. A férfi
csábító mosolyából egyből kitalálta, hogy ugyanarra gondolnak.

– Khm... azt hiszem, van valami, amit mégiscsak elfelejtet-
tem elmesélni neked – kezdte Gabriel, miközben Lily elégedet-
ten látta, hogy ő is fülig pirul.

– Hallgatlak – vigyorgott kajánul, karba fonva kezeit.

Gabriel még mindig lángoló arccal beszámolt az aznap tör-
téntekről, mikor másodszorra pillantotta meg Lilyt, amikor az
a karám mellett gyakorolt Hope-al. Elmesélte a balszerencsés
esést, azt, hogy hogy vitte be a házba, s hogy ezután megfürdet-
te. Mikor azonban szóba került, mi történt ezután, Lilyn volt a
sor, hogy zavarba jöjjön.

– Ezek szerint mégiscsak úriember voltál – jegyezte meg a
cipőjét bámulva.

– Úriember... – ismételte meg Gabriel, miközben elgondol-
kozva sercegtette finoman borostás állát. – Lehet, hogy van
benne valami.

Összenevettek, az öltönyös alak karjai közé vonta ked-
vesét, s pár percig szótlanul ringatta, miközben mindketten
hagyták, hogy zavarba ejtő, bizsergető emlékeik elragadják a
képzeletüket.

A férfit ismerős zaj zökkentette ki merengéséből. Ismerős volt,
mégsem jelentett jót. Lily meg sem rezdült; nem is gondolt rá,
hogy félnie kéne.

Amikor azonban Gabriel nyugtalanul forgatni kezdte a fe-
jét, Lily aggodalmasan összevont szemöldökkel pillantott ked-
vese arcára.

– Mi az? Mi történt? – suttogta. Pedig valahol, mélyen már maga is tudta, mi zaklatta fel ennyire a férfit. Gyomra ökölnyire szűkült, s mintha furcsa mód süllyedni kezdett volna. Mégsem akarta elhinni, amit már sejtett; rájuk találtak.

Gabriel nem felelt a faggatózására. Nem is figyelt másra, csak a zaj forrását próbálta beazonosítani. Hirtelen éles nyikorgás ütötte meg a fülüket; a hangokból ítélve valaki épp felfelé jött a lépcsőn, mely panaszosan sírt minden lépése nyomán.

A férfi nem tudta, mit tegyen. Fel volt készülve erre a találkozásra, de hogy máris eljöjjön?

Ösztönösen maga mögé tolta a lányt. Tagjai megfeszültek, ahogy enyhén szétvetett karjaival s hatalmas testével mintegy élő pajzsként magasodott Lily előtt.

– Ne mozdulj… hallod? Ne mozdulj. – Hangja határozott és nyugodt volt. Mintha csak olvasott volna a gondolataiban; Lily ugyanis épp ki akart lépni mögüle. Nem akarta hagyni, hogy a férfi egyedül szálljon szembe kettőjükért.

A lány biztos volt benne, hogy Gabriel is éppúgy fél, mint ő, mi több, halálra van rémülve. Ő, akárhogy is szégyellte, nem tudott parancsolni testének; minden porcikája reszketett. A férfi azonban minden érzelme ellenére úgy állt ott ugrásra készen, akár egy zsákmányát leső tigris. Arca kifejezéstelen maszk volt csupán, pupillái kitágultak, épp úgy, ahogy Lily már oly sokszor látta. Ezúttal azonban tekintete nem parázslott a vágytól, hogy az éhesen pásztázó szemek kellemes izgalommal töltsék el azt, akire rávetülnek. A pupillák most üresek, érzelemmentesek voltak. A férfi, bár félt és talán kissé dühös is volt, tökéletesen uralkodott magán, hideg fegyelmet tükrözve.

Gabriel most felemelte fejét s mély levegőt vett; a lánynak fogalma sem volt, mit érezhet, az arcán viszont oly sötét eltökéltség suhant át, melyről Lily biztosra vehette: bárki is közeledik ily' lassú, kimért léptekkel az ajtó felé, nem barátként jött.

Semmi másra nem koncentrált, csak arra, hogy biztonságban tudhassa a lányt; minden idegszála pattanásig feszült, ahogy hívatlan vendégük mozgását figyelte. Bár látni nem láthatta, faja génjei ismét segítségére siettek; ahogy a férfi a levegőbe szagolt, felismerte fajtársát: Raven volt az...

Bármennyire is nagy volt az őket átható feszültség a szoba kihalt csendjében, a férfit meglepte a felismerés. Nem hitte volna, hogy Arwel egyetlen gyermekét is magával hozza a rajtaütésre, de azt még kevésbé, hogy őt küldi érte elsőként.

Érezte, hogy Lily megmozdult mögötte. Futólag hátrapillantott, s bár tudta, hogy egy percre sem hagyhatja el lélekjelenléte, a látvány mégis meghatotta. A lány eltörpült széles válla s háta mögött, állát mégis felszegte, végtagjait szétvetette, s keményen megfeszítette egész testét. Minden porcikája reszketett; Gabriel látta, hogy még arcába hulló tincsei is lágyan ringatóznak remegő arca előtt.

Ennek ellenére Lily nem adta fel. Nem kuporodott össze. Nem próbált menekülni, s nem bújt az ő, Gabriel védelmet adó teste mögé. Feszülten figyelte az ajtót, ugrásra készen.

A férfi nem szólt, csak ismét a kijárat felé fordult. Bármennyire is lenyűgözte kedvese bátorsága, tudta, hogy Raven már rég csak az alkalomra várhat, hogy Lilyt elsöpörhesse. Ezt pedig nem fogja hagyni.

Ekkor az ajtó hangos nyikorgással felpattant, s Gabriel előrelendült; ugyanazzal a mozdulattal ugrott az ismeretlen elé, s lökte félre a mögé húzódó alakot a harc útjából.

Lilynek nem volt ideje ellenkezni vagy bármit is tenni; a férfi ereje egyszerűen elsodorta, s szinte keresztülrepült a szobán, míg végül az ágy mellett, a sarokban kötött ki, s a falnak csapódott.

Gabrielnek sejtelme sem volt, mekkora volt az ütés, melyet Lily testére mért. Tudta, a lány sokkal nagyobb veszélyben lenne, ha nem löki félre az útból. Ahogy Raven feltárta az ajtót, s hosszú, kámzsás köpenybe burkolózott alakja megjelent benne, a férfi nem teketóriázott.

Lily az idegen alakból csak annyit látott, hogy valószínűleg nő. A köpeny időközben lecsúszott a válláról, s a lány megpillantotta hosszú haját, mely immár kiszabadult kontyából, s most barnás csigákban terült szét körülötte. Magas volt, majdnem akkora, mint Gabriel, s vékony, hajlékony teste leginkább egy kígyóhoz tette hasonlatossá. Akárcsak az arca: ajkai dühös fintorba húzódtak, s látni engedték szemfogait.

A lány még látta egy pillanatra, ahogy Gabriel erre a nőre veti magát. Utána azonban semmit nem érzékelt; ennek a különös alaknak, akárcsak a férfinak, félelmetes reflexei voltak, melyet szeme aligha tudott volna követni. Néha ki tudta venni Gabriel vagy épp az ismeretlen nő alakját. Nagyrészt viszont nem látott mást, csak két ködszerű alakot, melyek egymásnak feszültek, akár a viharfelhők az égen. Mennydörgés helyett azonban dühös morgást, s olykor egy-egy ordítást hallott ki kettejük tusájából.

Talpra ugrott; segíteni akart, de nem tudta, mit tehetne. Csak tehetetlenül toporgott a két alak küzdelmét figyelve. Arra próbált koncentrálni, hogy szemével kivehesse Gabriel mozgását, de hiába.

Végigpásztázta a szobát olyan tárgy után kutatva, mely alkalmas lehet rá, hogy fegyverként használja. A polcokon vázák, s kisebb-nagyobb szobrok, serlegek tömkelege sorakozott. Azok ketten nem figyeltek rá; könnyűszerrel felkaphatta volna valamelyiket. Mégsem tette. Tartott tőle, hogy ha megpróbálna valamit az ismeretlen támadó fejéhez vágni, véletlenül a férfit találná el vele.

Így nem tehetett mást, mint hogy végignézze kettejük dulakodását. Még soha nem érezte magát ily' elveszettnek, ily' gyengének. Görcsösen tördelte kezeit, s alsó ajkából kiserkent a vér, oly erősen harapta be. Némán imádkozott, hogy minél hamarabb vége legyen.

Gabriel fel volt készülve rá, hogy a Családdal való összecsapás kegyetlen lesz. De amint szembekerült Ravennel, el kellett ismernie, hogy alábecsülte ellenfelét.

Tisztában volt vele, hogy a lány alávaló és jellemtelen. Raven már gyermekkorukban is kígyóként siklott végig a kripta falai közt; csak azoknak hagyta magát megszelídíteni, akiktől előrejutást remélt.

De soha nem ragadtatta magát nyílt erőszakra, hisz' pontosan tudta, számítással s negédes modorával többet ér el, mint szembeszegüléssel. Mindig is tartotta magát nemesi neveltetéséhez; a cél érdekében bármire képes volt.

Épp ezért Gabrielt megdöbbentette, milyen erő rejlik Raven nyúlánk tagjaiban. Dúvad módjára esett neki, amikor az ajtó felnyílt. Ajkait felhúzta, így szemfogai előtűntek a szájából. A férfinak minden erejére szüksége volt, hogy távoltartsa a lányt magától harc közben. Tudta, Raven nem egyszerűen meg akarja ölni; nem nyugszik, míg át nem harapja a torkát, s nem elégszik meg kevesebbel. Ez a fajta halál a lehető legmegalázóbb volt, mellyel kivégezhette. Így ugyanis – a hagyomány szerint – emberi áldozataikat gyilkolták meg. Ha megtalálták valamely fajtársuk testét, csak akkor temették el, ha nem voltak ilyesfajta nyomok a torkán. Hisz' a mélyen húzódó sebek egyértelmű üzenet voltak; ez a lény már nem tartozik közénk. Áruló, aki nem érdemel semmiféle könyörületet.

Lily gyomra diónyi nagyságúra szűkült, s attól félt, elájul. Fogai vacogtak, egész testében reszketett, mellkasa összeszorult. Eközben körülötte vázák borultak a földre, tükrök törtek apró szilánkokra, s a két test újra meg újra a falhoz csapódott. A lánynak azonban fogalma sem volt, ki kerül ki győztesként; a falhoz préselt alakokban hol Gabrielt, hol az ismeretlen támadót vélte felismerni.

Ekkor a férfi ismét felordított. Olyan hihetetlen gyorsasággal lett vége, egy csapásra, mint ahogyan elkezdődött.

Kettejük csatája oly fülsüketítő robajjal járt, hogy az ezt követő súlyos csend szinte átszakította a lány dobhártyáját. Ezt azonban össze sem lehetett hasonlítani azzal, amit a lelkében érzett.

Az ismeretlen nő eltűnt, a csata helyén pedig nem maradt más, csak Gabriel fekvő alakja.

Lily azonnal mellette termett, s próbált nyugalmat erőltetni remegő tagjaiba, hogy kezébe tudja fogni a férfi fejét.

Nem mert megszólalni, csak nézte kedvese alakját néma döbbenettel. Gabriel arca visszataszító sárgás-szürke színt öltött, s úszott a verejtékben. De ahogy a lány végignézett a testén, egy-két mélyebb horzsoláson kívül nem látott rajta más sérülést. Szája sarkából lustán szivárgott a vér, s nyakán sekély árkok húzódtak. Lily a mellkasához hajolt; a férfi lélegzetvételei felszínesek s kapkodók voltak, szíve viszont hevesen vert üregében. Pillantása ismét az arcára siklott; Gabriel immár résnyire nyitotta tompa fényű szemeit, s most mintegy derűs nyugalommal szemlélte mellén nyugvó párját.

Ahogy a lány elkapta ezt a pillantást, melyből mintha csak maga az élet sugárzott volna az arcára, felugrott, s némán a nyakába vetette magát. Nem szólt, csak magához szorította minden erejét összeszedve, mintha csak így tudná megakadályozni, hogy elragadják mellőle. Ölelése csak akkor enyhült, mikor Gabriel halkan felnyögött.

Lily azonnal elhúzódott tőle, s így a férfi ismét a szemeibe nézhetett. Látva rémült arckifejezését, megpróbálkozott egy halvány mosollyal. A lány reszkető ajkai is megremegtek kissé, s szemei megteltek könnyel. Gabriel tétován felé emelte a kezét; Lily lázasan figyelt minden mozdulatára. Megkönnyebbülve látta, hogy a férfi kinyúl, s két ujjai közé fogja egyik hajtincsét. Megragadta az őt érintő kezet, s mély csókokat lehelt a tenyerébe.

Nem tudta, meddig kuporgott így, fekvő alakja mellett térdelve, mire fel merte tenni neki a kérdést.

– Vé... vége van? – Amint kiejtette ezeket a szavakat, már tudta a választ.

– Nem. – A férfi hangja még mindig olyan rekedt volt, hogy a lány alig értette, mit mond. Türelmetlenül megrázta a fejét, s köszörült párat a torkán. – Vissza fog jönni, de már nem egyedül.

Lily megütközött a férfi kaján hangszínén, s kérdően felvonta a szemöldökét. Gabriel folytatta.

– Ravennek, ahogy őt ismerem, feltett szándéka volt, hogy egyedül végezzen velem. Nem értettem, miért őt küldték. De már tudom; ha rajtuk múlt volna, harcosokkal érkeznek. De Raven az elmaradt esküvő óta bosszút forralhatott ellenem. Nem bírja elviselni a visszautasítást. Azt pedig végképp nem, hogy ezt egy olyan tette vele, mint én...

A lány rosszallóan csóválta a fejét, s közbe akart vágni. De a férfi felemelte a kezét, jelezve, hogy még nincs vége.

– Nyilván addig könyörgött, míg rávette a Tanácsot, hogy őt küldjék értem. Ha most üres kézzel tér haza s arról kell beszámolnia, hogy kudarcot vallott, az mérhetetlen szégyent fog jelenteni a számára. A Család nagyon jól tudja, hogy nem hibázhatnak még egyszer; minél gyorsabban meg kell szabadulniuk tőlem, mielőtt az egész história a Klán fülébe jut. Így is állandóan megszégyenítik őket miattam. Több megaláztatást már nem tudnának elviselni.

– És... most mit teszünk?

Lily végtelenül sutának érezte a kérdést. A férfi viszont jól látható büszkeséggel nézett rá; sebekkel tarkított arca szinte ragyogott, ahogy a lány kiejtette ezeket a szavakat. Egyetlen mozdulattal talpra szökkent, rémült ellenkezésre késztetve Lilyt.

A férfi azonban nem akart most sérüléseivel foglalkozni. Egyetlen dologra tudott csak koncentrálni, s miután gyorsan átfutotta lehetőségeiket, a telefonjáért nyúlt.

A gyorshívónál egy pillanatra tétovázott. Nem tudta, mi a fontosabb most; előbb Lilyt vigye biztonságos helyre, vagy értesítse az Északi Családot. Végül Valt hívta elsőként, felkészülve rá, hogy a férfi szóba sem fog állni vele.

A régi barát ellenben úgy szólt bele a készülékbe, mintha egy pillanatra sem váltak volna el egymástól.

Gabriel jól ki tudta venni a háttérből Tyra mocskos szájú előadását, de hangszínéből egyből rájött, hogy épp annyira örül a váratlan hívásnak, mint férje.

– Már azt hittem, örökre elhagytál, Gabe – hallatszott Val tettetett szipogása.

– A te segged nélkül én úgysem tudnék létezni, Bébi. – Gabriel szerencsésebbnek találta, hogyha visszatér régi, jól megszokott stílusához, nyugalmat erőltetve a hangjába.

– Azt nagyon jól teszed. Na, mi a helyzet?

– Nagy szarban vagyok. Segítség kellene.

Megkönnyebbült, mikor a páros, szokásukhoz híven, nem tett fel kérdéseket, nem értetlenkedett. A férfi röviden tájékoztatta őket, arról, hogy bár fogalma sincs, mikor érnek oda hozzájuk Lilyvel, de a lánynak addig ott kell maradnia, míg ő, csakis ő, el nem megy érte. Gabriel úgy saccolta, bele fog telni 2–3 órába, mire a faluból Rosewill északkeleti részébe érnek, ahol a villanegyednek nevezett környék terpeszkedett.

Ezután kedveséhez fordult, aki még mindig az események hatása alatt állva, iszonyattól kikerekedett szemekkel, szorongva meredt maga elé.

– Kérlek... gyere ide egy pillanatra.

Lily végre ránézett, s azonnal odalépett hozzá. Gabriel komor hangja s az a kemény, eltökélt tekintet, mellyel mereven őt nézte, megrémítette. Várakozóan felvonta a szemöldökét, miközben feszülten Gabriel szemeibe nézett.

Tudta, hogy eléjük kell állnia. Ha megpróbálna titokban elszökni Lilyvel, megtalálnák, s nem bujkálhatnak egész életükben.

Ugyanakkor, a gondolatra, hogy a Család rátalál Lilyre, egész teste feszült görcsbe rándult... Nem akarta elveszíteni most, mikor végre egymásra találtak.

– Ma este... lesz egy kis elintéznivalóm. Csak egy apróság, de szeretném, ha addig átjönnél velem a barátaimhoz. Ők... – Ezen a ponton azonban elnémult.

Az imént, ahogy végiggondolta, mi vár rá, az tűnt az egyetlen logikus lépésnek, hogy Lilyt Tyra és Val házába viszi. Úgy okoskodott, hogy Sirmának köszönhetően a Család már mindent tudhat az északon történtekről, viszont az ő magánéletének összes részletét még Lily sem ismerte.

Nem volt a legstabilabb terv, de kivitelezhetőnek tűnt, s bárhányszor is gondolta át a lehetőségeiket, jobb nem jutott eszébe. Másrészt, bár abban biztos volt, hogy a Család ki akarja végezni mindkettőjüket, abban már erősen kételkedett, hogy képesek lennének bejárni Lily után az összes kontinenst. Végtére is, az ő szemükben csak egy ember volt.

– Kis elintéznivaló? Na, ne hülyíts. A Családodhoz akarsz menni, Raven után. Engem pedig el akarsz rejteni. Miért titkolózol még mindig, miért próbálsz meg átverni állandóan? – csattant Lily hangja, mielőtt Gabriel folytathatta volna. A lány szavai csillapíthatatlan zokogásba fúltak, de kitartóan folytatta: – Nem akarom, hogy egyedül menj oda! Ha nem lehetek veled, akkor értesítsd Aist. Nem ringatom magam abba a hitbe, hogy a harcban hasznomat veszitek, de fogd már fel végre: nem vagy egyedül.

Gabriel hallgatott. Ha ő meghal, a lány úgy-ahogy, de nyugodt életet élhet majd anélkül, hogy belekeveredne abba a mocsokba, melyben ő már évszázadok óta dagonyázik. Ha pedig mégis életben marad… nos, akkor még lesz idejük bőven, hogy megbeszélhessék, mit is tervez most, ez járt eleinte a fejében. Ellenben mikor Lily a szemére hányta, hogy továbbra is bizalmatlanul, konok módon távol tartja magától a többieket, elbizonytalanodott. A lánynak igaza van, ezt be kellett látnia. Maga sem tudta, mi a francot vár még az északiaktól. Hirtelen belenyilallt a gondolat; ő elvárja Lilytől, hogy megbízzon benne, s előre leírta faja összes tagját, miközben ő, Gabriel, nem volt hajlandó arra a teljes együttműködésre, amivel Lily Családja fordult felé. Eszébe jutottak Ais szavai, melyek mindig barátságosan csengtek, s az, hogy ő Gabrielben nem egy különc idiótát, hanem egy tehetséges férfit látott, akit boldogan fogadott a Családjába. Eljött az idő, hogy bizonyítsa, méltó az Uralkodó feltétlen bizalmára. Azonban továbbra is úgy gondolta, Lilyt biztos távolban kell tudnia a viharos eseményektől. Ismét a lányra nézett hát.

– Megbízol bennem?

Lily gondolkodás nélkül felelt.

– Igen.

– Elmondom, mit fogunk csinálni. Szépen elmegyünk a barátaimhoz. Már úgyis időszerű, hogy bemutassalak nekik. – Erre a gondolatra halvány mosoly futott át az arcán. – Értesítem Aist. Muszáj lépnünk. Jól sejted, hogy el kell mennem a Családhoz. Nem leszek egyedül – tette hozzá, látva, hogy Lily szólásra nyitja a száját, s arcán bosszús kifejezés ül. – Az északiak segítségét kérem. Meglátjuk, ki áll mellénk. De nekünk kell a gyorsabbnak lennünk, akárhogy is legyen. Nem várhatunk tovább arra, hogy a Családom mikor fog a nyakunknak ugrani. Hajnalra visszaérünk, ígérem. De… – Itt nagy levegőt vett, tekintetét mélyen Lily zafírszín szemeibe fúrva. Arca szigorú kifejezést öltött, s szinte atyáskodó hangon folytatta mondandóját: – … Ha én, vagy bárki más a támogatóink közül esetleg nem térne viszsza... Akkor meg kell esküdnöd, hogy nem fogsz keresni minket. Nem jössz ide vissza. Nem próbálod majd kideríteni, hogy mi történt. Oda mész és azt teszed, amit Ais és a Család meghagy neked. Biztonságban.

– Ilyet nem várhatsz el tőlem. – Lily hevesen rázta a fejét. Harci helyzetben, bármily nehezére esett is ezt belátnia, csak hátráltatta volna a többieket. Rá kellett döbbennie erre, amikor tehetetlenül nézte Gabriel és Raven dulakodását. De hogy ne tegyen meg minden tőle telhetőt a felkutatásukra... émelygős borzongás futott végig rajta a gondolatra, hogy esetleg valamelyik családtagja vagy Gabriel sebesülten fekszik valahol, ő mégsem indul értük, hátat fordít, pedig bennük még ott lüktet az élet, még a segítségükre siethetne...

Lily zaklatottan karba fonta a kezeit, s körbe-körbe járkált a szobában, mintha csak elfuthatna kínzó fantáziálásai elől.

A férfi szorosan lehunyta a szemeit, s fejét csüggedten lehorgasztotta, mintha nyakának nem lenne már elég ereje hozzá, hogy megtartsa. Vett pár mély lélegzetet, megpróbálva öszszeszedni magát. Végül oly váratlan hévvel kapta fel a fejét, hogy Lily akaratlanul is összerezzent tőle.

– Csak annyit kérek, hogy bízz bennem.

Lily végre megállt és ránézett. Gondterhelt arccal pillantott kedvesére. Szíve szerint ellenkezett volna. Ahogy azonban észrevette, milyen mély gyötrelem ül a férfi arcán, ahogy a válaszát várja, a lánynak nem maradt ereje vitatkozni. Tudta, Gabriel azért fél ennyire a válaszától, mert úgy akar elmenni, hogy biztos legyen benne: ő jó helyen van, ahol nem érheti baj. Végül nem szólt egy szót sem, csak bólintott.

– Köszönöm – biccentett Gabriel szertartásosan. Pár percig mindketten hallgattak, s csak némán szorították egymás kezét, s mindketten a földre szegezték tekintetüket.

Az elmúlt órák boldogsága elszállt, mintha csak évek teltek volna el azóta. Némán ültek egymás mellett; Gabriel az utat figyelte, Lily pedig elmerült gondolataiban.

– Mesélj egy kicsit a barátaidról. Hisz' még nem is tudok róluk semmit – szólalt meg váratlanul a lány.

Gabriel végtelenül hálás volt, hogy kicsit elterelheti a gondolatait egy számára kedves témával.

– Val könyvelő, Tyra pedig értékesítési menedzser. – Hangja egészen ellágyult, s arca is felderült egy kissé. – Szeretni fogod őket. Tyra elsőre talán… khm… kicsit meghökkent majd, de nem kell tartanod tőle. Melegszívű asszony, igazi anyatigris, ami azt illeti. Valnak viszont ne dőlj be; elsőre egy fura kis senkinek fog tűnni, később elhiszed, hogy zseni, de végül rájössz, hogy nem egészen százas az ürge.

Lily kissé furcsállkodva nézte a férfi nevetős arcát. Láthatóan nagyon szerette ezt a két embert. De akkor neki miért nem beszélt róluk még soha?

– Honnan ismered őket?

Gabriel immár szélesen vigyorgott.

– Fel akartak szedni egy klubban… Megtetszettem Valnak, de Tyra volt a közvetítő – azzal csibészesen rákacsintott Lilyre, s ismét az út felé fordult, bár a mosoly még mindig ott játszott a szája sarkában.

A lány próbálta megemészteni a hallottakat. Remélte, hogy a férfi csak viccelt, bár szavai komolynak tűntek. Még soha nem gondolt bele, hogy Gabriel milyen életet élhetett előtte. Azt eddig is sejtette, hogy voltak lányok az életében szép számmal. De ilyesmire egyáltalán nem számított. Vajon mi mindent nem mondott még el neki?

Látva Lily zavarát, Gabriel is kezdte magát kellemetlenül érezni. Idegesen köszörülte a torkát, s újfent mély hallgatásba merült. A lány tartott tőle, hogy az út hátralevő részét is jeges csöndben fogják tölteni, így ismét szólásra nyitotta a száját. Gabriel azonban megelőzte:

– Nézd… a múltam… nem a legszebb. Ezt valamennyire már tudod. – Lily felkapta a fejét, s kérdően nézett rá, Gabriel azonban úgy tett, mintha mit sem vett volna észre ebből. Csak merően nézte őt szomorú, kék szemeivel. Aztán folytatta: – Téged pedig… sosem tudnálak bántani. Ezt tudod, ugye?

– Persze... – suttogta.

– Valtól és Tyrától sem kell tartanod. Nagyszerű emberek, meglátod.

Lily buzgón bólogatott, s megpróbált összehozni egy mosolyt. Nem tudta, mi vár rájuk ezen az éjszakán, de nem akarta, hogy Gabrielnek még érte is aggódnia kelljen. Eltökélte, hogy bármi is történik, zokszó nélkül fogja végigcsinálni.

Végighajtottak egy sötétbe burkolózó, kavicsos kis úton. Itt már nem volt közvilágítás, csupán az autó lámpái adtak némi fényt. Lily érezte, hogy az út lassan emelkedik alattuk, s végül feltűnt előttük egy hatalmas, kovácsoltvas kapu. Homlokát az ablakra tapasztva kémlelt befelé, de semmit nem látott a sötétben.

Gabriel kinyúlt, s beütötte a kódot. A kapu rögtön kitárult, s ahogy lassan gurultak előre, Lily látta, hogy a betonoszlopok rejtekéből kamerák figyelik őket.

Az út egy hatalmas, elegáns épülethez vezetett. Egyszerű vonalaival már-már szerénynek tetszett volna, ha méretei nem vetekedtek volna a Pagodával.

Végiglépkedtek a színes lampionokkal kivilágított teraszon. A fülüket megütő halk csobogás arról árulkodott, hogy valamiféle patak lehet a közelben. Lily hunyorogva pásztázta a tájat, s csakhamar megpillantotta az apró dísztóba torkolló csermelyt.

Más esetben hosszú órákon keresztül tudta volna csodálni mindezt, de most olyan feszült volt, hogy hányinger kerülgette. Észrevétlen odasimult Gabriel hátához; a férfi ment elöl, s kezét hátranyújtva megszorította az ujjait.

A hátsó ajtón belépve egy szűk előtérbe jutottak, melyről egy keskeny folyosó vezetett tovább egyenesen előttük a ház többi része felé. Jobbra tőlük egy kisebb helyiségbe lehetett jutni, mely első pillantásra kamraszerűségnek tűnt. Balra Lily megpillantotta a nappalit; az előtértől ezt a helyiséget nem választotta el fal, csupán két lépcsőfok vezetett le. Modern, drágának tűnő berendezése volt letisztult, világos színekkel, amerikai stílusú konyhával, s úgy tűnt, számos helyiség nyílik még innen is. Lily el sem tudta képzelni, mekkora lehet ez a ház. Ennyit sikerült érzékelnie a helyből, amikor hirtelen felcsapódott az egyik szoba ajtaja, s egy hosszú, fekete hajú nő ciklonként száguldott keresztül a nappalin. Nem viselt mást, csak egy habkönnyű kombinét, amely minden lépte nyomán fel-fellibbent, látni engedve meztelen ágyékát.

Lily végtelen zavarba jött, s gyorsan elkapta a szemeit. Legszívesebben a föld alá süllyedt volna, miután végignézte ezt a jelenetet.

Azonban az ajtó ismét felpattant, s egy férfi ugrott ki rajta; azonnal a kombinés nő után rohant. Nem viselt egyebet, csak valami ágyékkötőszerűséget, a kezében pedig valami fura, hosszúkás tárgyat tartott... Lily első pillanatban nem tudta megállapítani, mi az, de ahogy jobban megnézte, s összehúzott szemekkel megpróbált rájönni... Szentséges jóisten!

Felpillantva látta, hogy amíg ő egyik zavarból a másikba esik, a férfi remekül szórakozik a kínos jeleneten; Gabriel tele szájjal vigyorgott, s láthatóan nehezen tudta megállni, hogy ne nevesse el magát. De ahogy Lily arcára siklott a tekintete, melyet immár mélyvörös pír borított, s riadtságtól tágra nyílt szemeibe nézett, úgy gondolta, jobb ötlet kissé megzabolázni a féktelen szórakozásba merült párost, akik szemmel láthatóan semmit nem érzékeltek a jelenlétükből.

– Khm, gyermekeim, ha egy kis figyelmet tudnátok szentelni nekünk... – Ahogy nagyot kiáltva utánuk szólt, erősen igyekezett, hogy hangja komolyan csengjen. Ehhez képest pukkadozott a kitörni készülő nevetéstől, s elfúló hangja nem volt épp a legmeggyőzőbb.

Futólag Lilyre pillantott, aki folyamatosan küzdött zavarával s felháborodásával, melyen valószínűleg az ő, Gabriel viselkedése sem segített sokat. Ahogy ismét a lányra nézett, lassanként ő is feszengeni kezdett. Nem éppen így tervezte az első találkozást, s tartott tőle, hogy az nem úgy fog elsülni, ahogy elsőre hitte.

Tyra ekkor tért vissza a nappaliba. Haja ziláltan terült szét a vállai körül, s még mindig pihegett. Bár újra meg újra megpróbálta lejjebb rángatni magán a kombinét, elvetélt ötlet volt; a vékony ruha olyan rövid volt, hogy alig ért a feneke közepéig.

Val is befutott a képbe; igyekezetében felesége hátának ütközött, s amikor megpillantotta a Gabriel mellett álldogáló ismeretlen nőt, gyorsan a háta mögé rejtette a kezeit.

Egyéb helyzetben Gabriel azonnal kifordult volna az ajtón, hogy magukra hagyja őket, de ez most más volt. Muszáj volt rájuk bíznia Lilyt, nem volt más lehetősége.

– Ő itt a párom, Lily. Lily, ők itt Val és Tyra... – Úgy döntött, nem fog törődni a lány zavarával. Sem azzal, hogy Valék valószínűleg ismét egy hatalmasat készültek szeretkezni, amelyet ők tönkretettek váratlanul gyors érkezésükkel.

A páros először döbbenten a férfira meredt, s jelentőségteljes pillantásukkal próbálták érzékeltetni vele; nem épp most a legalkalmasabb udvarias bájcsevejt kezdeményezniük. Amikor azonban Gabriel komor arcára néztek, egyből tudták, a férfi nem véletlenül rontott rájuk. Így hát részt vettek a színjátékban: a lehető legnagyobb természetességgel Lily felé biccentettek, mintha csak mindenki ádámkosztümben járna ismerkedni.

A lány alig mert rájuk nézni. Végig sem gondolta, mit csinál, csak előrelépett, s feléjük nyújtotta a kezét. Tyra habozás nélkül megszorította, s mint mindig, most is úrrá lett a helyzeten. Bájos, megnyerő mosolyt villantott felé, haját kissé hátrarázta. Egész testtartása megváltozott; bár pontosan tudta, hogy valószínűleg mindene kilátszik a kombinéjából, nem volt hajlandó tudomást venni róla. Magabiztosan kihúzta magát, s fejét öntudatosan felszegte, ahogy Lily szemeibe pillantott.

Val már nem volt ennyire fesztelen. Elfogadta ugyan a felé nyújtott kezet, de elfeledkezett a háta mögé rejtett elemes kis játékszerről, s hirtelen mozdulattal a lány kezébe nyomta. Lily a férfi ujjaira meredt, s képtelen volt megszólalni vagy bármit is tenni; úgy érezte, már nem csak arca, hanem egész teste lángol a szégyentől. Val ekkor eszmélt rá, mit is nyújt éppen felé; egy laza mozdulattal a háta mögé dobta a kis szerszámot, s immár üres kezét emelte Lily elé, miközben próbált ügyet sem vetni a dologra.

– Nos, miután ilyen szépen bemutatkoztunk egymásnak, azt hiszem az lesz a legjobb, ha Val és én kicsit rendbe szedjük magunkat. Addig nyugodtan foglaljatok helyet. Gabriel, te már ismered a járást, mutass meg Lilynek mindent nyugodtan. Érezzétek otthon magatokat – azzal Tyra királynői mozdulattal a háta mögé intett, s már terelte is férjét az egyik belső helyiség felé.

– Köszi, de azt hiszem, ti már helyettem is megmutattatok mindent – kacsintott rá az asszonyra. Azok ketten azonban már hátra sem fordultak szavaira; szedték a lábukat, hogy lehetőleg minél kevesebb ideig kelljen még ilyen öltözékben parádézniuk előttük.

Tyra azért még visszaszólt a tőle megszokott modorban:

– Hol van ez még a mindentől, Bébi... – s el is tűntek a szemük elől.

Gabriel még megeresztett felé egy vigyort, de utána ismét csak Lilyre koncentrált.

Lily szemében kétségbeesett rémület ült. Csak nem akarja itt hagyni ezzel a két perverz alakkal? Sokatmondó, riadt pillantást vetett rá. A férfi szótlanul megfogta a karját, s kivezette a teraszra. Ahogy az ajtó becsukódott mögöttük, szembefordult vele, s meleg tekintete jóleső nyugalommal töltötte el a lelkét.

– Nem kell tartanod tőlük. Rendes emberek... – A férfi közel lépett hozzá, s szavait a vörös tincsek közé suttogta. – Az életemet is rájuk bíznám. Kedvelni fogod őket, megígérem.

Elemelte a fejét Lily hajáról, hogy a szemébe nézhessen. Ahogy ott állt előtte, a férfi úgy tekintett végig rajta, amitől a lány megborzongott. Tekintetében mély fájdalom ült, s vonásai fásult fintorba húzódtak. Úgy nézte őt, mintha minden egyes apró kis rezdülését örökre az emlékezetébe akarná vésni; mintha most látná őt utoljára életében.

Lily szívét félelem járta át, ahogy Gabriel komor szemeibe pillantott. Csak most fogta fel igazán, mi vár rájuk azon az éjszakán. A férfi épp most készül vásárra vinni a bőrét érte, Lilyért, kettejükért, és neki még alig pár perce az volt a legfőbb problémája, hogy zavarba hozta a furcsa házaspár gátlástalan viselkedése.

Két keze közé fogta kedvese arcát s lágyan simogatta, miközben a férfi ismét közel lépett hozzá.

– Életem... – A lány megilletődötten lehelte ezt az egy szót a férfi fülébe. Ekkor valami nedvesett érzett a vállán. Feltekintett, s látta, hogy Gabriel szeméből cseppekben peregnek a könnyek.

Lily végtelen meghatottsággal figyelte, ahogy kedvese próbálja elrejteni előle az arcát; elfordult tőle, s igyekezett észrevétlenül letörölni a könnyeit.

A lány tapintatosan lesütötte a tekintetét. Gyűlölte, hogy Gabriel minduntalan távolságot tart tőle, s míg meztelen testét felfedni előtte korántsem jelent számára gondot, addig nem múló szégyennel takargatja a fájdalmát.

Ismét ráemelte a tekintetét, látva, hogy immár megnyugodott kissé. A férfi még egyszer végigsimított a karján, gyengéden megszorítva.

– Visszajövök. – Igyekezett megnyugtatóan magabiztos lenni, azonban remegő hangja elárulta.

Lily képtelen volt megszólalni, így hát csak bólintott. Gabriel egy utolsó, futó csókot lehelt a homlokára, s már ott sem volt. A lány elfojtott egy mély sóhajt s visszatért a lakásba. Addigra Tyra és Val összeszedték magukat, s láthatóan egyáltalán nem lepte meg őket, hogy a férfi szó nélkül otthagyta náluk ismeretlen kedvesét. Hellyel kínálták őt, és mindent megtettek annak érdekében, hogy vendégük jól érezhesse magát.

Gabriel se élő, se holt módjára vette célba a parkolót. Az agya most teljesen kiürült, csak lábai vitték előre gépies mozdulatokkal, elszántan az előtte álló feladatra koncentrálva.

Ahogy az előbb Lilyt nézte... A gondolat, hogy talán most látja utoljára halála előtt, félelemmel töltötte el, s legszívesebben kétségbeesetten rohant volna vissza hozzá, s belékapaszkodott volna, akár egy rémült kisgyerek. Ugyanakkor tudta azt is, hogy ez az egyetlen esélyük arra, hogy egyszer nyugalomban élhessenek együtt. Elszörnyedt a gondolatra, hogy ez az éjjel csak kétféleképpen végződhet; vagy életben maradnak

mindketten, s reményük lehet egy közös jövőre, vagy... vagy
meg fog halni.

Gabrielt éltette a tudat, hogy döntésével megmentheti Lily
életét. Ha ő meghal, a lány akkor is élni fog, s ha el kell mennie,
minden erejével azon lesz, hogy utolsó képként erről a világról
a lány nevetéstől sugárzó arcát vigye magával.

A kocsi hátulja megbillent, ahogy a súlyos gép éles fékcsikor-
gással megcsúszott a murvával felszórt talajon.

Gabriel, mivel már egymaga volt, nem húzta az időt. Az autót
egy kihalt helyen hagyta, s azonnal láthatatlanná vált.

Kifulladva érkezett a Pagoda elé. A nehéz, kétszárnyú aj-
tót egy rúgással tépte fel, s tárva-nyitva hagyva viharzott be
a márvánnyal borított folyosóra. Az isten verné meg ezt a ha-
talmas, zegzugos házat! Úgy érezte, órákig tart, mire Ais dol-
gozószobájába ér.

Végül kopogás nélkül rontott be az ajtón, s egészen az Ural-
kodó asztaláig rohant. Ais felkapta a fejét, s amint megpillan-
totta Gabriel feldúlt, magányos alakját, arcára kiült a balsejte-
lem. Felpattant ültéből és feszülten nézte a férfit.

– Raven ránk talált a házban, megtámadott, Lilyt biztonság-
ba helyeztem, de Raven már biztos visszatért a Családhoz és tá-
madást terveznek... – hadarta rémülettől reszkető hangon. Nem
tudta, hogyan fogadja majd az Uralkodó a hírt. Ha őszinte akart
lenni magához, szinte remélte, hogy a király is őt fogja hibáztat-
ni a történtekért. Bűntudat gyötörte, s már-már vágyott a vezek-
lésre. Azt sem bánta volna, hogyha az Uralkodó megöleti. Ahhoz
viszont mindenképp ragaszkodni fog, gondolta elszántan, hogy
előtte maga kutathassa fel a Családot. Ha pedig csatára kerül sor...
maga akarta kivégezni az áruló ribancot és megküzdeni Ravennel,
aki gyűlölte és megvetette Lilyt és őt, ostoba gőgje mégsem tűrte
el, hogy Gabriel megtagadta. Fogalma sem volt, Ais mennyit fog-
hatott fel zavaros, elkenődött szavaiból. Hatalmas megkönnyeb-
bülésére azonban amint elhallgatott, az Uralkodó csak bólintott
és annyit mondott: – Értem. Kérlek, várj egy percig – azzal eltűnt.

Amikor ismét felbukkant, már Chryon, Larion és Demetri-
us is vele voltak. Reus ezúttal sem volt sehol.

– Mi történt? – szegezte neki rögtön a kérdés a sötétszőke
testőr, sietősen Gabriel elé lépve. A másik két férfi is követte;
Gabriel látta, hogy mindegyikük arcán feszültség ül, de figyel-
mesen nézték hol az ő, hol Ais arcát, eligazítást várva.

– Induljunk már! – Gabriel felordított tehetetlenségében.

– Állj! – Ais hangja most kemény és határozott volt, s intő
kézmozdulata ezúttal nem egyszerű gesztus volt csupán. – Kér-
lek, foglaljatok helyet.

Gabriel dühödten meredt rá. Semmit nem fogott fel abból,
amit mondott?! Ellenben Ais olyan kitartóan nézett rá, jelen-
tőségteljes pillantással, hogy a fiatal férfi végül cifrát károm-
kodva bár, de engedelmeskedett.

– Gabriel az imént érkezett. Míg ő és Lyliana a hercegnő régi
otthonában időztek, a Nyugati Klán egyik tagja meglepte őket.
Gabrielnek sikerült megvédenie Lilyt. A merénylő távozott, azon-
ban ezek után nem késlekedhetünk. – Ais tömör, lényegre törő
beszámolója hallatán Larionon volt a sor, hogy elkáromkodja
magát. Demetrius és Chryon ellenben fegyelmezetten várták a
további fejleményeket.

– Ha jól értettem, azt mondtad, hogy sikerült biztonságba
helyezned Lilyt – nézett Gabrielre a király.

– Igen. Két barátomhoz vittem, Rosewill északkeleti részére.

– Embereknél szállásoltad el? – Chryon szeme hitetlenked-
ve elkerekedett.

– Igen – vágta rá dacosan a férfi. – Mi ezzel a probléma?

– Csak annyi, haver – vágott vissza a kérdezett –, hogy bár
nem ismerem őket, felteszem, se tőrhegyes szemfogaik, se át-
lagon felüli testi erejük nincs. Hacsak nem Rambo földalatti
bunkerébe menekítetted Lilyt, akkor ez nem a legnyerőbb öt-
leted volt.

– Az életemet is rájuk bíznám. – Gabriel arca elvörösödött,
s hangja remegett, de nem akarta hagyni magát.

– Ezt megértem – szólalt meg most már Ais is, elvágva a
vitát –, de egyet kell értenem Chryonnal. Bizonyára remek
emberek a barátaid, de sajnos fajtársainkkal szemben esélyük
sem lenne.

– Nem fognak rájuk találni. – Gabriel maga sem értette, miért ragaszkodik ilyen makacsul tervéhez. Mégis, ösztönei azt súgták, hogy jó döntést hozott.

– Kérlek, hallgass meg, Gabriel. – Ais legalább annyira konoknak bizonyult, mint a fiatalember vele szemben. – Át kell vinnünk Lilyt egy biztonságosabb helyre. A Keleti Klán...

– Nem – jelentette ki, mielőtt az Uralkodó folytathatta volna. Halványan érzékelte, hogy minden jelenlévő meglepetten nézi őt. Hangja határozott volt, ezúttal nem kiabált, nem hagyta, hogy érzelmei magukkal ragadják. Csak a rájuk váró feladatra akart koncentrálni, s azt akarta, hogy minél hamarabb megszervezhessék a rajtaütést. – Bocsáss meg, Ais, de attól tartok, ezúttal tévedsz. Mint ahogy azt már említetted, nem bizonyosodtunk meg róla, Lily milyen mértékben örökölte a fajunk képességeit. Ha valamelyik Klánhoz szeretnénk eljuttatni, vagy akár itt, északon biztonságba helyezni, nem rakhatjuk fel egy repülőre. Azzal pedig nem most kezdenék el kísérletezni, képes-e láthatatlanná válni, vagy sem. Honnan is tudhatná, amikor senki nem mutatta meg neki, hogyan kell? Képességei, ha vannak is, fejletlenek. Ellenben, és ezt te is tudod, a faj, különösképpen a nyugati Családok, semmit nem tudnak az emberekről. Szinte semmit. Az én életemet pedig még annyira sem ismerik. Másfelől, első dolguk lenne Lilyt köztünk keresni, mivel azt feltételezik, hogy a trónörökös a lehető legszigorúbb védelmet élvezi. Akiknél Lilyt hagytam, tudják, hogy nekem, csakis nekem adhatják ki őt. Igaz, géppisztolyuk nincs – itt kihívóan Chryonra pillantott, emlékeztetve korábbi megjegyzésére –, de igen jól fel vannak szerelve modern védelmi rendszerekkel és sűrűn lakott környéken élnek.

Gabriel megfontoltan fejtette ki érveit, hangja mindvégig nyugodt maradt. Miután okfejtése végéhez ért, higgadtan pillantott végig a jelenlévő férfiakon, készen arra, hogy azok ismét ellenkezni fognak. Azok azonban nem szólaltak meg; némán töprengtek az elhangzottakon.

– Ez megfontolandó – jegyezte meg végül az Uralkodó. Elgondolkozva simogatta az ajkait. Mikor azonban ismét megszólalt, hangja legalább olyan elszántan csengett, mint Gabrielé az imént: – Rendben van. Igazad van, Gabriel. Amennyiben méltónak találod rá a barátaidat, hogy vigyázzanak Lilyre, nincs okom kételkedni a véleményedben.

A férfit kissé meghökkentették az Uralkodó szavai. Szinte felkészült egy ádáz veszekedésre, de az, hogy Ais ennyire ad a szavára, teljesen váratlanul érte őt.

A király láthatóan végigpörgette fejében a további teendőket. Mikor rendezte gondolatait, szavait immár mindannyiukhoz intézte: – Chryon, Demetrius... titeket arra kérlek, hogy legyetek szívesek Ghelát és leányaimat az Északi Klán óvóhelyére kísérni. Miután biztonságban megérkeztetek, értesítsétek a Klán többi Családját és szólítsátok fel őket, hogy az asszonyok és gyermekek fáradjanak az óvóhelyre. Azonnal. Ez Uralkodói parancs, melyet egész északnak kötelessége teljesítenie. – Szigorú tekintetét a két férfira függesztette, majd folytatta: – További parancsom, hogy bocsássák rendelkezésünkre a Testőrségüket. Hány harcossal számolhatunk összesen?

– A Főhercegi Testőrségek, akik csak a hercegi családtagok védelmét szolgálják, négy-négy főt számolnak Klánonként – számolt hangosan Larion. – Ez velünk együtt tizenkét férfi. Viszont unokatestvéred, Anya, ugyebár, szintén rendelkezik privát Testőrséggel, az úgy már tizenhat.

Ais gondterhelten hallgatta Larion szavait.

– Az kevés – suttogta. Szemei lázasan jártak jobba-balra, hűen tükrözve, mily sebesen jár elméje a megoldást keresve. – Kik jöhetnek még szóba?

– Velem együtt tizenhét – szólt közbe Gabriel.

– Most sem csalódtam benned, fiam – bólintott rá az ajánlatra a király. – Tehát ez eddig tizennyolc... Talán úgy hittétek, tétlenül ülök az óvóhelyen annak tudatában, hogy mi a tét? – vonta fel a szemöldökét a szemben ülő férfiak kétkedését látva. Azok nem feleltek, csupán némán rázták a fejüket. Nem néztek Uralkodójuk szemébe. Tudták, hogy a királyt mélyen érinti Lily biztonsága.

– Fussuk hát akkor át a továbbiakat. – Ais éppoly higgadt volt, mint addig. – A Nemesi Testőrségnek eddig tizenhat tagját számoltuk össze. Lehetséges, hogy könnyű dolgunk lesz, és ennyi emberrel is hatékonyan tudunk működni. Azonban ne bízzuk el magunkat. Gabriel, hány harcképzett tagja van a Családodnak?

– Hát... – A férfi kissé elbizonytalanodott. Az ő Családjában nem volt divat a harci kiképzés, pontosabban az embervadászatok szolgáltak egyfajta tréningként. Ezt csakis a férfiak űzték. Ugyanakkor Családja nőtagjai sem szenvedtek hiányt az ilyesmiben. Ők a kriptában gyakorolták a tusakodást egymás között. Ez egyfajta látványosság volt, akár a gladiátorviadalok. Nem jelentett ugyan professzionális önvédelmet, mindenesetre sokszor vérre menő volt. Szabályok nem voltak. Erről gyorsan be is számolt nekik, s az volt a benyomása, a három testőr sokkal jobban felháborodna a hallottakon, ha nem kellene épp fontosabb dolgokkal foglalkozniuk. Most azonban csak pár döbbent grimaszra futotta tőlük. – Nézzétek, nem fogom szépíteni a dolgot – folytatta, miután sikerült kilábalnia zavarából a Családjáról szóló monológ végén. Ekkor egyéb kínzó érzelmei mellett újsütetű düh lángolt fel benne. Eljön valaha az a nap, amikor már nem fogja úgy érezni, hogy neki kell szégyenkeznie az átkozott kriptalakók miatt?! – A Családom nagyjából ötven főt számol. Gyermekekről, legalábbis olyanról, aki ne töltötte volna be a 18-20. évét, nem tudok. Ha Családom valamely nőtagjával kerültök szembe, ne játsszátok az úriembert. Ne becsüljétek alá – azzal nyakára mutatott; azon még mindig látszottak a vörös barázdák, melyeket Raven sikertelen karmolási és harapási kísérletei ejtettek rajta.

Hallgatósága látszólag hidegvérűen vette tudomásul mindezt, s Gabriel nagyra értékelte, hogy nem állnak neki megbotránkozva hegyi beszédet tartani az ősi törvényről. Ais a lehetőségeiket latolgatta. A nemesek testőreit szinte mindenki ismerte, hiszen kitüntetett státuszuk miatt gyakorlatilag éjjel-nappal védenceik közelében voltak, így minden fontosabb társadalmi eseményen is megjelentek. Azonban arról, hogy az alacsonyabb rangú Családok közül, mint amilyen Anyáé is volt, hányan alkalmaznak privát harcosokat, senkinek nem voltak egyértelmű információi.

– Lássuk – sóhajtott végül Ais. – Chryon, Demetrius, induljatok. Minden Családot értesítsetek északon, illetve, az utasításom az, hogy minden harcképzett férfi jelentkezését várom, aki hajlandó a pártunkra állni, rangtól függetlenül. Röviden ismertessétek velük a helyzetünket. Minél több emberre lesz szükségünk, azonban ha valaki tart a nyílt támadásban való részvételtől, az sem fog következményekkel járni az illető számára. A bátorság nem mindenkinek adatik meg, s elfogadom, ha valaki inkább félti saját, vagy épp Családja életét. – Ahogy ehhez a ponthoz ért, hangjába feszültség vegyült. Gabriel gyomra összerándult a gondolatra, hogy az Uralkodónak is talán saját asszonya és gyermekei járnak a fejében. – Larion és jómagam pedig előbb a Keleti, majd a Déli Klánokat értesítjük. Tőlük is ugyanazt várom el, mint északi testvéreinktől. Embert próbáló feladat előtt állunk – egy órán belül mindennek készen kell állnia.

– Nekem mit kell tennem? – szólt közbe Gabriel. Ahogy az Uralkodó sorolta a teendőket, a helyzet kilátástalannak tűnt.

– Gabriel, szeretném, ha te itt várnál ránk. Elképzelésem szerint a Testőrség, te és jómagam innen indulnánk el a kijelölt találkozóhelyre, ahova a harcosokat várjuk majd. No persze, a hely kiválasztása sem lesz egyszerű feladat...

– Van egy ötletem – szólt a férfi tűnődve. Terve merész volt ugyan, de közel sem tűnt lehetetlennek. – Hadd menjek előre, felderíteni a terepet.

– Nem engedhetem, hogy egyedül vállalkozz ilyesmire, fiam – csóválta a fejét az Uralkodó, s rosszalló kifejezés jelent meg az arcán. – Nem tudhatjuk, hány ellenféllel kell számolnunk. A Nyugati Klán, akár csak Családod, igen kiterjedt.

– Én ismerem a legjobban a környéket – erősködött a férfi. – Ott nőttem fel. Nem csak egyetlen bejárata van a kriptának, nekem elhiheted. Tisztában vagyok vele, hol találhatóak a rejtekhelyek, ahol meg tudunk bújni, ha kell. Utána tudok járni feltűnés nélkül, hány fajtársunkra kell készülnünk. Tudom, hogy te is jártál már a temetőben, Ais, de felteszem, nem jártad be minden szegletét. Engedd, hogy előremenjek. Találkozzunk szövetségeseinkkel a Rosewill-i erdőben egy óra múlva. Ott lehetőségem lesz nyugodtan tájékoztatni titeket, mielőtt továbblépnénk, a közvetlen támadás felé.

Hosszas hallgatás következett. Ais a fiatal férfi eltökélt, kemény arcát szemlélte. Végül lassan bólintott:

– Rendben van. Akkor legyen így. Mindannyian készen álltok?

Azok válasz helyett csak felemelkedtek ültükből. Gabriel még Demetrius arcán is olyasfajta félelem nélküli, már-már rideg eltökéltséget vélt látni, melyet ő is érzett, s amitől egycsapásra megértette, hogy lehet ez a szende, gátlásos férfi mégis oly kiváló harcos.

– Családomtól már nincs időnk búcsút venni – jelentette ki a király. Hangjában ismét szigor csengett. – Minél előbb biztonságban kell tudnunk az arra szorulókat. Chryon, Demetrius, kérem, azonnal induljatok értük és tegyetek mindent terveink szerint. Rögtön utánatok mi is útnak indulunk – biccentett a másik két férfi felé. – Az Istenek kísérjenek mindnyájatokat.

A jelenlévők ünnepélyes komolysággal bólintottak egymást felé. Chryon és Demetrius eltűntek. Ezután Ais és Larion váltak ködbe, majd Gabriel is célba vette a temetőt.

Az ismerős környék éppolyan siralmas és nyomasztó volt, mint ahogy az túlságosan is élesen emlékezetében élt.

Az erdő fái között járt. Ezúttal azonban teljesen más szemmel vizslatta a környéket. Az tökéletes helynek tűnt a találkozásra. A jellegzetes, furcsa köd sűrű volt, s az elvadult növényzet is tökéletesen eltakarta az odatévedőket a tisztás elől.

Gabriel kiélesedett érzékeit hívta segítségül; ismerős szagokat érzett a kripta irányából. Szellő sem rezdült, s körülötte minden kihaltnak tetszett.

Ahogy közeledett a Család lakhelye felé, puha léptekkel, óvatoson lopakodott, akár egy macska. Elosont a kőfalak mellett; maga is meglepődött rajta, hogy nem dúlták fel elméjét kavargó érzelmei. Sikerült mindent gondosan elnyomni magában, hisz' tudta, most csak gyors észjárása lehet a segítségére, minden más csak hátráltatná.

Gyermekkorában már régen felfedezte a kisebb-nagyobb re-
pedéseket, mélyedéseket a zord sziklatömbökön, melyek a sötét
épület falait alkották. Arrafelé surrant hát, ahol a szalont sej-
tette húzódni a kövek mögött. Hason kúszva, neszteltenül kö-
zelítette meg az alkalmas helyet; végre elért egy szélesebb re-
pedést, ami akkora volt, hogy némi fény is kiszüremlett rajta.
Kissé megemelte a fejét, s ide-oda forgatva, lélegzetvisszafojt-
va térképezte fel a bent zajló eseményeket.

Már érkezésekor is furcsának találta, hogy nem hallja az éj-
szakai mulatozások jellegzetes zajait, s úgy vélte, ez semmiképp
sem jó jel. Mikor betekintett a szalonba, a látványt még inkább
nem tudta mire vélni.

A tőlük oly szokatlan, csendes visszavonultságot érzékelve
arra számított, hogy a kripta már megtelt a Nyugati Klán har-
cosaival, s azok várakoznak most a durva kőfalak közt, utasítá-
sokra várva. Ehelyett a szalonban alig pár ember tett-vett. Ar-
welt pillantotta meg, aki gyertyákat gyújtogatott. Nagynénje
öltözéke ezúttal nem pusztán pár közönségesen kihívó rongy-
ból állt; hosszú, fekete csipkeleplet viselt, tógaszerűen megköt-
ve. Szertartásosan lépkedett körbe a helyiségben, időről időre a
frissen érkező Ravenhez fordulva. A két nő – tőlük teljesen ide-
gen módon – bizalmasan suttogott egymás fülébe.

Gabriel azonban nem ringatta magát abba a hitbe, hogy em-
berfölényüknek köszönhetően máris megnyugodhatnak. Tud-
ta, hogy esztelenség lehet, amire most készült, de mindenképp
biztosra akart menni.

Megkerülte a kriptát, a fal mentén végiglopakodva. A rejtekaj-
tókat zárva találta; ezen nem lepődött meg különösebben. Azo-
kat csak menekülésre tervezték, s a férfiban élt a gyanú, hogy az
ő titkos szökései óta átjárhatatlanok. Továbbindult hát, a kripta
hátsó bejárata felé. Az jóval kisebb volt, mint a főajtó, s észre-
vétlenül bújt meg a falak mögött. Gabriel fürgén besurrant rajta.

Hátát nekivetve egy pillanatra megállt a szűk, alacsony meny-
nyezetű folyosón, melyen épp olyan gyér volt a megvilágítás,
mint annak idején. Innen nyíltak a lakosztályok, s ez vezetett
a szalon felé. A férfi érzékeit segítségül hívva koncentrált; sen-

ki nem volt a közelében. A fal mentén a szalon tágas bejárata felé lépdelt. Szerencsére azt nem hagyományos ajtó zárta el a folyosótól; a sziklák végtelennek tűnő sora egyszer csak megszakadt, egyetlen nagy, tágas térben végződve. Gabriel megállt, s a fal mellett a szalonba lesett; csak ekkor vette észre, hogy a Család minden tagja ott van. A férfi összevonta a szemöldökét; elképzelése sem volt, mi folyik itt.

A Család tagjai halk beszélgetésbe merültek, a szalon falait fekete drapériák takarták, s lámpák helyett most csak pár gyertya fénye pislákolt.

Gabriel úgy érezte, eleget látott. Nem sikerült kiderítenie, mire készülnek, de a felől megbizonyosodott, hogy a Család nem rendelkezik erősítéssel, legalábbis nem látták okát segítségül hívni szövetségeseiket, ha voltak. A semminél ez az információ is több volt. Kiosont a falak közül, s az erdő szélén várakozott egy olyan helyet választva, ahonnan jól belátta a fák sűrűjét, csakúgy, mint a kripta környékét. Fel akart készülni arra is, ha Családja erősítése esetleg később, váratlanul betoppanna.

Amikor az erdő békésen álló fái között hirtelen jött fuvallat süvített át, megzörgetve minden egyes apró levelet, Gabriel ösztönösen a hang irányába fordult. Vetett még egy pillantást a kripta felé; ott továbbra sem látott mozgást. Így a fák közé sietett, ahol kámforszerűen tűntek elő a semmiből a sötét alakok, mint megannyi aprócska, halk forgószél.

A férfi megállt azon a helyen, mely előtt itt is, ott is emberek körvonalai bontakoztak ki. Eleinte megpróbálta megszámolni őket, de egyre-másra feltűnt egy újabb érkező, s Gabriel azon kapta magát, hogy kisebb tömeg gyűlt össze előtte. Szíve nagyot dobbant; megrendült a látványtól. Álmában sem hitte volna, hogy a felmentő sereg ekkora létszámmal érkezik.

Akkor pedig végképp elfogódott a rá vetülő tekintetektől, amikor igyekezett kivenni az őt körülvevő arcokat, ahogy a felbukkanók óvatos léptekkel közelebb léptek hozzá... Ott volt Dimitrij, a Keleti Klán Főhercege; Tadeus, a Déli Klán ura; testőrségeik tagjai; Marcus, Conrad, Neus és Nikolaj keletről. Regulus, Tior, Pius és Hector, a déli királyi Család védelmezői. Nem hiá-

nyoztak az északi Uralkodó Család férfitagjai sem. Ais mellett
ott állt Chryon, Larion és Demetrius, és Anya Családja is. Valóban annyira támogathatták Lilyt, mint ahogy azt az Uralkodónak megírták. Gregorius és Julius harcra készen, megfeszült
érzékekkel várakoztak Ais mellett, csakis az utasításra várva.
Gabriel, ahogy tovább fürkészte őket, egyik döbbenetből a másikba esett, s magában hálát adott, amiért azok egyelőre nem akarták megszólítani. Nem elég, hogy a nemesek mind összegyűltek
kétségbeesett hívásukra, sutba dobva kivételes rangjukat, harci öltözékben, alázatosan alárendelve magukat az Uralkodó parancsainak – akkor és ott megszűntek létezni, mint Főhercegek;
mindegyikük testőr volt, egyszerű harcos, aki az életét adta volna a célért, hogyha a királyi óhaj és körülmények ezt diktálják.
S mikor Gabriel ráébredt, hogy nem csak a Főhercegek vesznek
részt ebben az őrült akcióban, a mocskos, elhanyagolt temető
sarában dagonyázva; a Klánok vezetői mellett ott sorakoztak a
hercegek is... A férfiban valahogy itt tódultak össze végképp az
érzelmek. A Főhercegek saját gyermekeiket is kérdés nélkül magukkal hozták. A férfinak ekkor az a furcsa gondolat futott át
elméjén, hogy ha valamit, ezt becsülte talán leginkább ezekben
az emberekben. Bár kitartóan edzették és képezték utódaikat,
hogy azok védelmet tudjanak majdan nyújtani saját Családjaiknak, ennek ellenére őszintén szerették és óvták őket, ahogy minden szülőnek tennie kellett volna. Azonban most, amikor csakis
az erőfölényükben bízhattak, a hercegek hallani sem akartak arról, hogy az óvóhelyre vonuljanak. Gabriel tekintete Latrixra és
Theóra esett... Az ifjak, Dimitrij és Natanya büszkeségei szinte
gyermeknek tűntek még. Talán még az első alkalmukon sem voltak túl. Ellenben a férfi figyelmét hatalmas testük és dudorodó
izmaik sem kerülték el. Ahogy jobban végignézett rajtuk, megállapította, hogy Ais jó úton járt, amikor a Klánok tagjainak önvédelmi kiképzését össze akarta hangolni. A keletiek szablyákkal
az oldalukon jelentek meg; a déliek megannyi rövid, de pengeéles
tőrt csatoltak magukra. Az északiak viszont nem hoztak fegyvert; testi erejükön kívül másban nem bízhattak.

Ais ekkor előrelépett; a többiek most mind a Testőrség egyenruhájában feszítettek. Pólójuk fölé testre simuló, hosszú ujjú köpönyeget húztak. Gabriel élt a gyanúval, hogy nem a megfázástól tartanak; az fekete páncélként feszült rájuk. Az Uralkodó ellenben igazi ruhakölteményben lépkedett felé, almazöld selyemkaftánnal kiegészítve. Csizmája hangtalanul suhant a nehéz talajon, s utazásai során használt sétapálcájára támaszkodott. Gabriel kissé meghökkenve nézett rajta végig, de már régen nem akadt fenn Ais furcsaságain.

– Mit sikerült megtudnod? – suttogta, mikor már csak pár centire álltak egymástól.

– Nem hívtak erősítést – válaszolta a férfi szinte mozdulatlan szájjal. – Legalábbis az nem érkezett meg. Mindannyian bent vannak. Amennyire láttam, valamiféle szertartásra készülnek, de nem tudom, melyikre. Ilyennek még sosem láttam őket – azzal beszámolt a tapasztaltakról, s tömören elmondta, mely bejáratokon lehet még megközelíteni az épületet.

– Értem – bólintott a király, miután gyorsan átgondolta a helyzetet. – Mint látod, az emberfölényünk jelentős. Mégis úgy vélem, hogy bölcsebb, ha szövetségeseink egyelőre a háttérben maradnak, és jómagam köszöntöm elsőként Családod.

– Veled megyek – vágta rá a férfi. Fogalma sem volt, Ais mit tervez, de mindenképp az élen akart állni, amikor az egész kezdetét veszi. A fenébe is, gondolta, ha kell, pajzsként védi majd a királyt. Rá sokkal nagyobb szükségük volt, s nem csak Lilynek. Olybá tűnt, a faj egyetlen esélye ez az ember.

– Induljunk hát, fiam – bólintott röviden az Uralkodó. Azzal kecsesen előrelépett és szemernyi kétség nélkül, határozott léptekkel célba vette a kriptát. A többiek nem mozdultak; bizonyára addigra már kívülről fújták Ais stratégiáját.

Gabriel követte. Csak akkor ébredt rá, hogy ő maga éppúgy kilóg a mögöttük felsorakozott harcosok tömegéből, mint a király. Az események viharában mindennel foglalkozott, csak toalettjével nem; még mindig öltönyét viselte. Nem foglalkoztatta különösebben: a többiek képzettebbek és felkészültebbek voltak nála, viszont úgy okoskodott, hogy nála jobban senki nem ismeri a Család viselkedését küzdelem közben.

Ais megállt egy pillanatra a kripta előtt, s nyugodt érdeklődéssel szemlélte a komor falakat. Gabriel pillantása a pálcára esett... ahogy a holdfény rávetült, valahogy azt a benyomást keltette benne, hogy az nem csupán egy hétköznapi, divatos kiegészítő. Hát persze. A sétapálca épp olyan volt, mint gazdája; a finom, hajlékony felszín kemény, hideg pengét rejtett.

– Végre láthatom a helyet, ahol a herceg töltötte gyermeki napjait – jegyezte meg halkan a király. Gabriel összerezzent a hangjára, pedig abba semmi rosszindulat nem vegyült. Oly békésen szemlélődött, mintha csak Gabriel vasárnapi ebédre hívta volna meg.

A férfi ellenben nem akart gyermekkorára gondolni, csevegni róla pedig mégannyira sem. Közönyösen követte Ais tekintetét a szemével. Ekkor azonban mozgást vélt látni a szeme sarkából; míg Ais kedélyes beszélgetéssel töltötte az időt, addig pár férfi harcosai közül a kripta mögé surrant. S Gabriel végre megértette: az Uralkodó azért akart magányosan az épület elé vonulni, s azért kezdeményezett társalgást, hogy elterelje a bent lévők figyelmét, ha azok esetleg megneszelnék közeledésüket. Eközben szövetségeseik körbevették az épületet, nem hagyva lehetőséget a menekülésre vagy az esetleges meglepetésszerű rajtaütésre a Család számára. Ais egy pillantással felmérte a helyzetet, s megbizonyosodott róla, hogy mindenki a helyén van. Ezután Gabriellel a bejárathoz léptek.

Ais szelíden megkocogtatta pálcájával a vastag kőfalat, majd udvariasan hátralépett. Az ajtó hangos dörrenéssel feltárult, s megjelent benne Arwel fekete csipkelepelbe burkolózott alakja.

Az Uralkodó kecsesen fejet hajtott előtte, épp úgy, ahogy az egy hölgynek kijárt. Arwel ellenben mozdulatlan maradt, s Gabriel hirtelen nem tudta volna eldönteni, hogy döbbenete vagy megvetése nagyobb-e. Csúfondáros vigyorba torzult az arca, ahogy végigmustrálta a különös jövevényt. Gabrielnek el kellett ismernie, hogy cseppet sem tudja elítélni Arwelt, amiért az gunyorosan szemléli az Uralkodót. Nagynénje tekintete most unokaöccsére ugrott, s jelenlétét legalább oly erős megvetéssel nyugtázta, mint a királyét. Gabriel közömbösen viszonozta az őt vizslató pillantást. Furcsamód a visszataszító nő jelenléte már közel sem volt rá oly nagy hatással, mint utolsó találkozásukkor. Feje tiszta és higgadt maradt. Mégsem voltak hát haszontalanok a kiképzések. Bár szétfeszítette az indulat s Lily védelmezésének vágya, hirtelen ráébredt, hogy azért tudott mindvégig nyugodt maradni, mert immár képes azon érzelmeit lakat alá zárni, melyek csak hátráltatták volna a koncentrálásban. Immár tudta, hogy pusztító haragját nem azzal tudja a legjobban csillapítani, hogyha esztelenül nagynénje torkának ugrik, s gondolkodás nélkül beront a kripta ajtaján. Helyette minden idegszálával az előtte álló alakra és a kripta belsejében zajló eseményekre koncentrált. Szaglása, hallása és látása kiélesedtek, s épp olyan jól nyomon tudta követni Arwel minden rezdülését, mint amilyen élesen a bentről kiszűrődő neszeket hallotta.

– Itt vagyunk, hogy megküzdjünk veletek, ahogy azt őseink megkövetelik. – a király hangja higgadt, már-már szívélyes volt, mintha csak egy vacsora meghívásnak tettek volna eleget.

– És hol van a seregetek? – jegyezte meg Arwel csúfondárosan. Csípőre tett kézzel állt, állát dölyfösen felszegve.

Ais nem válaszolt, de Gabriel még a félhomályban is látni vélte, ahogy ajka gunyoros félmosolyra húzódik. Szótlanul oldalra lépett; a mögöttük felsorakozott tömeg csak erre a mozdulatra várt. Kissé előrébb léptek a fák közül, melyek közt eddig rejtőztek.

Arwel arcáról hirtelen eltűnt a fölényes kifejezés, mely eddig oly magabiztosan uralta vonásait. Karjait immár mintegy védekezőn kulcsolta össze maga előtt, de nem látszott rajta félelem. Olyan arcot vágott, akár egy durcás kislány. Gabrielt szinte kirázta a hideg a láttán. A nagynénje, aki oly büszke volt nemesi vérvonalára, képtelen volt méltósággal veszíteni.

Egy darabig senki nem szólt. A férfi eddig is tisztelte Aist, az embert, aki soha nem adta fel, de most ez az érzés csak erősebbé vált benne, ahogy harcostársát figyelte. Bár annak minden pórusából erő és dominancia sugárzott, egy pillanatra sem

vette le a szemét az előtte álló nőről. Gabriel tudta; annak ellenére, hogy arcán abszurd módon már-már derűs nyugalom játszott, minden ina pattanásig feszült, ugrásra készen. Arwellel
ellentétben sosem becsülte le az ellenfeleit.

Nagynénje ellenben fuldoklott a méregtől. Legszívesebben
tajtékzott volna dühében, s mindent a földdel tett volna egyenlővé, ami a karmai közé kerül. Hiába, Arwel sosem változott;
pökhendi volt, öntelt, agresszív, és végtelenül ostoba. Sosem
hitte volna, hogy egy ilyen „korcs", mint hőn gyűlölt unokaöcscse, képes lenne felülkerekedni rajta.

Végül a nő megszólalt, de alig jött ki hang a torkán.

– Nos, ha valóban tiszteletben tartjátok őseink akaratát – sziszegte dühtől eltorzult arccal –, akkor tisztelnetek kell gyászunkat is. Nyilván tisztában vagytok vele, hogy a gyászolókat nem
zavarhatjátok meg szertartás közben, hogy teljes szellemükkel
végigkísérhessék eltávozott társukat a hosszú úton, mely a másik oldalra vezeti őt.

Gabrielt meglepték Arwel szavai. Az viszont még jobban,
hogy a nő végig őt nézte, miközben beszélt, s hangszíne immár
diadalittasnak tetszett. Csak úgy, mint testtartása; ismét dölyfösen kihúzta magát, s már-már vidámnak tűnt, ahogy kihívóan Gabriel szemeibe tekintett monológja közben.

A férfi rosszat sejtett. Ha valaki meghalt, és ez Arwelt ilyen
jókedvvel tölti el, akkor... nem. Gabrielnek az az őrült gondolata támadt, hogy Lily vagy Tyra, esetleg Val volt az áldozat. De
azonnal meg is feddte magát a feltételezésért. Már csak azért
is lehetetlennek tűnt ez a gondolat, mert ők lennének az utolsók, akiket a Család gyászolna. Ami azt illeti, Gabriel biztos volt
benne, hogy ha valamelyikük meghalna, Arwelék tébolyodott
örömtáncot lejtenének a holttestük felett.

De akkor mégis ki lehet az?

Tudta, hogy nagynénje figyeli tépelődését. A nő arca perverz
izgalmat tükrözött; szinte gyönyörködött unokaöccse félelmeiben. Gabriel eltökélte, hogy nem fog a halottról kérdezősködni.
Nem fogja megszerezni Arwelnek ezt az örömöt.

Mielőtt azonban bármit is mondhatott volna, Ais ismét megelőzte;

– Tiszteletben tartjuk gyászotokat, s ahogy azt a hagyomány előírja, mi is lerójuk kegyeletünket.

– Mi viszont nem adunk számotokra bebocsátást a szertartásra.

Ais megütközött Arwel kemény válaszán. Gabriel már ismerte annyira társát, hogy tudja, a férfi mindenek felett tiszteli a faj törvényeit. Azonban Ais mindenkitől elvárta, hogy hasonlóan szem előtt tartsák őseik tanításait.

Pár másodpercig senki nem szólalt meg, csak Arwel és Ais meredtek egymásra némán. Gabriel megborzongott, ahogy bajtársára pillantott; Ais a legbölcsebb férfi volt, akit valaha ismert. Gyöngéd természete s halk eleganciája azonban gondosan elrejtették a külső szemlélő elől természete minden oldalát. Arwel pedig túlságosan is elvakult volt ahhoz, hogy felismerje azt.

Az Uralkodó pedig láthatóan nem akarta megkönnyíteni a dolgát azzal, hogy felfedje előtte. Mélyen meghajolt a nő előtt, húsba vájó tekintetét azonban egy pillanatra sem vette le róla.

– Úrnő, engedd meg, hogy tisztelettel megjegyezzem, a gyászra a nemzetség minden tagja feltétel nélküli bebocsátást kell, hogy nyerjen – suttogta. Hangja akár egy szelíd gerléé is lehetett volna, szavai mégis úgy hatottak a körülötte állókra, mint egy-egy puskalövés. – Amennyiben ez nem teljesül, úgy a kirekesztetteknek jogában áll minden eszközt felhasználni, hogy leróhassa kegyeletét hallottai előtt. – A férfi tekintetét az övébe fúrta, s hatalmas, barna szemeiben fenyegető tűz lobbant. Szavainak egy újabb fejhajtással adott nyomatékot, majd hozzátette: – Ahogy azt az ősi törvény is hirdeti.

Gabriel elégedetten konstatálta, hogy Arwelen jeges fuvallatként fut végig a félelem. Ais ismét felegyenesedett. Arcán oly derűs mosoly terült szét, mintha csak egy kedélyes teadélutánon vennének részt. Egyik kézfeje hasán, másik sétapálcáján pihent. Végtelenül előkelő benyomást keltett drága selyemkaftánjában, bármennyire is abszurd volt az a jelenet, ahogy a kietlen temetőben ácsorgott Arwel válaszára várva.

Nagynénje szemeibe könnyek szöktek, s reszketősen szívta be a levegőt, hűen emlékeztetve Gabrielt arra a jelenetre, amikor Sirma dühtől vergődő alakját nézte. Arwelt szinte az ájulás környékezte a tehetetlenségtől. Mikor végül megszólalt, a modor, melyet csak az ellenség keltette félelem erőszakolt rá, szinte szavát vette, sziszegett az indulattól: – Ha valóban tiszteled törvényeinket, Királyom – azzal fejet hajtott Ais előtt, de a mozdulatba beleremegtek a tagjai, –, akkor belátod, hogy Családom megérdemli, hogy kegyes légy hozzánk ezen nehéz percekben. Mint ahogy azt említetted az imént, küzdelemre készülve érkeztetek közénk. A törvény viszont kimondja, hogy a gyász előbbre való a vérontásnál. Összecsapás vagy háború esetén ha az egyik felet ilyen váratlan veszteség éri, le kell tennünk a fegyvert s visszavonulni, míg a gyászidőszak kitart. Bár egy fajhoz tartozunk, ellenfelekként állunk jelenleg egymással szemben. Azt pedig – itt ismét meghajolt, félelme immár leigázta gőgjét – nyilván belátod te magad is, hogy becstelen dolog lenne az ellenfél részéről, hogyha berontana a gyászolók köreibe, fenyegető jelenlétével megzavarva a szertartást. Azonban – hangja itt már-már meghunyászkodó, behízelgő színt öltött – mivel a gyász egész Családunkat érinti, így amennyiben megengeditek, élnék az alkalommal, hogy beinvitáljam köreinkbe Gabriel herceget, hogy leróhassa a kegyeletét.

Gabriel értetlenül nézett rá. Amint megpillantotta a nő ravasz mosolyát s élveteg tekintetét, mely szinte bestiális külsőt kölcsönzött neki, végképp összezavarodott.

– Kéréseddel mélyen együttérzek, Úrnő – fogott bele a válaszába Ais –, de a herceget csak azzal a feltétellel engedhetem belépni termeitekbe, ha a ceremónia végéig mi is itt tartózkodhatunk. Csendben fogunk várakozni, nem zavarunk meg titeket. Erre szavamat adom. Viszont csak akkor távozunk, hogyha a herceg visszatért hozzánk.

Ais jelentőségteljes pillantással nézett Gabrielre. A férfi tudta, az Uralkodó éppúgy nem bízik Arwelben, mint ő maga. Azonban néma egyetértéssel hozták egymás tudomására, hogy mindketten a végére akarnak járni a Család szándékainak.

Gabriel némán követte hát nagynénjét, s bár feltett szándéka volt nem kiprovokálni a támadást, a Család hagyományos gyászruháját nem volt hajlandó magára ölteni. Nem állt szándékában abba a hitbe ringatni őket, hogy bárminemű elköteleződést is vállal velük, s az volt a célja, hogy már belépésekor is lássák: nem békülni jött.

Ahogy az előtérbe léptek, rögtön rossz érzése támadt, s gyanakodva hallgatózott. Az egész épületben csend honolt. Óvatosan az ajtó felé indult Arwel nyomában, s ügyelt rá, hogy minél kisebb zajt csapjon. Amikor azonban belépett a terembe, olyan látvány tárult a szeme elé, amelyre álmában sem számított volna. A Család – ahelyett, hogy szokásaiknak hódolva elmerültek volna a bor, az ópium és a szex mámorában – minden tagja a drága szőnyegeken kuporgott, szabályos kört alkotva. Az asszonyok vastag, fekete csipkelepelbe burkolózva, fejüket lehajtva, komoran hallgattak. Arcukat selyemlepel fedte, s tőlük szokatlan visszafogottsággal lesütötték a tekintetüket. A férfiak mögöttük, egy nagyobb körben foglaltak helyet, mellyel körülvették az asszonyaikat; a vének a fal mellé tömörültek, s a dobok ezúttal a gyász dallamaira jártak. Gabriel értetlenkedve tekintett körbe. Mindenre fel volt készülve – hogy gyanakodva méregetni kezdik, s félrevonulnak a közeléből, míg meg nem tudják váratlan felbukkanása okát, vagy épp azonnal nekirontanak, amint belép az ajtón.

A fal mellé húzódott, s csendben figyelte őket, nem akart részt venni a szertartásban. Nem tudta, melyik társuk ment el, de egyikük sem állt hozzá oly közel, hogy őszintén részt tudott volna venni fájdalmukban. Az álságos kegyeletnyilvánításnál pedig a közöny is jobb volt. Ugyanakkor nem tudta megállni, hogy ne illetődjön meg a jeleneten. Gyűlölte és megvetette őket, s mégis; a Család barbár volt ugyan, sőt kegyetlen, mégis az az összetartás, mely köztük feszült, hihetetlen erővel bírt. S bár maga is úgy érezte, hogy ez bizarr gondolat, az ötlött eszébe, hogy ez a gyász időszakában a legszembetűnőbb s legmeghatóbb.

Nem tudta, meddig ácsorgott ott őket nézve. A gyenge félhomályban olybá tetszett, hogy a fekete ruhákba bújt alakok egyetlen, nagy egységként forrnak össze.

Ekkor egy felemelkedő alakra lett figyelmes; Arwel, miután ott hagyta őt, hogy csatlakozzon a Családjához, ismét felemelkedett, s megszakítva a kört odasétált hozzá. Nem szólt, csak egy pillanatig merően nézte, majd jelentőségteljesen hátralépett, s elindult a lakosztályok felé. Gabriel követte őt, s lelkiekben felkészült rá, hogy az összetűzés immár elkerülhetetlen.

Ahogy kiértek a folyosóra, Arwel szembefordult vele, s szemében olyan izzó gyűlölet s mély megvetés tükröződött, hogy Gabriel teste akaratlanul is megfeszült, s csak várta, hogy Arwel megszólaljon. Az asszony egy darabig csak nézte, s mikor megszólalt, hangja olyan zaklatott volt, hogy a férfi alig értette szavait.

– Amalthea királyné felfedte előttünk hitványságát. Tette mélyen megrendítette a Családot; nemcsak hogy visszataszító, de olyan szégyent hozott a vérvonalra, melyet soha nem moshatunk le róla. – Látva Gabriel arcát, intően felemelte a kezét, hogy ne szakítsa félbe. Minden önuralmát össze kellett szednie, hogy ne harapja át azonnal a férfi torkát, s minél hamarabb túl akart lenni a dolgon.

– Azonban a nemesi özvegyek a Klán feltétlen tiszteletét élvezik, s bármit is tesz, a Főhercegnét csak párjának van joga kivégezni, s az ő beleegyezése nélkül nem áll módunkban döntést hozni s ítéletet mondani tette felett. Viszont a te vétked új helyzetet teremt. A Család tudomására jutott ugyanis az is, hogy olyan szennyfoltot ejtettél a becsületünkön, melyre nincsenek szavak… – Elakadt a hangja, orrcimpái megremegtek; mellkasa mélyen besüllyedt. Olyan erős indulat fogta el, mely szinte fojtogatta.

A férfi lélegzete elakadt. Amalthea… Elárulta őt. Az édesanyja. Képes volt azonnal rohanni a Családhoz s kiadni a titkát, csak azért, hogy őt kivégezzék? Mégsem Sirma juttatta ebbe a kilátástalan helyzetbe? Minden tagja megdermedt s bénultan meredt maga elé. Ajkai már-már mosolyra húzódtak. Milyen átkozottul logikus. Amalthea egész életében rettegett, hogy fény derül az igazságra. Azonban pontosan tudta, hogy a király halála után a Családnak nincs joga végrehajtani rajta a halálos ítéletet.

Ekkor azonban Arwel folytatta.

– Erre nincs bocsánat, s te is tisztában vagy vele, hogy ez megtorlást kívánt…

Gabriel összevonta a szemöldökét… Kívánt? Ez meg mit jelenthet? Kizárt, hogy a Család letegyen a kivégzéséről…

– S mivel a tudomásunkra jutott, hogy véred nem köt a „Nagy Múltú" és szeretett Assinóhoz, így a neki tett eskünk érvényét veszti. Immár nem kötelez minket, hogy életedet megkíméljük, s mivel asszonyát nem érheti sérelem kezünk által, kiköszörülve a csorbát kötelességünk fattyát eltörölni a föld színéről, hogy a Család visszaszerezhesse becsületét. S a szajhának, ki beszenynyezte nevünket, szintúgy halál a sorsa.

A férfi keményen felszegte a fejét, s elszánt gyűlölettel tekintett Arwel arcába. Nem. Őt megölhetik, s ha arra szottyan kedvük, akár élve is felkoncolhatják, a Nyugati Klán szeme láttára. De Lilyt nem hagyja. Ha kell, kiirtja az egész Családot egymaga. Puszta kézzel. Tudta, hogy lehetetlen, mégis, ha a lány életéről volt szó, úgy érezte, bármire képes lenne, tudva, hogy azzal megmentheti őt.

Arwel azonban ismét csendre intette, mintha csak a férfi ezzel az egy pillantással elárulta volna, mi jár a fejében.

– Édesanyád azonban igen belátó volt. Miután mindent bevallott a Család színe előtt, felkereste Magoryt s engem. Bár Amalthea nem méltó többé címére, mégis úrhölgyként viselte helyzetét, s mindenképp elismerésre méltó, hogy nem futamodott meg. Maga akarta jóvátenni bűnét. Cserét ajánlott, arra hivatkozva, hogy te csupán az ő hibájából jöttél e világra, s már megfoganásod pillanatában tudta, hogy nem leszel méltó nemesi nevedhez. Mégsem szabadult meg tőled még időben, így minden szégyennek, melyet te hoztál fejünkre, ő az okozója. S feltételt szabott: neked s az embernőnek életben kell maradnotok. Magory s jómagam letettük az esküt, hogy halála után nem fog sem téged, sem… – Arwel szorosan lehunyta szemeit, s pár pillanatra elhallgatott. Remegő arca immár holtsápadt volt. – Sem az embert sérelem érni kezünk által. Ezzel tudatom veled, hogy édesanyád, Amalthea főhercegné, a „Nagy Múltú" Assino párja eltávozott. A megtorlás nevében vesztette életét, s ezzel kiváltotta a tiédet.

Gabriel képtelen volt megszólalni. Csak állt, s úgy bámult az asszonyra, mintha hirtelen megnémult s megsüketült volna... Akkor... az anyja mégsem árulta el. Nem, megmentette. Őt és Lilyt is. Ez a törékeny, elnyomott lény, ki egész életét olyan férfi oldalán élte le, akit nem szeretett, s csak a rettegés fogta vissza attól, hogy végleg hátat fordítson neki, megmentette... Könnyek szöktek a szemébe, s egész testében reszketett. Fogai vacogtak; még arcát is rázta a reszketés. Amalthea mindig oly engedelmes volt, oly gyáva... Ő, a fia soha nem látott rajta bárminemű érzelmet, mintha anyja képtelen lenne rá, hogy bármit is érezzen; soha nem volt haragos, szomorú vagy boldog. S mintha szeretni is képtelen lett volna. Gabriel már gyermekként rájött; az édesanyja képtelen szeretni őt, a testvérét vagy atyjukat. Szerette őket, mert a vér kötelezte rá. S most megmentette, mert úgy érezte, ezt kell tennie. Ez a kötelessége.

Vagy talán mégsem...

Most eszébe ötlött, hogy az az apró alak mily' elveszetten állt előttük a folyóparton, s arról az egyetlen éjszakáról beszélt, amikor – összeszedve minden bátorságát – egyszer, csak egyetlenegyszer kiszökött a falak közül. Hogy átélhessen valami mást. Megfoghatatlant. Örömmel telit. Ez az egyetlen, apró kis fénysugár fáklyaként lobogott halott lelkében, s örök világosságot nyújtott neki a több száz év alatt, fényt gyújtva a sötétségben. Ki tudja, hányszor gondolhatott arra a férfira magányos élete alatt, kit nem is ismert, s mégis, az emlékképet úgy viselte szívében, mint holmi talizmánt.

S mikor megfogant a fiával... Gabriel emlékezett rá, hogy érintette édesanyja keze utoljára az arcát. Hatalmas szemeivel rátekintett... Rá, a fiára. Életében talán akkor nézte meg őt először igazán. Nem csak nézte őt, hanem látta. Igazán látta. A férfinak ekkor ötlött először eszébe, hogy talán hasonlít arra az ismeretlenre. Az apjára. S hogy talán anyja is látta ezt a hasonlóságot. Talán mindig is tudta. Igen, csakis így lehetett. Ahogy olykor-olykor rásiklott a tekintete, fia vonásai, melyek akár az apjáéi is lehettek volna, felidézték benne annak a pillanatnyi boldogságnak az emlékét, melyet, ha csak életében egyszer, és ha csak pár röpke órára is, de megtapasztalhatott. Amalthea tudta, hogy meg fog halni. Már rég tudta, amikor utoljára eljött hozzá s úgy akart elmenni, hogy előtte még láthassa őt, hogy megérinthesse. Abban a tudatban, hogy bár teste elenyészik, boldogsága örök mécsese tovább él a fiában.

Ha Gabriel arra gondolt, hogy édesanyja oly édes békével várta a halált, mint ő, amikor ezeknek a falaknak volt a foglya, összeszorult a szíve.

– Nincs szükségünk rád többé. Eddig csupán véred miatt tűrtünk meg körünkben, s most, hogy kiderült, véred is hasznavehetetlen, örökre eltekintünk tőled. Életedet megkíméljük, azonban többé nem léphetsz e falak közé. Ha Családunk bármely tagja rajtakap, hogy mégis megpróbálsz visszatérni hozzánk, azonnal kioltja az életed. Ez alól eskünk sem mentesít. Raven hercegnő más párt választ magának. Olyat, ki valóban méltó rá, hogy az oldalára emelje.

A férfi meg sem hallotta Arwel szavait. Érdekelte is őt, hogy Raven nem megy hozzá… hogy nem jöhet többet a kripta közelébe. Mintha vágyott volna akármelyikre is.

– A törvény szerint a megtorlás során kivégzettek nem érdemlik, hogy nyughelyük a Család háza legyen. Mivel Amalthea nemesi rangot viselt, így kötelességünk őt is részesíteni gyászunkban, de a teste nem maradhat köztünk.

Gabriel végre felfogta, miről beszél a nagynénje. Csak bólintani tudott, s szinte örült neki, hogy így alakult; amint a szertartás befejeződik, elviszi innen anyja testét valahova, jó messzire tőlük, ez volt az első gondolata.

Nem tudta, mióta állhat ott némán, a komor, egyszerű sziklatömböt szemlélve.

Amalthea immár békésen pihent; Gabriel azonnal tudta, hol helyezze el végső nyughelyét. Ahogy a szertartásnak vége szakadt, Old Valleybe hajtott. Valnak és Tyrának itt volt birtoka.

Nem kért tőlük engedélyt, hogy eltemethesse; nem is volt rá idő, s úgy érezte, szükség sem.

Eleinte csak a tájat pásztázta, s végül megakadt a pillantása a birtok szélén álló dombon, mely kiemelkedve a fák közül az alatta elterülő síkság fölé magasodott. Itt ásta meg édesanyja sírját, s jobb híján az erdőben talált kövek közül válogatott, ezeket használta sírkő gyanánt.

Amalthea nyughelye mellett egyelőre csak egy kisebb, karcsú nyárfa állott. Amint teheti, virágokat fog ültetni a sírkő köré, ez volt a terve. A szivárvány minden színében pompázókat.

Arra gondolt, ez a hely tetszene az anyjának. A dombtetőn gyakran lágy szellő fújt keresztül, innen jól látszott a napkelte, s az is, ahogy az aranyszín korong lebukott a horizont takarója alá. S ahogy az ember körbetekintett innen, olybá tetszett, hogy az egész világot belátja. Ez a hely oly végtelen szabadságot sugárzott, melyben Amaltheának soha nem lehetett része.

Miközben a végtelennek tűnő tájat szemlélte, egyre csak édesanyja körül jártak a gondolatai. Aztán hirtelen Amel jutott az eszébe... az asszony szintén Cserét ajánlott, hogy megmenthesse gyermekét, aki oly méltatlan volt erre. Az a nő tette ezt, akit ő annak idején észre sem vett, oly jellegtelen volt szalmaszőke hajával, szürke szemeivel, ahogy észrevétlen árnyékként, nesztelenül lépkedett a fehér falak között. Gabriel ráeszmélt, hogy Amel nem is különbözött olyan sokban az ő édesanyjától.

S Lydia... aki bátor volt, sokkal bátrabb, mint az ő anyja, s aki busásan megfizetett azért, mert saját boldogságát kereste. Mégis úgy távozott, ahogy Amalthea; mindketten maguk mögött hagyták gyermeküket, akiben tovább élhetett szabadságvágyuk és önfeláldozásuk emléke.

Gondolatai észrevétlen kalandoztak tovább, s hirtelen immár Arwel tettén tűnődött. Felkészületlenségük több dologról is árulkodott; Gabriel azóta már rájött az igazságra. Miközben a gyászolók köreit nézte, nem kerülte el a figyelmét, hogy Raven összecsapásuk nyomain túl újabb sérüléseket szerzett, melyek még gyászruháján is átütöttek. A férfi sötét elégedettséggel szemlélte a sebeket. Ahogy közte és Arwel között járt a tekintete, az asszony pillantásából rájött, hogy tomboló harag gyúlt benne lánya iránt. Gabriel arra jutott, két magyarázat lehetséges, bár ő azt tartotta a legvalószínűbbnek, hogy Raven engedély nélkül hagyta el a kriptát, így indult az ő és Lily keresésére. Hogy hogyan találta meg őket, arról is csak sejtései lehettek. A maga részéről azonban biztosra vette, hogy csakis Sirma lehetett az informátor, hisz' annak idején is ő kutatta fel Lydiát. Sirma sokkal ravaszabb volt, mint a bosszúszomjas Raven; ezúttal sem a saját bőrét kockáztatta. Azt tette, amit Lydia halálának idején: másokra bízta a piszkos munkát.

Másik eshetőségként még az jöhetett szóba, hogy a Család meg volt róla győződve, hogy erősítés nélkül is boldogulnak majd, s Raven fél kézzel is elbánik félvérű, kényszer szülte jegyesével. Gabriel el tudta képzelni, hogy Raven bukása épp annyira feldühíthette őket, mint az engedetlensége.

Nem csak azért volt Arwel oly feldobott Amalthea halála miatt, mert így végignézhette Gabriel néma szenvedését. A behízelgő hang, melyet Aissal szemben megütött, terve része volt. A gyász kapóra jött nekik. Igen, ez a fajta kétszínű megfutamodás nagyon is passzolt a Családhoz. Arwelt valószínűleg még boldoggá is tette Amalthea vallomása; tudta, hogy máskülönben semmi esélyük nem lett volna a váratlanul nagy létszámú sereggel szemben, mely bosszútól fűtve rohamozta meg az erdőt. Gabrielt őszintén meglepte, hogy nagynénje ilyen jól ismeri őseik azon törvényeit is, melyeket nem tudott a Család kedve szerint kiforgatni, hogy morbid játékaik eszközévé tehessék. De amint ehhez a gondolathoz ért, máris sejtette a választ; a nő, ha kellett, a törvényt hívta segítségül, hogy kibújhasson a nyílt harc alól.

Lily fantasztikusan érezte magát. Amennyire megrémült elsőre Val és Tyra viselkedésétől, olyan gyorsan kedvelte meg őket.

Tyra hihetetlen nő volt. Lily bámulta magabiztosságát, vonzerejét, s páratlan szépségét. Az asszony oly nyájasan bánt vele, akár egy gyermekkel, s kedvessége miatt a lány azonnal megszerette.

Ahogy Lily észrevette, a férfi sokkal tartózkodóbb. Nem volt oly harsány s figyelmet követelő, mint a neje, de barátságos modora s intelligenciája miatt ösztönösen bízott benne.

– Szóval… – Tyra arcán huncut mosoly bujkált, miközben gondosan elrendezte maga körül a szoknyáját, ahogy felkuporodott Lily mellé a pamlagra, lábait maga alá húzva. – Nem is emlékszem, hogy valaha találkoztam volna Gabriel barátnőivel. Főleg nem olyannal, aki ilyen csinos lett volna – jegyezte meg, jelentőségteljes pillantást vetve a lányra.

Lily elpirult, s lesütötte a tekintetét. Halvány mosoly játszott az ajkain, s zavarában a ruhája alját gyűrögette.

Val egy fáradt-elnéző mosolyt vetett feleségére; úgy döntött, inkább készít egy kávét, minthogy Tyra fecsegését hallgassa. Imádta az asszonyt, de pontosan tudta, hogy az addig nem nyugszik, amíg nem szed ki minden kis részletet Lilyből.

A konyhapult mellől a lány felé fordult, s bátorítólag rámosolygott.

– Nézd el neki… nem bírja ki, hogy ne üsse bele az orrát mindenbe.

Tyra nyelvet öltött rá, s könnyedén hozzávágta fél pár cipőjét. Val azonban kitért előle; elkapta, s fitymálóan az asszonyra pillantott.

– Áh, kevés vagy… ezt még gyakorolnod kéne – csipkelődött játékosan, s feleségére kacsintva, óvatos mozdulattal visszadobta neki a lábbelit.

– Jaj, fogd már be! – Tyra tettetett bosszúsággal hátravetette fejét a párnákba, s masszírozni kezdte a halántékát. – Inkább önts nekem is egy csészével.

Lily szelíden mosolyogva nézte őket, de közben már teljesen máshol járt… Mi lehet Gabriellel? Görcsbe rándult a gyomra, s hirtelen elöntötte a félelem. Mi történhetett vele? Miért nem ért még vissza? Gyűlölte magát, amiért ilyen könnyen belement, hogy a férfi elbújtassa ahelyett, hogy vele tartott volna.

Ekkor Tyra ismét felé fordult, s kíváncsi szemei az arcát vizslatták. Lily sejtette, hogy megint faggatni akarja. De amikor az asszony meglátta az aggodalmát, helyette csak megszorította a karját, s melegen megsimogatta.

– Nem lesz baja, ne félj. Nemsokára visszatér hozzád. – A gyengéden fülébe suttogott szavak furcsamód azonnal megnyugtatták. Val a kezébe nyomta a forró italt, s melléjük telepedett. Tapintatos figyelmük most mindennél többet ért a számára.

Felkészült rá, hogy azok ketten – kapva a feszültségén – feszegetni kezdik, merre lehet Gabriel, s vajon miért van ennyi ideig távol.

Helyette Tyra a munkáról kezdett csevegni Vallal. Lilynek pont erre volt szüksége; csendben elhallgatta őket, nevetett az asszony csípős humorán s Val megjegyzésein. Görcsben álló tagjai lassanként engedni kezdtek, s azon kapta magát, hogy ismét önfeledt vidámság költözött a lelkébe.

Az ajtónyitásra viszont azonnal felkapta a fejét. Ahogy Gabriel megszokott, erős alakja feltűnt a nappaliban, Lily felpattant, odafutott kedveséhez és szenvedélyesen a nyakába ugrott. Érezte, hogy a férfi erős karjai a teste köré fonódtak, s könnyeden elemelik őt a földtől. A lány szó nélkül átkulcsolta a derekát combjaival, arcát a nyakába temetve. Simogatta, ahol csak érte, érezve a bőre alatt húzódó izmokat, melyek most csordultig teltek feszültséggel, s merev görcsökbe rándultak. Beletúrt a hajába, mélyen beszívta az illatát, mintha a saját érzékeivel akart volna megbizonyosodni róla, hogy valóban kedvese áll előtte.

Fájdalom, megrendültség, megkönnyebbülés elegye kavargott benne, ahogy benyitott Val és Tyra otthonába.

Ideje sem volt körülnézni vagy bármit is mondani, Lily azonnal a karjaiba vetette magát. Testének melege s lágy érintései úgy árasztották el, mint a tavaszi szellő, mely magával hozza a virágok illatát s az üde frissességet, mely az új élet kezdetének ígéretével árad felé.

Egyikük sem szólalt meg. Valószínűleg nem is tudtak volna. Csak így álltak, némán, s hagyták, hogy a másik jelenléte lassanként minden feszültséget kioltson belőlük.

Ahogy Gabriel elengedte őt, hátralépve Lily szemébe nézett, s haját simogatva meleg pillantással fürkészte a vonásait, mintha évek teltek volna el az elválásuk óta.

Viszonozta a férfi tekintetét, s hagyta, hogy lassan elvesszen a neonkék szemek pillantásában. Örökké tudott volna így állni, s csak nézni a férfit, annak ellágyult arcát s erős testét, melyet már oly jól ismert, mégsem tudott betelni vele.

Tudta, hogy rengeteg megbeszélnivalójuk van – ugyanakkor azt is, hogy ez még ráér, s hogy nem most fognak sort keríteni rá.

Felpillantva észrevették, hogy Val és Tyra már rég nincsenek a szobában; amikor Gabriel megérkezett s Lily a nyakába borult, kiosontak a teraszra, magukra hagyva őket.

A lány megfogta a kezét s átvezette a nappalin; úgy gondolta, egy pohár bor, s az ismerős társaság most a lehető legjobb, amit tehet érte.

Gabriel magyarázattal akart szolgálni; a lány megérdemelte a válaszokat. Hirtelen megrohamozták az éjszaka történtek s a váratlan fordulat, melynek mindannyian életüket köszönhették: édesanyja önfeláldozása, a kétszínűen gyászolók alakjai, mind-mind felrémlettek a szeme előtt. Gyomra ismét görcsbe rándult, s egész testén remegés futott végig. Mégsem akarta elhallgatni Lily elől. Őszinteséget érdemelt, s nem akart titkolózni előtte, bármilyen nehezére is esett megszólalnia.

Nagy levegőt vett, ám amikor a lány látta, milyen küzdelem dúl benne, intően felemelte a kezét.

– Nem kell mondanod semmit. Csak akkor beszélj róla, ha készen állsz rá.

A férfi hálával telve pillantott rá, s elakadt a szava. Még soha nem szerette ennyire. A tény, hogy a lány ennyire meg-érti, ennyire tudja, mire van most szüksége, végtelenül meg-hatotta. Lily bátorítóan megszorította a kezét, s halványan elmosolyodott.

Ahogy telt az idő, Gabriel és Lily egyre jobban feloldódtak Val és Tyra társaságában. A férfi finoman átkarolta a vállát, s gyen-géden simogatta; mindketten önfeledten nevettek a páros ug-ratásain. Pár óra erejéig végre megfeledkezhettek magukról.

Gabriel időről időre a lányra pillantott; Lily boldogan bújt a férfi ölelő karjába. Szíve megtelt melegséggel. Ahogy kedvese ne-vető arcát figyelte, tudta, végre hazaért. S amikor az viszonozta pillantását, úgy érezte, többé nem marad magára.

A férfi meghökkenve nézte, hogy Lily és Tyra milyen jól kijön egymással; akár tűz és víz, úgy álltak egymás mellett most. Ők Vallal a nappaliban üldögéltek, kényelmesen elnyúltak karosszékeikben, s bár pár perce még szenvedélyesen vitatkoztak, whiskys poharukat vadul lóbálva nyomatékot adva szavaiknak, most némán figyelték a két nőt.

Gabriel elnézte őket; elragadó látványt nyújtottak, ahogy összehajolva a konyhapult fölé görnyedtek. Tyra erős testét, élettel teli, gömbölyű idomait, s lenyűgöző, fekete hajzuhatagát csak még inkább kiemelte a mellette álló törékeny alak. S Lily fehér bőre és vörös tincsei már-már éterinek tetszettek a kreol bőrű asszony mellett.

Gabriel most észrevétlenül Val felé pillantott; a férfi arcán ugyanazt a fajta csodálatot vélte felfedezni, amely valószínűleg az ő vonásait is uralta. Tekintetében azonban valami más is volt; éhség. Gabriel elfojtott egy mosolyt. Val falánk tekintete ugyanis Tyra testét pásztázta, s a férfi biztosra vette, hogy amint eljön az alkalmas pillanat, minden eszközével azon lesz, hogy az emeletre csalogassa a párját...

Ekkor valami megváltozott Val arcán; arról eltűnt a mohóság, helyette valamiféle meleg, lágy kifejezés jelent meg rajta. Gabriel követte a tekintetét; a férfi Lilyt nézte, s szinte atyai pillantásokkal figyelte lehajtott fejét.

Gabriel megkönnyebbülten hátradőlt, s életében először egy furcsa érzés áradt szét a lelkében: béke.

Bár Ais sürgette őket, hogy amint tudnak, induljanak vissza északra, Lily és Gabriel úgy döntöttek, maradnak pár napot. Mindkettőjüknek hiányzott a Pagoda, de furcsamód volt abban valami nosztalgikus derű, hogy visszatértek az emberek hétköznapjaiba. Val és Tyra házában ugyan nem sokat érzékeltek a külvilágból, de jelenlétük s otthonuk légköre elixírként hatottak rájuk. Jó érzés volt, hogy van az életükben valami, ami ennyire távoli az ő valóságuktól.

A búcsú perce hamarabb jött el, mint arra számítottak. Mindketten szívesen maradtak volna még, de tudták; muszáj meg-

tárgyalniuk a Klánokkal, hogyan tovább. S mindketten vissza-
vágyódtak igazi otthonukba.

– Még egyszer nagyon köszönünk mindent – mosolygott Lily
üdén a házaspárra. A kovácsoltvas kapu előtt álltak, bérelt jár-
gányuk mellett. Bár a lánynak enyhén összeszorult a mellkasa,
ahogy búcsút mondott nekik, mégsem tudta megállni mosoly-
gás nélkül. Úgy érezte magát, mintha egy wellnesshétvégéről
térne haza.

– Szívesen láttunk, drága. – Tyra hangja ezúttal tőle szo-
katlan módon komoly maradt. Elérzékenyült mosollyal nézett
Lilyre, mint egy anyuka, aki a családi fészekből kirepülő kis-
lányától vesz búcsút. Finoman végigsimított a lány kiengedett
haján, majd gyengéden magához ölelte. Arcán meghatott mo-
soly terült szét.

Val elfogódottan nézte a jelenetet. Még sosem látta ilyen szép-
nek feleségét. Őszinte büszkeség töltötte el, amiért Tyra ilyen
figyelmes szeretettel gondoskodott vendégeikről.

– Örülök, hogy megismertelek. – Most rajta volt a sor, hogy
a lányhoz lépjen. A férfi arcán mosoly játszott, ahogy meleg pil-
lantást vetett Lilyre. Tyra eközben Gabrielhez fordult: – Most
már próbálj meg vigyázni magadra. – Hangja elcsuklott, ahogy
kibontakozott a férfi öleléséből, s futólag megsimogatta az ar-
cát. Szemei könnybe lábadtak, s bárhogy igyekezett, tekinteté-
be aggodalom vegyült.

Gabrielnek és Lilynek nem kellett összebeszélniük, hogy el-
döntsék; semmit nem mondanak nekik az elmúlt időszakról,
Gabriel hirtelen eltűnéséről és váratlan felbukkanásukról. Val
és Tyra sosem hozta szóba az elmúlt hónapokban történteket,
ahogy Gabrielt sem faggatták soha. A férfi azonban sejtette,
hogy a pár újfent valamiféle maffiakapcsolatokra gyanakszik.
Ugyanakkor a napokban történtek bizonyossá tették, hogy nem
szimplán kedvelik őt. Nem, rá kellett döbbennie – miközben né-
mán szidta magát, hogy ez ilyen nehezen esett le neki –, hogy
a pár őszintén szereti. Egy rossz szót sem kapott azért, mert
beállított hozzájuk egy vadidegen nővel az oldalán, arra kérve,
hogy rejtsék el őt és ne kérdezzenek. Bár mikor megismerkedett

velük, Val és Tyra csak a testére voltak kíváncsiak, kapcsolatuk lassan, észrevétlen alakult át valami egészen mássá. A házaspár már nem próbálta őt az ágyba csalogatni, s be kellett látnia, immár nem táplálnak iránta semmifajta erotikus vonzalmat. Gabriel a barátjuk volt, Lilyt pedig már-már lányukként szerették. Ezen nem is volt csodálkoznivaló; kedvese 25 körüli, üde, bájos teremtés volt, emberi szemük pusztán ennyit látott, ha ránéztek. A házaspár negyvenes éveiben járt, s még mindig gyermektelenek voltak.

A megilletődött csendnek végül Tyra vetett véget:

– Na jó… ne szomorkodjunk tovább. Lassan kezdünk olyanná válni, mint egy csapat klimaxos vén szatyor – azzal az asszony türelmetlenül elmázolta könnyeit a szemeiről. – De azért ígérjétek meg, hogy többet nem tűntök el szem elől.

Lily és Gabriel szavukat adták, hogy amint lehet, jelentkezni fognak, s amint tehetik, meglátogatják őket.

Már a pályaudvar közelében jártak, mikor a lány felé fordult. Tétován nézte őt, mielőtt megszólalt. Tartott tőle, hogy Gabriel őrültségnek fogja találni, ami már indulásuk óta a fejében motoszkált.

– Szeretnék néha eljönni hozzájuk. Tudod, amikor van egy kis időnk elszabadulni.

A férfi megértően bólogatott: – Igen, én is erre gondoltam. Ais úgyis azon pörög, hogy közelednünk kell az emberek világához.

Lily szemöldöke magasra szaladt. Ezt még sosem említették neki.

– Szerinte követnünk kell az újításokat. Először azt hittem, nem normális, amikor vázolta az elképzeléseit, de… igazság szerint nagyon jó ötletnek tartom. Bár a képességeink fejlettebbek, az elménk hatalmával sok mindent elérhetünk, ez a tudás mégis más jellegű, mint az embereké.

– Hogyhogy eddig senkinek nem jutott eszébe, hogy ilyen lépéseket tegyen? – Lily élvezte ugyan a Pagoda-béli életet, azért a modern világ kellékei néha hiányoztak neki. Eleddig el sem tudta képzelni, hogy fejlett gondolkodású társai miért ragaszkodnak megrögzötten régi világuk minden apró részletéhez.

Gabriel felnevetett: – Mert a legtöbbünknek eszébe sem jut, hogy egy ember tudhat olyasmit, amit mi nem – felelte velősen. – Általánosságban véve sokan meg vannak arról győződve, hogy az emberek ketyeréi hasznavehetetlenek. Mások – főleg a szélsőséges nézeteket valló Családok – egyenesen szentségtörésnek tartják ezeket. Ebből is látszik, hogy sosem volt gofrisütőjük.

Lily felnevetett: – Talán ez lehetne az új, kapcsolatteremtő propaganda szlogenje.

– Ugye? – kacsintott rá a férfi. – Én is úgy gondolom, jó érzékem van a politikához. Szerintem ha előadom a forradalmi ötleteimet, Ais rögtön kinevez a menedzsment vezetőjének.

Beszélgetésükbe minduntalan nevetés vegyült, s mire felocsúdtak, a repülő könnyeden siklott alattuk a kietlen, havas tájon. Hazaértek.

A Pagodába lépve Gabriel arra gondolt, vajon meddig bírja még anélkül, hogy szégyenszemre el ne bőgje magát mindenki előtt. Ugyanis amint beléptek a hatalmas előcsarnokba, az egész Család eléjük rohant. Ezúttal megfeledkeztek udvari neveltetésükről, amiért a férfi rendkívül hálás volt nekik. Arra azonban nem volt felkészülve, ami őt fogadta. Ais, miután könnyekben úszó arccal, reszkető kezekkel erősen magához szorította Lilyt, s hosszú percekig csak szótlanul simogatta a hátát, miközben vállait rázta a zokogás, Gabrielhez fordult. Ő már lelkiekben felkészült rá, hogy az Uralkodó felelősségre vonja, amiért nem hozta haza azonnal az unokahúgát, de a király ehelyett most őt zárta karjaiba. Gabriel zavartan viszonozta a gesztust, sután lapogatva Ais csontos vállát.

– Köszönöm, testvérem. – A király hangja rekedt volt a benne dúló érzelmektől. – Köszönöm neked, hogy újfent megmentetted Lylianát. Épségben hazahoztad hozzánk.

– Erre igazán semmi szükség... – Gabriel most már szíve szerint elsüllyedt volna; nem tudott mit kezdeni a ráözönlő hálálkodással. – Örömmel tettem. Legalább annyira fontos számomra a biztonsága, mint neked.

A király kibontakozott az ölelésből, ráemelve meleg tekintetét, mely sugárzott a boldog megkönnyebbüléstől. – Visszatértetek közénk. Mindketten, sértetlenül. – Úgy ejtette ki ezeket a szavakat, mintha maga sem hinné el, hogy azok ketten valóban ott állnak előtte egyetlen karcolás nélkül, s most saját magát is meg kellene győznie, hogy ez nem puszta látomás.

Gabriel elérzékenyülten nézett Aisra. Ekkor döbbent rá, hogy a király kitörő öröme nem csak Lily érkezésének szólt. A király épp annyira aggódott érte, mint unokahúgáért. Csak most jutott el a tudatáig, hogy az Uralkodó „testvérem"-nek szólította. Inkább elfordította a fejét Ais meleg tekintete elől, mintegy elmenekülve a további érzelemnyilvánítástól.

Lily felé fordult. A lány most bontakozott ki Natilana, Ambroshya és Ghela karjai közül, akik egy emberként fonták körül. S akik most Gabrielre emelték csodálattól csillogó tekintetüket. A Testőrség sem hiányzott; azok a háttérbe húzódva figyelték a jelenetet. Demetrius szelíd vonásain boldogság tükröződött. Larion és Chryon lazán a falnak támaszkodva, zsebre dugott kézzel nézték őket. Bár arcuk látszólag nem árulkodott semmifajta érzelemről, Gabrielt nem tudták átverni; látta, hogy tekintetük elfátyolosodik, ahogy a Család nőtagjainak találkozását nézték. Bár a két macsó előbb harapta volna el a saját nyelvét, minthogy szavakba öntsék érzelmeiket, Gabriel jól tudta, hogy azok ketten éppúgy halálra aggódták magukat, mint a többiek. Ahogy elnézte, hogy próbálnak úrrá lenni érzelmeiken s megkeményíteni vonásaikat testőrhöz méltóan, nem állta meg vigyorgás nélkül. Most, ahogy minden jelenlévőt szemügyre vett, rájött, hogy ha tehetné, mindegyiküket a keblére vonná.

Aznap éjjel vidám zsivaj burkolta be az étkezőben helyet foglalókat. A Család nőtagjain egyértelműen látszott, hogy még az óvóhelyen töltött, végtelennek tűnő, szorongással teli órák hatása alatt állnak. Ám most, hogy mindenki épségben visszatért közéjük, s szoros egységként ülték körbe az asztalt, mindez új reményt s felszabadultságot adott nekik. Lily kissé megüt-

között azon, hogy Ais újra meg újra zabolátlan nevetésben tör
ki. Rájött, hogy még sosem látta ilyen önfeledtnek ezt a férfit.

Bár a Család tagjai még napkeltekor is alig tudták lecsillapítani felvillanyozott hangulatukat, Lily és Gabriel szívük szerint már rég visszavonultak volna a hálószobájukba. Csakis
azért maradtak, mert még mindig enyhe bűntudat kavargott
bennük a lezajlott események miatt, s a többiek is ragaszkodtak jelenlétükhöz, örvendezve csodával határos módon véghezvitt megmenekülésük felett. Senki nem tudta, Gabrielnek
és a Klánok tagjainak hogyan sikerült sértetlenül távozniuk a
hírhedt Rosewill-i temetőből. A férfi senkinek nem számolt be
róla, mit tudott meg Arweltől. Mielőtt elhozta volna Amalthea
testét a kriptából, visszament a többiekhez, s beszámolt róla,
hogy a Család valóban elvesztette egy fontos tagját, s készek
fegyverszünetet kötni. A törvényekhez híven a Klánok serege
visszavonult. Szerencsére Aison kívül senki nem tudott bármi
közelebbit a Családról, így természetesnek vették, hogy a gyász
időszaka szent a számukra is.

Az Uralkodó volt az egyetlen, aki kutató pillantással vizslatta Gabriel arcát, mikor az beszámolt a fejleményekről. Vesébe látó tekintete összeszűkült, mikor a férfi kijelentette, hogy
a Családdal marad, osztozva gyászukban, s miután elmegy Lilyért, együtt térnek vissza a Pagodába. Ais ugyanis nagyon jól
tudta, hogy Gabriel sosem gyászolna a Családdal, s ez alapján
talán azt is sejtette, ki lehet az elhunyt. Mindenesetre tapintatosan hallgatott, s a Klánok jelenlétében úgy tett, mintha magától értetődőnek venné a férfi döntését. Az Uralkodó magabiztosságát látva a sereg tagjai is visszavonulót fújtak. Gabriel
azonban tudta, hogy ezzel még korán sincs vége a harcnak. A
Rosewill-i Család megelégedett ugyan annyival, hogy kivégezhették Amaltheát, de Gabriel úgy vélekedett, a Nyugati Klán
többi tagja nem éri be majd ennyivel. Ők nem fognak csak úgy
beletörődni, hogy győzedelmeskedett Raven felett, abba pedig
végképp nem, hogy egy félember kerüljön a trónra, akinek ráadásul még párja is csak anyai ágon kötődik a fajhoz. Sőt, azt a
feltételezést sem vetette el, hogy a Családja meg fogja szegni a

szavát, amint lehetőségük adódik rá. Biztosra vette, hogy Ais is tisztában van ezzel. Gabriel már rég felkészült rá, hogy mindent meg kell majd osztania az Uralkodóval, amit a kriptában s édesanyjától megtudott. Minden apró információra szükségük volt; a férfi rájött az idők során, hogy néha épp a legjelentéktelenebb tűnő részlet lehet sorsdöntő fontosságú.

Aznap éjjel azonban nem akarta elrontani a hangulatot. A Család tagjai már régen tudomásul vették az őket fenyegető veszélyt, de szemlátomást elhatározták, hogy nem fogja semmi letörni jókedvüket.

A szalonban voltak. Natilana már egy félreeső karosszékben szunyókált, fejét a karfán nyugtatva, szorosan bebugyolálódva a kötött plédbe, melyet korábban Ambroshya gondosan ráterített. A testőrök megint kissé félrevonultan, a sarokban álló asztalnál biliárdoztak. Ais az ablaknál állt, kicsit sem meglepő módon, kezeit összekulcsolva a háta mögött. Ghela és Ambroshya látszólag mély beszélgetésbe merültek az egyik félreeső díványon. Ám amikor az asszony a többiekre emelte a tekintetét, jobbnak látta, ha mindannyian nyugovóra térnek. A Testőrség tagjai újra meg újra nagyokat ásítottak, s Lily és Gabriel is csendesen összebújva, egymás vállán pihentették a fejüket.

Lily rendkívül hálás volt a királynénak. Halálosan kimerültnek érezte magát, szemei minduntalan önkéntelenül lecsukódtak, s kedvese is álmosan pislogott kivörösödött szemhéjaival.

Amint testük az ágyat érte, azonnal mély álomba merültek. Úgy érezték, évekig kellene aludniuk ahhoz, hogy kipihenhessék azt az érzelmi hullámvasutat, amiben az utóbbi időben részük volt.

Lily az ablakokon beáramló élénk napsütés éles sugaraira ébredt. Bár azt hitte, napokig aludni fog, különös módon már most tökéletesen kipihentnek érezte magát. Lustán nyújtózkodott a gyűrött takaró alatt, s ahogy alvó kedvesére pillantott, végtelen béke áradt szét a szívében. Ahogy végignézett a férfi testén, észrevette, hogy Gabriel szorosan markolja a takarót, mintegy magához öleli, s ajkain derűs mosoly játszik. Lily gyengéden szemlélte alakját, s közelebb húzódott hozzá. Óvatosan lehúzta róla a takarót, s meztelen teste láttán akaratlanul is elmosolyodott; a férfi hímvesszője keményen állt, s teljes hosszában a hasára simult.

Lily először fel akarta ébreszteni, de új ötlete támadt; lassan a férfi combjaihoz csúszott, s incselkedő arccal végigsimított merev férfiasságán. Gabriel teste megrezdült az érintése alatt, de a férfi nem ébredt fel. A lány finoman cirógatta, kezei ráérős mozdulatokkal siklottak a sima bőrön, majd megálltak a férfi péniszének hegyén; gyengéden masszírozta a bársonyos bőrű makkot, könnyed ujjai fel-alá siklottak rajta, s nem engedték el akkor sem, amikor óvatos mozdulatokkal elé térdelt. Ahogy Gabriel szétvetett combjai közé kuporodott, ujjai átfogták a hímvessző tövét, s hegyét lassan ajkai közé fogadta. Keze helyett most a nyelvével kezdte cirógatni a selymes bőrt. Lágyan körözött rajta, körülölelte, s gyengéden szívogatta. Végül teljes hosszában ajkai közé csúsztatta, s a lehető leglassabban indult el rajta felfelé, ügyelve rá, hogy minden egyes apró érintésével izgassa a férfi testét.

Ekkor megérezte Gabriel kezeit a karján. Felpillantott; a férfi félig lehunyt szemei alól figyelte őt. Feljebb vándorolt a karjáról, kéjesen végigsimított a lány hátán, ujjaival a hajába túrt. De csak pár percig engedett a lány kényeztetésének; felült, s Lilyt is magával húzta, az ölébe ültetve őt. Boldog mosollyal fogadta a férfit, s combjait szélesre tárva merev falloszához simult. Arcát a vállába temette, s kiélvezett minden kis rezdülést, mellyel Gabriel közeledett hozzá; a férfi ajkaival gyengéden becézgette a nyakát, s egyre lejjebb haladt a bőrén. Lily hátrahajolva megtámaszkodott, s átengedte magát Gabriel vágyainak. Minden érintése gyönyörrel töltötte el; ajkai játéka, a borostái finom cirógatása, combjai az övé alatt, gyengéd kezei a csípőjén. Várakozással telve figyelte őt, ahogy egyre közelebb ért a melléhez; legszívesebben megragadta volna a haját, hogy kíváncsi ajkait a bimbójához vezethesse. A férfi azonban nem sietett; apró csókokat lehelt hószín keblére, körbe-körbe a bimbó körül. Egyre csak ízlelgette, becézgette a selymes bőrt, majd a tenyerébe vette, s gyengéden masszírozni kezdte. Ahogy mélyen Lily szemeibe nézett, az közelebb hajolt hozzá, hogy a férfi ajkaival elérhesse az övéit.

Gabriel azonban nem mozdult; merően nézte Lily arcát, s egy percre sem állt meg; lágyan kényeztette a lányt, s csábító tekintetével még inkább felkorbácsolta vágyait. Két ujjai közé fogta egyik bimbóját, finom, gyors mozdulataival ingerelte, miközben másik széles tenyere bejárta a testét.

Lily ívben megfeszítette a hátát, s keble erősen a férfi kezéhez préselődött. Ködös tekintetét Gabriel szemeibe fúrta, s izgalommal telve várta, hogy annak ajkai birtokba vegyék a testét. Gabriel azonban egyre csak lágyan csipkedte, morzsolgatta az izgalomtól megkeményedett, rózsaszín kis pontot, s ahogy ujjai könnyedén játszadoztak Lily testén, az csordultig telt a férfi érintéseivel; mintha Gabriel bőrének minden pórusát magán érezte volna, ahogy testük azon a kis ponton öszszekapcsolódott.

A férfi másik karjával körülfonta a csípőjét s finoman végigsimított orrával a hasán, követve a barázdát, melyet halványan átütő izmai rajzoltak a bőrére. A mellei között megállt, lágyan becézgetni kezdte a selymes bőrt, élvezve, ahogy a lány újra meg újra megborzong, s arcát mélyen keblei közé temette.

Lily egyik kezével gyengéden simogatta a férfi fejét, ujjaival a dús tincsek közé túrt, élvezve a selymes fürtök érintését.

Gabriel egy utolsó csókot lehelt keblei közé, s fölé hajolva forró ajkai közé vette az egyik bimbót.

Lily teste megremegett, ahogy a férfi nyelvének lágy, puha érintését magán érezte. Bimbója körül megborzongott a bőr, s egyre keményebbé vált a férfi kitartó ostroma alatt. Gabriel ajkai szorosan körülölelték a mellét, nyelvével finoman simogatva a meredező bimbót. Lily csípője akaratlanul is előrelendült, s ahogy nedvességben úszó ágyékával a férfi merev vesszőjéhez simult, érezte, hogy Gabriel egész testében megremeg.

Nem tudott betelni Lily lényével. Alabástromszín teste úgy ölelte körül, akárha egy virágokkal borított mezőn feküdt volna, s a lány fátyolos tekintete hipnotizáló erővel hatott rá.

Éhes ajkaival a lány mellére tapadt, s úgy ízlelgette megfeszült bimbóját, mintha csak egy lédús, buja gyümölcs lenne. Egyszerre volt kemény, ahogy kutatóan birtokba vette, ugyanakkor végtelenül finom, ahogy nyelve gyengéd játékával becézgette.

Amikor megérezte Lily nedvességét, ahogy lágyan az ágyékát éri, megborzongott. Legszívesebben azonnal beléhatolt volna, hogy minden porcikájuk eggyé váljon, hogy testével kitölthesse az övét, s szoros ölelésben forrjanak össze.

De nem akarta, hogy ennek a pillanatnak ilyen hamar vége szakadjon. Felemelkedett kissé, de csak azért, hogy most másik mellét vehesse birtokba; mélyen beszívta ajkai között selymes bőrét, s gyengéden fogai közé vette. Lily hátravetett fejjel figyelte őt; ahogy megérezte a lágy harapásokat, minden egyes apró kis szúrás édes sajgással árasztotta el a testét, míg nedvével elöntötte a férfi combjait. Elmélyülten figyelte kedvesét; Gabriel arcán végtelen gyönyör tükröződött, ahogy lehunyt szemekkel a mellét ízlelgette. Ágyéka vágytól izzó forróságban fürdött. Nem akart mást, csakhogy a férfi kemény vesszőjét magában érezhesse, ahogy lassan szétfeszíti s kitölti a testét.

Hozzásimult, s szorosan átkulcsolta a karjaival. Egyik keze a férfi tarkójára siklott, s kissé előrenyomta a fejét, miközben felsőtestével még közelebb bújt hozzá, hogy még intenzívebben érezhesse az érintéseit. Gabriel, ahogy megérezte mily sürgetően búik hozzá a lány, egyik karjával szorosan átfogta a hátát, s ajkait a mellére tapasztotta. Lily moccanni sem tudott, s ahogy a férfi vadul ostromolta a testét, s úgy érezte, azonnal elélvez.

Gabriel keményen szívogatta feszes bimbóját, majd nyelvével lágyan körözött nedvességtől csillogó hegyén, csak azért, hogy ismét ellentmondást nem tűrően körülfonhassa ajkaival. Lágy közelsége megnyugtatóan ismerős volt, ugyanakkor minden apró mozdulata a gyönyör újabb és újabb ízét ismertette meg vele.

Gabriel ekkor felpillantott, s vágytól izzó tekintete végtelenül izgató volt. Egy hirtelen mozdulattal megragadta a vállát, s hanyatt döntötte. A lány megadóan végignyúlt Gabriel combjai között, s csak a pillanatot várta, amikor a férfi hozzásimul, s magáévá teszi a testét.

Ahogy rátekintett sötét szemeivel, arcán vad éhség tükröződött, miközben megragadta a combjait, s szélesre tárta őket. Pár másodpercig csak mohón egymás szemeibe fúrták a tekintetüket. Ebben a feszült pillanatban felkészült rá, hogy a férfi rá fogja vetni magát.

Gabriel ekkor azonban váratlan gyengédséggel, már–már félénken vágytól remegő combjai közé simult. Arcát a lány nedvességben úszó ágyékába temette, s mielőtt körülölelte volna ajkaival, először fejét kissé oldalra fordítva, arcával simított végig a vágytól izzó csiklón.

Lily felkönyökölt. Ez a nem várt, intim mozdulat zavarba hozta. Ekkor azonban megérezte, ahogy a férfi finom borostái végigkarcolják a bőrét, s édes bizsergés áradt szét a testében. Gabriel, mintha csak olvasott volna a gondolataiban, arcán kéjes mosollyal feltekintett rá.

– Jólesik? – Hangja olyan rekedt volt, hogy Lily alig értette, mit mond. Egy percre sem emelkedett el az ágyékától, miközben a válaszára várt. A lány elsőre fel sem fogta a szavait. Elméje kábult volt, s egész testében remegett. Végül csak egy erőtlen bólintásra futotta tőle, s ajkait szétnyitva, vágytól ittasan nézte a férfi arcát. Mit meg nem adott volna érte, ha most visszahajtja a fejét a combjai közé, s egy pillanatra sem hagyja abba többé, amit az előbb elkezdett! Gabriel tisztában volt vele, hogy mivel tudja a végletekig izgatni. Kíváncsi ujjai végigcirógatták a halványrózsaszín ajkakat, s lassan a nedvességben úszó redők felé vándoroltak. Tekintetét ismét Lily arcára emelte; játékos mosolya végtelenül izgató volt, ahogy a lányt figyelte. Úgy érezte, teljesen ki van szolgáltatva ennek a férfinak, aki leigázta érzékeit, s édes kínzásával buja vágyainak játékává tette. Egy pillanatig sem bánta; boldogan engedte át magát neki, s minden érintését áhítattal fogadta.

Ekkor a férfi ujjai elértek ajkai találkozásához, s lassan körözni kezdtek vágyban fürdő csiklója körül. Lily arcát mélyen a párnákba fúrta, s keményen beharapta az alsó ajkát. Ahogy Gabriel érintette a testét... ez az érzés megőrjítette.

– Még nem feleltél. – A férfi incselkedőn, vágytól rekedt hangon suttogott, miközben egy percre sem állt meg.

– Hm? – Lily érzékei eltompultak, hallása cserbenhagyta, s csak az érzésre tudott koncentrálni.

– Azt akarom, hogy megmondd... Jólesik? Élvezed, ahogy simogatlak? – s közben arcát a lány combjaihoz simítva, lágyan cirógatta borostás bőrével. Orra hegyével finoman becézgette, apró csókokat lehelt rá.

– Igen... jó... – lehelte végül, de erejéből nem futotta többre ennél a két elhaló szónál.

– Mondd ki! Mondd, hogy jólesik.

Gyengéden végigharapdálta combja belső oldalát, s hirtelen keményen dörzsölni kezdte duzzadt csiklóját. Ujjai a nedvében fürödtek, egyre csak cirógatta, masszírozta, izgatta. Keze lejjebb siklott, s tenyerébe fogva csupasz, selymes dombját és a duzzadt ajkakat, gyakorlott mozdulatokkal, egyszerre kényeztette minden egyes pontját. Szemei Lily tekintetébe fúródtak, pillantása szinte lángolt, ajkai szétnyíltak a vágytól, felfedve szemfogai hegyét.

– Mondd, hogy jólesik!

– Igen, ez nagyon jó! Ne hagyd abba! – Lily szinte kiabált, s legszívesebben azonnal magára húzta volna a férfi testét.

– Szeretnéd, ha folytatnám?

– Igen... igen, folytasd!

– Mondd, hogy kívánsz engem!

– Kívánlak.

Gabriel megkegyelmezett neki. Ahogy az elragadtatott szavak feltörtek a lányból, a férfi a combjai közé vetette magát, s kemény vesszőjével mélyen a testébe hatolt. Lily felnyögött, ahogy teljes hosszában kitöltötte vele.

A férfi csak erre a pillanatra várt. Erős lökései szétfeszítették Lily testét, s ahogy minden porcikáját birtokba vette, úgy érezte, tökéletesen eggyé váltak. Lily hevessége elvette a józan eszét, szűk hüvelye mélyen magába fogadta, s mozgásának vad ritmusa gyönyörrel árasztotta el minden érzékét. Édes sajgás hullámzott végig a vesszőjén, ahogy Lily teste szorosan köré fonódott. Nem akarta, hogy vége legyen.

Ahogy Gabriel egy pillanatra elhúzódott tőle, a lány szinte kétségbeesetten kapaszkodott a vállaiba. A férfi pontosan ezt akarta; a combjai alá nyúlt, s ujjai hamvas bőrébe markoltak, ahogy szenvedéllyel telve az ölébe vette. Egyetlen lépéssel átvágott édes terhével a szobán, s a falhoz szögezte Lily testét. Végig az ölében tartotta, miközben vesszőjét ismét mélyen belévezette. Lily körmei a vállaiba vájtak, s gyönyörtől bódultan hátraszegte a fejét.

A férfi keze szinte szétszaggatta a bőrét, ahogy egyre szorosabban fonta körül a combjait. Csípőjét előrébb lökte, hogy még mélyebbre hatolhasson Lily nedves ajkainak édes szorításában.

A lány a mellkasába markolt, s elragadtatottan figyelte kedvese arcát; Gabriel vonásai eltorzultak a gyönyörtől. Csodálatos látvány volt, ahogy minden izma megfeszült vágytól teli lökései nyomán.

Édes kimerültséget érzett, ahogy lassan kinyújtóztatta tagjait a gyűrött lepedőn. Már nem is számolta, a férfi hányszor kívánta meg az elmúlt órákban. Ő minden alkalommal boldogan fogadta kedvese testét, s meleg öleléssel zárta karjaiba. Gabriellel minden szeretkezés a mennyországgal ért fel, s Lily önfeledten adta át magát az érzésnek, mely mindig új gyönyöröket adott a lelkének, akárhányszor is forrt eggyé a testük.

Gabriel elrévedve nézte Lily arcát. Az elmúlt órák hatása alatt állva simogatta finom bőrét, mely ragyogott a délutáni napfényben. Tudta, hogy indulnia kell, de nehezen vette rá magát, hogy elszakadjon tőle. Ais napnyugtára azonnali tanácskozást hívott össze, de ezúttal csak a férfiak számára. Mindenki tudta, miről van szó; az Uralkodó a következő taktikai lépést kívánta megvitatni. Senki nem ringatta magát abba a megnyugtató tévhitbe, hogy könnyen megússzák a dolgot. Gabrielnek csak az adott erőt, ha arra gondolt, minden tettükkel közelebb kerülnek a célhoz, s ha ismét béke áll be a Klánok között, Lily és ő végre nyugalomra lelhetnek. Megrögzötten kapaszkodott a ténybe, hogy mind a Keleti, mind a Déli Klánok mellettük állnak. Amint eszébe jutott, ebben mekkora szerepe volt Lily felbukkanásának, büszkeséggel telve nézett kedvesére. A lányt végtelenül bosszantotta ugyan, hogy nem vehet részt az igazi harcban, a férfi mégsem értette, miért nem veszi észre, milyen erő rejlik benne. Olyasmi volt ez, ami különbözött a Testőrök kemény izmaitól és edzettségétől. Olyasfajta erő, ami – Gabriel legalábbis így érezte – kedvesében megvolt, de belőle hiányzott. Csodálattal nézte őt, amiért sosem hátrált meg.

Végül mégis rávette magát, hogy felkeljen és rendbe szedje magát. Lily bámész pillantásától kísérve felöltözött; a lány kihasználta minden együtt töltött percüket, s most is a férfi meztelen testében gyönyörködött. Amikor Gabriel elkapta ezt a pillantást, a lány arcán pajkos mosoly terült szét, melynek hatására a férfi szíve szerint visszabújt volna mellé.

Egy utolsó, futó csókot lehelt az ajkaira, rábírva magát, hogy kiszakadjon Lily bűvköréből.

– Sétálok egyet, míg elvagy – jelentette ki a lány hirtelen ötlettől vezérelve.

– Micsoda? – Gabriel szemében páni félelem villant. – Nem... nem, nem, nem. – Olyan hevesen rázta a fejét, hogy Lily beleszédült.

– A birtokon belül mindenki szabadon mozoghat – sietett leszögezni a lány.

A férfi tétovázott. Lily látta, ahogy arcára aggodalmas kifejezés ül. A Zsoldosokat Ais már elküldte. Mint mondta, nem kicsinyli le a veszélyt, aminek kiteszik magukat, s tisztelte a harcosokat, de nem akarta biztonságukat olyanokba fektetni, akik jutalom fejében szolgáltak. Ahhoz túl kockázatos volt a helyzetük. A Testőrök továbbra is őrködtek ugyan éjszakánként, de a Nap még nem ment le teljesen.

Ugyanakkor nem akarta Lilyt a Pagoda falai közé kényszeríteni. Ha rá is tudná venni, hogy itt maradjon, Gabriel túl jól ismerte azt az érzést, amivel a bezártság járt. Nem akarta, hogy Lilynek is át kelljen élnie ugyanezt valaha is.

Így hát csak némán bólintott, azonban feszült arcvonásai nem kerülték el Lily figyelmét. Tudta, hogy mindennél jobban félti őt. Mivel úgy érezte, semmit nem tudna mondani, amitől Gabriel kínzó érzései semmivé foszlanának, csak némán mellé lépett, s gyengéden végigsimított az arcán. A férfi pár percig csak állt és nézte őt. Nagy nehezen rászánta magát, hogy egyedül hagyja a lányt, bár elméje kitartóan tiltakozott ellene. Tenyerébe fogta a törékeny kezet, apró csókokat lehelt rá, s már indult is az ajtó felé.

Ais és a Testőrök már a dolgozószobában voltak, mikor Gabriel belépett. Az Uralkodó szokásosan kaftánt viselt könnyű öltözéke felett, míg a többiek ezúttal fekete egyenruhájukban üldögéltek vele szemben.

– Reus hol van? – kérdezte a férfi, körbehordozva rajtuk a tekintetét. Rossz érzés kerítette hatalmába.

Az Uralkodó arcát kézfején pihentetve, némán meredt az asztalra.

– Lelépett – hangzott Larion tömör válasza.

– Ez mikor történt? – Gabriel érezte, hogy hangja élesen cseng, de nem törődött vele. Saját magát okolta. Kezdetektől fogva tudta, hogy Reus egy szar alak, s már százszor megbánta, hogy nem vágta át a torkát az első adandó alkalommal.

– A temetőben már nem jelent meg. – Ezúttal Chryon felelt, mivel a király továbbra is némaságba burkolózott.

– Mit teszünk, hogy megtaláljuk? – Gabriel az asztalhoz sietett, két lépéssel átszelve a szobát. Szíve szerint magából kikelve káromkodott volna, mindennek elmondva Reust. De tudta, nincs idejük a dühöngésre. Cselekedni akart, amint lehetett.

– Ahol Sirma van, ott találjuk Reust is. – Ais végre megszólalt, s megfontolt, lágy hangja olyan hatást keltett, mintha csak az időjárásról kérdezték volna.

– És ha elkésünk? – Gabriel igyekezett fékezni magát, de érezte, hogy egyre feszültebbé válik.

– Már akkor eldőlt a dolog, amikor Sirma meglógott, haver. – Larion komoran rázta a fejét. – Nem Reus a legfőbb problémánk. Vele fél kézzel is elbírunk.

– Erre számítani lehetett – szólalt meg ismét Ais, s végre rájuk nézett, visszatérve a jelenbe. – Nyilvánvaló volt, hogy gyengéd érzelmeket táplál Sirma iránt. Mikor Sirma távozott közülünk, nem voltam megbizonyosodva afelől, hogy Reus melyik utat választja majd. Végül mégis az érzelmeire hallgatott. Emiatt nem hibáztathatjuk.

– Nehogy már még védd azt a segget! – Gabriel immár képtelen volt türtőztetni magát. – Sirma Lily halálát akarja, mindenki halálát, aki nem osztja az agylövött nézeteit a tiszta vérvonalról. Még Amel sem tudott hatással lenni rá, bárkin átgázol, ha kell…

Komoran nézték Gabrielt, várva, hogy kissé lehiggadjon. Ais végül békítően felemelte a kezét, s Gabriel feldúltan az egyik üres székre huppant.

– Egy szóval sem állítom, hogy egyetértenék azzal, amit tettek – kezdte türelmesen az Uralkodó. – De ha Lily szökne el, te nem követnéd bárhova? Nem tennél meg mindent, hogy megtaláld és vele tarthass?

A férfi, bár gondolatai még mindig zaklatottan kavarogtak, végre úgy-ahogy összeszedte magát. Megértette, mire céloz Ais.

– Sosem hittem volna, hogy egyszer sajnálni fogom csóri fickót – jegyezte meg Larion.

– Valóban sajnálatos, hogy ez megtörténhetett, de most fontosabb dolgokkal kell foglalkoznunk – váltott keményebb hangra az Uralkodó. – Mint azt tudjátok, a Zsoldosok elmentek. Nem bízhatunk meg senkiben, akit önös érdekek vezérelnek. Immár fajunk jövője a tét. Azok felé kell fordulnunk, akik osztják félelmeinket, s megértik, mi forog kockán.

A négy férfi hallgatott, feszülten várva a folytatást. Gabriel, ahogy végigpillantott rajtuk, ugyanazt az elszántságot vélte kiolvasni Aisra szegeződő tekintetükből, amit ő maga is érzett.

– A Keleti és Déli Klánokkal sikerült egyetértésre jutnunk az ügyben, hogy összpontosítanunk kell erőinket, s az Északi Klán többi Családjától is számíthatunk a támogatásra. Hála az isteneknek, kiterjedt Családokról beszélünk, s számos harcos akad közöttük. Mostantól lehetővé kell tennünk, hogy a Családok testőrei rendszeresen együtt gyakorolhassanak, s közös tanácskozásokat fogok szervezni annak érdekében, hogy terveink összehangoltak legyenek. Jól hallottátok – tette hozzá, látva, hogy a férfiak kétkedő pillantásokat váltanak. – Egységet kell alkotnunk, ellentéteknek itt most nincs helye. Épp ezért az Uralkodó Családok számára szintén közös tanácskozásokat fogunk szervezni, s bízom benne, hogy északi testvéreink is gyakori vendégek lesznek nálunk. A diplomáciai kapcsolatok egyik kulcsfigurája Lily lesz, ennek ellenére úgy látom a legbölcsebbnek, ha a koronázást elhalasztjuk. Lily rátermett és okos, de tapasztalatlan. A jelen helyzet, félek, túl nagy feladat lenne a számára – azzal gondterhelten összedörzsölgette a tenyerét, pillantását jelentőségteljesen végigjártatva hallgatóságán. Látva, hogy azok helyeslően bólogatnak, folytatta: – Ugyanakkor bele kell tanulnia a szerepébe, ki kell próbálnia az erejét, így úgy terveztem, ő veszi át Sirma helyét mellettünk.

Gabriel megértette, mire törekszik Ais: Sirma volt a királyi pár jobbkeze, tanácsadója, bár Gabriel annak idején csak titkárnőként emlegette. Sejtette, hogy Lily szerepe jóval több lesz ennél. Ez a pozíció lehetővé tette, hogy Lily, úgyis, mint leendő Uralkodó, részt vegyen azokon a találkozókon is, melyek egyébként csakis az Uralkodót vagy a királyi párt érintették volna.

– Mint ahogy azt már említettem Gabrielnek, fontos feladatot szándékozok ráruházni – fordult most Ais a férfi felé. – Először is, szeretném, ha mostantól te vezetnéd a nappali felderítéseket, fiam.

A három másik férfin halk moraj futott végig, s Gabrielnek is kikerekedtek a szemei.

– Mit értesz felderítések alatt?

Mielőtt azonban felelhetett volna, Larion közbevágott: – Tudom, hogy Gabriel nappal is penge, de velünk nem sokra mennél, Ais. Ha feljönnek az első sugarak, olyanok vagyunk, mint az őszi lepkefing.

Larion keresetlen stílusán akaratlanul felkuncogtak a többiek. Ais ellenben nyájasan mosolygott rá, akár egy dacoló kisgyerekre. – Tisztában vagyok vele, hogy fajunknak is megvannak a maga gyengeségei, de bízom bennetek, fiam. Nem véletlenül iktattam be a nappali edzéseket. S bár tudom, hogy a hölgyek körében igen nagy népszerűségnek örvendtek, közelharcban sajnos, azt kell mondjam, ennek a tudásotoknak nem sok hasznát vennétek. Ellenben szeretném, ha nem lankadna a figyelmünk, ha fogalmazhatok így. Egyelőre még nem mennék bele a részletekbe, de a továbbiakban minden lényeges információt meg fogok osztani veletek.

Senki nem felelt. Gabriel arcán kaján vigyor terült szét Ais szavait hallgatva; a három férfi kissé lesütötte a szemét és arcukon halvány pír játszott, mikor az Uralkodó keresetlenül megemlítette titkos kiruccanásaikat.

– A másik feladatod pedig az lett volna, hogy kiképezd Lilyt – folytatta zavartalanul a király. – Ezt elhalasztottuk ugyan, de most szeretném, ha visszatérnénk eredeti tervünkhöz. Bízom benne, hogy Lilynek nem lesz szüksége az önvédelemre, de minden eshetőségre készen kell állnunk. Azonban szorít minket az idő. Mint mondtam, maximálisan megbízom benned, fiam. – Itt szünetet tartott, mintha tartana saját szavai következményeitől. – De gyorsnak kell lennünk. A rengeteg gyakorlás és a nappali bevetések mellett nem hiszem, hogy módodban állna elég időt szentelni a párod képzésének, így úgy határoztam, hogy Lily a közös edzéseiteken fog részt venni.

Ais pontosan tudta, közlendője milyen hatással lesz hallgatóságára. Demetrius úgy fordult a többiek felé, mintha csak tőlük várna segítséget. Larion hangtalanul füttyentett, Chryon szemei kikerekedtek. Gabriel furcsállkodva meredt az Uralkodóra, ugyanakkor ha arra gondolt, hogy bármelyik férfi Lily közelébe megy, vad féltékenység járta át. Amikor pedig eszébe jutott, hogy valamelyikük kezet emel a lányra, szíve szerint péppé verte volna az illetőt.

– Tisztában vagyok vele, hogy ezzel nehéz helyzetbe hozlak titeket, de nincs más választásunk – jegyezte meg Ais, mintha olvasott volna a gondolataikban.

– Azt várod tőlünk, hogy egy nővel verekedjünk? – zengett Chryon hitetlenkedő hangja.

– Rám ne számíts. – Larion már-már kényszeres fejrázásba kezdett. – Jól is néznénk ki! Mondhatom, nagy hőstett lenne négy faszitól a földbe döngölni!

– Lily az alapoktól fog megtanulni mindent, amire szüksége van – magyarázta végtelen türelemmel Ais. – Nem kérek mást, mint hogy adjátok át neki a tudásotokat. Meggyőződésem, hogy ha eleget fejlődött, nagy meglepést fog okozni nektek.

A férfiak feladták a vele való vitatkozást, látva, hogy az Uralkodó hajthatatlan. Bár még mindig bizonytalanul néztek egymásra, Gabriel közel sem aggódott ennyire. Ais elsőre őrültnek tűnő ötletei végül szinte mindig bejöttek.

A tanácskozás véget ért. Ais sétára invitálta Gabrielt.

Lassú léptekkel szelték át a Pagoda mögötti, végtelennek tetsző mező lankáit. A fiatalabbik férfi türelmesen várta, hogy társa előrukkoljon közlendőjével. Bár már előre tudta, mi fog következni, magát is meglepte saját higgadtságával, amivel a rá váró beszélgetés elé nézett.

– Bizonyára tudod, mit kérek tőled – jegyezte meg az Uralkodó, miközben lehajtott fejjel, háta mögött összekulcsolt kézzel lépkedett kísérője mellett. Első pillantásra úgy tűnt, mintha oda sem figyelne a másikra, mintha épp valamiféle felszínes csevegést próbálna elindítani. Gabriel azonban jól tudta, hogy a király minden hozzá intézett szót az elméjébe fogja vésni.

– Gondolom azt, hogy mondjam el, mi történt a kriptában. – Gabriel arca egyelőre kifejezéstelen maradt. Maga sem tudta, mennyit mondjon el az ott tapasztaltakból. Elkerülhetetlen volt, hogy beszámoljon édesanyja közbelépéséről. Nem pusztán azért, mert semmi józan ésszel felfogható magyarázat nem volt a történtekre. Nem, Gabriel úgy érezte, hogyha hallgatna Amalthea önfeláldozásáról, emlékét gyalázná meg. De hogy mondja el Aisnak, miért volt szükség minderre?

Ekkor azonban az Uralkodó ismét hozzá fordult, s szavai annyira letaglózták a férfit, hogy minden más kitörlődött a fejéből.

– Sikerült megtudnod, ki volt a valódi atyád?

Gabriel megtorpant. A döbbenettől még pislogni is képtelen volt. Csak bámulta Ais arcát, melyből semmit nem tudott kiolvasni.

– Honnan...? – Csak ezt az egy szót sikerült kipréselnie magából.

Az Uralkodó barátságos részvéttel meglapogatta a karját, mielőtt folytatta volna. – Lilyvel sokban hasonlítotok egymásra. – S arcán ismét a jól ismert, meleg mosoly terült szét. – Mi más lehetne a magyarázat, minthogy vérvonalatokat emberi gének is átszövik? Láttam gyötrődésed, ahogy ingadoztál a két világ között, a fájdalmadat, mert kevesebbnek érezted magad, a félelmedet, hogy nem leszel elég jó Lilynek. Remekül beolvadtál az emberi világba, de gondosan ügyeltél rá, hogy senkihez ne kerülj közel. Erőn felül igyekezted tartani magadat ehhez közöttünk is. Viszont olybá tűnik, hogy nem mindig a legkönnyebb út vezet a boldogsághoz, amit megérdemelsz, testvér. – Ais arcán ismét finom mosoly suhant át, s figyelmesen szemlélte Gabrielt.

A férfi képtelen volt megszólalni. Érzelmei másodpercenként váltakoztak benne; először haragot érzett, pusztító dühöt, amiért Ais mindig oly titokzatos volt, amiért nem mondta már meg az elején, hogy pontosan tudja az igazságot. Miért hagyta, hogy hosszú hónapokon át szenvedjen? Ugyanakkor végtelenül meg is könnyebbült, amiért az Uralkodó megérti őt, s nem kell részletekbe menően beszámolni édesanyja múltjáról.

– Mikor elhatároztam, hogy felkutatom Lylianát – folytatta, s ahogy Gabriel hallgatta szavait, megint az az érzés kerítette hatalmába, hogy Ais képes a fejébe látni –, nem tudtam, mire számíthatok. Fel kellett készülnöm arra az eshetőségre, hogy egy tökéletesen emberi lénnyel találkozunk majd. Ki tudhatta előre, mely gének fognak dominálni benne? Hosszú időbe tellett, mire megfelelő kísérőt találtam a számára – pillantott jelentőségteljesen a mellette lépkedő férfira. – Sürgetett az idő, s tudtam, hogy nem késhetünk, mivel Lily első ivása vészesen közeledett. Viszont, hála az isteneknek, megvannak a magam forrásai, mint ahogy azt már említettem neked, testvér. Hallottam a pletykákat egy fiatalemberről, aki elhagyta a

Családját. Ez önmagában még nem volt rendkívüli fejlemény; nem egy fajtársunk tesz így naponta. A legtöbben Zsoldosnak állnak. A szerencsétlenebb sorsúak alkotják a Törvényen Kívüliek rétegét, mint azt bizonyára te is tudod. Ez a fiatalember viszont nem azért hagyta el rokonait, hogy számkivetetté váljon. Nem, ő az emberek között kereste a boldogulást. S igen jól helyt állt, egyensúlyozva két világa között. Természetesen felmerült bennem a kérdés, hogy lehetséges mindez? Adta magát a válasz, hogy ez a fiatal csak részben tartozik fajunkhoz, s emberi tulajdonságokkal is rendelkezik. Úgy gondoltam, ő őszintén megérti majd Lilyt, sokkal jobban, mint én vagy bárki más. S hogy miért nem hoztam a tudomására a sejtésemet? Nem éreztem, hogy jogom lenne hozzá. Ki vagyok én, hogy a mindent tudót játszva kiábrándítsam és kétségek közé taszítsam azt a fiatal lelket, aki még maga is saját útját keresi? Így hát vártam, hogy magad jöjj rá az igazságra. Főként mivel az együtt töltött idő alatt magam is megtapasztaltam, mily' nehezedre esik, ha vállalnod kell őszinte érzelmeidet – ami a múltadat látva teljesen érthető – tette hozzá tapintatosan.

Gabriel az Uralkodó meleg szemeibe nézett. Ais nyájasan mosolygott rá, s bátorító kifejezés jelent meg arcán, hűen várva, hogy a férfi megszólaljon.

Azonban kísérőjét immár teljesen cserbenhagyta beszédkészsége. Miután Amalthea eljött hozzá, sokáig az el nem múló döbbenet hatása alatt állt. Később már ő maga is úgy vélte, hogy az asszony vallomása tökéletes válaszul szolgált addigi összes kételyére saját magával kapcsolatosan. De annyira megszokta azt, ahogy Családja vélekedett róla, hogy agya egyszerűen képtelen volt csak úgy befogadni bármi más magyarázatot. Oly sokszor hallotta már, hogy ő korcs, selejt, az istenek akaratának szerencsétlen következménye, hogy szinte görcsösen ragaszkodott ezen gondolatokhoz. Nem mintha különösebben örömteliek lettek volna, de számára ez volt a természetes. Mily' furcsa, gondolta. Az ember szívesebben ragaszkodik a megszokottakhoz, még akkor is, ha azok a legszörnyűbb pokollal érnek fel, minthogy valami új, de ismeretlen felé forduljon.

Ahogy ehhez a gondolathoz ért, hirtelen egy sokkal égetőbb kérdés ütött szöget a fejébe, mely végre rábírta, hogy ismét megszólaljon. – Te… mit gondolsz minderről? – Hangja tétova volt, s bár hosszasan töprengett, hogy fogalmazza meg, ami nyugtalanítja, végül csak erre a pár suta szóra futotta tőle.

– Mit gondolok arról, amit édesanyád tett, vagy mit gondolok arról, hogy egy fajtársunk embert választ párjául?

Gabriel figyelmét nem kerülte el, hogy Ais hangja a kérdés végére kissé élessé vált. A férfit valóban inkább csak az utóbbi érdekelte, de ekkor beléhasított a gondolat; hisz' Ais nővére is egy emberi férfi mellett döntött. Kissé megriadt; tartott tőle, hogy szavaival akarata ellenére vérig sértette a királyt.

– Bocsáss meg, én nem… – Gabriel maga sem tudtam, mi lett volna ennek a mondatnak a vége, de mégis kitartóan folytatta. – Nem ismertem Lydiát, s ahogy Lilyre nézek, átérzem, mekkora veszteség ez. Viszont neki köszönhetem, hogy Lily ezen a világon van, így mindig hálával fogok rá gondolni.

Mélyen Ais szemébe nézett. Szavai őszinték voltak, s kivételesen nem érezte fellengősnek ezt a fajta érzelgős modort. Az Uralkodó is tisztában lehetett mindezzel, legalábbis ahogy Gabrielre nézett, a férfi mély hálát vélt kiolvasni a hatalmas, barna szemekből. Hirtelen zavarba jött Ais tekintetétől; abban olyannyira túlcsordultak az érzelmek, mintha Gabriel hosszas szónoklatokkal méltatta volna Családja nagyszerűségét. Mikor megszólalt, hangja ismét szelíd volt. – Nincs jogom ítélkezni édesanyád tette felett, viszont ha a személyes véleményemre vagy kíváncsi – itt lassan, megfontoltan fogalmazta meg szavait –, mélyen együtt érzek vele. Amalthea páratlan, ragyogó leány volt. – Gabriel arckifejezését látva hozzátette: – Igen, ismertem őt. Nagyon is jól ismertem. Gyermekként sok időt töltöttünk együtt. Azonban ahogy a Nyugati Klán kezdett egyre szélsőségesebb nézeteket vallani, Családjaink eltávolodtak egymástól. Igyekeztem rávenni szüleinket, hogy fogadjuk be a Klán azon tagjait, akik nem kívánnak részt venni a nyugatiak bűnös üzelmeiben. Úgy éreztem, Családom hajlott volna a dologra, azonban Amalthea mereven elutasította a meghívásomat, s további segítségemből sem kért. Én pedig úgy vélekedtem, hogyha ezt az utat választja, el kell fogadnom. Még akkor is, hogyha nem értek egyet vele, s jómagam egy másfajta jövőt képzelek el fajunk számára. Kérlek, ne érts félre; fájt az elutasítása – Ais szemlátomást mindenképp egyértelművé akarta tenni Amaltheával kapcsolatos érzelmeit –, de nem volt kenyerem ráerőltetni akaratomat egyetlen nőre sem, aki nem kért a közeledésemből. Később pedig – itt addig keserű vonásai végre megint derűsen felragyogtak – megismertem Ghelát.

Hirtelen elakadt a szava. Gabriel megilletődötten figyelte, ahogy Ghela említésétől szája boldog mosolyra húzódik, s arcán réveteg kifejezés jelenik meg. A fiatal férfi ugyanakkor úgy érezte, ennél több meglepetést már végképp nem tudna elviselni. Mégis hogy volt képes az édesanyja visszautasítani egy olyan embert, mint Ais, s helyette Assinót választani? Igaz, fogalma sem volt, hogy egy nő helyében miként gondolkozna efelől, de látva az Uralkodó kellemes jellemét, bátorságát, és azt a fajta szenvedélyt, melyet párja iránt érzett, s ami az elmúlt évszázadokban sem kopott meg... Gabriel meg volt róla győződve, hogy bármely nő habozás nélkül igent mondott volna neki, ha a vetélytársa a dúvadként viselkedő, erőszakos és primitív Assino lenne.

– Tényleg úgy gondolod, hogy ez a nappali őrjáratos dolog beválhat? – terelte inkább más vizekre a beszélgetést. Bármiről szívesebben társalgott volna, csak elhessegethesse zavaros gondolatait.

– Meg vagyok győződve róla, hogy jó úton járunk, testvérem – felelte Ais, s hangja ismét vidáman csengett. – Tudod, mindig is lenyűgözött az emberi természet. Véleményem szerint rendkívüli dolgokra képesek. Épp ezért oly elszomorító, ha valaki nem használja ki a csodálatos adományokat, melyeket az isteneitől kapott. Mi és az emberek nem különbözünk sokban egymástól – génjeink alig térnek el pár részletet illetően. S félek, hogy ha nem tágítjuk tudásunkat, mi is eltunyulunk, s busásan meg fogunk fizetni érte. Nem állítom, hogy biztos vagyok a sikerünkben – hogy is mernék ilyen kijelentéseket tenni? –, mégis meggyőződésem, hogy feszegetnünk kell a határa-

inkat. A haladás elkerüli a kishitűeket – ha kudarcot vallunk,
legalább elmondhatjuk, mertünk egy lépést tenni afelé, hogy
fajunkat megóvjuk a bukástól.

Gabrielt, bár maga sem tudta, miért és hogyan, de megnyug-
tatták Ais bizakodó szavai.

– Sokan mondták már, hogy bolond vagyok, testvérem – foly-
tatta a király –, de azt tapasztaltam, hogy bolond elképzelései-
met általában siker koronázza.

Az Uralkodó rámosolygott a férfira, s az nem állta meg, hogy
ne viszonozza a gesztust.

Lily bejárta a birtok minden szögletét, minden rejtett zu-
gát. Végül lépései a folyóparthoz vezették. Biztos volt benne,
hogy Gabriel a keresésére indul, amint a tanácskozás véget ér,
de kedvese egyelőre még nem bukkant fel. Cseppet sem bosz-
szankodott. Eszébe jutott, hogy este ismét közösen ülik körbe
az asztalt. Ghela nyugodt derűjével fogja majd Ais kezét, aki me-
leg tekintetét ismét körbehordozza a jelenlévőkön. Ambroshya
kellemesen cseveg majd, míg Natilana újdonsült visszafogottsá-
gával szúr közbe egy-két szót. Ő Gabriel mellett foglal majd he-
lyet, titkon élvezve hatalmas testének megnyugtató közelségét.
A frissen érkezettek vélhetőleg ugyanazzal a visszafogott, kissé
elveszett érdeklődéssel fognak körbetekinteni rajtuk, ami a Pa-
godába költözésük óta jellemezte őket. Bár nem egyszer jártak
már a király otthonában, az északi Családok mégis némi megil-
letődéssel fogadták a tervet, miszerint biztonságuk érdekében,
erősítve összefogásukat, a teljes Klán az erre legalkalmasabb-
nak tűnő Pagodába költözzön. Minden zavaruk ellenére olybá
tűnt, hogy jól érzik magukat új otthonukban.

Lily arcán boldog mosoly futott át. A Családjával fog vacso-
rázni. A *családjával*.

Hunyorogva az égre nézett, s csak gyönyörködött a Nap le-
menő, izzó fényében, ahogy végigkígyózott a folyó tükrén, apró,
elszórt fényekkel telehintve a sötét vizet.

A fodrok most lágyan hullámzottak, a horizont távolába
veszve. A habok nem rejtették magukban közelgő vihar ígére-
tét; nem látszott rajtuk más, csak olyasfajta nyugalom, melytől

olybá tetszett, hogy ez a hatalmas, szikrázó ékkő végtelenül terül el a hegyek oltalmazó ölelésében.

* * *

A férfi tehetetlenül várta, hogy a nő végre visszatérjen az emeletről.

Lábai a mély karosszékhez, kezei a támla mögött voltak megkötözve. Száját rongyokkal peckelték fel. Állkapcsa egyre jobban elzsibbadt, háta és karjai fájóan feszültek. Az izgatott várakozás egyre türelmetlenebbé tette. Keményen álló vesszője fájóan lüktetett. Hol a jó francban van már?!

Ekkor megnyikordult az egyik lépcsőfok. A férfi önkéntelenül is a hang irányába próbálta kapni a fejét, habár alig tudott mozogni, s a közeledőből sem látott semmit.

A nő elé sétált, ujjait összeérintve, szemöldökét fitymálóan felhúzva szemlélte vendégét. A férfi pillantása végigsiklott alakján; szoknya helyett csak egy áttetsző, fekete fátylat viselt, mely látni engedte dombját s fenekét. Felsőtestét pazarul megmunkált, ékkövekkel díszített aranypántok takarták, melyek olyan sűrűn keresztezték egymást, hogy gondosan takarják kebleit. Hatalmas haja furcsa kontyba tornyozódott, melyet hosszú, díszes tűk fogtak össze. Fülében vörös ékkövek csillogtak.

Utálta a ribancot. Ahogy az arcát nézte, olyan undorodó arcot vágott, amilyen csak tellett tőle betömött szájával. A nő elégedetten elmosolyodott, kivillantva hegyes szemfogait, amikor észrevette, mivel próbálkozik, majd tekintete elidőzött kemény falloszán.

– A férfiaknak sosem ment a színészkedés – jegyezte meg már-már szórakozottan, tekintetével a falat szemlélve, kézfejét az állához ütögetve.

Pár percig még némán sétálgatott a szobában, hagyva, hogy a férfi éhes tekintete mindenhová kövesse. Tudta, hogy járása nyomán minden apró kis izma megfeszül, s gömbölyű csípője ingerlően hat az őt figyelőre.

– Meg akarsz dugni? – Hangja érzelemmentes volt, ahogy megállt a szék előtt, kezeit összekulcsolva, megvetően lenézve a férfira, aki némán figyelte őt.

Mindketten tudták, hogy nem tud beszélni, a kurva direkt
szívatja. De csak azért sem fog megalázkodni előtte még jobban!

A nő még közelebb lépett hozzá, s keményen pofon vágta. A
férfi feje oldalra csapódott, háta és karja majd' kettészakadtak
a fájdalomtól. Feljajdult, de a rongyok halk nyöszörgéssé torzí-
tották a hangját.

– Talán mondtál valamit?

A fejét rázta.

– Biztos?

Ezúttal azonban nem mozdult. Tudod, kivel szórakozz!

– Szeretnél még egyet? – Hangja negédes volt, mintha csak
egy kiskutyához beszélne.

Amikor a székben ülő továbbra is néma maradt, újabb po-
fon következett.

– Azt kérdeztem: szeretnél még egyet?

A férfi azonban makacs volt. A nő pofonjai keményen csat-
tantak az arcán, immár vörös nyomokat hagyva rajta. Szemei
könnybe lábadtak az ütések nyomán.

– Ejnye, ejnye, kedvesem – kezdte vészjóslóan halkan, miután
ráunt kis játékára. – Így nem leszünk jóban – azzal az ablakhoz
fordult, melynek párkányát magas alakja is csak lábujjhegyen
állva érte fel. Kutakodni kezdett az ott sorakozó eszközök kö-
zött, melyeket a férfi csak most vett észre.

Mikor visszafordult a székhez, kezében már ott pihent a lo-
vaglópálca.

– Nem szeretnél beszélgetni velem? – kérdezte színlelt duz-
zogással, míg kezeit simogatta a hosszú, vékony pálcával. Pár
percig némán figyelték egymást.

Végül ismét előrelépett, a pálca hegyével lassú, gyengéd moz-
dulatokkal cirógatva a férfi kemény, vastag rúdját és vágytól
összehúzódott heréit. Váratlan, gyors mozdulattal a magasba
emelte a pálcát és lesújtott vele. A férfi felordított pokoli fájdal-
mában. A szék megreccsent, a kötelek megfeszültek, ahogy vég-
tagjai önkéntelenül összerándultak. A béklyók a húsába vágtak,
a férfi vadul zihált, miközben testét verejték lepte el, s érezte,
hogy arcába szökik a vér a fájdalomtól és szégyentől. Dühödten,

gyűlölködve nézett a nőre, miközben tudta, hogy teste elárulja. Bár szíve szerint átvágta volna a lotyó torkát, a farka állandóan megkeményedett, ha a közelében volt, s alig várta ezeket az alkalmakat. Bassza meg! A nő pontosan tudta, hogy bár a fájdalom végletekig feszíti a határait, minden sérülés lépésről lépésre fokozza a vágyát, míg végül már az is csoda volt, hogy egyben maradt alatta a szék.

A férfi nehezen tört meg. A pálca nem egyszer sújtott le, annak pedig immár káprázott a szeme a fájdalomtól és forgott vele a szoba. Könnyek csorogtak végig az arcán, vesszője keményen ágaskodott s lüktetett a megpróbáltatásoktól és az izgalomtól.

A szoknyás alak arcán ravasz mosoly játszott, s addig hideg szemei immár felajzottan csillogtak. Élvezettel figyelte a megkötözött hiábavaló vergődését a testét érő csapások alatt. Ágyéka egyre nedvesebb lett, ahogy meg-megfeszülő tagjait figyelte, a vörös foltokat, melyek immár mindenütt elborították a bőrét. Leginkább azonban kemény fallosza izgatta. Ahogy rápillantott, tudta, hogy nemsokára magába vezeti, s hogyha a férfi akarna, sem tudna tenni semmit ellene. Épp azért volt ilyen édesen bizsergető az egész, mert tudta; a székhez bilincselt alak legszívesebben megölné, de mégis képtelen rá. Mert ha ő nem létezne, nem lenne még egy olyan, aki így fel tudja korbácsolni a vágyát. Huncut nevetés tört fel belőle, s szertelenül hátravetette a fejét. Milyen ironikus, gondolta. Korántsem élvezte volna ennyire a dolgot, ha nem biztos afelől, hogy a férfi szívből gyűlöli őt.

– Most már van kedved beszélgetni? – kérdezte, mikor megpillantotta a férfi szája sarkából szivárgó vért.

A férfi megpróbálkozott mondani valamit, de a szájába tömött rongyok mögül csak tompa hangok szűrődtek ki.

– Sajnos nem értem. – A nő durcásan lebiggyesztette az ajkát, s az ölébe ült. Nyelve hegyével gondosan lenyalogatta a vért az arcáról. A székben ülő alak megpróbált elhúzódni tőle, s hidegen figyelte vigyorgó arcát.

Ekkor az átvetette combját az ölén, karjait a nyakán pihentetve. Némán szemlélte tolakodó közelségből a vonásait, betömött szájára pillantva hagyta, hogy a kéj forró hullámai ellepjék a testét a látványtól. Halk nyögést hallatott, miközben lehunyta a szemét, majd mosolyogva ismét a férfira pillantott, reakcióját vizsgálgatva. Annak undorodó arckifejezése újabb elégedett kuncogást csalogatott elő belőle.

Hirtelen mozdulattal a nyakához hajolt. Keményen harapott a feszes húsba, szándékos túlzásba esve, mélyre fúrva a fogait. A férfi immár folyamatosan nyöszörgött, fejét hátravetette fájdalmában, az erek mindenütt kidagadtak a testén, izmai megfeszültek a sokktól.

A nő most már folyamatosan kuncogott, mintha csak egy szórakoztató tévéműsort nézne. Újra meg újra mély harapásokat ejtett a nyakán és a felsőtestén, míg patakokban folyni nem kezdett a vér a sebekből, eláztatva mindenütt a férfi bőrét.

Ekkor leszállt az öléből, hátralépett és gyönyörködött a látványban, mintha egy saját kezeivel készített művészeti alkotást szemlélne. A férfi szorosan lehunyta a szemeit, hogy ne kelljen ránéznie, s fújtatva próbálta összeszedni magát, várva, hogy enyhüljön a szúró fájdalom, mely olyan volt, mintha ezer tőrt döftek volna a bőre alá.

– Most meg fogsz dugni – jelentette ki a nő, miközben lassan odasétált hozzá. – Szorgalmasnak kell lenned. Ha megint lustálkodsz, akkor nagyon csalódott leszek. Azt nem szeretnéd, ugye? – Kislányosan affektáló hangjától vendégét kirázta a hideg.

Miközben beszélt, ismét az ölébe telepedett, mintegy szórakozottan cirógatva a mellkasát. A finom érintések nem tartottak ki sokáig; egyszer csak körmét kieresztve lecsapott, s bőrébe vájva végighúzta a körmeit egészen a csípőjéig, újabb sebeket ejtve rajta. Mintha meg sem hallotta volna a férfi hosszú ordításait.

Ekkor a vállaira támaszkodva megemelkedett ültéből, szoknyáját kissé megemelve. Fél kézzel körülfonta hímtagja tövét, s szó nélkül magába vezette. Csípőjét megemelve le-föl mozgott a kemény vesszőn, kiélvezve, ahogy annak minden pontja feszíti szűk hüvelyét, s minden rezdülése nyomán a kéj újabb hulláma önti el. Ágyéka tüzelt, elborította a nedvesség, s elégedetten érezte, hogy ellepi vele a testében lüktető vesszőt is. Mozgása egyre gyorsult, keményen feszült a férfi testéhez, gondoskodva róla, hogy minden egyes mozdulattal fájdalmat okozzon. Miközben önfeledten lovagolt a kemény rúdon, játszadozó nyelvével már-már gyengéden nyalogatta bőrét. A férfi füléhez hajolt, s hangja szinte ellágyult, ahogy suttogott. – Jobban tennéd, ha kivennéd a részed belőle. Ne legyél olyan butus, hogy henyélsz – azzal a férfi fülében himbálózó karikába akasztotta mutatóujját, és hevesen megrántotta.

A férfi újfent felordított, de mindez megtette a hatását; amennyire megkötözött tagjai engedték, megemelte a csípőjét, mélyen előrelökve vesszőjét a nő testében.

– Azt mondtam, kefélj! – rivallt rá a rajta lovagló alak, sutba dobva kislányos modorát, s könnyeden felpofozta. – Kefélj! – parancsolta újra, s minden egyes szavát egy újabb pofonnal toldotta meg.

Mindig elérte, amit akart; addig ingerelte a férfi haragját, míg az már nem törődött a kötelekkel. Csak arra koncentrált, hogy olyan alaposan megdugja ezt a nőt, hogy utána lábra állni se tudjon. Vadul csapkodta csípőjét, merev férfiasságát kegyetlenül előredöfve. Érezte, ahogy a nő teste összerándul a kegyetlen ostromtól, ugyanakkor nedve már az ő combjait is beborította. A szék fülsiketítően nyikorgott alattuk, a kötelek pattanásig feszültek eszeveszetten hullámzó testén. A kopottas kárpit nyirkossá vált a verítéktől. A nő elégedetten figyelte, ahogy a férfi mindezzel nem törődve, minden erejét összeszedve hatol belé. Megállt fölötte, két talpát a padlón nyugtatta, megtámaszkodott a vállain, s hagyta, hogy a férfi teste tegye a dolgát, miközben neki csak annyi dolga volt, hogy élvezze, amit tőle kapott. Finom metszésű orrlyukai kitágultak, ahogy mélyen beszívta a levegőt, állkapcsa megfeszült az erőlködéstől. De arca nyugodt, már-már közönyös volt, mintha semmilyen hatással nem lenne rá a szex. Ekkor előrebukott, szélesre tátott szájjal hatalmas sebet ejtve a férfi nyakán. A vékony inak ropogása muzsikaszóként hatott rá. Ajkaival a bőréhez tapadt, könyörtelenül szívva a vérét.

A férfi nem bírta tovább. A mocskos ribanc pontosan tudta, mennyire közel jár már a csúcshoz. Amint megérezte a fogait, ahogy a bőrébe hatolva a húsát tépik, a fájdalom és a gyönyör egyszerre értek a tetőfokára benne. Azonnal elélvezett, ismét felüvöltött mámorban és kínban fürdőzve, miközben csorogtak a könnyei. Újra meg újra összerándult, kitöltve a nő testét, s közben érezte, ahogy annak nedves kelyhe szintúgy vad táncot jár a kéjtől, ahogy eléri az orgazmust.

A nő arcán ádáz mosollyal, elégedetten leszállt róla. A férfi gyűlölködve pillantott fel rá, ahogy mellé lépett, s még egyszer utoljára keményen pofon vágta.

– Amikor felmegyek az emeletre, felállsz és rendbe szeded magad – hangzott a következő utasítás. Hangja immár rideg és megvető volt. – Undorítóan nézel ki – tette hozzá, ahogy látványosan végigmérte testnedvekben fürdő alakját, melyről még mindig nagy cseppekben folyt a verejték.

Feleslegesek voltak a parancsok. A férfi már fejből tudta, mi a dolga, mikor mit szabad csinálnia, és mit nem. Eközben pedig gyűlölte, hogy mindezt immár ilyen jól ismeri.

A nő mögé lépett és eloldozta a kezeit. Tudta, hiába szabadult meg; addig nem mozdulhat, míg a nő nem távozik. Ezután a lábait kötözte ki, majd a pálcát és a köteleket gondosan visszahelyezte az ablakpárkányra. Üde mosolyt villantott a férfira, majd mellé lépve ismét negédeskedő hangra váltott. – Nem tudom, te hogy vagy vele, én nagyon jól szórakoztam. – Ujjaival keményen összeszorította a férfi állkapcsát, így annak ajkai egymáshoz préselődtek. – Te is? – kérdezte kajánul, erősen megrázva a fejét. A férfi azonban elrántotta. A játék véget ért, amint eloldozták. Ezt a lotyó is jól tudja. Most már nyugodtan húzzon el a jó büdös francba!

A nő megvetően felnevetett, s kuncogva fellépdelt a lépcsőn.

Az emeleten nyíló egyik szobában fehér ruhás alak állt. Eddig az ablak felé fordulva, összekulcsolt kezekkel várakozott. A földszintről tompán felszűrődő hangokról nem vett tudomást. Semmi más nem foglalkoztatta, csak a jövővel kapcsolatos tervei.

Örült, amikor új szövetségesekre talált, még ha ilyen alantas figurák is akadtak köztük, mint a lent szorgoskodó nő. De kegyetlen volt, elszánt, és bármit megtett a cél érdekében. Most csak ez számított. Elégedett mosoly játszott az ajkán, ahogy ehhez a gondolathoz ért. Ami pedig a lenti férfit illette, nos, hitvány származású és faragatlan ugyan, de erős és harcedzett. Azt pedig már réges-rég tudta, hogy nincs olyan, amit az ne tett volna meg az ő kedvéért.

– Végeztünk. Téged vár – hallatszott egy hang a háta mögül, s amint megfordult, szembetalálta magát szövetségese fekete szoknyás alakjával.

A nő némán bólintott, majd a lépcső felé vette az irányt.

A férfi végigtörölte magát a zakójával, gondosan eltüntetve az előbb történtek nyomait. Az immár hasznavehetetlen ruhadarabot az egyik sarokba dobta. Szerencsére nadrágja és fekete, vastag garbója érintetlenek voltak. Hála az isteneknek a nő ragaszkodott hozzá, hogy előre levetkőzzön, s a székben ülve, meztelenül várja őt.

Lázasan toporgott a lépcső aljában, alig várva a másik nő érkezését. Ekkor megnyikordult a legfelső lépcsőfok, s megjelentek a karcsú lábak mohó pillantása előtt. Lassan, arisztokratikus tartásban közeledett felé, minden lépése előtt kis szünetet hagyva.

A férfi éhesen figyelte, alaposan végiglegeltetve szemét minden porcikáján. Magas alakján, kecses vonalain, a hosszú combokon és gömbölyű idomain. Acélkék szemein, melyek visszafogottan tekintettek rá, szép vonású arcán, s világos haján, melyet most is aranypántokkal fogott össze.

Érezte, ahogy egész teste reszketni kezd, amikor a nő leért hozzá, s könnyek szöktek a szemébe.

– Sirma – suttogta. Érezte, hogy hangja elcsuklik. Mélyen meghajolt a fiatal nő előtt, tudva, hogy az nagyon ad az etikettre.

– Reus. – A nő nem viszonozta az alázatos gesztust, csak kimérten biccentett.

– Úgy örülök, hogy ismét láthatlak – folytatta a férfi, miközben tekintete szinte falta az előtte álló arcvonásait.

– Én hasonlóképpen. – Sirma hangja hűvös maradt, gőgös fintor jelent meg az arcán, ahogy Reus mohó szemeibe nézett, melyek szemérmetlenül pásztázták őt. Sosem tudott viselkedni, gondolta.

A testőr úgy érezte, elég volt az udvariaskodásból. Tudta, hogy a nőnek fontos, tehát ő meg is adta a módját. De kapni is akart valamit.

Azzal közelebb lépett hozzá, s durván magához rántotta a derekánál fogva, ajkait az övére tapasztva. Sirma nem viszonozta a csókot, csak ridegen tűrte a férfi érintéseit.

– Hiányoztam? – suttogta a lány ajkaiba.

– Micsoda kérdés ez? Természetesen – felelte az habozás nélkül, enyhe méltatlankodással a hangjában.

Reus vágytól telve felsóhajtott a válasz hallatán, miközben kezei már a lány fenekén jártak, egyre hevesebben markolva a feszes húsba.

– Gyere – szólalt meg ismét Sirma, tartózkodóan végigsimítva két kezével a férfi orcáin. Azzal elengedte, s elindult az üres nappalin keresztül egy kisebb helyiség felé. Túl akart esni a dolgon.

A férfi sietve loholt mögötte. Sirma utálta, hogy csak a ház egyik eldugott kis részében tudott olyan szállást kialakítani saját maga számára, amit megfelelőnek talált. De bizonyos kényelemhez hozzá volt szokva, s nem állt szándékában állat módjára élni.

A ház hátsó részéből, mely a nappaliból nyíló konyhából volt megközelíthető, egy szűk kis folyosóról három helyiség nyílt. Sirma itt alakította ki szállását; ragaszkodott egy szalon berendezéséhez, mivel nem volt hajlandó rá, hogy hálószobájába beengedjen bárkit is.

Reus belépett a társalgóba. Csupa mályvaszín bútor és arany ciráda, de Sirma mindig szerette az ilyen felhajtást.

Egyáltalán nem izgatta a szoba. Csak Sirmát figyelte, aki kecsesen lépdelt előtte, s szoknyája ingerlően ringott csípője körül. Az italos szekrényhez sétált. – Parancsolsz valamit? – kérdezte, fel sem pillantva a palackokról.

A férfi nem akarta tovább húzni az időt. Bármit megtett volna a nő kedvéért, de ő is meg akarta kapni, amit akart. Ez így volt fair play.

A nő mögé lépett, átkarolta a derekát s a füléhez hajolt. – Tudod, hogy mit akarok.

Hangja rekedtté vált, ahogy kezei lejjebb vándoroltak, szenvedélyesen masszírozva a csípőjét, majd egyik keze a combok közé csúszott, rálelve a csiklójára. Ujjai hegyével gyors, türelmetlen mozdulatokkal ingerelte a kis pontot. Másik kezével a nő fenekét masszírozta. Ujjbegyei elfehéredtek, férfiassága ismét kemény volt, s ütemesen nyomkodta a nő testéhez.

Sirma hátrafordult, válla fölött mosolyt villantva a férfira. Kacéran előredőlt, megtámaszkodva az italos pulton.

– Akkor gyere és vedd el – lehelte, ügyelve rá, hogy hangja kissé reszketeggé váljon.

Reus csak erre várt. Felrántotta a nő szoknyáját, feltárult előtte meztelen teste, ő pedig egy mozdulattal elővette vesszőjét, s Sirma testébe vezette.

– Kurva jó segged van – nyögte, miközben megkapaszkodott a nő csípőjében. Hátravetette a fejét, de szemét egy percre sem vette le az elé táruló látványról. Hisz' olyan kevés idő jutott nekik! Minden pillanatát ki akarta használni. Tenyerével keményen csapkodta a nő lágyan ringó, feszes húsát, némán gyönyörködve benne, miközben csak arra figyelt, hogy Sirma szoros hüvelye milyen édes fogságban tartja merev hímtagját. Minden cseppjét ki akarta élvezni; vesszője gyors ütemben mozgott szűk kelyhében. Ő diktálta a ritmust, egyik kezével erősen megragadva Sirma szép haját. A rántás erejétől Sirma feje felemelkedett, a férfit pedig immár a végletekig izgatta a helyzet; a nő moccanni sem tudott. Reus röviden felkiáltott, ahogy kitöltötte magjával a testét, mely végigcsorgott a nő combján is. A férfi élvezettel figyelte az izgató látványt, majd az ajkaihoz hajolt, s hajánál fogva magához húzta a fejét. Hevesen megcsókolta, mélyen az ajkába harapott, amivel tudta, hogy kissé fájdalmat okoz neki. De úgy gondolta, a nő is épp így szereti.

Amint elengedte, Sirma azonnal felegyenesedett, s elrendezgette szoknyáját. Reus felhúzta a sliccét, majd a finoman megmunkált szófára telepedett. Megelégedve terpeszkedett szét rajta, lábát a dohányzóasztalkán pihentetve. A nő szótlanul kitöltött egy-egy pohár bort, s a férfihoz lépett. A testőr elfogadta az italt s nagyokat kortyolt belőle, miközben egyik karját lustán pihentette a támlán.

Sirma a kandalló előtt állt, körbelötykölve párszor az italt a pohárban, majd óvatosan a szájához emelte. Reus kedvtelve nézett végig szép alakján. Sirma továbbra is közönyös maradt, ekkor azonban észrevette, hogy a férfi valami mást figyel, s hogy ajkán elégedett vigyor terül szét, ahogy megfogalmazódott benne a felismerés.

– Tudom ám, mire van még szükséged – jegyezte meg a lányra vigyorogva.

– Mire gondolsz? – Sirma kitartóan meredt a poharába.

– Mikor ittál utoljára?

Dühödten felkapta a fejét a kérdés hallatán. Bárhogy próbálta leplezni, immár hosszú hetek óta szenvedett. Társával nem találkozhatott, mert nem tudta, bízhat-e benne. Új szövetségesei között sok férfi volt ugyan, s persze versengtek érte, de őt hiába döngték körül; rangban és vérvonalban meg sem közelítették. Ő pedig megborzongott a gondolattól, hogy ilyen alantas Társat válasszon.

Amikor ismét a férfira nézett, felháborodva látta, hogy Reus kigombolta az ingét, megmutatva meztelen nyakát, melyen még mindig sebesen pulzált a hévtől megduzzadt, életet adó véna. Aljas rohadék! Tudta, hogy milyen fájó éhséget ébreszt benne ezzel, s azt is, hogyha nem éhezne már régóta, sosem fanyalodna egy olyanra, mint Reus. De a férfi átlátott rajta. Gyűlölte érte.

A szerző

A J.C. Craigwood írói név alatt alkotó szerző
1992. 10. 26-án született. Első történetét nyolc
évesen írta. Betegsége miatt otthonába kényszerült
visszavonulni, félbeszakítva főiskolai tanulmányait.
Ennek ellenére, az írás továbbra is szenvedélye
maradt. Így a történetek azóta is születnek az író
tollából.

A kiadó

*Aki feladja,
hogy jobbá váljon,
feladta,
hogy jobb legyen!*

E mottó alapján a novum publishing kiadó célja az új kéziratok felkutatása, megjelentetése, és szerzőik hosszútávú segítése. Az 1997-ben alapított, többszörösen kitüntetett kiadó az egyik legjelentősebb, újdonsült szerzőkre specializálódott kiadónak számít többek között Ausztriában, Németországban és Svájcban.

Valamennyi új kézirat rövid időn belül egy ingyenes, kötelezettségek nélküli kiadói véleményezésen esik át.

További információkat a kiadóról és
a könyvekről az alábbi oldalon talál:

www.novumpublishing.hu